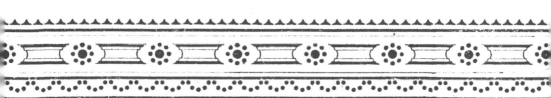

Conquistadora

Esmeralda Santiago

SUMA
de letras

Título original: *Conquistadora*

© 2011 Esmeralda Santiago

© De esta edición:
    2011, Santillana USA Publishing Company, Inc.
    2023 N.W. 84th Avenue
    Doral, FL 33122
    Teléfono: (305) 591-9522

www.santillanaedicionesgenerales.com/us

ISBN: 978-1-61605-305-5

Traducción: Diego Jesús Vega

Imagen de la cubierta: Fuensanta de Julio Romero de Torres Córdoba.
Cortesía de la Biblioteca de Imágenes de Sotheby's, colección privada, Madrid.
Diseño de cubierta: Carol Devine Carson
Diseño de interiores: Mauricio Laluz

Primera edición: Julio de 2011

Impreso en el mes de Julio en los talleres de HCI Printing

Conquistadora

Para Lucas e Ila

Bajo los susurros
de la noche tropical
se esconde un susurro más oscuro y secreto
que la muerte ha inventado especialmente
para los hombres del norte
a quienes los trópicos
han llegado a atrapar.

—William Carlos Williams, "Adam"

El encuentro

Llegaron del mar, con las velas hechas jirones y el negro casco amenazando el añil del horizonte. La embarcación, mucho más alta y de mayor longitud que las canoas de los pobladores de la isla, despedía un hedor a brea y a cuerpos sin asear. De ella bajaron hombres que portaban lanzas, banderas y cruces: seres monstruosos con relucientes caparazones que les cubrían el pecho, la cabeza, los brazos y las piernas.

El pueblo de Borínquen temía mostrarse ante los forasteros porque sus aldeas habían sido saqueadas tantas veces que sabían que nada bueno proveniente del mar podría llegar a sus costas. A menudo, la poderosa diosa Guabancex les enviaba desde el océano vientos huracanados y fuertes lluvias que arrasaban sus bohíos, inundaban sus plantaciones de yuca y cambiaban el curso de los ríos. Y los temibles caribes llegaban en sus largas canoas a invadir sus tierras, a robarles su comida, a secuestrar a sus mujeres y a asesinar a sus hombres.

A pesar de que tenían miedo, los borinqueños eran un pueblo valiente, hospitalario y optimista. Invocaban la protección de Yucahú, el poderoso dios de los mares, contra los horrores que venían del océano. Y luego salían de los bosques para enfrentar a los hombres que llegaban del mar.

"Taíno", dijo el cacique a manera de saludo a los recién llegados. En su lengua esa palabra equivalía a "paz", a pesar de que no había nada de pacífico en aquellos hombres armados hasta los dientes.

Los marinos miraban a los borinqueños como si jamás hubiesen visto seres humanos. Se quedaban boquiabiertos ante sus cuerpos tatuados y con perforaciones, y lanzaban miradas lascivas a las mujeres. También les llamó enormemente la atención el penacho de plumas del cacique, el disco dorado que llevaba en su pecho, sus brazaletes dorados y las pequeñas pepitas ensartadas en hilo de algodón que llevaban los guerreros en el cuello y los brazos. El cacique, líder astuto, se percató de las miradas codiciosas y les ordenó a sus borinqueños que les entregaran a aquellos hombres los adornos que les diera Atabey, la diosa de las aguas dulces y los ríos. También les dieron hamacas creadas por los tejedores más talentosos de la aldea y cestas llenas de casabe, batatas, maníes, guayabas y piñas. Además, les llenaron sus barriles con agua potable. Con estos regalos, pensaban los borinqueños, aquellos hombres revestidos de metal que cascabeleaba a su paso subirían a su enorme canoa con velas y desaparecerían en el mismo horizonte por el que habían llegado, para no volver jamás.

Partieron aquel día de noviembre, pero regresaron muchos más en barcos que surcaban el horizonte. Cada vez que desembarcaban exigían tributos a los caciques y las cacicas, quienes les ofrecían más agua potable, cestas cada vez más grandes repletas de alimentos, las mejores hamacas y más pepitas. Los barcos se marchaban, pero regresaban más.

Como lo primero que escucharon decir a los borinqueños fue taíno, los hombres que llegaron del mar los bautizaron con aquella palabra. También le dieron a

Borínquen —Tierra del Valiente y Noble Señor— otro nombre: San Juan Bautista. Traían armas que podían cortar cabezas de un solo tajo, y animales que los borinqueños no habían visto nunca antes: caballos, cerdos, perros, cabras, ganado vacuno. Y pisoteaban los sembrados de yuca, y violaban a las mujeres.

Los caciques y las cacicas convocaron a reunión al pueblo. A los guerreros les encargaron que envenenaran las puntas de sus flechas, para que cuando penetraran la carne de los invasores que no protegían las armaduras les hiciera hervir la sangre. Y cuando un guerrero descargaba su pesada macana sobre una cabeza sin casco, le aplastara el cráneo como si fuese una calabaza. Y hundían a los recién llegados en las frescas aguas de los ríos de Borínquen, hasta que sus cuerpos quedaban inmóviles. Y las mujeres les ofrecían casabe sin cocinar para que sus intestinos se convirtieran en una masa informe.

Pero los hombres que llegaron del mar eran demasiado fuertes, y sus armas, letales. Trajeron perros enormes con los que perseguían y cercaban a los pobladores. Y después de que un hombre enfundado en una pesada sotana roció a los borinqueños con agua, haciendo gestos confusos sobre ellos, cambiaron el ancestral borinqueño y los nombres de las tribus a términos en su propio idioma. Y obligaron a las mujeres a cubrirse los senos, el vientre y las partes benditas por las que los niños salían a la luz del sol. Se llamaban a sí mismos católicos y españoles, y sus jefes se autobautizaban como caciques, a pesar de que ninguno había nacido en Borínquen ni de una borinqueña.

Su cabecilla más famoso, Juan Ponce de León, colocó en fila a los borinqueños y fue señalando a uno, y luego a otro, y a otro. Separó a los hombres de las mujeres, a las madres de los hijos, a los ancianos de sus familias. Y los formó en varios grupos. Luego sus hombres sacaron a los borinqueños de sus aldeas y los llevaron a otras partes de la isla, esclavizándolos y haciéndolos trabajar sumergidos hasta la cintura en los ríos, obligándolos a extraer de las venas arenosas y llenas de guijarros de Atabey las brillantes pepitas que la diosa había ofrecido gentilmente a los hombres que llegaron del mar.

Los borinqueños comenzaron a morir a causa de enfermedades desconocidas y por las llagas infectadas que dejaban en sus espaldas, manos y piernas los latigazos que nunca antes habían recibido. También perdían la vida en rebeliones, reprimidos fácilmente por hombres a caballo armados con sables afilados. Y de agotamiento en las minas, procesando las brillantes pepitas para convertirlas en lingotes. Y de terror, lanzándose a los abismos desde las cumbres más altas de las montañas. Y ahogados en el mar. Y devorados por los tiburones al quebrarse sus balsas cuando intentaban escapar a otra isla adonde poder reconstruir sus sembrados y sus comunidades. Muchos escapaban a las montañas donde eran perseguidos y capturados por los perros. Otros morían de humillación luego de que les marcaran la frente con hierros candentes. Y morían en tales cantidades que su lengua también comenzó a desaparecer, y los nombres de sus ancestros y la mayoría de sus dioses se sumergieron en el silencio. La cultura, tradiciones e historia de los borinqueños fueron relatadas a su manera por los conquistadores, que los consideraban salvajes, malinterpretando sus costumbres y rituales, y amenazándolos con la cantaleta de que padecerían en el fuego eterno por el resto de sus vidas si no renunciaban a sus dioses.

Las borinqueñas tuvieron que aparearse con los recién llegados, porque los hombres que llegaron del mar no traían mujeres. Y nacieron niños de otra raza. Los últimos borinqueños de pura sangre fueron testigos de la llegada de otras gentes a Borínquen: hombres, mujeres y niños secuestrados y encadenados al otro lado del océano y transportados en barcos gimientes desde otras tierras, más allá de donde nace el sol. Al igual que los borinqueños, aprendieron los secretos del bosque, pero su piel era más oscura y hablaban otra lengua. Ellos también fueron marcados con hierros candentes, empujados y azotados para que trabajaran en los ríos. Y cuando la diosa Atabey se negó a dar más oro, obligaron a aquellos negros a cortar árboles y a construir casas de piedra y de madera para sus amos. Las sagradas plantaciones de yuca fueron arrasadas, sustituidas por otros cultivos más convenientes para los conquistadores. Porque, a pesar de que se había acabado el oro en Borínquen, más hombres y mujeres siguieron llegando del mar.

I
CONQUISTADORES
1826–1849

De músico, poeta y loco,
todos tenemos un poco…

CONQUISTADORES

Ana era descendiente de uno de los primeros hombres que navegaron con Cristóbal Colón, el Gran Almirante de la Mar Océana. Tres hombres de la rama paterna de su familia, vascos con grandes conocimientos del mar y una temeraria curiosidad por lo que había al otro lado del horizonte, estuvieron entre los conquistadores originales. Dos de sus antepasados de apellido Larragoiti, perdieron la vida en combate con fieros caribes en La Española. Agustín, el tercero de ellos, se distinguió como intrépido civilizador y evangelizador, y en 1509 recibió como premio una aldea completa de nativos en la isla de San Juan Bautista.

Los taínos recogieron pepitas de oro suficientes para que Agustín pudiera regresar a España, donde, por razones que la familia nunca pudo determinar, prefirió retirarse en Sevilla y no en el pueblo de sus ancestros. Además, cambió la ortografía de su apellido, sustituyendo la *i* final con una *y*, letra inexistente en lengua vasca. Ana se imaginaba que, para Agustín, la sencilla *i* con la que terminaba el apellido Larragoiti no era tan majestuosa como la *y* de curvatura caprichosa, sinónimo de opulencia y agresividad masculina. Las siguientes generaciones de hijos y sobrinos de Larragoity zarparon desde Sevilla por el río Guadalquivir, en espera de reproducir la historia de éxitos de Agustín. Según Gustavo, el padre de Ana, los Larragoity tenían descendientes en México, Perú y Venezuela, los cuales eran propietarios de cuantiosas fortunas.

Por la rama de los Cubillas, Jesusa, su madre, contaba con tres soldados, dos frailes franciscanos y tres comerciantes cuyos diarios y cartas, en los que se describían los rigores y recompensas de la colonización en las Antillas, pasaban de generación en generación, leídos y debatidos en reuniones solemnes. Y había Cubillas dispersos por el Nuevo Mundo, también poseedores de grandes riquezas y considerados entre las principales familias antillanas.

Sin embargo, las hazañas sobre el hombre y la naturaleza de las que tanto se enorgullecían resultaron meras conjeturas. Los miembros de las familias Larragoity y Cubillas que quedaron en España ignoraban cuál había sido el destino de los conquistadores, comerciantes y religiosos después de 1757, año en que cesó abruptamente la correspondencia del último remitente de las colonias, un tabacalero residente en Cuba. Y las cartas abundantes en proezas, objeto de tal fabulación y exageración que en nada se asemejaban a las narraciones originales, pasaron a preservarse en las cajas fuerte de las residencias de los patriarcas sobrevivientes de los clanes Larragoity y Cubillas.

Si bien su riqueza, orgullo y honor dependían de los herederos varones, Gustavo y Jesusa perdieron tres hijos consecutivamente, a escasas semanas de su nacimiento. En el séptimo año de su matrimonio, y luego de un día y medio de parto, Jesusa dio a luz a una saludable niña, el 26 de julio de 1826. No tenía nada en común con sus familiares vivos, que eran hombres y mujeres altos, robustos, de ojos y cabellos claros y narices pronunciadas, cuyos labios arrogantes se contraían en una mueca de desdén a la menor provocación. Si Jesusa no la hubiera traído al mundo luego de veintinueve horas de sufrimiento, no habría reconocido como suya a aquella criatura pequeña, de ojos negros y cabellos del mismo color, que no se parecía a nadie más que al retrato de don Agustín que presidía la galería. Jesusa le dio el nombre de Gloriosa Ana María de los Ángeles Larragoity Cubillas Nieves de Donostia, y específicamente Ana, en honor a la santa protectora de las embarazadas, en cuyo día había nacido. Y como no se consideraba apropiado que una mujer de alta sociedad amamantara a sus hijos, se contrató a una gitana robusta para que se encargara de tal labor. Ana progresó y sobrevivió sus primeros días, sus primeros tres meses, luego los nueve, y en su primer año pasaba de los brazos de su nodriza a su sirvienta, moviéndose animadamente.

Jesusa duplicó sus oraciones y sus obras de caridad, en espera de que Santa Ana intercediera a su favor para que pudiera volver a salir embarazada y concebir a un varón. Pero las súplicas se volvieron aire trémulo ante las velas, y su vientre siguió estéril. Jesusa culpaba a Ana de su infertilidad, y cada vez que la miraba, veía desvanecidas sus esperanzas de dar a luz a un heredero. Sin hijos varones, las casas, los muebles y la riqueza de Gustavo Larragoity Nieves, a su muerte, pasarían a manos de su hermano menor, cuya feraz mujer había traído al mundo tres hijos saludables.

Desde pequeña Ana fue criada por sirvientas norafricanas. En cuanto la niña se encariñaba con una, Jesusa la despedía y la sustituía por otra, quejándose con frecuencia ante sus amigas de que resultaba imposible encontrar sirvientes confiables.

—Nunca debimos darles la libertad a los esclavos en España —decía a sus amigas, quienes le daban la razón.

En España, los esclavos habían sido capturados en las guerras o secuestrados en África e Hispanoamérica. Una práctica que, aunque abolida en España en 1811, seguía vigente en sus colonias. Casi dos décadas después, a Jesusa le seguía molestando que Almudena, su sirvienta personal, que había prestado servicios a la familia durante tres generaciones, desapareciera en cuanto llegó la noticia de la liberación de los esclavos, y nadie más la volvió a ver ni se oyó hablar más de ella. Jesusa era autoritaria y exigente; cuando cumplió cinco años, Ana entendió la razón por la cual Almudena se había marchado en la primera oportunidad que tuvo.

Los primeros recuerdos de Ana eran las llamadas al salón de recibir de Jesusa, donde tenía que impresionar a las visitas de su madre con hermosas reverencias y buenos modales. Se le permitía estar algunos minutos con las señoras, casi asfixiada por tanto volante y siseo de basquiñas. Las damas dejaban de hacerle caso en cuanto terminaba su sesión de reverencias, y seguían hablando sin interrupción hasta que Jesusa les recordaba que la niña aún estaba allí y le pedía a la sirvienta que se la llevara.

A los diez años Ana fue enviada a la misma escuela conventual de Huelva donde estudiara Jesusa, cerca de la residencia de los Cubillas. Algunas de las monjas del Convento de las Buenas Madres recordaban a Jesusa cuando era niña, y comparaban desfavorablemente a Ana con su madre, la cual, según ellas, era todo lo contrario de su hija: devota, obediente, humilde y recatada. A diferencia de Ana, a Jesusa nunca se le hizo masticar ají picante por haberse equivocado en el *ora pro nobis peccatoribus* del avemaría. A su madre tampoco se le obligó a arrodillarse sobre granos de arroz en una esquina para curarle su constante nerviosismo, tan impropio de una dama. Jesusa jamás faltó a misa para así poder acostarse sobre el pasto reciente de una deslumbrante mañana primaveral y, al cerrar los ojos, contemplar el rojo resplandor que reemplazaba la negrura habitual tras los párpados. Sin embargo, Ana, a causa de esa infracción, tuvo que permanecer acostada boca abajo todo un día sobre el suelo de piedra de la capilla, sin agua ni comida, rezando en voz alta, lo suficientemente alta como para que llegara a las monjas que se turnaban para escucharla durante la vigilia.

Ana pasaba sus vacaciones de Navidad y Semana Santa con sus padres en Sevilla, donde se le permitía salir a tomar el sol al patio, pero se le prohibía visitar la vibrante ciudad sin la compañía de su madre y un sirviente. Al igual que muchas sevillanas, Jesusa se cubría la cara con un velo para salir a la calle, como si fuese demasiado hermosa para que la vieran. A Ana le hacía feliz el hecho de que, como aún era una niña, no tenía que usar velo, lo cual le permitía mirar a todas partes mientras recorrían la ciudad.

Las calles estaban llenas de vendedores, carteristas, monjas y monjes, marinos y comerciantes, gitanos y vagabundos. Ana y Jesusa asistían diariamente a misa en una de las capillas de la magnífica Catedral de Santa María de la Sede, edificada en el siglo XV y cuya construcción y decoración fue pagada por los potentados que llegaban a Sevilla procedentes del Imperio Español. Las amplias arcadas góticas, los santos y vírgenes recubiertos de oro, el elaborado altar y los numerosos nichos representaban la riqueza de la ciudad y la gloriosa historia de España. Ana se sentía pequeña e insignificante cada vez que se sentaba bajo la bóveda de la iglesia. Sus altas columnas eran como dedos señalando al purgatorio adonde, según las monjas, iría a parar ella si seguía siendo tan desobediente.

Ana y Jesusa encendían velas ante los santos dorados, y dejaban caer unas cuantas monedas en las manos de los mendigos que se sentaban en los escalones. Luego se encaminaban al cementerio para llevar flores a las tumbas de los tres niños muertos a los que Ana no podía sustituir. También les llevaban remedios a los vecinos enfermos. Ambas cotilleaban con las mujeres y muchachas que las visitaban y a las cuales debían visitar como corresponde; y, en las noches, cuando Ana ya tuvo edad suficiente, asistían a los bailes con el propósito de exhibir a Ana ante sus pretendientes potenciales. Y entre obligaciones religiosas y compromisos sociales, Ana permanecía en casa, cosiendo o bordando junto a Jesusa, mientras dos dogos falderos gruñían y roncaban sobre una cesta acolchada a sus pies.

—Concéntrate en lo que haces —le decía su madre cuando Ana se quedaba contemplando un pedazo de cielo a través de la estrecha ventana de elaborados cortinajes—. Por eso tus costuras salen torcidas. No prestas atención.

Su madre la criticaba por no sentarse erguida, por dar su opinión como si ésta le importase a alguien, por no arreglarse el pelo adecuadamente, por no tener amigas en Sevilla.

—¿Pero cómo puedo tener amigas aquí si me has confinado a un convento?

—Trágate esa lengua viperina —le advertía Jesusa—. Nadie habla contigo porque eres muy desagradable.

Ana se preguntaba si otras muchachas se sentirían como ella, sin trascendencia alguna, como una presencia indeseable para sus padres. La llenaba de resentimiento el obvio desencanto de Jesusa y, al mismo tiempo, trataba inútilmente de ganarse su cariño. Y evitaba a su padre, quien la miraba con desdén cuando la tenía cerca, como si lo ofendiera por el simple hecho de ser mujer.

La joven llegó a la pubertad al mismo tiempo que Jesusa entró en la menopausia. Cuando menos lo esperaba, Ana sentía sobre ella la mirada de su madre, una combinación de envidia y disgusto que las confundía a ambas. Si no fuese por Iris, su sirvienta, Ana habría creído que se estaba muriendo la primera vez que vio sangre en sus bragas. Le avergonzaban los cambios que se producían en su cuerpo y sus emociones intensas, similares a las de Jesusa. Pero se le impedía hacer comentario alguno al respecto, y ni siquiera podía pensar en ninguno de sus sentimientos desconcertantes y dislocados. Exploraba las nuevas sensaciones de su cuerpo, pero como se imaginaba que Dios fruncía el ceño cada vez que se pasaba los dedos por sus senos en flor para sentir el placer del contacto, hasta sus pensamientos eran prohibidos.

Sus compañeras de clase hablaban de la creciente cercanía que iban teniendo con sus madres a medida que se convertían en jovencitas, y Ana deseaba que Jesusa fuera como aquéllas: cariñosa, cálida, atenta, alentadora y dispuesta a responder sus preguntas. Pero Jesusa había sepultado su amor maternal en las tumbas de sus tres hijos muertos.

—Te quiero, mamá —le dijo Ana a Jesusa en cierta ocasión.

—Por supuesto que sí —le respondió Jesusa. Cada vez que se acordaba de aquel día, Ana se sentía aún más abandonada, porque Jesusa no le respondió con otro «Te quiero».

Aunque su casa estaba exenta de afecto, Ana sabía que al menos había cierta preocupación por su futuro. Para que no dependiera de su arrogante tío a la muerte de Gustavo, sus padres esperaban que se casara con un hombre rico. Ana no creía que el matrimonio podía traerle la libertad de la dependencia. En realidad era lo opuesto. Su vida sería como la de Jesusa: encerrada tras espesos cortinajes dentro de muros de piedra, atrapada en el deber y el arrepentimiento diario por sus faltas. Cada vez que se imaginaba aquella vida, a Ana le invadía la ira al pensar que no tenía el control de su propio destino y le daban deseos de escapar.

Como Ana aportaría una dote y no una fortuna, era improbable que alguno de los solteros más codiciados que pululaban por salones y bailes se fijase en ella, ante la presencia de alguna presa más adinerada. Además, también estaba consciente de que no era una señorita típica. Era moderadamente hermosa, especialmente cuando sonreía, pero no bailaba bien, no tocaba ningún instrumento, aborrecía la charla intrascendente, se negaba a adular a los jóvenes que se le ponían delante, y no soportaba las intromisiones de las dueñas y las posibles suegras que evaluaban sus estrechas caderas, escudriñándolas aun por debajo de las siete enaguas que Jesusa insistía en que se pusiera para darle forma a su figura pequeña y delgada.

La muchacha contaba los días que faltaban para las vacaciones de verano que pasaba en la hacienda de su abuelo materno en Huelva, cerca de su escuela. El anciano viudo no era más afectuoso que sus padres, pero el abuelo Cubillas no se molestaba en señalarle constantemente que era un fracaso y había contratado a una dueña para que le hiciera compañía cuando Ana estuviera de visita. Doña Cristina era una viuda humilde, de naturaleza impecable, pero carente de imaginación. En cuanto se le daba la oportunidad, Ana huía de los folletos religiosos y los bastidores de bordado que formaban parte indisoluble de doña Cristina.

El abuelo dejaba que Ana hiciera lo que le viniese en gana, siempre y cuando no interfiriese con sus rituales de comer, beber vino, fumar su pipa y leer en una butaca de piel acolchada, con las piernas sobre un escabel y el regazo y los muslos cubiertos por un edredón cosido a mano por su madre. El abuelo había nacido en pleno terremoto de 1755 y pasó gran parte de su vida en la inmovilidad, como esperando a que desaparecieran las réplicas de aquel sismo.

Después de las oraciones matutinas, Ana desayunaba con el abuelo y doña Cristina, y luego salía de paseo. Fonso, el mozo de cuadra, le enseñó a montar a caballo a horcajadas como las gitanas, siempre ante la mirada de chaperona de su hija Beba, una viuda robusta.

—Una mujer debe saber defenderse —le dijo Beba en cierta ocasión, poniéndole a Ana una pequeña navaja en el bolsillo—. No temas usarla si tienes que hacerlo.

Fonso colocaba dianas al otro lado de los pastos, en las que Ana aprendió a disparar con rifle. Una vez mató un jabalí. La joven disfrutaba de emocionantes cabalgatas por el campo, con el viento susurrándole en los oídos, el rostro enrojecido y el corazón latiendo intensamente. Allí era libre, fuerte y capaz: todo lo que nunca sintió en Sevilla.

Todas las mañanas Beba les daba de comer a las gallinas, los patos y los gansos, y seleccionaba los más gordos y envueltos en carne para cocinarlos. Luego recogía huevos y le mostraba a Ana cómo dejar la cantidad suficiente para que las gallinas pudieran empollar. También le enseñó a matar pollos (torciéndoles el pescuezo) y cómo sacar y guardar el plumón de los patos y gansos para usarlos en almohadas y edredones, y las plumas crecidas para los colchones.

—Deja que se seque el cálamo y luego úsalo para hacer abanicos y decorar sombreros —le demostraba, mientras les sacaba plumas de la cola a los faisanes y los pavos reales.

Ana aprendió a ordeñar vacas, ovejas y chivas con las lecheras; la mujer del jardinero le enseñó a hacer queso. Le encantaba la cueva fría y húmeda donde se añejaban los quesos, el primer tufillo del requesón, el pronunciado aroma del suero. Aprendió a manejar el cuchillo afilado cuando ayudaba a hacer injertos de árboles frutales con el anciano jardinero. Y batía mantequilla con su esposa. Era más feliz en los jardines, campos y huertos de la hacienda que en los salones entarimados de Sevilla.

Doña Cristina se escandalizaba por el apego de Ana a las clases bajas, pero al abuelo le encantaban los impulsos democráticos de su nieta.

—No hay nada que deteste más que una mujer prejuiciada y de mente estrecha —dijo.

—¿Por qué, señor? Si usted piensa que soy lo uno o lo otro…

—No te acuso de nada —respondió el abuelo.

—No estoy criticando a su amada nieta. Simplemente le digo que es… bueno, que es una señorita de buena familia que se codea con…

—Me fatigas —ripostó el abuelo—. Déjame tranquilo, y déjala estar…

Sin embargo, tal vez a causa de la preocupación de doña Cristina, el abuelo insistía en que Ana le dedicase tiempo a otros menesteres.

—Fonso, Beba y la servidumbre te enseñarán las ciencias prácticas y naturales. Las monjas alimentarán tu espíritu, y tu madre y tus dueñas te enseñarán a hacerte mujer y madre y te entrenarán en los deberes de manejar una casa. Pero yo tengo la llave para el mejor regalo: una mente ágil y creativa —le dijo el abuelo, y puso a su disposición su biblioteca, donde podía leer cualquier libro que le interesara. Allí fue donde encontró los diarios de su antepasado don Hernán Cubillas Cienfuegos. Aquellos folios amarillos y consumidos por el tiempo, escritos con letra apresurada en tinta marchita y con borrones, despertaron en Ana las ansias de aventura.

Don Hernán era uno de los conquistadores al servicio de Juan Ponce de León en su primera expedición oficial a San Juan Bautista en 1508. Allí estaba cuando gran parte de aquella vanguardia pereció en el pantano insalubre que Ponce de León había escogido como primer asentamiento en Caparra, y había sido uno de los que persuadieron al conquistador a trasladar la colonia a una isleta ventilada y sana al otro lado de la bahía. A partir de la muerte de Ponce de León en 1521 el nombre de Borínquen —que los conquistadores habían rebautizado como San Juan Bautista— fue cambiando paulatinamente al de Puerto Rico, quedando así San Juan como el nombre de su capital fortificada.

Los diarios y cartas de don Hernán tenían ilustraciones de paisajes, coloridas aves y flores, vegetales de formas extrañas, hombres descalzos y mujeres con plumas y conchas en los cabellos. La mayoría de esas mujeres iban desnudas, pero algunas llevaban faldas cortas a las que don Hernán llamaba naguas. Aparentemente los hombres llevaban al aire sus partes pudendas, aunque no resultaba fácil distinguirlas, pues don Hernán los representaba siempre en perspectiva a tres cuartos, de perfil o con una vara, arco u otro objeto que cubría aquello que más deseaba ver Ana.

Don Hernán narraba los detalles de una vida ardua y marcada por mortales ataques de guerreros caribes, terremotos, fiebres y violentas tormentas que destruían todo lo que hallaban a su paso. Pero también hablaba de brillantes pepitas de oro que yacían en el fondo arenoso de prístinos ríos, frutas raras que colgaban de plantas trepadoras, bosques infranqueables y troncos de árboles cuya anchura sólo la podían cubrir cinco hombres uno junto a otro, con los brazos extendidos y tocándose los dedos de las manos. Según él, había ilimitadas posibilidades en aquella tierra misteriosa. Al igual que los demás conquistadores, su propósito era enriquecerse, pero para lograr su botín había que domeñar la naturaleza.

Las cartas de don Hernán cesaron abruptamente en 1526. Al año siguiente un soldado trajo un baúl que contenía sus diarios y cartas, con el encargo de comunicarle a la familia que el conquistador había muerto de cólera, pero éste seguía vivo en la imaginación de Ana, que durante su niñez dedicara incontables horas a leer sus relatos, a estudiar sus dibujos, tratando de descifrar los sentimientos de un español pálido y de ojos azules al encontrarse por primera vez con los nativos de ojos negros y piel marrón del Nuevo Mundo, y cómo se habrían sentido los taínos al ver a aquellos hombres descendiendo de los veleros, remando hacia la costa con cascos de metal, brillantes bombachas y relucientes espadas toledanas, acompañados por perros y un hombre con sotana que portaba un crucifijo.

Tarde en la noche, inclinada sobre la trémula veladora que iluminaba los diarios de don Hernán, Ana lamentaba haber nacido mujer y con varios siglos de retraso para poder ser exploradora y aventurera como sus ancestros. Leía cada relato posible acerca de la increíble misión que emprendió España para descubrir nuevas tierras, pacificar a los nativos y controlar las riquezas del hemisferio.

Ana se enteró de que la mayoría de los conquistadores eran pobres, hijos segundos y soldados veteranos de muchas batallas pasadas, pero con pocas esperanzas de futuro. Y aunque ella no era ni lo uno ni lo otro, sentía que la mano de don Hernán se abría paso hacia ella a través de los tiempos. Aunque era una niña enclaustrada y atrapada en las expectativas impuestas por la sociedad, se identificaba con la audacia de los conquistadores y su certidumbre de que, si les volvían la espalda a su país, a su familia y sus costumbres, podrían hacer fortuna y lograr una vida más promisoria con el sudor de su frente y el poder de su espada. Mientras más leía, más anhelaba aquel mundo que alentaba más allá de su balcón, lejos de los pasillos resonantes de la escuela conventual, del hogar y de la decepción de sus padres.

El primer amor

Ana y su condiscípula Elena Alegría Feliz tenían dormitorios contiguos en el Convento de las Buenas Madres. El rostro de Elena era un óvalo perfecto y pálido rodeado por cabellos gruesos y castaños. Sus ojos azules eran grandes e inocentes y sus labios en forma de V esbozaban continuamente una sonrisa beatífica. En la escuela sus compañeras la apodaban Elena La Madona por ser tan bella y pura como las pinturas de la Santísima Madre, y le reservaban a Ana el sobrenombre de Ana Bastoncito porque era tan pequeña que, al pararse junto a Elena, parecía su bastón.

Cuando se apagaban las velas, y contraviniendo las reglas establecidas, ambas se acostaban juntas en cualquiera de las dos camas de sus dormitorios respectivos, semejantes a celdas de ascetas, para compartir secretos y fantasías de colegialas con imaginación despierta. Una noche, mientras Ana relataba las hazañas de don Hernán, se aflojó la cinta que cerraba el camisón de Elena, revelando un seno perfectamente formado. Elena se quedó contemplándolo como si nunca lo hubiese visto, y luego miró a Ana, que estaba tan fascinada como ella. Ana extendió unos dedos inseguros hasta tocar el seno de Elena, cuyo pezón se endureció al instante. Elena comenzó a jadear. Ana intentó retirar la mano, pero Elena la presionó contra su seno y se desabrochó las cintas para que el camisón se deslizara por sus hombros. Ana repitió la caricia, y al responderle Elena, le besó el pezón y luego lo recorrió con su lengua. Las dos jóvenes se exploraron mutuamente con dedos furtivos y temblorosos, bocas ardientes en carne trémula, lenguas húmedas en salinos intersticios. Ana quedó agotada por tantas sensaciones desconocidas, y, avergonzada, presionó su huesuda espalda contra el vientre de Elena, quien le deslizó sus dedos medio y anular en la boca para que los chupara, hasta que ambas se quedaron dormidas.

Una vez por semana se confesaban con el padre Buenaventura, un anciano casi sordo y oloroso a cosa vieja, a quien oían roncar a menudo tras la rejilla del confesionario.

—Padre, perdóneme, he pecado —en la lista de transgresiones de colegiala («Soy culpable de vanidad, padre. Ayer me miré tres veces en el espejo»), sepultada entre los impulsos que acosan a las adolescentes («Soy culpable de envidia, padre. He deseado que mis cabellos fuesen tan largos y brillantes como los de María»), siempre se hacía mención a pensamientos lascivos, pero nunca a actos carnales. En el confesionario mohoso y mal ventilado, Ana y Elena pecaban por omisión, so pena de caer en el fuego eterno, persignándose con los mismos dedos que se introducían mutuamente en sus partes pudendas.

Elena, hija de crianza, creció en la misma casa con dos varones gemelos. Huérfana desde los cuatro años, fue recogida por don Eugenio Argoso Marín y su esposa, doña Leonor Mendoza Sánchez, con quienes tenía un parentesco tan distante que siempre dudó si en realidad había existido tal vínculo. Sin embargo, don Eugenio y doña Leonor la consideraban como sobrina, y como prima de sus hijos Ramón e Inocente.

Ramón, considerado primogénito por haber nacido doce minutos antes que su hermano, debía casarse con una heredera para aumentar el nivel de la fortuna y estatus de la familia. Inocente, su hermano menor, iba a casarse con Elena, quien por entonces no tenía un céntimo, pero a los dieciocho años tendría derecho a una herencia que dejaron los padres de doña Leonor. Aunque el compromiso no era formal, se daba por sentado que Elena estaba destinada a Inocente.

—Tú debes casarte con Ramón —le aconsejó Elena—. Así seremos hermanas y estaremos siempre juntas. Ramón e Inocente son ricos y buenos mozos —añadió—, y los Argoso proceden de familia distinguida. Su padre es coronel de caballería…

—¿Ramón es soldado?

—Lo fue, pero ahora los dos hermanos trabajan en un despacho —explicó Elena—. Están aprendiendo para hacerse cargo del negocio de su tío.

Ana no conocía caballero alguno que trabajara, incluyendo a sus padres y abuelos. Al menos no en ningún despacho.

—No sé…

—No son ni aburridos ni sosos —le dijo Elena—. Sólo trabajan por la mañana. Sé que te gustarán. Son encantadores y les gusta divertirse.

—¿Y cómo los conoceré? —preguntó Ana, aún dudosa.

—Ven a la fiesta de mis quince años y quédate un tiempo. Seguramente doña Leonor me dejará invitar a mi mejor amiga. Hazlo, por favor, ven a Cádiz… —le pidió Elena, apretándole las manos con tanta vehemencia que le hacía daño.

Ana nunca había visto a dos gemelos idénticos. Eran tan parecidos que, a los dos días de que Elena se los presentara, le resultaba difícil determinar quién era Ramón y quién Inocente.

—Os parecéis como dos gotas de agua —les dijo Ana una mañana, mientras esperaba a que Elena bajase de su dormitorio—. ¿Cómo puedo diferenciaros si hasta os vestís igual?

—Si puedes diferenciarnos, nos casamos contigo —le dijo en broma uno de los gemelos.

—¿Puede distinguiros Elena?

—Nadie lo puede hacer —le respondió el otro hermano.

—Entonces, ¿os casaréis con la muchacha que pueda distinguir a Ramón de Inocente?

—Así es —dijeron ambos al unísono.

—¡No podéis hacer eso!

—Por supuesto que sí. ¿Quién podría saberlo?

Hasta su visita a casa de Elena, Ana nunca había estado a solas con un hombre, ni siquiera con su padre y abuelo, pero doña Leonor no era tan cauta como doña Cristina o como su madre. A pesar de su juventud e inexperiencia, Ana estaba segura de que Ramón e Inocente trataban de engañarla. Si uno se ofrecía a acompañarla en un paseo por el jardín después del desayuno, la joven pensaba que era el otro quien se aparecía. O si uno se brindaba para ir a recoger el chal que se había quedado en la casa, era el otro quien se lo traía. El hecho de que ambos pensaban que sería sumamente fácil embaucarla, hizo que Ana se propusiera aprender a diferenciar a Ramón de Inocente.

Los ojos claros de los gemelos revelaban el misterio de su identidad. Los de Ramón eran juguetones y parecían buscar siempre diversión. Los de Inocente eran solemnes y críticos, y en ocasiones sus bromas tenían un viso cruel. Ana no comprendía por qué nadie se había dado cuenta, pero estaba segura de que los hermanos eran expertos en asumir la personalidad del otro.

En cuanto pudo distinguir sus miradas, Ana notó que también se movían de manera diferente. La naturaleza juguetona de Ramón se revelaba en una soltura y gracia de extremidades que en Inocente, más serio, parecía estudiada. Además, Ramón era más hablador, usualmente el que iniciaba las bromas, y el más propenso a narrar un cuento divertido. Ana les tomaba el pelo a propósito de ello, pero en ninguna ocasión los hermanos admitieron haberse hecho pasar el uno por el otro. Era como si fuesen intercambiables hasta en sus propias mentes, como un hombre de veintitrés años presente en dos cuerpos a la vez.

Cuatro mañanas a la semana los gemelos caminaban hasta un despacho ubicado en un almacén de los muelles, y regresaban usualmente a almorzar y tomar la siesta, para despertar luego con los dulces sonidos del arpa en la que practicaba doña Leonor.

—No trabajan demasiado —le decía Ana a Elena.

—Los caballeros no deben estar el día entero en un despacho.

—¿Pero cómo se puede administrar un negocio en un par de horas al día?

—Los secretarios, los administradores y otra gente por el estilo se hacen cargo de los detalles. Ramón e Inocente supervisan lo que hacen los empleados.

A Ana se le ocurrió que ninguno de los Argoso tenía la menor idea de la complejidad del comercio. Tampoco ella, si viniese al caso, pero su naturaleza práctica le dictaba que un negocio necesitaba la participación activa de sus dueños, no sólo la apariencia de propiedad.

Al atardecer, Ramón e Inocente paseaban, como otros jóvenes, alrededor de la Plaza de la Catedral o Plaza de San Antonio. Salían todas las noches, y Ana los escuchaba tropezar con los muebles cuando regresaban a primera hora de la mañana.

Un día los hermanos alquilaron un coche para llevar a Ana y a Elena a la playa. Una vez allí, y luego de que ambas jóvenes se sentaran, Ramón e Inocente comenzaron a correr de un lado para otro, riendo, empinando una cometa, con alegría infantil inflamada por el aplauso entusiasta de Ana y Elena.

Doña Leonor, al igual que doña Jesusa, visitaba y recibía la visita de amigas y vecinas para compartir los chismes locales. Ana y Elena sonreían con timidez mientras doña Leonor y sus amigas hablaban acerca de quién estaba comprometido con quién, qué oficial había recibido ascenso y quién había sido incapaz de impresionar a sus superiores. Las jóvenes se sentaban con recato durante tales visitas, con las manos en el regazo y la mirada modestamente baja, pues sabían que debían causar una buena impresión en las dueñas, quienes, a cambio, hablarían maravillas de ellas en cuanto ambas se marcharan del salón.

Algunas noches, doña Leonor y don Eugenio llevaban a Ana y a Elena a salones de puntal alto y abundantes espejos, en los que las señoritas bailaban hasta la madrugada con apuestos oficiales en traje de gala y civiles ataviados con impecables pañuelos, pretinas de seda, cintas de seda en los calzones cortos y relucientes zapatos de cabritilla, al son de la música que tocaban las bandas militares.

Como los Argoso Mendoza no tenían dormitorio para invitados, Ana y Elena compartían cama y dormían una en brazos de la otra. Cada mañana, cuando Elena oía a la sirvienta entrar a la habitación para abrir las cortinas, empujaba a Ana al otro lado de la cama, y ambas se volvían las espaldas, dejando espacio suficiente entre las dos. Aquel era el momento del día en que Ana se sentía más sola.

Doña Leonor era hospitalaria y gentil, pero le preocupaba que Ramón e Inocente recurrieran cada vez más a Ana para distraerse y conversar. Aparentemente le confundía no poder discernir cuál de los gemelos cortejaba a Ana, y ella contribuía aún más a su perplejidad, al ser igualmente agradable con ambos. A la joven le agradaba ser objeto de la atención de los hermanos, y disfrutaba las miradas envidiosas de otras señoritas, cuyas trémulas pestañas y pechos empolvados vibraban con la simple cercanía de los apuestos jóvenes. Ana se extasiaba al ver cómo las ignoradas señoritas y sus dueñas respectivas se desmayaban prácticamente cuando Ramón e Inocente pasaban de largo para dirigirse hacia ella.

La proximidad a las otras jóvenes, especialmente a la esbelta Elena, ponía a Ana en desventaja, pues era menuda, con apenas cinco pies de estatura, aunque carente de la vulnerabilidad que se espera sea atributo de una mujer pequeña. Debido a su contacto con la naturaleza, Ana era saludable, bronceada y pecosa. Pero ni los maestros de baile ni las monjas ni las lecciones de conducta que le daba Jesusa podían refinar sus movimientos rápidos y eficientes para darles un poco de gracia. El análisis minucioso que se hacía Ana le revelaba que era bastante atractiva, pero no una belleza. Creía que sus ojos negros estaban un poco demasiado próximos y sus labios no eran lo suficientemente pronunciados. Además, según las monjas y dueñas, tenía el hábito de mirar con demasiada intensidad a cualquier cosa o persona que despertase su interés. Era poco elegante en sociedad. A pesar de su prodigioso afán de leer, o debido al mismo, evitaba el cotilleo intrascendente. Para ella resultaba un acto de voluntad fingir interés en los chismorreos, la moda y la decoración del hogar. Le disgustaban los perros pequeños e ignoraba a los niños. Y aunque conocía los artificios de salón, desdeñaba sus limitaciones y nimiedades. Las demás mujeres percibían su distanciamiento y la rechazaban. Aparte de Elena, no tenía más amigas.

Sin embargo, Ana sabía que, independientemente de que cumpliera o no con las expectativas de sus semejantes, los nombres de su familia y su abolengo ocupaban un lugar importante en la vertical sociedad española. Para gente como los Argoso, pudientes pero sin clase, su ascendencia la hacía más atractiva en comparación con las señoritas bien peinadas y exitosas que, abanicándose continuamente, desfilaban delante de cada joven soltero con más dinero pero con un linaje menos deslumbrante. También se dio cuenta de que don Eugenio favorecía las atenciones que Ramón le prodigaba. Tanto ella como Elena se congratulaban entre sí porque el plan que se habían propuesto podría funcionar.

A Ana le gustaba Ramón lo suficiente como para disfrutar de su compañía. Pero cuando le confesó que los Argoso tenían tierras en Puerto Rico, decidió casarse con él.

Don Eugenio era el menor de dos hermanos pertenecientes a una familia de comerciantes y militares. Dos meses antes de la visita de Ana llegó un mensaje a Cádiz en el que se le comunicaba que Rodrigo, su hermano viudo y sin descendencia, había fallecido en Puerto Rico. Eugenio, quien durante su adultez se desempeñó como oficial de caballería, se convirtió en el principal accionista de un enorme —y enormemente rentable— negocio naviero con oficinas en Santo Tomás, San Juan, Cádiz y Madrid. Además de su parte en el negocio Marítima Argoso Marín, le correspondían una casa en San Juan, una finca en las afueras de la ciudad y una hacienda azucarera de una caballería con veinticinco esclavos en el sudeste de la isla.

En realidad, tenía poca noción del negocio al que se dedicaba Rodrigo. Eugenio recibía dos veces al año un estado de cuentas y un aviso de transferencia de su porción de ganancias e interés a su cuenta bancaria en Cádiz. Las cantidades variaban de año en año según los caprichos del negocio y de las cosechas, impuestos, obligaciones, pagos de seguro, inversiones en materiales y mano de obra, rentas, atraque, derechos de muelle, pérdidas y préstamos. Eugenio confiaba sin reservas en su hermano, y agradecía los ingresos que posibilitaban las inversiones de Rodrigo. Desde su nacimiento, y en cada cumpleaños, Rodrigo les regalaba a Ramón y a Inocente acciones de Marítima Argoso Marín, por lo que, a partir de los veinte años, los hermanos comenzaron a recibir sus propios ingresos.

A diferencia de su hermano, Eugenio no tenía buena cabeza para el comercio, pero los militares le habían inculcado la capacidad de delegar, de motivar y de responsabilizar a los demás. Sabía que sus hijos compartían su rechazo a las veleidades del comercio, pero aun así, luego de la muerte de Rodrigo, los obligó a trabajar con administradores y secretarios de Marítima Argoso Marín, en espera de que una mayor participación en las operaciones entusiasmara e inspirara a Ramón y a Inocente.

Luego de varias conversaciones con sus hijos y con Leonor, Eugenio decidió mantener sus acciones en el negocio naviero, pero se propuso vender la casa, la hacienda, las tierras y los esclavos en Puerto Rico, un proceso que resultó bastante lento, pues tenía las manos atadas hasta que la Corona realizara una auditoría completa del patrimonio de Rodrigo y cobrara los impuestos correspondientes. Confiaba en que tanto él como sus hijos podrían administrar el negocio naviero, pero que, en cuanto vendiera la casa y las tierras, se compraría una finca en la que pudiera pasar los últimos días de su vida criando caballos de carrera y toros de lidia. A sus cincuenta y dos años era aún relativamente joven, y Leonor gozaba de un gran dinamismo a los cuarenta y siete. Luego de décadas de carrera militar, viviendo en tiendas de campaña y casas alquiladas como la de Cádiz, Eugenio podría darle finalmente a Leonor una verdadera casa. Pero el día antes del regreso de Ana a Sevilla, Ramón fue a hablar con Eugenio.

—Padre, quiero pedirle respetuosamente permiso para pedir en matrimonio a la señorita Larragoity Cubillas.

Eugenio pensaba que Ramón, con casi veinticuatro años cumplidos, debería asentarse para fundar una familia, y creyó que Ana era una opción espléndida para su hijo mayor. La joven procedía de buena familia, era educada, inteligente, no tonta como las chicas que revoloteaban alrededor de sus apuestos hijos. Sabía además que, como don Gustavo no tenía heredero varón, su patrimonio iría a parar a manos del tío de Ana, pero sospechaba que la joven llegaría al altar con una atractiva dote y regalos en metálico del lado de los Cubillas.

Eugenio le dio su aprobación sin consultar previamente con su esposa.

—Pero si apenas se conocen… —se lamentó doña Leonor.

—En el mes que ha transcurrido desde que llegó han pasado muchas horas juntos.

—No sabemos nada de ella.

—Sabemos que procede de una familia ilustre y acaudalada...

—Hay algo en ella que... —dijo Leonor—. Tengo un mal presentimiento.

Como Eugenio y Leonor llevaban veintinueve años de matrimonio, el hombre estaba acostumbrado a sus miedos imaginarios y premoniciones, considerándolos como presentimientos que jamás llegaban a cumplirse. Leonor argumentaba que, debido a la atención que todos le prestaban a sus advertencias, Ramón e Inocente sólo eran víctimas de los contratiempos comunes de los muchachos activos y los jóvenes vivaces.

—Ya escogió, mi amor, y creo que lo hizo bien —le respondió Eugenio—. Yo propicié que la cortejara, pero tal vez se me escapó algo. ¿Tienes alguna preocupación específica acerca de ella?

—No, es una corazonada.

—Sólo eres una madre que ve cómo su hijo se enamora de otra mujer.

—No siento celos —ripostó Leonor—. Creo que deben sentar cabeza, y, claro, quiero nietos. Pero, ¿por qué con ella?

A los padres de Ana tampoco les complació el compromiso. Primero, estaba Leonor, una Mendoza y una Sánchez, procedente de familias de conversos cuyos ancestros judíos habían aceptado la fe católica hacía más de doscientos años. Sin embargo, no bastaban ocho generaciones para borrar el estigma de haber sido judíos en España, especialmente para una familia de católicos conservadores. También estaban predispuestos contra Eugenio a causa de sus ideas políticas.

Antes de morir en 1833 sin heredero, el rey Fernando VII convenció a las Cortes españolas para que promulgaran la Pragmática Sanción, derogatoria de la Ley Sálica que definía las normas de sucesión real en beneficio de los varones en la línea principal (hijos) o lateral (hermanos y sobrinos); y propiciar que Isabel, su hija mayor, heredara el trono, a pesar de que aún era una niña. Su tío, el también infante don Carlos, gozaba de la simpatía de los elementos conservadores, principalmente la Iglesia católica. A la muerte de Fernando, Carlos impugnó el derecho de la Infanta, que por entonces sólo tenía tres años, desatando una contienda civil que se conoció como Guerra Carlista. Por espacio de seis largos años las dos facciones en pugna lucharon por tomar el control, hasta que en 1839, con el apoyo de Inglaterra, Francia y Portugal, las huestes isabelinas salieron victoriosas.

Eugenio se había distinguido en el lado isabelino de la contienda, mientras que las familias Larragoity y Cubillas eran fervientes carlistas, seguidores de don Carlos, tío de Isabel.

Eugenio hizo el viaje de Cádiz a Sevilla para presentar la solicitud de su hijo. Gustavo lo escuchó cortésmente, pero se opuso con firmeza a la petición de la mano de su hija. Jesusa le recordó a Ana cómo su naturaleza impetuosa le hacía tomar a menudo decisiones apresuradas.

—¿Recuerdas cuando quisiste hacerte monja porque admirabas tanto a tu maestra, sor Magdalena? En dos semanas cambiaste de parecer…

—Tenía diez años, mamá. ¿Qué niña de diez años no quiere ser monja?

—Eres insolente con tu madre —le dijo su padre, y la amenazó con enviarla a un convento de carmelitas en Extremadura si no renunciaba a su tonta obsesión.

Ni los recordatorios de otras ocasiones en que estuvo al borde del fracaso ni las amenazas de un destino que ya consideraba suyo (aunque brevemente) hicieron que Ana cejara en su intento. Era el hombre con quien deseaba casarse. Y enseguida.

Una señorita de buena crianza y en pleno siglo XIX no podía desafiar a sus padres. Ana era buena hija, aunque voluntariosa y testaruda. Como sabía que era una insolencia discutir con sus padres, hizo lo que las jovencitas de su clase y posición solían hacer cuando no podían salirse con la suya: cayó presa de una enfermedad debilitante y misteriosa que ningún médico era capaz de diagnosticar ni curar. Después de los accesos de fiebre alta, la aquejaban escalofríos tan intensos que hacían vibrar su cama, y la falta de aire que le impedía dormir durante varias noches consecutivas la hacía sumergirse posteriormente en un sopor del que no podía despertar. Y por si lo anterior fuese poco, la inapetencia le provocó tal pérdida de peso que Jesusa comenzó a temer que Ana se consumiera.

Aquella alternancia de padecimientos obligó a Ana a permanecer en cama durante casi dos meses. En el curso de su enfermedad, Ramón (o al menos así fue por quien lo tomó Jesusa) visitó varias veces la casa para preguntar cómo seguía Ana, rogando que se le permitiera hablar con ella. La distancia entre Sevilla y Cádiz, más de setenta leguas, y la inestable situación política hacían que el viaje fuera riesgoso. Hasta al mismo Gustavo le impresionó la devoción y disposición de Ramón, quien ponía en peligro su propia vida para cortejar a su hija.

Si bien a Eugenio le parecía generosa la dote de Ana, debía ser la mitad de lo que recibiera Gustavo al contraer matrimonio con Jesusa, sin incluir las alhajas que la misma heredara de sus abuelas. Gustavo veía a su hija con ojos de desaprobación: con diecisiete años representaba mucha más edad y —a pesar de sus vestidos a la moda, sus coloridos chales y sus peinados— le parecía ordinaria.

Gustavo había analizado el comportamiento de su hija en sociedad: su mordacidad provocaba el rechazo de otras mujeres y de algunos hombres. Aunque Sevilla era una gran ciudad, Gustavo y Jesusa ya conocían todo lo que valía y brillaba en la misma. Ningún otro joven conocido estaba interesado en Ana. Si no llegaba a casarse, dependería de él por el resto de su vida, y, cuando muriera, de la caridad de su tío. Ana carecía de espíritu altruista, y Gustavo no se la imaginaba como una tía enfermiza y de voz apacible en el ruidoso hogar de su hermano, ni como una solterona caritativa que socorre a los pobres, ni acompañando a los ancianos y a los enfermos. Era una chica inteligente y Gustavo estaba seguro de que ella también había analizado esas mismas posibilidades.

Gustavo les ordenó a sus abogados que realizaran una discreta indagación sobre Marítima Argoso Marín. Los informes resultantes fueron alentadores. La compañía gozaba de buena salud, y la experiencia del coronel para liderar hombres se podía traducir en ingenio para los negocios. Pero Ramón no le causaba la misma impresión. El joven era un petimetre, y Gustavo se imaginaba que su hija se consideraba dichosa de haber cazado a aquel deslumbrante pavo real. Al menos, la muchacha no carecía de sentido común, y seguramente lo domesticaría en cuanto se casaran.

Por eso, ocho meses después de que Ana revelara quién iba a ser su esposo, el padre le dio el visto bueno al compromiso.

En cuanto se le dio permiso a Ramón para visitarla, Ana comenzó a recuperarse rápidamente. El joven permanecía en la habitación algunos minutos, escoltado por la inexpresiva Jesusa. Sin embargo, su buen humor y su gentileza fueron ganando la aprobación de su futura suegra. Al mes siguiente las visitas fueron prolongándose hasta llegar a la hora de las comidas, cuando Jesusa y Gustavo recababan información acerca de las familias Argoso y Mendoza, que podrían utilizar posteriormente para justificar que su hija se uniera en matrimonio a un liberal con antepasados judíos. En cuanto Ana pudo sentarse erguida sin esfuerzo, se fijó la fecha de boda, que se realizaría días después de que cumpliese dieciocho años.

La residencia Larragoity Cubillas en la Plaza de Pilatos le resultaría impresionante a todo aquél que le deslumbren los retratos de caballeros con golas almidonadas y pantorrillas bien formadas, y mujeres revestidas de encajes y terciopelo decorado con armiño. Las paredes estaban pobladas de espadas, arcabuces y dagas, como si se quisiera recordarle a quien los viese que los hombres de la familia Larragoity eran de armas tomar. Al pie de la escalera había una armadura de caballero con un escudo adornado con un emblema heráldico en el cual se distinguía una enorme cruz rematada por una corona de espinas. Gustavo se declaraba descendiente directo de ese caballero que usara aquella cota de malla y armadura en las Cruzadas. Sin embargo, Ana sospechaba que tal asunto, al igual que otras tantas leyendas de la familia Larragoity Cubillas, era una exageración, y no creía que ninguna de las dos ramas de su familia se hubiesen aventurado fuera de los límites de sus aldeas hasta siglos después, cuando la Conquista posibilitó que jóvenes sin un céntimo se hicieran a la mar en busca de fortuna. Sin embargo, se dio cuenta de que las historias de Gustavo y Jesusa les causaban impresión a los gemelos.

En algunas ocasiones Ramón venía solo, en otras Inocente se hacía pasar por Ramón, y algunas veces lo hacían juntos, vestidos con ropas diferentes para que los padres de Ana pudieran diferenciarlos. Cuanto más tiempo pasaba la joven con ellos, más reconocía que, contrariamente al plan de los Argoso para convertirlos en sensatos comerciantes, Ramón e Inocente eran románticos, y la valentía de los hombres de las familias Larragoity y Cubillas, especialmente como se la presentaban los hiperbólicos padres de Ana, los inspiraba a imaginarse que ellos también podían tener una vida plena de aventuras.

—¡Qué caballo tan hermoso! —dijo Ramón en una ocasión, al detenerse ante un retrato del tío bisabuelo de Ana, el tabacalero de Cuba, que montaba muy erguido un semental de color castaño, rodeado por hectáreas y hectáreas de terreno, con una mansión con columnatas y establos al fondo.

—Tenía trescientos caballos —respondió Gustavo—. Y tantas tierras que necesitaba un día para recorrer su plantación de un extremo al otro.

—Le debían ser muy necesarios tantos caballos —dijo Ana.

Jesusa ignoró el comentario de su hija. —Lo apodaban "Sin Par". Era incomparable.

—Eso es precisamente lo que significa su apodo —añadió Ana, pero ni sus padres ni los gemelos se hicieron eco del sarcasmo.

No podía evitarlo. Sus padres la irritaban sobremanera, pero, al mismo tiempo, comprendía que sus alardes acerca de glamorosos ancestros despertaban la imaginación de Ramón e Inocente, y confirmaban sus historias de que al otro lado del océano les esperaba la aventura.

Ramón e Inocente perdieron la independencia que disfrutaban antes de iniciarse como aprendices en el negocio de su tío. Temían que el plan que se proponía Eugenio de retirarse al campo y entregarles las riendas del negocio equivaldría a una vida seria y convencional. No querían pasarse el día en una oficina, sino estar al aire libre entre hombres y caballos.

—Os imagino a los dos montando caballos tan hermosos como éste —les decía Ana, endulzando la voz—, cabalgando por esos campos inmensos, dueños y señores de vuestro propio mundo.

Ana los estimulaba y lisonjeaba, y Ramón e Inocente comenzaron a verse a través de los ojos de la joven. En verdad eran jóvenes, valientes, fuertes, imaginativos. Ambos habían aprendido bastante sobre cómo manejar un negocio. ¿Por qué no irse a Puerto Rico y administrar las tierras que su tío le había dejado a la familia? Como la hacienda azucarera contaba con trabajadores que conocían el negocio, Ramón e Inocente serían los señores a caballo que supervisarían la operación y cosecharían las ganancias.

—En pocos años —volvía Ana a la carga—, podremos regresar a España con una fortuna. Y con suficientes historias que contar por el resto de nuestra vida.

Ana alimentaba sus febriles fantasías, y ambos deseaban tanto como ella una vida de aventuras. Para ellos, la joven representaba su independencia. Y para ella, los gemelos eran los agentes que propiciarían su libertad.

El compromiso

Leonor y Elena estaban en la planta alta tomándose las medidas para unos vestidos nuevos, y Eugenio acababa de instalarse en su estudio con los periódicos matutinos, el café y un tabaco cuando entraron sus hijos.

—Queremos hablar con usted, padre—le dijo Inocente.

Eugenio dobló el periódico, lo dejó a un lado y les hizo un gesto para que se sentasen.

—Queremos hacernos cargo de la hacienda y de la plantación de Puerto Rico que tío Rodrigo dejó en su herencia —comenzó a decir Ramón.

—Pienso vender esas propiedades.

—Pero la hacienda tiene más potencial… —comenzó Inocente.

—…Que aprovechar una pequeña ganancia a corto plazo —terminó Ramón.

—Hemos analizado las cuentas —prosiguió Inocente, mientras desplegaba varios folios ante la vista de su padre—. Tío Rodrigo fue dueño de la hacienda de Caguas durante cinco años. Está más cerca de la capital que la plantación y la usaba como un retiro para descansar de la ciudad.

—Las frutas, las verduras, las aves y los cerdos aprovisionaban sus barcos —dijo Ramón—. Un campesino y su mujer hacen todo el trabajo de siembra y cosecha, junto con tres hijos mayores que viven en la propiedad, a cambio de tener una pequeña parcela donde cultivan su propio sustento. Además, cuidaban de la casa en ausencia de tío Rodrigo, y cuando estaba allí, la mujer y su hija se encargaban de la limpieza y la cocina. Y cuando hay demasiado trabajo para el intendente y su familia, hay que pagar a jornaleros.

—Hemos analizado varias opciones —dijo Inocente—. El libro del coronel George Flinter nos ha hecho ver las posibilidades.

—¿El coronel Flinter? —Eugenio enarcó las cejas y dio un sorbo al café. Estaba frío.

—¿Lo conoce? —preguntó Ramón con entusiasmo.

—Si se trata de la misma persona… pues es un irlandés rubicundo, bizco y belicoso. Peleó contra Bolívar a favor de España en Hispanoamérica y luego se distinguió aquí en la guerra contra los carlistas.

—El libro fue publicado en 1832 —dijo Ramón.

—Con encargo de informar acerca de las condiciones de Puerto Rico —le interrumpió Inocente.

—Con énfasis en la agricultura —añadió Ramón.

—Nunca me imaginé que fuese escritor —dijo Eugenio mientras se rascaba los bigotes—. Aunque sí hablaba hasta por los codos.

—De cualquier manera —volvió a la carga Inocente para que su padre no desviase el curso de la conversación—, su informe es bastante ilustrativo. Las ganancias por hectárea en Puerto Rico son superiores a las de cualquier otra parte de las Antillas —aseguró, señalando una columna de números—. Aquí, por ejemplo, usted puede ver que el arroz produce tres cosechas anuales, a diferencia de las islas vecinas como La Española que sólo tiene dos al año.

—¿Os queréis convertir en arroceros? —Eugenio trataba de evocar a un coronel Flinter diferente al de las bravuconadas y la impresionante capacidad de consumir alcohol.

—No, padre —respondió Ramón—. Es un ejemplo de lo fértil que son esas tierras. Mire, la batata, la patata y la naranja de Puerto Rico rinden cuatro veces más que en el resto de las Antillas.

—Sin embargo, nos proponemos administrar la hacienda azucarera —continuó Inocente—. La finca de Caguas rinde bien, pero se ha descuidado la plantación al otro lado de la isla y no se han explotado sus posibilidades.

—Y las cifras que hemos visto —dijo Ramón, revolviendo los papeles— indican que las rentas azucareras en Puerto Rico son cinco veces mayores a las de otras islas. ¡Cinco veces, padre!

—¿Y todo eso lo habéis sacado del informe de Flinter? —Eugenio no podía desembarazarse de la imagen del jactancioso coronel haciéndose pasar por experto en agricultura.

—Es un estudio muy completo —aseguró Inocente—. Las recomendaciones que les hace a los europeos que se proponen establecerse en Puerto Rico son claras y están bien analizadas.

—Esperamos ser rentables en cinco años —explicó Ramón.

—Pero si ninguno de los dos habéis sembrado jamás ni una planta en una maceta…

Ramón sonrió. —Recuerde que vamos a supervisar a los que hacen el trabajo.

Eugenio miró los rostros radiantes y ávidos de sus hijos. No los había visto tan entusiasmados por algo en muchos años.

—¿Sabéis que el trabajo de la hacienda lo hacen los esclavos?

—Sí, padre, somos conscientes de ello —respondió Inocente—. Pero no es como en Cuba o en Jamaica, donde *toda* la operación está a cargo de los esclavos. En Puerto Rico lo complementan los jornaleros.

—Pero aun así habrá esclavos que trabajen para vosotros.

—Nos proponemos liberarlos lo antes posible. Incluso antes de la primera cosecha —aseguró Inocente.

Eugenio se dio cuenta de que esa idea se le acababa de ocurrir a su hijo en aquel mismo instante. Ramón le prodigó a su hermano una mirada de agradecimiento.

—Y tú —dijo Eugenio, volviéndose hacia Ramón—, muy pronto te casarás con una señorita que se crió entre todas las comodidades posibles. No todas las mujeres se adaptan tan bien como vuestra madre.

—Ana no sólo está totalmente de acuerdo —aseguró Ramón—. También comparte nuestro mismo entusiasmo por Puerto Rico.

—Fue ella quien nos dio el informe de Flinter —añadió Inocente.

—Ella estudió la historia —agregó Ramón—. La de sus antepasados.

—¿Tiene familia allí?

—Ya no. Pero la tuvo hace años.

—Gran parte de la fortuna de su familia —le interrumpió Inocente— procede de las Antillas.

—Fueron comerciantes y dueños de plantaciones que regresaron con grandes fortunas. Ana sabe lo que se va a encontrar allí —dijo Ramón con cierto orgullo.

—Regresaremos a España con experiencia práctica para administrar un negocio —siguió diciendo Inocente.

—Y seremos más capaces de llevar las riendas de Marítima Argoso Marín —concluyó Ramón.

—Pero ¿quién va a hacerse cargo del negocio en ese tiempo?

—Usted puede seguir trabajando con los administradores y los agentes —respondió Inocente.

—Usted ha tenido una vida plena y exitosa —dijo Ramón—. Nosotros somos jóvenes y fuertes, pero no hemos hecho nada de utilidad en nuestra vida. ¿No es eso lo que nos ha dicho siempre? Pues deseamos abrirnos paso por nuestra cuenta, padre.

—Y queremos que usted se sienta orgulloso de nosotros, padre —agregó Inocente.

Leonor no podía concebir que sus hijos se marcharan de España.

—Vamos a morir en soledad —dijo llorando cuando Eugenio le habló de la propuesta—. Quiero estar cerca de nuestros hijos, ser la abuela de sus niños. No quiero lidiar con más destacamentos. Me gustaría estar en una casa como Dios manda. ¿Es mucho pedir, al cabo de tantos años de vivir en tiendas de campaña y en cabañas?

Al final llegaron a un compromiso: todos se irían a Puerto Rico. Eugenio pospuso su sueño de tener un rancho para criar caballos y toros de lidia en España. Tanto él como Leonor y Elena se mudarían a la casa de San Juan. Eugenio administraría el negocio naviero desde la capital y pasaría la Navidad en la finca, ubicada en un pueblo cercano, como solía hacer Rodrigo. Ramón e Inocente se harían cargo de la plantación azucarera al otro lado de la isla. Al cabo de cinco años, podrían regresar todos a España para disfrutar de los ingresos y hacer visitas ocasionales a la isla. O mejor aún, vender las propiedades ya rentables. El hecho de que Ramón se casara con Ana e Inocente con Elena (cuando ella cumpliera la edad requerida para cobrar la herencia) equivalía a evitar una fuente potencial de disputas, pues las futuras cuñadas eran buenas amigas. Eugenio felicitó a sus hijos por ser tan previsores.

Hicieron los planes sin mirar un mapa detallado. Sabían que Puerto Rico tenía ciento treinta leguas de largo por cuarenta y seis de ancho, y las distancias les parecían cortas en comparación con las de Europa. A pesar de que, por su condición de soldado, Eugenio estaba consciente de que incluso atravesar una legua por caminos tortuosos demoraría horas, quería complacer a su esposa. También deseaba estar cerca de sus hijos. Siempre había sido militar, pero estaba de acuerdo en retirarse de la caballería para convertirse en terrateniente y comerciante.

Eugenio les dio brillo a su espada y a su sable y los guardó en sus pulidas vainas. Luego ensartó sus medallas y cintas en un paño de terciopelo que le había hecho Leonor. Con la ceremonia que merecía su jerarquía, dobló sus uniformes, cepilló sus sombreros emplumados, enrolló sus cintos y los guardó en un baúl de cedro. Dándoles una última mirada antes de cerrar y asegurar con candado una vida de recuerdos, Eugenio se despidió de su carrera, preparándose para una nueva vida con su familia en Puerto Rico.

VICEVERSA

Durante los seis meses que siguieron, Leonor les recordaba con frecuencia a su esposo e hijos que el viaje a las Antillas había sido idea de ellos, y que ella había aceptado sólo porque no podía hacerlos cambiar de parecer. Para enfatizar su oposición, insistió en que Eugenio la acompañara a colocar coronas en las tumbas de sus padres y a despedirse de sus parientes vivos que residían en Villamartín, el pueblo donde se había criado. Según aseguraba, tenía la premonición de que jamás volvería a ver España.

Ramón e Inocente iban en dirección totalmente opuesta. A mediados de junio de 1844 acompañaron a Elena en un viaje en barco de vapor por el río Guadalquivir a Sevilla, donde ayudaría a Ana a preparar su ajuar para la boda que se realizaría seis semanas más tarde.

Ana, Elena, Jesusa y un grupo de comadres, primas y vecinas cosían, bordaban y llenaban canastas, baúles y cajas durante horas en el piso más alto de la casa. Ana y Elena estaban poseídas por un continuo frenesí. Y como Ramón e Inocente no querían interferir en asuntos tan importantes, dejaron que las damas hicieran sus labores, y aprovecharon sus horas de ocio.

Ramón e Inocente no habían vivido por su cuenta ni lejos de la mirada protectora de Leonor hasta que se trasladaron a Sevilla para estar cerca de Ana. Cuando eran niños la madre los preparó para la vida de salón de los caballeros, pero los chicos crecieron entre soldados, en la periferia de batallas, en tiendas de campaña instaladas en caminos polvorientos y junto a la espléndida caballería española. Recibieron una azarosa instrucción por parte de tutores y de su madre, quien se oponía a enviarlos a ningún internado mientras compartieran el destino de Eugenio. Leonor los educó en cuestiones de urbanidad, baile y conversación, mientras que su padre les enseñó las artes masculinas de la caballería, la equitación, el combate, las bebidas y la esgrima. Los gemelos fueron testigos de contiendas contra los carlistas lideradas por su padre, quien podía dar muerte al enemigo en el campo de batalla, pero también podía bailar con gracia y prestancia al son del violín sobre el pulido suelo de un salón. Las damas que hubieran compartido con Ramón e Inocente en un baile a la luz de las velas la noche antes, no los reconocerían al día siguiente, sudorosos y llenos de lodo, corriendo por el pasto, diciendo malas palabras o cantando coplas obscenas.

Los amigos y familiares que los conocían desde la infancia no habían visto jamás a Ramón separado de Inocente. Ambos se parecían tanto que nadie se atrevía ni siquiera a intentar distinguirlos. Inocente afirmaba que la gente era perezosa, y que resultaba más fácil hallar las similitudes de los gemelos que sus diferencias. Por tanto, el hecho de comprobar si otras personas los veían como entes individuales confundiéndolas deliberadamente se convirtió en un juego perverso.

A Elena la confundieron durante años. La muchacha permanecía en la escuela gran parte del tiempo porque Leonor consideraba inadecuado tener a una mujer hermosa entre tantos soldados. Cada vez que Elena venía de vacaciones, Ramón e Inocente se esforzaban al máximo para acicalarse y vestirse de la misma manera. A las señoritas que asistían a reuniones sociales les resultaba difícil distinguir a uno del otro, pero los hermanos querían saber si alguien que viviese con ellos tendría el mismo problema. Estaban seguros de que Elena no iba a poder diferenciarlos. Incluso su propia madre confundía a menudo a Ramón con Inocente y viceversa.

Desde niños los hermanos dormían entrelazados, hasta que Leonor les anunció que ya estaban lo suficientemente crecidos como para tener cama propia. Sin embargo, colocaron sus camas a centímetros de distancia entre sí, y con frecuencia se despertaban tomados de la mano. Ambos comparaban el tamaño de su pene cuando orinaban al aire libre, disputándose cuál de los dos generaba el chorro más largo. A principios de su adolescencia, se masturbaban a la par, compitiendo para ver quién llegaba primero al orgasmo. Sin embargo, una mañana Ramón se despertó por el contacto de la mano de Inocente sobre su vientre desnudo, a escasos centímetros de su pene erecto. Como no estaba seguro si Inocente estaba dormido o despierto, quedó a la espera, sintiendo curiosidad por ver si la mano se acercaba más, deseándolo al mismo tiempo. Y así fue. Él a su vez, con los ojos cerrados, boca arriba, dejó que su mano se deslizara lentamente por la cadera derecha de Inocente, para descubrir que su hermano también estaba desnudo y con el pene enhiesto. Le resultó mucho más excitante que los dedos de Inocente y no los suyos recorrieran su pene, y supo que su hermano experimentaba la misma sensación.

Mucho antes de que su padre los llevara a un burdel para iniciarse en los misterios del sexo, ya ambos se complacían el uno al otro sin comentarios, conscientes de que si tocaban ese tema los tabúes existentes con respecto a aquellas manipulaciones mutuas les inhibirían al instante.

Cuando se enteraron de que su padre frecuentaba prostitutas, se quedaron estupefactos.

—Pero si usted ama a nuestra madre —le preguntó Inocente—, ¿por qué visita burdeles?

—Los deseos de los hombres son diferentes de los de las mujeres —fue la respuesta del padre—. Amo y admiro a vuestra madre demasiado para pedirle que me complazca como lo hacen las putas. El matrimonio es sagrado, destinado a la procreación, sí, pero también para alejarnos del salvajismo. El hombre honra a su esposa protegiéndola de sus más bajos instintos. Para eso están las putas.

Aquella explicación les dio licencia plenaria para satisfacer sus impulsos más innobles siempre y cuando salvaguardaran de ellos a sus futuras esposas. Por ejemplo, jamás les confesarían a sus esposas que les gustaba verse uno al otro poseyendo a la misma mujer.

«Es como verme en un espejo», pensaba Ramón.

Las únicas ocasiones en que no compartían aventuras sexuales era cuando Inocente comenzó a experimentar con raros artilugios en habitaciones escasamente iluminadas que aterraban a Ramón.

—Es… exquisito. Un dolor exquisito —le explicaba Inocente—. No es para nada lo que te imaginas.

Ramón probó a hacerlo, desnudo, maniatado y con los ojos vendados, mientras una mujer le daba órdenes a gritos y le pegaba con un látigo. Una experiencia que no le resultó tan placentera como esperaba.

Los hermanos eran apuestos y codiciados en sociedad, pero preferían damas de dudosa reputación. Una de sus favoritas era doña Cándida, Marquesa de Lirios, cuyo anciano esposo murió de una apoplejía al descubrirla en flagrante adulterio con su torero favorito. La Marquesa de Lirios sugirió hacer un *ménage à trois* con Ramón e Inocente. Por espacio de seis meses, la Marquesa de Lirios guió sabiamente sus dedos, lenguas y penes por fantásticas exploraciones de cada intersticio del cuerpo masculino y femenino, y lo hizo con tal desenfreno que tanto Ramón como Inocente jamás volvieron a ser los mismos.

Cuatro meses después de que la Marquesa de Lirios se internara de forma súbita e inexplicable en un convento, Ramón e Inocente conocieron a Ana. El brillo desafiante de sus ojos les reveló que no era una chica común y corriente. A ambos les atrajo Ana porque los trataba como a entes separados, y miraba atentamente en sus ropas y accesorios idénticos para detectar cuál de ellos era Ramón y cuál Inocente. Los hermanos le agradecieron que no se dejara vencer por sus engañosas maniobras y, aparentemente, a la joven le encantaba ser cómplice en su juego de confundir a los demás. A medida que iban compartiendo más tiempo con ella, los hermanos fueron convenciéndose de que habían encontrado un alma gemela. Ana no se molestaba en lo más mínimo cuando Ramón le confesaba que se iban a casar con la misma mujer. Si todo lo compartían, ¿por qué no habían de hacerlo con una misma esposa?

Días antes de la boda, Jesusa invitó a Ana a su tocador, y, entre suspiros, ayes y susurros, con labios temblorosos y continuos sonrojos, le explicó cómo se hacían los niños.

—Tienes que acostarte boca arriba lo más inmóvil que puedas y dejarlo hacer lo que tenga que hacer —le explicó—. Y mientras eso ocurre, reza dos padrenuestros y los avemarías necesarios hasta que todo termine.

Ana esperó otras revelaciones, pero su madre no le ofreció más detalles al respecto. Sin embargo, Ana no lo necesitaba, pues había gozado de libre acceso a la biblioteca del abuelo Cubillas. Allí, ocultos en un compartimiento ubicado tras los poemas satíricos del Conde de Villamediana, encontró varios manuales que no dejaban duda alguna acerca de cómo se hacían los bebés. Las ilustraciones y, sobre todo, sus escarceos amatorios con Elena contradecían notablemente las instrucciones de Jesusa.

Ana consideró por un minuto aumentar la turbación de su madre pidiéndole que le diera más detalles pero rechazó tal idea. Jesusa no se caracterizaba precisamente por impartir consejos maternales.

—¿Cómo sabré si estoy embarazada?

Aparentemente, Jesusa le agradeció aquella pregunta que le permitía hablar de algo menos lascivo. —Bueno —le dijo—, como tienes esos problemas de periodos irregulares, la única forma de saberlo con seguridad es por los cambios en tu cuerpo.

—¿Como el crecimiento del vientre?

—Así es, pero antes de eso vas a tener otras señales como náuseas en la mañana y antojos por determinadas comidas. Cuando estaba embarazada de ti me dio por comer limones. No me saciaba, y la comadrona me dijo que eso me había ocurrido porque tú eras muy dulce. Sin embargo, en mis tres primeros embarazos no tuve antojos —Jesusa enmudeció, bajó la mirada y quedó inmersa en una tristeza repentina, como si Ana no estuviese allí.

—Siempre me has dicho lo contrario, que soy propensa a la amargura. Tal vez se deba a que comiste demasiados limones.

Sus palabras cayeron en el vacío que se creó entre ambas, poblado aparentemente por tres espectros flotando en el aire: los de aquellos hijos que Jesusa quiso y perdió, los mismos que jamás iban a responderle ni a desafiarla.

—Mejor termina de recoger tus cosas —dijo Jesusa, como si quisiera terminar de una vez aquella conversación.

Aliviada y deprimida, Ana subió las escaleras en dirección a la habitación en la que había dejado a Elena doblando ropa de cama.

Lo que en otro tiempo había sido su dormitorio de infancia, ahora rebosaba de canastas, baúles y cajas.

—Aún no puedo creer que nos vamos —le dijo Elena mientras contaba servilletas, toallas, sábanas y manteles, para luego anotar las cantidades en el cuaderno doméstico de Ana—. Estás muy seria. ¿Discutiste con tu madre?

—No discutimos —respondió Ana, arrodillándose ante la ropa de cama para separarla en varias pilas—. Nos molestamos mutuamente.

—Vas a echarla de menos cuando estés al otro lado del océano. También a tu padre y a tu casa.

—No los echaré tanto de menos como tú o ellos creen. Más echaría de menos si no me fuese.

—¡Ana!

—¿Por qué te sorprendes? Sabes que nunca hemos tenido un gran apego.

—Pero son tus padres.

—Son superficiales. Todo lo que les interesa es impresionar a sus vecinos con sus nombres y su posición en sociedad.

—Por supuesto que les enorgullecen el buen nombre y los logros de sus ancestros.

—Pero ellos no han movido una paja —respondió Ana—. No han hecho méritos propios. No han hecho nada, no han creado nada, no han trabajado en nada. Ni siquiera dejarán huellas de su existencia. No tienen otro legado que sus nombres, por los que tampoco hicieron nada para merecerlos.

—Ana, eso es muy cruel.

Ana dobló una funda bordada y la colocó encima de una pila de servilletas. —No quiero ser como ellos. Me siento más cercana a nuestros parientes Larragoity y Cubillas cuyos retratos cuelgan en las paredes, a esos que vuelven el rostro hacia el futuro y no a los que sólo miran el pasado.

Elena colocó la funda en el lugar que le correspondía, junto a las demás. —No todos se sienten a gusto con la incertidumbre de lo que ocurrirá, Ana —dijo.

—¿Cómo puedes saber de lo que eres capaz si no le haces frente a lo desconocido?

—Algunas personas, como tus padres, como yo, no queremos que nos pongan a prueba. Somos felices viviendo lo más tranquila y cómodamente posible.

—No yo —respondió Ana, cerrando el baúl—. Cuando llegue el momento, no espero comodidad, ni siquiera felicidad.

—Pero, ¿cómo es posible que no quieras ser feliz?

—No he dicho que no lo quiera. No lo espero. Aquel día y aquella noche que las monjas hicieron que me acostara boca abajo sobre el suelo de piedra aprendí que la felicidad tiene su precio. Por eso no espero ser feliz todo el tiempo. Prefiero sorprenderme con algún momento que me recuerde de vez en cuando que la alegría es posible, aunque luego tenga que pagar por ello.

—Supongo que eres más realista que yo.

Ana se inclinó y besó a Elena. —Soy feliz cuando estoy contigo —le dijo en un susurro.

—Entonces eso nos hace felices a las dos.

Ana se unió en matrimonio a Ramón el sábado 3 de agosto de 1844, una semana después de cumplir dieciocho años, en una ceremonia a la cual asistió sólo la familia. Elena fue la madrina e Inocente el padrino. Al ver a su hija convertirse en esposa, Jesusa se transformó en la madre que nunca había sido, llorando de tal manera durante toda la misa en la Catedral de Sevilla, y luego en la recepción posterior, que Gustavo se vio obligado a suplicarle que se contuviera.

—Nos haces quedar en ridículo —le dijo.

—Nuestra querida Anita, nuestra dulce y preciada hija única, nos deja —decía Jesusa, sollozando.

Ana sintió celos de la "Anita" que su madre estaba creando ahora que ella, la real, viviente y adulta Ana, se marchaba de casa. Estaba ansiosa por escapar de los accesos de emoción de Jesusa. Era excesivo, y demasiado tarde. De haberle sido posible, hubiera partido a San Juan en aquel mismo instante.

En cuanto terminó el almuerzo nupcial, Ramón, Ana, Eugenio, Leonor, Elena e Inocente subieron al barco que los llevaría a Cádiz. Los recién casados se alojarían en una habitación de una posada costera hasta que llegara el momento de zarpar con destino a San Juan, en una de las naves de Marítima Argoso Marín, esa misma semana.

Ana y Elena habían hablado bastante acerca de su noche de bodas, y se habían puesto de acuerdo en que Ana debería desempeñar el papel de virgen inocente para hacerle creer a Ramón que carecía de experiencia en intimidades sexuales. Después de todo, eso era lo que todo hombre esperaba.

Esa noche Ramón entró al dormitorio cuando Ana ya estaba en la cama.

—Debes estar cansada, querida —le dijo, acostándose junto a ella, pero sin tocarla.

—Ha sido un largo día —le respondió ella.

—Ha comenzado nuestra vida en común y espero ser digno de ti.

—Ya lo eres, mi amor —contestó Ana.

—Estabas muy guapa con tu vestido de novia.

—Gracias. Era de mi bisabuela por parte de los Larragoity. Lo han usado seis generaciones de novias.

Aunque le asombraba que Ramón no hiciera el menor intento de acercársele, al menos durante la siguiente media hora el joven mantuvo una conversación intrascendente, y Ana le respondía con la menor cantidad de palabras posibles. Estaba segura de que trataba de comportarse como un caballero, permitiéndole relajarse antes de la violación inevitable, pero mientras más le hablaba más tensa se ponía ella, lo cual estimulaba aun más la locuacidad de Ramón.

Cuando se agotó todo tema posible de conversación, Ramón se volvió finalmente hacia Ana y le colocó la mano sobre el vientre. —Lo siento querida —dijo —. Al principio te será incómodo, pero pronto te acostumbrarás.

Ramón se subió encima de ella, la besó un par de veces, le dijo cuánto la amaba, le bajó torpemente su bata de dormir hasta la cintura, le quitó el calzón y, separándole las piernas con sus rodillas, la penetró con violentos empujones. Cuando terminó de hacer lo suyo, la besó en la frente, le dio las gracias, se volvió hacia el otro lado y se quedó dormido al instante.

Ana se quedó en la cama, atónita, presionando fuertemente los muslos para mitigar el dolor. No era posible… la vida marital no podía ser aquello. El día había sido largo. La próxima noche sería diferente. Su esposo apuesto y encantador le haría el amor, la haría sentir tanto como lo hacía Elena, despertando cada sentido, haciéndole vibrar cada nervio. Sabía que con un hombre era diferente, pero esperaba placer, no aquella total desolación.

Al día siguiente Ramón se mostró alegre como de costumbre, y Ana estuvo segura de que esa noche sería diferente. Fueron a misa nocturna con los Argoso, Inocente y Elena; luego disfrutaron de una plácida cena en un restaurante con vistas a la bahía. Sin embargo, cuando se fueron a la cama no hubo caricias, ni besos extensos y deliciosos, ni manos recorriendo la piel febril de deseos. Esa vez no hubo diálogo. En cuanto entraron al dormitorio Ramón apagó la lámpara, se le echó encima, le separó las piernas con sus rodillas y volvió a penetrarla. Al igual que la noche anterior, le dio las gracias, se volvió de espaldas y se durmió.

Por la mañana les llegó un mensaje de don Eugenio, comunicándoles que había ciertas complicaciones en los planes. Aparentemente el barco en que viajarían había enfrentado mal tiempo en el trayecto hacia España y necesitaba más reparaciones de lo que se preveía. Si bien podían navegar a Puerto Rico en uno de los buques de carga de Marítima Argoso Marín, sólo podrían embarcar tres pasajeros y un par de baúles.

—¿Qué vamos a hacer entonces? —preguntó agitada Leonor—. No podemos ir todos. Y ya enviamos gran parte del mobiliario. No puedo dejar mi arpa.

—Usted, padre y Elena os vais como estaba dispuesto. Ramón, Ana y yo nos quedamos por el momento —sugirió Inocente—. Enviaremos el arpa y las demás cosas que no podáis llevaros. Y os seguiremos en cuanto haya espacio para nosotros.

—Buena solución —dijo Eugenio.

—Pero eso es exactamente lo que yo no quería, ¡estar separada de vosotros con el océano de por medio!

—Será sólo por un par de meses como máximo, madre —respondió Ramón.

—Yo hago los arreglos pertinentes —aseguró Inocente—. No se preocupe.

Nadie consultó el plan con Ana ni con Elena. El 8 de agosto de 1844, Elena, don Eugenio y doña Leonor zarparon rumbo a Puerto Rico. Esa misma tarde Ramón le hizo saber a Ana que se mudarían con Inocente para hacerle compañía hasta que otro barco pudiera llevarlos a los tres a su destino. El arpa, los muebles y los baúles se llevarían en diferentes barcos, y Ramón o Inocente visitaban regularmente las oficinas de Marítima Argoso Marín para saber cuándo podrían marcharse. Sin embargo, Ana se desilusionaba con cada día de retraso del esperado viaje.

—Es temporada de ciclones en aquellas aguas —le recordaba Inocente—. A menudo es preciso suspender la navegación a causa del tiempo.

En las seis semanas siguientes, Ana, Ramón e Inocente se dedicaron a explorar la provincia de Cádiz. Los gemelos acostumbraban a caminar a ambos lados de Ana cuando paseaban por la playa o las plazas, o cuando cabalgaban a los pueblos ubicados en las faldas de las colinas. Los campesinos reconstruían sus cabañas y villas luego de la devastación provocada por la guerra carlista cinco años antes. Ana advirtió que la mayoría eran ancianos, mujeres y niños. Aquella gente acogía a Ramón y a Inocente con sonrisas y gestos de bienvenida, felices de ver caras jóvenes nuevamente, o con miradas torvas y de resentimiento si habían perdido esposos, hijos y hermanos. A causa de la carencia de hombres en edad productiva para trabajar en fincas, huertas y viñas, el campo abandonado mostraba amplios espacios de tierra sin cultivar convertidos en terrenos baldíos.

Al regreso de sus caminatas por la ciudad o sus cabalgatas fuera de sus límites, Ramón, Inocente y Ana volvían a la residencia casi vacía para bañarse y descansar. Una mujer de la localidad se encargaba de traerles y servirles la comida y de realizar las labores de limpieza para luego dejarlos solos, a la luz de las velas chisporroteando en charcos traslúcidos de cera derretida. Cuando las campanas de la iglesia daban las once, Ana se iba al dormitorio y se ponía su bata de dormir. Un cuarto de hora después entraba Ramón. O Inocente.

Ana nunca pensó que se casaría realmente con Ramón e Inocente luego de aquella primera conversación burlona cuando se conocieron. El tema no se volvió a tocar nuevamente, pero a los pocos días de contraer matrimonio, Ana se dio cuenta de que era la esposa de ambos. En principio, a oscuras, uno de los gemelos parecía bastante similar al otro, hablaba como el otro y hacía el amor con la misma impaciencia que su hermano. A ninguno de los dos le gustaba que lo tocasen más de lo necesario, como si los dedos errantes de Ana fuesen una especie de invasión. Eran corteses, le decían dulzuras, pero ninguno parecía estar totalmente presente cuando hacían el amor, como si estuviesen pensando todo el tiempo en otra persona. Al cabo de una semana Ana fue capaz de distinguir cuál era Ramón y cuál Inocente. Ramón hablaba durante todo el coito, como si necesitara escuchar su propia voz para excitarse. Inocente guardaba silencio, le subía los brazos sobre la cabeza, presionándolos contra las almohadas para que ella no pudiese moverlos, le abría los muslos con sus rodillas y se mecía sobre ella hacia delante y hacia atrás. Ambos rechazaban sus intentos de invertir aquella posición para colocarse encima del hombre. Los hermanos consideraban que una mujer no podía ni debía disfrutar en el acto sexual. Y los dos emitían gruñidos cuando llegaban al clímax, luego se volvían de espaldas y permanecían insensibles hasta la mañana siguiente. Con frecuencia Ana se quedaba despierta después de que el hermano de turno se quedara dormido, echando de menos a Elena.

Cuando cayó en cuenta por primera vez de que los hermanos la compartían, Ana se enfureció. ¿Quiénes se creían que eran? ¿Por quién la tomaban? Sin embargo, aparte de su egoísmo en la cama, Ramón e Inocente se comportaban como hombres enamorados. Eran atentos, hacían todo lo posible para que ella se sintiera cómoda y segura, la colmaban de halagos, le llevaban flores y regalos y le profesaban devoción en todos los demás aspectos. Ella, por su parte, se esmeraba en ganárselos, y quería creer que ambos la amaban. ¿Por qué no se enamoraban de ella al mismo tiempo, y por qué no buscaban una manera de poseerla simultáneamente?

Debía ser paciente. Ella se encargaría de persuadirlos de que las vidas convencionales eran para los demás, de que adoptaran sus ideas a plenitud. Pero nadie debía enterarse. Ni Elena, quien esperaba casarse con Inocente. Ni doña Leonor, quien siempre se dirigía a sus hijos como si fuesen una sola persona. Tampoco don Eugenio, a quien le impresionó tanto la ascendencia de Ana que impulsó a Ramón a desposarla. Y mucho menos el padre Cipriano, quien escuchaba sus confesiones jadeantes y abreviadas todos los sábados en el confesionario sofocante de la Catedral de Cádiz con su cúpula dorada.

Ramón, Inocente y Ana viajaron finalmente a las Islas Canarias, donde la *Antares,* una goleta de Marítima Argoso Marín, recogería la carga y más pasajeros. Ana miraba impaciente desde cubierta a los estibadores cargando barriles y paquetes envueltos en lonas. Al cuarto día subieron tres caballos por la planchada y, sin mucho esfuerzo, los introdujeron en la bodega del barco. Esa misma tarde embarcó un grupo de soldados en traje de gala, y una vez en cubierta, el comandante pasó lista llamando a cada uno por nombre y rango para verificar que no faltara nadie. Hecho esto, el capitán dio la orden de que el *Antares* soltara amarras, arriase las velas y comenzara su travesía hacia el otro lado del Atlántico. Ana se aterrorizó momentáneamente al ver que la tierra desaparecía de su vista, a pesar de que había imaginado aquel viaje durante años. El barco era un punto perdido en el inmenso mar y el cielo infinito, sin faros que indicasen cuánta distancia habían recorrido ni la que les faltaba por recorrer. Ana flotaba entre tiempo y espacio, entre dos vidas.

El *Antares* era una de las goletas más antiguas de Marítima Argoso Marín. Su cubierta, puente y maderamen estaban cubiertos de misteriosas manchas, y su casco era un muestrario de abolladuras, arañazos y parches al azar. A pesar de la relativa calma del mar, Ramón e Inocente estuvieron mareados los dos primeros días, por lo que Ana corría de un camarote al otro, aliviándolos y tranquilizándolos mientras luchaba por controlar sus propias náuseas. Los estrechos camarotes olían a humedad, efluvios humanos y almizcle animal. Y a medida que se acercaban a la línea ecuatorial, el calor iba haciéndose insufrible. Ana trataba de permanecer en cubierta el mayor tiempo posible, inhalando el aire fresco del mar, leyendo y tratando de olvidar su hacinamiento en un barco crujiente que navegaba por un océano sin fin. Un día, al elevar los ojos del libro, se dio cuenta de algo en lo que no había reparado antes: el horizonte estaba al nivel de sus ojos. Para cambiar de perspectiva, se puso de pie junto a la barandilla de borda con la vista hacia España, y luego se asomó a la estrecha escotilla de su camarote bajo cubierta, mirando hacia su destino en Puerto Rico, esperando que el horizonte estuviese más bajo o más alto, según el lugar donde estuviese parada. Pero, independientemente de la posición que adoptara, su pasado y su futuro se fundían a la altura de su vista, inmutables, ineludibles, pero constantemente cambiantes, a medida que su pasado se fundía en su futuro, y la *Antares* navegaba hacia el destino que había elegido.

LA PERSONITA

E l paisaje amaneció borroso, pero a medida que el *Antares* se aproximaba a tierra comenzó a emerger una especie de pirámide verde velada por la bruma. Ana agarró a Ramón por un brazo y se puso a dar saltitos, incapaz de contener su entusiasmo.

—¿Llegamos?

Ramón levantó la mano de Ana por el codo y se llevó los dedos enguantados de ella a sus labios. —Muy pronto estaremos en la bahía —dijo.

—Allí tienes San Felipe del Morro —agregó Inocente, señalando hacia un cabo de color mostaza que flotaba sobre la espuma de las olas.

—¡Es enorme!

—Inexpugnable —aseguró Inocente—. Lo mejor de la ingeniería militar española.

Otros pasajeros se acercaron a la barandilla de borda, estiraron sus cuellos y se ajustaron sombreros y gorras para protegerse los ojos del sol cegador. Los tripulantes comenzaron a desplazarse por la cubierta en una especie de danza, arriando las velas, aflojando cabos, pasando cerrojos y asegurando los paquetes envueltos en lona. A medida que la goleta se deslizaba por el canal protegido de la amplia bahía la respiración de Ana comenzó a agitarse. «Aquí estamos. Esto es Puerto Rico», pensó. Y la sensación de haber visto antes aquel lugar le provocó un mareo.

—Ahora sé cómo debieron haberse sentido mis antepasados —dijo—, al ver tierra después de varias semanas en el mar.

—Esperemos tener la suerte de los que regresaron ricos, no de quienes fueron devorados por los caribes —murmuró Inocente.

Ramón y Ana sonrieron. Algunos pasajeros cercanos los miraron con nerviosismo y se apartaron para darles un poco más de espacio. Los hermanos intercambiaron una mirada pícara por encima de la cabeza de Ana, quien rodeó con su otro brazo a Inocente para que ambos pudieran enlazarse a través de ella. La joven dejó escapar un suspiro de felicidad al ver por vez primera la ciudad amurallada.

—Al fin —dijo lentamente—. Aquí estamos, al fin.

Ana cerró los ojos y grabó la fecha en su memoria: miércoles 16 de octubre de 1844.

A pesar de la hora temprana en la mañana ya pululaban en la bahía goletas de dos y tres mástiles, barcazas, balandras y barcos de pesca tratando de abrirse paso, la mayoría llevando la enseña roja y gualda de España en el mástil de popa. San Juan se elevaba desde el puerto, detrás de las gruesas murallas que la protegían de invasiones y ataques enemigos procedentes del Atlántico. Aunque la colina y los jardines —o pastizales tal vez, porque Ana no podía diferenciarlos— estaban poblados de amplios espacios de verdor, las edificaciones, demasiado próximas unas de otras, cruzadas por calles y callejones, definían gran parte del terreno. También vio varias torres dispersas coronadas por crucifijos cuyos campanarios esparcían sus ecos hacia la bahía. San Juan le pareció muy similar a Cádiz, la ciudad que habían dejado atrás, a novecientas leguas de distancia, en España.

Ana se desprendió suavemente del abrazo a Ramón e Inocente y se volvió hacia las verdeantes colinas que se extendían de este a oeste, con su vegetación casi ausente de estructuras creadas por el hombre. De repente unas nubes bajas se formaron sobre aquel verdor, oscureciendo la tierra. Ana se volvió entonces hacia la ciudad clara y soleada. A medida que la goleta se aproximaba al muelle los pasajeros mostraban su asombro ante las casas pintadas en cuyos pisos superiores se veían balcones decorados por macetas con flores y plantas. En las azoteas las faldas y chales de las mujeres revoloteaban con el viento en un espléndido despliegue de color y movimiento. Algunas saludaban hacia la goleta, y los pasajeros les devolvían la atención. Otras, vestidas de negro, se quedaban tan inmóviles como los baluartes empotrados sobre los muros de roca del fuerte. Aunque la lejanía de la costa le impedía a Ana distinguir sus rasgos, ver tantas mujeres enlutadas en aquella alegre ciudad la ensombreció. Volvió a entrelazar su brazo con el de Ramón, y luego con el de Inocente, y atrajo a ambos hacia ella, concentrando su atención en el movimiento del muelle, sin volver a mirar a aquellas viudas.

—¡Allí está! —dijo Ramón, señalando hacia don Eugenio, de pie en un coche abierto cerca del muelle, entre el ajetreo y el bullicio. Junto a él había un joven de sólida complexión y un poco más alto, con el rostro protegido por un sombrero de paja de ala ancha. Eugenio agitó la mano cuando lo vio, le hizo una seña afirmativa al joven y se encaminó hacia el muelle.

La dársena era más estrecha de lo que Ana había previsto y la planchada era resbalosa, de tablones tan espaciados entre sí que la joven temió que se le trabara un pie al pasar sobre ellos. Las multitudes le crispaban los nervios debido a que su estatura no le permitía ver por encima de los demás ni más allá de las voluminosas enaguas tan de moda en aquel tiempo. Ramón e Inocente formaron una especie de barrera protectora entre ella y la multitud, evitando el impacto con las faldas de otras pasajeras, con un hombre que cargaba una pesada valija, con un anciano conducido por una mujer más joven. Cinco niños impecablemente vestidos caminaban lentamente, tomados de la mano, extendiéndose a todo lo ancho del muelle. Tras ellos, un pequeño gritaba a pleno pulmón, a pesar de los esfuerzos de su nana por consolarlo. Contrariamente a la fresca brisa oceánica de mar abierto, la dársena hedía a pescado muerto, a brea, a sudor, a orina y a maderas podridas. Ana sintió que estaba a punto de desmayarse.

—Ya casi llegamos… —le dijo Ramón mientras la guiaba. Finalmente, pisaron tierra firme.

—Bienvenidos —dijo don Eugenio, besando a Ana en ambas mejillas, que sintieron el contacto de sus desnudos mostachos—. ¡Qué alegría teneros cerca nuevamente!

Mientras don Eugenio besaba y abrazaba a sus hijos, Ana se limpió discretamente aquella humedad de sus mejillas con el dorso del guante. Con el rabillo del ojo pudo advertir la sonrisa divertida del hombre con el que estuvo hablando su suegro. Ana le volvió la espalda.

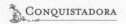

—Por aquí. Luego os llevarán vuestros baúles directamente a casa.

Don Eugenio la ayudó a subir al coche, y Ramón se sentó a su lado. Inocente y don Eugenio ocuparon los asientos frente a ellos. El cochero, un hombre de cara redonda y la piel más negra que Ana hubiese visto jamás, se sentó sobre uno de los dos caballos, chasqueó la lengua y, asiendo y soltando suavemente las riendas, guió el coche con habilidad por aquella multitud. Cuando Ana abrió su sombrilla advirtió que el hombre que le había sonreído permanecía en el mismo sitio. Cuando levantó una mano para saludar, Ana lo consideró inicialmente como un atrevimiento, pero luego se dio cuenta que el gesto iba dirigido a don Eugenio, quien le correspondió con un movimiento de cabeza.

—¿Quién es? —preguntó Inocente.

—Severo Fuentes. Trabajó con Rodrigo y me lo recomendaron como mayordomo de la plantación. Luego lo conoceréis.

Ana quiso ver mejor al hombre, pero cuando se volvió hacia éste, había desaparecido.

La calle estaba tan congestionada que, como apenas avanzaban, los mendigos aprovechaban la oportunidad para pedir.

—Por favor, señora, una limosna —imploró un chico cuyo brazo se cortaba en un muñón que llegaba hasta la muñeca.

—Por amor a Dios —dijo otro, cuyo rostro enjuto se deshacía en franjas tan delgadas y transparentes como las que desecha una serpiente al cambiar de piel.

Al otro lado del coche una mujer también mendigaba, sin hablar, con manos juntas y ojos implorantes.

Don Eugenio los ahuyentó con su bastón pero los mendigos no dejaban de pedir, mientras Ramón, Inocente y Ana trataban de ignorarlos infructuosamente: eran muchos y en extremo persistentes.

Ana buscó algo en su retículo; los mendigos, pensando en que les daría limosna, cambiaron el tono implorante de sus gritos. —Que Dios la bendiga, señora —le decían—. Que la Santísima Virgen se lo pague, señora —sus voces agradecidas atrajeron más pedidos y más manos extendidas, obligando a que el coche detuviese la marcha.

—Si le das a uno, no nos dejarán en paz —le advirtió Inocente.

—Lo sé —le respondió Ana con irritación. Había nacido en una ciudad donde la mendicidad era una habilidad que se aprendía desde la niñez. Sacó un pañuelo del retículo y se secó las mejillas y la frente. A los gritos de desencanto de los mendigos les siguió una sarta de maldiciones.

—Marchaos. No tenemos nada que daros —dijo Inocente, golpeando con su bastón a un chico en el pecho y a otro en el hombro. Un niño pequeño trató de subir al coche.

Don Eugenio lo empujó. —¿Pero adónde vas, hombre?

Un soldado a caballo se abrió paso entre la multitud y dispersó a los mendigos, que se alejaron entre insultos y amenazas, pero sólo para aproximarse al coche siguiente, al cual ya acosaba otro grupo de indigentes.

—¿Sin novedad, coronel? —preguntó el soldado, haciéndole un saludo militar a don Eugenio.

—Ya estamos bien, gracias —dijo don Eugenio, devolviéndole el saludo—. Sólo tratamos de llegar a casa.

El soldado siguió abriéndoles paso, y en breve franqueaban la entrada y seguían colina arriba. Don Eugenio se limpió las mangas y la solapa del traje blanco, aunque ningún mendigo llegó nunca a tocarlo. —¡Qué desgracia! Hay que hacer algo con esa gentuza.

—Todas las ciudades tienen mendigos, padre —ripostó Ramón—. Y huérfanos y dementes. San Juan no sería una ciudad como Dios manda sin ellos.

—Te podrá parecer divertido, pero no hay vez que tu madre y tu prima salgan de casa sin que las acosen. Es escandaloso.

—¿Por qué hay tantos niños mendigos? —preguntó Ana.

—No hay orfanatos —respondió don Eugenio—. Y de paso, tampoco tienen asilos para dementes. No hay donde ponerlos. Y la ciudad ha crecido rápidamente. Las autoridades no dan abasto.

Aunque don Eugenio prosiguió con su arenga, Ana no se podía concentrar en sus palabras. No soportaba el aire caliente y húmedo. Le pesaban sus ropas. Las siete enaguas plisadas debajo de su delgada falda de batista se apretaban contra sus muslos. Le ardía el cuero cabelludo a pesar de la sombrilla y el sombrero, y el sudor se deslizaba por su cuello y espalda, humedeciéndole la camisola y empapando el corsé cuyas ballenas se le hundían en las costillas.

—¿Te sientes bien, querida? —preguntó Ramón—. Te veo sofocada.

—Es el calor. Pero me acostumbraré.

—Pronto llegaremos a casa —le prometió don Eugenio.

Nunca antes había visto un sol tan brillante ni sombras con extremos tan perfectamente definidos. El contraste entre luz y sombra era tal que, cuando trataba de distinguir formas dentro de los edificios o en la profundidad de los callejones, los ojos le lagrimeaban y se le cansaban.

Incluso lejos de la bahía los peatones se disputaban el espacio vital con carretas, coches y soldados a caballo y a pie, con criados llevando cestas llenas de verduras o haces de leña sobre la cabeza. Los estibadores, descalzos y con pantalones y camisas raídas, transportaban sacos y paquetes entre el muelle y las calles adyacentes y los edificios de madera que bordeaban la línea costera. Aunque en Sevilla había gente de todo el mundo, Ana nunca había visto tantos hombres, mujeres y niños negros. Además, incluso en los concurridos puertos de Sevilla y Cádiz, ningún ser humano llevaba cargas tan enormes.

Ana esperaba que San Juan fuese hermosa. Después de todo, era la capital de la isla, fundada hacía trescientos años. Sin embargo, le sorprendió su apariencia de ciudad inacabada. El camino por el que transitaban tenía profundos surcos, y por los canales abiertos a ambos extremos corrían malolientes aguas de albañal. Ana había leído en alguna parte acerca del edicto gubernamental mediante el cual todas las casas de San Juan debían ser de mampostería. Sin embargo, junto a sus murallas se hacinaba una amalgama de cabañas y ranchos apoyados unos en otros, la mayoría con paredes de chatarra y techo de paja o pencas de guano, por donde vagaban libremente perros, cerdos y cabras que devoraban lo que pudieran encontrar en las montañas de basura. Las gallinas cacareaban, tratando de emprender un vuelo breve y desmañado para esquivar las ruedas de los coches que se desplazaban lentamente o de los cascos de los caballos y las bestias de carga. Los habitantes de aquellas chabolas vestían harapos, los niños andaban desnudos, las mujeres con delgadas faldas y blusas escotadas de algodón, el cabello recogido con descuido o envuelto en turbantes.

—Como podéis ver, esta parte de la ciudad —dijo don Eugenio— está más descuidada. La mayoría de los que viven aquí son libertos, como se les llama a los esclavos que combatieron a favor de las tropas realistas durante las guerras de independencia en Hispanoamérica, y el gobierno les concedió asilo y la libertad en Puerto Rico.

—Pero también hay blancos —aseguró Ana—. O sea que no todos son libertos.

—Seguramente has leído que esta isla fue colonia penitenciaria durante siglos. Algunos de esos hombres son desterrados, exiliados que decidieron quedarse aquí o no pudieron regresar a España al término de sus sentencias. Otros vinieron como soldados y crearon familias. Y algunos —don Eugenio interrumpió momentáneamente su charla, dando un suspiro—vinieron en busca de fortuna pero cayeron presos de la bebida, la baraja y las peleas de gallos.

A medida que el coche se desplazaba hacia el oeste, las viviendas comenzaron a superar las expectativas de Ana: casas de mampostería construidas a escasa distancia unas de otras, de dos o tres plantas, balcones voladizos y techos de tejas de barro cocido. La mayoría contaba con accesorias de comercio en la planta baja y residencias en el piso superior, lo cual quedaba a la vista a través de las cortinas de encaje ondulando en la brisa. Las únicas mujeres que había en la calle eran sirvientas y vendedoras ambulantes, la mayoría de piel oscura.

Mientras más ascendían por el camino, más nuevas eran las residencias y con menos accesorias en la planta baja. Al doblar la esquina de una pequeña plaza el coche se detuvo frente a una sólida casa de dos pisos con puertas talladas. En la pared del frente, una baldosa pintada e incrustada en la mampostería anunciaba la dirección: Calle Paloma 9.

—Hemos llegado —dijo don Eugenio mientras ayudaba a Ana a descender del coche—. Ten cuidado, querida mía, las piedras son resbaladizas—le advirtió. La calle era aun más estrecha, estaba adoquinada y tenía elevadas aceras de lajas a cada lado.

Al entrar al recibidor, los ojos de Ana tuvieron que adaptarse al interior más oscuro y fresco. El pasillo conducía a un patio abierto, sombreado por plantas y arbustos en flor. La fuente borboteante en pleno centro contribuía a ocultar los ruidos de la calle. Doña Leonor esperaba al pie de una amplia escalera a la izquierda, y, tras ella, Elena. Cuando sus ojos se encontraron, Ana vislumbró felicidad y anhelo en los de Elena.

Y llegó una oleada de abrazos, besos y bendiciones. Una sirvienta joven y descalza recogió los sombreros, los guantes, la sombrilla de Ana y los bastones de los hombres. Ana advirtió cómo Elena miraba con sana envidia su moderno vestido verde pálido y su pelerina de encaje.

—Llévate esto también —le dijo a la sirvienta, dejando caer la pelerina de sus hombros. Inmediatamente se sintió más fresca—. Dios mío, ¿aquí hace siempre tanto calor?

—El final de octubre marca el comienzo de la estación seca —explicó don Eugenio—. San Juan es famoso por sus brisas saludables y es raro que el aire siga siendo tan caluroso en esta época del año.

—Lo que está ocurriendo en el campo es desastroso —dijo doña Leonor, abriendo de un golpe su abanico mientras los guiaba escaleras arriba—. No ha llovido en varias semanas. Los cultivos están sufriendo, y el ganado…

—Vamos, querida, deja las malas noticias. Acaban de llegar —atajó don Eugenio, regañando cariñosamente a su esposa.

—Sin duda alguna, has crecido —aseguró doña Leonor, hablando con sus hijos como si fueran una sola persona—. Y tú, Ana, estás un poco más llenita. Se te ha redondeado un poco la cara. Te sienta mejor.

Doña Leonor los condujo a un salón cuyas altas puertas con persianas daban acceso a un balcón pleno de macetas de geranios y gardenias.

Las persianas estaban entreabiertas para desviar los rayos solares, pero el perfume pesaba en el aire. Ana volvió a sentirse asediada por tanta luz, color, perfume y calor. Ramón la condujo hasta una silla distante del balcón, en la parte más fresca del salón. Allí encontró comodidad en el mobiliario perteneciente a la residencia Argoso en Cádiz, según identificó inmediatamente por sus pesados espaldares y apoyabrazos de madera tallada, por su sólido… carácter español.

—¡Su arpa! —exclamó Ana al verla en un rincón.

—Sí. ¿No es bonita? —respondió doña Leonor, mirando con cariño el instrumento—. Llegó sin un arañazo, a pesar de mis temores. No puedes imaginarte cuánto la eché de menos.

—¡Alborotó y se preocupó más por esa arpa que por mí! —afirmó don Eugenio con una sonrisa.

Ana notó que Elena parecía confusa y no sabía dónde ubicarse, como si la llegada de tanta gente la hubiese sacado del equilibrio natural, y se sentó en la silla que le ofreció don Eugenio, muy cercana a la suya. Elena pasaba de Ramón a Inocente, evitando mirar a Ana entre ellos. Finalmente, lo hizo, se ruborizó, bajó la vista y apretó los labios.

—¿Tocará para nosotros más tarde, madre? —preguntó Ramón.

—Por supuesto, hijo. Me hace muy feliz que estemos juntos de nuevo —respondió doña Leonor, secándose los ojos—. Ha sido una adaptación muy difícil.

—Tomemos un café —interrumpió don Eugenio. Elena saltó presurosa para tocar la campanilla de llamada a la sirvienta.

—Nosotros también la echamos de menos, madre —dijo Ramón, tomándole una mano a su madre—. Salimos en cuanto nos fue posible.

—Pero volverás a irte —respondió doña Leonor, mirando a Ana con ojos de reproche.

Ana evitó los ojos de su suegra y buscó la huidiza mirada de Elena. «Cuán exasperante está, tan modosa y humilde», pensó Ana de repente. Estaba ansiosa por alterar aquella compostura, por revelar a la Elena verdadera y apasionada.

—Por supuesto, debemos ir a la hacienda —dijo Inocente—. Pero estaremos un par de meses contigo en San Juan. Estoy seguro de que ya has conocido todo lo que vale y brilla por estos lares.

—Hijo, no hay quien la detenga —aseguró don Eugenio—. Tu madre y Elena han hecho muchas amistades. Siempre están visitando a alguien.

—Casi siempre vamos a ver a los enfermos y a los que no pueden valerse por sí mismos. ¿Verdad Elena?

—Hacemos muchas obras de caridad.

—Seguramente os habéis encontrado mendigos en el camino a casa.

La sirvienta hizo su entrada con una ornada bandeja de plata, que Ana reconoció de sus días en Cádiz, y comenzó a servir con la atenta sumisión de alguien que ha desempeñado tal oficio toda su vida.

—¿Prefieres algo más fresco? —preguntó Elena suavemente al ver que Ana vacilaba ante la taza de café que le ofrecía la sirvienta. Pero sus hermosos ojos azules no buscaron los de Ana.

—Sí — le respondió Ana—. Sí, prefiero agua, por favor. «Ya sabe lo mío con Ramón e Inocente», pensó Ana, «ya sabe».

Permanecieron más de dos meses en San Juan. En las tardes Ana acompañaba a Elena y a doña Leonor en sus visitas, en su mayoría a esposas, hermanas e hijas de los oficiales destacados en el cuartel de El Morro. Las noticias procedentes de España demoraban semanas en llegar a la isla y a las mujeres les encantaba enterarse de los hechos más recientes acontecidos en el continente, y admirar el vestuario de Ana. Asistían a misa en la modesta Catedral de San Juan Bautista, olorosa a humedad, cera derretida y oraciones. También visitaron conventos, cosieron vestidos para las monjas dominicas, asistieron a una gala para celebrar la inauguración de la Casa de Beneficencia, el primer albergue para indigentes de Puerto Rico.

Aunque San Juan era lo suficientemente española para serle familiar, Ana sentía cierto desasosiego en aquella ciudad. Estaba consciente de que la capital era un punto intermedio, una parada necesaria en el camino a la aventura real al otro lado de las montañas.

La confusión de Elena ante el comportamiento cortés y distante de Inocente erigió una muralla invisible entre ella y Ana. A diferencia de sus días en la escuela conventual, no podían ocultarse bajo las sábanas de alguna de sus camas para hablarse en susurros, reírse y explorar sus sitios prohibidos. Ana no podía hacer ni decir nada para aliviar la infelicidad de Elena. Y, por supuesto, tampoco podía hablarle de su inusual componenda con los hermanos, a pesar de que Elena ya se imaginaba que Ramón e Inocente estaban enamorados de Ana.

Elena no le perdonaba a Ana que hubiese alterado la estratagema concebida para estar siempre juntas. Serían cuñadas, casadas con gemelos. Nadie sospecharía acerca de su relación verdadera. Podrían vivir en la misma casa o lo suficientemente cerca, y nadie lo pondría en tela de juicio, porque los gemelos idénticos por naturaleza desean vivir cerca uno del otro. Ambas cumplirían sus deberes como esposas de Ramón e Inocente, crearían un hogar para ellos y les darían hijos. Pero el amor por sus esposos no formaba parte del plan. En las noches que Ramón e Inocente fuesen a visitar a sus amantes, como hacen por costumbre los hombres casados, Ana y Elena no pasearían por sus dormitorios estrujando pañuelos, rogándoles a sus santos patrones por la recuperación del amor de sus esposos, encendiendo velas, ni ofreciendo misas y novenas en la catedral. En esas noches, a solas y maldiciendo la perfidia de sus esposos, se entregarían una a la otra.

Ana y Elena, quienes tenían dieciséis y quince años respectivamente cuando se les ocurrió la idea de que cada una se desposaría con uno de los gemelos, se congratularon a sí mismas por su astucia. Escaparían al matrimonio como arreglo comercial, suerte que corrían las mujeres de su clase. Buscarían la forma de adaptarse y rebelarse al mismo tiempo, y ninguna superaría a la otra en inteligencia. Cuando soñaron aquel plan, Ana amaba a Elena con pasión, y su ardor no se había enfriado en las últimas diez semanas posteriores a su boda. Pero Ana había decidido que su vida sexual con Ramón e Inocente, opaca y en ocasiones hasta

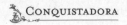

brutal, era el precio que debía pagar como derecho al mundo al otro lado de la isla. La mirada de Ana se había vuelto hacia el futuro, y su apego a Elena, en otro tiempo poderoso y gratificante, había comenzado a desvanecerse como un barco que se interna inexorablemente en el horizonte.

En las noches que no tenían que acompañar a las damas, don Eugenio, Ramón e Inocente se iban al club de oficiales o a una de las diferentes casas de juego. Al igual que en España, las mujeres de abolengo vivían prácticamente encerradas en sus casas. En una ciudad fortificada como San Juan no era usual verlas en la calle, a menos que fuesen acompañadas por un sirviente o un miembro de la familia. Cuando los hombres se marchaban, Leonor aprovechaba la oportunidad para practicar con el arpa, mientras que Ana y Elena hacían lo que otras sanjuaneras para tomar aire fresco: subir a la azotea desde donde se podía ver un panorama mágico de la ciudad, la bahía, el gris Océano Atlántico y la ensombrecida formación montañosa que dividía la isla en dos, de este a oeste.

En cuanto refrescaba el día, daban vueltas y vueltas en la azotea, cogidas del brazo, y sus voces se elevaban y se diluían en la brisa húmeda mientras los dulces acordes del arpa de doña Leonor se integraban a los ecos nocturnos. Ana y Elena hablaban de todo, excepto de la relación que había detrás de su aparente cercanía. Desde sus nupcias con Ramón Ana había dejado de intimar con Elena en las noches. Se había casado con Ramón, pero, contrariamente a lo planeado, Inocente no acababa de proponerle matrimonio a Elena.

Días antes de la fecha programada en que Ana y Ramón partirían para la hacienda, Elena tocó la puerta del dormitorio de Ana. Luego se asomó tímidamente, ruborizada, como si esperase encontrar a Ramón y a Ana en posición comprometedora. Pero Ana estaba con la sirvienta, quien se disponía a retirar la bandeja del desayuno.

—¿Ya se fue? —preguntó Elena.

—Oh, sí. Los dos fueron a reunirse con su abogado —la sirvienta colocó una silla para que Elena se sentara junto a la cama, donde Ana colocó varias enaguas tiesas, corpiños de seda con sus faldas correspondientes, elegantes zapatos de niña y delicados guantes de encaje y mantillas—. Debí dejar estas cosas en Sevilla. No las necesitaré donde voy.

Elena señaló un corpiño de tafetán azul pálido. —¡Qué prendas tan pequeñas! Parecen de muñeca.

—Si no fueses más alta que yo, te las daría.

—Hablas como si no fueras a regresar.

—En realidad no es probable que vengamos a la ciudad tan frecuentemente como quisiera. Ramón se ha enterado de que los caminos que van de aquí a la Hacienda Los Gemelos son intransitables la mitad del año.

—¿Hacienda Los Gemelos?

—Decidieron darle a la plantación un nombre que reflejara su condición gemelar.

—Ya veo —dijo Elena, con dos palabras en las que se adivinaba el dolor.

Ana le señaló la puerta a la sirvienta, quien salió del dormitorio al paso silencioso de sus pies descalzos.

Elena se incorporó y agarró el respaldar de la silla como si fuera un apoyo que le impidiera caer al suelo. Sus ojos se humedecieron, y comenzó a jadear bajo el corsé mientras luchaba por controlarse.

—Inocente se lo dijo a doña Leonor —balbuceó Elena, ahogándose en sollozos.

Ana pasó los brazos por la cintura de Elena y dejó que llorara en su hombro.

—Lo sé, y lo siento mucho —dijo suavemente Ana, intentando besar a Elena en la mejilla.

Elena retrocedió: —¿Pero, lo sabías? —Elena permaneció de pie frente a Ana, y, como era más alta, miró hacia abajo como una madre que recién descubre la travesura de su hija.

—Quise decir que sé cómo duele —dijo Ana, sintiéndose como una niña sorprendida en falta.

—¿Qué es lo que duele? —Elena se enjugó las lágrimas de sus mejillas, como si tal gesto le diese valor, pero Ana escuchó el temblor de sus enaguas bajo la paradera estrecha y encorsetada.

—Elena —contestó Ana, tratando de suavizar sus palabras—. Inocente no quiere casarse contigo.

—¿Te lo dijo?

—Sí —dijo Bastoncito, alzando los ojos hacia La Madona.

Elena miró fijamente a Ana. «Oh, ya lo sabe todo. Teme decirlo, e incluso hasta pensarlo. Lo que nos hicimos una a la otra no es en su mente la mitad de malo en comparación con lo que estoy haciendo con Ramón e Inocente», pensó Ana. El pavor en el rostro de Elena reflejó su terror de que amar a una mujer las enviaría a ambas al purgatorio, pero estar con dos hombres a la vez condenaría a Ana al fuego eterno del infierno.

De repente, Ana experimentó una cálida sensación entre las piernas, un deseo urgente de besar aquel bello rostro, de desabrochar el apretado corsé y succionar los rosados pezones de Elena, como solía hacer bajo las sábanas en el Convento de las Buenas Madres. Lo mismo que Elena le hacía.

Elena, ruborizada, se volvió hacia la puerta. —He venido para decirte que no estoy enfadada. No tienes la culpa —dijo, de espaldas a Ana, sacándose un pañuelo de la manga para presionarlo contra su nariz.

«Es espléndida, tan adorable, tan buena, tan sincera», pensó Ana, volviéndola a ceñir por la cintura, esta vez por la espalda, apoyando su rostro sobre los omóplatos de Elena. Olía a limón y a verbena. Sintió a través del corsé cómo Elena se puso rígida, pero al cabo de un segundo ésta colocó sus manos sobre las de Ana y las elevó, lentamente, hacia su pecho.

—Se suponía que siempre estaríamos juntas —murmuró.

—Y aquí estoy —le contestó Ana, haciéndola girar hacia ella para besarle el nacimiento de los senos.

Esa tarde, Ana y Elena se sentaron con doña Leonor en su salón de estar.

—He separado lo esencial de lo que se puede enviar después —le explicó Ana—. Elena me ayudó. La ropa de Ramón, de Inocente y la mía cupo perfectamente en el baúl que usted me dio tan gentilmente.

—Os lo enviaremos lo antes posible —aseguró doña Leonor.

—Gracias —de repente, Ana se puso de pie mirando a doña Leonor y a Elena.

—¿Qué pasó?

—¡Casi se me olvida! Vuelvo enseguida —respondió Ana, y salió corriendo hacia el interior de la casa.

—Menudo susto me ha dado —comentó doña Leonor.

Elena sonrió. —¡Cuánta energía tiene!

—¿Hay muchas cosas que enviar después?

—El baúl está lleno. Sólo se ha llevado una saya formal y zapatillas, dos vestidos de algodón crudo hechos a la medida, dos enaguas y corpiños para combinar y dos pares de zapatos de piel. También se lleva su traje y sus botas de montar —contestó Elena, tomando una camisa sin terminar del montón para comenzar a coserla—. Es impresionante lo bien que ha planeado todo. Es como si se hubiera preparado para este viaje durante toda su vida.

—Durante toda su vida… Está loca —gruñó doña Leonor.

El regreso de Ana interrumpió la conversación.

—Por favor, guárdame esto —Ana le entregó a Elena un bolso de terciopelo negro que contenía un collar de perlas con pendiente de diamantes y un par de zarcillos de perlas y diamantes.

—Son preciosos —murmuró Elena mientras acariciaba las alhajas—. ¿Por qué no quieres llevártelas?

—Eran de mis bisabuelas —dijo Ana—. No quiero que se extravíen. Prométeme que vas a usarlas.

—Ana, no puedo. Son demasiado…

—Te quedan que ni pintados —aseguró Ana, colocando el collar cerca del rostro de Elena—. ¿No cree usted que a Elena le sientan muy bien las perlas? —le preguntó a doña Leonor—. Su cutis es… bueno, que le quedan mejor a ella que a mí.

Elena se ruborizó de tal manera que las perlas cobraron una mayor blancura y brillantez. Ana sonrió, besándola en la mejilla.

—Consérvalas bien hasta que regrese —Elena se puso los zarcillos frente a un pequeño espejo entre las ventanas. Ana le abrochó el collar y admiró el brillo de las perlas sobre la piel de Elena—. Hermoso —dijo, lo cual sonrojó aún más a Elena. Ana apartó los rizos de su rostro para mostrarle a doña Leonor los lóbulos de sus orejas adornados con aretes de rubí—. Sólo me llevo éstos porque son el regalo de compromiso de Ramón. Y, por supuesto, nunca me quitaré mi anillo de bodas —agregó, agitando la mano izquierda.

—Eso espero.

Leonor miró a las dos jóvenes, muy próximas entre sí, una alta y esbelta; la otra más pequeña, delgada, pecosa como una campesina. No comprendía qué había visto Ramón en Ana. Tal vez su carácter inquieto, tan impropio en una señorita que se comporte como Dios manda. Ana, aunque no era clásicamente hermosa como Elena, había llamado la atención de Ramón. Y como Inocente hacía todo tal como lo hacía su hermano, también se prendó de ella.

Leonor nunca se imaginó que perdería a sus dos hijos ante los encantos de alguien tan insignificante. Hasta que Ramón conoció a Ana, sus muchachos habían sido hijos devotos, pendientes de su aprobación para todos sus planes y sueños. Ahora, la personita que era Ana dictaba cada movimiento. Su excéntrico afán de imitar las hazañas de sus antecesores determinaba el futuro de todos. Leonor imploró, persuadió e incluso amenazó con desheredarlos, pero Ramón e Inocente no cejaron en su empeño de venir a Puerto Rico. Le irritaba el hecho de que el único vínculo de unión familiar fuese aquella chica inquieta, testaruda y voluntariosa. Y para colmo, después de haber cedido, después del largo viaje al otro lado del océano, después de dejar a familiares y amigos en España y establecerse en este lugar remoto, Ana hacía que sus hijos se fueran aún más lejos, a una plantación dejada de la mano de Dios que su dueño original no visitó jamás por estar demasiado distante de la capital, demasiado inaccesible. La única manera de no perder sus hijos ante un destino incierto en el interior selvático de la isla era estar en buenos términos con la muchacha.

—Quisiera que te quedases aquí —imploró Leonor, ocultando su resentimiento con una sonrisa suplicante—. Ramón puede venir a buscarte en un par de meses. Hace años que nadie ha vivido en esa casa. Quién sabe en qué condiciones esté.

—He prometido seguir a mi esposo adondequiera que nos lleve nuestra vida, doña Leonor, tal y como usted hizo cuando se casó con don Eugenio.

—Por ser hija de soldado supe lo que era mudarse de sitio en sitio, siguiendo las misiones de mi padre. En tu vida no has conocido otra cosa que el lujo y la comodidad.

—Soy consciente de las dificultades que nos esperan —ripostó Ana, y Leonor advirtió cómo luchaba para que sus palabras no transmitiesen arrogancia—. He leído mucho acerca de lo que implica asentarse en el Nuevo Mundo.

—Tu ilustre antecesor era hombre y también un soldado acostumbrado a la adversidad. Pero tú eres aún una niña.

—Aunque sólo tengo dieciocho años, doña Leonor, soy más fuerte de lo que parezco —afirmó Ana, asumiendo su verdadera estatura—. Y me he propuesto que la hacienda sea un éxito —se arrodilló a los pies de Leonor y le cubrió las manos con las suyas—. Sé que les preocupa que yo sea una carga... —Leonor trató de retirar sus manos, pero Ana se las apretó y le besó los dedos—. Le prometo que no lo seré, que les brindaré mi apoyo en todo. Ramón y yo no nos conocimos por pura casualidad —siguió Ana, intercambiando una mirada con Elena, quien aún permanecía ante el espejo ataviada con las alhajas de Ana—. Mi destino era venir a esta isla a terminar la obra que comenzara mi predecesor, don Hernán Cubillas Cienfuegos.

—Ana, ¡ese hombre vivió aquí hace trescientos años!

—Pero cuando leí sus cartas y sus diarios sentí como si me hablara.

—Eso es un disparate —dijo Leonor, poniéndose de pie abruptamente y dejando a Ana arrodillada a sus pies—. Podrá ser tu destino, pero no el de mis hijos. Los criamos para que tuviesen una vida diferente —permaneció de pie ante Ana, mirándola desde arriba con tal desprecio que la joven bajó la vista—. No temo decírtelo, tal y como se lo dije a mi esposo y a mis hijos —afirmó Leonor, caminando mientras hacía girar su anillo de bodas en su dedo con movimientos rápidos y nerviosos—. No quiero que ni tú ni Ramón ni Inocente os vayáis a la plantación. Todo el mundo dice que esa zona es peligrosa, que los piratas desembarcan allí, que los esclavos cimarrones salen de sus guaridas en las montañas para hacer fechorías. Y para matar blancos.

Leonor se cubrió los ojos y pareció que se desmayaría. Elena saltó rápidamente para sostenerla y la ayudó a sentarse en el sofá. Luego miró a Ana, quien se encogió de hombros como si dijese: «¿Qué se supone que haga?». Elena apuntó con la cabeza hacia Leonor, y Ana se sentó al otro lado, agitando las manos ante la mujer y frotándole los hombros, tal y como estaba haciendo Elena.

—Tía Leonor, estoy segura de que don Eugenio no dejaría que Ramón e Inocente salieran hacia allí si lo considerase peligroso —dijo Elena —. ¿No cree?

Leonor fue recuperando el aliento en boqueadas breves y forzadas, llevándose una mano al corazón mientras, con la otra, se abanicaba con el pañuelo.

—¿Le aflojo las ballenas? —preguntó Ana sosegadamente.

Leonor se volvió hacia Ana como si ésta le hubiese pedido que fuera a la Plaza de Armas como Dios la trajo al mundo.

—Un poco de agua, de la jarra aquella —ordenó Elena, señalando con los ojos hacia una mesita pequeña cubierta con un mantel de encaje junto a la puerta.

Ana llenó un vaso, que Leonor apuró de un trago, para luego tomar a Ana de la mano.

—¿Qué harías si uno de ellos se enferma o se lastima? No hay doctores en varias leguas a la redonda —dijo Leonor en tono de súplica.

—Inocente ya habló con su médico, quien nos ha dado algunos ungüentos y nos enseñó a vendar heridas. Además, traje de España un libro de remedios caseros. Tengo confianza.

—¡Egoísta! —aulló con furia Leonor, poniéndose de pie y apoyándose en Ana, quien seguía sentada en el sofá—. Sólo piensas en ti. Mis hijos estaban destinados a ser comerciantes cuando te conocieron. Iban casi todos los días al despacho. Pero tú los has convertido en peones de un sitio que nunca han visto. Un lugar salvaje. Los hiciste abandonar a su familia, su futuro, incluso su país, y todo por una fantasía. Una fantasía alimentada por ese maldito antepasado.

—Ramón e Inocente quieren hacerlo, doña Leonor. No ha sido sólo idea mía —respondió Ana, pero no se encogió temerosa en el sofá, como Leonor esperaba. Tampoco se plegó, ni transigió, ni la miró a los ojos. Se sentó muy estirada, retando a Leonor con su postura, aunque la inalterable expresión de su rostro no revelaba en lo absoluto lo que sentía.

—Tal vez podamos ir a visitarlos en cuanto se acomoden —sugirió Elena tranquilamente.

Ana y Leonor se volvieron hacia ella como si no debiese estar allí, pero agradecidas por no haberlas dejado a las dos solas en aquel salón.

—¡Claro que sí! —asintió Ana al cabo de varios minutos, con un tono que tanto Elena como Leonor tomaron como de falso entusiasmo.

—Por supuesto —contestó Leonor con un suspiro agotado y de derrota—. Eso haremos. Iremos a visitarlos a... ¿puedes decirme otra vez cómo se llama ese lugar?

Hacienda Los Gemelos

Z arparon de San Juan, una ardiente mañana de enero, desde el mismo embarcadero que los recibiera hacía más de dos meses. Doña Leonor y Elena insistieron en ir a despedirlos, y la última vez que Ana las vio, lloraban desconsoladamente mientras don Eugenio las conducía al coche. Ramón e Inocente les dijeron adiós desde la cubierta del *Dafne* incluso hasta mucho después de que a doña Leonor y a Elena les fuera posible verlos. Aunque la preocupación de los hermanos por su madre le emocionaba, a Ana le complació alejarse de la desaprobación y animosidad de su suegra. También le enfurecía ver cómo acariciaba y besaba a sus hijos como si fuesen bebés, y el hecho de que cada vez que se mencionaba el nombre de la hacienda, Los Gemelos, se echara a llorar.

—Quién sabe cuándo volveré a verlos —decía incesantemente, como si se marcharan al fin del mundo y no al otro lado de la isla. Ana se sintió feliz de dejar la ciudadela y la casa de piedra y estuco de los Argoso, con sus empalagosas macetas florecidas en los balcones y las miradas resentidas de Leonor. Hasta la plácida Elena se ponía histérica. Ana no entendía nada. La partida de España no había generado tantos aspavientos ni tantos reproches, ni tampoco aquella constante necesidad de consuelo.

El *Dafne* era un buque de carga; aparte de la tripulación, Ramón, Inocente y Ana eran los únicos pasajeros. El barco olía a pencas de bacalao salado y a hombres que habían pasado demasiado tiempo en alta mar. Navegaron junto a la costa norte de la isla, con sus sinuosas formas visibles a babor todo el tiempo. A media tarde una nube sombría emergió desde el este por el horizonte y comenzó a avanzar directamente hacia ellos, envolviéndolos en una copiosa lluvia y fuertes vientos que hacían crujir el maderamen como si tuviera vida. Esta vez fue Ana la que pasó gran parte del viaje confinada en el estrecho camarote que compartía con Ramón, alternando entre los vómitos en un balde y los rezos para que el barco no se fuera al fondo del mar, dando fin prematuro a su aventura. Entre vahído y vahído vislumbraba vagamente a Ramón o a Inocente aplicándole compresas frías en la frente, a un grumete llevándose el balde y sustituyéndolo por otro, una oscuridad tan profunda que le hacía pensar en que estaba muerta y finalmente un intenso rayo de sol que se coló por la escotilla, penetrando por sus párpados cerrados y haciéndola estornudar.

—¿Cómo te sientes, querida? —le preguntó Ramón en cuanto vio que podía adaptarse a la luz. Después de que amainó el oleaje, Ana se dio cuenta de que aún estaban en alta mar y tuvo una arcada. Ramón saltó en busca del balde pero ya no tenía nada que vomitar. Sólo persistió aquel sabor agrio y amargo de la bilis en la boca.

La tempestad los siguió durante día y medio y luego se desvaneció en el horizonte, tan rápido como había llegado, en cuanto entraron al Paso de la Mona. Aunque la navegación volvió a tomar su curso sin problemas, Ana sintió alivio cuando se acercaron más a tierra y pudo ver, por encima de los tejados de paja, un campanario, y hasta escuchar las campanas de la iglesia. Pero el *Dafne* no entró al puerto, sino que siguió de largo rumbo al sudeste. Al amanecer del día siguiente entraron en una caleta protegida sin estructuras visibles. Una espesa vegetación crecía hasta la estrecha franja arenosa de la playa poblada de cocoteros.

Ana, Ramón e Inocente descendieron con ayuda de los marineros por una escala de cuerdas hasta llegar a una chalupa que cabeceaba junto al barco. Cuando miró hacia abajo, Ana pudo ver el fondo arenoso y ondulante a través de las claras aguas donde nadaban de un lado a otro peces de sorprendentes colores, mientras los remos golpeaban las olas y la chalupa se acercaba a la playa. Había algo de furtivo en aquel desembarco, pero uno de los remeros les dijo que era normal que los viajeros llegaran a destinos litorales de esa manera porque en la isla escaseaban las bahías de aguas profundas y los caminos eran bastante escabrosos. Ana observó la vegetación que crecía en la costa, imaginándose que los nativos los miraban asombrados tras la maleza, como hicieron cuando don Hernán desembarcó en una playa igualmente prístina, más de trescientos años antes que ella. Cuando miró a Ramón y a Inocente, ambos sonreían, tratando de adivinar lo que estaba pensando.

En la arena los esperaban cuatro hombres y dos perros. Ana reconoció a Severo Fuentes, el hombre que había visto en el muelle junto a Eugenio el día en que llegaron a San Juan. Aunque el sombrero le ocultaba el rostro, Ana recordó su sólida complexión. Dos negros se lanzaron al agua para empujar la chalupa hasta la playa. Eran altos, fornidos y estaban desnudos hasta la cintura, con pantalones remangados hasta las rodillas. Cuando se volvieron de espaldas para halar la chalupa hasta la orilla, las cicatrices en sus espaldas, hombros y pantorrillas refulgieron con brillo acusador. Ana miró hacia otro lado.

Al acercarse a la playa, los dos perros salieron corriendo hacia la embarcación. Los negros, aterrorizados, se apretaron contra la chalupa, empujándola hacia el barco, y casi la vuelcan al ver que los perros nadaban hacia ellos. Pero, a un silbido de Severo Fuentes, los perros regresaron de mala gana, gruñendo y enseñando los dientes. El otro hombre en tierra, de menor estatura, piel canela y los pies desnudos, haló los perros por sus collares de cuerda para que volvieran a la arena. Una vez en la playa, los ató a un árbol. Severo les dio palmadas en la cabeza, los acarició bajo el hocico, les dijo unas palabras y les dio la espalda para encaminarse a la orilla. Los perros siguieron moviéndose, inquietos, siguiendo con ojos anhelantes la figura de su dueño mientras les hacía señales a los negros para que halaran la chalupa hasta la playa.

Ramón saltó a la arena, que cedió bajo sus pies, seguido de Inocente, quien desembarcó con mayor cautela. Los negros se disponían a ayudar a Ana, pero Inocente los apartó. —Nosotros la ayudaremos —les dijo.

—Déjame llevarte para que no te mojes los pies —pidió Ramón, extendiéndole los brazos a Ana.

Severo Fuentes los observaba con la actitud de alguien dispuesto a entrar en acción si fuese necesario. Ana estaba bien consciente de ser la única mujer entre tantos hombres, pero especialmente atenta a la postura expectante de Severo. Sintió como si el hombre la estuviese evaluando, listo a juzgar el tipo de mujer que era en según si la llevaban o no hasta la orilla.

—No seas ridículo. Yo me las arreglo —se apresuró a responder, caminando rápidamente hasta la proa de la chalupa para luego saltar a la arena. En pocos pasos ya pisaba tierra firme.

—¡Olé! —aplaudió Ramón.

—¡Bien hecho! —agregó Inocente.

Ana no pudo ver la mirada de Severo, pero estaba segura de que hubiera corrido a recogerla si se hubiese caído, y sí captó una ligera sonrisa de admiración cuando vio que seguía en pie.

Con una mano Ana se agarró las faldas para que la brisa no las echara a volar, mientras que, con la otra, apretó el sombrero contra su cabeza y simuló una reverencia.

—Muy impresionante —rió Inocente—. Ven para que conozcas al mayordomo.

Severo Fuentes se quitó el sombrero cordobés de ala plana y se inclinó ceremoniosamente, con gestos a los que no estaba acostumbrado. Sus cabellos eran de un dorado sorprendente. Por primera vez Ana vio sus ojos, de pétreas pupilas verdes tras pestañas largas y femeninas y cejas arqueadas del mismo color de los cabellos. Sus labios eran pronunciados, y su rostro, pulcro. Era unos centímetros más bajo que Ramón o Inocente, pero más fornido, con largos brazos y piernas, y torso musculoso. Obviamente, se había esmerado en vestirse adecuadamente para la ocasión, con una camisa blanca almidonada, una faja de azul pálido, chaquetilla y pantalones azules y botas de montar de cordobán. Casi podría confundirlo con un caballero, pensó Ana, si no fuera por sus manos ásperas y bronceadas en las que el vello brillaba, al igual que en sus muñecas, como hilo de oro al sol.

Las monturas se habían enviado antes con los baúles, pero los caballos que las llevaban parecían viejos y ruinosos. La resplandeciente montura nueva de Ana, regalo de bodas del abuelo Cubillas, adornaba el lomo de una yegua morena con cara aburrida y plácida, y parecía tan ostentosa sobre aquella añosa cabalgadura como una diadema en la cabeza de una mujer llena de arrugas.

—Lamentablemente, señores y señora, su plantación no cuenta aún con cabalgaduras como las que estoy seguro están acostumbrados a montar —dijo Severo con expresión dolida. Ana se puso el velo para ocultar su sonrisa ante los forzados intentos de Severo por borrar su acento de campesino.

—¿Cuánto tiempo tendremos que cabalgar hasta llegar a la casa? —preguntó Inocente, colocándole con energía la cincha a uno de los caballos.

—Un par de horas —contestó Severo—. Los senderos están llenos de maleza. Hemos desbrozado algunos tramos, pero como acaba de comenzar la zafra, hay que mantener a los trabajadores en los cañaverales.

Mientras hablaban, Pepe, el mayoral, les daba órdenes a los esclavos para que descargaran las valijas y llevaran a la chalupa dos racimos de plátanos y otro de guineos, una canasta llena de frutas y un par de toneles. Una vez cumplida la misión, los marinos se alejaron remando en dirección al barco.

Antes de que Ramón pudiera ayudarla, ya Ana estaba sobre la yegua. El joven agitó la cabeza ante tanta agilidad.

—Una mujer que monta a horcajadas como un hombre —dijo Ramón sonriendo—, no es ninguna tontería.

Ana intentó ver la reacción de Severo pero el hombre se había dado vuelta para montar en su caballo.

Severo los guió hacia un sendero invisible hasta que estuvieron bajo las altas frondas de árboles de gruesos troncos y hojas enormes. Ana se sintió dichosa de llevar velo. En cuanto entraron por el sendero, los insectos, incapaces de volar en la playa azotada por el viento, comenzaron a atacarlos en enjambres. Ramón e Inocente comenzaron a sacudirse y a darse palmadas en el cuello, el rostro y la piel descubierta entre las mangas y los guantes. Pero Severo parecía impenetrable, tan firme sobre su caballo como si estuviera con los pies en tierra.

A medida que se internaban en la maleza, el sendero se ensanchaba, pero las zarzas y las trepadoras sofocaban la vegetación a ambos lados. Ana había leído que en Puerto Rico no existían los enormes cuadrúpedos depredadores que pueblan la selva. Pero aquello le resultaba difícil de creer ante aquel bosque frondoso y los susurros, chillidos y gruñidos que salían de éste. Cuando hicieron un giro en el camino, una cotorra verde brillante, con la parte inferior de las alas de asombroso turquesa, cruzó volando el sendero con tales alaridos que los caballos se asustaron y los perros comenzaron a ladrar irritados. Un poco más allá Ana vio una serpiente enorme enroscada sobre un montículo de tierra roja, con su cabeza en forma de diamante suspendida delicadamente sobre su cuerpo.

Siguieron cabalgando uno tras otro en varios tramos del sendero, mientras Ramón e Inocente trataban de mantener a Ana entre los dos. Los perros caminaban a cada lado del caballo de Severo, vigilando la vegetación y ladrando ante amenazas invisibles. De cuando en cuando uno de ellos se internaba en la maleza pero regresaba al silbido de Severo, con docilidad similar, comparó Ana, a uno de los perrillos falderos de Jesusa.

Pepe y los dos esclavos, a quienes llamaban Alejo y Curro, iban al final de la caravana. Pepe cabalgaba una mula pero los hombres que llevaban las valijas y los paquetes caminaban descalzos sobre el terreno pedregoso y accidentado. A pocos minutos de haber penetrado en el bosque los tres se habían quedado muy a la zaga. Pepe les ordenó a Alejo y a Curro que caminasen más rápido, y su voz se escuchaba más lejana, hasta que finalmente se perdió entre el sonido de las hojas y los gritos de las cotorras.

De un momento a otro pasaban del bosque a un valle abierto con numerosas tonalidades de verde, desde el pálido hasta casi amarillo o verde oliva. Sobre algunos campos ondulaban grisáceos ramos de lavanda.

—Ésa es la guajana —señaló Severo—. La flor de la caña que indica cuándo los tallos están listos para el corte.

A lo lejos las montañas de suaves contornos se extendían de oeste a este. Las tierras no cultivadas estaban pobladas de árboles. Y varias chimeneas, dispersas por el valle, apuntaban al cielo desde el verde circundante.

—¿Por qué unas echan humo y otras no?

—Porque en esas plantaciones la caña no está lista o no hay trabajadores suficientes o los dueños se dieron por vencidos y abandonaron la tierra y todo lo que hay en ella.

—¿Lo abandonaron todo, así como así? —preguntó Inocente.

—Algunos lo hacen —afirmó Severo—. Chimenea sin humo en plena zafra es mala noticia para los dueños.

—Eso no nos ocurrirá a nosotros —aseguró Ramón—. Nuestras chimeneas van a echar humo día y noche…

Rieron todos, pero la tensión no se disipó hasta que Severo señaló hacia un grupo de edificaciones a su izquierda. —Allí está el molino que muele su caña, y, como pueden ver, la chimenea está funcionando.

—¿Ésa es? —inquirió Ramón. Severo asintió con la cabeza.

—Hacienda Los Gemelos —murmuró Inocente.

A Ana se le hizo un nudo en la garganta. El molino estaba sobre un promontorio, y junto a éste, la chimenea lanzaba un humo espeso hacia el cielo azul. A la derecha del molino vio un terreno cercado en el que pastaban reses. Más allá, techos y el centro nervioso de la plantación, todavía a unas leguas de distancia.

Ana se había desplazado hacia su destino sin saber exactamente dónde estaba ni cuál era su apariencia. Pero ahora tenía ante sí la Hacienda Los Gemelos que la llamaba. Estaba deseosa de desmontar, de sentir su rica tierra, de olerla, incluso hasta de probarla. Desde mucho antes de llegar allí presintió que iba a amarla mientras tuviera un aliento de vida. Tenía dieciocho años, había llegado al término de un viaje que también era un comienzo, el que había decidido como viaje final. «Aquí estoy», dijo para sí. «Aquí estoy», le susurró a la brisa que hacía ondular la guajana. «Aquí estoy», le dijo al cielo limpio y vasto, a las parpadeantes aguas de los charcos del camino, a los pájaros que volaban en bandadas sobre su cabeza. «Aquí estoy», volvió a decirse a sí misma una y otra vez, sobrecogida por el temor a lo que le esperaba. Pero sacudió la cabeza para desterrar el miedo, se persignó y murmuró una plegaria de agradecimiento y un pedido de valor y fuerza, mientras seguía a Ramón, a Inocente y a Severo que descendían la colina para internarse en los cañaverales.

Los tallos de caña madura tenían más de dos metros de altura por lo que, una vez dentro del valle, no pudieron ver por encima de la guajana.

—Este campo —continuó Severo— está listo para el corte. Aunque se sembró menos de la mitad de los campos potenciales, seguimos cortos de mano de obra. Los macheteros deben llegar mañana en la tarde.

Aunque apenas estaban a media mañana, el aire del valle ya era caluroso y húmedo y dejaba escapar oleadas de calor al claro cielo. El viento silbaba entre las hojas cortantes de las cañas, seguido por un ruido seco. Con bastante frecuencia unas criaturas raras y escurridizas, semejantes a ratas gigantescas, se cruzaban en el camino, atemorizando a los caballos. El aire olía a pasto, a tierra mojada, a humo y a un dulzor penetrante.

Chas, tac, tac, tump. Chas, tac, tac, tump.

Ana escuchó el ritmo de los cortadores de caña antes de llegar adonde trabajaban.

Chas, tac, tac, tump.

Llegaron a un campo en el que varios hombres cortaban los largos tallos con un simple golpe de machete. Los despojaban de las largas hojas y luego los lanzaban a un surco cercano. Otro grupo de mujeres y niños mayores agrupaba y se llevaba los tallos para colocarlos en las plataformas de madera de carretas tiradas por bueyes. El ruido sordo disminuía a medida que los tallos se hacían más largos. Cada vez que los bueyes movían la cabeza sonaban los cencerros que llevaban al cuello. Pero, a pesar de los resoplidos de los cortadores, los gritos del mayoral y el chirrido de las ruedas, lo que caló a profundidad en la mente de Ana fue el *chas* y el *tac* del machete contra los tallos de caña, el corte rítmico de los macheteros abriéndose paso por los cañaverales.

—Como pueden ver, ya se han cortado varias hectáreas —dijo Severo—. Los macheteros dejan unos centímetros del tallo cortado para que vuelva a crecer.

A su paso, los capataces a caballo se llevaban la mano al ala del sombrero. Pero si un trabajador dejaba de cortar para mirarlos, una maldición, una amenaza, un empujón y palabras cortantes hacían que reanudara su ritmo.

Ramón y Severo se adelantaron, dejando que Ana e Inocente les siguieran. Severo le daba varias explicaciones a Ramón, y aunque Ana sólo podía escuchar parte de lo que decía, se imaginaba el resto. Le impresionó saber cuánta tierra se necesitaba, no solamente para el cultivo de la caña, sino también para las operaciones que la convertían en azúcar.

Ana había leído crónicas de viajeros que visitaron las Antillas, como George Flinter, cuyo libro impresionara tanto a Ramón, a Inocente y a don Eugenio, y escribía notas en el margen de los relatos de los dueños de plantaciones en las islas españolas y británicas. Además, estudió sus métodos y cómo administraban las tierras. Pero, ante las grandes extensiones que veía desde su cabalgadura, se dio cuenta de que muy poco de lo aprendido la había preparado para su nueva vida. Cada uno de sus sentidos estaba rebosante de vida, y comprendió lo abstractas que habían sido aquellas lecturas en España. La experiencia real le resultaba familiar, pero al mismo tiempo absoluta y abrumadoramente ajena.

Llegaron al patio central antes del mediodía. El batey vibraba con el ir y venir de mujeres, hombres, carretas, ganado, mulas, niños, caballos, perros, cerdos sueltos, cabras y aves. La tierra bullía de hojas y pedazos de caña. Enjambres de moscas seguían tras las carretas llenas de tallos cortados y zumbaban en molestas nubes alrededor de seres humanos y animales por igual. El aire estaba saturado por el dulce y penetrante aroma de la melaza hirviente. Una fina ceniza gris proveniente de la chimenea lo cubría todo: a los agitados trabajadores, el equipo y los animales, y una nata gris se había formado en el estanque que abastecía los bebederos del ganado y proveía de agua dulce a los esclavos.

Aunque la actividad del batey parecía caótica, Ana recordó haber leído acerca de la existencia de un orden estricto de trabajo, así como de una urgencia para moler la caña y hervir su jugo lo antes posible después del corte porque los tallos se echaban a perder rápidamente.

—Ése debe ser el trapiche —dijo Ramón mientras se acercaban al molino de viento.

—Sí, señor, ahí es donde se muelen los tallos, y la fuerza del viento se complementa con la de los bueyes. Esos grandes cilindros de madera son los que extraen el jugo.

—Y eso es el bagazo ¿verdad? —señaló Ana.

Severo se volvió. —Sí, señora. El bagazo es el subproducto. Con eso alimentamos al ganado y también lo usamos como mantillo.

Como sabía que ella lo estaba escuchando, Severo habló en voz más alta y volvía la cabeza para asegurarse de que Ana e Inocente lo oyeran: —Al lado del trapiche está la casa de calderas, donde el jugo se reduce a cristales en aquellos tachos de cobre —explicó, pero se detuvo de repente, como si hubiese olvidado algo—. Lo siento, pero, ¿no creen que es demasiado para ustedes, después de un viaje tan largo?

—Para nada. Es fascinante. ¿No crees, Inocente?

—Muy interesante —respondió Inocente—. Siga, por favor.

Severo asintió y prosiguió sus explicaciones. —Junto a la casa de calderas está la casa de purga. Esas bandejas largas enfrían los cristales y dejan que el sirope caiga en los barriles. Cuando el azúcar está lo suficientemente seca, se hacen los panes y se envasan en bocoyes de mil libras que se mandan al mercado.

—Según he entendido —dijo Ramón—, la melaza se usa en la fabricación de licores.

—Así es. Muchos hacendados guardan cierta cantidad con la que hacen licor para su propio consumo, pero la mayor parte se vende a las destilerías que tienen la capacidad de operación suficiente para procesar grandes cantidades destinadas al mercado.

La plantación había estado abandonada durante años y sus maquinarias eran viejas. El molino estaba ubicado sobre un pequeño promontorio y sus enormes aspas pedían a gritos una reparación. Los agujeros en las paredes de las casas de calderas y de purga, así como los de los graneros y accesorias, se habían tapado al azar, dejando enormes espacios vacíos en los sitios donde las planchas no eran lo suficientemente anchas o se habían podrido. Pasaron junto a las instalaciones donde vivían los esclavos solteros, dos edificios rectangulares separados por un patio polvoriento donde picoteaban las gallinas. Tras las barracas se veían varias chozas pequeñas con techo de guano en las que vivían las parejas amancebadas y sus hijos. En la parte trasera y alrededor de aquellas estructuras se veían huertos dispersos, atendidos por niños demasiado pequeños para trabajar en el campo, así como por ancianos y ancianas demasiado débiles para realizar otros menesteres.

Ana se obligó a sí misma a respirar profundo y a calmar sus nervios. Muchos de los esclavos eran personas de avanzada edad y bastante encorvados, como si las cargas que llevaron durante años siguieran presionándole las espaldas. A varios les faltaban orejas, dedos, manos e incluso brazos, amputados por debajo del codo. Otros cojeaban, con tobillos y piernas convertidos en amasijos informes. Los adultos llevaban harapos, mientras que los niños estaban totalmente desnudos, con sus vientres hinchados sobre sus piernas delgadas como palillos.

A medida que se acercaban a la vivienda, Ana se desalentó aún más al ver que la residencia no estaba en mejores condiciones que los edificios del ingenio o las personas que allí habitaban. La casona tenía dos plantas, con un balcón sin techo alrededor del segundo piso, al cual se llegaba subiendo dos escaleras rústicas e independientes entre sí, una al frente y otra en la parte trasera, cerca de una choza en la planta baja donde estaba la cocina.

—La mayor parte de la planta baja —explicó Severo— la usamos como almacén. También hay sitio para la servidumbre.

Ana parpadeó a causa del sol del mediodía. Le sorprendió la rústica hechura de la casa, construida con tablones sin pulir, clavados sobre horcones descubiertos. Las paredes divisorias interiores no llegaban al techo ni al piso de enormes planchas de madera. El cielo raso estaba cubierto por estrechas tablillas colocadas por debajo del techo de metal corrugado. Un lagarto de verde brillante, del tamaño de uno de sus zapatos, colgaba boca abajo de una de las tablas desafiando la fuerza de gravedad. Las puertas y ventanas eran altas persianas que se abrían al balcón y se cerraban deslizando una gruesa tranca entre dos ganchos metálicos. El escaso mobiliario consistía en una pequeña mesa rectangular con bancos en el comedor, otros dos bancos en la sala de estar y una mesa y una banqueta en el cuarto de estudio. Las paredes estaban recién pintadas, y un olor a resina seguía flotando en el aire. Todas las habitaciones eran de un verde pálido y melancólico.

Ramón, Inocente y Severo contemplaban el rostro de Ana mientras recorrían la casa.

—En realidad necesita un toque femenino —dijo Ana. Esbozando una valiente sonrisa, se volvió para dejar su sombrero y sus guantes sobre uno de los bancos. Mientras se entregaba a sus fantasías de vida en el grande y amplio Nuevo Mundo, jamás se le ocurrió que no viviría en una casa de mampostería, pisos embaldosados y un mobiliario español oscuro y pesado como el de su cómoda niñez. Al darse vuelta, los ojos ansiosos de los hombres estaban fijos en ella. Severo Fuentes, especialmente, la miraba con nerviosa expectativa. —No os preocupéis tanto —les dijo, mirando primero a Ramón y luego a Inocente, tratando de convencerse sobre todo a sí misma—. Todo saldrá bien.

Los hermanos dieron un suspiro de alivio.

Severo asintió, como si Ana hubiese dado la respuesta correcta en un examen, y sonrió de nuevo con los labios cerrados, breve y subrepticiamente. Ana sintió que el hombre sabía exactamente lo que ella estaba sintiendo, y había notado sus esfuerzos por disimularlo. Molesta consigo misma por su necedad, le irritó aún más que Severo pudiese ver lo que Ramón e Inocente eran incapaces de detectar. Una aguda inteligencia se ocultaba tras su talante obediente y servicial. Como en la playa, parecía omnipresente, adelantándose al mismo tiempo a lo que pensaban los demás.

El mayordomo abrió la puerta del primer dormitorio y los invitó a entrar con una reverencia. Frente a la ventana había una cama de caoba con dosel y capiteles decorados con motivos de flores de banana. La cabecera y el pie estaban profundamente tallados con amplias hojas que se inclinaban unas hacia otras y racimos de bananas colgando de cada tronco.

—Tienen la suerte de contar con un excelente carpintero que trabaja aquí —dijo Severo—. José puede hacer cualquier cosa. Además, talla a la perfección.

—Sorprendentemente bien —afirmó Inocente—. ¿No es así, Ana?

—Claro que sí —respondió la joven, sin atreverse a decir nada más. Aunque la cama se había hecho con esmero, parecía incongruente con respecto a la pequeña habitación, su única ventana y el suelo de planchas de madera. El delgado colchón estaba cubierto con la ropa de cama que ella enviara previamente. En una esquina, junto a la ventana, un estante contenía su jofaina y su jarra de porcelana y las toallas que tan minuciosamente había bordado, dobladas pulcramente sobre una rama seca clavada a la pared. Le parecieron absurdas en aquel sitio. Bajo el estante vio una bacinilla desportillada.

Los dos baúles con las ropas, zapatos y prendas íntimas de ella y de Ramón estaban contra la pared, cerca del arcón de la ropa de cama. Ana comenzó a organizar su baúl de novia desde que tuvo edad suficiente para saber que iba a casarse algún día. En las seis semanas previas a su boda, Elena, Jesusa y sus amigas y parientes hicieron sus contribuciones. El baúl estaba lleno de servilletas y manteles con bordes de encaje, toallas bordadas y sábanas, así como un antiguo crucifijo que había pertenecido a su familia por varias generaciones, envuelto en un fino paño de seda, que se colocaría en el altar de la casa. Ana volvió a tragar en seco.

Severo los condujo a la próxima habitación, casi ausente de mobiliario, excepto un estante para la jofaina, y una toalla colgada en un gancho.

—Lamentablemente a José sólo le dio tiempo a hacer una cama —dijo Severo—. Por ahora, don Inocente tendrá que dormir en una hamaca.

La hamaca colgaba en diagonal. Inocente empujó lentamente el pesado tejido de algodón hecho en casa. Ana sabía que estaba ansioso por saltar a la hamaca, pero su dignidad no le permitía hacerlo delante del mayordomo.

—Es sorprendentemente cómoda —aseguró Severo—. Algunos las prefieren a las camas.

—Ya he dormido en hamaca —respondió Inocente—. No es necesario que pida disculpas.

Severo los llevó nuevamente a la sala.

—José está haciendo las sillas y una mesa para el comedor. Estoy seguro de que la señora tiene algunas ideas de mobiliario —continuó—. Se lo enviaré en cuanto esté lista. Pero le ruego que tenga en cuenta que durante la zafra necesitamos a todo el que pueda trabajar. Hasta los esclavos más expertos tienen que ir al cañaveral.

—Comprendo —respondió Ana, sin revelar su frustración. Obviamente, transcurrirían años antes de que pudiesen tener una casa apropiada.

Dos mujeres y un hombre los esperaban en el portal. De las faldas de las mujeres colgaban aún abrojos y ramitas, y los pantalones del hombre estaban rotos y manchados. Evidentemente habían estado trabajando en el campo y apenas tuvieron tiempo para lavarse la cara y las manos, y las mujeres para arreglarse sus tocas.

—Si me permite, señora, estos son los sirvientes… —dijo Severo, haciéndoles un gesto para que entraran. Una de las mujeres era mucho más baja que Ana, pero de más edad, con ojos grandes y vivos y una sonrisa que apenas podía controlar. Su alegre apariencia hizo que Ana se sintiera más relajada. Severo la presentó. Era Flora, su sirvienta personal. La mujer más alta, más joven y entrada en carnes, con dientes de conejo y aire receloso era Marta, la cocinera. Y el hombre canoso y esquivo era Teo, el sirviente que atendería a Ramón y a Inocente.

—Ahora los dejo para que descansen —concluyó Severo—. Marta les preparará el almuerzo y tocará la campana cuando esté listo. Ésta es la llave de la despensa —dijo, sacando de su bolsillo un manojo que produjo un ruido metálico—. Y ésta es la llave del cuarto de los licores —añadió, entregándoselo a Ana y mirando a Marta, quien hizo una profunda reverencia; luego se marchó.

Flora y Teo quedaron esperando las instrucciones de Ana.

—Llevaos eso —dijo Ana, señalando hacia los sombreros y guantes que dejaran sobre los bancos al entrar—. Y sacad el contenido de las valijas en cuanto lleguen —aparentemente los sirvientes estaban deseosos de recibir órdenes que les permitieran escapar del trabajo agotador al aire libre.

—Señores —Severo se volvió hacia Ramón e Inocente—, estoy a sus órdenes en cuanto quieran revisar los libros de contabilidad.

—Sí, por supuesto —respondió Ramón—. Esta misma tarde.

—Mañana podemos visitar los campos —añadió Severo.

—Muy bien —contestó Inocente.

Severo se inclinó con respeto y los dejó de pie en medio de la sala. Ana se sentó en uno de los bancos desvencijados, que chirriaba amenazadoramente cada vez que se movía.

—Te pido disculpas, querida, por el estado de esta casa —murmuró Ramón—. Si lo hubiese sabido…

—Madre tenía razón —añadió Inocente—. Debías haberte quedado en San Juan hasta que arreglásemos esto.

—Os ruego que no os preocupéis por mí —los interrumpió Ana—. Ya tenéis bastante en qué pensar. De nuestra casa me encargo yo.

—No es habitual que la casona —explicó Inocente— esté tan cerca de los edificios del ingenio. En una plantación apropiada ésta sería la casa del mayordomo.

—Entonces, ¿hemos desalojado a Severo? ¿Es ésta es su casa?

—Probablemente —aseveró Ramón.

—¿Y dónde vive ahora?

—Tal vez en una de las cabañas —respondió Inocente—. Hizo un gran esfuerzo para que esta casa fuese habitable.

—Paredes verdes —señaló Ana—. Como si no hubiese ya demasiado verde afuera —añadió, saliendo al balcón que no daba al batey. En la lejanía los bosques se elevaban por las faldas de las colinas. Ramón e Inocente la siguieron.

—Vamos a usar esta casa —agregó Ramón—. Y en cuanto podamos, construiremos una como Dios manda.

—Cuando termine la zafra —dijo Inocente.

Una brisa leve como un susurro hizo ondular la vegetación.

—Sí —siguió diciendo Ana, tomándolos a los dos por el brazo y atrayéndolos hacia ella—. Sí, cuando termine la zafra.

Al cabo de un mes ya estaban adaptados a la rutina. El trabajo comenzaba al amanecer con el llamado de la campana al ángelus matutino en medio de los cañaverales. Ramón e Inocente pasaban buena parte del día cabalgando con Severo, regresaban cuando la campana marcaba la hora del almuerzo y tomaban una breve siesta antes de seguir recorriendo los campos hasta la caída de la tarde, cuando el tañido de la campana marcaba la hora del ángelus vespertino. Después de la cena la campana sonaba una vez más para indicar que se debían apagar todas las luces en los bohíos y viviendas y que todos debían permanecer en sus casas. Durante la zafra, el trapiche y la casa de calderas trabajaban las veinticuatro horas, pero la campana seguía sonando a las mismas horas.

La vida trashumante de Ramón e Inocente les había enseñado a adaptarse rápidamente a los cambios. A pesar de que Leonor se propuso que trabajaran en oficinas, los hermanos se sentían más cómodos al aire libre, entre hombres sudorosos y bestias. Sus rostros juveniles se oscurecieron con el sol, sus cuerpos se hicieron más fornidos, y sus voces se profundizaron por hablar más alto de lo que se permitía en la perfumada sala de Leonor, algo necesario para que se les pudiese escuchar entre tantos cañaverales y caminos vecinales.

Ambos solicitaban, aceptaban con confianza y seguían los consejos de Severo en todo lo referente a la plantación. El mayordomo era seis meses más joven que los gemelos, pero su vida había sido más ardua y acumuló tanta experiencia que impresionaba continuamente a los hermanos y a Ana. También era sorprendentemente excéntrico. Por ejemplo, sus perros se llamaban Tres, Cuatro y Cinco.

—¿Por qué los ha bautizado con números y no con nombres? —le preguntó Ana en cierta ocasión.

—A los animales no se les ponen nombres cristianos.

Una vez por semana los acompañaba en la cena y, cuando se lo pedían, Severo narraba historias de sus viajes por España y otros países antes de recalar finalmente en Puerto Rico. Aquel hijo de zapatero remendón fue ascendiendo por sus méritos, destrezas y ambición hasta llegar a su cargo actual en Los Gemelos. Ramón, Inocente y Ana estaban conscientes de que su trabajo en la hacienda era como una preparación para ser dueño algún día de su propia plantación.

—«No sé si he dicho a vuesa merced otra vez, y si lo he dicho lo vuelvo a decir, que cuando vuesa merced quisiere ahorrar caminos y trabajos para llegar a la inacesible cumbre del templo de la Fama» —recitó Severo una noche luego de beber más brandy de lo debido— «no tiene que hacer otra cosa sino dejar a una parte la senda de la poesía, algo estrecha, y tomar la estrechísima de la andante caballería, bastante para hacerle emperador en daca las pajas». El gran Cervantes, señores y señora, nunca visitó el Nuevo Mundo, pero sabía lo que se necesita para tener éxito en estas tierras.

—Entonces usted se considera un caballero andante —dijo Ramón en tono socarrón.

—Si usted insiste, señor, sí, un caballero errante en busca de fortuna. Sí, señor. Así soy.

—Pero —añadió Inocente con una sonrisa irónica—, en el pasaje siguiente a lo que acaba de citar, se dice: «Con estas razones acabó don Quijote de cerrar el proceso de su locura…».

Severo se secó los labios con el dorso de la mano y sonrió. —Sí, pero no olvide que «…de músico, poeta y loco, todos tenemos un poco…» —sentenció, provocando la hilaridad de todos.

Esa noche Ana se quedó despierta mucho después de que Ramón se quedara dormido, pensando en aquella frase. Estaba convencida de que todos tenemos un poco de poeta, un poco de músico y un poco de loco. Pero también pensó que Severo Fuentes, capaz de citar de memoria a Cervantes con asombrosa precisión, era tal vez el más loco de todos ellos.

La voz interna

En Boca de Gato, uno de los olvidados villorrios al norte de Madrid, los padres de Severo Fuentes Arosemeno querían que su hijo se ordenara de sacerdote. Como era el tercer varón y el más pequeño de la familia, resultaba improbable que los exiguos ingresos potenciales alcanzaran para el sustento de tres zapateros remendones en un mismo pueblo. El padre lo llevó al sacerdote de la parroquia, quien enseñó a Severo a leer y a escribir, así como latín, la lengua de las personas instruidas. Pero cuando el padre Antonio elogió la rapidez y la inteligencia del niño, los residentes del lugar lo ridiculizaron por tener ambiciones mayores que sentarse en el banco de zapatero por el resto de su vida, como su padre y sus hermanos, y su abuelo, su tío y quién sabe cuántas generaciones antes que ellos.

A pesar de los esfuerzos del padre Antonio para hacer de él un sacerdote, Severo no demostró vocación alguna. Quería llevar una vida muy lejos de las calles escarpadas y los estrechos callejones de Boca de Gato, y anhelaba vivir al aire libre, no en el hacinamiento de aquella casa con un taller anexo en el que día tras día su padre y sus hermanos hacían botas de suela gruesa cortando pedazos de piel dura y zapatillas de mujer con flexible cabritilla.

Una mañana, pocos días después de haber cumplido nueve años, mientras se disponía a ir a la parroquia, Severo escuchó una voz interna que le dijo: «Márchate de Boca de Gato...». Había escuchado una voz con anterioridad, pero era usualmente la suya, reprendiéndole por haber hecho algo estúpido o presionándolo para hacerles frente a sus temores. Pero jamás había sido una voz diferente, y con instrucciones específicas: «A Madrid. Vete a Madrid».

Ese mismo día pasó frente a la parroquia y traspasó los límites de Boca de Gato. La capital estaba a trece leguas de distancia, al otro lado de las montañas. En el camino pudo sobrevivir haciendo trabajos ocasionales a cambio de un plato de comida y un sitio donde dormir. Corría el año 1829, que marcaba el final de un período relativamente estable después de los saqueos de la era napoleónica y la Primera Guerra Carlista. Como era modesto y esforzado, los campesinos que le daban empleo eran amables en su mayoría. Sin embargo, lo que recordó años después no fueron los nombres de las personas sino los de los áridos terrenos montañosos por los que transitó: Cerro Matallera, El Pedregal, Miraflores de la Sierra.

Tardó seis meses en llegar a la capital. Desde lo alto de una colina pudo ver un enjambre de techos y campanarios mucho antes de llegar a la entrada de la ciudad. Mientras más se acercaba a ella, más personas caminaban junto a él por el Camino Real, muchas de ellas como él: muchachos y hombres sin otro sitio adonde ir que el camino por donde transitaban.

Ya en la capital Severo dormía en lúgubres callejones a la sombra de la catedral. Cuando no encontraba trabajo, robaba comida, se peleaba con otros chicos que, al igual que él, se habían marchado de sus hogares o habían sido abandonados por su familia. Como era más fuerte, inteligente y valiente que gran parte de los niños olvidados de la calle, muy pronto se convirtió en líder y organizó una banda de ladrones y carteristas que aterrorizó la capital por espacio de dos años.

Pero fue capturado, golpeado y llevado a prisión junto a hombres que habían cometido crímenes peores. A los asesinos, traidores y presos políticos los ahorcaban, pero a los borrachos, ladrones, adúlteros y deudores los encerraban tras las rejas. Muchos de aquellos desesperados anhelaban recomenzar su vida y le llenaron a Severo la cabeza de historias acerca del Nuevo Mundo, un territorio colonizado por España hacía tres siglos. Entre aquellas tierras misteriosas estaban Perú, México y Argentina, que habían dejado de ser colonias, pero donde aún era posible convertirse en un gran señor de Hispanoamérica. Severo pasó cuatro meses en prisión, soñando con subir a un barco veloz con velas blancas que lo llevara a Hispanoamérica. Allí haría una fortuna en oro y plata, la cual, según decían sus mayores, aparecería ante él en cuanto pateara bien duro la tierra.

Severo tenía once años y era aún lo suficientemente niño como para imaginarse su regreso a Boca de Gato ataviado con espléndidas bombachas de seda y chalecos de brocado, como los que usaban los petimetres que caminaban por las calles de Madrid, los mismos a los cuales tanto admiraban las mujeres hermosas y a quienes él les birlaba con destreza las billeteras. Construiría una casa para su madre y obligaría a su padre a dejar para siempre el banco de zapatero. Y se haría caballero y pasearía en espléndidos caballos andaluces sobre una montura remachada con plata.

Un día la voz interna le ordenó a Severo que se confesara y se encaminó a la fila que se hacía cada semana durante la visita del párroco de la prisión.

Al padre Gregorio le impresionaron los conocimientos litúrgicos y de latín que tenía Severo. —Eres un chico inteligente —le dijo, señalando con sus dedos perfumados hacia la celda sombría y maloliente que el niño compartía con otros nueve prisioneros—. ¿Cómo dejaste que esto te ocurriera, hijo mío?

—Tenía hambre, padre.

—Hijo, en esta ciudad hay miles de personas hambrientas y no todas caen en la delincuencia.

—Pero muchos lo hacen, padre —respondió Severo. El sacerdote lo observó atentamente, tratando de detectar alguna señal de desacato en el tono o los movimientos de Severo. Pero sólo vio arrepentimiento. El rostro de Severo adoptó una expresión más beatífica—. No soy un chico malo.

—No, hijo, no creo que lo seas —el padre Gregorio puso su mano sobre los cabellos hirsutos de Severo, murmuró una plegaria y luego le preguntó en latín—: ¿Te arrepientes total y completamente?

—Sí, padre —respondió Severo, también en latín, plenamente consciente de que la pregunta del sacerdote se podía responder de una sola manera.

—¿Prometes respetar los diez mandamientos, especialmente aquellos que violaste con tus malas acciones?

—Sí, padre, lo prometo —la voz del niño se hizo más profunda, y el padre Gregorio advirtió cómo Severo trataba de contenerse, cómo apretaba los dedos de su mano izquierda alrededor de su muñeca derecha, como evitando abofetearse a sí mismo. El muchacho miró al sacerdote con una expresión tan lastimera y contrita que el anciano se emocionó.

—Veré qué puedo hacer —dijo en español, apretándole el hombro a Severo.

Cuando Severo había cumplido sólo la mitad de su sentencia, el padre Gregorio intercedió para que le dieran la libertad, y le consiguió un empleo como mensajero y mozo de limpieza en Marítima Argoso Marín. Además, convenció a su hermano y a su cuñada para que lo dejaran dormir en una choza del patio de su casa. Severo compensó la bondad del señor y la señora Delgado con su trabajo. Era diestro en faenas manuales y en breve comenzó a reparar las bisagras de las puertas, sustituyó y elevó la gastada tendedera del patio, clavó adecuadamente las tablas que chirriaban en las escaleras y enderezó los balaustres flojos. A los Delgado les encantó la habilidad del muchacho.

Noela, la cocinera, era una mujer alta y huesuda cuyo marido administraba la finca de los Delgado cerca de Allariz, en Galicia. Noela regresaba a su casa en Navidad, Semana Santa y una semana en agosto, conjuntamente con sus empleadores, pero el resto del año vivía en una habitación detrás de la cocina. Una noche se dio cuenta de que Severo traía todos los días periódicos desechados y se sentaba a leerlos a la mesa de la cocina después de la cena.

—¿Qué lees? —las palabras de aquella mujer eran difíciles de comprender porque hablaba gallego y daba por sentado que todo el mundo la entendía.

—Los periódicos hablan del mundo —respondió Severo.

—Dichoso tú que sabes leer. Yo ni siquiera sé cuáles son las letras de mi nombre.

—Puedo leer en voz alta si quieres.

Cuando la cocinera terminaba de lavar los platos, Severo leía en voz alta mientras Noela cosía. Sin embargo, cada vez que levantaba la vista de las páginas veía que los ojos brillantes de la mujer se posaban sobre él, no en su costura, como si creyese que estaba inventando lo que supuestamente decía el periódico para divertirla. Una vez al mes Noela le dictaba cartas para su esposo y sus familiares, que luego Severo escribía y enviaba. Como ninguno de los destinatarios sabía leer, había que llevarle las cartas al párroco o a un habitante del pueblo que pudiera hacerlo, y que les cobraba dos céntimos por leer y cinco por escribir la respuesta.

—¿Les escribes cartas a tus padres?

Aunque Severo mentía ante tal pregunta, esa noche sí le escribió a su madre para comunicarle que estaba a salvo y tenía empleo, sin hacer mención a las razones de su partida, del viaje a Madrid, de sus años en las calles y del tiempo que pasó en prisión.

Severo trabajaba seis días a la semana en las oficinas de Marítima Argoso Marín. Cuando llevaba un encargo, le daban en ocasiones un céntimo o dos de propina, los cuales ahorraba porque no había abandonado la idea de que algún día iba a viajar al Nuevo Mundo para hacerse rico. Era conocido entre los delincuentes y granujas de las calles, quienes se burlaban de él por aparentar que era superior a ellos.

Paquito, un chico de más edad que se había convertido en el líder de la pandilla cuando Severo fue a dar a prisión, quiso demostrar que llevaba las riendas en cuanto volvieron a ver al muchacho por los alrededores, y acostumbraba seguir a Severo en sus encargos, molestándolo y burlándose de éste incitado por los demás pillos.

—No me jodas —le advirtió Severo en una ocasión, mientras llevaba un expediente de Marítima Argoso Marín a un cliente que lo esperaba en un banco.

—Noooo meee jooodassssss —repitió Paquito con voz de falsete, agitando una falda invisible para indicar que Severo era un marica.

Severo apretó el paso pero los chicos lo siguieron y lo rodearon, empujándolo y dándole empellones. Aunque estaba a tres puertas del banco y trataba de cumplir con el encargo, no quiso que los pilluelos pensaran que trataba de escapar, por lo que le hizo frente a Paquito.

—No quiero pelear, pero si me provocas, te vas a arrepentir.

—Ay, la señorita no quiere provocar… ay, ay, ¿dónde están mis sales aromáticasssss? —respondió Paquito, haciendo como si le fuera a dar un desmayo.

Severo aprovechó la oportunidad y corrió hacia el banco, contuvo el aliento, entregó el expediente y recibió su propina. Luego esperó un momento para hablar consigo mismo. «Sé defenderme, pero si no acabo con este fastidio, voy a tener que pelear con todos los chicos de Madrid», pensó. No quería volver a prisión y necesitaba un respeto diferente para que aquellos golfos lo dejaran en paz. Confiaba en su fuerza, pero las calles y la prisión le habían enseñado que la dureza mental era más efectiva que los puños. Cuando salió del banco, Paquito y sus secuaces seguían allí, como quería Severo.

—¡Gallina! ¡Cobarde! —le gritaron.

Severo se dirigió directamente hacia Paquito. Los otros chicos los rodearon, pero él sabía que estaban esperando que Paquito diera el primer golpe. —¿Qué dijiste? —preguntó Severo, impasible. Y precisamente se dio cuenta de que la forma como lo dijo, su tono pausado y su postura relajada provocaron un cambio en Paquito. «Tiene miedo», pensó Severo—. Te escuché decir algo —dijo, volviendo el rostro hacia el sitio donde lo habían rodeado anteriormente—. Allí mismo. ¿Qué dijiste?

Paquito hinchó el pecho y su rostro enrojeció, recobrando aparentemente el valor. —Que eres un cobarde de mierda —dijo, y, para demostrarlo, se adelantó hacia Severo mientras los demás los rodeaban. Paquito lanzó a Severo al suelo, pateándolo, golpeándolo, escupiéndolo, llamándolo cagón y mariquita. Severo esquivó los golpes de la mejor manera, mientras Paquito lo azotaba con más fuerza. Comenzaron a llegar otros curiosos, y Severo se dio cuenta de que llegaría la policía a poner orden. Se puso de pie y enderezó a Paquito agarrándolo por las bombachas, luego lo golpeó bajo las costillas, izquierda, derecha, izquierda. Cuando Paquito se dobló para protegerse el vientre, Severo le golpeó la cabeza con el codo. El chico cayó al suelo inmediatamente, incapaz de tenerse en pie. Con el rabillo del ojo Severo vio cómo un policía se acercaba al grupo.

Los demás muchachos salieron corriendo, mientras Severo se introdujo en la multitud, frotándose el codo y tratando de controlar su agitación. Dobló la esquina y comenzó a caminar normalmente, como si acabara de disfrutar de un buen almuerzo. Paquito seguía inconsciente en el suelo y los transeúntes pasaban junto a él como si fuese invisible. Era un integrante más de las lacras de la ciudad y a nadie le importaba lo que le había ocurrido, una vez concluido el entusiasmo de la pelea. Severo no volvió a verlo más y los otros chicos se mantuvieron siempre a una respetuosa distancia.

De vez en cuando robaba alguna cosilla tentadora que tuviese a mano, como el día que sustrajo un ejemplar de *La vida es sueño* de un estanquillo callejero de libros usados mientras el vendedor estaba discutiendo de política con otro cliente. Y en ocasiones le proporcionaba emoción birlarle una o dos monedas del bolsillo a un señorito entretenido o ebrio. Pero la mayor parte del tiempo se ocupaba de traer y llevar expedientes, limpiar los pisos de Marítima Argoso Marín, leer lo más posible, ayudar en casa de los Delgado y no meterse en problemas.

Sus días pasaban uno tras otro, y sus chillidos pueriles se transformaron en voz de hombre. Noela se burlaba del vello incipiente que comenzó a crecerle en la barbilla y sobre el labio superior y de cómo las mangas le quedaban demasiado cortas para sus brazos, y sus bombachas, demasiado estrechas. Días después el padre Gregorio llevó una muda de ropa nueva para Severo, que había recolectado entre sus feligreses.

La camisa, los pantalones, el chaleco y la chaqueta le quedaban grandes, pero Noela se los arregló mientras lo escuchaba leer. Severo lustró los zapatos hasta que la piel quedó brillante y le colocó trapos en las punteras, que retiraría en cuanto le crecieran los pies. Al domingo siguiente estrenó el atuendo en la iglesia y notó cómo las muchachas y las mujeres lo observaban con admiración.

—Estás hecho un hombre —le decía Noela, y Severo se dio cuenta de que lo miraba con ojos diferentes. En los últimos tiempos también había notado que la mujer se le sentaba más cerca de lo acostumbrado, y cuando le tomaba las medidas para arreglarle una prenda de vestir y posteriormente para asegurarse de que le servía, usaba sus manos con más asiduidad de la necesaria para tales menesteres. Pero no estaba totalmente seguro de tal comportamiento y no quería meterse en problemas. Una noche, después de que los Delgado se retiraron a sus habitaciones, Noela le sirvió la cena, pero en vez de quedarse en la cocina mientras Severo le leía, dijo que se iba a acostar temprano, algo que desilusionó al joven porque tenía a mano un gastado ejemplar de *El conde Lucanor* que había comprado en el mismo estanquillo donde había robado *La vida es sueño.* Noela se retiró, moviendo las caderas en una forma que le dejó pensando. Probablemente tenía la misma edad de su madre, aunque su mamá nunca habría hecho ondular sus caderas como acababa de hacer Noela. Como estaba confundido, decidió que tal vez había llegado la hora de reducir el tiempo que permanecía junto a Noela en la cocina, porque le gustaba vivir en casa de los Delgado, trabajar en Marítima Argoso Marín, ahorrar dinero para viajar un día a América para patear la tierra y desenterrar pepitas de oro. Terminó la cena, lavó los platos y los puso en su lugar y ocupó el banco usual ante la mesa de la cocina.

Pero mientras trataba de concentrarse en el primer cuento del libro, "Lo que sucedió a un rey y a un ministro suyo", Noela entró a la cocina en camisón y con un elaborado chal tejido que le pareció fuera de lugar entre cazuelas y ollas ennegrecidas, la humeante chimenea, la mesa y los bancos rústicos y el suelo de piedra.

—Cuando una mujer te dice que se quiere ir a la cama temprano y sale moviendo las caderas así —dijo, pasando del dicho al hecho con una sonrisa coquetona tan incongruente como su chal—, quiere decir que quiere que la sigas a su habitación.

Severo tenía trece años y, por supuesto, ya sentía ciertas urgencias sexuales, y se imaginaba cómo sería estar con una mujer. Pero no tenía la menor idea de lo que querían decir o no las mujeres. —¿Querías que me acostara contigo? —le preguntó a Noela, para asegurarse de que estaba escuchando lo que ella le decía.

—Eres amable conmigo y buen muchacho, pero ahora eres un hombrecito. Es el único regalo que puedo ofrecerte.

Noela era huesuda y tenía las piernas largas. Además, olía a ceniza y a ajo. Pero no se rió cuando la excitación del muchacho superó sus destrezas. Estaba tan ansiosa como él pero supo ser paciente. Aunque hubo muchas más mujeres en su vida, Severo nunca aprendió tanto de ninguna como de Noela, cuyo mayor regalo fue enseñarle que, para ser deseable, la mujer no tiene que ser necesariamente hermosa.

A los supervisores de Severo en Marítima Argoso Marín les impresionaron sus hábitos disciplinados y su capacidad de leer y escribir. A los trece años de edad fue promovido de mozo de limpieza y mensajero a ayudante de oficina. Dos años más tarde pasó a ocupar el cargo de aprendiz de escribano. De vez en cuando el padre Gregorio visitaba a los Delgado para ver cómo andaba Severo. El generoso sacerdote murió feliz de haberle dado su protección y amistad a un joven que no sólo la necesitaba sino que seguramente tendría éxito en la vida gracias a su oportuna intervención pastoral.

Sin embargo, el hijo de un zapatero, aunque fuese moderadamente instruido, un ex convicto, incluso por delitos menores cometidos en su juventud, un hombre pobre, a pesar de tener empleo, no podía llegar más lejos en la capital española. Una mañana, luego de recibir su paga acostumbrada, Severo volvió a escuchar la voz interna diciéndole una vez más que debía marcharse de allí. Limpió las puntas de las plumas, tapó los tinteros, colocó cuidadosamente sus papeles en sus archivos respectivos y salió de aquella oficina en la que permanecía atado a un escritorio desde temprano en la mañana hasta tarde en la noche transfiriendo cifras de un libro contable a otro. Recogió su única muda de ropa, el bolso donde escondía el dinero bajo una laja del piso de su choza y los cinco libros de su propiedad, dos comprados, tres robados. Noela había ido al mercado, los Delgado permanecían en sus habitaciones, la calle estaba atestada de sirvientes, vendedores y niños camino a la escuela. Tres señoritas que seleccionaban cintas ante un mostrador de telas se volvieron a verlo pasar, y el cochero de los vecinos de la familia Delgado lo saludó, aunque le sorprendió que Severo estuviera en la calle a esa hora del día cuando debería estar, como de costumbre, en su trabajo. Como vio que llevaba un bulto, el cochero le dijo más tarde a Noela que revisara si algo se había extraviado en la casa.
—No confío en ese chico —dijo, aunque en los cinco años que

había visto a Severo entrar y salir de la casa de los Delgado, nunca antes había expresado su preocupación por el inquilino.

Seis semanas después de su salida de Madrid, Severo llegó al puerto de Cádiz y se enroló como grumete, llegando finalmente al Nuevo Mundo debilitado por el mareo y el abuso físico y mental que le infligieran el capitán y el resto de la tripulación. En cuanto llegó a tierra firme, en la calurosa capital de la menor de las Antillas Mayores, Severo Fuentes juró que jamás volvería a poner pie en un barco.

Directamente frente al muelle donde le había dejado el barco, había un almacén sobre cuyas enormes puertas se leía en letras de delicada caligrafía MARÍTIMA ARGOSO MARÍN. Severo sabía, por supuesto, que la compañía tenía oficinas en Hispanoamérica, pero nunca se imaginó que iba a estar literalmente frente al umbral de una de ellas.

Hasta ese momento le había resultado provechoso hacerle caso a lo que le dictaba la voz interna. Había vivido lo suficiente para saber que no debía aparecerse en la oficina de Argoso Marín a pedir empleo mientras no se recuperara del viaje, se aseara y se pusiera la muda de ropa que había traído de España envuelta en un lienzo. Los callejones que a partir de los muelles y ascendiendo la colina llevaban al distrito residencial y más allá de los fuertes estaban plagados de posadas sombrías, a sólo pasos de desolados burdeles. Un médico, que curaba principalmente enfermedades venéreas y componía huesos rotos a consecuencia de las peleas entre hombres que acababan de desembarcar, se encargó de remediar las dolencias de Severo, que no diferían mucho de las que estaba acostumbrado a curar a diario. Luego de pagarle al médico, Severo invirtió el dinero que ganó como grumete en rameras y licor. Una semana después se presentó a la puerta de Marítima Argoso Marín.

Rodrigo Argoso Marín miró a Severo y vio lo que nadie más había visto, o lo que tal vez podía emerger sólo al cabo de dos años en las calles, cuatro meses en prisión, dos años limpiando pisos y entregando documentos, otros tres años encorvado sobre aburridos libros contables y siete semanas crueles en alta mar: un joven que infundía temor en los demás. La educación que le posibilitó avanzar más allá de sus posibilidades no había conseguido dominarlo.

Corría el año 1837, y aunque en 1835 la Corona española había firmado un tratado con Gran Bretaña que prohibía el tráfico de esclavos de África, los funcionarios se hacían los de la vista larga cuando ese tipo de dotación llegaba, por ejemplo, a Martinica o Guadalupe, y luego era enviada a Cuba, Puerto Rico o Estados Unidos, donde se necesitaba para realizar el laborioso cultivo de tabaco, algodón y azúcar. Para evitar complicaciones judiciales, Rodrigo se aseguraba de que la carga humana a bordo de los barcos de Marítima Argoso Marín desembarcara en bahías discretas y poco profundas. Necesitaba que alguien transportara a los africanos desde el sitio donde pudiera atracar hacia su destino en las plantaciones azucareras, el principal mercado de la trata de esclavos en la isla. El hombre adecuado para aquella misión tenía que saber leer y escribir a fin de encargarse del papeleo necesario. Debía, además, ser valeroso porque, con frecuencia, los intentos de fuga de los esclavos implicaban usualmente el asesinato del mayoral. Además, debía ser despiadado, porque los esclavos que intentaran escapar podían recibir crueles castigos e incluso la muerte. Los requisitos más importantes, pensó Rodrigo, eran la capacidad del hombre de infundirle miedo y respeto a otro ser humano y su disposición a matar sin pensarlo dos veces. Por supuesto, le dio el empleo a Severo.

Brazos para los cañaverales

Los días de Ana eran largos y arduos. Tenía a su cargo la ropa, la salud y la asignación semanal de alimentos de los esclavos. Además, supervisaba la limpieza y las faenas de cocina en la casona, concebía la disposición de los huertos y organizaba el cuidado de los animales destinados a la alimentación de la familia. Como se necesitaban tantos brazos —término que utilizaba Severo al referirse a los trabajadores— en los cañaverales, no le importaba recoger huevos en el gallinero, recoger un chayote para la cena o una toronja para el postre. En poco tiempo sus prendas de vestir y la ropa de cama, que se lavaban en el río cercano, comenzaron a mostrar señales de desgaste por el frote de las lajas contra las que eran golpeadas por las lavanderas y el contacto con los arbustos sobre los que se ponían a secar al sol. Su cesta de zurcido siempre estaba llena y pasaba horas remendando, con el eco de los reclamos de Jesusa por sus puntadas disparejas y sus costuras descuidadas resonando desde Sevilla, a más de mil leguas de océano.

Al cabo de una semana en la Hacienda Los Gemelos, Ana les escribió a sus padres, admitiendo que la vida allí era más austera de lo que esperaba, pero que estaba acostumbrándose a las privaciones.

«La sangre de los Cubillas y Larragoity corre por mis venas. Siento el espíritu de nuestros antepasados en esta tierra y soy consciente de que afrontaron sus retos con valor y curiosidad. Me satisfacen las gratificaciones del trabajo duro. Al término de cada día, me enorgullezco de cuánto he logrado», escribía Ana.

Como Ramón e Inocente no eran muy dados a la correspondencia, Ana les enviaba alegres informes a sus padres, haciéndole saber a doña Leonor que sus hijos estaban bien y describía la hacienda con detalles suficientes para darle a su suegra una idea de cómo vivían, sin profundizar en comentarios indebidos acerca de las dificultades por las que pasaban. Ana sabía que don Eugenio estaba más interesado en saber si se estaban logrando las cifras infladas de bocoyes de azúcar y barriles de melaza y ron que sus hijos le prometieron antes de salir de España. Ana le explicaba que, como les faltaban trabajadores y se había cultivado menos de la mitad de los campos potenciales, la primera zafra produciría menos de lo que esperaban. Sin embargo, proseguía, con su dote en metálico habían comprado diez hombres fuertes más, cada uno de los cuales costaba trescientos pesos. Y además, se desbrozarían y sembrarían otros dos campos más, que madurarían en cuestión de doce a dieciocho meses, para incrementar la cosecha de un quinto de una caballería de caña cortada y procesada.

Le resultaba difícil escribirle a Elena porque deseaba decirle muchas cosas, pero no podía hacerlo. Durante los seis meses transcurridos desde la boda, hacer el amor se había convertido en la tarea menos gratificante de todas las que realizaba. Aparte de la meticulosidad con que ambos observaban el turno de cada quien para acostarse con Ana, ni Ramón ni Inocente mostraban interés alguno en mejorar su vida sexual. Ana no sabía de qué forma tocar el tema, y los intentos por mostrarles lo que le gustaba hacer parecía avergonzar más a los gemelos que a ella misma. El coito se había transformado en una faena tan desagradable e inevitable como zurcir.

Sin embargo, no podía explayarse sobre sus anhelos de romance y ternura. Sus deseos serían considerados como debilidad, como vestigios de la muchacha no deseada incapaz de hacer nada bien. Decidió entonces volcarse en su trabajo y les escribió cartas a los Argoso, a sus padres y a Elena, relatándoles lo que hacía, pero no cómo se sentía.

La correspondencia se almacenaba en una bolsa junto a la puerta para que Severo, Ramón o Inocente se la llevaran cuando iban a Guares, el pueblo más cercano, a medio día de viaje a caballo; o si un barco mercante como el que les había traído atracaba en la playa al sur de la plantación. Ana sólo podía estar segura de que sus cartas habían llegado a su destino cuando recibía la respuesta, semanas más tarde.

Ana elaboró los planos de una casa, alejada del ruido del batey y de la ceniza y el humo de la chimenea de la casa de calderas. Era casi una réplica de la laberíntica hacienda de su abuelo en Huelva, pero con ventanas y puertas más grandes y una terraza cubierta que proporcionara sombra. No obstante, abandonó los planos cuando sintió nostalgia por el abuelo Cubillas. Estaba convencida de que no volvería a ver al anciano fumando su pipa, ni los jardines, ni los huertos, ni las viñas. El abuelo le había dado su beneplácito para aquella empresa y ahora ella tenía que crear su propio espacio en el mundo.

La joven guardó sus vestidos de ciudad y gran parte de su ropa de cama y su vajilla en un rancho cerrado, donde permanecerían hasta que construyeran una nueva casa. La mesa estaba puesta con los utensilios que encontrara en la cocina. Para complementarlos, José fabricó platos de madera. Y para beber, el carpintero pulió cáscaras de coco cortadas en dos mitades hasta dejarlas relucientes e hizo tazones con güiras secas de todos los tamaños. Las copas y los tazones de güira, llamados ditas, eran los mismos que usaban los trabajadores en sus comidas, con la diferencia de que José decoraba los destinados a la casona con fantásticas aves y mariposas y otros seres imaginarios.

En su niñez de hija única abandonada en España, Ana le hizo frente a la soledad compartiendo menesteres con los sirvientes, que disfrutaban su compañía, se mostraban dispuestos a enseñarle sus destrezas y le inculcaron el coraje que surge del conocimiento práctico. Nunca le importó ensuciarse las manos. Y en la Hacienda Los Gemelos buscaba las faenas más desagradables, como qué hacer con los gallineros y chiqueros pestilentes demasiado cerca de la casona para resolver el problema en vez de evitarlo. Al mismo tiempo estaba plenamente consciente de que los hombres y mujeres que trabajaban con ella no eran sirvientes asalariados sino esclavos. Eran parte de la "dotación", una propiedad necesaria para cumplir su propósito de domeñar la selva, tal y como había concebido su antepasado.

Ana había leído que en la generación siguiente a la llegada de los conquistadores a Puerto Rico a inicios del siglo XVI la mayoría de los taínos que había visto don Hernán se escaparon a otras islas o fueron aniquilados. Para disponer de fuerza laboral alternativa los colonos secuestraron a los africanos, y los sobrevivientes de los taínos esclavizados fueron absorbidos por las poblaciones europeas y africanas.

La Corona prohibía el comercio directo entre la isla, que era una colonia española, y otros países. A menudo el subsidio, una cantidad anual que la Corona les pagaba a miles de soldados y funcionarios públicos, llegaba tarde a causa del mal tiempo, la piratería y la corrupción. Y como los residentes no podían comerciar legalmente, crearon una economía de subsistencia. Con la excepción de los que vivían en grandes haciendas ganaderas que proporcionaban carne y pieles, la gran mayoría de los agricultores de la isla estaban dispersos en pequeños terrenos, gran parte de los cuales estaban ubicados en tierras que nadie les había asignado. Los viajeros, cronistas y sacerdotes analizaban y reportaban las condiciones de los campesinos puertorriqueños —conocidos como jíbaros— destacando su horrible pobreza y la mezcla creciente de razas.

El mariscal de campo Alejandro O'Reilly, fray Íñigo Abbad y Lasierra, el naturalista André Pierre Ledrú y el mercenario George Flinter, entre otros, también se hicieron eco de la extraordinaria fertilidad de la tierra, pero consideraban que los campesinos eran perezosos; se quejaban de que los jíbaros se trasladaban de sitio frecuentemente, ocupaban ilegalmente tierras de la Corona y se contentaban con construir sus chozas, a golpes de machete, con troncos de palmeras, palmas y ramas. Los viajeros europeos llegaron a la conclusión de que los jíbaros se conformaban con cultivar lo suficiente para el sustento de sus familias y poder pasarse el resto del día meciéndose en una hamaca o en peleas de gallos, bebiendo aguardiente y entregándose a los juegos de azar. Además, se preguntaban, para qué los campesinos querrían trabajar más duro si con sólo extraer unas cuantas batatas de la tierra, recoger algunos mangos y aguacates y recolectar algunos huevos podían satisfacer sus escasas necesidades. Aquellos cronistas le advirtieron al Rey que la economía de supervivencia no evoluciona ni genera ingresos.

A fines del siglo XVIII, varios observadores y funcionarios le recomendaron a la Corona española que incrementara la extensión y cantidad de plantaciones azucareras y que importara más africanos para contar con una alternativa controlable a la inviable fuerza laboral local, y se impuso un límite para que los esclavos no conformaran más del doce por ciento de la población.

Al incrementarse la cantidad de esclavos en la isla, aumentaron los maltratos. Con el propósito de controlar la conducta de esclavos y esclavistas, el gobierno español promulgó varios reglamentos de esclavos, el más reciente de estos en 1842. Según el reglamento, conocido también como "código negro", los dueños de esclavos «…Pondrán el mayor esmero y diligencia posible en hacerles comprender la obediencia que deben a las autoridades constituidas, la obligación de reverenciar a los sacerdotes, de respetar a las personas blancas, de comportarse bien con las gentes de color y de vivir en buena armonía con sus compañeros». La regulación definía además la cantidad de comida que debía dárseles diariamente a los esclavos, las "esquifaciones" o prendas de vestir que se les debía proporcionar cada año y cuántas horas componían el día de trabajo (diez, pero dieciséis en tiempo de zafra). Además, los esclavos estaban obligados «a obedecer y respetar como a padres de familias a sus dueños, mayordomos, mayorales y demás superiores y a desempeñar las tareas y trabajos que se les señalasen, y el que faltare a alguna de estas obligaciones podrá y deberá ser castigado correccionalmente por el que haga de jefe en la finca según la calidad del defecto o exceso, con prisión, grillete, cadena, maza o cepo donde se les pondrá por los pies y nunca de cabeza, o con azotes que no podrán pasar del número de veinticinco».

Supuestamente los dueños de esclavos debían cumplir los cuarenta y ocho artículos del reglamento, pero el abuso estaba a la orden del día, y en caso de que alguien reportara a un esclavista por maltrato, sólo en raras ocasiones se le llevaba ante la ley.

En 1845, el mismo año que Ana, Ramón, e Inocente se instalaron en Los Gemelos, el gobierno español prohibió la importación de africanos en Puerto Rico. Para entonces dieciocho esclavos —más de la mitad de la fuerza laboral adulta de la hacienda— eran bozales, o sea, hombres y mujeres secuestrados de sus tribus en África. La mayoría había trabajado en las posesiones danesas en Santo Tomás o en Santa Cruz, o en las plantaciones azucareras de las colonias francesas de Martinica y Guadalupe. En sus intentos por escapar, llegaban a la costa, donde los barcos que peinaban la zona en busca de fugitivos los capturaban. Pero en vez de devolverlos a sus plantaciones originales, los capitanes vendían a los cimarrones en subastas clandestinas que realizaban en ensenadas y playas escondidas de otras islas. Al comprar esclavos en operaciones ilícitas, los nuevos dueños se ahorraban el impuesto de veinticinco pesos que el gobierno español les gravaba por cada esclavo. Diez de los treinta y cinco esclavos propiedad de la Hacienda Los Gemelos fueron adquiridos por Severo Fuentes en ventas no autorizadas.

Severo era el dueño de los esclavos más capaces, y se los arrendaba a la hacienda. Le pertenecían José el carpintero, su esposa Inés y sus hijos. También Marta, la cocinera, Teo el sirviente, su esposa Paula y una chica tímida de nombre Nena, que iba a buscar agua, limpiaba la casa y lavaba la ropa en el río.

Los criollos componían el resto de la fuerza de trabajo. Nacidos en esclavitud en Puerto Rico, no tenían más derechos ni licencia que los esclavos capturados provenientes de otros sitios.

Severo vigilaba celosamente a los bozales porque eran más propensos a escapar que los criollos. Se les prohibía hablar en su lengua e, independientemente de su procedencia, una vez que llegaban a las colonias españolas se les bautizaba y se les daban nuevos nombres. Los que provenían de Martinica o Guadalupe, así como de Santa Cruz o de Santo Tomás, hablaban francés, holandés o inglés. A ellos también se les obligaba a aprender español.

A pesar de los esfuerzos que se hacían para hispanizarlos, los bozales conservaban las prácticas y prejuicios de sus culturas de origen. Algunos eran enemigos naturales y sus antipatías sobrevivían luego de su agotador viaje allende el océano. El uso indiscriminado del látigo los obligaba a trabajar juntos, pero, al menos en un caso, un bozal asesinó a otro al mes de llegar a Los Gemelos porque en África sus tribus eran enemigas. Severo Fuentes lo azotó con tal fuerza que casi lo mata, pero como los esclavos eran costosos y difíciles de adiestrar, le permitió recuperarse y lo mandó a cortar caña en cuanto pudo ponerse de pie.

Los criollos les temían y se maravillaban al mismo tiempo de los bozales, quienes traían consigo tradiciones que los nacidos en la isla habían olvidado o desconocían. Los esfuerzos para que adoptaran el catolicismo como la única fe verdadera sólo tuvieron éxito en parte. Ni los bozales ni los criollos veían razón alguna por la cual no podían venerar a sus orishas ancestrales junto a Papá Dios, la Purísima Virgen y Jesucristo. Como de todas maneras los españoles le volvían a dar a todo otro nombre en su propia lengua, los africanos les adjudicaron nombres en español a sus orishas: Yemayá, la diosa yoruba de los mares y la fertilidad, fue la Virgen de Regla; Babalú Ayé, dios de los enfermos, se veneró en San Lázaro; Obatalá, quien creó a los seres humanos a partir del barro y era el protector de los deformes, se identificó con Nuestra Señora de las Mercedes.

Tres de los bozales eran devotos del islamismo. No comían cerdo, la fuente principal de su sustento, y les cambiaban a otros esclavos su ración de cerdo en salmuera por vegetales y harina de maíz. Querían rezar cinco veces al día, pero cuando lo intentaban, los azotaban y obligaban a regresar a sus labores.

Independientemente de que fueran bozales, criollos o esclavos provenientes de una de las islas vecinas, la mayoría de los negros en Puerto Rico pertenecían a tribus yorubas, igbos y mandingas del África central y subsahariana.

Flora pertenecía a una tribu de pigmeos del Congo y fue capturada junto con su madre cuando aún era una niña; su madre murió al llegar a las Antillas. Anteriormente había trabajado como sirvienta personal de la esposa de un comerciante.

—Le encantaba que yo soy tan chiquita —recordaba Flora, quien sólo medía un poco más de cuatro pies de estatura. Su antigua ama quería una sirvienta que estuviese por debajo del nivel de su vista.

Flora tenía escarificaciones en sus hombros y sus brazos que le hicieron, según ella, «antes de mi primera sangre». Muchos bozales exhibían elaborados dibujos en sus rostros y brazos creados mediante la escarificación de la piel con carbón y zumo de ají picante. Otros estaban tatuados. Teo mostraba puntos de diámetros diferentes alrededor de los ojos y en la frente y las mejillas. Paula, su mujer, tenía ligeras líneas verticales en la mandíbula y complejos círculos en el dorso de las manos y en los brazos. Un par de hombres y mujeres de avanzada edad conservaban los lóbulos de las orejas y los labios deformados por la colocación de discos, huesos y otras decoraciones en sus tribus originales. Al principio Ana repelía aquellas cicatrices y marcas, pero mientras más tiempo pasaba en Los Gemelos, más se acostumbraba a esquivar lo que no debía ver.

Severo les dijo a Ana, a Ramón y a Inocente que la mayoría de las plantaciones azucareras de Puerto Rico tenían poco más de una tercera parte de una caballería como promedio. O sea, que la Hacienda Los Gemelos, con su caballería de doscientas cuerdas, era enorme, aunque gran parte de la tierra consistía en bosques y pastos.

—Tenemos una séptima parte de la caballería lista para la cosecha y cuatro macheteros entrenados. Se supone que cada uno corte como mínimo una pequeña porción por día —explicó Severo—. Pero debido al mal tiempo, a los accidentes, a la rotura de herramientas y a otras interrupciones, no siempre cumplen con la cantidad diaria.

—¿Qué ocurre con los demás? —preguntó Ana.

—La mitad de ellos son demasiado jóvenes, demasiado viejos o demasiado lisiados para trabajar en el cañaveral —explicó Severo—. Cuando examiné los libros de contabilidad que llevaba el otro mayordomo descubrí que tres de los hombres que figuraban en ellos se escaparon y jamás fueron capturados.

Ana calculó mentalmente. La hacienda contaba con cuarenta y ocho esclavos: treinta y dos de Ramón e Inocente y los dieciséis que Severo les arrendaba. Según éste, sólo veinte eran capaces de asumir el fatigoso trabajo de cortar, apilar, transportar y procesar la caña. Y la expectativa era que hicieran el trabajo del doble de esa cantidad.

A medida que fueron ganando experiencia en las operaciones, Ramón e Inocente se dieron cuenta de que el trabajo en la hacienda era más exigente de lo que habían imaginado, o de lo que Ana les había prometido. Además, la alimentación dejaba mucho que desear. Como Ana había subestimado la cantidad de alimentos que debían traer de San Juan, sus comidas eran sólo un poco mejor que las que les daban a los trabajadores: principalmente tubérculos y plátanos fritos, bacalao y cualquier fruta que estuviese en temporada.

—¿Recuerdas los informes del Coronel Flinter y de otros expertos como él? —preguntó Ramón, una noche mientras cenaba con Ana y su hermano, tras pinchar con el tenedor un pedazo de malanga hervida.

—Sí —respondió Ana, captando la intención de la pregunta.

—Bien, pues exageraron enormemente el potencial y subestimaron flagrantemente las condiciones reales —añadió Inocente para completar la idea de su hermano.

—Por supuesto que lo hicieron —respondió Ana—. La Corona les encargó la misión de estimular la inmigración europea a Puerto Rico.

—Pero eso lo dices tú ahora.

La voz del joven mostró un resentimiento nuevo.

—En aquel entonces no lo sabía.

—¿Recuerdas, Inocente —continuó Ramón—, los relatos de cómo blancos y negros trabajaban codo a codo en el cañaveral para disfrutar colectivamente de las enormes recompensas?

Inocente se concentraba en sacarle la espina dorsal a un trozo de bacalao guisado. —Es algo distante de la realidad, ¿verdad?

—No exactamente —replicó Ana—. Pero acabamos de empezar. Severo ha dicho que cuando él llegó ya la mayoría de los macheteros blancos estaba contratada.

Era cierto, pero Ana había notado que los blancos, especialmente, se negaban a hacer labores identificadas tradicionalmente como trabajo de esclavos. Cuando visitó el trapiche, donde se molía la caña, y la casa de calderas, donde el jugo se reducía a sirope, se sintió abrumada por el ruido, el calor, las moscas, el humo y la ceniza, el olor empalagoso y el ritmo frenético. Durante la zafra, el trapiche y la casa de calderas trabajaban veinticuatro horas al día en turnos de dieciocho horas, con sólo un par de pausas para comer. Aunque el proceso exigía un alto nivel de destreza y conocimientos, pocos hombres con otras opciones estaban dispuestos a trabajar en tales condiciones, y sólo los esclavos procesaban el azúcar.

Al igual que muchos de sus contemporáneos, Ana y los gemelos tenían opiniones ambivalentes con respecto a la institución de la esclavitud. Pero como ahora vivían entre esclavos, se enfrentaban a todos los aspectos de esa realidad. Al mismo tiempo, cualquier sentimiento humanitario que les remordiera la conciencia se desvanecía ante la urgente necesidad de obtener una ganancia con su inversión en brazos para los cañaverales.

Cuando la primera zafra llegó a su fin, Ramón, Inocente y Ana se volcaron sobre los libros contables, tratando de darles sentido a las cifras. La producción totalizó 110 bocoyes de azúcar y 40 barriles de melaza; menos de la mitad de lo esperado con su primera cosecha.

La Hacienda Los Gemelos le pertenecía a Eugenio, pero Ramón e Inocente la heredarían conjuntamente. Ambos hermanos querían impresionar a su padre y silenciar las preocupaciones de su madre. Sabían que las ganancias provenientes del azúcar podían ser impresionantes, pero también que se trataba de una empresa costosa en relación con las ganancias netas. La mayor inversión era en la tierra, pero ya contaban con una caballería. Sin embargo, se necesitaba dinero para hacer compras, para el alojamiento, alimentación y vestuario de los trabajadores y para mantenerlos saludables. A medida que analizaba las cuentas, Ana preparaba numerosas listas de lo que necesitaban para que la hacienda fuese viable. Había que mantener caballos para ellos y para Ana, y también mulas de carga y bueyes para transportar la caña de los campos al ingenio, así como los bocoyes de azúcar y los barriles de melaza al pueblo más cercano, desde donde se les enviaría el producto a los compradores. También necesitaban carretas, arreos, barriles, sogas, tachos de cobre para la casa de calderas y bandejas para la de purga. Y además, había que pagarles a los mayorales y a Severo Fuentes.

Ana, Ramón e Inocente habían dejado que Severo se entendiese con los trabajadores y no interfirieron en su labor de jefe y encargado de que se cumplieran las órdenes. Severo los seleccionaba y los entrenaba, les asignaba sus labores y organizaba el trabajo, supervisado por los capataces, ambos libertos recientes. Además, los azotaba cuando era necesario.

Todos los bozales adultos de la Hacienda Los Gemelos habían intentado escapar alguna vez, al igual que dos criollos. Generalmente los dueños de esclavos no compraban cimarrones conocidos, porque si trataban de huir una vez, volverían a hacerlo. —¿Qué podemos hacer para evitarlo? —le preguntó Ramón a Severo.

—Hay que inculcarles que la fuga tiene consecuencias y que hablamos en serio cuando les decimos cuáles son.

Según Severo, unos días antes de la llegada de Ramón, Inocente y Ana, reunió a los esclavos en el batey, los puso en fila y les advirtió que si trataban de escaparse, él los encontraría.

—Y cuando lo haga, les dije, la ley me da el derecho de castigaros, y creedme que lo voy a cumplir.

El tono de su voz, calmado y desapasionado, era escalofriante. Aunque no dio ejemplos específicos del castigo que impondría, Ana escuchó la amenaza como si también estuviese dirigida a ella. —Por algo le temen tanto a usted.

—O ellos o nosotros, señora. Desafiarán a sus amos cada vez que se les presente la oportunidad. A nadie le gusta ser esclavo. Y a ellos les tocó la mala suerte de nacer en África.

—Sus palabras me hacen pensar que siente pena por ellos —dijo Ramón.

—Tal vez, en ocasiones. Pero eso no impedirá que haga mi trabajo.

Con el propósito de evitarle ser testigo de ese aspecto de la operación, la primera vez que Severo tuvo que castigar a un esclavo le sugirió a Ana que a la mañana siguiente no saliera de la casa. Como la azotaina se llevó a cabo en el campo que quedaba detrás de los graneros, aunque hubiera querido le habría sido imposible verla desde la casona. Sin embargo, sí pudo escuchar los gritos que siguieron resonando en sus oídos mucho después de que se cumpliera la sentencia y de que el resto de los trabajadores regresara a sus labores.

—¿Hay otra forma de disciplinarlos? —les preguntó esa noche Ana a Ramón e Inocente durante la cena—. No podía soportar los gritos.

—El látigo es la única forma de adiestrarlos —respondió Inocente—. Hay que castigarlos…

—¿Quién fue? ¿Qué hizo?

—Jacobo —dijo Ramón—. Intentó robarse un machete.

—¿Por qué?

—¿Para qué crees que lo quería? —preguntó Inocente.

—Se estaba preparando para fugarse —, aseguró Ramón.

—Y quién sabe qué otras fechorías —añadió su hermano.

—No la asustes, Inocente.

Inocente le dio unas palmaditas en la mano a Ana —Severo sabe lo que hace.

—Lo sé —dijo Ana, recordando el tono escalofriante de Severo cuando hablaba de los esclavos. Sabía que, con Severo Fuentes a cargo de su fuerza laboral, no había que preocuparse de cómo ni si se hacían las cosas. Tenía el control total y, en ocasiones, cuando revisaba los complejos libros contables, Ana deseaba que Ramón e Inocente fueran tan competentes como él en la parte de los negocios.

En breve confirmó que, como había notado en Cádiz, Ramón e Inocente no le dedicaban tiempo suficiente a las oficinas de Marítima Argoso Marín como para tener un conocimiento apropiado de la relación entre gastos e ingresos. Se demoraban demasiado ante los libros contables, moviendo la cabeza constantemente, incapaces de lograr un balance entre créditos y débitos.

Tanto Jesusa como las monjas habían entrenado a Ana en lo referente a las peculiaridades de la economía del hogar y las finanzas domésticas. Al principio los hermanos no quisieron que Ana participara en las operaciones cotidianas, pero luego aceptaron que la joven era más diestra en contabilidad que ellos, y poco después la joven controlaba las finanzas con tanta eficiencia como la de Severo en la supervisión de los trabajadores. Una vez demostrado que ella podía salir airosa de sus penurias financieras, al menos en los papeles, los gemelos le pidieron consejo con mayor frecuencia.

—No tiene sentido —les decía Ana a Ramón e Inocente— mantener esclavos que no pueden trabajar.

—¿Qué podemos hacer con ellos?

—Pues expandir los huertos de verduras y hortalizas. Los niños demasiado pequeños para el trabajo en el cañaveral, así como los tullidos o los ancianos pueden sembrarlos y mantenerlos. Mientras más alimentos produzcamos aquí, menos tendremos que comprarles a los agricultores locales.

—Sólo en eso ahorraríamos cientos de pesos al año —reconoció Inocente.

—Y podemos criar más animales y aves para tener carne y huevos. Podemos criar cabras, ovejas y vacas que nos darán leche y queso. Y lo que no usemos, pues lo vendemos.

—Pero para eso tendremos que contratar otro mayoral —dijo Ramón.

—¿Por qué razón?

—Severo y los dos mayorales se pasan el día en los cañaverales. Ramón y yo también tenemos nuestras ocupaciones. Alguien tiene que entrenarlos y supervisarlos —explicó Inocente.

—Yo me encargaré de eso —afirmó Ana, provocando un profundo silencio en los gemelos—. ¿Por qué me miráis con esas caras de asombro?

—No es apropiado —respondió Ramón—. Tendrías que estar allá afuera con ellos, organizándolos…

—…y adiestrándolos y dándoles órdenes —continuó Inocente.

—No veo en qué se diferencia eso de lo que hago ahora, excepto que tendría más esclavos que supervisar.

—Ahora lidias con los esclavos de casa como Flora, Teo y Marta. Ellos saben lo que tienen que hacer. Pero los que trabajan en el campo no están acostumbrados a recibir órdenes de una dama.

—¿Os preocupa que mande a pedir las sales cada vez que digan o hagan algo vulgar?

Los hermanos comenzaron a hablar tan rápido que la joven apenas podía distinguir lo que decía cada cual.

—Ya tienes bastante con las faenas del hogar y la contabilidad.

—Eso es lo que sabemos hacer las mujeres.

—No es apropiado que estés en el campo dando órdenes a los esclavos.

—¿Qué harás si tienes que castigar a uno de ellos?

Realmente no había pensado en eso. ¿Castigaría a los ancianos, a los tullidos, a los niños que iba a asumir como responsabilidad? Recordó de repente cómo Jesusa abofeteaba a sus sirvientas, lo cual les afectaba tanto que no volvían a poner un pie en la casa. "España nunca debió abolir la esclavitud", se lamentaba, con un anhelo de dominar a los demás que tanto odiaba su hija. Ana se regocijaba cada vez que se marchaba una sirvienta, y deseaba secretamente seguir el mismo camino para escapar de aquella arrogante pretensión de ser dueños de vidas y haciendas que caracterizaba a sus padres. Pero ahora se cuestionaba si podía llevarla ella misma en la sangre. Lo primero que hicieron los conquistadores fue esclavizar a los indígenas, siempre por la fuerza, siempre con la violencia.

Ahora se encontraba en una posición que Jesusa hubiera deseado: tenía un poder incuestionable sobre otras personas. Hasta entonces ninguno de sus trabajadores la había desafiado, pero, por supuesto, podían hacerlo. E incluso deberían, pensó Ana. Si ella fuese uno de ellos, seguramente lo haría. Pero ahí precisamente estaba la diferencia. No era uno de ellos.

—Mientras sean esclavos —les dijo Ana a Ramón y a Inocente—, tendrán que hacer lo que les diga. Voy a adiestrarlos, y si se niegan a hacer su trabajo, los castigaré. Eso es lo que implica ser hacendada, ¿no?

Un canto a la madre bosque

Flora pensaba que había demasiados patrones. Los esclavos que habían vivido durante años en la Hacienda Los Gemelos creían que Severo era el patrón. Visitaba la hacienda ocasionalmente, pero una mañana se apareció y a poco el mayordomo anterior se marchó en su encorvada mula, sin mirar atrás. Don Severo reunió a los esclavos en el batey y les presentó a dos libertos que a partir de ahí serían sus capataces. También compró a Flora, a José el carpintero, a su mujer y a sus dos hijos, los llevó a la plantación y los puso a trabajar, por lo que ellos también creían que Severo era el jefe. De ahí la sorpresa de todos cuando una tarde, semanas después, don Severo volvió a convocar a los esclavos en el batey para informarles de la llegada de los dueños. Y les dijo a Flora, a Teo y a Marta que lo siguieran a la casona. A Marta le ordenó limpiar y preparar la cocina en la planta baja, y a Flora y a Teo los enviaron arriba a echarles humo a los nidos de avispas en los aleros, a limpiar las telarañas, a fregar las paredes y los pisos y a pintar de verde toda la casa. José talló la cabecera y el pie de una cama y construyó bancos y mesas. También les puso estantes a la cocina para que Marta pudiera colocar los platos que la señora y los dos caballeros enviaron antes de su llegada.

Flora observó detenidamente aquellos cambios porque consideraba importante estar al tanto de todo. La llegada de nuevos amos equivalía a que debía prestar más atención para conocer el tipo de personas que eran. ¿Acosarían a las mujeres? ¿Estaría la señora sólo unos pocos días en la hacienda y viviría el resto del tiempo en la ciudad? ¿Tendrían muchos invitados o preferirían hacer visitas? ¿Se sentaría la señora en los cojines lamentándose de su aburrimiento dándoles órdenes a las sirvientas y quejándose de que las cosas no estaban lo suficientemente limpias ni impecables? Flora había vivido entre blancos durante muchos años, y sabía que eran una raza indolente pero violenta. Para sobrevivir entre ellos, los observaba, y podía leer tan bien sus pensamientos como ellos leían sus libros y sus cartas.

Flora era mbuti y su tribu vivía en espesos bosques y se dedicaba a la caza, la pesca y la recolección, trashumando de sitio en sitio junto al río Congo, en busca de la disponibilidad de frutas, vegetales y animales para cazar. Su corta estatura y sus sentidos altamente desarrollados les daban agilidad y cautela. A los niños se les enseñaba a venerar la naturaleza porque un descuido en la selva podía ser fatal. Mientras transitaban por los montes, los mbuti entonaban cantos de agradecimiento y alabanza a los dioses por darles comida y amparo.

Su gente la llamaba Balekimito. Cuando fue bendecida con la primera sangre, las mujeres de su tribu y otros amigos celebraron su primer período menstrual con una ceremonia conocida como *elima*. Los mbuti construían casas con ramas flexibles y hojas anchas en la que se instalaban a las mujeres y a las pubescentes. Las ancianas les enseñaban a las más jóvenes a mantener encendidos los rescoldos de la hoguera para poder revivir el fuego en el próximo lugar donde acamparan. También les enseñaban las canciones de las mujeres adultas y cantaban acerca de las responsabilidades de la feminidad y la maternidad. Los jóvenes se congregaban alrededor del patio de la casa donde se celebraba la *elima* y les cantaban a las muchachas con la esperanza de que alguna de las que permanecían dentro los eligiera. Aquellos días en la casa de la *elima* habían sido los más felices en la vida de Balekimito.

Tres lunas más tarde ella y su madre fueron capturadas por los esclavistas portugueses, quienes las violaron, las hicieron caminar hacia una aldea donde las introdujeron en una choza y las ataron a otros cautivos por espacio de dos noches. El grupo fue obligado a caminar durante varios días por el monte hasta llegar al mar. Una vez allí colocaron a las mujeres en cuartos sin ventilación, separadas de los hombres, quienes no podían protegerlas de aquellos blancos peludos que las agredían. Cuando los cuartos estuvieron lo suficientemente llenos con tantos cautivos que resultaba imposible sentarse o acostarse, los carceleros los sacaron de las celdas y los encerraron en una bodega de un barco húmeda y llena de gemidos.

Allí Balekimito dio a luz a su primer hijo, que nació muerto y fue lanzado por la borda. Cuando cantaba, para que su alma volviese al monte, los otros hombres y mujeres encadenados tarareaban suavemente porque ninguno de ellos era mbuti y no hablaban su lengua, pero adivinaban su pesar. La madre de Balekimito, que comenzó a temblar desde el instante en que los hacinaron en la bodega del barco, dejó de hacerlo cuando el niño nació muerto, y también fue lanzada por la borda. Y nuevamente Balekimito cantó y los demás tararearon y lloraron con ella.

Los esclavistas desembarcaron a Balekimito y a los demás en un muelle extenso y amplio. Junto a la orilla, a unos pasos de la arena, se elevaba una plataforma. Los hombres, mujeres y niños negros que habían sobrevivido el viaje fueron subastados ante un grupo de blancos que vestían demasiada ropa, por lo que se podía ver muy poco de su pálida piel. Balekimito, quien antes sólo había cubierto su cuerpo con cuentas, taparrabos de hierbas y pintura, tuvo que ponerse un saco de yute como vestido. A pesar del quemante sol y de la picazón que le provocaba aquella tela que le cubría el cuerpo hasta los tobillos, Balekimito temblaba tan incontrolablemente como lo hacía su difunta madre en el barco, y estaba segura de que ella también moriría de terror.

Un hombre la empujó hacia la plataforma y le levantó la barbilla para que los blancos la vieran. A lo lejos, por encima de los techos junto a la costa, Balekimito vio el profundo verdor de plantas y árboles y le agradeció a la madre bosque por haberla llevado a tierra firme. En un instante la volvieron a empujar para que bajara de la plataforma y un blanco alto y grueso la agarró por el brazo y se la llevó caminando sobre el suelo rocoso, por senderos bordeados por altos edificios de piedra.

La pusieron a vivir en una habitación de paredes sólidas, y Balekimito lloraba añorando las chozas que su gente construía con ramas flexibles y hojas ondulantes. Echó de menos sus cantos a los árboles y enredaderas, al cielo y a las nubes, a los ríos y lagos, a las aves, las serpientes y los monos y a las hojas. En aquella casa de rígidas paredes, Balekimito fue obligada por la señora a limpiar cacerolas, platos, mesas, la escalera, las botas del amo y los duros pisos de piedra. Un hombre de bata negra le mojó la cabeza y le hizo señales raras en la frente y los labios y le dijo que a partir de ese momento su nombre sería Flora.

Le prohibieron salir de la casa. Y como las ventanas daban a la calle o a otras casas y patios pavimentados, Flora no tenía contacto con la tierra desnuda. Todo lo que tocaba era duro, incluyendo al amo, quien se le subía encima y la penetraba, apretándola con su gruesa humanidad de tal manera que la esclava creía que le iba a partir la columna vertebral contra el suelo enlosado. Cuando la señora se dio cuenta de que Flora estaba embarazada la golpeó con una escoba y la empujó escaleras abajo, haciéndola abortar su segundo hijo. Por primera vez desde la muerte de su madre volvió a cantar por el hijo perdido, pero en voz muy baja, porque el amo y la señora le tenían prohibido hacerlo, incluso en momentos de tribulación.

El amo la vendió a otro hombre, quien se la llevó a su finca, donde el monte y los alrededores le cantaron a Flora. Había muchos esclavos en aquella finca, pero ninguno de ellos era mbuti, aunque ya Flora podía hablar un poco en la lengua de su amo anterior. Apenas conocía a su nuevo amo, pero los demás esclavos tenían cicatrices y les faltaban orejas y dedos de las manos y los pies que éste les había cortado. Un anciano que hablaba la misma monserga que su amo anterior le dijo que un grupo estaba planificando fugarse. Con gestos y unas pocas palabras que les permitían entenderse mutuamente, el anciano pudo explicarle a Flora que se ocultarían unos días en el monte y luego seguirían hacia las montañas en dirección al poniente, a un sitio llamado Haití, donde no había amos. Flora no tenía ni idea de dónde estaba y nunca había oído hablar de Haití, pero sabía que si se internaba en el monte, estaría protegida. Temía que volvieran a violarla o que le amputaran alguna parte del cuerpo, por lo que accedió a escapar con los demás.

Una noche sin luna los hombres se encaminaron a la casona y las mujeres y los niños corrieron a los montes cercanos. De repente, la oscuridad se iluminó con la luz de las llamas. Flora escuchó tañidos de campana, ladridos de perros y disparos. Los perros le mordieron las pantorrillas y las nalgas, pero ella siguió corriendo. El monte era distinto al de su tierra, pero se puso a cantar mientras corría. De pronto, decidió subir a la rama más alta de un árbol. Como los mbuti creían que el monte les revelaría sus secretos si tenían paciencia suficiente, Flora esperó tranquilamente hasta que pudo ver lo que ocurría a su alrededor. Abajo, los hombres y perros seguían corriendo, atrapando a los demás y arrastrándolos al patio.

Flora durmió en aquella rama y a la mañana siguiente bajó y encontró algo de fruta; luego se internó mucho más en el monte y se subió a otro árbol. Aunque los blancos y sus perros seguían peinando el monte, ella sabía caminar de rama en rama, y cuando bajaba a tierra, caminaba por ríos y arroyos para no dejar huellas ni olores que los perros pudieran detectar. Así estuvo varios días caminando en dirección al poniente, comiendo lo que encontraba. No sabía hacia dónde iba, pero sí que podría vivir en el monte por el resto de su vida si era necesario. Estaba sola, pero no le temía al monte, sino a los hombres.

Un día, mientras trataba de agarrar un pez en un río poco profundo, dos negros vestidos como los blancos saltaron de las malezas y volvieron a capturarla. Le amarraron las muñecas tras la espalda y la arrastraron al mismo campamento donde habían atado a los tres hombres que intentaron escapar. Luego los llevaron ante los restos calcinados de la finca. Los tres líderes fueron azotados y luego ahorcados delante de los demás. A Flora le dieron latigazos hasta dejarle en carne viva la espalda y las piernas. El mismo anciano que le hablara de Haití se encargó de curarla. Como le habían dado muerte al amo, vendieron los esclavos a diferentes dueños.

Don Felipe compró a Flora, y otra vez la esclava volvió a bordo de un barco, pero no tan sucio y húmedo como el primero. Allí durmió durante dos noches, sobre barriles llenos de bacalao. Cuando desembarcaron, el monte volvió a cantarle a Flora. No sabía dónde estaba antes, y mucho menos adónde la habían llevado ahora. Su amo, que hablaba la misma lengua que el segundo, la encerró en un almacén y a la mañana siguiente se la llevó a su esposa. Doña Benigna le dio a Flora un vestido, un delantal, un turbante y le enseñó a bañarla y a vestirla, a cepillar su fina cabellera rubia, a ponerle las medias y abrochárselas con cintas por encima de las rodillas, a lavar y planchar sus vestidos y corpiños y a coser y a zurcir. Si Flora cometía algún error, no entendía o dejaba caer o rompía algo, doña Benigna la abofeteaba o la zarandeaba sin piedad por toda la habitación.

Para que no la golpearan, Flora hacía todo lo que se le ordenaba, tenía gran cuidado de no dejar caer ni romper nada y aprendió español. Mientras más tiempo permanecía con don Felipe y doña Benigna, menos tundas recibía.

Al menos, pensaba Flora, a don Felipe no le interesaban las sirvientas. Tenía una oficina en la ciudad, pero vivía con doña Benigna en una finca a una legua de distancia. Aunque a Flora le permitieron cantar, no podía irse sola al monte, so pena de recibir azotes como castigo.

Con frecuencia acompañaba a doña Benigna a la ciudad o a visitar a sus amigas que vivían en otras fincas. Las otras damas se impresionaban con lo bien entrenada que estaba Flora. Pero, por supuesto, no se lo decían. Los blancos no elogian a los esclavos. Oía que hablaban de ella cuando dejaban alguna puerta abierta, o cuando las damas cuchicheaban mientras Flora les servía refrigerios.

—El elogio los envanece, y ya sabe usted a lo que eso conduce —le decía una de las damas a doña Benigna—. No, querida, nunca le diga que está haciendo las cosas como se debe, ¡sino más bien lo contrario! Dele bofetadas, golpéela, hágale saber quién es la que manda. En cuanto un esclavo piensa que es superior a los demás, se cree igual a los blancos y espera tener los mismos derechos. Mire lo que ocurrió en Haití.

Ya para entonces los demás le habían hablado a Flora de "lo que ocurrió en Haití", y le dijeron además que había estado a sólo días de llegar allí si hubiese seguido al sol. Haití estaba al extremo occidental de La Española, la isla en la que vivía anteriormente. Allí, en vez de intentar una fuga por mar, los esclavos se rebelaron contra los amos y lograron su libertad. Después de que a Flora la llevaron a Puerto Rico, los esclavos al otro lado de las montañas de La Española también fueron liberados, pero no antes de que los blancos escaparan con sus dotaciones. La mayoría de los esclavos construyeron balsas de caña brava en las que escaparon de Puerto Rico en dirección al poniente y a la libertad. Pero nadie supo si habían llegado o no a su destino, si habían perecido o si los habían capturado y devuelto a las plantaciones.

En los más de veinte años que Flora vivió con don Felipe y doña Benigna, vio llegar a Puerto Rico muchas personas procedentes de Venezuela, Santo Domingo, Colombia y Perú. Estos nuevos inmigrantes eran leales a la Corona española y se sentían seguros en Puerto Rico. Cada vez que se tenía noticia de otra guerra de independencia o de levantamientos en otras islas o en otras regiones de

Puerto Rico, los soldados salían a la calle en nutridos pelotones. Se instalaban en pleno centro de la ciudad y hacían maniobras entre el revoloteo de sombreros de plumas, rechinar de espadas y encabritamientos y relinchos de caballos. Además, organizaban milicias locales: cada hombre libre debía comparecer semanalmente en el terreno de maniobras, donde se le entrenaba para repeler ataques de quienes querían que Puerto Rico fuera independiente como los países de Hispanoamérica. Las milicias locales y la soldadesca también hacían prácticas para reprimir rebeliones, porque la palabra "independencia" era inseparable de "abolición".

El esclavo que delatara a quienes estuviesen preparando una fuga o una rebelión armada recibía un premio y la libertad. A los líderes de la intentona los capturaban y les daban muerte, y a los demás cómplices los azotaban, los dejaban lisiados o les amputaban un miembro. Las nuevas élites y los veteranos de las rebeliones en La Española y Suramérica estaban resueltos a mantener la hegemonía española en Puerto Rico. La expresión escrita, e incluso la oral, eran objeto de rigurosa represión y censura. Abogar por la independencia de Puerto Rico, incluso en medio de una conversación, era sinónimo de destierro.

Cuando los Argoso llegaron a la isla en 1844 sólo quedaban dos colonias españolas de lo que había sido un vasto imperio. Todas las excolonias ya eran independientes y habían abolido la esclavitud. Las únicas excepciones eran Cuba y Puerto Rico.

Flora auxilió a doña Benigna en sus cuatro embarazos y la ayudó a criar a los tres niños sobrevivientes hasta que fueron adultos. En ese tiempo, Ponce, el pueblo donde vivían, ubicado en la parte de Puerto Rico que colinda con el Caribe, se había ampliado hasta convertirse en una ciudad cuyos límites llegaban justo hasta el umbral de la casa de don Felipe. Como él y doña Benigna ya habían amasado una fortuna y sus hijos eran adultos e independientes, a medida que envejecían sus conversaciones giraban en torno a la nostalgia y a España. Finalmente vendieron la casa, y esa misma mañana se marcharon; su dotación de esclavos fue conducida a la ciudad. Severo compró a Flora, que ya había cumplido cuarenta años, durante una subasta en la plaza.

A los pocos días de la llegada de Ramón e Inocente a la Hacienda Los Gemelos, Flora estaba segura de que ambos iban a andar persiguiendo mujeres. Como ya tenía cierta edad, le aliviaba pensar que ninguno tendría interés en ella. Pero sí se dio cuenta de cómo miraban a las mujeres y a las jóvenes con ojos lascivos, a pesar de que la patrona era joven y ardiente. El piso superior de la casona sólo contaba con una hilera de tablones, cuya parte inferior era precisamente el techo del sitio donde dormían Marta y Flora en la planta baja. Casi todas las noches, Flora escuchaba el *tam-tum, tam-tum, tam-tum* de un hombre penetrando a una mujer, y el gruñido que señalaba el final de aquellas maniobras. El oído de Flora era tan agudo como su visión. Y a pesar de que don Ramón y don Inocente sonaban y parecían una misma persona, la esclava pudo distinguir el timbre más alto de uno y el tono más sosegado del otro. También cómo uno de los dos era más ágil y el otro más torpe. Ya había visto salir a don Inocente de la habitación marital y detectado uno que otro intercambio de miradas subrepticias entre ambos hermanos. Al principio Flora no estaba segura de que la señora fuera consciente de la diferencia entre ellos y de si acaso los hermanos le estaban tomando el pelo. Pero al cabo de pocos días se convenció de la complicidad de Ana en el asunto.

Flora observó detenidamente a don Ramón, a don Inocente y a doña Ana, y también cómo don Severo los miraba a los tres, y comprendió. Al inicio, cuando los conoció, le preocupó tener demasiados patrones. Pero al cabo de varias semanas se dio cuenta de que sólo había una jefa, y de que los otros tres trabajaban para ella.

«...A QUIENES LOS TRÓPICOS HAN LLEGADO A ATRAPAR...»

A unque Ana trabajaba más que nunca, cuatro meses después de su llegada a la Hacienda Los Gemelos no tenía ninguna queja, y muy poco que pedirle a Papá Dios en sus plegarias nocturnas. Estaba agradecida por el día que concluía y por lo que había logrado en sus agitadas horas de actividad. Su solitaria niñez y apasionada adolescencia le parecían un sueño lejano, y las horas que pasó en la finca y la biblioteca de su abuelo, como una preparación para el resto de su vida. Acogía y enfrentaba el reto de las privaciones de sus días, los compromisos de una vida exenta del lujo que en otro tiempo asumió por derecho. Pero mientras más adversidad enfrentaba, más segura estaba que la Hacienda Los Gemelos era su destino. Las advertencias de doña Leonor, los terrores que albergaba su madre ante lo que pudiera depararle la vida al otro lado del mar, sus propios recelos de cuando entró por vez primera a la casa demasiado cercana al ingenio ahora le parecían tan extraños como le resultaron los diarios de don Hernán cuando comenzó a leerlos.

Unos días después del Domingo de Ramos, Ana estaba en la despensa con Marta inventariando los alimentos cuando se escuchó una voz.

—Señora —dijo Flora, que se acercaba a todo correr—. ¡Visita!

—No espero a nadie —le dijo Ana, asomándose a la puerta y mirando en dirección al batey, donde vio a Jacobo llevando dos caballos enormes y bien alimentados hacia los establos.

—Yo ayudo a la señora —dijo Flora, mientras le desabrochaba el delantal—. Yo limpio cara —agregó dispuesta la esclava, limpiándole a su ama una mancha de harina que tenía en la mejilla y colocándole en su lugar algunas hebras de cabello en desorden. Luego le dio unas palmaditas en la falda de Ana y se la cepilló para desempolvársela.

Ramón estaba en el patio en compañía de un hombre y una mujer de mayor estatura que él, y por lo menos el doble de gruesos. El hombre parecía un huevo con zancos. Una cabeza minúscula le surgía del cuerpo ovoide, desde donde también brotaban unos brazos rechonchos y unas piernas incongruentemente largas y delgadas. Y como para mantener el equilibrio de aquel cuerpo, los pies eran enormes. Caminaba como un pato y no como persona, con los pies moviéndose en diagonal con el cuerpo, y su vientre voluminoso impulsándolo hacia delante. Por su parte, la mujer era igualmente obesa y desgarbada, y sus copiosas faldas iban barriendo el suelo.

Ramón los presentó como Luis Manuel Morales Font y su esposa Faustina Moreau de Morales, sus vecinos más cercanos. Eran los dueños de la finca San Bernabé, donde cultivaban frutas y vegetales destinados a los mercados de la ciudad; además suministraban a las plantaciones aledañas los componentes esenciales de la dieta de los esclavos: yuca, panapén, plátanos, batatas y harina de maíz.

—Es un gran placer conocerla —dijo Faustina en una especie de gorjeo, como si no pudiese contener la risa—. Discúlpenos por no haber venido antes, pero usted sabe lo ocupado que uno está durante la zafra…

—Gracias. Fueron muy considerados por esperar a que las cosas se tranquilizaran un poco.

Ana condujo a las visitas a la sala de la casona, mortificada por sus miradas abiertamente inquisitivas, observando cada detalle del escaso mobiliario, los sencillos bancos y la mesa solitaria. Faustina captó enseguida la rusticidad de las paredes y el piso, de las paredes verde lagarto y la ausencia del más mínimo amago de decoración.

—Como podrán ver —les dijo Ana—, vivimos humildemente — dicho esto, se sintió molesta consigo misma por estar disculpándose.

—Por favor, no se preocupen —respondió Faustina—. Todos somos pioneros en estos campos, y debemos adaptarnos a las circunstancias.

—Cuando llegamos —añadió Luis —vivimos en un bohío de tierra y techo de yaguas, como las chozas de los jíbaros.

—Pero ya llevan como unos diez años aquí, ¿no es cierto? —preguntó Ramón.

—Mucho más —corrigió Faustina—. Casi trece.

—Pero han logrado avanzar mucho en ese tiempo —aseguró Ramón, dirigiéndose a Ana—. Su finca es modelo de eficiencia y hermosura.

—Es usted muy amable —dijo Luis—. Pero hemos tardado años en el proceso.

—Don Luis conocía a mi tío —reveló Ramón—, y fue él precisamente quien le habló de estas tierras.

—A mí me hubiera gustado comprarlas —recordó Luis—, pero nuestra situación no era...

Faustina lo interrumpió con un carraspeo. Justo en ese momento, Flora les trajo limonada, seguida por Marta que llevaba una bandeja con galletas, queso y rodajas de papaya. Ambas mujeres se habían alisado previamente los delantales y colocado adecuadamente sus blusas por dentro de las faldas. Flora lucía un turbante nuevo de color amarillo intenso, atado con una cinta de tonos vivos. Ana le agradeció en silencio a Flora, quien siempre se le anticipaba y no necesitaba tanta dirección como las demás; incluso había colocado un alegre ramo de flores de amapola en el centro de la bandeja.

Faustina miró de reojo las copas de cáscara de coco pulida para beber, las bandejas de cañabrava y yagua tejida y la pesada jarra de barro. Pero la respuesta de Ana fue manejarlas con gran delicadeza, como si fueran de la más fina porcelana y cristal.

Mientras todos hablaban y bebían limonada, Ana hacía un recuento mental de sus labores cotidianas. ¿Cerró la despensa y el cuarto de los licores antes de ir a la sala? Ya era media mañana. O sea, que los visitantes se quedarían a almorzar y a tomar una breve siesta. Tendrían que acostarse en hamacas en el dormitorio de Inocente, y luego merendar antes de regresar a su casa. Un día perdido.

—Vamos a dejar que las damas se conozcan —dijo Ramón, interrumpiendo el recuento silencioso de Ana—. Quiero enseñarle el ingenio a don Luis. Regresamos para almorzar.

Los hombres se marcharon, y, aparentemente, a Faustina le encantó quedarse a solas con Ana.

—Hay algunas familias interesantes por aquí —aseguró—, pero es difícil conocerlas. La distancia no es tanta, pero los caminos, como seguramente ya habrá notado, están en condiciones terribles, o no existen.

—Lo desconozco. No he salido de la hacienda desde nuestra llegada.

—Sí, la zafra acapara todo el tiempo de quienes se dedican a la caña. Los agricultores tenemos un ritmo más sosegado. ¿Le molesta que teja mientras conversamos? —preguntó Faustina, al tiempo que extraía un bulto del bolsillo para comenzar a trabajar inmediatamente en un crochet de preciso entramado mientras hablaba.

Ana, por su parte, buscó su cesta de zurcido. —¿Conoció a don Rodrigo?

—Un hombre magnífico, que en paz descanse, a quien siempre le estaremos agradecidos, y a cuya familia le ofrecemos nuestra sincera amistad.

—Gracias.

—Nuestros padres escaparon de Santo Domingo a Puerto Rico, casi sin un céntimo, después de que Haití invadió nuestro país en 1822 —Faustina apartó los ojos del tejido y miró a Ana para ver si ésta tenía idea de lo que estaba hablando. Ana asintió, pero Faustina necesitaba narrar sus historias en un orden estricto, independientemente de que su interlocutor conociera o no los detalles.

—Cuando el gobierno de ocupación haitiano liberó a nuestros esclavos, también nos confiscaron nuestras fincas y plantaciones para nacionalizarlas. Nuestros padres tuvieron la suerte de escapar con lo suficiente para volver a empezar. Luis y yo nos conocimos en Mayagüez, donde vive ahora gran parte de nuestra familia —Faustina dejó de tejer y miró hacia las copas de los árboles, y luego más allá, a las colinas al norte de la Hacienda Los Gemelos—. Al igual que ustedes, llegamos acá con un poco de dinero y mucha energía —continuó, buscando confirmación por parte de Ana, que estaba absorta en su zurcido—. Don Rodrigo nos dio un crédito cuando construimos San Bernabé y fue comprensivo cuando necesitamos un poco más de tiempo para pagarle —prosiguió—. Y le pidió a Luis que estuviera al tanto de cualquier terreno a la venta por acá —recordó, y volvió al tejido sin siquiera mirar—. Sentía afecto por sus sobrinos y esperaba que algún día vinieran a vivir aquí.

—¿De veras?

—Pues claro. Luis lo visitaba en la enorme casa que construyó… —dijo Faustina, y suspiró—. La vida es caprichosa. Morir tan joven, ni siquiera había cumplido cincuenta años…

—Fue un gran golpe para su familia —aseguró Ana.

—Que descanse en paz —repitió Faustina, persignándose.

—Entonces don Luis lo conoció bien —dijo Ana.

—Sí —respondió Faustina, continuando su historia—. Buscaba oportunidades en la zona. La tierra en donde estamos ahora fue su primera adquisición. El dueño anterior construyó la casona, el trapiche y las chimeneas. Tenía seis hijos.

—¿Y todos vivían en esta casa?

—Bueno, no eran como usted y como yo — aclaró Faustina—. Vivía con una de las esclavas pero no le dio la libertad. Ni tampoco, de hecho, a sus propios hijos —rememoró, volviendo a su labor—. Aquí en el campo las cosas son diferentes.

Ana se preguntó qué diría Faustina de su "arreglo" con Ramón e Inocente.

—Lamentablemente —continuó Faustina—, a todos les gustaba empinar el codo. Por aquí se solía bromear con que era más el ron que se bebían que el que vendían —dijo, riendo—. Cuando murió la mujer, perdió la razón. Comenzó a beber mucho más y no podía ocuparse del trabajo. Y también jugaba. Cuando necesitaba dinero vendía a sus esclavos, e incluso hasta a sus propios hijos, que quedaron dispersos por toda la isla, ofrecidos al mejor postor —Faustina cerró los ojos por un instante, luego los fijó en el suelo—. Lamentable.

—Imposible imaginárselo —Ana no había escuchado la historia de los inicios de la hacienda—. Pero cuando llegamos aquí había esclavos...

—Don Rodrigo quería mantener la producción pero no podía abandonar su negocio, por lo que contrató a Luis para administrarlo. Nosotros le vendimos algunos de nuestros esclavos y colocamos a uno de nuestros capataces como mayordomo. Luis hizo todo lo que pudo, pero no fue fácil encargarse de este lugar y del nuestro. Pensamos que venderían la propiedad después de la muerte de don Rodrigo, pero nos sentimos felices al saber que vendrían sus sobrinos...

Mientras Faustina hablaba, Ana comenzó a enojarse, pero controló la respiración y aflojó la presión que estaba ejerciendo sobre la tela que zurcía. La joven se dio cuenta de que don Luis había vendido sus esclavos más viejos y mutilados a don Rodrigo aprovechando su ausencia, conservando los más jóvenes y saludables para su hacienda. No podía probarlo, pero lo creyó como si Faustina se lo hubiese dicho a viva voz.

—Nos alegró tanto que viniera con su mujer. Las familias funcionan mejor aquí que los hombres solteros...

—¿De veras? —preguntó Ana, para que Faustina siguiera hablando.

—Los hombres necesitan mujeres para que mantengan su civilidad. Un blanco sin mujer está sujeto a muchas tentaciones —dijo, enarcando las cejas hasta que casi le llegaron al nacimiento del cabello.

Ana ya había visto varios bebés de piel y ojos claros en la hacienda. Cuando se lo dijo a los gemelos, ambos le respondieron medio en broma, diciendo que Severo estaba aumentándoles su dotación. Pero Ana pensó que era imposible porque no había transcurrido tiempo suficiente, y se le ocurrió que el padre pudiera haber sido don Luis. La joven no podía imaginarse a aquel hombre enorme persiguiendo a las mujeres que ella conocía en la hacienda. Su enojo se hizo aún mayor.

—Los hombres sin mujer sucumben a la bebida —dijo Faustina con rapidez, avergonzada por su propia insinuación—. Juegan a la baraja y pasan días en las peleas de gallos. Gran parte de la propiedad alrededor de esta hacienda no fue transferida por vías normales, sino porque los propietarios tenían que cedérsela a sus acreedores, en gran medida a causa de pérdidas en el juego.

—¿Fue así como don Rodrigo logró aumentar su patrimonio?

Faustina se sintió abochornada, como si la pregunta directa de Ana hubiese violado una de las reglas de la conversación. —Realmente, no... O sí... No sé... ¡Qué clase de pregunta, Dios mío!

—No quise ofenderla.

—Para nada, querida... sólo que... es verdad, supongo. La mayoría de la gente de aquí... es todo lo que poseen, vea usted... esclavos y terrenos... y, bueno, la tierra es lo único que *no crece* en esta isla —dijo Faustina, riéndose por la frase ingeniosa con un sonido jovial que hizo sonreír a Ana a su vez, al comprender que Faustina reía con frecuencia, aunque no siempre por sentirse feliz.

—Comprendo.

—¡Pero he acaparado toda la conversación! —dijo Faustina, esperando que Ana hablase—. Nuestros esposos ya han hecho amistad —continuó, incómoda con el silencio de Ana—. Severo llevó a su esposo y a su cuñado a San Bernabé para conocernos pocos días después de su llegada.

—¿Ustedes lo conocían antes de que llegáramos?

—Sí. Don Rodrigo lo envió para que inspeccionara la hacienda y vino a presentarse hace un par de años. Conoce a todo el mundo aquí.

—¿Ah, sí?

—Bueno, sí. Es... bastante emprendedor.

—¿Qué quiere decir con eso?

—¡Por Dios, usted va a pensar que soy una chismosa! —dijo Faustina, riendo nuevamente.

—No. Para nada —dijo Ana para infundirle confianza—. Aprecio todo lo que me ha contado acerca de don Rodrigo. No tenía la menor idea de que se imaginaba que Ramón e Inocente vendrían a vivir aquí. Sus padres nunca se enteraron de eso. Ramón e Inocente se van a sentir muy felices cuando sepan que su tío tenía planes para ellos en este lugar.

—Se lo comentó a Luis en varias ocasiones —aseguró Faustina.

—¿Y Severo Fuentes? —dijo Ana súbitamente, con los ojos centrados en la bocamanga raída que estaba reparando.

—Bueno, él *es* su empleado —respondió Faustina, esperando a que Ana dijese algo, pero ésta se concentró más aún en sus puntadas disparejas—. Es muy bueno en conseguir trabajadores —continuó Faustina—. Y tiene una relación excelente con los capitanes de barcos…

—Lo sé —afirmó Ana. Severo ya les había ahorrado a Los Gemelos cientos de pesos en cuotas de aduana y en la compra de esclavos y de otras mercancías en el trasiego de los barcos que llegaban a la ensenada al sur de la plantación.

—Si no fuera por sus buenos contactos —Faustina rió alegremente—, no podría hacer mi crochet con un hilo tan fino —dijo, mostrando el complicado encaje en el que trabajaba.

A Ana le sorprendió un poco saber que Severo también abastecía a San Bernabé, y estaba segura de que no sólo les proporcionaba hilo de seda a Faustina y a Luis. Además de encontrar esclavos donde nadie más podía, Severo conseguía mercancías que escaseaban incluso en San Juan, la capital. José no podría realizar gran parte de sus faenas de carpintería y talla si Severo no le hubiese equipado su taller con herramientas norteamericanas. Y hasta había traído un barril del mejor aceite de oliva español y otro de jerez, varias sartenes de hierro fundido para la cocina y un arado nuevo, que luego vendió a Los Gemelos a precios competitivos.

Las listas de compras elaboradas por Ana contenían, además de los aperos necesarios para las operaciones de la hacienda, artículos personales como botellas de Agua de Florida para su baño y para que la usaran los hombres después de afeitarse, así como tela de sábanas, muselina y artículos de escritorio. La primera vez que le dio la lista a Severo, le dijo que probablemente no podría conseguir todo.

—No se preocupe, señora. Voy a tratar de traerle todo —le dijo. Y así lo hizo, y a partir de entonces Ana incorporó a la lista artículos que pensó no volvería a usar jamás, como talco de rosas y pasta de dientes. Y como le encantaba poner a prueba la capacidad de Severo, al pedido de arroz, frijoles, sardinas en lata y bacalao salado, fáciles de encontrar, siempre añadía varios artículos de lujo como horquillas, botones de abulón, libros y periódicos de España, que el administrador conseguía eficientemente.

Una semana después de la visita de Luis y Faustina —y alertado probablemente por ambos—, un sacerdote franciscano llegó al batey montado en un burro. Era joven, con fuertes rasgos gallegos y majestuosa apariencia. Ramón lo invitó a pasar la noche en la hacienda.

—Seguramente conocen el Reglamento de Esclavos de 1842… —dijo el padre Xavier al término de la cena— y la obligación de ofrecer instrucción religiosa en la fe católica romana que el mismo impone.

—Todos están bautizados —dijo Inocente.

—Pero la iglesia más cercana está en Guares —señaló Ana—. Es imposible llevarlos allí a oír misa.

—El reglamento permite que un laico como ustedes —continuó el padre Xavier, haciéndole una inclinación de cabeza a Ramón y otra a Inocente— les enseñe sus oraciones y el Rosario.

—Sin embargo, tenemos entendido —agregó Inocente— que primero está la obligación y después la devoción.

—Eso no tiene discusión. El reglamento también exige que se separen los enfermos de los sanos.

—Una de las cabañas está destinada a la enfermería —explicó Ana—. Yo dependo de los ancianos que conocen de hierbas y remedios.

—Claro, entiendo. Bastante han logrado —dijo el padre Xavier.

—Cuando llegamos vestían harapos —explicó Ramón—. Ana ha garantizado que cada uno reciba su partida anual de ropa.

—Están presentables. Y las mujeres, especialmente, van vestidas decentemente. Espero que usted se encargue de separar a las mujeres de los hombres y de desalentar las relaciones impropias...

Ana sintió sobre sí la mirada de Severo y sintió alivio de que la escasa luz de la vela no revelara su rubor. En su antigua vida de ciudad, las mujeres se retiraban después de la cena para dejar que los hombres fumaran, bebieran y hablaran de asuntos importantes. Pero no hizo ningún intento por marcharse; participaba activamente en la conversación y permaneció inmutable cuando se sacó a colación un tema tan delicado. Pensó que el hombre se sintió avergonzado por su presencia, y aquella presunción la irritó.

—Las mujeres y los hombres viven en habitaciones separadas —dijo Ana, para enfatizar su derecho a participar en la conversación—. Las parejas casadas con hijos tienen sus propios bohíos.

—Perdóneme que le repita lo que ya usted sabe, pero parte del propósito de mi visita es asegurar que los amos y los mayordomos —dijo, volviéndose hacia Severo— comprenden lo que se espera de ellos.

—Nos esmeramos en cumplir con nuestras obligaciones hacia nuestra gente —aseguró Ana.

—También sabrán que el reglamento les da el derecho de comprar su libertad. Los esclavos pueden alquilarse a otros amos en sus horas de descanso. También pueden aprovechar una destreza particular, como, por ejemplo, cultivar verduras para vender, o hacer otras cosas que puedan vender para costear su liberación.

—Al menos uno —dijo Severo—, está trabajando con ese propósito, fabricando artículos para vender.

Ana se volvió hacia Severo para dirigirle una mirada inquisitiva.

—Se llama José —le informó Severo al sacerdote—. En sus horas libres talla animalitos y santos, y yo se los vendo en el pueblo.

—Dios te bendiga, hijo. Y a todos ustedes —dijo el padre Xavier, haciendo la señal de la cruz frente a ellos—. Ellos también son hijos de Dios.

—Amén —respondieron los otros cuatro al unísono—. Amén.

Ana se sintió gratificada al ver que el padre Xavier aprobaba la manera en que eran tratados los trabajadores de la hacienda. El sacerdote ofició misa bajo el panapén cercano a la casa, y posteriormente le entregó a Ana un frasco de agua bendita y le dio instrucciones de cómo bautizar a los hijos nacidos de unión esclava.

—Es su salvación —añadió.

Para impresionar aún más al religioso, Ana instituyó jornadas de oración obligatorias los domingos en la mañana después de las labores correspondientes, pero antes de que los trabajadores disfrutaran de la tarde libre. Una choza abierta con techo de guano se destinó para esos menesteres. Ramón e Inocente se turnaban en la lectura de pasajes que Ana seleccionaba para ellos en los libros de oraciones, y narraban historias de santos que ejemplificaban el valor del sacrificio y la fe en un mundo mejor al final de las tribulaciones de este mundo. Severo Fuentes siempre brillaba por su ausencia.

El único lujo de que disfrutaba Ana cada noche era que Flora la bañase. Después de la cena, Ramón e Inocente fumaban y bebían un trago, acompañados en ocasiones por Severo. Ana se retiraba a su dormitorio y se desvestía con la ayuda de Flora. En la habitación, iluminada por las velas, Flora vertía agua fresca con unas gotas de Agua de Florida con olor a verbena de limón sobre un paño colocado dentro de un tazón de güira. Ana se agarraba de la cabecera de la cama mientras Flora la frotaba suavemente con el paño por el rostro y las orejas, bajo los brazos, alrededor de los senos, bajo el vientre y la espalda y por la parte interior de los muslos. Cuando terminaba de frotar cada parte con el paño húmedo, Flora le daba suaves masajes con otro seco. La esclava sabía cómo tocar las partes más íntimas de su ama desnuda sin hacerla sentir vulnerada.

Flora solía musitar una melodía con ritmos diferentes a todos los que Ana había escuchado.

—¿De dónde sacaste esa canción? —le preguntó Ana una noche.

Flora se crispó de miedo. Cada vez que cometía un error o era criticada, esperaba una bofetada, un puñetazo o que le tiraran algo a la cabeza. —Siento mucho, señora.

—No has hecho nada malo, Flora. Pero estabas cantando.

—Se me olvida. Disculpe, señora —dijo Flora, aún nerviosa.

—Me gusta lo que cantas. Tienes mi permiso para hacerlo —agregó Ana.

—¿Sí, señora?

—Esa canción es en tu lengua. ¿Qué dice?

—Esta noche hay luna llena, y yo canto eso.

—Cántala otra vez, Flora.

La voz de la esclava, alta pero áspera, se elevaba y descendía en fascinantes oleadas de sonido. Ana sintió que a Flora le avergonzaba interpretar algo para ella, y que tal vez el acto de cantar tenía más significado que las palabras.

—¿Eras cantante cuando vivías con tu gente?

—Todos cantamos, señora. Hombres, mujeres, niños. Cantamos siempre. Hasta cuando estamos tristes.

—Puedes hacerlo cuando quieras, Flora, incluso cuando estés triste.

—¿Puedo?

Flora terminó de bañar a su ama y siguió cantando. Ana estaba casi convencida de que, independientemente de la letra que fuese, si le pedía a la esclava que se la tradujera, le diría que la canción era acerca de la luna, las flores o algo agradable, sin revelar sus verdaderos sentimientos. Los altibajos de aquella voz contenían el significado: en ese momento, en aquella melodía lastimera, Ana creyó escuchar un tono de alivio.

Flora entalcó a Ana bajo los brazos, alrededor de los senos y bajo la espalda con una mota rebosante de talco de rosas.

—¿Señora?

—Sí, Flora —respondió Ana, subiendo los brazos para que Flora le arreglara el camisón. Al ver que Flora no respondía ni seguía vistiéndola, abrió los ojos—. ¿Qué ocurre? —le preguntó a la esclava.

Flora movió la cabeza y pasó el camisón sobre la cabeza de Ana. —Nada, señora, no debo…

—¿Qué es lo que no debes?

Flora se echó a los pies de Ana. —No me pegue, señora.

—Si no me lo dices voy a enfadarme. ¿Qué ocurre?

—¿Usted está embarazada, señora?

Ana desabrochó las cintas alrededor del cuello del camisón y miró su cuerpo. Le habían crecido un poco los senos, y el vientre, en otro tiempo plano, casi cóncavo, era ahora lo suficientemente redondo para ocultarle el vello púbico. —¿Embarazada?

Le complació que ni Ramón ni Inocente estuvieran allí viendo su expresión, la cual, por la reacción de Flora, dejaba aflorar la inquietud.

—¿No está contenta, señora? —preguntó Flora.

—Por supuesto que me hace feliz. ¿Qué mujer no lo estaría?— respondió Ana con cierto nerviosismo, pero con un tono que ni siquiera a ella le pareció convincente.

Los ojos de Flora no le revelaron sentir alguno.

Cuando les dio la noticia a Ramón y a Inocente, reaccionaron tal y como Ana esperaba: con alegría y cautela a la vez.

—Debes regresar a San Juan hasta que nazca el niño —le dijo Ramón.

—Nada de eso. La sola idea de otro viaje por mar me pone enferma —les respondió Ana—. Además, no es aconsejable viajar en mis condiciones.

Una vez que el vientre adopta proporciones visibles, se espera que la mujer desaparezca en sus habitaciones hasta las seis semanas después del parto. Aunque se consideraba indecente exponer públicamente un vientre en expansión, pensar en la permanencia durante meses dentro de la residencia de los Argoso, en una ciudad encerrada dentro de murallas de piedra, le resultaba asfixiante.

En España tuvo que soportar una serie de costumbres que atentaban contra sus instintos de libertad y movimiento en aras de la posición social de sus padres. Como Ana era una niña delgada, con senos indistinguibles y caderas poco femeninas, Jesusa la obligó a ponerse corsé y varias enaguas para ensanchar sus senos y armarla un poco. Ana se sentía atrapada en aquellos atuendos, y a pocas semanas de haber llegado a Los Gemelos desechó el corsé y las enaguas, recurriendo solamente a usar una. La idea de estar envuelta en yardas de tela la sofocaba. También le daban pánico las atenciones intrusivas de Leonor, sus preocupaciones y premoniciones y su parloteo constante acerca de lo que debían hacer o no Ramón e Inocente.

Más allá de aquellos motivos de ansiedad, subyacía una inquietud más profunda que apenas comprendía, pero que resultaba la verdadera razón por la cual decidió quedarse en la hacienda. En los últimos cuatro meses, mientras desterraba las falsas apariencias para revelarse a sí misma en su verdadero yo, también había repudiado el mundo que existía más allá de los límites de la propiedad. Los Gemelos, anidada en un mar de caña de azúcar, la había atrapado definitivamente.

—Lo siento, señores y señora —dijo Severo a la noche siguiente, después de la cena—. Voy a averiguar, pero no creo que un médico con consulta propia, y perdónenme que les hable de forma tan directa...

—Por supuesto. Respetamos su opinión —dijo Ramón.

—No creo que un médico deje su consulta por varios meses para hacerse cargo de… y me disculpa, señora por lo que voy a decir… de una mujer en una plantación remota.

—¿No hay médico en el pueblo más cercano? —preguntó Ana.

—El Dr. Vieira —respondió Severo—. Era médico en un barco y acaba de establecerse en Guares.

—A varias horas de distancia a caballo —murmuró Inocente.

—Y más ducho en curar fracturas y cosas por el estilo…

—Debe haber alguna comadrona que atienda a las mujeres cuando están listas para dar a luz —dijo Ana.

—Siña Damita, la mujer de Lucho. Es partera y curandera. Y hasta ahora no se le ha malogrado ni un parto —contestó Severo con aire de orgullo, dándole una larga chupada a su tabaco, como si él mismo la hubiese entrenado.

«Obviamente, una de sus mujeres», pensó Ana. Severo sólo compraba esclavos con habilidades. —Quiero conocerla —dijo.

—Es la partera de las esclavas y las campesinas. No creo que sea apropiada para… —protestó Ramón.

—No tengo otra opción —declaró Ana, y los hombres guardaron silencio. Pero en cuanto salió del comedor, escuchó que Ramón e Inocente interrogaban a Severo acerca de las habilidades de la comadrona.

A Flora también la aterró saber que Damita sería la comadrona de Ana. —Siña Damita ayuda a traer al mundo a las jíbaras y a los bebés negros, señora —dijo, mientras empolvaba la espalda y las axilas de su ama.

—Mi experiencia ha sido que todas nos parecemos, y funcionamos de manera bastante similar, de la cintura para abajo.

—Ay, señora, ¿cómo puede hablar así? —dijo Flora, avergonzada, y le colocó el camisón a Ana por encima de la cabeza.

—¿Vas a acompañarme en el parto, no? —preguntó Ana, presionando a Flora por el hombro.

—Claro, señora. Sí, yo estar allí si quiere usted.

Siña Damita era una mujer alta y vivaz, con manos y pies enormes que parecían creados perfectamente en correspondencia con su cuerpo de hombros y caderas amplias. Había nacido en África al igual que Flora, pero pertenecía a la tribu de los mandingas, y hablaba español con fuerte acento y voz baja y masculina. A diferencia de otros africanos, que observaban la regla de no hacer contacto visual directo con los blancos, Damita tenía una mirada firme. Su primer dueño la había liberado hacía tres años, pero su esposo y sus tres hijos seguían en esclavitud. Cuando Severo los compró, Damita fue a vivir a un bohío ubicado en los límites de la plantación para estar más cerca de ellos.

—Ayudo a traer al mundo a niños negros, blancos y hasta con manchas, si así llegan —dijo la partera—. Su enana piensa que yo no asisto partos de blancos, pero sí lo hago. En la finca donde trabajaba antes, no médico. Todas las mujeres llamarme. Blancos, negros, pardos, todos llaman a mí —dijo, tocándose el pecho con un dedo para darle énfasis a su afirmación.

Ana se sorprendió al escuchar que llamaba a Flora "su enana", pero para entonces ya estaba acostumbrada a los prejuicios de los esclavos y su afán constante de diferenciarse entre ellos. Los de piel más clara, a quienes se escogían como esclavos domésticos, se sentían superiores a los "esclavos de tala", de tez más oscura y destinados a los trabajos del campo. Por su parte, los trabajadores diestros como José el carpintero y Marta la cocinera, costaban más, y gozaban por tanto de un estatus superior. En cierta ocasión, Ana escuchó cómo Flora y Marta hablaban acerca del precio de seis trabajadores que Severo había traído al batey el día anterior. Los esclavos estaban conscientes de su valor financiero, y se comparaban con otros de acuerdo a lo que los amos estaban dispuestos a pagar por ellos.

Siña Damita se secó las manos en su delantal planchado y blanqueado al sol. —Yo ayudo a traer al mundo gemelos, como su esposo y su hermano —dijo—. Los dos nacieron sanos, pero uno se

murió a los cuatro años. No fue culpa mía. Se ahogó. No fue culpa mía. El otro es carretero. Un muchacho fuerte —añadió.

Su seguridad le dio confianza a Ana, y cuatro meses más tarde, poco después de la medianoche del 29 de septiembre de 1845, fueron las manos fuertes de Siña Damita las que sostuvieron a la criaturita arrugada y enrojecida que había tenido a Ana en un doloroso parto que duró treinta y seis horas. —Varón —anunció Siña Damita con una sonrisa—. Varón.

Cuando Ramón cargó por primera vez al niño y dijo «Dios te bendiga, Miguel, hijo mío», Inocente, de pie al otro lado de la cama, frunció el ceño. Cuando le tocó el turno de cargar al bebé, examinó cada arruga y cada pliegue, cada cabello, cada uña delgada como el papel, y su expresión se ensombreció aún más. Luego, colocó a Miguel en los brazos de Ana y salió arrastrando los pies, cabizbajo y encogido de hombros. Ramón lo siguió, y segundos más tarde Ana los escuchó hablar en el otro cuarto, en voz baja y con insistencia. A la mañana siguiente, le preguntó a Ramón si Inocente se encontraba bien.

—Está bien —respondió Ramón con inusitada rapidez.

Una esclava recién llegada a la hacienda se encargó de supervisar la cuarentena, los cuarenta días y cuarenta noches que Ana debía descansar y familiarizarse con el bebé. Durante la cuarentena estaba prohibido el contacto sexual. El día que Ana comenzó con los dolores de parto, se colgó otra hamaca al lado de la de Inocente, por lo que ambos hermanos compartían dormitorio.

Ana los escuchaba hablar tarde en la noche, con voces que ascendían y descendían en cadencias suplicantes, y agitadas en ocasiones. Sin embargo, cuando les preguntó de qué hablaban, le respondieron que de negocios. Estaban a punto de comprar una finca contigua a Los Gemelos.

—Tiene un río en el lindero al norte —le dijo Ramón.

—Estuvimos allí. Se pueden construir canales de irrigación —explicó Inocente—, desde el río hasta los campos.

—También hay otra finca a la venta con diez esclavos, al este de aquí —agregó Ramón—. Colinda con el nuevo camino a Guares, el pueblo con puerto profundo más próximo. Eso nos facilitará llevar nuestro producto al mercado.

Ana, aunque estaba en cuarentena, no se había vuelto insensible.

—Gastar dinero en tierras me parece una imprudencia cuando nos faltan veinte esclavos para trabajar las cuerdas sembradas, y necesitamos al menos otros cinco bueyes y carretas.

—Lo sabemos —contestó Ramón—. Pero la tierra es lo único que no crece en esta isla—dijo sonriendo, complacido por su salida inteligente que le hizo recordar a Ana la misma frase usada por su vecina Faustina de Morales.

Pero a Ana no le hizo gracia alguna el comentario. Se volvió hacia Inocente, esperando que éste comprendiera lo que había querido decirles. —Comprar tierras será costoso. No os olvidéis que debemos reparar la casa de calderas y la de purga.

—Si no compramos lo que tenemos disponible ahora en los límites de Los Gemelos —dijo Inocente—, nos costará más después. La gente se aferra a su tierra, pero esos vendedores quieren salir de ella porque necesitan desesperadamente el dinero, y cada propiedad se puede comprar a un buen precio.

—Pero no contamos con recursos infinitos —insistió Ana—. Hemos gastado gran parte del dinero en efectivo que trajimos, incluyendo mi dote.

—No te preocupes —trató de tranquilizarla Ramón—. Inocente y yo sabemos lo que estamos haciendo. Todo saldrá bien al final —sentenció. Una semana después compraron ambas parcelas, incorporando otra media caballería a la hacienda, así como cuatro mujeres y seis niños.

—Necesitamos hombres fuertes, no más mujeres y niños —se lamentó Ana.

—El dueño ya había vendido los maridos de las mujeres —respondió Ramón.

Ramón tomó a Miguel en sus brazos. —La Hacienda Los Gemelos es tuya —le dijo al niño—. Es por ti que tu madre, tu tío y yo trabajamos tanto. Es por ti, hijo mío.

Mientras miraba cómo Ramón besaba y acariciaba al niño, Ana se preguntó por qué suponía que Miguel era su hijo. Ella no tenía forma de saber cuándo habían concebido a Miguel, ya que los hermanos eran diligentes en cuanto a la exactitud de sus respectivos turnos para acostarse con Ana. Tal vez no les importara tanto, siempre y cuando fuera un Argoso que le aportara su nombre a la próxima generación. Ramón inscribió al niño en el registro de la iglesia de Guares con sus dos nombres y el del santo en cuya festividad naciera: Ramón Miguel Inocente Argoso Larragoity Mendoza Cubillas.

Doña Leonor escribió preguntando todo acerca de la evolución de Miguel. «Nos gustaría ir a visitaros. Estamos ansiosos por tenerlo en nuestros brazos», decía su primera carta plena de entusiasmo al recibir la noticia.

—No. Absolutamente no —dijo Inocente, dando un golpe con los pliegos sobre la mesa.

—Pero es su primer nieto —dijo Ramón—. Por supuesto que quieren verlo.

—No deberían venir hasta… —respondió Inocente haciendo luego una pausa— …Hasta que vivamos con más comodidad —dijo finalmente.

Ramón e Inocente se miraron, en su secreta comunicación habitual. Aparentemente, Ramón no estaba de acuerdo. —Tal vez tengas razón —dijo, dándose por vencido.

Como de costumbre, Ana trató de poner por escrito sus respuestas, pero le resultaba cada vez más difícil inventar otra excusa mientras más insistía doña Leonor en que no le importaba lo demás: todo lo que deseaba era ver a su nieto.

Después del nacimiento de Miguel, Ramón e Inocente siguieron hablando como solían hacerlo —terminando uno la frase del otro, dibujando planos en el aire con sus dedos—, pero Ana se daba cuenta de que había algo diferente. Antes de nacer el niño, independientemente de la persona con quien conversaban, Ramón e Inocente se miraban entre sí al hablar, como si el otro gemelo fuese la única persona importante en la habitación. Pero ahora se adivinaba cierta tensión entre ellos, aunque reían, bromeaban y dialogaban como siempre. Pero si los observaba con intensidad, evitaban su mirada, como si escondiesen algo.

Durante la cuarentena, Flora durmió en una hamaca al lado de la cama de Ana para poder ayudarla con el bebé. Miguel se aferraba a sus senos, pero Ana no tenía leche suficiente, y el niño lloraba constantemente de hambre y frustración. Como Inés, la mujer del carpintero, estaba destetando a su hijo más pequeño, la trajeron a la casa para que amamantara a Miguel. La casa que Ana tenía sólo para ella la mayor parte del día cuando los hombres salían al campo, era ahora un hormiguero de idas y venidas, pues Flora, Inés y Damita estaban constantemente alrededor de ella y del niño. En raras ocasiones se quedaba a solas con Ramón o con Inocente, y Severo Fuentes no había vuelto más a la casa, como si su cuarentena quisiese decir que padecía una enfermedad infecciosa.

Un par de semanas después del inicio de su cuarentena, Inocente se mudó fuera de la casona. Según él, tenía a su disposición una casa lo suficientemente buena en la finca que acababan de comprar. Se llevó consigo su ropa y sus artículos de aseo personal, y pasaban días sin que Ana lo viera, aunque Ramón le decía que estaban juntos todo el día. Y para desocuparles una habitación en la que pudieran estar Miguel y su nodriza, Ramón dijo que trasladaría los libros y registros contables del estudio a la finca.

—Pero está demasiado lejos de casa —se quejó Ana—. Para mí es más fácil trabajar aquí.

—Inocente y yo ya podemos encargarnos de eso ahora —dijo—. Y Severo nos ayudará.

—¿Severo? ¿Acaso es conveniente que el mayordomo esté al tanto de los detalles íntimos de nuestros negocios?

—Él conoce nuestra situación mejor que nosotros —respondió Ramón.

—Sólo la parte que le corresponde, Ramón. ¿Por qué debería saber, por ejemplo, cuánto dinero tenemos o cuánto nos falta?

—Es su trabajo como administrador, Ana. Déjalo. Ya tienes bastante quehacer con el niño.

—Tengo bastante ayuda…

—Inocente y yo lo hemos decidido así —dijo Ramón, y su rostro adoptó una expresión de dureza—. Es trabajo de hombres…

—¿Desde cuándo? —respondió Ana, mordiéndose la lengua para no decirle que ella había hecho ese mismo trabajo durante meses, sin quejas ni errores.

—Nos las arreglaremos —repitió Ramón.

Aquella determinación repentina le hizo pensar en si estaba subestimándolo. Tal vez ahora, como ya era padre, podría enfocarse en sus responsabilidades. Pero le preocupaba que no la consultara en materia de los negocios de la hacienda.

En las semanas siguientes, Ramón, Inocente y Severo trabajaron hasta tarde en la noche, y en ocasiones Ramón no regresaba a la casona hasta la mañana siguiente, para cambiarse de ropa.

Ana ansiaba volver a acostarse con ellos, no tanto porque significase satisfacción para ella, sino porque Ramón e Inocente se habían tomado su cuarentena demasiado en serio, y estaban días enteros alejados de ella.

La noche en que terminaba la cuarentena, Flora le dio un baño de agua perfumada con pétalos de geranio. La esclava parecía tan excitada como Ana ante la llegada del ansiado momento, sonriendo todo el tiempo, como entusiasmada por lo que Ana y Ramón estaban a punto de hacer.

Pero en la cama, Ana notó cierta diferencia en la forma que Ramón le hacía el amor. Esperaba que fuera impaciente como solía serlo usualmente. Y lo fue, pero más distraído que antes, y resuelto a terminar el asunto lo más rápido posible. Como de costumbre, se volvió de espaldas y se quedó dormido, dejando a Ana en ascuas.

Ramón e Inocente dejaron de turnarse para hacerle el amor a Ana. Inocente venía a comer de vez en cuando, y se sentaba en el portal a fumar y a hablar de los negocios de la hacienda, a veces con Severo y a veces no. Cuando sonaba la campana para que los esclavos apagaran las luces, Flora bañaba a Ana. Ramón sabía que Ana estaba lista cuando Flora le preguntaba si necesitaba algo más. Pero él nunca necesitaba nada. Iba a acostarse cuando Ana ya estaba en la cama, y unas veces hacían el amor, otras no. Pero Inocente no traspuso más la puerta de su dormitorio, y Ana pensó que estaba evitándola.

Miguel pasaba la mayor parte del día con Inés, prendido firmemente a sus senos. Cuando se lo llevaban a Ana, Inés y Flora se quedaban de pie cerca de ella, como si temiesen que se le cayera el niño. Y Siña Damita iba a verlo cada vez que estaba con su familia en Los Gemelos.

—Cárguelo así, señora —le enseñaba Damita a Ana—. Agarre cabecita para que no quede colgando.

Ana cargaba al niño, disfrutando del calor de su cuerpo junto al suyo, pero en breve se lo devolvía a Damita, a Inés o a Flora. Era pequeño y desvalido, y no sabía qué hacer con él.

—Le gusta que canten, señora —sugirió Flora—. Tanto ella como Inés le cantaban constantemente. También lo arrullaban, le sonreían, y chasqueaban la lengua para hacerle reír. Ana no podía hacer aquellas cosas, y le parecía indigno estar haciendo muecas para divertir a Miguel, quien la buscaba con sus grandes ojos. Pero Ana se sentía incómoda al devolverle la mirada, como si el niño supiese algo acerca de ella que desconocía.

—No tengo mucha experiencia con recién nacidos —dijo mientras devolvía a Miguel a los brazos de Flora. Ana estaba segura de que la esclava la consideraba una mala madre.

Aunque su embarazo no había sido particularmente difícil, Ana pensaba que era diferente a otras madres, al menos a las que tenía más cerca. Las mujeres de la hacienda, aun sabiendo que sus hijos serían esclavos, acariciaban a menudo sus vientres crecientes cual si fueran un tesoro. Al mirarlas, esperaba que ella también querría a su hijo sin reservas, que su presencia mitigaría el hambre de afecto que la aquejaba desde la niñez. Pero Miguel no llenó ese vacío. Intentó explicarse aquella situación diciéndose a sí misma que la falta de afecto de sus padres la había perjudicado, condenándola a la incapacidad de amar ni siquiera a la carne de su carne. Pero le pareció demasiado fácil culpar a sus progenitores. Al tenerlo cargado, con sus bracitos diminutos extendiéndose hacia ella, no sintió penas de amor, sino reparos de duda. ¿Quién sería su padre, Ramón o Inocente?

Flora, Inés y Siña Damita se encargaban de cuidar a Miguel, con excepción de los escasos minutos que Ana le dedicaba dos veces al día. En ocasiones se sentía culpable por no prestarle más atención, pero al menos veía que prosperaba. «A mí me criaron las sirvientas y los criados, y crecí sana», pensaba. Era verdad que se sentía sola, pero Miguel era afortunado. Como había otros bebés y niños pequeños en la hacienda, no le faltaría compañía. Ramón e Inocente hablaban acerca de otras familias blancas con niños, como la de Luis y Faustina y sus dos hijos, pero Ana tenía demasiadas ocupaciones para hacer visitas o recibir invitados. Debería hacerlo ahora, para que Miguel conociera a otros niños como él. Pero la idea de organizar su vida de acuerdo con las necesidades del pequeño la irritaba. Estaba resentida con su presencia, como si Miguel hubiese llegado a su vida para hacerle las cosas más difíciles.

Con un año de experiencia en su haber, la zafra de 1846 fue más exitosa que la primera, aunque no alcanzaron sus proyecciones financieras. Los campos nuevos no estarían listos hasta la siguiente temporada, pero se estaba desbrozando más tierra para la siembra. Y el trapiche movido por el viento y la tracción animal necesitaba una reparación exhaustiva. Sus prensas estaban desgastadas y requerían con frecuencia reparaciones sobre la marcha, lo cual interrumpía el procesamiento de la caña. Severo recomendaba la introducción de trituradoras de vapor, pero la compra, transporte e instalación de aquella maquinaria sería costosa, además del tiempo que haría falta para entrenar a los trabajadores para que pudieran operarla.

Durante la zafra se contrataron quince macheteros para cortar caña y a otros campesinos para trabajos menos especializados como la recogida, apilado y transporte en carreta de los tallos. Ramón e Inocente tuvieron que reconocer la necesidad de comprar más esclavos.

Severo Fuentes consiguió diez más, y cuando Ramón e Inocente cuantificaron los gastos, tenían otro déficit. Si Ana no les hubiese preguntado por detalles específicos, no le habrían revelado la información, pues no querían tenerla al tanto de lo difícil que estaba la situación. Sólo se enteró de que le habían pedido dinero prestado a don Eugenio cuando llegó una carta confirmándole un pagaré desde San Juan a un notario de Guares, quien a su vez debía transferirle los fondos a Luis Morales. Aparentemente, los hermanos habían comprado más tierras con un préstamo concedido por el vecino.

—No me hablaste de esa compra —dijo Ana, tratando de no imponerle un tono de amargura a su voz.

—No podíamos dejarla pasar —respondió Ramón, encogiéndose de hombros.

—Pedir dinero prestado a tu padre o gastar tu propio dinero es una cosa. Pero endeudarse con un extraño es peligroso.

—No es un extraño. Era un buen amigo de nuestro tío. Inocente y yo sabemos lo que estamos haciendo. Deja de preocuparte.

—Acordamos que los tres trabajaríamos juntos. Y ahora me ocultas cosas.

—Es asunto de hombres, Ana. Aquí las mujeres no se inmiscuyen en asuntos de hombres.

—¿Qué mujeres?

—Las esposas. Si hicieras un esfuerzo por conocerlas, te enterarías de que no estamos tan aislados como crees. Aquí hay gente encantadora.

—No vine aquí a divertirme.

—Pero divertirte un poco no te vendría mal. Doña Faustina es una mujer encantadora. Podría convertirse en una buena amiga. Debes corresponder su visita y...

—No puedo estar conversando con las vecinas mientras el trapiche se cae a pedazos y nuestro producto no llega al mercado por falta de bueyes que tiren de las carretas, y…

—Me gustaría tener una conversación contigo sin que te lamentes por lo que no tenemos —le gritó Ramón—. Detente un momento a analizar lo que hemos logrado.

—No puedo creer que me estés hablando así.

El enojo de Ramón se desvaneció al momento. —Aquí en el culo del mundo las cosas son diferentes —dijo, como si acabase de descubrir algo acerca de sí mismo. Iba a decir algo más pero cambió de idea. Sin más comentarios, corrió escaleras abajo.

Ana se sentía herida y confusa. Ramón no acostumbraba ser grosero ni levantarle la voz, pero, obviamente, lo había decepcionado. Sí, era cierto que, como esposa, había desatendido su papel de anfitriona y confraternizadora social para concentrarse en las necesidades de la hacienda. En el proceso pudo haber herido el orgullo masculino de Ramón (y el de Inocente) al demostrarles que podía ser una administradora más capaz que ellos, y ellos habían aprovechado su confinamiento y cuarentena para excluirla de las operaciones cotidianas de la hacienda. Y ahora que tenía un hijo, querían que le prestara atención a los menesteres femeninos, como si ser madre redujera su ambición y su energía. «No, Ramón», se dijo. «Lo que estamos construyendo aquí no es para nuestra diversión, sino para él, y para las generaciones que vendrán después de él».

TIEMPO MUERTO

El final de la zafra era el comienzo del tiempo muerto, aproximadamente de junio a diciembre. Como no tenían caña que cortar, cargar, transportar, procesar y enviar, los campesinos libres debían buscarse otro trabajo para mantenerse ocupados y ganar el sustento de sus familias. Los que tenían amigos o parientes en las plantaciones de café y tabaco emigraban por la temporada, pero las distancias, las condiciones de los caminos y los costos les imposibilitaban el viaje a la mayoría. Por tanto, los campesinos esperaban que volviera a comenzar el trabajo azucarero, comprando a crédito cualquier cosa que pudieran sembrar, vender o intercambiar. Así que cuando empezaba la zafra con su promesa de trabajo, ya estaban endeudados sin remedio.

Para alimentarse y mantener a sus familias, los jíbaros trabajaban en magras parcelas y sacaban plátanos, yuca, malangas y ñames de la tierra. Además, pescaban en el mar y en los ríos y criaban aves hasta que dejaban de poner huevos, momento en que las sacrificaban para comerlas en asopaos de gallina o fricasés. También criaban cabras para ordeñarlas y las llevaban a pastar a las colinas cubiertas de herbazales, hasta que el omnívoro apetito de aquellos animales reducía las faldas a rastrojos en preparación para la labranza. Cuando dejaban de ser útiles, o cuando el tiempo muerto se prolongaba más que lo acostumbrado en años anteriores, las cabras también iban a parar a las cazuelas, donde se convertían en fricasé o cocidos que alimentaban al vecindario.

Pero para los esclavos no había tiempo muerto. Era una inversión demasiado cara para mantenerla ociosa en meses donde no había corte de caña. Sus días de tiempo muerto comenzaban como de costumbre, al amanecer, con el tañido lastimero de la campana en la atalaya. Los mayorales cerraban los barracones de noche y los abrían al alba. Los esclavos se levantaban de sus camastros o sus hamacas y se formaban en el batey, unos junto a otros, los hombres a un lado y las mujeres al otro. Luego de tomar rápidamente un vaso de agua y comer un pedazo de batata hervida, recibían sus herramientas y salían a trabajar hasta que la campana volviera a sonar marcando la hora del regreso al barracón.

En tiempo muerto, los esclavos desyerbaban, preparaban la tierra y sembraban caña para los cultivos, que demoraban entre un año y dieciocho meses en madurar. Los bueyes de largas astas, que halaban las carretas con tallos de cuatro pies durante la zafra, sacaban los árboles caídos y los arrastraban al taller para ser cortados y convertidos en madera; o al ingenio para alimentar el fuego de las calderas. Además, los esclavos limpiaban y reparaban las instalaciones donde se procesaba la caña, arreglaban las maquinarias, le daban mantenimiento a las vías férreas entre los campos y el batey, elevaban las guardarrayas entre cañaverales y construían y limpiaban las cunetas. También instalaban cercas nuevas y reparaban las deterioradas, cavaban zanjas de drenaje y construían canales de irrigación.

Entre zafra y zafra, el ingenio era sometido a una gran limpieza y reparación. Era donde se molía la caña, se hervía, se purificaba y se filtraba el guarapo, y los cristales que salían de ese proceso se presionaban y se convertían en bloques, donde la melaza pura se vertía en barriles. Los esclavos limpiaban y reparaban las calderas y las pailas, enormes cazuelas de cobre donde se hervía y refinaba el guarapo, así como las estructuras de ladrillo alrededor y bajo las calderas, donde se hacía y atizaba el fuego.

En la Hacienda Los Gemelos, los huertos de Ana daban frutas y vegetales, los cuales eran sembrados, desyerbados, podados y recogidos en su mayoría por ancianas y niños. El cuidado de los caballos, mulas, cerdos, chivos, vacas de ordeño, toros, pollos, gallinas, patos, guineas y palomas estaba a cargo de muchachas jóvenes. Y había que construir, reparar y limpiar los establos, chiqueros, pesebres y gallineros, así como alimentar los animales y entrenar y ejercitar a aquellos que se iban a utilizar en los campos.

Para los esclavos, el tiempo muerto era tan arduo como la zafra, con la carga añadida de los truenos estremecedores, los crepitantes relámpagos y los súbitos aguaceros de la temporada de huracanes que convertía el trabajo al aire libre en faena peligrosa. Pero así lloviese o tronase, en tiempo muerto o en zafra, los esclavos cumplían sus deberes bajo la vigilancia de mayorales y supervisores, blancos o mulatos de malas pulgas y prestos a azotar. Encerrados de noche en construcciones sin ventanas, los esclavos llevaban una vida definida por el mandato de otros, las necesidades de otros, los caprichos de otros, y por el llamado estridente e insistente de la campana de la atalaya.

Ana cabalgaba a menudo de uno a otro extremo de Los Gemelos para enterarse de lo que estaban haciendo Ramón e Inocente con la tierra, ahora que habían decidido excluirla de los asuntos de la hacienda. En los últimos días advirtió un movimiento de trabajadores en dirección al suroeste tras los pastizales, y se encaminó en esa dirección para ver qué ocurría. El aire matutino de junio era húmedo a causa de los aguaceros, y aspiró el olor de la tierra húmeda y de los mangos, que ya estaban casi maduros en aquel rincón particular de la hacienda.

Al fin se encontró con un grupo de trabajadores limpiando maleza y piedras en pleno bosque. Severo Fuentes, quien estaba inspeccionando una nueva zanja de irrigación en los campos al otro lado, se dirigió hacia ella en cuanto la vio, y ambos comenzaron a hablar sin desmontarse de sus cabalgaduras.

—Esta parte parece que va progresando —dijo, mirando hacia el cañaveral aún verdeante pero saludable.

—Así es. Debe estar listo para la próxima zafra.

Ana se volvió hacia los trabajadores al otro lado del sendero. —¿Preparando campos nuevos? —preguntó, como si confirmase el plan.

—Sí. Don Ramón y don Inocente quieren aumentar la caballería.

—Más tierra, con la misma cantidad de trabajadores… —dijo, incapaz de ocultar su desaprobación.

—Esperan una mayor producción y más ganancias.

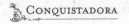

—Pero usted no está de acuerdo con este plan.

Se produjo una pausa. —Yo doy mi opinión, señora, pero ellos son los patrones.

Ana cabalgó unos cuantos metros hasta la sombra de un árbol de aguacate, bajo el cual tres mujeres se inclinaban sobre la tierra llena de rastrojos, sacando raíces y malas hierbas en las partes donde dos hombres armados de machetes habían cortado algunos retoños.

—¿Es más difícil encontrar trabajadores en estos tiempos? He leído que las Cortes españolas promulgaron una ley.

—Sí, la Ley sobre la Represión y Castigo del Tráfico Negrero —dijo Severo, haciendo un sonido a medio camino entre risa irónica y carraspeo—. Allá en Madrid siguen redactando leyes para complacer a los liberales, pero tienen muchas lagunas jurídicas. La Corona gana mucho dinero con los impuestos sobre el azúcar para dejar que se desplome la industria.

—Espero que tenga razón —le dijo Ana.

Jacobo, uno de los trabajadores, cavó alrededor de una enorme roca, pero al darse cuenta de que era demasiado pesada, la hizo rodar hacia un lado del campo donde se estaba construyendo una cerca. A pocos metros de distancia, cuatro niños recogían piedras pequeñas y las tiraban dentro de unos latones grandes.

—No se preocupe, señora. Siempre estoy en busca de más trabajadores.

—Muchas gracias.

Tres niños mayores se llevaban los latones llenos de piedras para vaciarlos al borde del camino. Ana contó mentalmente: se necesitan seis adultos y siete niños para limpiar una parcela de cinco cuerdas llena de hierba y de piedras.

—Si necesita algo más…

—Disfruto los libros y los periódicos que me trae. Me gusta estar informada.

—Comprendo, señora. Me satisface complacerla —dijo Severo. Al levantarse el sombrero, Ana le vio los ojos, usualmente ocultos por el ala durante el día, y apenas visibles a la luz de las velas cuando visitaba la casona en la noche. Aquellos ojos tenían unos iris tan verdes como el bosque.

—Se lo agradezco, Severo. Buenos días.

Ana siguió en dirección al batey, resistiendo la tentación de ver si Severo seguía mirándola. Aunque a su vieja mula no le gustaba moverse más rápido de lo necesario, Ana se asombró a sí misma por estar espoleándola para que galopara. Aquel golpeteo de los cascos, aquel aire caliente llenándole los pulmones, aquel aroma dulce y frutal al pasar por el árbol de mangos le resultaron sinónimos de alegría.

—Parece que diste un buen paseo...

Por un instante no supo si era Ramón o Inocente el que estaba de pie junto al granero. Durante los primeros meses posteriores a su llegada a la Hacienda Los Gemelos desarrollaron musculatura e irradiaban la exuberancia de los jóvenes amantes de las actividades al aire libre y de sus cuerpos plenos de fuerza. Pero en el último año, y especialmente después del nacimiento de Miguel, Ramón e Inocente estaban extrañamente macilentos. El rostro de Inocente, en particular, estaba surcado profundamente de arrugas, los labios se le habían vuelto más finos, y siempre parecía que no habían dormido lo suficiente. Sabía que los hermanos estaban trabajando más que nunca. Estaban en los campos todo el santo día, y sin su ayuda, trabajaban en la finca hasta bien entrada la noche, preparando los informes exigidos por el gobierno municipal, las autoridades del fisco y los funcionarios de aduanas. Le hirvió la sangre de rabia al imaginarse cómo estarían sus meticulosos libros y asientos contables ahora que la habían privado del acceso a ellos.

—Sí, fue un buen paseo —el hombre ni siquiera hizo un esfuerzo para ayudarla a desmontar. Ambos hermanos sabían que era capaz de hacerlo, pero siempre se habían comportado como caballeros. Esa actitud también había cambiado en los últimos meses.

—Quiero hablar contigo un momento —dijo.

—Sentémonos a la sombra —Ana esperó hasta que él se acordó de tomarla del brazo para caminar alrededor del estanque, en dirección a un tronco cortado bajo otro árbol de mango. A diferencia de otros junto a los cuales había pasado, éste, según los trabajadores que habían vivido en la hacienda durante años, jamás había dado fruto. En cuanto Ana e Inocente se sentaron a la sombra, éste se puso de pie y comenzó a caminar de un lado a otro.

—La Hacienda Los Gemelos ha sido una aventura extraordinaria —dijo—. Y Ramón y yo te lo agradecemos. Si no nos hubieras incitado, aún estaríamos enclaustrados en aquel despacho de Cádiz. En menos de dos años has creado un hogar para nosotros y has incorporado un nuevo miembro a la familia.

Sorprendida por aquel tono tan formal y solemne, Ana se puso rígida, controlando sus nervios, pensando en que lo que estaba a punto de decir no iba a ser una buena noticia.

—Es hora de que yo tenga mi propio hogar, Ana. Me marcho a San Juan para casarme con Elena.

En cuanto tuvo noción de lo que había dicho, y de lo que aquello significaba, Ana respiró aliviada. —Me alegra saberlo —dijo, haciendo una pausa para que sus palabras hallaran eco en Inocente—. ¿Vas a volver o te quedarás a vivir en San Juan?

—Vamos a establecernos en la finca. Es pequeña, pero lo suficientemente cómoda para esperar a que construyamos otra. Debemos estar de regreso antes de la zafra.

Ana contó mentalmente. Seis meses. Al otro lado del estanque Ramón acababa de entrar a caballo al patio. Cuando los vio, los saludó y entró a la casona.

—Entonces ¿cuándo te embarcas hacia San Juan?

—Pienso irme a caballo. Cuando navegamos alrededor de la isla no vimos gran cosa de Puerto Rico.

—Creía que los caminos estaban en malas condiciones.

—Soy hijo de un oficial de caballería y un veterano —respondió Inocente, esbozando una sonrisa de conmiseración—. Crecí cabalgando por caminos intransitables.

—Es cierto. ¿Pero vas solo?

—Por supuesto que no. Me llevo a uno de nuestros hombres. A Pepe, el mayoral. Él tiene familia en un pueblo cerca de la capital. Salimos dentro de una semana.

—¿Tan pronto?

—Así es. Elena y yo vamos a estar unas semanas en Caguas. Aparentemente, papá está disfrutando de su retiro y le presta poca atención a la finca.

—He aprendido mucho acerca de lo que se necesita para administrar una plantación y puedo ayudarle. También sé que Elena será una socia tan excelente como tú lo eres para Ramón —continuó, como si estuviera dando un discurso en una asociación de banqueros, y con un tono tan distante como si ya estuviera a muchas leguas de la hacienda.

Pero Ana no confiaba en él ni en Ramón. Ambos guardaban algo en secreto, y estaban aislándola deliberadamente de sus tratos financieros. En las últimas semanas, había notado una mayor tensión entre los hermanos. Si Severo los acompañaba, parecían más relajados, y muy pronto Ana cayó en cuenta de que era ella la que ponía nerviosos a los gemelos. Cuando les hacía preguntas acerca de la hacienda, se enojaban, considerándolas como desafíos. Y su irritación la molestaba. ¿Cómo osaban olvidar que, desde el comienzo, ella quería ser su socia? ¿No era suya la idea de venir a Puerto Rico, de crear un lugar de su propiedad que les llenara de orgullo?

El plan de Inocente de visitar la hacienda en Caguas le pareció una artimaña. Tal vez Ramón e Inocente estaban cansados del trabajo sin fin de Los Gemelos, y echaban de menos las diversiones que disfrutaban en España y en San Juan. Pensó en varias situaciones y eligió la más apropiada. Una vez en San Juan, doña Leonor obligaría a Inocente y a Elena a vivir más cerca de ellos, tal vez en la hacienda de Caguas, a unas siete leguas de distancia de la capital. Muy pronto Ramón querría hacer lo mismo, porque los hermanos no querían vivir separados.

Antes de salir de España estuvieron de acuerdo en que se necesitaban al menos cinco zafras para determinar si tendrían éxito o no como hacendados. ¿Ahora, al cabo de dos años, se iban a dar por vencidos? Probablemente Ramón le diría a Ana que Severo podría hacerse cargo de Los Gemelos. ¿Habría impulsado Severo aquellos planes? Inmediatamente desechó aquella idea. En ese momento se convenció de que confiaba más en Severo Fuentes que en Ramón o en Inocente. De los tres, era el único que aún no la había defraudado.

Severo hizo los arreglos para que Pepe guiara a Inocente, acompañado por Alejo y Curro, los dos hombres que halaron la chalupa a la playa el día de su llegada, hacía casi dieciocho meses. Inocente se los llevaba en préstamo para que lo ayudasen en la hacienda de Caguas. En la medida que se aproximaba la fecha de su partida, Inocente dedicó más tiempo a estar con Miguel, estudiando sus rasgos con tal intensidad que Ana estaba convencida de que buscaba señales de que el niño se le pareciese más a él que a Ramón. Al igual que hicieron con su decisión de compartir su lecho, los gemelos jamás le consultaron ni le preguntaron cuál de los dos era el padre. A pesar de que Ana no podía decirlo con certeza, les habría asegurado que era Ramón. Incluso de saber que era Inocente, jamás admitiría que el niño era un bastardo.

El último día de junio de 1846, una temprana niebla matutina flotaba sobre los árboles y los cañaverales. El canto usual de las aves era acallado por la actividad en el batey. La tierra roja apisonada estaba marcada por cascos, garras, las delicadas huellas de las patas de las gallinas, la curvatura de pies descalzos y los tacones cuadrados de las botas.

Inocente cargó a Miguel, presionó sus labios sobre su frente, le susurró algo al oído y se lo devolvió a Ana. No la miró a la cara, pero la besó levemente en ambas mejillas con el niño entre ambos.

—Celebraremos su bautizo cuando regrese con Elena. Seremos unos padrinos dedicados —dijo—. Y algún día vosotros nos haréis el honor de ser los padrinos de nuestros hijos —añadió, ruborizándose como si sintiera vergüenza.

—Por supuesto que lo seremos —le respondió Ana.

Inocente le pasó levemente la mano por la cabeza a Miguel, y Ana pudo finalmente lograr que la mirara a los ojos, con expresión endurecida. ¿Desdén? ¿Cómo era posible? ¿Qué le había hecho ella?

—Trae a mamá y a papá cuando vuelvas —le dijo Ramón—. Pueden quedarse en una de las cabañas. Tienen que conocer a su nieto. Estarán orgullosos de él.

—Estarán orgullosos de lo que hemos podido construir aquí en tan poco tiempo.

Inocente y Ramón se miraron, comunicándose sin mediar palabra, diciéndose algo, lo presintió Ana, sobre ella. Pero ¿qué se dijeron? La tensión que había surgido con el nacimiento de Miguel se desvaneció en una mirada, y simultáneamente alzaron sus manos derechas para estrechárselas, y las izquierdas presionaron sus hombros respectivos en un abrazo. Luego, se separaron y se besaron en las mejillas, para luego volver a abrazarse. Volvieron a abrazarse y besarse por tercera vez, aparentemente porque ninguno quería ser el primero en apartarse. Ana vislumbró entonces lo que se había imaginado desde que nació el niño: la culpaban a ella de su distanciamiento. «No he sido yo. Ha sido el niño. Deberían haber sabido que esto iba a ocurrir», quiso gritarles Ana en aquel instante.

El sol quemaba a través de la neblina, creando sombras largas y delgadas. Inocente dio unos pasos en dirección a su caballo, sin dejar de mirar a su hermano. Ana se movió en su dirección, esperando un gesto que borrase aquellos pensamientos que la acosaban, pero el joven montó sin siquiera mirarla.

—Escribe en cuanto llegues a San Juan —le dijo Ramón.

Antes de que su caballo desapareciera, Inocente se volvió, se quitó el sombrero y lo agitó en el aire.

—Id con Dios —dijo Ana y devolvió el saludo, pero Inocente la ignoró totalmente.

A Ramón le resultaba difícil controlar sus sentimientos. Tomó a Miguel de los brazos de Ana y lo sostuvo mientras Inocente y sus acompañantes desaparecían por el sendero para internarse en los cañaverales.

CONQUISTADORA

En los días posteriores a la partida de Inocente, Ramón no se separaba de Miguel, que con sus nueve meses había comenzado a ponerse de pie por su cuenta. Le hablaba al niño en voz alta y con un tono raro, jugaba con él, le cantaba coplas, le hacía muecas, precisamente todo lo que Ana no le hacía. Y lo llamaba "mi hijo", en vez de Miguel, como para que todos supieran que él era el padre. Y mientras más afectuoso era con el niño, con mayor dureza miraba a Ana, aunque no la criticaba ni le reprochaba en alta voz. Aunque lo consideraba como "el gemelo locuaz", desde el nacimiento de Miguel se había vuelto más introvertido, como si evitara decirle cosas que ella no debía saber. ¿Qué significaría la ausencia de su hermano para él, para ella, para los tres?

Otra de las transformaciones experimentadas por Ramón fue su pérdida de interés en el sexo. Cuando Ana terminaba de bañarse, Flora le comunicaba a Ramón que ya estaba lista, pero él no llegaba. Al cabo de un rato, la vencía el sueño. En ocasiones lo escuchaba salir, y al rato se despertaba con el chirrido de las sogas de la hamaca en el dormitorio de al lado. Y cuando lo llamaba, no le respondía.

Una noche lo oyó gritar y corrió al dormitorio.

—¿Tuviste una pesadilla?

—¡Déjame! —le dijo, volviéndose de espaldas y escondiendo la cabeza entre los pliegues de la hamaca. Aquella palabra ordenándole que saliera fue como una puñalada en pleno corazón. Ana lo obedeció. A la mañana siguiente se fue a caballo al amanecer.

Ramón no regresó hasta que pasaron varias horas después de la última campanada del día. Ana escuchó cómo se desvestía al otro lado de la pared. Minutos después entró en puntillas a su dormitorio, con una vela encendida en la mano.

—¿Estás despierta?

Ana levantó el mosquitero para que se deslizara hacia la cama. Ramón apagó la vela con los dedos, y, con el silbido de los coquíes en la oscuridad como fondo, le contó la verdad.

—Inocente no va a volver. Piensa establecerse en la hacienda cerca de Caguas.

—Eso no fue lo que me dijo.

Ramón le pasó un brazo por debajo de la cabeza y la atrajo hacia sí. —No quiso incomodarte.

Ana se resistió al abrazo. —Peor es decir que va a volver y luego no hacerlo.

—Ana, sabes que las cosas no pueden continuar… como antes.

No pudo decirlo abiertamente. Por un instante, Ana quiso preguntarle de qué estaba hablando. Pero se quedó callada.

Él también permaneció en silencio, pero agitado.

—Ramón, habla, por favor.

Ramón volvió a mirarla. —Inocente me dijo que el día en que nació Miguel, cuando Damita me llamó para que entrara en la habitación para verlo, sintió celos de mí por primera vez en su vida. Y sintió odio —dijo con un temblor en la voz—. Cuando me escuchó decir "mi hijo", se dio cuenta de que Miguel podía ser perfectamente tanto su hijo como el mío.

Pero, oculta bajo la emoción, Ana escuchó la pregunta que Ramón no se atrevió a hacerle. ¿De quién es hijo Miguel? De pronto, se le ocurrió que cada niño le pertenece solamente a su madre, incluso si la misma estaba segura de quién era su padre.

—Nunca debimos hacer… lo que hicimos —ni siquiera tenía valor para decirlo. Y comenzó a llorar amargamente—. Inocente me dijo que tenía que marcharse porque había perdido la confianza en sí mismo y no sabía qué hacer con esos celos. Nunca me había hablado de esa manera, Ana, con tanto resentimiento. ¿Qué hemos hecho, Dios mío? ¿Por qué no nos lo impediste?

—¿Yo? —Ana levantó la cabeza y trató de encontrar sus ojos, pero lo único que pudo ver de ambos fueron densas siluetas—. ¿Tenía yo que tomar la decisión?

—Pensamos que tú lo querías así.

—Nunca me preguntaste, Ramón. Tanto tú como Inocente os aprovechasteis de mí… de mi inocencia.

—Tú sabías quién era quién.

—Tú me engañaste, Ramón, cruel y deliberadamente. Y cuando me di cuenta, ya era demasiado tarde.

—Pero tú nunca…

—Pensaba que era el único camino para nosotros, para ti, para mí y para Inocente. Vosotros erais hombres hechos y derechos, y yo sólo una muchacha. Nunca se me ocurrió que iba a surgir esta… esta complicación.

—Lo siento, mi amor —dijo Ramón, acercándosele y tratando de besarla.

Ana se separó de él. —No me toques.

—He dicho que lo siento.

—No me toques —repitió Ana.

El dormitorio estaba tan oscuro que Ana no podía verlo, pero lo sentía debatirse ante lo que debía decir, ante lo que debía hacer. Ella quería herirlo, humillarlo, verlo sufrir, pero no sabía cómo. Por un momento quiso mentirle, decirle que Miguel era hijo de Inocente. Por el resto de su vida creería que el niño era hijo de su hermano, y jamás olvidaría lo que él e Inocente le habían hecho a ella.

Antes de que hablara, Ramón se sentó y levantó el mosquitero. —Ahora estás muy enfadada —le dijo, y se deslizó fuera de la cama—. Por favor, créeme que tanto Inocente como yo lo sentimos mucho.

Ana se tapó la cabeza con la almohada. —No soporto tus disculpas.

—Pero, Ana…

Ana cerró firmemente los ojos para evitar que se le salieran las lágrimas por el extremo de los párpados. —Vete…

Y se quedó sola, llena de rabia contra Ramón e Inocente por haberla usado, y con ella misma por haberlos dejado hacer. Necesitaba aire fresco. —He sido una tonta —dijo mientras abría las persianas para que entrara la brisa nocturna—. Estaba tan agradecida por la oportunidad que me daban Ramón e Inocente que los dejé hacer lo que quisieron mientras yo trabajaba y me preocupaba tras el telón —en el cielo la luna había desaparecido, devorada por las nubes. —Basta —le susurró al murmullo de las cañas más allá de su ventana. Basta.

Agosto llegó opresivamente cálido y húmedo. Ana se despertaba casi todas las noches a causa de los truenos y los relámpagos, el silbido de los árboles y el movimiento de las cañas como mil manos aplaudiendo al unísono. A la mañana siguiente el aire transmitía quietud y pesantez. A medida que el sol se elevaba en el cielo, emergían arroyos trémulos de la tierra anegada, como si la tierra hirviera en sus profundidades. La constante actividad hacia, desde y por el batey adoptaba una cualidad etérea, y la humedad se aferraba a todo lo viviente y lo inanimado.

Una nublada mañana, los perros anunciaron la llegada de visitantes mucho antes de que tres soldados llegaran cabalgando al batey. Aparte de los nuevos esclavos, de Luis, Faustina, y de las visitas ocasionales del padre Xavier, ningún extraño había entrado en la plantación en diecinueve meses. Desde el portal de la casona Ana vio cómo Ramón y Severo se acercaban cabalgando desde extremos opuestos del campo, hasta llegar a donde estaban los soldados, con quienes se dispusieron a dialogar a la sombra de un panapén. Aunque desde allí no podía distinguir su jerarquía, uno de los soldados, con más insignias que los otros dos, por lo que parecía ser el jefe, se quitó el sombrero de plumas y comenzó a hablar con Ramón, el cual, de repente, se cubrió el rostro, y se le escapó una palabra: «No».

Ana se persignó desde el umbral del comedor, se llevó una mano al pecho y oró en silencio. «Dame fuerza, Señor». Los soldados miraban a todas partes menos a Ramón, quien habría caído al suelo desmayado si Severo no le hubiera colocado un brazo alrededor de los hombros para mantenerlo erguido. Severo miró a Ana, y condujo a Ramón al otro lado del batey, ayudándolo luego a subir las escaleras.

Ana ayudó a llevar a Ramón a un banco dentro de la casona. Aunque trató de preguntarle con la mirada a Severo, éste trató de esquivarla. Le tocó una mejilla a Ramón, trató de volverle el rostro hacia ella, pero él se negó a hacerlo.

—¿Qué pasó? ¿Qué ha pasado?

Ramón no podía hablar. Estaba como sonámbulo, con los ojos abiertos pero sin objetivo fijo, como si sólo pudiera verse en su interior.

Teo y Flora se quedaron apoyados contra la pared, en espera de instrucciones. En la habitación trasera Miguel comenzó a llorar, e Inés trató de callarlo, murmurándole dulces palabras. A una señal de Severo, Teo y Flora se acercaron, ayudaron a Ramón a ponerse en pie, y lo condujeron al dormitorio. Ramón dejó que lo llevaran, desplazándose con pasos inseguros, como un niño que aprende a caminar.

El corazón de Ana comenzó a latir sin control, presintiendo el nombre, temiendo el momento en que lo escucharía. Sólo una muerte en la familia podía dejar a Ramón en tal situación de mutismo y dolor. «Por favor, Señor, que no sea Inocente», rezó Ana mientras seguía a Severo hacia la galería. «Por favor, Señor...». La expresión de Severo era dura, congelada en un ceño fruncido, con los ojos casi cerrados bajo las cejas.

—Perdóneme, señora —comenzó a decir—. Y siento ser el portador de esta noticia.

—Dígame.

—Emboscaron a don Inocente y a Pepe... Lo siento, señora.

—¿Está muerto, Severo?

Severo asintió. —Los dos murieron.

De algún modo, el aire denso no consiguió llenar sus pulmones. —No puede ser... No puede ser —repitió con fiereza, retando a Severo como si éste pudiera, o debiera, cambiar la situación. El rostro de Severo permaneció impasible mientras se arrodillaba frente a ella, como un amante a punto de declarar sus intenciones. —Inocente está en San Juan. Casándose. Debe haber algún error —dijo Ana.

—No hay error alguno, señora —corrigió Severo, con tal seguridad que Ana sintió correr un escalofrío por todo su cuerpo.

Severo se puso de pie y caminó hacia la baranda del balcón. Miró hacia el batey, donde, por respeto a la crisis en casa del patrón, los trabajadores habían interrumpido sus actividades para reunirse en pequeños grupos bajo los árboles y junto a las edificaciones. Ana siguió la mirada de Severo, y sus efectos. Uno por uno, los trabajadores, mayorales incluidos, regresaron calladamente a sus menesteres, con las cabezas gachas, temerosos de mirar en dirección al administrador de la hacienda.

Dentro, Miguel volvió a lloriquear. Inés no iba a cantarle a Miguel, al menos no en esos momentos, pensó Ana. Tampoco Flora. La casa estaba de luto. En el dormitorio, Ramón seguía aullando de dolor. Desde la partida de su hermano, estaba siempre predispuesto al llanto. Cuando había una posibilidad de que Inocente regresara, Ana no sabía qué decirle ni podía consolarlo. ¿Qué iba a hacer ahora? ¿Y quién la consolaría a ella? De repente, comenzó a temblar de furia.

—¿Quién lo hizo? —preguntó, con tal nudo en la garganta que apenas podía hablar.

Severo se volvió hacia ella, como si viera a otra persona en su lugar. Siempre fue considerado y respetuoso hacia ella. En ocasiones, Ana tenía la impresión de que empequeñecía cuando estaba cerca de ella, a fin de no atemorizarla con su robusta fisionomía, ni sobresalir por encima de ella, de Ramón ni de Inocente. Pero esta vez no lo hizo. Se irguió en toda su altura ante ella, fornido, sólido. No se conmovía ante nada.

—Alejo y Curro han desaparecido. El teniente supone que son los responsables.

—¿Qué más dijo el teniente? —preguntó Ana, y Severo retrocedió—. ¡Dígamelo! —insistió.

Los ojos de Severo quedaron inertes —los apuñalaron y los colgaron de una ceiba por los tobillos —respondió tajantemente.

Ana tragó en seco, y el administrador se adelantó hacia ella como para evitar que cayera, pero no se estaba cayendo. No se caería. —¿Qué más? —Severo quedó mudo—. Quiero saberlo todo —dijo Ana—. Todo.

Severo le narró los detalles uno a uno, esperando que reaccionara antes de pasar al próximo. Ana escuchó, con los brazos abrazándose el tórax. Jadeaba y trataba por todos los medios de controlarse. —¿Qué más? —preguntaba cada vez que recuperaba el aliento, con los ojos fijos en los pétreos ojos de Severo.

El crimen recién acababa de ser descubierto, porque los dos hombres fueron arrastrados muy lejos del camino principal. Sus cuerpos estaban en tal estado de descomposición que sólo pudieron identificarlos porque cerca de ellos habían encontrado el bolso de Inocente, con las cartas a Elena y a sus padres en España todavía dentro. Inmediatamente se envió a un soldado con la noticia y el bolso a la casa de don Eugenio en San Juan.

—El teniente está organizando una partida con hombres y perros.

—Encuéntrelos…

—¿Señora?

—Encuéntrelos —repitió Ana—. Son nuestros esclavos. Encuéntrelos.

—Sí, señora. Me voy a sumar a la partida, y le aseguro que cuando encuentre a esos demonios, recibirán su merecido castigo. Y ahora, si me permite… —dijo, haciendo una reverencia.

Ana asintió y Severo bajó las escaleras dando órdenes a los mayorales. En cuestión de minutos salió cabalgando hacia el monte, con un látigo enrollado en el hombro izquierdo, fusil y revólver en sus cartucheras, y sus dos perros favoritos corriendo junto al caballo.

Ana nunca le había temido a la Hacienda Los Gemelos. Le provocaba curiosidad su nuevo mundo, y estaba resuelta a vencer sus desafíos. Pero en cuanto Severo se alejó del batey en busca de los asesinos de Inocente, la invadió un terror absoluto. El ir y venir de la gente que hasta ese momento había considerado inofensiva adquirió un significado diferente. ¿Por qué Marta estaba cruzando el patio para ir de la cocina al granero? ¿Por qué Teo estaba junto a los gallineros con Paula, su mujer? Si Alejo y Curro mataron a Inocente, ¿no estarían los demás haciendo planes para hacerle lo mismo a ella y a Ramón? ¿Adónde iba José con lo que parecía un poste para la cerca? Severo había dejado a uno de los mayorales para que cuidara de ella y de Ramón. ¿Pensaría que alguien iba a ser capaz de hacerles algo a ella y a Ramón en su ausencia? Trató de vencer aquellos temores de que alguien podría hacerles daño. ¿Pero adónde se había llevado Inés a Miguel? ¿Y Flora? ¿Dónde estaba Flora?

Como si la hubiese escuchado, Flora apareció de repente.

—Don Ramón llama a la señora.

Ana corrió hacia él, para escapar de sus propias preguntas sin respuesta.

Ramón estaba encorvado al borde de la cama, con los puños cerrados sobre los ojos, como si tratara de borrar imágenes que no quería ver. —No debí dejarlo ir por tierra. Severo hizo los arreglos para conseguir un barco, pero quiso ir a caballo.

Ana lo abrazó. —No te culpes.

—Le dije que se marchara a San Juan para casarse con Elena. Si tenía mujer y un hijo estaríamos en igualdad de condiciones.

—No podías imaginarte lo que ocurría. Nadie podía haberlo imaginado.

No debió haber hablado, pero no podía silenciar sus propios pensamientos, lo que todo dueño sabía: que los esclavos desafiaban a sus amos, que los mataban, que les prendían fuego a sus casas, a sus tierras y se escapaban al monte o al mar. Severo decía que los jóvenes eran más propensos a la fuga, y los que no intentaban escapar por mar se ocultaban en los densos bosques de la cordillera central de la isla. Para reducir la posibilidad de conspiraciones, se les prohibía reunirse en grupos mayores de tres personas y se guardaban sus herramientas bajo llave para que no pudieran usarlas. Tampoco se les dejaba portar ningún implemento o arma, como cuchillos o machetes, que no estuviese relacionada con el trabajo que realizaran en ese momento.

—Si pudieron matar a Inocente, también podrían venir por nosotros —dijo Ramón—. ¿Por qué no habrían de hacerlo?

—No digas eso —le dijo Ana, aunque Ramón estaba diciendo en voz alta lo que ella misma estaba pensando—. No dejemos que nos amedrenten —dijo Ana, más para ahuyentar sus propios temores que para consolar a su esposo.

❦

—¡Qué horror! —dijo Faustina esa tarde, mientras subía sin aliento las escaleras que conducían a la casona.

—El teniente nos detuvo para contarnos lo ocurrido —continuó. Luis venía tras de ella.

—Acepten nuestras más profundas condolencias —añadió Faustina—. Nuestro dulce Inocente, ¡qué tragedia queridos, qué terrible pérdida!

—Aquí estamos para ayudarlos —dijo Luis—. No deben estar solos en su tristeza. ¿Tienen armas de fuego?

—Tenemos un rifle. No pensará usted…

—Sólo por precaución —respondió Luis.

La presencia de sus vecinos alivió en cierto modo parte de la ansiedad que sentía Ana, y aparentemente don Luis le sirvió de consuelo a Ramón. Pero el parloteo de Faustina la abrumaba. Trataba de sacarle a Ana detalles acerca del viaje de Inocente. ¿Por qué Severo los había dejado solos? ¿Cuándo regresaría? Mientras más quería saber, más deseaba Ana mantenerla en la ignorancia.

—Pobre niña —dijo Faustina finalmente, disimulando su frustración por la vaguedad de las respuestas de Ana—. Ustedes abrumados por el dolor, y yo haciendo preguntas impertinentes. Les ruego que me perdonen.

Ana no respondió.

Faustina sacó un rosario de su bolsillo. —Nuestra fe es un consuelo en momentos como éste. Podemos rezar.

Pasaron la mayor parte de la noche orando. Ana estaba segura de que ni ella ni Ramón habrían podido conciliar el sueño. El chasquido de las cuentas del rosario y las rítmicas oleadas de las invocaciones calmaron los nervios de Ana y le permitieron estar en silencio con su pena, pero no sola con sus temores. A la mañana siguiente Luis habló con los mayorales mientras éstos conducían a los esclavos a sus labores para garantizar que no hubiera ocurrido algo inusual en la noche. Luego dijo que Severo había dejado órdenes estrictas de mantener a los esclavos bajo férrea vigilancia durante su ausencia. Sólo Teo, Marta, Flora e Inés podían estar en las proximidades de la casona.

En los próximos tres días siguieron llegando visitantes, hasta que los perros enronquecieron de tanto ladrarles a los desconocidos. Marta, Teo y Flora preparaban y servían diligentemente las comidas y bebidas. Ana desconocía a aquellos visitantes, en su mayoría campesinos y hacendados vecinos o sus mayordomos. El padre Xavier ofició misa, y algunos de los campesinos se incorporaron junto a hacendados y mayordomos. Los blancos y los libertos escucharon misa bajo el rancho techado, mientras los esclavos se agruparon en el patio, a pleno sol. Los soldados iban y venían, y algunos comerciantes del pueblo trajeron a sus esposas. Ramón los conocía a todos, gente cálida y generosa, preocupados por él y por Ana.

—¡Es tan joven! —exclamó una hacendada al ver a Ana—. Debe sentirse muy sola aquí, en este sitio tan apartado.

Sí, era joven, con sólo veinte años, pero tenía que rectificar la segunda parte del comentario. —No estoy tan sola. Hay mucho que hacer, y me gusta estar sola —. La mujer, ofendida, se retiró a otra parte.

Ramón caminaba entre los asistentes cargando a Miguel, presentándoselo a los vecinos, quienes desconocían que había nacido en la hacienda. Algunas de las mujeres le habían escrito cuando Ana llegó a Los Gemelos, pero ésta no respondió las notas de bienvenida. Estaban divididas en grupos, e incluso cuando se sentaban a orar con ella parecían pertenecer a una unida cofradía, mientras ella se mantenía apartada opuesta tercamente a darles entrada en su vida, ni a introducirse en las de ellas. Al cuarto día se sintió aliviada cuando el fluir de visitantes cesó, y volvió a quedarse sola con Ramón.

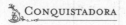

Pero volvió el temor. Obedeciendo una sugerencia de Luis y Faustina, Ramón insistió en que él, Ana y Miguel debían encerrarse cada noche, con el rifle cargado y listo junto a la cama. Tener un arma tan cerca la puso más nerviosa, y luego de varias noches de insomnio, Ana le pidió que se llevara el rifle a otra parte.

Ana volvió a sus tareas cotidianas, pero bajo tensión. Siempre llevaba consigo la navaja que Beba le regalara años atrás. Era una herramienta para cortar tallos y ramas, para hacer injertos y pelar frutas. No quería que aquella útil herramienta se convirtiese en un arma, especialmente para defenderse de los hombres y mujeres que la ayudaban en jardines y huertos. Tener un arma para usarla contra ellos la atemorizaba más que aparentar que sentía confianza y no tenía miedo.

A los esclavos no se les permitía mirar directamente a los blancos, por lo que sus miradas de reojo le parecían furtivas y evasivas. Severo les había enseñado a tener las manos entrelazadas y al frente cuando hablasen con un blanco, algo que Ana agradeció, porque, cada vez que ella se aproximaba, los esclavos dejaban caer las herramientas, si estaban trabajando, y mostraban sus manos. Ella imitaba tal postura. Y así se paraban uno frente al otro, ama y esclavo, a no menos de tres pasos de distancia, con un palmo de tierra entre ambos que parecía tan vasto como un océano.

Severo regresó a los seis días, a la puesta de sol. Tenía las ropas rasgadas y manchadas, y el rostro cubierto por una barba dorada e incipiente. Se quitó el látigo del hombro y lo llevó con él, enrollado aún, al balcón en el que esperaban Ana y Ramón. Cuando éste señaló hacia el banco donde iba a sentarse, Severo colocó el látigo a sus pies, donde quedó como una serpiente expectante.

—Perdonen mi mala traza —dijo—. Pensé que querían estar al corriente en cuanto llegara. Hemos capturado y castigado a esos demonios.

—¿Cómo? —preguntó Ramón.

Severo miró a Ana y luego a Ramón. —Estaban escondidos en unas cuevas —relató—, con otros tres cimarrones que se habían escapado antes de que ustedes llegaran.

Ramón pensó que Severo no iba a dar más detalles en presencia de Ana y se puso de pie. —Debe estar cansado y hambriento. Mañana hablamos.

—Gracias, señor —dijo Severo, recogiendo el látigo—. Buenas noches, señora —dijo, haciendo su reverencia habitual.

Pero Ana no quería que se marchara. Estaba desgreñado y sucio, el rostro macilento y parecía exhausto. Ramón le había dicho en cierta ocasión que Severo vivía con una mujer en una parcela de su propiedad cerca del pueblo, pero ninguno de los hermanos la conocía, y Ana pensó que en aquellos momentos el administrador ni siquiera estaba pensando en ella. Cuando hizo una reverencia en su dirección, bajando la vista pero sin dejar de mirarla, Ana supo que estaba esperando una respuesta suya. Quería la confirmación de lo que ambos sabían: se había ido a capturar a los esclavos prófugos para impresionarla, no para vengar a Inocente.

—Le estoy muy agradecida —le dijo, extendiéndole una mano a Severo— por hacer justicia y castigar a los hombres que les hicieron algo tan terrible a mi cuñado y a Pepe.

Severo pareció sorprenderse de tener la mano de ella a su alcance. Se limpió la suya en los pantalones, luego le tomó las puntas de los dedos y las besó. —Es un honor para mí, señora —dijo. Ramón también le dio la mano a Severo, siguiendo el ejemplo de Ana.

—No lo olvidaremos —aseguró Ramón.

Al día siguiente, Ramón fue a una notaría en Guares, donde redactó un documento en el que le transfería a Severo cinco cuerdas de la nueva finca junto al río.

Desesperado

Severo se conocía al dedillo el terreno, cada rincón, cada colina y su valle correspondiente, los terrenos arenosos donde llegaba la crecida del río en temporada de lluvias, las laderas secas y rocosas donde sólo crecían malas hierbas, las hondonadas húmedas de tierra negra donde fluía la vida sin obstáculos. Incluso en noches sin luna, la oscuridad aparentemente impenetrable que lo rodeaba le parecía tan familiar como un manto, con su peso tangible y húmedo. Y montaba en su caballo, a quien llamaba Burro no sólo por su parecido a un asno, sino también por su tozudez y porque era demasiado estúpido para sentir miedo. Burro se internaba en la noche siguiendo los cambios acostumbrados entre los laberínticos cañaverales, a paso suave y seguro sobre el terreno irregular.

Severo iba cabizbajo, el sombrero alón sobre las orejas para protegerse del impacto de los insectos voladores en su rostro. Había pasado tantas veces por aquellos caminos de noche que no sentía gran diferencia con respecto a las cabalgatas diurnas, exceptuando que, al mirar atrás, no veía el molino en medio de la plantación.

Se detuvo junto a un árbol de mango, a cien metros de donde el camino desaparecía en el monte. Sin desmontarse, sacó el látigo del hombro y lo ató, enrollado aún, a la montura. Se desabotonó la camisa y la agitó para sacarse el sudor de la camiseta y las axilas. Volvió a abotonársela y a metérsela por dentro del pantalón, tirando del cuello hasta que le pareció recto. Se quitó el sombrero, se pasó los dedos por los cabellos y se secó el sudor en las perneras de los pantalones. Satisfecho, espoleó a Burro para que diera un giro alrededor del árbol, desapareciendo como tragado por un sendero apenas visible a la luz del día.

Cruzó un barranco y volvió a internarse en el cañaveral junto a una estrecha guardarraya entre dos campos de caña. Cabalgaba despacio, y el croar de las ranas competía con el susurro de las cañas. El campo desembocó en un prado, en cuyo extremo más distante una sólida masa de cocoteros crecía con tal cercanía que parecían haber sido sembrados con la intención de alejar a los intrusos. Burro siguió por el sendero que bordeaban dos enormes palmeras, por una avenida de cocoteros y almendros, hacia donde el bohío de Consuelo se elevaba sobre pilotes, a cincuenta pies del plácido Caribe.

—Consuelo, mi Consuelo —llamó en voz baja mientras le quitaba la montura a Burro y lo llevaba a una cabaña donde le dio agua y comida. Se quitó la camisa y se roció la cabeza y el cuello, bajo los brazos y en el pecho. Se secó el torso y los brazos antes de volver a vestirse adecuadamente, volvió a abrocharse el cinturón y se peinó con los dedos húmedos. En cuanto llegó al portón lo inundó la fragancia, como si el jardín sólo emitiera olores dentro del espacio enmarcado por su cerca de bejucos.

—Pasa, mi amor —dijo Consuelo desde la hamaca colgada de las vigas del balcón.

La punta de su tabaco era como un faro, y su voz, dulce y lánguida, plena de promesas. En el suelo esperaba una botella de ron. Severo la agarró, bebió un trago y se secó la boca con la manga. Luego se sentó al borde de la hamaca, haciendo rechinar las cuerdas tendidas desde las vigas, y las fibras de algodón se estiraron hasta quedar a pocas pulgadas del suelo. Severo se recostó sobre ella. El cuerpo de Consuelo, largo, pleno de curvas y elevaciones, era tan abundante en carnes que parecía no tener huesos, como si fuera una gigantesca criatura marina. Se llevó el tabaco a la boca, presionándolo con los dedos. Severo inhaló el aroma del tabaco hasta que éste, y el ron que le calentaba las entrañas, le dieron mareos. Las manos de Consuelo revolotearon por su cuerpo, desabotonando lo que había acabado de abotonarse, sacando la camisa metida en el pantalón minutos antes, zafando el cinturón que sostenía los pantalones, sacándole los calzones almizclados. Finalmente, le desabrochó las botas, que Severo lanzó lejos agitando las piernas. Con pies ágiles, le quitó los calcetines, le bajó los pantalones que dejó caer a un lado de la hamaca. Ya tan desnudo como ella, Severo se volvió, frotándose contra sus amplias carnes, buscando el húmedo intersticio.

—Ay, mi amor, ¡qué desesperado! —dijo riendo, pero Severo persistió en su avance.

Severo no era el primer desesperado que se apresuraba a hurgar en las interioridades de Consuelo Soldevida. Todo hombre necesita consuelo en algún momento, y ella, haciéndole honor a su nombre, se lo proporcionaba. Su madre, Consuelo, consolaba a los hombres. Y también su hija Consuelo, como lo harían todas las Consuelos siguientes.

Consuelo era hija ilegítima de Roberto Cofresí, el pirata más osado y famoso del Caribe. La madre de Consuelo, una mulata alta de grandes senos, hija de soldado blanco y negra liberta, era una de sus amantes. De ella heredó Consuelo su piel color tamarindo y el cuerpo enorme, carnoso y redondo. Su cabello color cacao tenía la misma tonalidad y textura ondulada que el del pirata. Nunca tuvo espejo, pero sabía que el color de sus ojos cambiaba con la luz, fascinando a los hombres a quienes consolaba.

La mujer tenía vivos recuerdos de su notorio padre, quien, al igual que Severo, se les aparecía a las dos Consuelos sin previo aviso, y se quedaba con ellas lo suficiente para que lo echasen de menos cuando se marchaba. El pirata instaló a Consuelo y a Consuelo en una cabaña cerca de la playa, en las afueras de Cabo Rojo, su pueblo natal. A menudo les traía dijes y monedas, cucharas de peltre, chales con flecos y loza pintada de los barcos que capturaba. Sus objetivos favoritos eran los bien equipados barcos de carga norteamericanos, y le decía a Consuelo que el inglés le sonaba a ladrido y que los yanquis eran arrogantes y más imperiosos que los mismísimos españoles.

El gobierno español no perseguía activamente a los piratas, siempre y cuando no atacaran barcos con la bandera española. Sin embargo, las proezas de Cofresí y su crueldad con los marineros que capturaba obligó a los españoles a ir tras el infame pirata. Cofresí fue capturado en 1825 y fusilado en El Morro. Días después un grupo de soldados se apareció en la cabaña de las dos Consuelo, en busca del botín escondido. Saquearon la casa, llevándose todo lo que consideraron de valor, y luego le prendieron fuego. Consuelo tenía diez años y apenas recordaba los cuatro o cinco que siguieron, excepto que caminaron y caminaron y caminaron hasta llegar a Ponce, la animada y presuntuosa ciudad del Caribe, en la que Consuelo madre comenzó a trabajar en una taberna, y en breve ya estaba consolando a sus clientes. Consuelo, la hija, conoció el primer contacto de una mano masculina en su cuerpo a los once años.

A la muerte de su madre, Consuelo se marchó de Ponce y caminó en dirección oeste, hacia las ruinas de lo que había sido su casa, pero no llegó hasta allí. Sólo tenía una única habilidad en la vida, y, temerosa y hambrienta, encontró casa y empleo en una encrucijada al norte de Guares, en una cabaña vecina a un bar, disponible para todo el que pudiera pagar con dinero o en especies. Como una gallina gorda era aceptable en su equivalencia con algunas monedas, hasta el campesino más pobre que intentaba cultivar el terreno más agreste tenía esperanza de conseguir los favores de Consuelo. Un día Severo Fuentes entró al bar de la encrucijada en busca de jornaleros y vio a Consuelo apoyada contra el rellano de una puerta que nunca cerraba. Días después la instaló en una casa junto al mar, llevándose consigo toda la esperanza y consuelo de los campesinos.

A la mañana siguiente Severo despertó solo cuando el alba teñía el cielo de púrpura. Consuelo estaba en el jardín cortando hierbas, presionándolas entre la dura uña de su pulgar y el dedo índice.

Consuelo miró hacia arriba cuando lo vio de pie junto a ella, desnudo, brillando con el resplandor del fino vello dorado que cubría su cuerpo. Severo dio un grito y corrió hacia el mar, donde sus brazos musculosos se hundían y emergían en brazadas parejas.

Cuando regresó, ya Consuelo había calentado agua dulce en la cabaña, donde el fuego para cocinar no se extinguía jamás. La mujer le quitó el agua salada del cuerpo y el cabello. Sobre la baranda esperaba doblada una muda de ropa, y Severo se vistió mientras Consuelo colaba el café, sirviendo luego el líquido fuerte y humeante en cuencos de cáscara de coco bruñida.

Se sentaron en silencio durante unos minutos, mirando cómo el cielo se iluminaba y el rocío se deslizaba desde los largos y estrechos canales de las pencas de las palmas. Cuando terminaron el café, Con-

suelo regresó a la cabaña que hacía de cocina con una calabaza llena de agua tibia y jabonosa, un afilador de cuero y su navaja de afeitarse. La mujer le enrolló un trapo limpio alrededor del cuello y en pases lentos afeitó seis días de barba de la cara y el cuello de Severo; terminó su labor rociándole agua de jazmín en la barbilla. Minutos después lo vio montar su rocín y perderse entre los cañaverales.

Severo atravesó el mismo sendero de la noche anterior, pero cuando se aproximaba a Los Gemelos giró hacia la izquierda en dirección a las colinas, en vez de seguir hacia el batey. Aún era muy temprano para la salida de los trabajadores, pero pronto sonaría la campana que señalaba el inicio del día laboral. Severo espoleó a Burro para que subiera hasta la cima de una meseta pedregosa y empinada, donde la tierra estaba cubierta por un fino césped verde brillante. Las laderas eran una maraña de espinosos limoneros y toronjiles, guayabos, enredaderas de parchita, arbustos de amapola y zarzas. Desde el valle era imposible imaginarse que la cumbre de esta colina fuera tan plana, y que las brisas leves y aromáticas soplaban allí todo el día. Una vez que se cortaran los árboles más altos, aquel sitio proporcionaría una vista panorámica de los campos, los pastos, el río, las montañas brumosas y el brillante Mar Caribe.

«Le va a gustar este lugar», pensó Severo, al tiempo que desmontaba y caminaba en círculos por el terreno, usando su machete para cortar los retoños que habían crecido demasiado desde la última vez que estuvo allí.

Severo Fuentes había elegido aquel sitio perfecto para la nueva, la verdadera casona de la Hacienda Los Gemelos, que ya veía como un palacio de mampostería y tejas para Ana. Había recogido los planos que ella había hecho de una casa con terraza techada y envolvente y los adaptó a las dimensiones de la meseta. Se imaginaba a Ana sentada en un rincón sombreado del balcón incluso en las horas más cálidas del día, con la brisa jugueteando alrededor de sus hombros. Estaba vestida de verde pálido, como el primer día que la vio, con sus negros cabellos recogidos con horquillas, revelando el fino relieve de la parte trasera de su cuello.

La primera vez que vio a Ana, la voz interna que habitaba en la cabeza de Severo y había guardado silencio durante años, le dijo: «Ésa es tu esposa». Ana sería suya. Sería suya, tanto como suya sería la Hacienda Los Gemelos. La voz no mencionó a Los Gemelos, pero pronto se dio cuenta de que ambos vendrían juntos. Severo sabía que venir a Puerto Rico había sido idea de Ana, y que Ramón e Inocente se habían limitado a seguir sus ambiciones.

Con la muerte de Inocente, Severo no dudaba de que Ramón le seguiría en breve. Los trópicos habían acabado con hombres mucho más fuertes. Decenas de miles habían aprovechado los beneficios de la Real Cédula de Gracias, de 1815, que alentaba a los colonos blancos a colonizar y hacer fortuna con la certeza de que podrían marcharse al cabo de cinco años, supuestamente ricos. Ramón e Inocente, como tantos europeos que soñaron crear riqueza con la producción de azúcar, eran especuladores, no expertos en agricultura. Y un poco de dinero, optimismo y voluntad no bastaban. Había que ser tenaz, había que ser fuerte, y cada vez que los ojos se posasen en la carne negra, había que ser capaz de silenciar la conciencia. Ni Ramón ni Inocente pudieron lograrlo, pero Ana sí. Lo supo desde el principio. Y aquella tarde en que lo había mirado intensamente para luego decirle «Encuéntrelos», había sido la confirmación. Sabía que, como él, Ana era lo suficientemente implacable para aquella tierra en una forma imposible para Ramón e Inocente.

Severo pronosticó que, sin su hermano, Ramón dudaría muy pronto de su capacidad para administrar la plantación. Don Luis ya había comenzado a sembrar la duda en su mente. Tenía el ojo puesto en la hacienda, pero se había extralimitado, aunque se las había arreglado para reunir lo justo para hacerles un préstamo a los hermanos. Parte de su plan consistía en que los Argoso le debiesen dinero, y dejarlos mejorar la productividad de la tierra mientras fortalecía su posición. Luego, les solicitaría el pago del préstamo. Pero don Luis tenía su talón de Aquiles, que Severo conocía muy bien. Era un vicioso, con predilección por todos los vicios imaginables. Su lascivia y actitud abusiva hacia las esclavas eran sólo el comienzo. También era aficionado al juego, y con el paso del tiempo, sus pérdidas eran ganancias para Severo, a quien Luis le pedía dinero prestado una y otra vez. Aunque le pagaba en cuanto ganaba, ninguna persona tan imprudente podía ganar continuamente.

Si no perdía en la baraja, entonces sería en las peleas de gallos, o en las carreras de caballos. Y Severo sólo tenía que esperar. No le permitiría a don Luis que se apoderara de la Hacienda Los Gemelos. Si tenía que invertir su propio dinero para pagar las deudas de Ramón e Inocente, también lo haría. Si Ana iba a ser suya, la hacienda también debería ser de ella, y él protegería sus intereses.

Severo esperaba que Ramón recurriera a él, presa de una creciente incertidumbre. Un día, le informaría a Ana que se marcharían de allí, pero que él administraría los negocios desde la ciudad, al igual que otros europeos establecidos en la isla antes que él. Ramón le aseguraría que Severo era un administrador efectivo y eficiente, y que irían a Los Gemelos en verano, cuando San Juan se tornaba insufriblemente calurosa y húmeda.

Pero Ana se negaría de plano. Severo estaba seguro. Ella estaba cautivada tanto como él por la tierra, por su misterio y encanto. En ocasiones, cuando todos se sentaban en el balcón después de la cena, una cálida brisa hacía mover las hojas, y Ana cerraba los ojos y volvía el rostro en esa dirección, como si se entregara al beso de un amante.

Su menuda figura le daba una apariencia delicada, pero desde la primera vez que la vio le transmitió valor y determinación. Cabalgaba como un hombre, con autoridad y fuerza, sin quejarse de la montura o del terreno inclemente, no mostraba remilgos ante la rusticidad de las condiciones existentes y trabajaba tan duro como cualquier blanco. Incluso cuando estaba embarazada trabajaba en los jardines o en los graneros, o con las aves en los gallineros, el ganado en los pastizales o los cerdos en los chiqueros. Él seleccionó a Flora para que fuera su asistente porque ésta tenía destreza, pero más importante aún, porque era alegre. Severo quería que Ana tuviese alguien que le diera ánimos.

Al cabo de dos reuniones con los hermanos Argoso, Severo sacó en conclusión que su orgullo estaba demasiado atado a sus éxitos como para que fueran buenos compañeros de Ana. Les preocupaba sobremanera demostrarles a don Eugenio y a doña Leonor que habían tomado la decisión correcta al venir a Los Gemelos. Al mismo tiempo, se exponían a riesgos que no correrían los hombres más experimentados. Alentados por don Luis, compraban todas las tierras aledañas disponibles. No tomaban en cuenta de que, mientras más tierras tuvieran, más brazos necesitarían. Y la hacienda no producía lo suficiente como para hacer frente a sus despilfarros.

Los daños infligidos por años de abandono eran una preocupación más inmediata. Las prensas operadas por un molino en malas condiciones suplementadas por yuntas de bueyes molían la caña. Severo les sugirió que reemplazaran el molino por un motor de vapor, e incluso llegó a mostrarles varios modelos cuya fabricación podrían encargar en Estados Unidos, y podrían estar en pleno funcionamiento antes de la próxima zafra. Pero los hermanos rechazaron tal idea. La casa de calderas estaba derrumbándose, y los graneros y edificios de faena podrían desaparecer en el próximo huracán que azotara la isla. Los hermanos respondían que el precio del azúcar había bajado, y que los dueños de cañaverales estaban vendiendo la tierra y marchándose de allí. Ramón e Inocente no invertirían en la infraestructura de la plantación mientras hubiese tierra a la venta. Severo consideraba que aquello era una tontería, pero, por supuesto, no podía decirlo.

Severo golpeó un retoño próximo a la tierra con su machete y sonrió. Cuando los vio por primera vez, no se le ocurrió que los hermanos se acostaban con Ana. En San Juan y en España, supuso, ambos se esforzaban en vestirse con ropas idénticas para que resultara difícil identificar quién era quién. Sin embargo, en Los Gemelos no se esforzaban demasiado en hacerlo. En ocasiones uno se afeitaba y el otro no, o uno llevaba un chaleco azul y el otro uno pardo. Severo se dio cuenta de que Inocente tenía un temperamento más colérico y sarcástico, mientras que el de Ramón era más sereno y sentimental, más fácil de manipular.

Fue Flora quien, a pocas semanas de conocerlos, confirmó que los hermanos se turnaban para hacerle el amor a Ana. Severo le dio a Flora un pliego de algodón amarillo como premio por tal información, y le prometió más si encontraba una forma de probárselo. Pero le advirtió que no recibiría nada si alguien más se enteraba de lo que le había dicho. Flora prestó mucha atención al asunto y le informaba cuál gemelo estaba con Ana y cuándo, y cómo ella podía saber si se trataba de Ramón o de Inocente.

Al observar a Ramón, a Inocente y a Ana, las sospechas de Severo se convirtieron en certeza. Se sentían muy desinhibidos cuando estaban juntos. Ella era familiar y abierta como una esposa con Inocente, en vez de guardar la distancia afectiva pero respetuosa que se debe mantener ante un cuñado.

Severo terminó de cortar las malas hierbas y los retoños y montó en su caballo. Como Burro parecía estar confuso con el sendero que tomaría para el descenso, lo guió hacia un claro entre las zarzas. En pocos minutos sonaría la campana, los trabajadores inundarían los campos y se reiniciaría la siembra para el cultivo de la próxima temporada. Le faltaban dos esclavos y un mayoral. La pérdida de Alejo y de Curro era mucho más sensible que la de Pepe, a quien se podía reemplazar fácilmente.

Severo había acompañado al teniente y a dos soldados en la búsqueda y captura de Alejo y Curro. Los mastines de Severo los sacaron, junto a otros tres cimarrones, de una cueva a unos tres días de camino de Los Gemelos. Severo y los soldados los desollaron a latigazos, y luego los arrastraron hasta un ceibo. Severo ató y colgó a los cinco hombres en las mismas ramas que ellos habían usado antes con Inocente y Pepe, pero más cerca de la tierra, y dejó que sus perros los mordieran hasta que los esclavos pidieron clemencia. Severo los hizo rezar el padrenuestro, y luego los degolló. El teniente tuvo que correr a vomitar entre los arbustos porque jamás había visto tanta sangre.

NO LE SÉ DECIR

U na mañana, tres semanas después de la noticia de la muerte de Inocente, Ramón llevó a la hacienda varios libros y
dos abultados portafolios y se los entregó a Ana. Se veía
contrito, como si alguien le hubiese obligado a hacerlo en contra
de su voluntad.

—No puedo hacerlo. Inocente era quien se ocupaba de esto y
no le encuentro ni pies ni cabeza —dijo, quedándose de pie como
un muchacho que espera una reprimenda.

Ana frunció el ceño ante la vista de los portafolios pero no los
abrió. Leyó superficialmente los libros contables. Las cifras eran
claras y como escritas por un oficinista. —Ésta no es la letra de
Inocente —dijo.

—Es la de Severo —respondió Ramón.

«Gracias a Dios», pensó Ana. —Ya veo. ¿Quieres que me ocupe
de esto a partir de ahora, como solía hacerlo?

Ramón hizo una mueca y respondió: —Por favor…

—¿Hay algo que falte aquí y que debo saber? ¿Papeles, facturas,
préstamos?

—Todo debe estar ahí —dijo Ramón, incómodo, como si al
entregar los materiales estuviera divulgando cuestiones más allá de
los elementos financieros básicos del negocio.

—Muy bien —dijo Ana.

—Si tienes alguna pregunta, probablemente Severo podrá con-
testarla.

Ana estuvo a punto de reírse. —Lo veré después —respondió, apretando los portafolios y libros contra su pecho—. Después de que examine todo esto.

Dedicó gran parte de aquel sábado a comparar las facturas pagadas con las pendientes, analizando las cartas de porte, los estados de cuenta de aduanas e impuestos, las escrituras de las tierras adquiridas, los pagarés de don Luis y de don Eugenio. Las cifras le mostraron lo que su esposo no había querido revelarle: eran dueños de casi tres caballerías, en su mayoría montes y bosques, que, al menos, pagaban menos impuestos que los campos cultivados. Tenían tres fincas, excluyendo la del río, que Ramón le había transferido a Severo. Dieciséis de los setenta y un esclavos de la hacienda eran propiedad de Severo, a pesar de que vivían en los cuarteles y se les daba el mismo tratamiento que a los de los Argoso. En la relación de esclavos, el nombre de los que le pertenecían a Severo llevaba el marbete "de Fuentes". Sin embargo, lo que más le sorprendió en el contenido de los portafolios fue descubrir que otras dos caballerías contiguas al extremo sur de Los Gemelos, incluyendo la cueva, eran propiedad de Severo. Ana no tenía la menor idea de que tuviera recursos suficientes para tener tantos terrenos y tantos esclavos, y sacó en conclusión que el contrabando era más lucrativo que la agricultura.

En los meses posteriores al asesinato de Inocente, los ojos de Ramón perdieron casi toda su brillantez, y la firmeza de su rostro decayó al desaparecer su alegría. A menudo era presa de una confusión más en consonancia con una persona de más edad, no en un joven de veintisiete años. Tropezaba con frecuencia, como si hubiera perdido la conexión entre intención y acción. Cargaba a Miguel como si el niño no debiese tocar el suelo, seguido de cerca por Inés y Flora. Acariciaba y besaba constantemente al niño, pero parecía irritarse si Ana lo tocaba o se le aproximaba demasiado cuando estaban solos. Ana tenía la impresión de que su presencia le causaba dolor. Ramón la había culpado por el enredo sexual entre los tres. ¿La culparía también por la muerte de Inocente? Pero lo peor era que no sabía cómo tocar el tema sin parecer defensiva o acusadora.

Las cartas de doña Leonor se hicieron más extensas y frecuentes luego de la muerte de Inocente, y no albergaban dudas de a quién culpaba por el asesinato de su hijo. «Le supliqué a Ana», le escribía al hijo que le quedaba, «que no os metiera ideas románticas en la cabeza, y mira ahora lo que ha sucedido». ¿Habría olvidado Leonor que Ana leía toda la correspondencia que llegaba a Los Gemelos? Ni a Ramón ni a Inocente les gustaba escribir las extensas cartas que esperaban sus padres. Era Ana quien redactaba las respuestas locuaces a Leonor, las cuales copiaban y firmaban luego Ramón e Inocente. Sin embargo, después de la muerte de su hermano, Ramón les respondía a sus padres con su propia letra desparramada, pero no le pedía a Ana que dejase de leer las cartas de su madre. Estaba segura de que estaba expresándole su sentir por medio de doña Leonor.

Una noche, Ana y Ramón estaban tomando café en el balcón mientras escuchaban a los coquíes y su raro croar *coquí-coquí-coquí*. La llama de una vela colocada junto a la puerta chisporroteaba cada vez que un insecto se precipitaba sobre ella. Cuando se dio cuenta de que Ramón estaba mirándola, Ana pensó que iba a hablarle. Pero, por el contrario, pestañeó ignorando su presencia, se volvió a mirar las copas de los árboles más allá de la baranda y le dio una larga chupada a su cigarrillo. Aquel gesto le resultó tan ofensivo que Ana se puso de pie abruptamente y entró al dormitorio, esperando que Ramón la siguiera para preguntarle qué le había ocurrido, o al menos para pedirle disculpas. Poco después la puerta se abrió, pero era Flora con sus cuencos y sus vestidos y su alegre canturreo. En un instante, el estado de ánimo de Ana fue lo suficientemente revelador como para transformar la sonrisa de Flora en una mueca de preocupación.

—¿Hago algo malo, señora? —preguntó la esclava, retrocediendo instintivamente.

—No, Flora —Ana dejó que Flora la bañase, pero aquel ritual usualmente relajante perdió su atractivo a causa de la ira que sentía.

Ana había sentido reacciones similares a las de Ramón en los salones plenos de espejos de la sociedad sevillana, en los pasillos encerados del Convento de las Buenas Madres, en las calles de Cádiz y San Juan. Una mirada que le decía: «Te miro, pero no me digno a hablar contigo»; «Te miro, pero no comparto esa alta estima que te tienes»; «Te miro, pero no eres la persona a quien quiero ver»; «Para mí, no existes».

Después del baño, Ana le ordenó a Flora que le dijera a Ramón que ya estaba lista para acostarse, pero la sirvienta regresó con una expresión contrita. —El señor no está.

—¿Adónde fue?

—No sé, señora —respondió Flora, rehuyéndole la mirada.

—¿Hay algo que no quieres decirme? —preguntó Ana, y le pareció que la sirvienta se debatía entre complacerla y tratar de proteger un secreto ajeno.

—No le sé decir, señora —dijo finalmente. Aunque aquella frase podría equivaler a «no sé cómo decírselo» o a «no puedo decirle porque no lo sé», Ana sospechó que Flora quería decir lo primero.

—Te ordeno que me digas lo que sabes.

—Por favor, señora —Flora intentó retroceder, pero no podía abandonar la habitación sin permiso y negarse a obedecer—. No sé nada —lloriqueó, pero Ana sabía que estaba mintiendo. Antes de darse cuenta de lo que hacía, la abofeteó. Flora cayó al suelo y rápidamente adoptó una posición en la que sólo se veían su espalda y sus manos entrelazadas alrededor de la cabeza.

Ana nunca había golpeado a nadie. Al brillo anaranjado de la vela, observó aquel bulto protector en el que se había transformado Flora y sintió vergüenza. Le dolía la mano, y sería Flora la encargada de escuchar su queja. Flora examinaría sus dedos uno a uno, luego le frotaría algo para aliviarla. Pero Flora estaba gimoteando a sus pies, esperando otro golpe, protegiéndose el rostro, los senos y el vientre de aquella mujer cuyo cuerpo desnudo acababa de lavar y empolvar. Ana se volvió y se alejó arrastrando los pies, para que Flora pudiera escucharla y supiera que no recibiría más golpes.

—¿Señora? —Flora se arrodilló, preparada, pensó Ana, para volver a encogerse nuevamente si ella la golpeaba.

Ana caminó, tan lejos como le permitió la luz de la vela, hacia el estante donde tenía sus cepillos y horquillas. —Puedes irte,

Flora —dijo, pero la sirvienta no se movió—. Vete —repitió Ana, pero Flora permaneció en el suelo, mirando al frente y retorciéndose las manos.

—¿Qué te pasa ahora? —preguntó Ana con obvia exasperación.

—Si no me preguntar usted—dijo Flora.

Ana escuchó un zumbido en los oídos, como cuando se ponía de pie demasiado rápido. Le siguió un tintinear ensordecedor que no pudo acallar las palabras de Flora.

—Se acuesta con Marta, señora. Como don Inocente.

Marta, la lenguaraz cocinera de trasero voluminoso y dientes de conejo, a quien, semanas antes de que Ana diese a luz, trasladaron de la habitación de los bajos a su propio bohío en el sendero más allá de los barracones. Ana pensó que Severo la había ubicado allí para su solaz, pero nunca se le ocurrió que Ramón o Inocente se acostaran con esclavas. Y mucho menos con Marta.

Aunque Flora permanecía arrodillada y con la vista en el suelo, a Ana le pareció que la sirvienta, a quien le había ordenado marcharse antes de que hablara, le dio la información para vengarse por la bofetada recibida.

—Vete —volvió a repetir. Aunque la habitación estaba iluminada por una sola vela, Ana creyó adivinar una sonrisa en el rostro de Flora mientras se volvía para salir por donde había venido.

Ana se debatió entre el sueño y la vigilia durante toda la noche, saltando sobresaltada a cada crujido de las maderas de la casa o con el chillido estridente de las aves nocturnas. Escuchó los pasos de Ramón y el gemido de las cuerdas de su hamaca. Miguel se despertó llorando varias veces, y Flora lo acallaba y lo arrullaba hasta que el niño se dormía. Flora había dejado de cantarle a Miguel a raíz de la muerte de Inocente, y volvió a hacerlo después de un año de luto, cuando Ana cambió el color de sus vestidos de negro a azul. Aunque no intentaba ponerle fin al duelo, había zurcido demasiadas veces aquella ropa negra. Después del lavado en el río y del secado al sol, el negro se diluía en un gris irregular y sucio. En el siguiente viaje de Severo al pueblo le pidió que comprara algodón negro para las enaguas y blusas sencillas que constituían su uniforme. El administrador le trajo un pliego de tela azul marino, disculpándose por no haber encontrado géneros negros.

—Me dijeron que se podían teñir, si así lo desea —le dijo Severo.

Ana se hizo una enagua y una blusa y la usó por primera vez en la mañana de un domingo de octubre, cuando Ramón se disponía a leer un folleto con la historia de San Lucas que reza al principio: "Puesto que muchos han intentado narrar ordenadamente las cosas que se han verificado entre nosotros…".

Los esclavos escuchaban pacientemente, e incluso algunos con devoción, pero se movían inquietos y tamborileaban en silencio sus rodillas con las puntas de los dedos, contando los minutos que faltaban para que terminase la lectura. Todos se dieron cuenta de que Ana llevaba ropas de color azul. A los pocos días las mujeres volvieron a usar sus coloridos turbantes, y en las noches volvió a escucharse el canto y el sonido de los instrumentos musicales en los barracones.

Cuando llegaron a Los Gemelos, a Ana le gustaba cabalgar hasta los confines de la hacienda, en un gesto de ufana posesión. Pero después de la muerte de Inocente, nunca volvió a aventurarse más allá de los límites originales de la propiedad, y jamás volvió a salir de la casona después que oscurecía. Aunque los días seguían consistiendo en el mismo trabajo duro de siempre, las noches en Los Gemelos estaban tan llenas de misterio como si aún estuviera leyendo acerca de ellas en España. Cuando se sentaba en el balcón o cuando se acostaba, trataba de identificar los sonidos que la rodeaban. La música y los cantos provenientes de los barracones eran fáciles de distinguir, como el ubicuo croar del coquí. Los perros ladraban a veces. El mugir lastimero del ganado en la noche le daba escalofríos. Pero también escuchaba chasquidos, crujidos, ruidos sordos, golpes, saltos y susurros que le hacían pensar en algo que posiblemente estuviera moviéndose más allá de las delgadas paredes. Cuando Ramón estaba en casa, sus ronquidos la tranquilizaban, como recordatorio de que no estaba sola en aquel monte. Lo mismo le ocurría con el llanto de Miguel. Aunque la despertara del sueño más profundo, Ana se sentía realizada, resuelta. Su trabajo allí, se decía, no sólo se proponía finalizar lo que comenzara su antepasado y cumplir con su propio destino, sino también prolongar su linaje y garantizar el patrimonio de Miguel. Con la muerte de Inocente y la inmersión de Ramón en su extraña y prematura vejez, Ana necesitaba una razón para justificar su rechazo a marcharse de Los Gemelos, a pesar de las cartas de Elena, de don Eugenio y de doña Leonor, donde les imploraban que regresaran a la ciudad.

Un crujido en los tablones, un paso suave, el lento chirriar de los goznes de una puerta marcaron el regreso de Ramón, minutos antes de que el sol se colara por los resquicios de las paredes. Afuera, Marta quebraba ramas para alimentar el fogón humeante.

Ana saltó de la cama como si las sábanas la quemaran, y, descalza, corrió de su dormitorio al de Ramón, entrando sin llamar, o sin pensar siquiera en lo que estaba haciendo.

—¿Cómo te atreves —susurró— a engañarme con esa... esa mujer?

Aunque la habitación estaba oscura, pudo distinguir el cuerpo de Ramón, sin camisa, junto a la hamaca. El hombre dio un suspiro largo en voz baja, como vaciando de aire sus pulmones. Ana sintió su aliento cálido y con olor a tabaco, y su sudor acre.

—¿No tienes nada que decir? —le preguntó.

Ramón volvió a suspirar, y Ana esperó que se defendiera, que le pidiera disculpas, incluso que mintiera, no que subiera despacio a la hamaca y le volviera la espalda.

—Déjame en paz —le dijo, con el mismo tono de aquella noche hacía meses, cuando vino a él no con ira, sino con amor y compasión.

—¿Cómo puedes esperar que yo...? —comenzó a decir Ana.

—¡Déjame! —gritó Ramón, y se incorporó, como si fuera a golpearla.

Ana se quedó atónita, aterrada de que Ramón, el amable y risueño Ramón, alzara la voz y una mano amenazante en su dirección. De repente sintió la súbita necesidad de protegerse como había hecho Flora, pero se desvaneció al instante. Al otro lado del pasillo, Miguel lloró y Flora emitió un murmullo tranquilizante. Ana tuvo la sensación de que toda la plantación estaba alerta, escuchando. «Todos han estado esperando este momento. Todos sabían lo que estaba ocurriendo, y esperaban que me diera cuenta para ver qué iba a hacer», pensó Ana.

—La próxima vez que te acuestes con esa perra puta no te molestes en volver —dijo Ana con un rechinar de dientes. Pero cuando se volvió para salir, Ramón la agarró por las trenzas. La abofeteó, pero ella pudo zafarse y salió gritando hacia la puerta. El hombre le bloqueó el paso y la tiró al suelo, pateándola con tal dureza que la lanzó a un extremo de la habitación.

—La perra eres tú —gruñó—. Tú eres la puta. Tú.

En el suelo, Ana trató de protegerse el rostro y la parte trasera de la cabeza, pero los golpes de Ramón hicieron mella en las partes que no pudo cubrirse. Aunque no pudo ver, escuchó pisadas que se acercaban rápidamente en dirección al dormitorio. Severo. Allí estaba, de repente, forcejeando con Ramón y presionándolo contra la pared. Luego llegó Flora, quien la ayudó a incorporarse y la llevó a su habitación. A través del delgado tabique que los separaba, escuchó a Ramón insultando a Severo, amenazándolo con despedirlo, cuestionando su autoridad en su casa, en su cuarto. Pero de repente se calló, y los dos hombres salieron.

Ana no podía mirar a Flora. La vergüenza de la noche pasada se había transformado en humillación. Mantuvo la vista hacia el suelo mientras Flora le ayudaba a acostarse. La sirvienta llamó a Inés, quien escuchó sus instrucciones, y luego desapareció. Flora abrió el mosquitero y ayudó a Ana a cambiar el camisón rasgado y sanguinolento por uno limpio.

—Despacio, mi niña, despacio. Deje que Flora ayude —dijo, mientras sus fuertes manos se movían al unísono en varias direcciones, dejando caer el camisón por encima de la cabeza de Ana, levantándole los brazos y metiéndolos por las mangas, sacándole los cabellos del rostro, colocando el dobladillo sobre las caderas de Ana, atando las cintas alrededor del escote.

Ana no opuso resistencia. Cerró los ojos y dejó que los dedos competentes de Flora hicieran su trabajo. Le ardían las manos y las rodillas. Se llevó una mano al rostro y vio una astilla clavada bajo el pulgar derecho. Flora apretó con los párpados semicerrados hasta que las uñas agarraron la astilla, y con un tirón rápido y doloroso, la sacó. Luego presionó su pulgar sobre la herida y lo mantuvo allí, mientras que con la otra mano le secaba las mejillas a Ana con su delantal.

—Sólo duele poquito, mi niña —dijo, para calmarla.

Luego, Flora dedicó su atención a las rodillas de Ana, que parecían arañadas por el guayo de metal que se usaba para rallar yuca y plátanos. La rodilla derecha le palpitaba, y cuando Flora trató de enderezarla, Ana gritó. La sirvienta presionó la carne debajo y alrededor de la rodilla.

—No preocupe, señora. No rota. Morado grande; es todo.

Alguien tocó a la puerta y Ana se estremeció. Inés entró con una jarra de agua fría en una mano, y en la otra una calabaza con un ungüento oloroso y varios paños sobre el brazo. Miró con curiosidad hacia la cama, pero Flora cubrió a Ana inmediatamente y se colocó entre ellas, mientras Inés colocaba las cosas en la mesita de noche y salía con la frente alta y el ademán de alguien a quien le niegan acceso pero no admite que está ofendido.

Ana dejó que Flora curara sus heridas, incapaz de contener las lágrimas. Hasta la noche anterior jamás había golpeado a nadie, y hasta esa mañana nunca la habían golpeado, ni siquiera su ansiosa madre o su estricto padre; y mucho menos las monjas rígidas y vengativas del Convento de las Buenas Madres. Según su experiencia, los únicos hombres que golpeaban a sus mujeres eran los de clase muy baja, enardecidos por el alcohol. Y Ramón era un hombre instruido que no bebía demasiado.

«La perra eres tú», le gritó mientras le pegaba. «Tú eres la puta. Tú».

«Fue idea tuya», le había respondido Ana gritando. «La idea de que me acostara con los dos fue tuya».

El sol penetró por las grietas de las paredes y la campana matutina marcó el inicio del día de trabajo. Volvieron a tocar a la puerta, y Flora regresó con una vasija de café humeante.

—Inés hizo esto para usted —dijo Flora—. Don Severo se llevó a Marta.

Ana se quedó dormida, y despertó con la risa borboteante de Miguel. Cerró los ojos y escuchó. ¿Qué estaba haciendo Inés? ¿Estaría haciéndole cosquillas o muecas? Ana no hacía reír a su hijo. Incluso cuando le hablaba con cariño, la boca de Miguel mantenía el puchero angelical de los niños hermosos y la observaba con ojos solemnes y atentos, como si no confiara en ella. Ana sabía que era ridículo creer que un niño tan pequeño albergara esos sentimientos, pero no podía evitarlo. Estaba segura de que el niño no la quería. Y ese pensamiento la dejaba desolada.

A su izquierda, Flora estaba envuelta entre los pliegues de su hamaca como en un sudario.

Ana trató de levantarse, pero cada movimiento le provocaba dolor. Le palpitaba la rodilla izquierda, y cuando levantó un brazo, la aguda punzada que le provocó en las costillas la hizo gemir. El codo izquierdo sólo se doblaba con gran esfuerzo y respirando profundamente para mitigar el dolor. Y tenía los labios hinchados.

Los quejidos de Ana hicieron que Flora se le aproximara.

—Déjeme ayudarla, mi niña.

Al sonido de la voz de Flora, a las risas de Inés y de Miguel les siguieron los pasos apresurados de Ramón en dirección al dormitorio. Flora se volvió hacia la puerta abierta. Sobre su hombro, Ana vio a Ramón de pie en el umbral, esperando que lo invitaran a entrar. Sus ojos tropezaron con los de ella, e inmediatamente se volvieron hacia la espalda de Flora.

—Déjanos, Flora —dijo—. La sirvienta se aferró a Ana con tal fuerza que a ésta le dolieron las costillas. Ramón dio un paso adentro, dejando la puerta abierta—. Flora, puedes salir —volvió a decirle.

La sirvienta no se movió, pero Ana sintió que temblaba. Ana fue separándola lentamente. —Espera afuera —le dijo, y Flora la soltó de mala gana y salió de espaldas, con los brazos agarrándose la cintura. Ramón miró salir a Flora como si fuese una criatura que acababa de descubrir. Cuando la esclava se encogió aún más al pasar junto a él, Ramón se ruborizó intensamente.

De no haber visto aquel cambio, Ana se habría sumergido en sus almohadas. Pero, por el contrario, sintió satisfacción ante su paso inseguro, ante la forma en que se agarraba al pilar de la cama y no podía avanzar mucho más. El lado izquierdo de su rostro mostraba los arañazos enrojecidos que Ana le había infligido con sus uñas.

—Ana. Ana. Lo siento —dijo con tal emoción que Ana pensó iba a estallar en llanto.

—Lo sientes —le respondió Ana, mirándose las manos, convertidas en puños cerrados que luego abrió para colocarlas contra su vientre—. Lo sientes —repitió, respirando levemente, cada aspiración marcada por un agudo dolor en las costillas.

—Sí —respondió Ramón con voz quebrada—. Sí, lo siento. Perdóname, mi amor.

Ramón se quedó a los pies de la cama, agarrado al pilar, implorando perdón, esperando a que ella se lo concediera antes de poder acercarse más. Ana volvió el rostro para no ver su expresión contrita, su vacilación, su forma de mover los labios sin poder articular palabra.

—¡Aléjate de mí! —dijo Ana quedamente, haciendo saltar a Ramón como si estuviese gritando—. ¡Canalla! ¡Sinvergüenza!

Flora se asomó por el resquicio de la puerta entreabierta y volvió rápidamente al pasillo. Ramón parecía estar clavado en el suelo, con el cuerpo tan rígido como el pilar tallado de la cama.

—No me hables así —dijo, sin mover apenas los labios, pero su voz resonó con el mismo tono cruel de esa misma mañana. Sin embargo, siguió clavado al suelo. Había un muro invisible entre ellos que no podía cruzar, y Ana no sintió temor alguno.

—Cobarde. Sólo un cobarde es capaz de pegar a una mujer.

De repente, Ramón pareció a punto de lanzarse violentamente contra el muro invisible, pero se limitó a apuntar con el dedo índice en su dirección. —Te juro que si fueras hombre, te mataría por insultarme así —dijo.

Ana apretó la mandíbula y le sostuvo la mirada. Ramón bajó el brazo y la expresión contrita volvió a apoderarse de su rostro, convirtiéndolo nuevamente en la patética reproducción del joven elegante, hermoso y alegre que conociera cuatro años antes.

—No soy el mismo hombre —dijo con tristeza, leyendo la mente de Ana—. ¿En quién me he convertido? —. La miró con esperanza, como si ella tuviese la respuesta. Cuando vio que Ana sólo seguía mirándolo, continuó: —Venir aquí fue un error. Vámonos a casa.

—Ésta es nuestra casa.

—No. No lo es. Volvamos a España. No hay agravio si admitimos que nos equivocamos. Dejaremos la plantación mejor de como la encontramos. Podemos enorgullecernos de lo que hemos logrado.

—Yo no me marcho.

—Aquí no hay sociedad, ni cultura, ni comodidades. Vivimos sólo un poco mejor que los esclavos. A ti y a mí no nos criaron para seguir así el resto de nuestras vidas. No, Ana.

—Sabíamos que sería un reto. Y todos estuvimos de acuerdo.

—¡Mi hermano está muerto, Ana! Asesinado vilmente y enterrado quién sabe dónde, lejos de nuestro país, de nuestra gente —dijo, sentándose en el borde de la cama—. Mi pobre madre.

Ana se conmovió con su dolor, pero le disgustaron sus lágrimas y el asomo de remordimiento que la abrumaba y amenazaba con quebrantarla. Hubo un momento en que sintió deseos de abrazarlo, de consolarlo con besos y caricias. Pero la mención de doña Leonor, y la visión de sus rizos, encajes y cintas le rememoró a Ana una vida que se negaba a aceptar como su destino. No se sentiría atada jamás a las sofocantes habitaciones de la ciudad, ni en Puerto Rico ni en España, ni por los mandatos despóticos de mujeres sin mucho que hacer y escaso poder sobre su vida. «Y no voy a ser como Elena, silente y distante entre muselinas, con una perpetua sonrisa servil y una mirada esquiva, sumisa. Me niego a ser ese tipo de mujer», pensó Ana.

Los hombros de Ramón se agitaban con sus sollozos silenciosos, pero Ana miró a otra parte, avergonzada de su debilidad y sentimentalismo. «No. Estoy equivocada con Elena. Siempre me he equivocado con ella. Elena podía haber sido una compañera más fuerte. Tiene más temple que todos nosotros juntos. Debí alentar a Inocente desde el principio para que se casara con ella y la trajera con nosotros. Debí haberlo hecho. Debí haber hecho todo lo que le pedí entonces. Ahora estaría vivo», pensó Ana.

A través de la ventana pudo ver movimiento entre el follaje. Un ave minúscula revoloteaba alrededor de una rama del panapén florecido. No era un picaflor, ni tampoco parecía interesado en los capullos blancos y abundantes. Se posó en una rama, sus plumas verdes se confundieron con las hojas, y su largo pico apuntó hacia el cielo. En un movimiento suave y súbito, voló horizontalmente, atrapó un insecto y regresó a la rama, para esperar silencioso e inmóvil. Ana lo observó con más detenimiento, porque el ave era tan pequeña que resultaba fácil perderla de vista. Una, dos, tres veces se lanzó de la rama, con el pico abierto, para cerrarlo con un insecto invisible dentro. Cada vez que regresaba al mismo punto, se quedaba quieto en espera de su próxima presa.

Cuando volvió el rostro hacia Ramón, la estaba mirando con el rostro enrojecido y cubierto de lágrimas, enojo y agravio. —A ti no te importa —dijo, y tal revelación cambió su mundo—. Ni siquiera estás escuchando. No te importo yo, no te importa mi madre, no te importa mi hermano, ni que esté muerto, muerto, muerto. No te importa tu hijo, nuestro hijo, Miguel. No te importa nadie más que tú. Simplemente, no te importa nada —repitió hablándose a sí mismo para creer en sus propias palabras.

—Ramón… —comenzó a decir Ana, pero Ramón se incorporó y volvió a señalarla, moviendo el dedo.

—Tú eres la razón de que mi hermano esté muerto. Nos embrujaste.

—No seas ridículo, Ramón.

—Jamás te lo perdonaré —sentenció Ramón—. Jamás. No te perdonaré mientras viva. Jamás.

Las palabras eran como dardos, y por un momento la hirieron, pero enseguida la irritaron porque sabía que aquella imperiosa actitud se desmoronaría con una palabra o una mirada suya, y volvería a convertirse en un frágil guiñapo fácil de aplastar.

—No he pedido tu perdón. Tampoco lo necesito. No he hecho nada malo —le dijo entre dientes. Ramón la miró, tratando de reconocer a aquella nueva Ana que tenía ante sí. —Soy yo la que jamás te perdonará haberme levantado la mano. Y ahora vete de aquí.

Ramón retrocedió. Se detuvo por un instante en el umbral, mirándola sin pestañear, con ojos de lagarto. Ana desvió la vista, buscando el ave minúscula en la que había reparado minutos antes, pero ya no estaba en la rama del panapén florecido.

EL BANDO NEGRO

Después de la noche terrible en que Ramón la golpeó, nunca volvieron a dormir juntos. José había hecho otra cama, idéntica a la de la habitación marital, destinada supuestamente a Inocente, que Ramón mandó a colocar en el otro dormitorio. Sin embargo, cuando se quedaba en la casona, rara vez dormía toda la noche. En cuanto todos se retiraban a dormir, Ana lo escuchaba marcharse y no lo veía hasta el siguiente día. Su forma de caminar empeoró, se dejó crecer el cabello, la barba y las uñas, y adelgazó tanto que parecía un personaje de un cuadro de El Greco. Cuando Ana le mencionaba aquellos cambios, le preguntaba por su salud o le comentaba que parecía cansado, Ramón contestaba bruscamente que estaba bien.

—No tienes que preocuparte por mí.

Ana no atinaba a hallar una forma de ayudarle, pero sí sabía que estaba seguro y adónde iba. Severo mudó a Nena la Lavandera, a un bohío tras los barracones. Una mañana, mientras Ana cabalgaba por el lugar, vio a Ramón acostado en una hamaca dentro de la cabaña de una habitación, con Miguel sobre el pecho, dormidos ambos. Parecían en paz y totalmente en su elemento, como un jíbaro con su hijo, no como el patrón y el heredero de la Hacienda Los Gemelos. No sintió rabia ni resentimiento hacia Ramón ni hacia su amante de catorce años de edad por su traición a ella como esposa. Más bien le irritó su indolencia, como si su deseo de marcharse de Los Gemelos lo absolviera de responsabilidad.

Demoró meses en desentrañar aquel desorden provocado por Ramón e Inocente. Allí estaba el documento notariado otorgándole a Severo el terreno junto al río, pero Ana tuvo que rebuscar en el fondo del segundo folio para encontrar el título original. ¿Cómo pudo haber firmado el notario una cesión de terreno sin el título que ella tenía delante? Ana dedicó muchas tardes a tratar de entender sus complejas finanzas. Por ejemplo, Severo Fuentes fungía como empleado, pero también como proveedor, porque se le alquilaba la mitad de los trabajadores. Además, era propietario de parte de una caballería en el extremo sur de la hacienda, lo cual equivalía a que, para llegar a los barcos, los productos de Los Gemelos debían pasar por sus tierras, o de lo contrario transportarse a los muelles en Guares. Probablemente llevaba a cabo su negocio de contrabando en la costa, razón por la cual, se imaginó Ana, no había muelles ni edificaciones. Pero también pensó en lo rápido y rentable que sería transportar bocoyes y barriles desde un muelle más cercano al trapiche, incluso desde la ensenada donde desembarcaron por primera vez. Le resultaba una idea seductora contar con un embarcadero y almacenes tan cerca, pero su construcción costaría miles de pesos y varios años de trabajo, y Ana pensó que Severo contaba con la suma necesaria. Pero lo que consideró más fascinante fue cuánto dependía el futuro de éste del porvenir de la Hacienda Los Gemelos. Todo eso lo vislumbró en los libros contables y los folios. Severo administraba su propio negocio, hasta donde ella podía saber, y se imaginaba que, mientras asentaba las cifras que él, el mayordomo, debe reportar en los libros, sus propios asuntos marchaban mucho mejor que los de Ramón e Inocente.

Una serie de pagarés firmados por Ramón e Inocente a favor de Luis Morales Font resultó una desagradable revelación en aquella papelería. Ramón e Inocente habían obtenido en préstamo 2,148 pesos a la sorprendente tasa de interés del 15 por ciento. Ana se enfureció, especialmente cuando, después de organizar los documentos, se dio cuenta de que no se había pagado un céntimo de aquella deuda, y que los pagarés debían saldarse totalmente ese mismo trimestre.

Cuando se enojaba, Ana paseaba por los jardines. Su plan de poner a los ancianos y niños pequeños a sembrar, desyerbar y mantener los huertos y los jardines de hierbas y flores fue más exitoso de lo que imaginó. La tierra era tan generosa y fértil como aseguraban don Hernán y los monjes, viajeros y científicos cuyas narraciones devoraba antes de emigrar a Puerto Rico. En los jardines siempre había algo que le llamaba la atención, apartándola de las miserables cifras y del desinterés de Ramón por sus asuntos financieros. Tenía que hablar con él acerca de los pagarés a don Luis, pero Ramón trataba de evitarla lo más posible. Y cuando buscaba su compañía era para discutir, y la manera más fácil de irritarla era recordarle que le habían asegurado a don Eugenio que la hacienda sería rentable en cinco años. Si en las próximas dos zafras tenían pérdidas, Eugenio vendería las tierras.

—Obviamente, volveremos a perder dinero —decía Ana, agitando los pagarés ante el rostro de Ramón—. Has dilapidado nuestros ahorros y has endeudado nuestro futuro con ese horrible Luis y sus tasas de usurero.

—¿Qué pasa con él? —respondía Ramón, más inclinado a favor del vecino que hacia ella.

—Está solicitando el pago del préstamo —insistía Ana, volviendo a agitar los pagarés ante Ramón—. ¿O acaso pensabas que era un regalo?

—Por supuesto que sabía que era un préstamo —contestaba Ramón, sin siquiera mirarla.

—Nos robó aun antes de que llegáramos aquí. Engañó a don Rodrigo y está esperando que no le paguemos para apoderarse de la hacienda por una bicoca. ¿Pero es que no comprendes nada?

—No confías en nadie. Por eso nadie habla contigo. Debí haberme dado cuenta en España. No tienes amigos.

—Y tú sí los tienes en abundancia, para aprovecharse de ti.

Ramón movió la cabeza. —Nadie se ha aprovechado más de mí que tú, Ana.

Ana hizo una mueca involuntariamente, y deseó que Ramón no se hubiese dado cuenta. —Según tú, tengo la culpa de todo. No asumes responsabilidad alguna.

—Estás equivocada. Lamento que Inocente y yo creyéramos en ti. No debías haber dicho ni hecho nada para hacernos venir a Puerto Rico. Nada —hizo una pausa para que Ana interpretara lo que quería decir.

—Siempre recurres a viejas quejas y razones. Te deshaces en lamentaciones mientras yo trabajo tanto como cualquier hombre en estas tierras —dijo Ana, colocando los pagarés en sus folios y atando las cintas para que no se cayeran—. No recibo ni un solo elogio por nuestros modestos éxitos, sólo condenas cuando algo sale mal.

—Lo que hemos sufrido en Puerto Rico es el resultado de tus delirios de conquistadora.

—Ahí es donde te equivocas, Ramón. La idea de gastar en tierras todo nuestro dinero cuando teníamos necesidades más urgentes no fue mía. Tampoco fue idea mía endeudarnos con don Luis. Fue tuya, no mía —respondió, y ofendida y opuesta a seguir tragándose su ira, lanzó los folios sobre la mesa y desahogó su furia con las únicas armas de que disponía: palabras para herirlo—. No fue idea mía que Inocente viajara a caballo a San Juan cuando era más seguro hacerlo por mar. Eso, Ramón, fue obra tuya.

—Ya están peleando de nuevo —dijo Inés, señalando hacia la casona.

Flora levantó la vista de los pantalones a los que estaba haciéndoles el dobladillo. Había estado escuchando cómo aquellas voces iban subiendo de tono mientras vigilaba a Miguel, que ya tenía dos años, quien jugaba con otros niños. —Cada día peor —dijo, terminando la puntada, colocando hilo adicional dentro de la costura, y cortándolo finalmente con los dientes—. ¿Dónde está Efraín? —preguntó, pasando a la próxima prenda, unos pantalones cortos para Miguel.

—Se fue con don Severo para llevarles más tallas de José a los marineros.

—¿Con cuánto se queda?

—Con la mitad. El resto se lo da a José. A ese paso, llegará a viejo antes de que pueda comprar su libertad. Tenemos menos de veinte pesos. Necesitamos cientos.

—Por lo menos tiene algo que vender —dijo Flora.

—¿Ganabas dinero antes de venir aquí?

—Doña Benigna no me dejaba.

—Pero la ley dice que podemos trabajar en horas de asueto.

—Ley dice si amo está de acuerdo.

—En la otra casa donde trabajé —recordó Inés— el ama me alquilaba a otras casas. Era mi tarde libre, pero ella se quedaba con el dinero y nunca me dio un céntimo.

—Tienes suerte de que don Severo le dé a José la mitad.

—Siempre ves las cosas por el lado bueno.

—¿Qué más voy a hacer?

Inés iba a responderle, pero en vez de ello señaló hacia la carpintería. Miguel estaba escuchando las voces agitadas que llegaban desde la casona. Le temblaba el labio inferior y tenía los ojos muy abiertos, como si sintiera miedo.

—Ven aquí, papito. Ven con Nana. —lo llamó Flora—. El niño corrió a sus brazos. La esclava lo abrazó fuertemente y Miguel ocultó el rostro en la curva entre su cuello y sus hombros. —Vamos a cantar a madre bosque —le dijo al oído—. El niño asintió. —Llámame si ella me necesita —le dijo Flora a Inés.

—¿Puedo ir también? —dijo Indio, que ya estaba a su lado, halando a Miguel por una pierna.

—Yo también —dijo Pepita, otra compañera de juegos.

Y hasta Carmencita se sumó al grupo, saliendo de quién sabe dónde: —¡Yo quiero ir!

Los niños gritaban alrededor de ellos, tratando de que Miguel sacara la cabeza del cuello de Flora.

—¿Qué dices? —le preguntó Flora a Miguel.

—Sí —dijo el niño, con la cabeza inmersa en el cuello de Flora.

—Todos con nosotros —dijo Flora.

Bajaron por el sendero hacia el río. Flora cantaba y los niños repetían sus palabras. Les encantaba cantar con Flora, quien llamaba a la madre bosque, aunque en español el género de bosque es masculino. —Gracias, madre bosque, por la sombra bajo las ramas.

Gracias, madre bosque, por tantos aguacates que comer. Gracias, madre bosque, por los mangos tan dulces. Gracias, madre bosque, por el pajarito con el pico amarillo. Gracias, madre bosque, por la araña que no pica —Flora levantó la cara de Miguel—. ¿Ves algo para cantarle a madre bosque? —le dijo.

Miguel miró con timidez a su alrededor. —Gracias, madre bosque, por la piedra tan grande —dijo, sorbiéndose los mocos—. Gracias madre bosque por la piedra tan grande —repitieron a coro los demás niños.

A pesar de estar en un lugar tan apartado de los pueblos grandes o de la ciudad, las noticias del exterior llegaban a la Hacienda Los Gemelos con sorprendente rapidez debido a los contactos que tenía Severo con los barcos. En cuanto Severo se dio cuenta de que Ana era una lectora voraz, trajo libros, folletos y periódicos que probablemente habían escapado del alcance de los censores en San Juan. Gracias a éstos, Ana se enteró de que las fuerzas reaccionarias carlistas seguían acosando al débil gobierno de la reina Isabel II. Había guerra entre México y Estados Unidos. Decenas de miles de campesinos irlandeses morían o abandonaban el país y emigraban a las Américas a causa del tizón tardío de la papa, una plaga que estaba aniquilando su fuente principal de alimentación. La guerra, la hambruna y la inestabilidad de los gobiernos se le antojaban cuentos de una historia ajena.

En su remoto rincón del mundo, Ana ya tenía más que suficientes tragedias y repercusiones de las mismas, y sus propias tribulaciones le resultaban más absorbentes que cualquiera otra acerca de la cual pudiera leer. Había momentos en que comparaba su vida actual con lo que hubiera podido ser, examinaba sus opciones y se preguntaba: «¿Y ahora qué? ¿Y qué vendrá después?».

Les había vuelto la espalda a familia, sociedad y país con la confianza y arrogancia de una porfiada adolescente. Había usado todo tipo de artificios para hacer creer a Ramón y a Inocente que tenían tanta capacidad y derechos como los conquistadores. Los había adulado y engatusado, sabiendo incluso que eran irresponsables e inmaduros, que para ellos la vida era pura apariencia, trucos y juegos. Ahora tenía casi veintidós años, un hijo, y había dilapidado su fortuna. Su matrimonio estaba muerto, y la Hacienda Los Gemelos podía caer en manos de Luis Morales Font. Si hubiera seguido el plan de Elena, la tendría a su lado para disfrutar de consuelo y afecto. «Pero fui codiciosa», pensó.

Echaba de menos España cuando menos lo esperaba. De repente, en el jardín, recordaba las praderas fragantes llenas de flores silvestres en la finca de su abuelo y el aire oloroso a miel mientras corría con Fonso y Beba por los campos. O un fulgor en el estanque le traía recuerdos de la luz amarillenta de Sevilla y del serpenteante Guadalquivir reflejando las nubes plateadas. Pero en cuanto se daba cuenta, alejaba aquellos pensamientos porque sentía deslealtad hacia sí misma. «Ésta es mi vida ahora, la vida por la que he trabajado tanto. Nadie sabrá lo que me cuesta, sólo lo que he creado», se decía como recordatorio.

La historia era personal y universal, y Ana estaba consciente de que seguiría adelante como un torbellino inexorable, independientemente de que la gente le prestara atención o no. Le provocaban curiosidad otras vidas invisibles en sitios a los que no había viajado, consciente de que sus propios días pasaban inadvertidos y desconocidos más allá de los límites de la Hacienda Los Gemelos. Se imaginaba a una persona de pie en el mismo sitio un siglo después que ella hubiese desaparecido, preguntándose quién habría pisado aquella tierra, quién habría visto ese árbol, el estanque, la piedra con forma de pirámide. ¿Se habrían formulado esas mismas preguntas sus antepasados conquistadores en aquellos tiempos cuando llegaron a esta tierra, tan extranjera, tan lejos de España?

Ana recibió una carta de su madre y sintió fastidio por el efusivo amor que le profesaba Jesusa ahora que estaba al otro lado del océano. Pero le entristeció la noticia de la muerte de su abuelo, a los noventa y tres años. Lo encontraron sentado en su butaca, con los pies sobre el banquillo y la manta sobre el regazo. A diferencia de sus padres, el abuelo Cubillas había alentado su curiosidad y valorado su inteligencia, y, aun después de su muerte, seguía ejerciendo una influencia en su vida. Tres semanas después de enterarse de su muerte, Severo regresó de Guares con documentos oficiales y de trascendental importancia para Ana: su abuelo le había dejado quince mil pesos como herencia.

Ana no le dijo nada a Ramón acerca de la herencia, temerosa de que, si se lo decía, seguramente iba a dilapidarla. Le escribió a su padre, expresándole su deseo de conservar la mayoría de los fondos en una cuenta bancaria en Sevilla, desde donde ella pudiese extraer dinero cuando lo considerase necesario. No le importaba que don Gustavo infiriera por su solicitud que algo andaba mal en su matrimonio. Cuando éste confirmó que se habían cumplido sus instrucciones, Ana supo que él no interferiría. Don Gustavo dedujo la cantidad precisa que se le debía a Luis Morales Font — un total de 3,167 pesos, intereses incluidos— para recuperar los pagarés que tenía en su poder como acreedor de la Hacienda Los Gemelos. Ana le entregó a Ramón la letra de cambio para que le pagara a don Luis.

—¿De dónde procede ese dinero?

—Un préstamo de mi padre —mintió Ana.

—¿Y te atreves a pedirle un préstamo a don Gustavo a espaldas mías? Pensará que no puedo cuidar de ti y de mi hijo.

—Eso es precisamente lo que le preocupa. Pareces más preocupado por su buena opinión que por la mía.

—Más me importa su buena opinión —le respondió, entrecerrando los ojos como para borrarla de su vista, y añadió—: Y la tuya no tiene valor alguno para mí.

Un grito escapó de sus labios, sorprendiéndola tanto a ella como a Ramón. Nadie le había dicho jamás algo tan perverso en su cara. Estaba a miles de leguas de los únicos hogares que conoció, donde no había amor, pero tampoco odio. Odio, jamás. De repente, se sintió completamente sola en el mundo.

La expresión en el rostro de Ramón pasó de la aversión al arrepentimiento y luego a la conmiseración. —Ana, lo siento…

Ana lo detuvo con sus manos, incapaz de hablar porque tenía un enorme nudo en la garganta, como si Ramón estuviera apretándole el cuello para estrangularla. Todas las palabras de enojo que se habían lanzado mutuamente, pensó Ana, habían provocado aquella situación.

—Di algo —pidió Ramón, acercándose más para tocarla, pero ella endureció su expresión y se apartó.

—No hay nada que pueda borrar esas palabras de mi corazón —dijo Ana—. Me has despreciado.

—No quise decir eso.

—Pero lo dijiste, Ramón. Ya no queda nada que decir entre nosotros.

—¿Qué más quieres de mí?

—De ti no quiero nada —le respondió—. Nada. Puedes dejarme sola aquí si quieres. Ya lo has hecho de todas formas, yéndote con tus putas.

—Ésas no significan nada para mí.

—Por favor, no me insultes a mí, ni a tus mujeres.

—No te voy a abandonar, Ana, ni a mi hijo —dijo Ramón—. Sí, he sido infiel, pero las presiones a las que hemos estado sometidos… Se suponía que esto fuese una aventura, pero es una pesadilla. No. No vuelvas a decirme que sabíamos que iba a ser duro, pero… yo no estoy hecho para esto. Sólo estoy aquí por ti y por Miguel. Prometí que lo intentaría por cinco años. Soy un hombre de palabra, Ana, pero estoy contando los días que faltan para el 10 de enero de 1850: diecinueve meses. No, no voy a marcharme. ¿Ves? Me propongo mantener mi promesa contigo y con mi padre. Pero cuando se cumplan los cinco años, nos vamos. Si tengo que llevarte a la fuerza, Ana, lo haré. Y lo que ocurra después lo dejo en manos de Dios.

—En veinticuatro años que trabajé para doña Benigna y don Felipe —le dijo Flora a Inés y a José—, nunca oído gritar tanto nadie como doña Ana y don Ramón.

—Mi otra patrona se moriría —respondió Inés— antes de discutir con su marido donde pudieran oírla otras personas.

—Nosotros no somos "otras personas" para ellos —dijo José—. Simplemente, no somos personas. Si hubiera otros blancos cerca, estarían riéndose y aparentando que se llevan bien.

—Eso es verdad. Allá ellos que son blancos y se entienden. Míralos ahora… —dijo Inés, haciendo un gesto hacia la casona, donde Ramón y Ana cenaban en el balcón con Severo Fuentes, como si la discusión que habían sostenido antes no hubiera ocurrido jamás.

Los esclavos también comían afuera, pero no en una mesa tallada. Se sentaban en la tierra o en tocones junto a la parte sombreada de los barracones, o en el umbral o en las escaleras rústicas de los bohíos. Mientras que las muchachas de más edad fregaban y secaban los platos después de la cena, los adultos tenían la oportunidad de relajarse y ver cómo jugaban los niños. Como Teo era quien servía las comidas en la casona, Flora tenía un par de horas libres hasta que Ana tocaba la campanilla para comunicarle que estaba lista para su baño.

A Flora le caían bien Inés, José y sus dos hijos, Efraín e Indio. Todos nacieron en Puerto Rico, pero los padres de José eran yorubas, lo cual explicaba su destreza con la madera. Los padres de Inés habían nacido en Puerto Rico, pero ella se acordaba de su abuela materna, que era igbo, y de su abuelo paterno, de origen mandinga. Tanto a José como a Inés los vendieron cuando niños y jamás volvieron a ver a sus padres, hermanas y hermanos. Cuando Flora pensaba en eso, se alegraba de no haber tenido hijos. Aún padecía pesadillas en las que a su primogénito lo lanzaban por la borda del barco que los secuestró de África; y con el sangriento aborto de su segundo hijo luego que su ama la lanzara escaleras abajo. Se sentía afortunada de que, después de que la comprara don Felipe, ni éste ni ningún otro blanco hubieran tratado de violarla. Don Felipe tampoco quería que ella se casara con alguno de sus esclavos porque se lo había prohibido doña Benigna.

—Mira qué pequeña es, y las caderas tan estrechas que tiene —le decía doña Benigna a su esposo—. Se puede morir de parto. Además, ¿dónde voy a conseguir a otra pigmea?

Cuando escuchó aquella conversación, ya Flora había decidido hacía tiempo que aquella era su vida, y que nunca volvería a traer intencionalmente otro ser humano al mundo.

Miguel jugaba con Pepita y con Indio a pocos pasos de ella. Miguel era el único niño blanco en la hacienda, el único saludable, el único vestido. Hasta los cuatro años, la mayoría de los niños y niñas andaban desnudos, mostrando sus barrigas redondas en franca desproporción con sus piernas y brazos escuálidos. Estaban desnutridos y minados por parásitos intestinales. Flora sabía que la mitad de los negritos que se perseguían unos a otros por el batey no llegaría a la adolescencia, pues sus cuerpos sucumbirían a la anemia tropical, el paludismo, el sarampión, la tuberculosis, el tétano, la meningitis. Y que la mitad de las niñas que llegaran a la pubertad morirían en un parto o en el puerperio, y que los niños que llegaran a la adultez no llegarían a los cuarenta años a causa del agotamiento, las enfermedades y los accidentes en los campos. Sólo quedarían unos cuantos mutilados o tullidos, y otros se suicidarían. Y siempre había la posibilidad de que cualquiera de ellos, niño o adulto, fuera vendido para conseguir más dinero o para saldar deudas.

—Si van a la ciudad —dijo Flora—, nos venden a don Luis.

—¡Ay, no! —respondió Inés—. El hijo más chiquito de Siña Damita va a San Bernabé a hacerle mandados a don Severo, y dice que no hay un grupo más lastimoso que el de su barracón.

—Artemio dice que los patrones tienen una casa grande y que están construyendo otra. Pero los trabajadores viven en un granero. Hombres, mujeres y niños en un solo lugar —dijo José—. Por lo menos aquí tenemos nuestros bohíos.

—Ese hombre tiene dos caras —aseguró Flora—. Se ríe y hace que blancos piensen que es amigo, pero es astuto. Tiene a don Ramón así —añadió, subiendo el dedo meñique y haciéndolo girar incesantemente—. Espero que no nos venden a él.

—No puede —aseguró José—. Somos esclavos de don Severo.

—Si venden la hacienda —dijo Inés— Severo no debe repartirnos.

—No lo va a hacer —añadió José—. Él nos dijo que no lo iba a hacer.

—¿Y tú crees? —dijo Flora, haciendo un chasquido de incredulidad con la boca y los dientes—. Los blancos dicen cualquier cosa para engañarnos.

—Pero casi siempre compra familias enteras —insistió José— como la de Siña Damita. Y nosotros y Teo y Paula…

—Cree que si tenemos nuestras familias con nosotros, no vamos a querer escaparnos al monte.

—Yo nunca te dejaría a ti ni a mis hijos.

—Pero ¿y si Efraín o Indio tratan escaparse? —preguntó Flora.

—Ay, ni hables de eso —la cortó Inés—. Dios salve.

Todos los bozales de la Hacienda Los Gemelos, incluyendo a Flora, habían tratado de escaparse. Y también una pareja de criollos. Antes de que llegaran los patrones, don Severo había puesto en fila a los esclavos recién llegados junto a los que ya vivían en la hacienda, para decirles que si trataban de escapar, él los encontraría.

—Y cuando lo haga —les dijo—, no os voy a cambiar por otros. Tampoco os voy a dejar cojos ni tullidos para que no podáis correr otra vez. La ley me da el derecho de daros latigazos antes de colgaros frente a los demás, frente a vuestros maridos, frente a vuestras mujeres y frente a vuestros hijos, hasta que muráis.

Después de la muerte de Inocente, los esclavos supieron que don Severo cumpliría con su palabra. Cuando regresó de la búsqueda de Alejo y Curro, oloroso a muerte, seguido por sus mastines, no necesitaron detalles para saber que había matado a los cimarrones. Semanas después se enteraron de cómo lo hizo. El relato de las dentelladas de sus perros bestiales, del eficiente tajo de su machete en cada cuello, de la sangre empapando la tierra a sus pies, se transmitía de boca en boca entre los esclavos y amos por igual.

Los muchachos de la misma edad de Efraín eran usados como mensajeros por los mayordomos y los patrones. Aunque hablaban acerca de todo lo que veían, no eran tan confiables como los jornaleros, que también traían historias de las villas cercanas y del pueblo. Pero la fuente más fiable de información para los trabajadores de la Hacienda Los Gemelos era Siña Damita.

Como era libre, iba adonde la necesitaran, siempre y cuando llevase los documentos notariados en los que se hacía constar que era liberta. Viajaba en una mula decrépita que amenazaba con desmadejarse en cualquier momento, pero que Damita alimentaba y cuidaba como si se tratase de un semental de pura sangre. Como era la mejor curandera y comadrona de la zona, tenía que trasladarse rápidamente cuando se le llamaba para asistir a un parto, curar niños con fiebre, vendar heridas y aplicar ungüentos a los moretones. El Dr. Vieira, médico del pueblo, prefería atender a los pudientes y les dejaba a los demás a las curanderas como Siña Damita.

Gran parte de los campesinos le pagaban a Damita por sus curas y tratamientos con huevos, un racimo de plátanos, un pliego de tela. Sin embargo, algunos de sus trabajos no tenían nada que ver con enfermedades. Iba a Guares todas las semanas a entregar elíxires de amor, limpiar habitaciones de fuerzas inicuas, contrarrestar los efectos del mal de ojo, conjurar espíritus sin sosiego y enjuagar las manos de los jugadores para la buena suerte. Por este trabajo exigía que le pagaran en metálico, al menos un real español, a veces más, en arreglo a la magnitud de la tarea. Con frecuencia la consultaban para resolver disputas familiares, y hacía de intermediaria de los padres que necesitaban colocar a un hijo o hija en casa de un familiar o amigo pudiente. A los hijos de crianza los atendían y educaban padres adoptivos. Siña Damita supervisaba a aquellos niños para asegurarse de que las nuevas familias los trataran bien, y luego les informaba a los padres verdaderos, quienes vivían usualmente lejos de sus hijos. Al menos en un caso colocó a un bebé cuya madre no lo quería en casa de una mujer que había perdido el suyo. Por ese trabajo recibió diez pesos españoles, la mayor cantidad de dinero que había recibido de una sola vez.

Siña Damita estaba ahorrando dinero para comprar la libertad de Lucho, su esposo. Cuando pudiera hacerlo, trabajarían juntos para liberar a sus hijos Poldo, Jorge y Artemio; a sus nueras Coral y Elí; y a sus nietos. Hasta entonces, en los seis años que llevaba ahorrando, Siña Damita había acumulado treinta y dos pesos y dos reales, una pequeña parte de los trescientos pesos que don Severo quería por Lucho, un diestro y fuerte carnicero de cuarenta años.

Las oportunidades de ganar dinero se incrementaban en la medida en que Guares pasaba de ser villa a pueblo. Los jíbaros que cosechaban agachados en tierras de nadie junto a la bahía habían sido expulsados cuando tomó posesión el gobierno municipal y puso terrenos a la venta para construir casas, negocios, almacenes y tiendas.

El pueblo ya contaba con una clase media y profesional. Los hijos de los hacendados exitosos regresaban de sus estudios en Europa llenos de idealismo y optimismo. En sus tratos con sus clientes, Siña Damita escuchaba noticias, rumores y chismes que les contaba a sus familiares y amigos en la Hacienda Los Gemelos.

Los blancos trataban a los negros esclavos y libertos como si fuesen invisibles. Hablaban, discutían y se quejaban ante la vista y oídos de los negros, pues pensaban que éstos eran estúpidos e incapaces de comprender o que no les importaba. Pero Siña Damita era inteligente y le interesaba todo, especialmente si las conversaciones tenían que ver con su condición de liberta y de esposa y madre de una familia esclavizada. En 1847 y 1848 los habitantes nuevos y establecidos de Guares y sus alrededores estaban preocupados por las guerras, las invasiones en Francia, México, República Dominicana e Italia. Damita no sabía dónde quedaban aquellos países, pero sí intuía que en aquellas tierras lejanas la gente estaba sublevándose contra gobiernos opresores, demandando derechos que sólo se les concedían tras muchos derramamientos de sangre.

Cuando los blancos hablaban de lo que ocurría allende el océano, terminaban usualmente tratando de asegurar que tales acontecimientos no afectarían Puerto Rico. Siña Damita escuchaba a los señores desahogarse de sus frustraciones con las leyes del gobierno español. Los hacendados y comerciantes se quejaban de que las cuotas, aranceles e impuestos que pagaban iban a parar a las arcas del tesoro español y no dejaban dinero para obras públicas en la isla. También escuchó que miles de soldados esperaban en vano por armas, municiones, caballos y salarios que nunca llegaban.

Una noche mientras asistía al velorio de un hacendado, Siña Damita escuchó una conversación entre los hijos de aquél al dirigirse del dormitorio a la letrina. Uno le decía al otro que, después de sembrar, cosechar, procesar y transportar el azúcar, su padre había quedado a deber cuotas, impuestos y aranceles de aduana y exportación equivalentes al 117 por ciento de sus ingresos de aquel año.

—Nuestro gobierno nos está estrangulando lentamente —dijo el hijo más joven.

—Y ningún funcionario es puertorriqueño criollo —continuó el hermano—. Todos los empleos están reservados para los españoles, a quienes les importa un comino el futuro de esta isla.

—Mientras seamos una colonia, sufriremos esas indignidades. Es intolerable. Las cosas deben cambiar.

Siña Damita sabía que podría ganar dinero si le informaba a las autoridades sobre aquella conversación. Criticar al gobierno y hablar abiertamente de independencia era una violación de las leyes establecidas. Pero también estaba consciente de que la independencia de Puerto Rico equivaldría a la abolición de la esclavitud. Así había ocurrido en las demás ex colonias españolas.

No era usual oír hablar así a jóvenes como los hijos del hacendado. Algo le decía que el clima estaba cambiando. Tal vez estos jóvenes criollos recién llegados de Europa y Estados Unidos veían las cosas de una manera diferente a la de sus padres conservadores. Esto sólo podría ser buena noticia para los esclavos. Siña Damita no iba a decir nada que pudiera silenciar ese tipo de conversaciones en ningún hogar de la isla.

A medida que la zafra de 1848 avanzaba, Siña Damita pudo compartir más tiempo con su esposo y sus hijos. Severo redactó una licencia para que Lucho, Jorge, Poldo, sus esposas Coral y Elí, sus hijos y Artemio, pudieran visitar los domingos por la tarde el bohío de Damita cuando terminaran sus labores. En ocasiones lo encontraban vacío porque alguien había solicitado los servicios de la curandera, y Lucho y sus hijos reparaban y mejoraban el lugar, mientras las mujeres cocinaban lo que Damita les había dejado.

Una de esas tardes de domingo Siña Damita llegó cuando ya la familia estaba a punto de regresar a la hacienda. Estaba muy cansada tras una larga vigilia en Guares, y al llegar al bohío resollaba tanto como su mula.

—La ciudad está patas arriba —dijo—. Los esclavos en otra isla mataron a sus amos y quemaron las haciendas.

—¿Qué isla? ¿Está cerca de aquí? —preguntó Jorge.

—Creo que Martinca, o algo así… No sé. Ay, nena, tráigame un poco de agua —dijo Damita, y Coral salió en dirección al barril mientras Lucho ayudaba a su esposa a sentarse en el umbral—. Gracias, hija —la mujer bebió el agua de un solo trago.

—Espera un minuto, mamá —dijo Jorge—. No nos iremos hasta que nos cuentes.

Siña Damita respiró profundo unas cuantas veces, pero estaba demasiado alterada. —Llegó un barquito lleno de familias blancas. No se ahogaron de milagro. Había hombres, mujeres y niños. Cuando llegaron a la orilla, una mujer se arrodilló ¡y besó la tierra! No hablaban palabra de español, pero don Tibó entendía su lengua y pudo saber lo que decían. ¡Ay! ¡Más agua, hija!

—¿Don Tibó? ¿El francés dueño de la cantina?

—Sí —dijo Siña Damita —Dijo que el gobierno francés le dio la libertad a los esclavos en la isla, pero… No sé por qué… Se alzaron y quemaron cosas… y mataron gente. El capitán de Guares puso a los soldados en alerta. Están mandándole el mensaje a las haciendas. A mí me pararon cinco veces antes de llegar aquí. Asegúrense de tener todos los papeles, y vayan juntos. Ahora es mejor que vuelvan a Los Gemelos. Los soldados piensan que también nos vamos a alzar… No quiero que se metan en problemas. ¡Vayan! Yo estoy bien. Voy mañana por la mañana.

Los refugiados que Siña Damita vio besando la arena en Guares habían escapado de los levantamientos generalizados en las colonias francesas de Martinica y Guadalupe, para anticiparse a la abolición oficial. Tanto éstos como otros que lograron huir narraban historias de familias enteras que habían masacrado en sus camas, para luego quemar sus viviendas y pertenencias, mientras grupos de esclavos que se liberaron a sí mismos deambulaban por los campos.

—Nuestra gente sabe de los acontecimientos —les dijo Severo a Ana y a Ramón—. A veces se enteran de las cosas antes que nosotros.

—¿Corremos peligro? —preguntó Ramón.

—Les he ordenado a los mayorales que estén alertas —dijo Severo—. He aumentado las patrullas por los contornos. No espero que nos den problemas, pero es mejor que no se alejen de la casona, y que ellos sepan que los estamos vigilando.

Siguieron llegando a San Juan más refugiados de la colonia danesa de Santa Cruz con relatos de violencia, pues varias bandas de esclavos estaban tomando venganza con sus amos y sus plantaciones. El mariscal de campo Juan Prim, Conde de Reus y gobernador militar de Puerto Rico, les ordenó a las tropas que ayudaran a las autoridades de Santa Cruz a sofocar las rebeliones, tratando infructuosamente de que el gobierno danés revirtiera la abolición en aquella isla —declarada precipitadamente durante los episodios de violencia— debido al impacto adverso que tendría en la cercana Puerto Rico. Pero el gobierno danés se negó a hacerlo.

Para garantizar que en Puerto Rico los esclavos no se rebelaran contra sus amos, siguiendo el ejemplo de los martiniqueses y cruceños, el gobernador Prim promulgó el Bando contra la Raza Africana, o Bando Negro. Aquella proclamación contra la raza africana estipulaba un juicio militar sin recurso a la ley civil para cualquier negro o pardo que cometiese un crimen contra un blanco. El Bando Negro no hacía distinciones entre esclavos y libertos, estaba dirigido a los africanos y sus descendientes, y su puesta en práctica se basaba únicamente en el color de la piel. El Bando Negro dictaba serios castigos por las transgresiones más insignificantes (como no cederle el paso a un blanco en una calle o sendero angosto) y autorizaba a los amos a darle muerte a cualquier esclavo que participara en actividades insurreccionales.

—Se supone que les leamos el contenido del Bando Negro a los trabajadores —les dijo Severo a Ana y a Ramón—. Ésta es la primera proclamación del 31 de mayo de 1848. El Apéndice, publicado el 9 de junio, detalla los castigos por cada infracción. Recibimos los dos el mismo día.

—«…la ferocidad de la estúpida raza africana…». ¿Ferocidad? ¿La estúpida raza africana? —dijo Ana, levantando la vista del papel—. Este prólogo es extraordinario. ¿Es esto serio? —volvió a preguntar, pasándole los folios a Ramón.

—Sí, señora —respondió Severo—. Pero parece extremo, en mi opinión.

Ramón siguió leyendo en voz baja: —«…sentimientos que les son naturales; el incendio, el asesinato y la destrucción…» —y volvió a leer aquel pasaje, alzando la voz—. «…sentimientos que les son naturales; el incendio, el asesinato y la destrucción…».

—Un lenguaje que incita a la violencia en vez de ponerle freno —dijo Ana.

—Estas proclamaciones las escriben soldados y civiles en San Juan —explicó Severo—, aterrorizados por unos pocos malhechores que se rebelaron contra sus amos. Perdóneme, señor, si esto le causa dolor.

Ramón aceptó la disculpa con una inclinación de cabeza.

—Bueno —dijo Ana—. No vamos a leerle esta estupidez ridícula a nuestra gente.

—Lamentablemente, hay que hacerlo —replicó Severo.

Ana le quitó a Ramón los papeles de la mano. —Parecen documentos redactados a toda prisa por la aristocracia temerosa de San Juan —aseguró, devolviéndoselos a Severo.

—Así es, señora —dijo el mayordomo—. Y me temo que sus cláusulas las han propiciado terratenientes temerosos que no viven aquí.

—Pero el Conde de Reus es representante de la Reina, que Dios guarde —dijo Ramón—. Por tanto, no llegaría a tales extremos si los peligros no fueran reales.

—No hemos tenido problemas ni aquí ni en los alrededores… A menos que me los hayan ocultado —dijo Ana, mirando a Severo.

—Por supuesto que no, señora.

—Si los esclavos se enteran de las rebeliones —insistió Ramón—, podrían…

—Voy a mantenerlo todo bajo control —aseguró Severo—. Se acabaron las licencias de viaje. Y habrá más guardias de noche.

—Y si ya tienen noticias del Bando Negro —añadió Ana—, es mejor que les hagamos saber que estamos al tanto de que hubo problemas en otro sitio.

—Estoy de acuerdo, señora.

—No les lea el prólogo, sólo las cláusulas y los castigos, y hágales saber que se cumplirán al pie de la letra.

—Muy bien, señora.

Ramón observaba cómo su esposa y Severo se hablaban rápidamente entre sí, tomando decisiones como si él no estuviera allí. Por un instante vio que Ana suavizaba sus facciones al mirar a Severo, y cómo éste se dio cuenta de aquella mirada. Pero el instante fue tan breve que Ramón puso en duda lo que supuestamente había visto.

La campana del batey sonó cuatro veces, hizo una pausa, sonó otras cuatro, hizo otra pausa, y luego tres veces. Se produjo luego una pausa más larga, y la serie volvió a repetirse mientras trabajadores y mayorales dejaban sus labores para reunirse frente a los barracones. Ramón se llevó a Miguel a su habitación al otro lado de la casa. Ana cerró las ventanas y las puertas que daban al batey, pero dejó una persiana abierta, con una abertura lo suficientemente grande para poder ver sin que la vieran.

Aunque no estaban alineados en ningún orden específico, los esclavos de Severo se juntaron en un solo grupo, mientras que los de la hacienda formaron otro. Siña Damita se asomó al umbral del bohío que servía de enfermería y se quedó allí, con el ceño fruncido y mordiéndose enérgicamente la parte interior de los labios. Tres de los mayorales eran mulatos libertos que vivían con su familia en cabañas al otro lado del platanal. El cuarto, un liberto casado con una campesina blanca, vivía en un bohío al extremo de los pastizales al oeste. Todos se veían preocupados, tanto los esclavos como los libertos. A Ana le pareció que ya estaban esperando la noticia.

—Sé que estáis enterados de los problemas que hay por otros lados —dijo Severo, como si estuviera hablándoles del tiempo—. Pero estamos en Puerto Rico, y todos somos súbditos de Su Majestad Isabel II, Dios la guarde. Debéis obedecer las leyes de aquí, independientemente de lo que hagan otros países u otros gobiernos.

Severo leyó, uno a uno, los diecinueve artículos del Bando Negro, esperando unos instantes después de leer, para que todos pudieran entender lo que decían. «Todo individuo de raza africana, sea libre o esclavo, que hiciera arma contra los blancos, justificada que sea la agresión, será, si esclavo, pasado por las armas; y si libre se le cortará la mano derecha por el verdugo...».

Desde la persiana por donde se dominaba el batey, Ana sólo podía ver la espalda de los hombres y mujeres de pie, inmóviles, con la cabeza baja. Los mayorales se movían nerviosos de un lado a otro. Hasta entonces, los códigos de esclavos no se les aplicaban a gente de color libres, pero ahora, como los mayorales no eran blancos, estaban incluidos en las cláusulas del Bando Negro.

Cuando terminó finalmente de leer la proclamación, Severo los despachó a todos a continuar con sus labores. Ana vio cómo Siña Damita cruzaba el batey en dirección a su mula que estaba atada a un poste. La mujer, usualmente sólida y de apariencia digna, caminaba encorvada.

En los días siguientes Ana se sintió como en los que siguieron a la muerte de Inocente. Todos estaban nerviosos y evitaban cualquier comportamiento que pudiera ser interpretado como agresión, amenaza o falta de respeto. Incluso los niños permanecían tranquilos, y sus mayores los mandaban a callar constantemente. La desconfianza de ambas partes era tan palpable como la bruma después de un aguacero vespertino de julio. Flora estaba quieta y sombría. Cuando bañaba a Ana seguía siendo tan atenta como siempre, pero había dejado de cantar, a pesar de que en una ocasión le dijo que su pueblo cantaba incluso en momentos de tristeza. Ana sabía que si le pedía que volviese a cantar, lo interpretaría como una orden. Y no se atrevía a exigirle más.

Como las licencias de viaje estaban suspendidas, la familia de Damita no podía visitarla los domingos. Pero Severo le permitió pasar la tarde con ellos en la hacienda. Ella llevaba comida para sus nueras, y siempre tenían más que suficiente para compartir con los demás. Los domingos eran más relajados en la hacienda debido a la ausencia de Severo. Por las mañanas, después del trabajo, los esclavos se reunían en el rancho. Si alguno había muerto la semana anterior, se rezaban oraciones especiales, pero no había novenas para los esclavos, pues estaban reservadas solamente para los blancos. Después de los servicios religiosos, cada cual se iba a su cabaña o a los barracones, pero los guardias armados daban vueltas por los alrededores para garantizar que no hubiese grupos de más de tres adultos.

Doña Ana pasaba gran parte de la tarde garabateando en sus papeles, y don Ramón vagaba sin rumbo fijo, llevando en ocasiones a Miguel a dar un paseo, pero casi siempre lo hacía solo. Siña Damita nunca había visto en su vida a un hombre tan desorientado. Había adoptado la costumbre de vestirse de blanco, dándole más trabajo aún a Nena la Lavandera, quien estaba a punto de parir lo que sería, de acuerdo a la cuenta de Damita, el noveno bebé engendrado por don Inocente o don Ramón. Ignoraba lo que pensaría doña Ana de aquellos niños mulatos nacidos en la hacienda. Tal vez creía que eran de don Severo, pero Damita sabía bien que éste no se acostaba con mujeres de la hacienda. Tenía solaz suficiente con las campesinas y con Consuelo. En ocasiones doña Ana se le quedaba mirando a Pepita, una mulatita de tres años, pero Siña Damita estaba segura de que no haría pregunta alguna sobre ella. Las blancas tenían una forma de mentirse a sí mismas que Siña Damita consideraba algo rara.

Debido al patrullaje constante de caminos y veredas hacia y alrededor de Guares, Damita no iba al pueblo, a no ser en casos de emergencia. Una noche, cuando estaba a punto de apagar la vela antes de acostarse en su hamaca, alguien tocó a su puerta.

—¿Quién?

—Soy yo, mamá, Artemio…

El corazón se le quiso salir del pecho. Hacía mucho rato que en la hacienda había sonado la campana para apagar las luces, y su hijo menor debía estar en el barracón. Lo dejó entrar y le puso la tranca a la puerta. Artemio se lanzó hacia ella como si lo estuviera persiguiendo un fantasma.

—¿Qué pasó? ¿Qué estás haciendo aquí?

—Perdóname, mamacita… —dijo, cubriéndose el rostro y sollozando como un niño. Damita lo abrazó, acariciando a su hijo menor, que le decía lo último que esperaba oír. Artemio había escapado, en compañía de otros tres esclavos de San Bernabé.

Artemio iba a San Bernabé para cumplir encargos de don Severo y se enamoró de una muchachita de allí. Belén era parda como el cacao en polvo, con grandes ojos sobre mejillas pronunciadas en su rostro estrecho. Era muy propensa a padecer fiebres y abscesos en brazos y piernas porque su sangre estaba tan caliente que hervía. Damita la había atendido a ella y a su hermano, que padecía la misma enfermedad.

—Don Luis molesta a todas las mujeres de su hacienda, y no lo pudo soportar más. Ella nos convenció para escaparnos. Pero cuando nos encontramos en el monte, cambió de idea, y trató de que no lo hiciéramos. Estábamos confundidos. Debía haber regresado, mamá, pero luego ella dijo que iba a denunciarnos… Si lo hacía, le iban a dar la libertad… Tuve mucho miedo —dijo Artemio—. Le di un golpe. Le di un golpe y cayó al suelo.

—¿Tú la…?

—No creo… estaba gimiendo y… No fue mi intención matarla —dijo Artemio—. No sabía qué hacer. Los otros me abandonaron y me escondí en el monte hasta que sonó la campana y decidí venir para acá.

Antes de que tuviera tiempo para decirle a Artemio por dónde debía escapar, antes de poder buscar su dinero para sobornar a alguien que ayudase a su hijo, antes de besarlo y abrazarlo una vez más, los perros ya estaban ladrando ante su puerta.

—¡Abre la puerta, Damita! ¡Sal ahora mismo!

Siña Damita y Artemio salieron abrazados. Don Severo les apuntaba con un rifle. Dio un silbido y los perros retrocedieron de mala gana.

—Disculpe, señor —dijo Artemio, suplicando una y otra vez, con las manos unidas como en oración—. Mamá no tiene nada que ver con esto. Fui yo, señor. Por favor, no castigue a mi mamita. Se lo ruego, mi buen señor. Se lo suplico.

Don Severo iba a responder cuando cuatro soldados irrumpieron en el patio.

—¡Por la reina! —gritaron, invocando a Isabel II. Cuando se escuchaba este llamado, todo el que lo escuchase debía dejar lo que estaba haciendo y esperar a que los soldados les dieran permiso para continuar.

—Estamos buscando a los demás —dijo el teniente a don Severo—. A estos dos nos los llevamos.

—El muchacho es mío y ella trabaja para mí —dijo Severo—. Yo me encargo de ellos.

—Lo siento, don Severo —respondió el soldado—. Es su derecho en caso de faltas leves, pero no en este caso. Don Luis nos dijo que mataron a una muchacha. Quién sabe lo que tenían entre manos. Tenemos que interrogarlos. Y como al muchacho lo atraparon en casa de esta mujer, ella es probablemente su cómplice.

—¡Ella no tiene nada que ver en esto!

—¡Compórtate como un hombre! —gritó Severo, y Artemio dejó de sollozar—. Nos vemos en el cuartel de Guares —les dijo Severo, y se alejó a caballo con sus perros para seguir buscando a los que faltaban.

Llevaban las manos atadas a las espaldas, y el lazo de la horca colocado en los cuellos. El otro extremo de cada cuerda iba atado a diferentes caballos de tal manera, que si Damita o Artemio se quedaban a la zaga, o si tropezaban y caían, quedarían colgados y morirían ahorcados. Las nubes presurosas ocultaban la luna llena por un instante, para revelarla luego. El camino estaba iluminado como si fuese de día, pero cuando la luna se ocultaba, todo desaparecía, como si el mundo estuviera tan oscuro como el interior de su boca. Damita no pudo evitar preguntarse por qué razón Artemio y los demás habían escogido una noche de luna llena para fugarse. Pero ella conocía bien la desesperación que la obligó a escapar en una noche similar, cuando tenía más o menos la misma edad de su hijo. De repente le dolieron las cicatrices en su espalda, como si nunca se le hubieran curado.

Cuando se acercaron a la curva localizada más allá de San Bernabé escuchó los perros, los gritos y las carreras. Damita tenía que moverse como si estuviera bailando una danza loca, pues la cuerda que llevaba al cuello se apretaba y se aflojaba con el trote y los saltos del caballo.

—¡Por la reina! —gritaron los soldados—. ¡Los atrapamos!

El soldado que llevaba a Artemio le entregó sus riendas al que conducía a Damita y se internó corriendo en el monte con los demás, con la espada en alto. Muy cerca de allí se escucharon las voces de los otros cimarrones, gritando y rogándole a Severo que no les echara los perros. —¡Por amor a Dios! —gritaban.

Damita miró a Artemio. Como la luna se había ocultado tras una nube, no pudo verlo por un instante, pero un segundo después pudo contemplarlo a plena luz. Era su hijo menor, el más obediente, pensó, hasta esa noche. Era el más afectuoso, el más dulce. Se miraron, y ella sintió su temor, y el del hijo, su amor y el de él, y el remordimiento de Artemio. La luna volvió a esconderse y Artemio se le acercó.

—Perdóname, mamá —le dijo nuevamente.

En cuanto la luna reapareció, Artemio dio un grito y pateó al caballo. La soga en el cuello de Damita se tensó cuando el caballo al que estaba atada saltó para apartarse del camino. Damita cayó y fue arrastrada hasta que el soldado pudo controlar al animal. Otro soldado la agarró, le aflojó el lazo, y la ayudó a incorporarse. Antes de que la luna se ocultara, Siña Damita pudo ver cómo el otro caballo seguía galopando hacia la oscuridad, llevándose tras de sí el cuerpo sin vida de Artemio.

II
1844–1863

*Hablar de la historia es abandonar
momentáneamente nuestro obligatorio silencio
para decir (sin olvidar las fechas) lo que
entonces no pudieron decir los que padecieron
el obligatorio silencio.*

Reinaldo Arenas, *El Central*

Noticias de San Juan

Aunque para Leonor era motivo de orgullo que, en más de treinta y dos años de matrimonio, siempre pudo crear un hogar adondequiera que enviaban a Eugenio, la idea de mudarse a Puerto Rico nunca le agradó. A pesar de que no hacía patentes sus recelos, los presentimientos seguían perturbándola, incluso aunque iba adaptándose a su nueva vida.

Al principio no podía acostumbrarse a la pequeñez de San Juan y sus cuadras de ocho por siete para comercios y residencias, y el resto ocupado por la fortaleza. Pero pronto encontró trabajos de caridad suficientes para mantenerse ocupada, y una buena sociedad para las horas de ocio. Debido a que numerosos funcionarios y soldados vivían y trabajaban en la capital de Puerto Rico, la élite estaba compuesta por oficiales activos o retirados y sus familias, conjuntamente con comerciantes y hombres de negocios. Para su gran sorpresa, al cabo de pocos meses comenzó a amar aquella ciudad y a su gente.

San Juan era una especie de microcosmos de España, cuyos dialectos regionales, prejuicios, partidismo y rencillas cruzaban el Atlántico, pero se diluían a causa de la forzada intimidad de la ciudadela. Banqueros catalanes, marineros vascos, sacerdotes gallegos, hacendados andaluces y artistas castellanos vivían y trabajaban junto a maestros de baile franceses, cafetaleros venezolanos, tenderos irlandeses, tabacaleros corsos y contadores norteamericanos.

Era posible conocer por cuánto tiempo había vivido una persona en la isla por su uso o ausencia de trajes a la usanza regional. El clima local era más cálido y el sol más brillante de lo que habían experimentado nunca antes los recién llegados de Europa. La lana cedió el espacio al algodón y al lino, el sombrero de fieltro al jipijapa, las corbatas suavizaron su presión estranguladora sobre los cuellos masculinos y se aflojaron las ballenas de los corsés femeninos.

La población experimentaba cambios constantes a causa de la llegada de regimientos completos desde España, así como de desterrados, exiliados políticos que llegaban a cumplir su sentencia. Por su parte, los refugiados que escapaban de la inestabilidad política en Suramérica y las islas vecinas permanecían lo suficiente como para aterrorizar a los lugareños con sus historias. Los marinos hacían estragos en la zona costera, y las "hazañas" de los jugadores, curanderos y charlatanes que buscaban sus víctimas, las encontraban, las estafaban y desaparecían, le añadían dramatismo y color a las conversaciones.

San Juan era una ciudad animada y alegre si Leonor no se detenía a observar con demasiada atención la atroz infraestructura, las sequías frecuentes y el casi inexistente alcantarillado. Aprendió que casi todo lo necesario para mantener un hogar confortable tenía que ser importado, incluyendo artículos esenciales como el aceite de oliva. Los lugareños usaban manteca de cerdo o aceite de coco para cocinar, lo cual le abrumaba enormemente el paladar.

Leonor se pasaba las primeras horas del día en su escritorio, redactando cartas. La misma mañana en que partieron Ramón e Inocente les envió una letanía interminable de advertencias e instrucciones para sobrevivir los rigores de su misión, basada en su gran experiencia como esposa de un militar. Las respuestas de sus hijos, que llegaban semanas después, resultaban demasiado parlanchinas e impersonales, y no hacían caso de sus principales preocupaciones. Leonor sabía que era Ana quien las escribía, incluso si la letra era de Ramón o Inocente. Después de todo, era ella quien redactaba las de Eugenio a su familia después de que se casaron, como tarea de esposa. Sin embargo, esto le provocaba resentimiento.

Estaba segura de que la vida de sus hijos era más ardua que lo que le dejaban vislumbrar las cartas de Ana. Sabía que si sus hijos iban de visita a San Juan después de vivir en el campo, no regresarían allá. Ella se los presentaría a las amistades que había hecho en la capital. Los persuadiría para que hicieran lo que ellos: vivir en la ciudad y visitar la hacienda una o dos veces al año por unas semanas para montar a caballo y divertirse.

Los amigos de Leonor en San Juan eran esposos e hijos de hacendados, algunos de los cuales habían oído hablar de la Hacienda Los Gemelos. Sin embargo, cuando ella la mencionaba, la expresión de los hombres se endurecía y sus esposas bajaban la vista y comenzaban a abanicarse súbitamente. Sabían algo que ella desconocía, pero no se atrevían a decírselo. Cuando le mencionó el asunto a Eugenio, éste afirmó que no había notado nada fuera de lo normal, en tanto que Elena la miró con lástima pero no entró en detalles.

El día que Elena recibió una carta en el estilo formal de Inocente, no en la voz alegre de Ana, y con manos temblorosas se la entregó, Leonor lloró de alegría al leer sus intenciones de regresar a San Juan, casarse con Elena y ayudar a su padre con la hacienda de Caguas. Si Inocente se iba a vivir cerca de San Juan, Ramón le seguiría en breve, independientemente de lo que dijese Ana. Sabía que sus dos hijos no podían vivir uno sin el otro.

Después del asesinato de Inocente, Eugenio y Elena trataban de evitarla lo más posible, como si fuera a prorrumpir en maldiciones y recriminaciones cada vez que se mencionaba a Los Gemelos. Pero Leonor guardó luto por su hijo con apacible dignidad, asistiendo a misa, orando durante horas con el padre Juan o con las monjas del Convento de las Carmelitas y haciendo donativos a instituciones religiosas de beneficencia a nombre de Inocente. Y dejó de recordarles a Eugenio y a Elena sus presentimientos. La muerte de Inocente la reivindicó. No lloraba cuando lo mencionaban ni culpaba a Ana por la muerte de Inocente. Ahora que sus temores más terribles se habían hecho realidad, Leonor no quería hacerle mala sombra a la vida del hijo que le quedaba hablándole constantemente acerca de la inseguridad que sentía, de los miedos que intentaba desvanecer con oraciones y con el jerez dulce que bebía a sorbos para que le calmara los nervios y la ayudara a conciliar el sueño. Al menos le complació que, luego de la muerte de Inocente, Ana dejara de redactar las cartas de Ramón. Cada página de las mismas estaba llena de tristeza, y él le respondía cuidadosamente sus preguntas, aunque sin ofrecer detalles específicos acerca de cuándo él, Ana y Miguel vendrían a San Juan.

Transcurrió otro año. Ramón le informaba que Miguel era un niño sano, interesado en todo lo que le rodeaba. No obstante, en sus cartas apenas hacía mención de Ana, y Leonor notó que la correspondencia para Elena procedente de Los Gemelos era más y más infrecuente, interpretándolo como una señal de que la influencia de Ana sobre su hijo estaba disminuyendo, aunque aún no podía comprender por qué no venían a visitarla.

Leonor y Eugenio habían hablado con frecuencia de la posibilidad de un viaje a Los Gemelos, pero cuando les escribían a sus hijos del asunto, y posteriormente a Ramón, siempre había una justificación para decirles que no era el momento propicio. Al inicio era porque el viaje en barco mercante seguido de una larga cabalgata era arduo, especialmente para Elena, quien no era tan buena amazona como Leonor. El recorrido por tierra requería atravesar una cordillera donde gran parte de los caminos eran poco menos que senderos abiertos a machete en la vegetación.

La posibilidad de una emboscada constituía otro aspecto negativo en contra de los viajes por tierra durante la primavera y el verano de 1848, cuando San Juan estaba en alerta máxima y las noticias referentes a rebeliones en las islas vecinas inundaban la capital. El Bando Negro ya se había puesto en vigor y se formaron milicias voluntarias como complemento a las tropas profesionales de El Morro. En todos los círculos económicos y sociales circulaban rumores de conflictos en Puerto Rico.

Eugenio, quien intentaba vivir la vida de caballero hacendado con resultados heterogéneos, respondió cuando el mariscal de campo y Conde de Reus le pidió personalmente que liderara las milicias voluntarias que habían hecho juramento para proteger la capital contra posibles rebeliones.

—Pero ya estás retirado, Eugenio —protestó Leonor.

—Sólo tengo cincuenta y siete años —dijo Eugenio—, y todavía soy lo suficientemente joven y fuerte para protegerte a ti y a Elena de pirómanos y asesinos. Pero no te alarmes tanto, querida. Confía en el valor de nuestros soldados españoles y la dirección de nuestro mariscal de campo. Además, sabes que no puedo resistirme a la llamada del clarín.

Eugenio tomó el mando de las milicias y dedicó los siguientes seis meses a realizar ejercicios de entrenamiento y llamados a primera hora de la mañana. Leonor tuvo que admitir que Eugenio parecía más feliz y calmado ahora que volvía a llevar sus charreteras doradas y sus manos encontraban seguridad en la decorada empuñadura de su espada.

Pero la preocupación de Leonor se intensificaba a medida que las noticias del interior de la isla alteraban aún más a los residentes de la capital. En julio se descubrió una conspiración de esclavos en la sureña ciudad de Ponce, a unas diez leguas de distancia de la Hacienda Los Gemelos. Los esclavos se proponían saquear e incendiar las haciendas y asesinar a los dueños, pero los líderes fueron capturados y fusilados. Otros dos que estaban enterados de la sublevación pero no alertaron a las autoridades fueron sentenciados a diez años de prisión, y otros cómplices recibieron como castigo cien latigazos cada uno.

Un mes más tarde, un esclavo de Vega Baja, pueblo cercano a la capital, alertó a su amo de que un grupo trataba de rebelarse y escapar a Santo Domingo. El líder fue arrestado y ejecutado y otros dos condenados a prisión.

Aquellas noticias y rumores magnificaban la inquietud de Leonor, quien sufría pesadillas en las que sus hijos eran asesinados en la selva, interrumpiéndole su sueño que ya de por sí era irregular. En San Juan, rodeada de soldados y con Eugenio, ella y Elena estaban protegidas. Pero ¿quién velaba por la seguridad del hijo que le quedaba? ¿Quién estaba protegiendo a su nieto? Podrían estar muertos ya, y la noticia, al igual que en el caso de Inocente, podría llegar semanas después de que pudiera verlos por última vez.

En noviembre de 1848 el Conde de Reus fue sustituido por un nuevo gobernador, Juan de la Pezuela, quien abolió el Bando Negro pero dictó otras restricciones, como prohibir el uso del machete por parte de los esclavos que no lo usaran activamente en su trabajo.

A medida que se iba calmando la agitación, la vida volvía a la normalidad, pero las pesadillas de Leonor se incrementaron, con un latir apresurado del corazón cuya causa conocía: los presentimientos acerca de su hijo y de su nieto que la embargaban.

—Otro año, Leonor —le dijo Eugenio cuando le preguntó por enésima vez cuándo vería a Ramón y conocería a Miguel—. El compromiso fue por cinco años, ¿recuerdas? Un año más y podremos volver a España.

—¡No puedo esperar otro año! Quiero ver al hijo que me queda y a mi nieto. Quiero poner flores en la tumba de mi hijo muerto. ¿Es mucho pedir?

—No, querida —le respondió Eugenio, apretándole un hombro—. Yo también quiero hacerlo. Pero todos estuvimos de acuerdo.

—Por favor, Eugenio —le dijo—. Si no vienen ellos, vamos nosotros entonces.

Y cuando Eugenio volvió a repetir las mismas razones, Leonor le colocó suavemente una mano en la boca y le presionó despacio los labios. —No quiero volver a oír que no podemos.

Eugenio le besó la mano, se la llevó a los labios y la entrelazó con la suya.

—Nunca te he desobedecido, Eugenio —continuó Leonor—. Jamás en treinta y cuatro años me he opuesto a tus decisiones. Te he seguido adondequiera que me lo has pedido, y también he esperado por ti. He esperado en horribles habitaciones de alquiler, en ciudades frías de Europa y en villas polvorientas del norte de África. Y no he cuestionado tu opinión acerca de lo que era mejor para nuestra familia. Pero ahora… no voy a darme por vencida en esto, Eugenio. No voy a darme por vencida.

Eugenio miró sus ojos grises. Tenía cincuenta y dos años, y todavía era hermosa y vibrante, pero le entristeció el dolor que velaba su luz habitual.

—Voy a consultar con el capitán De la Cruz. Tal vez nos recomiende a algunos hombres que nos sirvan de escolta.

—Gracias, mi amor —respondió Leonor, dándole un beso.

—Pero debes prepararte para lo que vas a encontrar allí, querida. Viven en condiciones muy humildes.

—Quiero ver a Ramón y a nuestro nieto. Quiero abrazarlo antes de que sea demasiado grande para llevarlo en mis brazos.

Iniciaron el viaje a finales de junio. Las damas iban en un coche maltrecho pero resistente que compraron en la finca de Gualterlo Lynch, ciudadano irlandés, ingeniero, cuyo nombre y escudo de armas decoraban las puertas en un verde intenso con ribetes dorados. Eugenio y el escolta iban detrás, a caballo. En cuanto se enteraron de sus planes, sus amigos les ofrecieron sus haciendas y las de sus familiares para que los Argoso no tuvieran que estar ni una noche en posadas de dudosa reputación y servicios impredecibles.

Leonor apreció la generosidad de sus amistades en cuanto dejaron atrás San Juan. Una llovizna impulsada por el viento golpeaba la tierra seca y agrietada, convirtiendo los desniveles del camino en charcos profundos, llenos de un lodo semejante al barro, en el que ni el coche ni los caballos podían maniobrar fácilmente. La lluvia los acompañó en su viaje al sur, haciéndoles casi imposible ver nada por las ventanas empañadas del vehículo. La impaciencia de Leonor por llegar a Los Gemelos aumentó más aún en la medida que ella, Eugenio, Elena y sus escoltas tenían que permanecer más días de lo esperado en habitaciones prestadas a causa de la lluvia, una prueba de fuego para la hospitalidad de sus anfitriones y sirvientes.

Cuando cruzaron la Cordillera Central y comenzaron el descenso hacia la ladera sur, más seca, el sol inclemente convirtió el coche en un horno, a pesar de la brisa ocasional que soplaba a través de las ventanas abiertas. Enviaban los equipajes al alba, y viajaban hasta que tenían el sol directamente encima, desviándose por caminos arbolados que conducían a las estancias donde podían almorzar y dormir la siesta, seguida por una cena ligera y una conversación con los anfitriones, repitiendo las noticias de la noche anterior en un salón distinto y ante una audiencia diferente, añadiendo los chismes que habían escuchado en el sitio que visitaran anteriormente.

En dos ocasiones sufrieron retraso cuando hubo que reparar el coche, ocasiones que Leonor, Elena y sus anfitriones aprovecharon para ir a misa en frías iglesias y caminar en círculos alrededor de plazas arboladas al atardecer.

Hasta ese momento, aunque el viaje no les resultaba fácil, Leonor no entendía la insistencia de sus hijos y nuera en que no viajaran a Los Gemelos porque los caminos que conducían a la plantación no estaban en buenas condiciones. Ella, como mujer de soldado, había visto cosas peores, cabalgado por terrenos más escabrosos, dormido en camas menos cómodas y en sitios carentes de la gracia y belleza de las casas que habían visitado en el trayecto. Y si había inseguridad, era invisible para Leonor y Elena, acomodadas en su coche color vino y rodeadas de hombres con espadas y rifles.

El camino militar que corría de norte a sur era bastante transitado, pero cuando tomaron hacia el oeste, se estrechaba hasta convertirse en senderos que ponían nerviosas a las cabalgaduras. Las ramas bajas, los insectos zumbones y pequeñas aves chocaban contra el coche y derribaban los sombreros de los hombres que cabalgaban detrás. En una ocasión tuvieron que detenerse para que Leonor y Elena pudieran correr dándose golpes en los vestidos y sacudiéndose las enaguas porque un lagarto se les había metido debajo, aunque ninguna de las dos estaba segura de cuál había sido la víctima de tal invasión. Otra vez, el techo del coche, lleno de valijas y regalos, hizo impacto con un nido de avispas que colgaba de una rama, y Eugenio y sus escoltas a caballo y a pie sufrieron picaduras mientras trataban de proteger a las damas. A uno de los hombres lo picaron alrededor de los ojos y los párpados se le inflamaron, debido a lo cual tuvieron que llevarlo al pueblo más cercano.

Ramón había arreglado las cosas para que pasaran la última noche del viaje en la finca San Bernabé. Los Argoso entraron en el patio de tierra apisonada al final de la tarde, seguidos por los escoltas. La residencia consistía en una extensa casa de madera con tejado terminado en punta, conocido como techo a dos aguas. Junto a ésta había otra vivienda cuadrada de mampostería, más extensa y con techo plano, todavía en construcción. Cuando hicieron su entrada por la calzada principal, los hombres que trabajaban en la nueva edificación dejaron lo que estaban haciendo e inclinaron la cabeza, mientras otros ayudaban a las damas a bajar del coche y las conducían hasta el portal de la casa original, donde Luis y Faustina los esperaban para darles la bienvenida. Los niños, que esperaban junto a sus padres, fueron presentados como Luisito y Manolo. Todos se parecían entre sí, Faustina la copia femenina de su esposo, y Luisito y Manolo, ecos más pequeños de los mismos rasgos y formas corpulentas.

—Bienvenidos, entren, por favor, bienvenidos, por aquí, y pónganse cómodos —dijo Faustina con voz que resonaba desde lo profundo de su pecho con un trasfondo de alegría, como si se hubiese acordado de una broma que estaba dispuesta a contar. Luis también parecía estar disfrutando enormemente, y sus dos hijos se deshacían en sonrisas y gestos para congraciarse. Leonor aceptó como un buen presagio que los vecinos más cercanos de Los Gemelos estuvieran de tan buen humor, y obviamente contentos con su vida en el campo. Sus proporciones y sus mejillas sonrosadas, sus sonrisas y su aire hospitalario eran tranquilizantes, como si la cercanía a aquella gente feliz llegara, trascendiendo leguas de senderos casi devorados por la vegetación y caminos pedregosos, al pleno centro de Los Gemelos. Olvidando el conocimiento íntimo de la personalidad verdadera de su hijo y nuera, y contrariamente a todo temor y preocupación que la aquejaran en los últimos cuatro años y medio, Leonor se imaginó a Ramón, Ana y Miguel tan rollizos, alegres y locuaces como los miembros de la familia Morales Moreau.

Desde el exterior, la vivienda parecía un sencillo rectángulo de madera con un amplio portal, pero por dentro era ventilada y espaciosa, amueblada con sencillez pero cómodamente. Los tapetes que cubrían las mesas laterales, los cojines de las sillas de madera y caña y los festones sobre las ventanas de persianas y en las puertas que conducían a las habitaciones interiores revelaban que Faustina era una tejedora prolífica.

—Estoy segura de que quieren refrescarse un poco —dijo Faustina, conduciendo a Leonor y a Elena a la parte trasera de la casa, donde les mostró a cada una su dormitorio respectivo, en donde las esperaban las sirvientas para ayudarlas en sus labores de aseo.

—¿Cuál es tu nombre?

—Ciriaca. A sus órdenes, señora —respondió la sirvienta, con un tono que no era dócil ni autoritario, sino una combinación de ambos. Era una mujer imponente, con ojos almendrados y pómulos pronunciados. El turbante de color anaranjado brillante que cubría su cabeza, anudado con un lazo descuidado a un lado, resaltaba la tonalidad de su piel achocolatada—. ¿Le vierto agua? —preguntó, y con mano firme inclinó la jarra de barro lo suficiente como para que saliera un hilo de agua que llenó las manos de Leonor, ahuecadas sobre la vasija. Leonor se lavó la cara y el cuello, y cuando iba a pedir la toalla, ya Ciriaca se la había puesto delante, abierta y olorosa a perfume de limón. Aunque cuando las miradas de ambas se encontraron Ciriaca bajó la vista inmediatamente, Leonor pensó que la mujer no era tan sumisa como cortés—. Si me permite, señora —dijo Ciriaca, mientras le sacaba, con la toalla usada y húmeda, fragmentos de hojas, insectos muertos y ramitas de la ropa a Leonor, y, arrodillada frente a ella, le quitaba con las partes aún limpias de la toalla el polvo del camino alojado en el dobladillo del vestido y los zapatos.

Elena salió de su habitación al mismo tiempo que Leonor de la suya, ambas frescas y felices. Luis, Faustina y Eugenio estaban sentados en el portal, cada uno de ellos con un enorme vaso de agua de frutas. Los niños habían desaparecido.

—Espero que les guste el sabor del mamey —dijo Faustina, alcanzándoles sendos vasos a Leonor y a Elena—. Tardé un poco en acostumbrarme al sabor, pero ahora considero el agüita de mamey la bebida más refrescante al término de un largo viaje.

—Qué lugar más hermoso y tranquilo tienen —dijo Elena, con el rostro teñido de un adorable rosa suave, como si expresar una opinión fuera un gesto tan desacostumbrado que la hacía ruborizar.

—Gracias, señorita —respondió Luis, inclinando la cabeza en una especie de reverencia abreviada—. Faustina escogió este sitio para la casa. Como pueden ver, estamos ampliándola —añadió, señalando con sus dedos regordetes hacia la nueva construcción—. Cuando llegamos, no había nada más que unas pocas chozas y un muladar. Pero ahora hemos logrado mucho más de lo esperado.

Faustina se volvió hacia Leonor. —No es fácil vivir tan lejos de las comodidades de la ciudad, pero nos esforzamos lo más posible. ¿Es cómoda su habitación? —dijo, como si la pregunta al término de lo que comenzó como una oración invitara al elogio.

—Encantadora —respondió Leonor— y Ciriaca fue muy atenta.

Faustina sonrió con complacencia. —Es muy buena. La heredé de mi hermano, que en paz descanse. Es una lástima que no podamos conservarla, pero no necesitamos más empleadas domésticas. Luis va a cambiarla a ella y a su hija, que la atendió a usted, señorita Elena, por más jornaleros.

—Lo cierto es que un negocio como el nuestro —añadió Luis— depende de los peones. Como no tenemos casa en el pueblo, sirvientas como Ciriaca y Bombón, con pocas habilidades más allá de las que requieren las cuatro paredes de una casa, nos resultan prácticamente inútiles.

—Espero que nuestro hijo y nuera hayan hecho al menos la mitad de lo que ustedes han logrado aquí —dijo Leonor, tratando de elogiar una vez más a sus anfitriones. Pero, de repente, volvió a percibir la nube que ensombrecía el rostro, el parpadeo, los labios apretados y la súbita necesidad de cambiar de tema de quienes sabían algo de Los Gemelos que ella desconocía.

—¿Qué noticias traen de San Juan? —preguntó inteligentemente Faustina.

El caminante

Salieron de San Bernabé con las primeras luces del alba, acompañados por los magníficos cantos de las aves. La hacienda estaba ubicada en unas colinas altas junto a un río, y adondequiera que mirasen, Leonor y Elena veían campos cultivados de árboles frutales, café, guineos y plátanos; huertas en terrazas donde los peones trabajaban pegados a la tierra; hombres, mujeres y niños con azadones, desyerbando, moviendo la tierra bajo la mirada vigilante de los mayorales que cabalgaban los campos de un extremo al otro. De repente, el coche comenzó a descender cuesta abajo, haciendo rechinar y chillar las ruedas y la armazón completa, como si le doliera transitar por las colinas, mientras los caballos se abrían paso por los senderos serpenteantes. Varias veces Elena se tapó los ojos cuando el coche pasaba junto al borde de un acantilado; la vegetación era tan densa que parecía de noche en su base. Ocultas entre la espesura se adivinaban chozas con techo de guano; columnas de humo escapadas de los fogones de leña, en los que se cocinaba el diario sustento, se alzaban al viento.

De momento penetraban en el monte profundo, para luego salir a un amplio valle con cañaverales en varias etapas de cultivo. Violentos cambios de la sombra a la luz, de escabrosidades a llanuras, de viento frío a calor potente y opresivo, y un sol inclemente elevándose a su cenit. Cuando penetraron por los cañaverales, Eugenio se adelantó, y cuando Leonor se asomó a la ventanilla, vio cómo hablaba con otro hombre montado que iba acompañado por dos perros, a los cuales Eugenio y su cabalgadura miraron con cautela.

—Era Severo Fuentes —le dijo Eugenio al incorporarse nuevamente a la caravana—. Llegaremos en una hora. Él se va a adelantar para avisar a Ramón y a Ana.

En cuestión de segundos el interior del coche adquirió la agitación de un tocador de señoras antes de un baile. Leonor y Elena comenzaron a revolver los baúles de viaje que tenían a sus pies en busca de toallas de mano y frascos de agua, perfumes, peines, polvos, guantes nuevos, cuellos de encaje y puños, ayudándose mutuamente a abotonar y apretar, a halar y alisar corpiños y talles, a enderezarse las medias y atarse los cordones de los zapatos, de manera que, en cuanto el coche hizo su entrada en el batey, ambas lucían y olían como si estuviesen listas para iniciar el primer vals.

Severo Fuentes abrió la puerta del coche, y cuando bajó Leonor, la primera persona a la que vio fue a un hombre envejecido, con holgados pantalones, camisa, chaleco y chaqueta blancos. Un informe sombrero de paja coronaba una cabellera larga y fibrosa, ensombreciendo lo que podía verse de un rostro cubierto por una barba desaliñada. Pero ni el sombrero ni las sombras pudieron ocultar los ojos más vacíos que Leonor había visto en su vida. Tuvo que pasar un rato para darse cuenta de que a quien tenía ante sí era Ramón.

—Hijo —gritó, lanzándose hacia él para estrecharlo, aflojando de inmediato el abrazo al sentir los huesos, sobresalientes bajo la ropa que le quedaba demasiado grande, de su muchacho en otro tiempo pulcro y perfumado, que hedía ahora a sudor y derrota. Leonor se separó, lo tomó por los hombros, miró a sus ojos ausentes, y vio lágrimas—. ¿Qué te ha pasado? —le preguntó sin poderse contener. Ana, quien estaba parada cerca de Severo Fuentes, se acercó con una sonrisa insípida, como si no hubiera escuchado la pregunta.

—Me alegra verla de nuevo, doña Leonor —dijo Ana, besándola en las mejillas, para luego señalar en dirección a una mujer que estaba junto a ella para presentarle al niño, a su nieto, quien gimió como un cordero aterrado cuando Leonor le abrió los brazos. Miguel hundió el rostro en el pecho de la nana, en un intento por hacerse invisible.

—Ven, Miguelito —le dijo Ana—. Nana Inés se tiene que ir. Ven con la abuela y el abuelo. Ven niño, no tengas miedo —agregó, arrullándolo. El niño se aferró a Inés, quien trató de separarse de él, sin lograrlo.

Ramón pasó sus manos huesudas por la cabeza del niño, y Miguel se volvió, se lanzó hacia su padre, colocándole los brazos al cuello y las piernas por la cintura. Leonor se acercó instintivamente, temerosa de que su hijo se quebrara por la violencia de un amor tan apasionado. Susurrándole al oído, Ramón persuadió a Miguel a que volviera el rostro para que sus abuelos pudieran verlo bien. Pero Leonor comprobó decepcionada que era la pura imagen de Ana.

Leonor había esperado tanto para ver a su hijo que no pudo quitarle los ojos de encima la primera tarde y noche que estuvo junto a él. Apenas le prestó atención a la casa, al mobiliario, al comportamiento de Ana. Sólo le importaba lo delgado que estaba Ramón, y cómo evitaba la mirada de su madre y su padre. Además, advirtió la amarillez enfermiza de su piel, arrugada y fruncida en los sitios donde no le crecía aquella barba desarreglada. Sus manos habían adquirido el bronceado del cuero, con uñas agrietadas, y las puntas de los dedos ásperas e irritadas, como si hubiera estado cavando la tierra sin ayuda de ningún instrumento de labranza. Aunque no había perdido los movimientos agraciados de un excelente bailarín, se deslizaba con esfuerzo y cautela, como si estuviera caminando por el agua.

Leonor y Eugenio se instalaron junto al dormitorio de Ana y Ramón, y a Elena le asignaron un cuarto al otro lado del pasillo, mientras Miguel dormiría con su nana cerca del taller.

—Sentimos mucho que las habitaciones no sean más lujosas —dijo Ana, con el rostro convertido en una mueca que debía ser supuestamente una sonrisa de disculpa—. Me temo que el trabajo en la tierra ha hecho que no le hayamos prestado suficiente atención a nuestra comodidad bajo techo.

Luego de una breve siesta y una cena temprana, se sentaron en el balcón. Mientras Eugenio y Elena relataban los rumores de los que se habían enterado durante el viaje, Leonor no dejaba de mirar a su hijo, a sus nuevos rasgos aquilinos, a la forma en que su cabeza asentía como si estuviese de acuerdo con todo lo que se decía, pero escuchando en realidad una conversación interna.

Cuando sonó la campana para que se apagaran las luces, todos se retiraron a sus respectivas habitaciones. Las planchas de madera rústica que dividían los dormitorios hacían que Leonor estuviese al tanto de cada movimiento al otro lado de la pared. Escuchó pasos apresurados y murmullos agitados, como si Ana estuviese tratando de convencer a Ramón para que hiciera algo a lo que éste se oponía. Al cabo de unos minutos, Ramón salió de la casa. Cuando Leonor se volvió hacia su esposo, se dio cuenta de que también estaba despierto, escuchando.

—¿Adónde irá a estas horas de la noche?

—No me lo imagino.

—Tenemos que llevárnoslo. No está bien —dijo Leonor.

—Lo sé.

—Enseguida. Necesita un médico —insistió la mujer.

—Hablaré con él por la mañana. Pero ahora descansa, querida. El viaje ha sido largo —le susurró Eugenio al oído.

Ramón vagó por los caminos y senderos en plena oscuridad. Sin rumbo fijo siguió caminando, incluso cuando comenzó a llover, cuando lo atacaron nubes de mosquitos, incluso cuando las aves nocturnas y murciélagos lo impactaban en sus vuelos a ciegas y enormes sapos saltaban sobre sus piernas. Necesitaba seguir alejándose, huyendo siempre de Ana, de los barracones cerrados, de los bohíos, los graneros, la casa de calderas, los almacenes. Subió por un camino y bajó por otro, cruzó un campo roturado por los canales de irrigación.

Algunas noches eran tan brillantes que su sombra se convertía en una sólida figura negra que imitaba sus movimientos, y en cuya compañía encontraba consuelo. Otras eran tan oscuras que chocaba con árboles y cercas. En una ocasión se introdujo en un estanque y el lodo le llegaba a las rodillas antes de darse cuenta, aterrorizado, de que iba hundiéndose, atrapado por las arenas movedizas en las que se ahogaría sin remedio. Pudo salir a gatas, se sentó en la orilla hasta que el corazón recuperó su ritmo normal, y siguió caminando. A la mañana siguiente, sus cabellos y su barba estaban llenos de un lodo fino, sus ropas sucias y la rígida piel de sus botas le comprimía los pies a cada paso.

Ni él ni Inocente le temían a la noche, ni siquiera en España, donde los bandidos asolaban los campos y las calles y callejones de la ciudad, robando y matando. Ambos eran excelentes espadachines, especialmente Inocente, quien era ágil y engañoso. Como cada uno defendía al otro en sus encuentros con los forajidos, ninguno sufrió nunca heridas graves, sólo arañazos insignificantes y ropas rotas. Sin embargo, los asaltantes corrían peor suerte, por haber confundido su paso ligero y su elegancia con la de dos jóvenes indefensos.

Inocente siempre se cuidaba, pero también protegía a Ramón. Era temerario, y hubiera podido hacer carrera en la caballería, como su padre. Pero la vida militar no era para él, y tampoco abandonaría a Ramón para seguir el destino del soldado. Ramón sabía que Inocente se había defendido con uñas y dientes cuando lo emboscaron, pero, más allá de esa certeza, se negaba a abundar en los detalles específicos acerca de cómo pudieron haber sido los últimos momentos de la vida de su hermano. Cuando Severo trató de relatarle cómo murió, Ramón lo interrumpió. Había luchado junto a su hermano, y era testigo de la furia que desataba Inocente contra sus adversarios, a menudo de forma desproporcionada con respecto a la ofensa.

Aunque Ramón dejó de portar armas, los esclavos seguían temiéndole. No como a Severo, quien podía darles de latigazos o echarles los perros como le viniera en gana. No. El temor a Ramón era de índole supersticiosa, porque estaba vivo y su hermano había muerto. Incluso escuchó decir a uno de ellos que él era un fantasma. Y en realidad se sentía tan insustancial, transparente e inútil como un espectro. Nunca antes había conocido una soledad así. Se sentía fantasmal, vagando solo por siempre, mientras los demás vivían, comían y amaban.

En ocasiones, durante sus paseos, estaba seguro de ir caminando en sueños. Llegaba a un sitio y no sabía dónde estaba ni recordaba cómo había llegado hasta allí. Había estado suficiente tiempo al aire libre con su padre y hermano para saber que si se extraviaba podría guiarse por las estrellas. Pero las constelaciones tenían una posición diferente en esta parte del mundo, y en breve dejó de buscarlas para guiarse, y simplemente esperaba a que llegara el día. La campana de la torre del vigía o el molino le mostraban siempre dónde estaba la casa.

Algunas noches, mientras caminaba, escuchaba el trote de un caballo, y sabía que Severo Fuentes estaba buscándolo. Como a Ramón era fácil verlo debido a que usaba ropa blanca, se detenía hasta que uno de los perros se le acercaba y lo olfateaba. Levantaba una mano, y Severo lo colocaba en su caballo y seguía cabalgando con él a ancas; en una ocasión incluso se quedó dormido apoyado en los omóplatos de Severo, sujetando la cintura de éste con los brazos, y no despertó hasta llegar al bohío de Nena. Otras veces se encontraba ante su puerta, sin acordarse de cómo había llegado. Nena la Lavandera lo hacía entrar, lo lavaba y lo ayudaba a subir a la hamaca.

Le gustaba Nena la Lavandera. Ella era tímida y tranquila, parda como el cacao y olorosa a agua de río. Era cálida y tierna, no como Ana, fría y áspera. Apenas hablaba, a diferencia de Ana, quien lo acosaba y recriminaba continuamente.

Al igual que lo habían hecho con muchas mujeres antes que Ana, Ramón compartía con Inocente los favores de la Lavandera y de Marta, vendida por Severo a don Luis en cuanto Ana se enteró del asunto. Pero en ocasiones le traían a Marta a la finca, y como ella fue la primera negra con la que se acostó, era la que más le gustaba. Marta, lo mismo que la Lavandera, tenía senos abundantes y nalgas paradas y firmes, y olía a humo y a especias de cocina.

Para que Ana no se enterara de sus relaciones con la Lavandera, Severo la trasladó de los cuarteles y la colocó en un bohío propio. Ramón estaba seguro de que Ana sabía, pero que ya no le importaba. No lo había dejado tocarla nunca más desde el día en que la golpeó.

Cada vez que Ramón se acordaba de aquel día, sentía vergüenza. Había visto a Inocente abofetear mujeres en los burdeles. También a Marta y a Nena, pero, al menos hasta donde Ramón tenía conocimiento, nunca a Ana. Contenía sus impulsos violentos ante ella por respeto a la mujer de su hermano, pero Ramón temía que algún día hasta eso se le olvidara.

Ana nunca se había quejado del temperamento de Inocente, lo cual le empeoraba aún más la situación a Ramón, porque si Inocente la hubiese golpeado al menos una vez, no habría visto aquella mirada de terror cuando la arrastró por las trenzas. Tal vez se hubiese defendido en vez de haberse transformado en aquel amasijo enfurecido y gimoteante de temor que lo insultaba. Si Inocente hubiera golpeado a Ana, ésta se habría defendido y lo hubiera detenido antes de que perdiera totalmente el sentido y entrara en aquel extraño trance que le hizo abofetear y empujar, patear y dar puñetazos. De no ser por la pronta intervención de Severo Fuentes, temía que hubiera podido matar a Ana, su mujer, la madre de su hijo. ¿Su hijo o el de Inocente?

Ramón llegó al punto más alto de un montículo en el que las raíces de una añosa ceiba se cernieron sobre él en la oscuridad. Los taínos de Puerto Rico creían que la ceiba conectaba el mundo subterráneo con el de los vivos y con el mundo de los espíritus del cielo. Se apoyó a escuchar en una de las raíces curvas, que lo superaban en altura. Las noches de Puerto Rico eran una cacofonía de insectos, croar de ranas y cantos de aves y del siseo incesante del cañaveral. «No es justo». Una luna astada apareció tras una nube, pintando al mundo de plata. Allá abajo, las cañas ondulaban como olas, murmurando «No es justo». En la distancia distinguió apenas el molino, la torre de la campana, y entre ellas, las sólidas formas de los barracones y de la casa donde dormían su mujer y sus padres.

No podía soportar la visión del rostro de su madre bajando del coche con todas sus galas. Su madre no había podido perfeccionar el arte del disimulo. En cuanto la miró supo que los esclavos estaban en lo cierto: era un fantasma, algo más sustancial que la sombra de su hermano persiguiéndolo noche y día, murmurando que no era justo, que no era justo que sólo un gemelo, el más débil, el sentimental, el que nunca pudo defenderse, estuviera aún sobre la faz de la tierra.

Trabajo de mujeres

En la primera semana que pasaron juntas, Leonor se dio cuenta de cuánto habían cambiado Ana y Elena en los últimos cuatro años y medio. Bajo el sol tropical, la piel de Elena adquirió un brillo que le daba aún más belleza, mientras que Ana tenía el rostro bronceado y seco, y sus manos y antebrazos eran aún más oscuros y curtidos. Habitualmente, Ana se subía las mangas hasta los codos en preparación para el trabajo manual. Apenas usaba sombrero y guantes cuando estaba al aire libre, a diferencia de Elena, cuyos sombreros de ala ancha, mangas largas y guantes blancos dejaban muy poca piel expuesta. Había en los movimientos y gestos de Ana una rudeza que contrastaba desfavorablemente con la medida gentileza y feminidad de Elena. Era como si a Ana la hubieran azotado los elementos, en tanto Elena hubiera vivido oculta en una caja de sombreros.

Ana no era tan agraciada como Elena, ni tan hermosa, pero era en este aspecto donde más diferían ambas. Elena era una belleza, sin duda alguna. Los rasgos de Ana habían perdido su frescura juvenil, pero tenía la hermosura que adquiere gran parte de las mujeres de más edad luego de años de maternidad y sufrimiento. Su apariencia actual era la que tal vez tendría a los cincuenta años. También habían cambiado sus voces: la de Ana había ganado en volumen y profundidad, ahora que estaba acostumbrada a dar órdenes. El efecto que comunicaba era el de una mujer muy pequeña con una voz muy grande, una mujer a la que se debe obedecer. Las dos muchachas que Leonor recordaba juntas en San Juan ya no tenían nada en común. La proximidad entre ambas les resultaba incómoda, como si cada una viera en la otra el lado opuesto de un espejo que revelaba lo que no era.

Como los hombres salían a caballo al amanecer, Leonor, Ana y Elena se quedaban a su aire hasta el almuerzo. Ana siempre estaba ocupada, por lo que Leonor y Elena la acompañaban mientras hacía sus labores. En sus recorridos con Ana, Leonor comprendió por qué las cartas provenientes de Los Gemelos hablaban del rendimiento de plantas y animales y de los efectos de las condiciones climáticas. Ana estaba orgullosa de su jardín de hierbas para la cocina, de sus vegetales y sus huertas, deleitándose en los chiqueros y corrales, los graneros, los gallineros y palomares y los animales que allí criaba.

Ana les presentaba a cada esclavo, esclava o liberto, negro o blanco, como si fuesen sus iguales. Éstos, a su vez, mostraban humildad, pero también una familiaridad que parecía inadecuada, dado su papel de patrona. Leonor supuso que la consideraban una buena ama.

Ana las llevó por dos edificaciones extensas y destartaladas, una frente a otra, donde vivían los esclavos y esclavas solteros. Un poco más allá se elevaban unas cuantas chozas con techo de guano para las familias, rodeadas por pequeñas parcelas a las que llamaban conucos, donde los esclavos cultivaban sus propios tubérculos y plátanos. Ana les mostró el rancho abierto con techo de guano en el que Ramón leía las oraciones cada domingo y un sacerdote del pueblo vecino oficiaba misa y bautizaba a los recién nacidos.

Las tres mujeres llegaron a la orilla del río, donde la lavandera y dos jóvenes lavaban las ropas de trabajo de los esclavos y los mayorales. Cerca de allí, un muchacho alimentaba un fogón sobre el que se calentaba agua en un caldero para hervir las prendas más finas y la ropa de cama de la casona.

En las otras plantaciones visitadas en el viaje a Los Gemelos, las mujeres permanecían la mayor parte del día en casa, cosiendo, haciendo encajes, tejiendo, pintando cerámica o porcelana, o practicando música en pianofortes desconchados y maltratados en el viaje por el Atlántico. Ninguna de las mujeres que conocieron era tan activa en las operaciones cotidianas de su plantación como Ana. Había algo impropio en tal actitud, pensaba Leonor, pero tenía que admitir la existencia de algo admirable en su seguridad y en sus sorprendentes habilidades y conocimiento.

Sin embargo, Ana no demostraba mucho interés en Miguel. El niño vivía prácticamente con su nana Inés, con José, su esposo y sus dos hijos, Indio y Efraín, un poco mayores que él. Los tres chicos jugaban juntos a las mil maravillas y les gustaba crear torres elaboradas con los desechos del taller donde José creaba los muebles que comenzaban a asfixiar las pequeñas habitaciones de la casona.

—José es un artesano con talento, como pueden ver. Sus muebles parecen demasiado ornamentados en nuestra casa porque es muy sencilla, pero queremos construir una casa grande —explicaba Ana mientras regresaban a la casona—. Esta casa no es realmente apropiada para nosotros, pero se necesita mucho trabajo en otras dependencias, y podríamos usar más brazos…

Se sentaron a la sombra del panapén, donde las sirvientas habían colocado sillas y una mesa. Pero Ana no se limitó a sentarse, pues junto a la silla había una cesta llena de ropas que remendar.

Un columpio colgaba de una rama en otro árbol, donde Elena e Inés se turnaban para mecer a Miguel, que reía complacido.

—Estás más inmersa en las operaciones cotidianas de lo que suponía —dijo Leonor, incapaz de ocultar el tono insinuante de su voz.

—No he venido de tan lejos a sentarme a bordar en casa —respondió Ana, tajante—. Siempre he tenido una vida activa, muy diferente a la de mi madre y sus amigas. Usted lo entiende, doña Leonor, porque ha viajado y ha tenido muchas aventuras siguiendo a don Eugenio.

—Pero jamás participé en los combates. Eso habría sido… incorrecto.

—Me siento afortunada así. Aquí no hay vida de sociedad. Nadie a quien impresionar ni nadie que nos juzgue.

—Oh, pero nadie escapa a las murmuraciones. Aunque no salgas nunca de aquí, siempre habrá algo que trascienda al exterior.

— ¿De veras? ¿Ha escuchado usted algo que yo deba saber?

—No. No. Para nada. Pero cuando menciono Los Gemelos, la gente cambia de tema.

—Usted es demasiado sensible, tía Leonor —dijo Elena—, porque ha deseado durante mucho tiempo verlo todo con sus propios ojos.

—Y ahora que lleva una semana aquí —preguntó Ana—, ¿ha visto algo que merezca comentario?

Leonor se quedó pensativa un instante. No tenía sentido criticar a Ana, pues seguiría siendo la misma pésele a quien le pese. Pero Leonor no se rendía fácilmente. —En tus cartas nunca mencionaste que Ramón no estaba bien —respondió.

—No sabía cómo decírselo. Todos estábamos horrorizados, por supuesto, por el asesinato de Inocente. Pero, naturalmente, a Ramón fue al que más le afectó.

—¿Cuántas veces te pregunté por él y nunca me respondiste diciéndome que estaba enfermo?

—No está enfermo, doña Leonor. Está afectado por la muerte de su hermano, la cual, por cierto, nos afecta a todos. Hasta donde puedo decirle, Ramón no está enfermo. Está… bueno, está cansado. No duerme bien. Seguramente lo han escuchado saliendo del dormitorio por la noche —añadió Ana, sabiendo que en aquella casa pequeña de maderas crujientes, no pasaría inadvertido ni el menor movimiento—. Camina por el batey hasta que se cansa lo suficiente como para irse a dormir. Los guardianes lo saben y lo vigilan. Severo ha ido a buscarlo algunas veces y lo ha traído de vuelta para que descanse en la finca, donde tiene un despacho. Cada uno asume su dolor a su manera, doña Leonor, y en su momento. Él perdió a la persona que le era más cercana en el mundo. Es algo que no se supera fácilmente.

—Olvidas con quién estás hablando —dijo Leonor, resoplando con indignación—. ¡He perdido a un hijo!

—Sí. Sí, lo sé. Y no quise darle más pábulo a su dolor ni preocuparla innecesariamente.

—¿Innecesariamente? ¿Pero es que no lo has visto, Ana? Ramón es puro hueso. Hace semanas que no se afeita. Y apesta. ¿No has notado las bolsas bajo sus ojos y su piel amarillenta? Apenas reconocí a mi propio hijo cuando lo vi por primera vez… —dijo

Leonor, tratando de controlar las lágrimas que se agolpaban en sus párpados y la rabia ante la indiferencia de Ana, que le hacía temblar las manos y le quebraba la voz—. Me parece que cualquier persona con un mínimo de preocupación por quienes le rodean se daría cuenta de que Ramón no está de luto. Está enfermo y necesita un médico, un médico Ana, no la curandera de los esclavos.

—Siña Damita es muy capaz...

—¡Muchacha egoísta! ¿Por qué siempre debes salirte con la tuya cuando otros están sufriendo a ojos vistas?

Ana buscó la mirada de Leonor y no desvió los ojos, como si pudiera penetrar en su alma.

—Nunca he sido santo de su devoción, doña Leonor. Pero fui yo la que les di la ambición a sus hijos. Cuando nos conocimos, vagaban sin rumbo, haciendo honor a su reputación de petimetres, jugadores y donjuanes. Les di un propósito en la vida, doña Leonor. Yo, no usted, que los malcrió y los complació en todo. Yo les di algo para que intentaran conseguirlo. Les di significado, y mucho más. Mi esfuerzo y mi fortuna se han invertido en esta plantación. La Hacienda Los Gemelos es nuestra plantación, no sólo la mía. La nuestra.

— ¿Cómo te atreves a hablarme así?

Leonor se dio cuenta de que había alzado la voz al ver que Inés y Elena dejaron de mecer a Miguel y las miraban a ambas, como si estuviesen contemplando un espectáculo.

—Usted se siente perfectamente libre para criticarme, para llamarme egoísta y quién sabe cuánto más a mis espaldas —continuó Ana, ignorando las miradas de los demás—. Pero tampoco le gusta que le diga la verdad cara a cara.

Leonor se puso de pie y se colocó entre Ana y el columpio. — Eres una tía insolente —dijo, en voz lo suficientemente alta para que Ana la escuchara, pero no las otras—. Te atribuyes la laboriosidad de mis hijos, te atribuyes su ambición. ¿Pero también vas a cargar con la culpa de la muerte de Inocente? —Ana hizo una mueca de desagrado y Leonor continuó—. Tú los trajiste aquí, no sé cómo ni por qué. Pero en la última carta que me escribió, la que redactó, por cierto, con su letra, me decía que no podía soportar más seguir aquí. Que no podía soportarlo.

Ana cerró los ojos por un instante, como reuniendo fuerza, y volvió a mirar fijamente a Leonor. Pero esta vez su suegra, de pie ante ella, no retrocedió.

—Estaba celoso de Ramón. Envidiaba nuestra vida de marido y mujer, de padres. Usted los enseñó a compartirlo todo, pero hay cosas que no se deben compartir.

—¿Qué quieres decir con eso?

—Inocente no podía soportar que Ramón tuviera algo que él no tenía —dijo Ana, respirando profundamente; estudió a Leonor, evaluando cuánto más iba a decirle. Vio a Miguel en el columpio, mirándola con expresión preocupada. Ana agitó la cabeza como para sacarse un pensamiento de adentro, y suspiró—. Todo estuvo bien hasta que nació Miguel.

Leonor volvió a sentarse, ahogada de rabia y de lágrimas, pero no quería echarse a llorar delante de su nuera. Bajo el árbol de aguacate, Inés volvió a mecer a Miguel. Elena se quedó mirando a Leonor y a Ana, dispuesta a intervenir si fuera necesario, pero sin querer interferir.

—¿Cómo puedes culpar a un niño por interponerse entre dos hermanos? Inocente quería a Miguel como si fuese su hijo —insistió Leonor—. La culpa es tuya, Ana. No te bastó con embaucar a uno de mis hijos. Los engatusaste a los dos y creaste un abismo entre ellos. En el nombre de todo lo que es sagrado, asume la responsabilidad de tus acciones.

A Ana le temblaron las manos. Volvió a mirar fijamente a Leonor. —No fui yo la que alejó a Inocente. Fueron sus preguntas incesantes sobre cuándo íbamos a marcharnos de este lugar —espetó—. Usted se negó a aceptar que podían ser felices aquí. Usted les escribía constantemente para advertirles acerca del terrible error que habían cometido. Sus cartas les hablaban de lo mal que se sentía porque vivían tan lejos, como si lo único que le importara fuera su proximidad a ellos, no la vida que habían elegido como hombres hechos y derechos. Y aún se atreve a tildarme de egoísta.

El sonido acelerado de unos cascos interrumpió la conversación. Severo entró a galope en el patio, y se bajó del caballo de un solo golpe, dando órdenes a los trabajadores, que se apresuraron a cumplir sus instrucciones. Se acercó a Leonor y a Ana, se quitó el sombrero e hizo una reverencia, respirando agitadamente.

—Señoras, lamento venir a darles una mala noticia. Don Ramón se ha caído del caballo y está herido.

—¡Dios mío! —gritó Leonor, corriendo hacia los cuatro hombres que acababan de salir del monte, cargando una hamaca y unos postes largos, pero retrocedió en cuanto el sendero fue estrechándose—. ¿Adónde lo llevaron? ¿Está malherido?

Elena la siguió, tratando de calmarla.

—Vamos a traerlo aquí —respondió Severo—. Necesitamos vendas. Ya mandé que buscaran a Siña Damita —le dijo a Ana, quien se había quedado bajo el panapén, mientras Leonor y Elena correteaban de un lado a otro. Severo hablaba en voz baja, obligando a Elena y a Leonor a dejar de llorar para escuchar lo que decía. —Temo que es una caída grave. He enviado gente a buscar al Dr. Vieira, pero aunque lo encuentren enseguida, tardará horas en llegar aquí.

—¿No sería más sensato llevar a Ramón al médico? ¿Está demasiado malherido para viajar? —preguntó Leonor.

Severo se volvió hacia ella. —Cayó por un despeñadero. Se ha roto una pierna y está muy golpeado. Debe de haberse golpeado en la cabeza, porque perdió el sentido durante unos minutos. Llevarlo a otro sitio sería peor que tratar de atenderlo aquí.

—Pero podría resultar mejor si lo llevan adonde el médico —dijo Leonor, a punto de un ataque de histeria.

Severo miró a Leonor y luego a Ana. —San Bernabé está a medio camino del pueblo. Podemos quedarnos allí si el médico ya salió para acá.

—Hagan lo que sea necesario —dijo Ana, con voz quebrada.

— Sí, señora. He pedido una carreta. Una vez que usted y Siña Damita inspeccionen las heridas, podrán decidir...

—Si es tan grave como usted dice, doña Leonor tiene razón. Debemos llevarlo al pueblo lo antes posible —dijo Ana. Severo se llevó una mano al ala del sombrero y partió.

En cuestión de minutos el polvo que levantaba el ir y venir de personas y animales oscureció el batey. Ana les entregó a Leonor y a Elena unas sábanas para que las desgarraran y convirtieran en vendas. Luego le dijo a Paula que pusiera a hervir agua en la cocina, mientras Teo preparaba varias cazuelas y vasijas. Benicio y Juancho engancharon dos mulos a una carreta, mientras Ana, Flora y Damita apilaron paja en su superficie y la cubrieron con una sábana para que hiciese de cama, mientras José le colocaba un toldo encima. Miguel se aferró a la falda de Inés, atemorizado por tanta actividad súbita.

—¡Indio! ¡Efraín! Llevároslo a jugar a otra parte.

Indio y Efraín se llevaron a Miguel con engaños, alejándolo de allí para que los adultos pudieran continuar con sus preparativos.

Una hora después, Eugenio y Severo llegaron a todo galope, seguidos por los hombres que corrían hacia el patio llevando una hamaca cuyo lado derecho estaba manchado de sangre. Leonor se lanzó en dirección al grupo, pero su esposo, con mirada sombría, la agarró para que los hombres pudieran colocar a Ramón sobre la carreta.

—¡Déjame verlo, déjame abrazarlo, por favor! —gritó, haciendo que Eugenio aflojara la presión sobre su brazo.

Los hombres hicieron sitio para que Leonor pudiera abrir los dobleces de la hamaca que le ocultaban a su hijo. Al verlo, la mujer retrocedió. Eugenio la agarró antes de que se desmayara y la condujo casi a rastras a una silla bajo el panapén, donde Elena y Flora la atendieron con presteza. En cuanto Ramón fue trasladado a la carreta, Damita y Ana examinaron y vendaron las heridas. Ramón gemía de forma lastimera, y su voz hizo que Miguel saliera corriendo desde donde sus compañeros de juegos lo habían llevado.

—¡Papá! ¡Papá! ¿Por qué lloras? —dijo el niño, tratando de abrirse paso hacia donde estaba su padre, pero Indio y Efraín lo arrastraron y se lo llevaron a Inés, quien se lo llevó, mientras todos lloraban incontrolablemente.

Leonor recuperó finalmente su compostura y subió a la carreta. Entre lágrimas, limpió los rastros de sangre y suciedad del rostro de Ramón, mientras Damita y Ana se encargaban de su pierna derecha. El hueso fracturado asomaba a través de la piel por debajo de la rodilla, y el tobillo estaba doblado por un ángulo anormal. Aunque se le había aplicado un torniquete hecho con un cinturón, seguía sangrando profusamente. El rostro de Ramón estaba totalmente arañado, y la nariz en carne viva. La piel de sus manos estaba cubierta aún de pequeños guijarros y gravilla. Damita le dio una tela limpia a Leonor para que le refrescara la frente, mientras Ana estabilizaba la pierna entre dos tablones, atándolos con tiras de tela. Se veía irritada, pero Leonor ya había visto esa misma expresión en los médicos y enfermeras de campo cuando trabajaban con roturas difíciles. No había emoción en sus movimientos rápidos y eficientes.

—Con cuidado, por favor —le dijo Leonor.

Ana la miró brevemente y siguió en su trabajo. —Estoy haciéndolo lo mejor posible —respondió.

Leonor presionó la tela fresca contra la frente de Ramón, quien, en ese instante, gritó y se desmayó. Damita se sobresaltó y miró a Ana y luego la pierna de Ramón, ahora más estirada que antes, asegurada entre las maderas. Damita sacó un frasco de su delantal y lo colocó bajo la nariz de Ramón hasta que éste volvió en sí.

—Debemos irnos —dijo Severo—. El viaje al pueblo es largo —Ana miró con los ojos entrecerrados en dirección al camino que se alejaba del batey y le temblaron las manos—. Es mejor que se quede, señora —le aconsejó Severo—. Siña Damita podrá atenderlo.

—Yo voy con ustedes —dijo Leonor, y nadie se atrevió a contradecirla. La mujer miró desafiante a Ana, quien se encogió ante los ojos de Leonor, mientras Severo la ayudaba a descender de la carreta.

—Alguien... debe... quedarse aquí —Elena posó sus brazos sobre los hombros de Ana y la abrazó hasta que la carreta emprendió la marcha.

Severo iba al frente pero Eugenio lo seguía a un lado, observando a su hijo y a su esposa, quien asía la mano de Ramón con la ferocidad de alguien que le lanza una cuerda de salvación a un hombre que se está ahogando.

Ramón respiraba con dificultad, y en varias ocasiones Leonor pensó que la vida se escapaba de aquel cuerpo cuando la mano aflojaba y sus ojos parpadeaban incontrolablemente. Pero cuando parecía que estaba a punto de morir, se estremecía, gemía y volvía a respirar levemente. En una ocasión abrió los ojos y miró a Leonor, y su rostro adoptó la expresión de confianza del niño indefenso a quien tanto amamantó.

—Aquí estoy, hijo —Ramón sonrió y Leonor hizo acopio de fuerzas para no perder la calma. Asió la mano del hijo y oró. De vez en cuando Damita le alcanzaba a Leonor un paño húmedo para que lo colocara en los labios de Ramón, éste lo sorbía con sedienta insistencia. Damita le aplicaba compresas en la frente, y con destreza impresionante dados los tumbos que daba la carreta en aquel terreno lleno de obstáculos, sacaba con las uñas los guijarros y fragmentos de piedras de la piel agrietada del rostro, los brazos y las manos de Ramón, limpiándola luego con una tela empapada en un líquido fragante.

El médico y su asistente se encontraron con el grupo a menos de cien yardas del entronque de San Bernabé. Eugenio, Leonor y Siña Damita se sentaron bajo un árbol mientras el Dr. Vieira examinaba a Ramón. El médico chasqueó la lengua y encogió los hombros con expresión de incomodidad al ver aquel entablillado improvisado. Cada vez que lo tocaba, Ramón daba un grito, y a Leonor le parecía que le infligían aquel dolor en su propio cuerpo. Eugenio la ayudó a ponerse de pie cuando el galeno se les acercó.

—Lo siento, coronel —dijo el Dr. Vieira con un acento portugués cuyas sólidas consonantes añadían sílabas adicionales a su español. A Leonor le molestó que se dirigiera a Eugenio, ignorándola completamente—. He hecho todo lo posible para que se sienta cómodo, pero le ruego que comprenda que las condiciones no son óptimas —agregó, señalando con la mano derecha en dirección a la carreta. Leonor advirtió que le faltaban el dedo meñique y el anular.

—Fuentes fue a preguntarle a don Luis si podemos llevarlo a su hacienda para darle tratamiento.

El Dr. Vieira observó los alrededores y miró con escepticismo en dirección al terreno escabroso que llevaba a San Bernabé, y luego al camino pedregoso que hacía una curva y desaparecía en la maleza.

—Pensamos que ahorraríamos tiempo si se lo traíamos —dijo Leonor.

—Moverlo no fue probablemente la mejor decisión —respondió el Dr. Vieira, hablándole a Eugenio—. Ha perdido mucha sangre y se le hace difícil respirar pues tiene varias costillas rotas. También tiene fracturas serias que se han empeorado por los tumbos de la carreta. Puedo estabilizarle la pierna, pero siempre hay peligro de infección.

Leonor se desmayó y Siña Damita la llevó a sentarse. Una vez que estuvo a una distancia prudencial, Eugenio tomó al doctor por el brazo y caminaron unos pasos.

—He sido soldado toda la vida y he visto recuperarse a hombres con heridas peores. Debe garantizar que mi hijo salga vivo de ésta.

—Pero, coronel, no puedo garantizarle...

—¿Ve a mi esposa? Esa mujer es más valerosa que la mayoría de los hombres, pero ya perdió un hijo. Si pierde a Ramón por su falta de juicio... —la voz de Eugenio se quebró, pero se irguió aún más, se pasó la mano desde la frente a la punta de la barba, y respiró profundo—. Haga lo que haga falta para salvarlo, Dr. Vieira.

⁂

Luis y Faustina los recibieron en su batey, aunque ante tales circunstancias la alegría que los caracterizaba se había desvanecido.

—Nuestros muchachos están visitando a unos familiares en Mayagüez —explicó Faustina—. Hemos puesto a Ramón en la habitación de Luisito, donde estará más cómodo. Ciriaca y Bombón podrán atenderlo en cuanto el médico y su asistente le coloquen la pierna.

Leonor se sintió más tranquila ante la gentileza de Faustina y su confianza en el Dr. Vieira y en la recuperación de Ramón.

—El médico se ha ganado la estima de todos los que vivimos por aquí —le aseguró Faustina—. He ordenado que se sirva la cena bajo los árboles junto al estanque —dijo y se alejó a sus menesteres—. En cuanto se haya refrescado, Ciriaca la llevará hasta allí.

Se levantó una carpa abierta cerca de un arroyo, lo suficientemente lejos de la casa, donde el Dr. Vieira atendía a Ramón para que sus gritos se atenuaran, si no se podían apagar enteramente, con el rumor de una cascada.

Luis, Eugenio, Faustina y Leonor se sentaron con intranquilidad a la mesa cubierta por un mantel de lino, incapaces de probar bocado, pero tratando de ser corteses por el bien de los demás. ¿Cómo podría comer, pensó Leonor, mientras componían dolorosamente la pierna rota de su hijo en una habitación decorada con los juguetes, libros y dibujos de un escolar? ¿Tendría el médico los instrumentos adecuados? ¿Cómo podría hacer su trabajo con dos dedos de menos? ¿Sería lo suficientemente fuerte el ron hecho en casa por Luis para mitigar el dolor de Ramón? Los Morales trataban por todos los medios de entablar conversación, pero todos tenían los ojos puestos en el sendero que conducía a la casa y en el constante ir y venir de los sirvientes, quienes miraban con lástima a Leonor, y, aparentemente, eran los únicos que no fingían ignorar los gritos que lanzaba Ramón desde el dormitorio de Luisito.

Leonor se sentó junto a la cama de su hijo, sumando avemarías en las cuentas de plata de su rosario. Ramón dormitaba, si es que tal cosa le era posible entre tantos ayes y gemidos. Indudablemente, aquello no era descanso en absoluto.

Ramón despedía el mismo olor que los borrachos a quienes evitaba en las calles de la ciudad. Un hedor a licor, orina y sudor, y en el caso específico de su hijo, al aroma amargo de la sangre. Ciriaca y Bombón habían restañado gran parte de la sangre, pero cada venda nueva que se le colocaba a la pierna de Ramón se teñía de rojo rápidamente. Leonor había trabajado como voluntaria en demasiados hospitales militares como para saber que era una mala señal. El Dr. Vieira colocó la pierna de forma similar a lo que habían podido hacer Ana y Damita, pero más recta y apretada. Según el médico, esperaba que no hubiese necesidad de amputación.

Leonor se preguntó si el Dr. Vieira sería un cirujano diestro, o si los dedos faltantes lo harían renuente a infligirles una herida similar a sus pacientes. Ni se atrevió a preguntarle porque, independientemente de la respuesta que le daría, la vida de Ramón estaba en sus manos y se esforzaría al máximo —Leonor estaba segura de ello— por salvarlo.

El Dr. Vieira le pidió a Bombón que afeitara a Ramón para curarle los arañazos y cortaduras en sus mejillas y mandíbula. Leonor se lo agradeció, porque iba a poder verlo afeitado y pulcro, como siempre. Su rostro estaba surcado de profundas arrugas alrededor de los ojos, y de la nariz a los labios, la frente se inclinaba hacia la barbilla, y dos de sus dientes frontales estaban astillados desde mucho antes de la caída, a juzgar por sus bordes amarillentos.

—Madre... —Leonor dudó si había escuchado aquella palabra, o si el sonido era sólo otra variante de los graznidos que escapaban de cuando en cuando de los labios de su hijo—. Mamá, llévatelo contigo —Ramón hablaba con tal vehemencia que Leonor temió que aquel esfuerzo fuese demasiado para él.

— ¿A quién, mi amor? ¿Llevarme a quién?

Ramón abrió los ojos y volvió a cerrarlos inmediatamente. —A Miguel —dijo, y volvió a sumirse en el silencio.

Leonor presionó una tela húmeda sobre su rostro. Su hijo estaba febril, y desde que Leonor se había hecho cargo de la vigilia, antes del alba, sus labios se movían en un balbuceo interminable, acrecentado por los quejidos que les impedían a los demás conciliar el sueño. Sin embargo, en esa ocasión, su voz fue bien clara. Estaba segura de lo que había escuchado. Ramón quería que ella se llevase a Miguel de Los Gemelos, lejos de Ana.

Después de aquel momento de lucidez, a Ramón le subió la fiebre y entró en una especie de delirio en el que conversaba con

Inocente, con balbuceos ininteligibles a excepción de algunas frases. —Mira, Inocente —decía Ramón, como si hubiera descubierto algo extraordinariamente hermoso que su hermano debía ver—. No te vayas, Ino —imploraba, como si su gemelo se hubiera alejado demasiado—. No fui yo —respondió irritado en otro momento, como si Inocente lo acusara de haber hecho algo que despertó su enojo. Una hora después de haberle dicho a Leonor que se llevara a Miguel, Ramón no la había reconocido ni había vuelto a hablarle directamente.

En cuanto aclaró, la puerta se abrió chirriando para darle entrada a una sirvienta que traía una bandeja con una vasija humeante y una taza y platillo de delicada porcelana.

—Disculpe, señora. Me tomé la libertad. Pensaba que usted querría algo de beber. Es chocolate.

—Muy amable de tu parte —respondió Leonor.

La sirvienta colocó la bandeja en la mesa de noche, sin dejar de mirar a Ramón, atenta a cada aspecto de su figura. —Pobrecito señor. Era un hombre bueno —dijo.

—Es un hombre bueno.

—Sí, señora, es un hombre bueno —se corrigió la sirvienta, con el labio superior cubriendo sus dientes salidos, como si tratara de evitar una sonrisa.

—¿Cómo te llamas?

—Marta, señora, para servirle. Era cocinera en Los Gemelos antes de venir aquí.

Leonor la miró con detenimiento. Era corpulenta, parda y de nariz chata, con dientes demasiado grandes para su boca. Tenía hombros anchos, senos enormes, vientre redondo y manos masculinas.

Ramón gimió y ambas mujeres se volvieron hacia él. —Inocente —dijo con voz temerosa e infantil que a Leonor le llegó al alma—. Inocente, no me dejes.

—Aquí estoy, hijo. Mamá está contigo, mi hijo —Leonor le tomó una mano y con la otra le acarició la frente y le sacó unas hebras de cabello sudoroso de las sienes. Marta se quedó de pie al otro lado de la cama, insistente, como deseosa de que Ramón la reconociera. Su expresión era de un júbilo extraño, como de alguien que se deleita en dar testimonio, preferiblemente si se trata de aspectos negativos de sus superiores que pudiera relatar luego en cada detalle, exagerando para lograr su máximo efecto.

Leonor frunció el ceño y Marta trató de buscar algo que hacer.
—Es todo —dijo Leonor en tono cortante—. Puedes irte. Marta se quedó allí por un instante, con una mirada desdeñosa en el rostro. La esclava se apretó el vientre y Leonor se dio cuenta de que su volumen no era gordura, sino embarazo. Sin sacar las manos del vientre, Marta hizo una profunda reverencia, medio burlona, antes de salir de la habitación.

—Madre —volvió a llamar Ramón—. Inocente se va...

Sus ojos comenzaron a oscilar de lado a lado, hacia arriba y hacia abajo, como siguiendo los movimientos erráticos de un picaflor. El cuerpo se tensó y la respiración se hizo más leve. Con una fuerza desconocida para ella, Ramón se incorporó a medias en la cama y dio un grito aterrador, para luego volver a caer, jadeante.

Eugenio entró corriendo a la habitación, seguido por Luis, Faustina, Ciriaca, Bombón y, finalmente, el Dr. Vieira, quien estaba durmiendo al lado, en el cuarto de Manolo. El médico le tomó el pulso a Ramón, le levantó los párpados y miró sus pupilas. Luego examinó los vendajes y colocó su oído en el pecho del herido.

Leonor sabía que nada de lo que había hecho podía salvar a su hijo. Al doctor Vieira le resultaba imposible revertir el silbido de los pulmones que no podían tomar aire suficiente. Ramón jadeó y exhaló largamente. La mano que Leonor sostenía aflojó su presión y el rictus del rostro desapareció por completo. En alguna parte cantó un gallo, y ladraron los perros. Leonor abrazó a su hijo, presionó el rostro contra su pecho y sollozó. Su esposo la abrazó a su vez, y sus lágrimas le quemaron los hombros a Leonor.

El Dr. Vieira le pidió a Leonor que saliera para preparar el cadáver, pero ésta no quiso apartarse de Ramón.

—Ya no puede hacer nada más por él, Dr. Vieira —dijo, con más aplomo del que sentía realmente. —Esto es trabajo de mujeres—. Ciriaca y Bombón se pararon junto a ella, y el médico, ante su insistencia, se retiró. Momentos más tarde él y su asistente se alejaban del batey, mientras la mañana comenzaba a hacerse cálida.

Las tres mujeres movieron a Ramón de un lado a otro de la cama para limpiar la sangre, la suciedad y la mugre que el dolor impidió eliminar cuando estaba vivo. Le lavaron el cabello y se lo cortaron alrededor del rostro, lo volvieron a afeitar para que sus mejillas quedaran suaves, incluso si los moretones y arañazos le estropeaban sus facciones. Le cortaron las uñas y le frotaron el cuerpo con manteca de cacao. Le cambiaron las sábanas sucias y lo envolvieron en un sudario de lino cortado de una sábana que Faustina les trajo, luego de haberla despojado de los motivos festivos, aunque no pudo eliminar las iniciales bordadas bajo el escudo de los Morales.

—Luis envió un mensajero a Los Gemelos para notificar a su nuera —dijo Faustina—. Anoche mandamos a buscar al padre Xavier, pero estaba atendiendo a otra familia al otro lado del pueblo. Vendrá hoy en algún momento.

Leonor no tenía idea de cuándo Ramón se había confesado ni recibido la eucaristía por última vez, pero se imaginaba que fue el día que salieron de San Juan, cuatro años antes. Tendrían que sepultarlo lejos de su hermano, de su patria, del panteón familiar en el patio de la iglesia de su pueblo natal de Villamartín en la provincia de Cádiz. Allí reposaban los antepasados de Eugenio y Leonor, a cien yardas uno del otro, al mismo lado de un camino arbolado. Ramón e Inocente serían los primeros del clan en ser enterrados al otro lado del mar. Bombón le cubrió la cabeza a Ramón con el sudario. Y mientras Ciriaca la sostenía, Leonor dejó que todo el peso de su dolor humedeciera el sólido pecho de la sirvienta. Apoyada en los firmes brazos de Ciriaca, salió de aquella habitación decorada con las esperanzas y sueños del hijo menor de los Morales, mientras su propio muchacho, envejecido y quebrantado antes de que le llegara su hora, yacía inmóvil y frío en la estrecha camita.

Por segunda vez en sólo una semana, Leonor volvía a descender la montaña desde la finca San Bernabé a las llanuras pobladas de cañaverales. Le quedaban grandes la yegua y la falda de montar de Faustina. Desde el lomo de la cabalgadura, los acantilados y sus fondos invisibles eran mucho más aterradores que cuando los había visto desde el coche cerrado. La yegua avanzaba con paso seguro sobre los senderos pedregosos, lejos de las cuestas resbaladizas y traicioneras. Aunque lo intentó, no pudo evitar imaginarse a Ramón precipitándose por un despeñadero como aquellos por los que había pasado, con el cuerpo impactando agudas rocas y peñas en su camino a las profundidades.

Dos hombres de la Hacienda Los Gemelos llevaban cuesta abajo a Ramón en una hamaca. Como podían maniobrar con más facilidad y rapidez que los jinetes, los esperaron al final de la colina.

Eugenio había salido antes para garantizar que todo estuviera listo para recibirlos en Los Gemelos, pero Severo Fuentes se quedó con la comitiva. En cuanto se cercioró de que Leonor era buena jinete, dejó cierto espacio entre ellos, adelantándose con frecuencia para cortar ramas bajas con un tajo veloz de su machete. Faustina insistió en que Ciriaca acompañase a Leonor a Los Gemelos. Pero la sirvienta montaba su mula con dificultad. Como la criaron para ser criada doméstica, no estaba acostumbrada al ambiente incontrolable del campo. De no haber sido por la solemnidad de la ocasión, Leonor se hubiera reído al ver los golpes infructuosos de Ciriaca al aire cuando le volaba algún insecto frente al rostro; o su temor ante cualquier movimiento o chillido de las aves y otras criaturas invisibles.

Doña Leonor se emocionó al ver la cantidad de personas que los esperaban a su llegada a Los Gemelos, poco antes del crepúsculo. Los esclavos, mayorales, libertos y campesinos formaban, cabizbajos, un sendero que conducía al rancho abierto, transformado en sólo un día gracias a su trabajo. Los bancos conformaban un pasillo central que conducía al altar, donde habían colocado el antiguo crucifijo de Ana. Había flores por doquier y enredaderas que ascendían por las patas de los caballetes donde se colocaría el féretro.

Junto al rancho habían instalado una carpa cerrada, y frente a ésta, esperaban Ana, Eugenio y Elena junto al padre Xavier. Las mujeres llevaban vestidos negros sencillos, hechos obviamente a la carrera, por lo que no les ajustaban debidamente. Elena y Ciriaca ayudaron a Leonor a subir a la planta alta, a la habitación contigua a la de Ana, donde estaba esperándola, sobre la cama, un vestido negro como el que llevaban Ana y Elena.

El trueque

En su habitación, con las ventanas medio cerradas, Ana lloró hasta que se le hincharon los ojos. Tenía veintitrés años, había dado a luz a un hijo e invertido en la hacienda toda la riqueza que había aportado al matrimonio. Había sacrificado su fortuna, su juventud y su apariencia para ser una pionera en tierra inhóspita; había cometido los pecados de adulterio y fornicación sin buscar penitencia. Luego del fallecimiento de Ramón, todo lo hecho había sido en vano. La Hacienda Los Gemelos le pertenecía a don Eugenio, quien, al morir sus dos hijos, seguramente la vendería. Y tal vez se vería obligada a regresar a San Juan o incluso a España. Y lo peor de todo, tendría que depender de sus suegros o de sus padres, flotando sin rumbo por habitaciones agobiantes y años indolentes de luto mientras su hijo crecía.

Cuando vio el cuerpo amortajado, Ana no podía creer que Ramón yaciera entre aquellos pliegues de lino. Eugenio y Severo llevaban al hombro los postes que sostenían la hamaca, e introdujeron a Ramón en la carpa, seguidos por el padre Xavier. A Ana la dejaron bajo el sol, ante el zumbido solemne de las plegarias. Flora la tomó del brazo.

—Venga, mi señora —le dijo la esclava—. Ellos listos ya. Vaya a verlo otra vez —Damita la tomó por el otro brazo y Ana agradeció tenerlas junto a ella porque tenía miedo.

La tierra estaba cubierta de astillas de madera y serrín. José construyó el féretro de caoba en unas cuantas horas, pero no pudo reprimir sus impulsos decorativos. Sin embargo, comparadas con las de los muebles, las tallas de enredaderas y flores que rodeaban el crucifijo encima de la tapa del ataúd eran hermosas y sobrias. Los hombres ya habían colocado dentro el cadáver de Ramón, envuelto aún en el sudario. Su rostro afeitado y limpio se veía más joven de los veintinueve años que tenía, borrando la última imagen de un hombre barbado, envejecido y atormentado. Ana pasó la punta de sus dedos por sus suaves mejillas, por los labios que en otro tiempo sonreían con brillantez y por sus párpados. Estaba frío. «Te perdono», dijo en silencio, pero le pareció que aquellas palabras carecían de sentido. «Perdóname», murmuró mientras se inclinaba a besarle la frente, y sintió repugnancia ante el olor a chocolate de la manteca de cacao. Retrocedió bruscamente, y Flora y Siña Damita se la llevaron porque ya no podía mantenerse en pie.

En los días que siguieron, Ana se movía como si transitara por la vida de otra persona. A duras penas lidió con el velorio en el rancho, las oraciones y las condolencias. Los mismos dolientes que visitaron la hacienda cuando murió Inocente, llegaron ahora en coches o a caballo. Eran la "gente encantadora" que tanto le agradaba a Ramón, don tal y tal y doña fulana de tal, con sus anticuadas ropas europeas y parloteando en una mezcla de acentos regionales y nacionales. Aunque se sentían afectados por las circunstancias, les alegraba romper el aislamiento de sus haciendas, incluso para asistir a un funeral. Hombres y mujeres por igual miraban a Ana con desvergonzado interés. Ella no se sentía como una viuda acongojada, sino como objeto expuesto en un museo. Faustina saludaba a las mujeres recién llegadas con besos en las mejillas, y con apretones de mano a los hombres, para luego llevarlos a la entrada del rancho, donde Ana, Eugenio, Leonor y Elena estaban sentados ante el féretro.

El padre Xavier seguía rondando a la familia. Trató de convencer a Ana para enterrar a Ramón en el cementerio católico, pero en una de las pocas decisiones que tomó en las horas que siguieron a la muerte de su esposo, se negó rotundamente.

—Este lugar tenía más significado para Ramón que un pueblo que casi nunca visitaba —dijo, secándose las lágrimas—. Preferiría que usted consagrara el terreno, porque cuando me llegue la hora, también quiero reposar aquí.

Severo seleccionó un sitio sobre un promontorio para sepultar a Ramón y les ordenó a sus hombres que le construyeran una cerca de piedra alrededor para convertirlo en sepultura. Hasta Leonor y Eugenio estuvieron de acuerdo en que era un sitio apacible, bajo la sombra de una añosa ceiba. Ramón fue enterrado en el punto más alto, con el cañaveral allá abajo, como una enorme alfombra ondulante. Después del funeral, y bajo la dirección de Severo, se transformó el rancho en un comedor abierto donde se les sirvió comida a los presentes antes de que regresaran a sus respectivas plantaciones. Las novenas también se rezaron en el rancho, pero como la cantidad de visitantes fue disminuyendo con el paso de los días, al final sólo la familia, los esclavos y algunos campesinos rezaban las oraciones que Ana, Leonor y Elena se turnaban para leer.

Ana se esforzó para que los Argoso se sintieran en casa, a pesar de que Ramón había anunciado su llegada cuando estaban ya a medio camino de Los Gemelos. Hubiera preferido que se hospedaran en la finca, lo cual les hubiera dado a todos más privacidad. Pero Ramón insistió en que la finca estaba demasiado lejos de la casa.

Leonor había traído con ella a una esclava de San Bernabé, un préstamo de Faustina, según dijo. Ciriaca dormía en una hamaca en el cuarto de Miguel, que también ocupaba Elena, y servía a las dos mujeres con solicitud refinada y sorprendente devoción. Cada mañana, Ciriaca y Elena llevaban a doña Leonor a la tumba de Ramón, y rezaban en las tardes. Cuando Ana no las acompañaba, Leonor la miraba con odio.

Flora sentía celos de Ciriaca. —Ordena a mí y a Inés como si ella es mi ama —decía.

Damita también afirmaba que los modales refinados y los aires de mando de Ciriaca eran causa de rumores y quejas entre los esclavos. El funcionamiento perfecto de su casa, que Ana se esforzaba tanto por lograr y mantener, se transformó en cuestión de días en una resentida lucha interna entre sus sirvientes.

A pesar de estar guardando luto, Ana no desatendía sus labores cotidianas. Cada vez que se encontraba con Leonor, Ana sentía su mirada de desaprobación, porque, para ésta, debía estar sentada en un rincón, como ella y Elena, orando y leyendo textos devocionarios. Eugenio se iba al campo con Severo, y permanecía allí, desde el alba hasta el atardecer. Su esposa no lo obligaba a sentarse con ellas para rezar todo el día. Eugenio trabajaba en medio de su dolor, pero ella no podía porque era mujer y tenía que expresar su aflicción poniendo en suspenso su vida. Ana empleaba buena parte de su día en los jardines y huertas, preparando su futuro.

Una tarde, Leonor y Elena llevaron a Miguel al río a merendar. Ana trabajaba en los libros contables cuando escuchó a Eugenio subiendo por las escaleras exteriores.

—¡Ah! Estás ahí. ¿No vas a la merienda?

—No, don Eugenio. Estamos a fin de mes, y tengo que revisar las cuentas y preparar el pago de los mayorales y los jornaleros.

—¿Puedo ayudarte?

—Casi termino, pero si quiere, puede revisar lo que he hecho.

Eugenio se sentó a su lado y ella comenzó a explicarle cada partida, cada gasto, cada compra y venta realizada durante casi cinco años en Los Gemelos. Eugenio se recostó en su asiento, como si las líneas azules, verdes y rojas de aquellas páginas le dieran mareos. No estaba para créditos y débitos, pero ya había estado en la plantación lo suficiente como para saber que estaba mejor administrada de lo que esperaba.

— Se ve todo muy bien —dijo, asintiendo con la cabeza.

—Otro par de años de buenas cosechas —aseguró Ana, cerrando los libros para colocarlos a su lado—, y Los Gemelos será autosuficiente. Y en otros dos años más tendremos ganancias.

—Es trágico que ninguno de mis muchachos haya vivido lo suficiente para verlo.

—Sí —respondió Ana, bajando la cabeza, aunque con el rabillo del ojo pudo ver cómo Eugenio miraba a su alrededor, como haciendo inventario de la casa y sus pertenencias—. Por esa razón —añadió suavemente—, seguiré trabajando aquí, don Eugenio. En memoria de ellos.

—Ana, sabes de sobra que es imposible. ¿Tú sola aquí? No, querida. Aprecio tu sentir, pero… No. No podría permitirlo.

A Ana se le revolvió la bilis. Él, como cabeza de familia, estaba obligado, atado en realidad, por lazos familiares y por su cultura para tomar decisiones por ella. Ana trató de conservar la calma, recordándose a sí misma que Eugenio tenía mejor disposición hacia ella que Leonor.

—Es su plantación, por supuesto, y puede hacer con ella lo que le plazca. Pero Ramón e Inocente consideraban Los Gemelos como su legado para Miguel. Aquí nació. Es todo lo que ha conocido.

—Tiene cuatro años, Ana. ¿Qué sabe Miguel de legados y de futuro?

—Todavía nada, pero algún día preguntará por qué lucharon y murieron su padre y su tío.

—¿Y vas a hacerle creer que ellos lucharon y murieron por un pedazo de tierra con edificios destartalados? ¿Vas a hacerle creer que su padre y su tío lucharon y murieron por unos cuantos cerdos y pollos, por algunos mulos y un par de yeguas viejas?

—¿Eso es todo lo que usted ha visto aquí?

Eugenio caminó hasta la ventana y le dio la espalda durante tanto tiempo que Ana pensó que había dado por terminada la conversación. —Luis Morales me ha hecho una generosa oferta que estoy dispuesto a aceptar.

—Cualquiera que sea, no basta. Sus hijos y yo se lo hemos dado todo a Los Gemelos, y ahora que está a punto de ser un negocio rentable…

—Después de haber visto tus libros de contabilidad, y de considerar la oferta de Luis, la venta sería un negocio muy rentable.

Ana movió la cabeza, acordándose del gordo don Luis paseando por el batey como si fuese su propiedad.

—No tienes de qué preocuparte, querida. Miguel y tú siempre estaréis bien atendidos. Te prometo que no os faltará de nada.

—Lo que deseo es, don Eugenio, terminar lo que Ramón, Inocente y yo empezamos. Se lo debo a ellos, y a Miguel.

Eugenio volvió a caminar hacia la ventana, claramente exasperado, pero esta vez no le volvió la espalda. —Ana, piensa por un momento. ¿Cómo te propones criar a un niño por tu cuenta, en medio del monte, lejos de la única familia que le queda? ¿A qué colegio lo mandarás? ¿A qué sociedad pertenecerá? Si se hace daño, ¿pasarán horas hasta que llegue el médico, como pasó con Ramón? ¿Y si hay otra insurrección? ¿No tienes miedo?

Ana pensó un instante antes de responder. —Sí, por supuesto que hubo momentos en que sentí miedo. Al principio, después de que asesinaran a Inocente, y el año pasado con las insurrecciones. Sentí miedo, pero sabía que si me daba por vencida no iba a estar en paz conmigo misma.

Eugenio rió entre dientes. —Hablas como un soldado —dijo. Y Ana sonrió también—. Pero, Ana, una plantación necesita un hombre que tome las riendas de los trabajadores, un hombre que pueda negociar con los proveedores y los clientes. Un hombre, Ana, no una joven con un niño.

—Severo Fuentes ha sido un excelente mayordomo. Confío en que él puede encargarse…

—¿Y cómo crees que se verá que te quedes aquí, sola, con Severo Fuentes?

Ana esperaba que no se notara su rubor. —Ha sido muy respetuoso —respondió.

—Estoy seguro de que lo fue, cuando tu esposo estaba vivo. Pero ya he visto cómo te mira.

Ana se ruborizó aún más, pero esta vez de enojo. —¡Don Eugenio! ¿Qué está insinuando usted?

—Nada, querida. Perdóname. Sólo estoy señalando la realidad de tu situación. Eres joven y desprotegida. Él es joven y ambicioso. ¿Cuánto tiempo piensas que pasará antes de que caiga en la cuenta de que, si se casa con la patrona, se convertiría en patrón? —dijo don Eugenio, sentándose nuevamente e inclinándose hacia Ana—. Leonor y yo hemos hecho el máximo sacrificio, Ana. Dos hijos muertos. Y no quiero justificarme. No te culpo —repitió, para asegurarse de que ella comprendía—. Eres joven, y algún día querrás casarte otra vez y tener tal vez más hijos. Y ésa es tu prerrogativa. Pero Miguel es el último de los Argoso y pretendo criarlo bajo mi techo, con mis valores, y, sí, incluso mis prejuicios y quizá algunos de mis vicios. Ésa es mi prerrogativa, ¿ves?, como patriarca de esta familia.

Ana se levantó como si fuese a salir de la habitación, pero volvió a sentarse, mirando al suelo, pensando en lo que podría decir. —¿Y qué tal si me vendiera a mí Los Gemelos? —dijo de repente.

—Querida, he visto tus libros de contabilidad. No puedes costear...

—Tal vez podría extenderme una hipoteca...

—¿Una hipoteca? ¿Garantizada por?

—Garantizada por Miguel.

Eugenio balbuceó, incapaz de articular palabra.

Ana siguió hablando rápidamente, para asegurarse de decir todo antes de que cambiara de parecer. —Si dejo de cumplir con lo pactado, usted se queda con el niño, y yo renunciaré legalmente a todos mis derechos sobre él.

Eugenio se quedó mirando a Ana como si tuviera la cabeza llena de serpientes. —¿He entendido correctamente? ¿Estás ofreciendo un trueque de Miguel por Los Gemelos?

—No he dicho eso, don Eugenio. ¿Qué tipo de madre piensa usted que soy?

—Pero dijiste que...

—Estoy sugiriendo un trato beneficioso para todos. Estoy aquí construyendo lo que sus hijos y yo empezamos. Si no lo logro, volveré a España, pero Miguel será de ustedes. Así, usted y doña Leonor no serían los únicos que habrían sacrificado hijos.

—Me resulta difícil creer lo que estoy escuchando —dijo Eugenio, apoyándose en la pared, necesitado del apoyo de las rústicas vigas—. En cualquier caso, Leonor nunca aceptaría dejar aquí a Miguel. Ya me lo ha dicho muy claramente.

—Ah, sí, doña Leonor —dijo Ana con una mueca por sonrisa—. Ella, creo yo, preferiría un trato más limpio —continuó, sin sarcasmo en su voz, pero como si estuviera hablando consigo misma—. Quizá cuando usted malinterpretó lo que dije estuvimos más cerca de lo que tendría más sentido para ella. Sí, un simple intercambio tendría más sentido —añadió, suspirando y bajando la voz para que don Eugenio se le acercara—. ¿Y si yo me quedo con Los Gemelos y ustedes con Miguel? —prosiguió—. Ustedes lo crían en un ambiente… más… adecuado.

—Ana, ¿estás hablando en serio? ¿Entregarías tu hijo?

Ana lo miró fijamente. —Don Eugenio, no estoy entregando a Miguel. Estoy mandándolo a criarse con sus queridos abuelos, con más recursos para educarlo y cuidarlo que yo.

—Y si ése fuera el caso, ¿para qué necesitas ser la dueña de Los Gemelos?

—Porque soy una pobre viuda indefensa que ha invertido toda su fortuna en este sitio al que no tengo derecho legal. Y es cierto, aún soy joven, fuerte y saludable. No quiero estar el resto de mi vida dependiendo de usted, como Elena. Pero quiero vivir como… como su socia, a falta de una palabra mejor.

—Aquí hay algo que no está bien…

Ana continuó como si no lo hubiese escuchado. —Los Gemelos debe seguir estando a su nombre y con Miguel como único heredero. Y usted debe comprometerse a no venderla sin ofrecérmela antes a mí. Al menos parece justo, ¿no es así?

—Sí, parece justo.

—Si, como usted predijo, vuelvo a casarme, el patrimonio de Miguel estaría protegido.

—Me parece que lo tienes todo muy bien pensado.

—Estamos sosteniendo una conversación necesaria acerca de mi futuro y el de Miguel. Aprecio su ayuda en tratar de determinar lo mejor para mí y para mi hijo, pero le hago saber que si no tengo casa propia, me veré obligada a regresar a la de mis padres en Sevilla, y me llevaré a mi hijo conmigo.

—Y ahora me amenazas…

—Sólo estoy analizando mis opciones con usted, señor.

—Ya veo —dijo Eugenio, haciendo una mueca como si estuviese bebiendo un trago amargo. Desde el patio se elevó el sonido de la risa de Miguel y se escucharon pasos ligeros de mujeres subiendo las escaleras—. Continuaremos esta conversación en otro momento. Ya están de vuelta de la merienda.

꘏

Eugenio estuvo preocupado el resto del día. Dio varias vueltas por el estanque, con las manos a la espalda, rumiando la oferta de Ana, y cómo la misma afectaría su vida.

Ya había vendido la finca de Caguas, porque después de la muerte de Inocente, su esposa tenía temor a vivir en el campo. Y deshacerse de Marítima Argoso Marín sería el próximo paso. Al morir sus dos hijos, no contaba con nadie para administrar el negocio naviero, una empresa que Eugenio no entendía ni quería entender. Le animaba la oferta que le hiciera Luis Morales Font por la Hacienda Los Gemelos, pues no podía imaginarse que él —o Leonor— quisieran jamás vivir allí. Le costaba trabajo aceptar que los negros y las negras de la hacienda fueran de su propiedad, a pesar de que les enviaba dinero a sus hijos para la compra de esclavos. Como todo hacendado, estaba convencido de que los esclavos eran necesarios para las operaciones, y más capaces para el trabajo que los jornaleros blancos.

Tanto su familia en España como la de Leonor fueron dueñas de esclavos que permanecieron con sus padres después de la abolición. En San Juan, sus amigos tenían esclavos domésticos, pero Eugenio no había tenido demasiado contacto con las condiciones de los trabajadores agrícolas. Le aterró ver las condiciones de vida de los —sus— esclavos, lo duro que trabajaban, y cómo los mayorales, los jefes, Severo y Ana regulaban y controlaban cada aspecto de su vida. ¿Qué necesitaron sus hijos, que vivieron y trabajaron con ellos, para aceptar su papel de dueños de esclavos? Nunca le escribieron narrándole aquella parte de la experiencia, pero aunque

Ana tuviera algún escrúpulo, había asumido la posición de patrona como si hubiera nacido allí. Por supuesto, era gentil con ellos, pero no los veía como seres humanos, pensó Eugenio. Eran, simplemente, herramientas.

Luego de la turbulencia de la guerra carlista en España y los últimos cinco años en Puerto Rico, Eugenio anhelaba una existencia tranquila junto a su amada esposa. Después de que vendiera el negocio naviero, regresaría a España, tal vez incluso a Villamartín, la villa ancestral en la que crecieron él y Leonor. Y Miguel se criaría junto a su gente, sin estirpe ni sueños de gloria que no fueran la pleitesía a la Reina y el deber con la nación. También se proponía encontrarle esposo a Elena.

Elena había estado de duelo con ellos durante dos años, había llevado traje de luto por Inocente, y seguiría usándolo por Ramón otros dos años. A los veintiuno, ya Elena debería estar casada y asentada. La consideraba como una hija, y quería hacer lo correcto por ella. También sabía que Leonor querría tenerla cerca. Eugenio estaba seguro de que su esposa estaría de acuerdo con sus planes. Pero le preocupaba lo que debía hacer con Ana. Técnicamente, a pesar de que tenía madre y padre, pertenecía a esta familia porque era la madre del heredero de los Argoso. Eugenio no se la imaginaba sentada a su mesa por el resto de su vida, ni de la de ella, y especialmente la de Leonor. La obsesión de Ana con la hacienda resolvería el problema del camino que debía tomar, y de cómo complacer a su esposa.

Esa noche, antes de la cena, Eugenio le relató a Leonor una versión modificada de su conversación con Ana.

Leonor se mostró inflexible. —Déjala que se pudra aquí si quiere, pero no me voy sin Miguel.

—Lo cierto es que lo que está ofreciendo no carece de razón. Ya hicimos una inversión sustancial, y ella quiere continuar el trabajo mientras nosotros criamos al niño. Luis comprará Los Gemelos en cuanto queramos venderla.

—No me importa el tipo de trato que hagas con ella, Eugenio. No quiero a esa mujer en mi casa.

—En los años que llevamos juntos jamás te había escuchado hablar tan duramente de nadie.

—La desprecio. Está loca. Nuestros hijos están muertos por su culpa, y no voy a dejar que también destruya a Miguel. Dale lo que quiera, pero vayámonos de aquí lo antes posible.

—¿Quieres que haga una oferta por Ciriaca?

—Puedo usarla a ella y también a su hija.

—Haré que Fuentes se encargue del asunto.

—Vámonos lo antes posible, Eugenio, antes de que Ana cambie de parecer. Esa mujer es una víbora.

Días después, Eugenio se reunió en la finca con Severo Fuentes para pedirle que estuviera pendiente de Ana.

—Ella estará en contacto directo con el Sr. Worthy, mi abogado —dijo—, quien espera una contabilidad estricta. Confío en que será escrupulosa con los datos y las cifras, pero necesito saber si algo anda mal por aquí. Don Luis está interesado en Los Gemelos, pero, por el momento, no estoy listo para vender. Cuento con usted para garantizar que el valor de la propiedad no decrezca.

—¿Le preocupa, señor, que doña Ana no sea capaz de administrar la plantación tan bien como don Ramón y don Inocente, que en paz descansen?

—Soy consciente de que gran parte de su éxito se debe a su capaz administración.

—Muy amable de su parte, señor, pero...

—Usted me subestima, Fuentes. Podré ser un soldado viejo y tonto, pero no soy estúpido.

—Jamás me atrevería a pensar esas cosas de usted, señor.

—Entonces nos entendemos. Estoy interesado en que Los Gemelos salga adelante, y que Ana crea que ella es la responsable del triunfo del hombre sobre la naturaleza o de cualquier otra cosa que piense que está haciendo aquí.

—Teme alejarse demasiado del batey desde la muerte de don Inocente —aseguró Severo—. Se niega a ir a Guares, ni siquiera en Semana Santa, porque como ya don Ramón, que en paz descanse, tampoco está entre nosotros, podría cambiar de idea con respecto a vivir aquí.

—Vamos a aclarar bien las cosas, Fuentes. Ana nunca debe olvidar los peligros que la acechan más allá de los límites de Los Gemelos, y es preciso que tenga todo lo que necesite para que no quiera salir de aquí.

—Entiendo —dijo Severo.

—Usted me escribirá regularmente, para comunicarme cómo le va a Ana. Las mujeres son caprichosas.

—Sí, señor.

—No quiero que ella me dé ninguna sorpresa, ¿entendido?

—Creo que he entendido, don Eugenio.

—Eso espero —dijo Eugenio—. Pero podría necesitar cierta persuasión. Espero que no me defraude…

—No, coronel. Aquí estoy para servirle incondicionalmente.

—Le aseguro que se le recompensará como corresponde.

—Sé que usted es un hombre generoso, coronel —dijo Severo, haciendo una reverencia que Eugenio consideró, al recordarla más tarde, demasiado ceremoniosa y estudiada como para ser sincera.

CONCIENCIA LA JOROBÁ

E lena no había podido estar a solas con Ana desde su llegada. En parte era culpa suya: doña Leonor la necesitaba. Desde la muerte de Ramón, Leonor sólo había expresado dos emociones, tristeza y enojo con Ana. Cuando doña Leonor estaba triste, Elena la escuchaba, la consolaba y rezaba con ella. Cuando estaba enojada, se colocaba entre las dos antagonistas, interpretando o defendiendo a la una de la otra.

Esa mañana, muy temprano, don Eugenio le comunicó que partirían dentro de dos días, y que Miguel se iría con ellos.

—¿Y Ana?

—Se queda.

Elena no podía creerlo. Había asumido que todos regresarían a España, y hasta se atrevió a imaginar que ella y Ana podrían vivir juntas.

Más tarde, cuando doña Leonor y Miguel se fueron a darle comida a los patos del estanque, Elena encontró a Ana en el jardín, hablando con Severo Fuentes.

—Sí, señora. Los acompañaré hasta Guares, y allí recogeré los víveres —le dijo a Ana. Al pasar junto a Elena, se tocó ceremoniosamente el ala del sombrero—. Buenos días, señorita.

Elena apenas reparó en él. —¿Puedo hablar contigo un momento, Ana?

—Caminemos —dijo Ana, quien cerró los ojos y aspiró profundamente—. ¿Has olido algo tan dulce?

—¿Es lavanda?

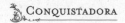

—Una variedad particularmente fragante. A las abejas les encanta. Pero no es originaria de Puerto Rico.

—¿Pero aquí crece silvestre?

—Algunas de estas hierbas no crecen en otra parte de la isla, pero Severo me ha traído las semillas más extraordinarias —explicó, internándose más en el jardín—. He sembrado todo lo que hay aquí, y todo es útil. Esto es sábila, para curar quemaduras y arañazos —dijo Ana, y arrancó de un arbusto una hoja en forma de aguja—. Huele. Deliciosa, ¿verdad? Romero. Es una hierba para cocinar, pero con ella hago linimento para aliviar malestares y dolores.

—Entonces, ¿todas esas plantas son medicinales?

—Medicinales y, bueno, curan males del cuerpo, pero también del espíritu.

—¡Ana! Eso me suena a brujería —dijo Elena, persignándose.

—Yo también lo creí, pero muy pronto aprendí que Flora, Damita y las demás me podían enseñar muchas cosas. Te sorprendería lo que sabe nuestra gente.

Elena enarcó las cejas. «¿Nuestra gente?», pensó.

—Mira el romero —continuo Ana—. Sus hojas son como dedos que apuntan al cielo.

—Sí, parece que sí —dijo Elena.

—Su fragancia anima el espíritu, vigoriza el cuerpo y la mente. Te hace feliz y limpia los pensamientos negativos.

—Eso es mucho pedirle a una planta —añadió Elena.

—Supongo, pero hasta ahora, cada remedio que me ha enseñado nuestra gente es efectivo. Los esclavos y los campesinos que viven en las cercanías me hacen preguntas que nada tienen que ver con molestias, dolores o heridas. Me piden elíxires de amor.

—Pero, Ana, somos católicas. La Iglesia prohíbe…

—Dios nos dio las bondades de la naturaleza para que nuestra vida fuese llevadera —aseguró, pasando una flor bajo la nariz de

Elena—. Si creyese que un baño con pétalos de rosa y geranios tuviera el poder de que un hombre me amara, eso no quiere decir que paso por alto el poder de la oración. Lo cierto es que ese baño me hará oler bien y los demás se darán cuenta. Realmente, me hará más atractiva.

—Pero eso es diferente a decir que el romero puede hacerte feliz.

—¿Diferente en qué sentido? Un perfume es una experiencia sensual que despierta otros sentidos.

Mientras caminaban, Ana señalaba determinadas hierbas o flores, deleitándose con los colores, las fragancias, las formas infinitas de las hojas, las mariposas diurnas y nocturnas que volaban erráticamente alrededor de ambas.

—Me resulta imposible conciliar tu crianza en España —se aventuró a decir Elena— con tu vida aquí.

—Es cierto. A veces yo tengo el mismo problema —respondió Ana, sonriendo—. Pero recuerda que estuve buena parte de mi niñez en la finca del abuelo Cubillas, a pesar de que su única aportación era mirar por la ventana y preguntarse si iba a llover o no —añadió entre risas—. El trabajo lo hacían otros.

—Tú también tienes trabajadores —le dijo Elena—. Nuestra gente, como les llamas.

—Sí. Trabajan mucho. Igual que Severo Fuentes. Todos trabajamos mucho. Tal vez no es correcto que haya llegado a amar un lugar tan lejano del sitio donde nací, pero ahora me resulta imposible imaginarme a mí misma en otra parte.

—Pero, Ana, tú y yo...

—No voy a irme de la Hacienda Los Gemelos, Elena.

—Déjame quedarme contigo entonces.

Ana le tomó una mano a Elena y la sacó del guante. —Mira qué suave es tu mano, qué limpia y qué impoluta. Ahora mira la mía —dijo, mostrándole la suya, bronceada, arrugada, de uñas fuertes y desgastadas—. No perteneces aquí, mi cielo, y yo no quiero pertenecer a ese otro mundo —continuó, volviéndole a poner el guante, arreglando los vuelos de encaje del puño y abrochando finalmente el minúsculo botón perlado—. Cuida a Miguel para que doña Leonor no lo ponga en mi contra.

—No lo hará.

—Lo intentará. No he sido muy buena madre. Te has dado cuenta y ella también. No soy una mala persona, Elena, pero doña Leonor me detesta. Miguel debe saber que alguien me ama.

—Ana, y tú me partes en dos el corazón…

—También el mío —contestó Ana, retrocediendo para mirar a Elena como si fuera a hacerle un retrato—. Así es como voy a recordarte, mi amor, en mi jardín, rodeada de flores.

—Volveremos a vernos, Ana. Por favor, dime que volveremos a vernos.

—Volveremos a vernos, pero, hasta entonces, no dejes de escribirme. Dime cómo le va a Miguel. Algún día la Hacienda Los Gemelos será suya. No dejes que lo olvide, ni que se olvide de mí.

El coche desvencijado ya esperaba con los equipajes en el batey de Los Gemelos antes del amanecer, a un mes exacto del día de su llegada. Inés cargó a Miguel, que estaba medio dormido, y lo puso entre las almohadas y sábanas que había colocado sobre el asiento.

—Adiós, papito —le dijo, besándolo en la frente—. Dios te bendiga.

Eugenio y Severo apretaron las cuerdas que ataban el equipaje al techo, mientras Leonor y Elena contaban los paquetes y verificaban que sus valijas no fueran bajo la lona. Cuando todo estuvo listo, Leonor hizo un distante ademán de besar las mejillas de Ana, y subió al coche, como si estuviera ansiosa por marcharse. Elena abrazó a Ana.

—Te escribiré, pero no te preocupes por responder. Sé la cantidad de ocupaciones que siempre tienes.

Eugenio también la abrazó y luego retrocedió y la tomó por los hombros. —No dudes en comunicarme si necesitas algo —dijo—, o si puedo hacer algo más por ti. ¿Me lo prometes?

—Sí, don Eugenio, gracias —dijo Ana humildemente. Enseguida, la comitiva se alejó del batey, con Severo al frente.

Ana agitó la mano hasta que el coche desapareció antes de subir a la casa. Apagó las velas de los candelabros de la pared y abrió las persianas para dejar entrar el amanecer. Aún podía escuchar los ecos apagados de las ruedas chirriantes, de los caballos y el resoplar de los mulos que se llevaban a los Argoso.

Cuando abrió la puerta que conducía a las escaleras de atrás, tropezó con un paquete colocado en el primer escalón. La suave luz del alba iluminó lo que aparentaba ser un pequeño atado de ropa para lavar dentro de un paño mugriento. Ana lo tomó por el nudo y casi lo deja caer al ver que se movía.

—No puede ser —dijo Ana a toda voz, pero su presentimiento se confirmó cuando desató el bulto y encontró un bebé envuelto en un pañal—. ¡Flora! —gritó, y la sirvienta vino corriendo desde la cocina—. ¡Mira! Alguien dejó esto en los escalones.

—Niño feo…

—Trae algunos trapos limpios. Estos están sucios. Trae agua tibia.

Ana se arrodilló en el umbral y desató el pañal. Era una niña de rostro arrugado y estrecho. Tenía las piernas arqueadas, demasiado cortas para un torso desviado en una curvatura anormal, provocada por una joroba ya obvia sobre el hombro derecho. Los arañazos en la parte superior de la espalda, cuello y mejillas demostraban que quien la parió pasó trabajo para sacar el cordón umbilical enredado en su corto cuello.

—Está viva de milagro —dijo Flora cuando la observó con mayor detenimiento—. Muerta cuando suene la última campana —pronosticó, moviendo la cabeza—. Mejor así, señora —añadió, pero no dejó de frotar la pequeña joroba para tener buena suerte.

—¿Quién será la madre? —preguntó Ana, ignorando el pronóstico de Flora, mientras lavaba la niña y le cambiaba los pañales sucios.

—Nadie que conozco. No, señora, no hay mujeres preñadas aquí.

—Hay varias embarazadas, Flora. Nena está embarazada. También la nuera de Damita.

—Ninguna lista para parir —respondió Flora—, es lo que quise decir.

Aparte del llanto que le decía a Ana que estaba viva, la niña permaneció tranquila y raramente serena mientras la cambiaba.

—Pobrecilla —dijo Ana, acariciándole la cabeza—. Tienes un cabello hermoso —continuó, arrullando a la bebita—. Mira, qué presumida es . —le dijo sonriendo a Flora, quien la miró con seriedad.

—Don Severo se enojará, señora —dijo Flora.

Ana cargó a la niña. —Vete a buscar a Inés. Ella está amamantando todavía. Probablemente esta pobre niña no ha probado nada…

—Sé que no es mi asunto, señora, pero mejor esperar a don Severo.

—Flora, te he dicho que vayas a buscar a Inés —insistió Ana, irguiéndose a toda su altura, por lo menos un pie más por encima de su sirvienta—. Y quema esos trapos.

Flora recogió los trapos sucios y salió en busca de Inés, sin dejar de rezongar.

La niña no era africana ni caucásica, sino más bien una mezcla de piel cremosa de ambas razas. Ana se imaginó que pertenecería a una de las familias que luchaban por sobrevivir en la periferia de la hacienda. En España había escuchado la historia de mujeres que, imposibilitadas de cuidar de sus hijos, los dejaban en las escaleras de las iglesias y en los portales de las casas de parejas pudientes, con recursos para criarlos. A sor Magdalena, una monja del Convento de las Buenas Madres, la abandonaron en la capilla cuando niña, y fue adoptada por las hermanas, criándose entre ellas. Casi siempre los bebés abandonados eran niñas.

Debido a su tamaño y sus defectos congénitos, Ana pensó que la niña sólo sobreviviría unas horas, como predijo Flora, por lo que buscó su frasco de agua bendita y le roció algunas gotas. Pero cuando le hizo la señal de la cruz en la frente, no invocó los nombres tradicionales de santos y vírgenes.

—No es una coincidencia que te hayan dejado en mi puerta el mismo día que cedí a mi hijo en trueque. Tengo que responder por esa y por muchas otras cosas, chiquita. Mientras vivas, me recordarás lo que he hecho, aun cuando trate de olvidarlo. Por esa razón, te doy el nombre de Conciencia —susurró—. En el nombre del Padre, del Hijo y del Espíritu Santo —luego acarició la carita estrecha como de pajarito, de ojos demasiado unidos de Conciencia, que se retorció en lo que a Ana le pareció una sonrisa.

Siña Damita declaró no tener ni idea de quién había dejado a la niña en la escalera de Ana. —Yo soy la que asisto la mayoría de los partos aquí —aseguró—. Pero el de esta niña no es mío —continuó, quitándole el pañal a Conciencia para examinarla atentamente—. Cordón umbilical cortado con dientes y bien atado. La madre ha tenido otros partos —sentenció Damita, para luego virar boca abajo a Conciencia, pasando los dedos por los pequeños huesos de su columna vertebral. Se besó el dedo índice, y después tocó la minúscula joroba. Dobló y estiró los miembros de la niña, y vio que sus articulaciones se movían libremente. Cuando le tocó una pierna a Conciencia, la niña lanzó un chorro de orina, mojándole una mano a la curandera. —Todo funciona —dijo Damita, riendo. Luego puso a la niña en su lugar, y se pasó la mano orinada por la cara y el cuello—. Nacida en noche sin luna. Su orina da suerte —explicó.

Más tarde se formó una conmoción frente al bohío de Inés, porque todos querían tocarle la joroba a Conciencia, para que les diera suerte. Temerosa de que tanto toqueteo podría debilitar aún más a la niña, Ana ordenó que la devolvieran a la casona. De repente, Conciencia, quien había dormido la mayor parte del día, abrió los ojos, negros y duros como el ónix, y miró a Ana como si tratara de hablar con ella sin palabras, tal y como Ramón e Inocente se comunicaban entre sí.

—Tienes que vivir —le dijo Ana con vehemencia—. Yo te ayudaré —prosiguió, acariciando la frente de la niña—. Tú serás mi conciencia y también mi talismán de la buena suerte.

❧

Esa noche, mientras regresaban de Guares, los perros de Severo olfatearon algo raro y se precipitaron a un lugar en el monte. Allí, bajo un árbol, como si se hubiese sentado para descansar, estaba Marta, con las orejas, ojos, nariz y boca llenos de moscas. Su falda y su delantal estaban manchados de sangre seca. Obviamente, se había desangrado después del parto. El niño nacido era, técnicamente, propiedad de Luis, al igual que Marta, pero Severo no vio rastros del mismo.

A la mañana siguiente, Severo subió de dos en dos las escaleras de la casona, como si tuviese alguna noticia urgente que comunicar. —Me enteré de que le dejaron un niño en la puerta, señora —dijo.

—Sí, una niña —respondió Ana, mirando la cesta que tenía al lado, en la que dormía Conciencia, envuelta en los pañales viejos de Miguel.

Severo escudriñó el interior de la cesta. Probablemente don Luis le ordenó a la comadrona que se deshiciera de la niña después de ver su defecto. Y Marta se había escapado por cañaverales y huertas en una noche sin luna para salvarla. Ana ignoraba que la niña era fruto de la unión de Marta y Ramón, quien siguió viéndola en la finca, con permiso de Luis. A pesar de su frágil apariencia, Ramón tuvo energía suficiente para preñar a varias mujeres meses antes de morir, dejando por lo menos huérfanos a ocho mulatos de piel clara, primos de los procreados por Inocente.

—Puedo llevármela, señora.

—No. No lo hagas. Obviamente su familia no la quiere.

—¿Se va a quedar con ella?

—Tal vez no viva mucho tiempo. Voy a darle la mayor comodidad posible hasta entonces.

En su primera semana, Conciencia se aferró a la vida como si su voluntad y la de Ana fuesen una. Dormía la mayor parte del día y lloraba en muy raras ocasiones, ni siquiera cuando Inés llegaba tarde para amamantarla. Damita preparaba guarapos de hierbas para fortalecerla, y le enseñó a Ana a hundir un dedo en el tazón para luego dejar que la pócima goteara sobre la boca de la niña.

Aparte de su piel color crema, el único rasgo hermoso de Conciencia era la lujosa cabellera negra que le cubría la cabeza y formaba un fino plumón sobre el resto de su cuerpo tullido. Cuando las heridas de nacimiento desaparecieron y se le pronunciaron los rasgos, sólo una cosa era segura: Conciencia no iba a ser bella, e incluso nunca podría caminar, pero estaba resuelta a vivir.

Después de su primera y precaria semana, prosperó. Todos se dieron cuenta de que en la medida que Conciencia se fortalecía, avanzaban Los Gemelos. Por ejemplo, las gallinas comenzaron a poner más huevos que antes que dejaran a Conciencia a la puerta de la casona de Ana. Y las cerdas tuvieron más crías de cerditos saludables y con promisoria abundancia de jamón. El trabajo en el campo se les facilitaba a quienes le tocaban la joroba, y los surcos de caña germinaron y crecieron con mayor rapidez.

Las huertas, también, se volvieron más productivas. Las ramas se doblaban por el peso de limones, naranjas y toronjas redondas y jugosas. Los árboles de mango florecieron y en breve estaban llenos de frutas del tamaño de un pezón, que crecieron más rápido de lo que se podían consumir. La húmeda hondonada cerca del arroyo se pobló de plantas con flores de color púrpura que se abrían en tallos de donde colgaban enormes racimos de guineos y plátanos. Las batatas bajo tierra, los majestuosos aguacates, las malangas bajo las hojas de sombrilla, todo parecía responder a una orden silenciosa de multiplicarse.

Varias mujeres salieron embarazadas, incluso algunas que ya no tenían edad de concebir. Al igual que la vegetación y los animales, la gente se multiplicaba, y Conciencia florecía al cuidado de Ana, el afecto recién descubierto de Flora e Inés y el respeto a la joroba de la suerte que le profesaban los demás.

A pesar de los temores que sintió Ana al principio, Conciencia aprendió a gatear y a caminar, a pesar de que la joroba se hizo más pronunciada. En poco tiempo todos la llamaban Conciencia la Jorobá, un sobrenombre que la acompañaría por el resto de su vida.

Qué hacer con los campesinos

Semanas después de la partida de los Argoso, Ana recibió un documento con los términos que ella había aceptado para permanecer en la hacienda. Eugenio había sido más generoso de lo que esperaba. Como la patrona, recibiría el salario de administradora de mil pesos al año. Además, se le otorgaría una asignación de quinientos pesos al año para gastos personales. No se podrían realizar préstamos ni compras significativas de terrenos sin arreglo previo. Los tratos financieros se realizarían con el Sr. Vicente Worthy, representante de Eugenio en San Juan.

Ana estudió los asientos de las últimas cuatro cosechas en los libros contables. El rendimiento de la Hacienda Los Gemelos se había incrementado en cerca del quince por ciento anual, pero la producción de azúcar costó más que el ingreso generado cada año. Los informes del Sr. Worthy indicaban que el precio del azúcar en el mundo disminuyó a partir de 1840 debido a que la India, que contaba con una fuerza laboral enorme y barata, se había convertido en un importante productor. Por otra parte, en Europa, la remolacha —más adaptable a la tierra y clima de esa región— era menos costosa de procesar para convertirla en azúcar y para transportarla en el continente. Y por si lo anterior fuese poco, las regulaciones, aranceles, impuestos y derechos de aduanas socavaban aún más las ganancias para los terratenientes puertorriqueños como ella.

Sin embargo, Ana no podía interrumpir el cultivo. La caña necesitaba de doce a dieciocho meses de maduración, y cuando estuviera lista para la cosecha, los precios podrían haberse incrementado. Entretanto, necesitaba más cabezas de ganado, implementos y herramientas para desbrozar y labrar nuevos campos. Pero la escasez de trabajadores era el mayor reto que enfrentaba.

Estaba consciente de que las fuerzas que alentaban más allá de los límites de Los Gemelos estaban cambiando la manera en que operaban los hacendados. Una creciente élite criolla profesional y liberal en Puerto Rico presionaba por una mayor autonomía de España y a favor de la abolición de la esclavitud, a lo cual se oponían los hacendados azucareros y los agrónomos conservadores, gran parte de los cuales eran refugiados que habían sufrido cuantiosas pérdidas en las guerras de independencia de Suramérica y ahora dependían de una fuerza laboral estable y controlable. Al otro lado del Atlántico, las autoridades peninsulares también estaban preocupadas por los campesinos, una población creciente, independiente, de razas mezcladas, inestable y subempleada que se las ingeniaba para evadir impuestos, derechos de aduanas y obligaciones financieras mediante el sistema de trueque y contrabando.

El gobernador de la Pezucla, quien revocara el Bando Negro en 1848, instituyó una nueva ley para erradicar ostensiblemente la vagancia en Puerto Rico, pero cuyo objetivo era crear una fuente de trabajadores para la industria azucarera y controlar el movimiento de los campesinos. El Reglamento de Jornaleros obligaba a cada hombre libre, cualquier hombre blanco o negro que nunca hubiese sido esclavo y a todo liberto o esclavo liberado, a demostrar que contaba con un trabajo remunerado. Para supervisar que estaban cumpliendo la ley, se creó el Régimen de la Libreta, mediante el cual toda persona libre de dieciséis a sesenta años debía llevar consigo una libreta donde se especificaba cuándo y dónde trabajaban. Si no podían demostrar que tenían empleo, ni que estaban exentos de llevar libreta porque poseían y cultivaban una pequeña finca como mínimo, serían denunciados a las autoridades, multados y encarcelados u obligados a hacer trabajos forzados en las plantaciones cercanas, o ambas cosas. En caso de no ser necesarios en las plantaciones, serían asignados a realizar trabajos de obras públicas, en ocasiones lejos de las ciudades en que vivían.

Pero a pesar de tales medidas, la escasez de jornaleros era un dolor de cabeza constante para los hacendados como Ana. Los jíbaros, reacios a trabajar en la industria azucarera, se escapaban a los cafetales en las montañas. Y como no había jornaleros suficientes, se obligaba a los esclavos a trabajar hasta el agotamiento.

Los hacendados también tenían que enfrentar la necesidad de obtener créditos para mantener la viabilidad de sus haciendas. En este aspecto, Ana estaba en mejor posición que otros. Hasta entonces, no había tenido que tocar la herencia de su abuelo, cuya existencia le ocultara a Ramón y que estaba intacta, con excepción de los pagos hechos a don Luis.

Ana les escribió a sus padres notificándoles que había enviudado y que su suegro se había hecho cargo generosamente de ella y de Miguel. No creyó necesario darles más detalles, y estaba segura de que no deseaban saber más. Las cartas poco frecuentes que recibía de su madre estaban llenas de las frases de rigor de la correspondencia de las damas y de sentimientos novelescos que Ana aborrecía, y su padre le enviaba saludos por medio de los mensajes de Jesusa. Ana estaba sola en el mundo, y lo sabía. Asimismo se enorgullecía de no haber tenido que pedirle nunca nada a su padre ni a su madre ni a nadie más. Los retos que la aguardaban la llenaban de energía. Se levantaba con el sol, se ataba su larga cabellera negra, y tenía la seguridad de que ningún hombre podía reclamar para sí ser más inteligente, valeroso ni más esforzado que ella. No le cabía duda de que estaba a punto de obtener grandes logros.

Dos meses antes de la cosecha de 1850, Ana proyectó que la Hacienda Los Gemelos volvería a mostrar otra pérdida. En preparación para la zafra, se reunió con Severo a principios de diciembre de 1849.

—Suponiendo que no se nos enferme un solo trabajador —dijo Ana—, todavía nos faltarán veinte macheteros para la caballería y media que está lista para el corte ¿no es así?

—Sí, señora. Así lo he calculado yo también.

—¿Cree que podríamos contar con otros veinte hombres más antes de la zafra?

—Es difícil, pero no imposible. Voy a esforzarme lo más posible —respondió Severo.

—Tal vez sería mejor pagarles a destajo cuando hayan terminado el trabajo, en vez de por día. Así no tendríamos que pagarles hasta al final.

Severo pensó por un momento. —Sí. Supongo que tiene sentido.

—Y pueden traer a tanta gente para ayudarlos como quieran.

—Buena idea. Mientras más corten, más ganan.

—Les ofreceremos cinco centavos más que la paga actual, cuatro pesos por parcela.

—Sí. ¿Y tal vez otro peso por cada tres carretas llenas?

—Menos el costo de la comida.

—Muy bien.

—¿Y las instalaciones?

—Como usted sabe, el trapiche está en malas condiciones. Una máquina de vapor sería más eficiente para la operación de las prensas, que presionarían más jugo que lo que se muele ahora con el molino de viento y los bueyes.

—Hace años que usted ha venido sugiriéndolo —dijo Ana, y Severo asintió—. Probablemente sea tarde para traer la maquinaria aquí antes de la zafra, pero averigüe por favor cuánto costaría.

—Lo haré, pero lo que voy a decirle podría interesarle, señora. El Ingenio Diana, que está al este de nuestra hacienda, quizá se ponga a la venta.

—Por favor, Severo. No necesito más terrenos. Lo que necesito es mayor rendimiento del que tenemos. No hemos cultivado gran parte de nuestras tierras por falta de brazos.

—Lo sé, señora. Pero el Diana tiene una máquina de vapor. No del último modelo, pero mucho más eficiente que nuestro sistema. Y si necesitamos menos trabajadores expertos que operen la máquina, equivale a que el resto lo podemos enviar a los cañaverales.

—En realidad no he visto salir humo de esa chimenea.

—Don Rodrigo les compró muchos terrenos a los dueños del Diana —explicó Severo—. Ellos se quedaron con los campos más cercanos a su ingenio esperando probablemente a recuperar lo vendido algún día. Pero después de la muerte del dueño, sus hijos se mudaron. Si se sembrara caña en esas tierras, la parcela costaría unos trescientos pesos, pero gran parte del terreno es pura maleza. Probablemente podría comprar a entre cincuenta y setenta y cinco pesos por parcela. Y le cobrarían además menos impuestos.

—¿A qué distancia de nuestros campos está el ingenio?

—Bastante cerca —dijo Severo—. La hacienda colinda con San Bernabé al sur, junto al camino a Guares.

—¿Pero no le interesa a don Luis?

—Le interesaría, si se entera.

—¿Y a usted no le interesa?

—Prefiero terrenos junto al litoral.

—Ya veo. ¿Qué necesitaríamos para poner en marcha el ingenio?

—Es difícil saberlo. Tiene prensas de madera, y ahora hay otras mejores, de hierro. Un ingeniero podría evaluar el ingenio y arreglar lo que necesite reparación.

—Entonces, ¿no estaría listo para nuestra zafra?

—No puedo decirle hasta que lo inspeccionen.

—Pero, ¿tal vez se podría?

—Haré lo posible, señora.

Severo trataba de reducir al mínimo el tiempo de sus reuniones con Ana porque la deseaba tanto que en ocasiones evitaba la casona, temeroso de que se le olvidara todo e intentara hacerla suya allí mismo en el portal, donde atendían sus negocios porque era inapropiado que un hombre entrara al interior de una vivienda que no tenía un hombre al frente.

Vestida de luto cerrado, Ana se quedaba de pie ante el exuberante verdor y las flores coloridas que la rodeaban mientras trabajaba en los jardines, o entraba o salía de los gallineros y palomares con dos cestas, una pequeña para los huevos que recogía y la más grande en la que iba la jorobadita. Cuando Conciencia fue creciendo, Ana la llevaba en una especie de bolsa de canguro que Flora le había enseñado a llevar, a la usanza de la que utilizaban las africanas para transportar a sus hijos. Ana no había tenido tantos impulsos maternales con su hijo, e ignoraba a los niños de la hacienda hasta que tenían edad suficiente para trabajar. Severo se preguntaba por qué estaba tan apegada a aquella extraña niña, y por qué no cuestionaba su procedencia. ¿Acaso la trataba de forma diferente porque sabía que Conciencia era hija de Ramón?

Cuando Ramón vivía, los esclavos solían llamarle El Caminante debido a que vagaba de noche por los senderos, vestido de blanco fantasmal, sin importarle el tiempo ni las cercas u otros obstáculos, sin miedo a los animales nocturnos. Los esclavos aseguraban que seguía haciéndolo después de muerto, y el terror a encontrárselo por los senderos y vericuetos del terreno era un poderoso impedimento. A los esclavos les atemorizaba que los sorprendieran fuera al ponerse el sol, y los mayorales hacían recuento de cada hombre, mujer y niño antes de encerrarlos en los barracones y bohíos después de que sonaba la última campanada del día. Y Severo alimentó su miedo propagando el rumor de que El Caminante había matado a Marta cuando trataba de escapar.

Severo sentía que Ana también temía, pero no a nada sobrenatural, sino a lo que alentaba fuera de los límites de Los Gemelos. Había cruzado el océano, navegado alrededor de una isla, cabalgado horas y horas por el monte y los cañaverales para llegar a su destino, pero confinaba sus actividades a un círculo que no superaba un par de leguas en cada dirección, con el centro firmemente establecido en la casona. El mayordomo quería ampliar su mundo, proporcionarle la vista panorámica de Los Gemelos y sus alrededores, colindantes al norte con los suaves promontorios de la Cordillera Central y al sur con las plácidas aguas del Mar Caribe.

Poco después de la muerte de Inocente, comenzó la construcción de la casa en la colina, con bloques hechos en el lugar con una mezcla de cemento, cal y el barro anaranjado que sacara de las orillas del río. Las gruesas paredes mantendrían la frescura de los interiores al protegerlos del sol inclemente, y las habitaciones recibirían el frescor de la brisa que llegaba al valle procedente del océano o de las montañas. Severo se imaginaba la casa como un nido para Ana, a quien comparaba con un pitirre, la solemne ave gris tan común en Puerto Rico. Los puertorriqueños solían repetir el refrán «cada guaraguao tiene su pitirre», inspirado en el valor del pitirre que, a pesar de ser pequeño, se atreve a atacar hasta al halcón de cola roja conocido como guaraguao, más grande y agresivo, cuando se siente amenazado o siente que sus crías están en peligro. Al igual que el pitirre, Ana era paciente y se atrevía a desafiar a la autoridad, a pesar de que era de estatura pequeña y, además, mujer. Aunque Severo no sabía cómo había podido convencer a don Eugenio para que no vendiera Los Gemelos, admiraba la forma en que supo defenderse ante su suegro y le hizo creer que controlaba sus actos.

En cuanto don Eugenio se marchó, Ana transformó la antigua habitación de Miguel en su oficina. Allí pasaba las mañanas tomando notas, anotando cifras en los libros contables y escribiendo cartas, con la jorobadita a sus pies. Todos los meses le enviaba un informe al Sr. Worthy, el norteamericano que representaba a don Eugenio en los asuntos concernientes a Los Gemelos.

Después de la muerte de Ramón, a Severo le preocupaba que todo aquello que con tanto trabajo había construido se viniera abajo con el trazo de un plumazo al pie de un documento. Luis le tenía echado el ojo a Los Gemelos desde el principio, y había alentado los vicios de Ramón e Inocente para acelerar su quiebra. Sin embargo, no había contado con el apego que Ana le tenía a la plantación. No sabía ni comprendía que Ana era quien había traído allí a Ramón y a Inocente, y no a la inversa.

Cuando le contó a Ana el asunto del Ingenio Diana, Severo había estado considerando por algún tiempo que aquella propiedad debía ser de Ana. Como los dueños lo habían contratado para vigilarla, fue el primero en saber que podrían venderla. Severo la habría comprado, pero quería saber si Ana tenía otros recursos aparte de los que le proporcionaba don Eugenio. Y comprendió que no estaba completamente a merced de su suegro. Ana era más astuta e inteligente que don Eugenio y sus dos hijos combinados.

Aunque Ana no demostraba interés en salir a ninguna parte, Severo hizo todo lo posible por mantenerla en la Hacienda Los Gemelos, no sólo porque don Eugenio le había encargado esa misión, sino también porque necesitaba tenerla cerca. En España no se hubiera atrevido a desposar a una dama con su educación, abolengo y dinero. Pero en Puerto Rico estaba a su alcance.

Severo negoció la compra del Ingenio Diana a un precio justo. Para lograrlo, le resultó conveniente que los dueños vivieran en España. Un intercambio de correspondencia entre Ana y su padre dio como resultado una transacción financiera sin tropiezos, y el mayordomo garantizó que el ingenio, abandonado durante seis años, estuviera listo para moler caña el 2 de febrero de 1850, Día de la Candelaria.

El poeta y su musa: San Juan

Desde los primeros días de su llegada a San Juan en septiembre de 1844, Eugenio confrontó problemas para acostumbrarse al mundo puertas adentro del control de los negocios. Le desagradaba el papeleo, los horarios regulares y la naturaleza de colaboración de administrar sus intereses comerciales luego de una vida de mando absoluto sobre hombres y bestias en tierra firme. No le cabía en la cabeza que podría llegar a ser el administrador capaz que había sido su hermano Rodrigo. Y con sus hijos muertos, no había nadie más que se ocupara del negocio.

—No sirvo para esto —le decía a su esposa con desesperación—. Tenías toda la razón del mundo. Vendamos Marítima Argoso Marín y volvamos a España. ¿Para qué quedarnos aquí?

—Aquí están enterrados mis hijos —le recordaba Leonor.

—Pero sería mejor criar a Miguel cerca de nuestra familia, en nuestro pueblo.

—No voy a dejar solos a mis hijos en esta isla —decía su esposa con tal tristeza que Eugenio no tenía corazón para seguir discutiendo. Pidió una cita con Vicente Worthy, el sobrio abogado y banquero nacido en Boston, en quien Rodrigo confiaba, y del cual dependía ahora Eugenio.

Vincent Worthy, recién salido de la Facultad de Derecho de Harvard, trabajaba para Richardson, Bodwell y Cabot, una prestigiosa firma bostoniana, cuando conoció a María del Carmen y la Providencia Paniagua Stevens, a quien llamaban Provi. La joven visitaba a su tía Sally y permanecería en Boston seis semanas, o, como pronunciaba adorablemente, *seeks wicks*. Todo lo que Provi hacía y decía encantaba al joven enamorado. Al estrecharle la mano mientras los presentaban, sus cálidos dedos derritieron veinticinco inviernos bostonianos en el corazón de Worthy. El padre de su prometida accedió al matrimonio, siempre y cuando la pareja viviera en Puerto Rico. Los Paniagua y los Stevens eran prestigiosos comerciantes y hombres de negocios en la isla, y esperaban que sus hijos adultos, al heredar sus fortunas, viviesen cerca de sus bienes monetarios.

Vincent se casó con la encantadora Provi y se estableció como abogado en San Juan. De inmediato se percató de que debía vencer la desconfianza de las familias propietarias de la mayoría de los negocios de la ciudad. A España y sus realistas les inquietaban las estrategias expansionistas de Estados Unidos. La Guerra de 1812 demostró que los estadounidenses estaban resueltos a apropiarse de la mayor cantidad de territorio posible, eliminando a las poblaciones indígenas en su avance hacia el Pacífico. La frase "destino manifiesto" —acuñada en 1845— resume una doctrina que defendía el movimiento incesante hacia el Oeste como inevitable, obvio y ordenado por Dios. Mientras el gobierno parecía enfocarse en el avance hacia el Oeste, las élites de las Antillas Mayores, particularmente los cubanos, sabían que el archipiélago ubicado al este caía dentro de la visión periférica de Estados Unidos. Los estadounidenses ya poseían importantes porciones de las vastas plantaciones azucareras y tabacaleras cubanas, y estaban invirtiendo en las florecientes industrias del azúcar y el café en Puerto Rico.

En cuanto llegó, Vincent se dio cuenta de que gran parte de la maquinaria pesada industrial de Puerto Rico, incluyendo las prensas y los motores de vapor para el procesamiento del azúcar, se importaba de Gran Bretaña. Los ingenieros que las operaban y les daban mantenimiento, escoceses en su mayoría, se habían convertido con el tiempo en hacendados, y seguían comerciando con Gran Bretaña. Sin embargo, los astutos comerciantes locales, incluso aquellos que desconfiaban de las motivaciones de los estadounidenses, comenzaron a prestarles atención a los mercados en Estados Unidos y a los progresos tecnológicos provenientes de sus fundiciones y fábricas. Y Vincent vio en esto una oportunidad para obrar de intermediario.

A sugerencia de Provi, hispanizó su nombre para parecer menos extranjero. Con obstinada diligencia, aprendió español rápidamente, gracias a lo cual, cuando su suegro le presentó a don Rodrigo y a sus diversas empresas bajo la égida de Marítima Argoso Marín, Vicente pudo hablarle al sagaz comerciante en su propio idioma. Su discreción, agudeza y dedicación a sus clientes le granjeó a Vicente la estima de los anti-yanqui más escépticos. En trece años se convirtió en uno de los ciudadanos más influyentes de San Juan.

Eugenio se dirigió caminando a las oficinas del Sr. Worthy, ubicadas en un nuevo edificio con vistas a la bahía de San Juan. La lluvia había abrillantado los adoquines, limpiado las estrechas aceras y lavado además las alcantarillas abiertas de las calles cercanas a los muelles que daban al mar. El Sr. Worthy había insistido en ir él mismo a la casa de los Argoso, pero Eugenio prefirió visitar sus oficinas. Admiraba la diligencia de los oficinistas, afanados sobre altos bancos junto a mesas de largas patas en el centro del salón principal, y la serenidad que reinaba dentro de la oficina del Sr. Worthy, desde donde se veían los barcos, los muelles y almacenes que habían convertido a San Juan —al menos así lo parecía— en una urbe tan acaudalada y dinámica como cualquier ciudad portuaria importante de Europa.

Una de las cosas que más le gustaba a Eugenio del Sr. Worthy era su capacidad para comprender, tras unas pocas palabras, lo que sus clientes le pedían, incluso si ellos mismos no lo sabían exactamente. Luego de explicarle sus dudas acerca de sus destrezas y deseos como hombre de negocios, el Sr. Worthy examinó unos folios de un estante apoyado contra la pared. Eugenio tenía la sensación de que el Sr. Worthy ya había leído muchas veces aquellos documentos, pero revisó aquellos que Eugenio era menos propenso a estudiar, precisamente aquellos con muchas cifras, líneas dobles al fondo de las páginas, tinta negra, tinta roja, abreviaturas, símbolos, sellos y estampillas de aduana.

Después de mostrarle algunas de las partidas de los pergaminos, el Sr. Worthy le recomendó a Eugenio que liquidara los activos movibles de Marítima Argoso Marín e invirtiera esos ingresos en bienes inmobiliarios y negocios locales, cuyos dueños y directores tuviesen un buen historial de crédito para sus inversionistas.

—También podría considerar —dijo el Sr. Worthy— que ya es hora de vender la Hacienda Los Gemelos. Los precios del azúcar han bajado continuamente en los últimos seis años, y no creo que suban en un futuro cercano. Sin embargo, la tierra es valiosa y podría lograr una buena ganancia.

—No voy a hacer cambios en la Hacienda Los Gemelos —respondió Eugenio.

—Ya veo.

—Le prometí a mi nuera que la dejaría administrarla, y pienso cumplir con mi palabra, a menos que surja algo insatisfactorio...

—No, señor. A pesar de las pérdidas constantes, ella es puntillosa con sus cifras.

—Estoy convencido de que lo es.

—Sin embargo, en mi papel de consejero en estas cuestiones, perdóneme, coronel, pero debo ser claro...

—Me interesa que ella viva allí. Estoy dispuesto a asumir pequeñas pérdidas siempre y cuando la propiedad siga progresando. ¿Está lo suficientemente claro?

—Por supuesto —dijo el Sr. Worthy—. Y consultaré con usted en caso de que haya algo alarmante.

—Eso espero.

—Muy bien. Ahora que todo está arreglado, coronel, hay otras posibilidades de hacer dinero —continuó el Sr. Worthy— que no requieren de su atención diaria.

—Prosiga.

A la llegada del sexto cumpleaños de Miguel, en septiembre de 1851, Eugenio se había deshecho de las partes movibles del negocio naviero —barcos, velas, maquinaria, barriles, bocoyes, cabos y no sabía cuánto más— pero conservó los muelles, los almacenes y las oficinas frente al mar, que arrendaba a precio de oro. El Sr. Worthy lo ponía al tanto de las inversiones que supervisaba en Puerto Rico y por medio de la New York Stock & Exchange Board. Además, enviaba todos los años a un auditor a Los Gemelos para revisar los libros contables y asegurarse de que todo estuviera en orden.

Como ya no tenía que sentarse en una oficina a escuchar las conversaciones de tenedores de libros, gerentes, supervisores y despachadores, Eugenio se convirtió en lo que su mujer insistía que debía hacer un hombre de su edad y raza: un caballero pudiente y libre de responsabilidades. De haberse retirado a Villamartín, hubiera sido otro viejo soldado viviendo sus últimos años en paz y comodidad, y sus hazañas habrían sido olvidadas por todos menos por los integrantes de su familia. Sin embargo, en San Juan lo admiraban por su riqueza, por lo que había hecho en su vida y por sus logros. Adondequiera que iba los soldados lo saludaban, los civiles se inclinaban ante él y las damas le hacían reverencias.

Don Eugenio tenía acciones en gallos de pelea y caballos de carrera, cuyos éxitos disfrutaba sin tener nada que ver con el trabajo de criarlos ni entrenarlos, ni de preservar su salud para pelear y correr. Se hizo miembro de la Asociación de Caballeros Españoles, club dedicado a las barajas, los buenos vinos y los cigarros aromáticos. Al igual que sus hijos, era buen bailarín, y le complacía conducir a Leonor por los pulidos pisos para bailar de residencias privadas y salones, convencido de que hasta las señoritas jóvenes lo admiraban. Como pasaban la mayor parte de las noches fuera, Miguel cenaba con Elena, a quien no le gustaba dejarlo solo, aunque tuviera que perderse una cena elegante o una presentación teatral. Era Elena quien escuchaba sus oraciones, quien le recordaba incluir en las mismas a la reina Isabel II, a Ana, a Severo, a los infortunados esclavos, leprosos, huérfanos y a todo el que integraba la lista de plegarias de la Catedral de San Juan Bautista. Era Elena quien lo llevaba a las clases de catecismo, se encargaba de que cumpliera los preceptos en las festividades religiosas, y la que liberaba a Eugenio de su mayor preocupación.

—Por favor, no se preocupe por mí —le decía—. No pienso casarme mientras Miguel tenga tan poca edad.

A Miguel no le tomó demasiado tiempo acostumbrarse a la vida en San Juan. Era lo suficientemente pequeño como para complacerse con el amor y la atención de sus abuelos y de Elena. Eran estrictos pero amables, especialmente el abuelo, cuyos mostachos se erizaban cuando estaba enojado, pero apenas levantaba la voz y no le daba nalgadas. La abuela aprovechaba cuanta oportunidad tenía para abrazar y besar a Miguel, para apretarle la mano o el hombro. Y en breve se dio cuenta de que la necesidad que tenía la abuela de tocar no se limitaba simplemente a él.

Cuando no estaba tejiendo, bordando o cosiendo, le daba masajes en los hombros al abuelo, cambiaba de sitio los adornos, alisaba el chaleco de su nieto o apretaba el cinturón que sostenía el delantal de Siña Ciriaca en su cintura. La abuela usaba bucles que saltaban alrededor de su rostro con cada movimiento, y requería constantes tirones y ganchos para mantenerlos en su lugar. Sus vestidos negros tenían volantes, encajes y cintas con las que jugueteaba continuamente si no tenía con qué ocupar sus dedos.

Miguel pensaba que las manos de la abuela estaban nerviosas por estar tan tranquilas cuando tocaba el arpa. Durante el tiempo de luto, el instrumento, cubierto con un paño de lino, estuvo varios meses en una esquina del salón antes de que el niño tuviera noción de lo que era aquello. Para él, era un enorme fantasma sin cabeza, e incluso evitaba mirarlo. Por las noches, después de la cena, la abuela lo destapaba, recostaba su hombro derecho sobre éste y se preparaba para tocar. Cuando lo hacía, todo su cuerpo quedaba inmóvil, sus ojos parecían mirar a un sitio lejano y sus manos descansaban suavemente sobre las cuerdas antes de comenzar a pulsarlas, como si tuviera que domesticarlas antes de poder rasgarlas.

En Los Gemelos los únicos instrumentos que Miguel había escuchado eran los palillos que José golpeaba para mantener el ritmo, las güiras secas que Samuel rascaba con un alambre para hacer un sonido áspero, las maracas y sonajas que agitaban Inés y Flora y los tambores que hacían Jacobo y Benicio con cuero de cabras y vacas, y que luego golpeaban con las manos. Aquellos instrumentos tenían un sonido muy diferente al arpa de la abuela, quien pulsaba sus largas cuerdas suavemente, o las tocaba con la punta de los dedos, sacándoles un dulce sonido. En la Hacienda Los Gemelos, José, Inés, Jacobo y Benicio frotaban, arañaban o golpeaban sus instrumentos, y los sonidos que producían le hacían latir el corazón a Miguel. La forma de tocar de la abuela era plácida y le traía a la mente imágenes de mariposas y nubes ligeras. La música de Los Gemelos era rápida, y cuando Flora y las demás mujeres cantaban, sus voces se elevaban en lamentos guturales que erizaban la piel del niño.

Cuando tocaban música, todo lo que rodeaba los barracones cobraba una vida vibrante e implacable. Las mujeres reían y aplaudían, los hombres pateaban el suelo, balanceaban su cuerpo y se lanzaban a hacer bailes que, incluso en ocasiones solemnes, eran una celebración de movimiento y sonido. Pero cuando la abuela tocaba, el mundo iba más despacio y se tranquilizaba mientras ella pulsaba las cuerdas. Los rostros del abuelo y de Elena adquirían una plácida expresión, y si Miguel se movía o se mostraba intranquilo, el abuelo lo regañaba y Elena movía sus dedos de un lado a otro para hacerle saber que debía estarse quieto. Cuando la abuela tocaba, Miguel deseaba que golpeara las cuerdas. Deseaba que Elena y el abuelo dieran palmadas, y que Siña Ciriaca y Nana Bombón hicieran sonar sus cazuelas con cucharones de madera allá en la cocina, y que él pudiera girar y dar patadas en el centro del salón, como acostumbraba a hacer en el batey, mientras escuchaba sonar los tambores hasta bien entrada la noche.

Un domingo después de misa, Elena subió la colina con Miguel hasta llegar a la muralla que rodeaba San Juan para que el niño pudiera ver el mar. A su paso, los soldados se llevaban una mano a sus sombreros emplumados e inclinaban la cabeza. —Son amigos de don Eugenio —le explicaba a Miguel cuando el niño la miraba como preguntándole. Sabía que los soldados admiraban la belleza de la joven con su sombrero de ala ancha y su vestido de satín negro con un cinturón del mismo color. Pero ella no les prestaba la más mínima atención.

Al doblar una esquina el viento les golpeó el rostro, como si las casas lo retuvieran al otro lado de la ciudad. Llegaron a la cumbre, y Miguel se encontró ante un espacio enorme de agua verdeazul coronada con crestas blancas. Las olas reflejaban el sol, haciendo que el niño entrecerrara los ojos, llevándose la mano a la frente como si saludara y volviéndole finalmente la espalda al mar. Cuando sus ojos dejaron de lagrimear, pudo ver unas montañas envueltas en niebla. Su vista saltó de las montañas al mar, de las suaves curvas verdes del terreno a la planicie infinita del mar, como si necesitara creer en ésta antes de captar la existencia de las otras.

—Allá está España —dijo Elena, apuntando al horizonte, como si esperara que algo surgiera en esa dirección. Se veía triste, y cuando se dio cuenta de que el niño podía enterarse, lo volvió lentamente hacia la bahía en herradura y animó el tono—. Vinimos en un barco como aquél —le dijo, señalando una goleta de alto mástil que flotaba en dirección al puerto, con sus velas cuadradas hinchadas como enormes almohadas.

—España está lejos —dijo Miguel, pero Elena sabía que aquella afirmación era una pregunta.

—Tardamos un mes en llegar.

—Nana Inés dice que en el océano hay piratas.

Elena enarcó las cejas. —Antes había piratas en estas aguas, pero ya no.

—Mamá decía que en su barco había caballos.

—Ay, ¡tu mamá era tan divertida!

—¿Qué hacía?

Elena habló como si quisiera reír pero no podía hacerlo en público. —Ella y tu papá venían en el mismo barco que llevaba caballos para los soldados. Y ella bromeaba diciéndole que iba a cabalgar uno de esos caballos sobre las olas, como Perseo sobre Pegaso.

—¿Quién es Per...?

—Perseo es un héroe de cuentos antiguos, y Pegaso un caballo con alas.

Miguel miró hacia la bahía poblada de altos mástiles como alfileres gigantescos clavados en el agua resplandeciente. Trató de imaginarse a su madre volando sobre un caballo alado, casi rozando los barcos y los botes más pequeños que se movían bajo el sol.

—¿Qué más hacía mamá?

Los labios en forma de V de Elena se achicaron y sonrieron, aunque había seriedad en sus ojos. —¿La echas de menos, verdad?

Miguel bajó la cabeza y respiró profundamente para contener el llanto. Echaba de menos a Nana Inés, y cómo le frotaba la espalda para ayudarlo a dormir. Echaba de menos jugar con Efraín e Indio, y las altas torres que construían con los ladrillos que les hacía José. Echaba de menos la risa de Nana Flora, sus canciones a los árboles y sus cuentos acerca de dónde vivía cuando era una niña en el monte. Echaba de menos el taller de José, el olor a madera, el serrín en la tierra, la forma en que se rizaban las virutas cuando José cepillaba una plancha. Echaba de menos a su padre. Mamá le había dicho que papá estaba en el cielo, y Miguel sabía que eso quería decir que no lo iba a ver nunca más. Echaba de menos los largos dedos de papá corriendo por sus cabellos, la forma en que le tomaba de la mano cuando caminaban, sus apretados abrazos. Echaba de menos su suave voz y sus tiernos ojos. Pero en San Juan, cada vez que se mencionaba el nombre de su padre, los ojos de la abuela se llenaban de lágrimas y el abuelo se aclaraba la garganta.

—Podemos hablar de tu mamá cuando quieras —continuó Elena—. La conozco desde que éramos niñas.

Miguel frunció el ceño. Le resultaba difícil imaginarse a mamá o a Elena de otra forma que no fuera como mujeres adultas.

—¿También conociste a mi papá? Cuando era un niño, quiero decir.

—Por supuesto. Doña Leonor es mi madre de crianza. Crecí junto a tu papá y tu tío. Ellos eran un poco mayores. Tu mamá y tu papá se conocieron en mi fiesta de cumpleaños —Elena dejó de hablar y volvió a mirar hacia España, agitando la cabeza hacia los lados como si el pensamiento le agradara y le disgustara a la vez—. Dios mío… oye las campanas de la iglesia. Son las doce menos cuarto. Hay que volver a casa.

Salieron caminando a prisa por las calles estrechas, evitando el contacto con gente a pie, soldados a caballo, carretas haladas por bueyes o burros, vendedores llevando cestas o sacos. "¡Carbonero! ¡Carbonero!", pregonaba el carbonero. "¡Tengo yuca y malanga! ¡Tengo ñame y yautía!", coreaba el viandero. "¡Leña para la doña!", decía un hombre que llevaba una enorme pila de leños en la cabeza, con una voz que se elevaba por encima del relinchar de los caballos.

Mientras caminaban, Miguel sentía la diferencia entre el viento fresco revoloteando en la muralla frente al mar y el aire colina abajo. Pudo oler la parte baja de la ciudad, el hedor del excremento animal, de las alcantarillas abiertas, el humo, la carne asándose, el sudor.

—Cuando tenga una casa, quiero que sea frente al mar.

—Sería encantador —dijo Elena—, pero también triste.

—¿Por qué?

—Porque siempre mirarás hacia el sitio de donde viniste.

—Pero yo no vine del mar como vosotros.

—Tienes razón, mi amor. Estoy hecha una tonta. Giremos por aquí.

—¿Vas a contarme más cuentos del caballo con alas?

—Por supuesto. Esta noche te leeré la historia de Perseo y Pegaso.

Esa noche se sentó en el sillón junto a la cama de Miguel y le leyó un grueso libro de historias de héroes y seres mágicos. Se detuvo en la parte donde Perseo le corta la cabeza a la Gorgona, y surge Pegaso de la sangre derramada por el monstruo. —Aquí terminamos. Esto puede provocarte pesadillas —dijo.

—Nada de eso. He visto a Lucho matar cerdos y cabras. Y no me dio miedo.

Elena pareció sorprenderse, pero siguió el maravilloso cuento hasta el final. Cuando el niño no tenía preguntas que hacerle, escuchaba sus oraciones, lo metía en la cama, le besaba la frente y salía de la habitación.

El niño se sentía pesado y ligero a la vez, como si estuviera flotando sobre las calles de San Juan. El aire era limpio, el cielo claro y de un azul brillante. Abajo, la fortaleza de El Morro con sus baluartes y cañones miraba al vasto océano. Miguel jugueteaba al viento, en ocasiones volando hacia las suaves montañas verdes, y otras descendiendo rasante sobre un barco con velas como almohadas. Soñó que era Perseo, cabalgando sobre Pegaso, combatiendo monstruos, salvando a princesas encadenadas a rocas golpeadas por las olas. Pero cuando despertó, seguía siendo el mismo niño pequeño que pasó la noche persiguiendo un sueño.

Cierta mañana brillante y fría, justo un mes antes de su sexto cumpleaños, Bombón y Elena llevaron a Miguel a la escuela de don Simón Fernández Leal. Bombón se quedó esperando afuera, y Elena llevó a Miguel adentro.

—Ah, aquí está el joven Argoso —dijo don Simón—. Buenos días, señorita Elena —eran los primeros en llegar—. Usted se va a sentar aquí —dijo el maestro, guiando a Miguel hasta un pupitre al frente—. Así lo podré vigilar.

Miguel pensó que debía tratarse de una broma porque Elena sonrió y se sonrojó. De repente, las campanas dieron la hora.

Don Simón tomó una gran campanilla que estaba sobre su escritorio. —Gracias por traerlo a mi escuela —le dijo a Elena, con una inclinación de cabeza que provocó más sonrojos en ambos.

—Don Eugenio no lo hubiera enviado a otro sitio —dijo Elena, deteniéndose ante el pupitre de Miguel para tomarle el rostro entre sus dedos—. Regreso más tarde para llevarte a casa —continuó, besándolo y saliendo del salón. Bombón le dijo adiós desde la calle y siguió a Elena. Saber que regresarían le hizo sentirse mejor ante la realidad de quedarse solo mientras don Simón salía a la puerta para tocar la campanilla.

En otro tiempo el aula había sido la sala de estar de una casa. Dos ventanas con persianas que llegaban del suelo al techo se abrían a la calle, con la mitad inferior hecha de hierro forjado con decoraciones. Unas puertas dobles conducían desde la calle a un pasillo, que daba acceso a una galería alrededor de un patio con plantas en macetas. Varias jaulas colgaban de las ramas de un ficus en medio del patio, y el canto de los canarios mitigaba algunos de los sonidos de la calle vecina, sobre todo las risas infantiles.

Los alumnos irrumpieron en el aula, algunos niños de menor edad, otros de más, pero todos vestidos de nítido algodón, los sombreros impecables, y la parte trasera de los cuellos y las orejas y uñas bien fregados. Los más grandes ocuparon los pupitres de atrás, mientras los más pequeños se dispersaban en lo que a Miguel le pareció un orden predeterminado, el cual, según supo después, era según la edad. Los niños jugaban, se hacían chistes y se pegaban de broma como si fuesen buenos amigos. Tres de ellos eran hermanos, y dos de los mayores eran primos. Todos lo miraron con curiosidad.

—Soy Luis José Castañeda Urbina —le dijo pomposamente el niño que se sentaba a su lado—, ¿y tú?

—Ramón Miguel Inocente Argoso Larragoity Mendoza Cubillas —respondió, quedándose casi sin aliento cuando llegó al final.

—¡Mi madre! —dijo Luis José—. No quiero verte cuando el profesor nos enseñe a escribir nuestro nombre.

Alguien le tocó el hombro. Miguel se volvió para ver a otro niño de ojos color avellana, con largas pestañas y cejas pobladas que parecían pertenecer a un rostro diferente del que formaban parte, y cuya mitad inferior mostraba una nariz delicada y unos labios bien formados.

—Don Simón está enamorado de tu nana, pero no puede casarse con ella porque es pobre.

—¡Pero Siña Ciriaca es muy vieja! —respondió Miguel.

—Ella no —rió Luis José—. ¡La señorita Elena!

—Ella no es mi nana —protestó, pero, antes de que pudiera continuar, entró don Simón con el último alumno rezagado y tocó con los nudillos sobre su escritorio.

—Buenos días, jóvenes —dijo. Ante él, un grupo de quince niños, en su mayoría de buen comportamiento, que le enviaran para cursar la enseñanza elemental. Los tendría durante seis años hasta que se graduaran, para luego marcharse a la academia católica para muchachos, o a terminar sus estudios en Europa—. Me alegra tenerlos de vuelta —continuó, asintiendo ante los rostros que ya le resultaban familiares—. Bienvenido —le dijo a Miguel, el único nuevo—. Andrés —le ordenó al niño de las cejas pobladas—, por favor dirige el rezo del padrenuestro.

Todos se pusieron de pie. Miguel miró a don Simón. Era tan delgado que las ropas le quedaban muy holgadas y parecía que tenían vida propia. Sus cabellos eran del color del guano seco, y sus ojos grandes, tristes y de un café claro, sobresalían bajo sus cejas curvas. El extremo de su larga nariz se hundía sobre un grueso bigote enroscado en cada punta, separado de una barba corta y dorada que le cubría la barbilla. Su voz era profunda y argentada, y no le era necesario alzarla para que se escuchara en la parte trasera del aula.

Miguel se preguntó si don Simón sería apuesto, y si era cierto que estaba enamorado de Elena. La forma en que ambos se sonrojaron y sonrieron le convenció de que probablemente Andrés tenía razón. Aun así, Miguel no podía comprender por qué ser pobre le impedía casarse. Mucha gente era pobre. Incluso los esclavos, que no tenían tantas cosas, se casaban.

Recordó cuando Coral se casó con Poldo, el hijo de Siña Damita. Coral llevaba puesto un turbante azul, decorado con flores de flamboyán. Poldo vestía una camisa blanca sobre sus pantalones de trabajo, lavados y planchados. Poldo fue hasta el cuartel de las mujeres y le cantó, mientras Coral esperaba en el umbral rodeada por otras mujeres, quienes sonreían y se tocaban unas a otras con los codos. Poldo y Coral caminaron tomados de la mano hacia el rancho, mientras los demás comenzaron a aplaudir, a cantar y a bailar. La celebración se prolongó hasta que sonó la campana para ir a dormir. Por supuesto, pensó Miguel, si los esclavos se casaban y hacían una fiesta después, a Elena y don Simón les debería ser posible hacer lo mismo.

Simón le enseñó lectura, redacción y aritmética en lo que fue en otro tiempo la sala de estar de su casa. Pero la enseñanza rudimentaria de ciencias se realizaba en el patio, con sus arbustos y plantas florecientes en macetas. Las lecciones de ciencias eran presididas por una cotorra malgeniosa, que aterrorizaba a las aves que piaban (y a los estudiantes) con chillidos que parecían humanos. A lo largo de una pared había frascos con los restos preservados de un cerdito, un par de sapos, tres serpientes y un mono, que les provocaban a los niños un curioso temor. Al menos un par de veces al día, Kiki, el perro de don Simón, se escapaba de la planta alta para visitar a su amo, y para ser acariciado por las manos dispuestas de los niños.

Los Fernández Leal eran una familia pudiente al llegar a Puerto Rico, pero perdieron su fortuna a causa de los hábitos disolutos de su patriarca, asesinado sobre una mesa de juegos de azar. A la muerte de su padre, Simón abandonó sus estudios de Medicina en Madrid y transformó su casa en escuela para mantenerse y ayudar a su madre enferma.

Le complacía tener como alumno a Miguel porque le daba la oportunidad de ver a Elena todos los días, al menos hasta que al niño se le permitiera ir y regresar a la escuela por su cuenta. Estar cerca de ella era uno de los escasos placeres de su vida solitaria e infeliz. Aparte de sus alumnos y su madre, sus vínculos sociales consistían en otros jóvenes inteligentes y de mente avanzada que se congregaban en la trastienda de la botica de don Benito y dedicaban horas enteras a discusiones políticas. Noche tras noche debatían y redactaban pliegos que convocaban a la emancipación de los esclavos y a una mayor autonomía para Puerto Rico que se leían entre sí porque era ilegal colocarlos a la vista pública. Las luchas por la independencia de Haití para liberarse de Francia, de Santo Domingo contra España, y, en 1844, entre Santo Domingo y Haití para crear la República Dominicana, habían hecho que los liberales puertorriqueños se propusieran liberar a los esclavos de Puerto Rico sin el derramamiento de sangre y la guerra civil que había devastado a La Española, y obligado a miles de personas a escapar con cuanta pertenencia de valor pudieron llevarse.

Cuando visitó la botica por primera vez, a Simón le preocupaba que las conversaciones fueran sediciosas y ecos de hombres nacidos en la isla que, como él, sólo contaban con el intelecto para sentirse superiores a los españoles que los gobernaban. Muy pronto se enteró de que muchas personas en los más altos niveles de la sociedad compartían sus mismos puntos de vista, aunque su posición oficial fuese más conservadora.

Su pobreza, que en algo mitigaba durante el curso escolar con los modestos precios que cobraba, le imposibilitaba a Simón visitar los salones que imitaban aquellos que había frecuentado en Madrid. El refinamiento de Elena, su serenidad, la blancura de su piel y su voz melodiosa era lo que más anhelaba en la mujer con la que se habría casado si su padre no hubiera derrochado su herencia.

La primera vez que la vio, Elena cruzaba la plaza con doña Leonor. Ese día llevaba un vestido amarillo y un sombrero de paja que le cubría el rostro, con una cinta verde que colgaba tras ella, flotando en la brisa. Cuando pasó junto a las dos damas, pudo ver su rostro, sus ojos serios y los labios en forma de V que parecían sonreírle, aunque sabía que era imposible. No se habían conocido formalmente, lo cual no ocurriría hasta el año siguiente, cuando don Eugenio los presentó en ocasión del duelo de la familia. Posteriormente la vio con frecuencia en la iglesia, en las festividades de guardar o en el público cuando la banda militar tocaba en la plaza.

Elena era su musa, la primera persona en la que pensaba cuando despertaba, y la última que veía antes de dormir. Saber que la vería nuevamente le permitía esperar por algo cada día.

Algunas noches las conversaciones en la botica de don Benito no le ofrecían nada nuevo, o carecía de las monedas necesarias para comprar el aguardiente casero que el boticario les ofrecía. Entonces Simón caminaba por la ciudad, de los escurridizos callejones cerca de los muelles, donde marineros y prostitutas bebían y hacían sus tratos, al parque fragante que rodeaba la mansión del gobernador, y luego a las puertas de hierro del fuerte San Cristóbal y al malecón golpeado por el oleaje incesante. Independientemente del rumbo que tomara en sus peregrinaciones, siempre terminaba frente a la residencia del coronel Eugenio Argoso Marín, con su umbral de mosaicos y sus enormes puertas dobles. En la planta alta, y a la derecha de aquella puerta, estaba la ventana de Elena y la luz trémula de su vela asomando tras las cortinas corridas.

Muchas noches, mientras esperaba en la oscuridad a que Elena apagara la vela, escuchaba a don Eugenio y a doña Leonor de regreso de alguna velada divertida, evocada por el susurro de su vestido o por el sonido de los tacones masculinos sobre los adoquines. Simón retrocedía hasta un portal cercano y los veía entrar a la casa, con la mano de Eugenio tomando a Leonor del brazo, mientras el murmullo del chal de la esposa rompía con su siseo el silencio nocturno.

Llevaban tanto tiempo de casados que se movían como una sola persona. Simón envidiaba su cercanía y el comportamiento familiar que Leonor adoptaba mientras su esposo la ayudaba a subir los escalones.

Las calles de San Juan le parecían más tristes en el camino de regreso, y su soledad aun mayor. Entraba en la casa silenciosa y pasaba en puntillas frente a la puerta del dormitorio de su madre, que ésta dejaba abierta para escucharlo cuando llegara. Pero siempre la rendía el sueño. Sus ronquidos y conversaciones en sueños marcaban su paso ligero mientras caminaba por el pasillo en dirección a su cuarto, donde le escribía poemas de amor a Elena.

Todas las noches, después de que Miguel decía sus oraciones, Elena le leía algún cuento del libro de héroes y monstruos. —Es poesía escrita hace mucho tiempo —le decía.

—Me gusta más que los poemas que nos lee don Simón —dijo Miguel, haciendo una mueca de desagrado.

—¿Qué clase de poemas?

—De señoras y pájaros y flores.

—A Don Simón le gustan los poetas románticos —respondió Elena, tratando de darle colorido a las preferencias del maestro.

Miguel se quedó observándola. Cuando Elena lo miró a su vez, el niño la evitó. —¿Hay algo que te molesta?

—No —contestó Miguel, pero en un instante recuperó el valor para decirlo—. Sí.

—¿Qué ocurre, mi amor?

—Si el abuelo le diera dinero a don Simón, ¿él se casaría contigo?

—Pero Miguel, ¿qué clase de pregunta es ésa?

—Los niños del colegio dicen que don Simón está enamorado de ti, pero que no puede casarse contigo porque es pobre. Pero si el abuelo le diera algo de dinero…

Elena no supo qué decir. Ninguna mujer hermosa es totalmente inconsciente de su belleza, o del afecto que puede profesarle un hombre. Si negara que Simón la amaba, estaría mintiendo. No le molestaba coquetear con él, pero no estaba enamorada.

Le emocionó que Miguel supiera que una mujer joven debe casarse. Pero, por otra parte, había que ponerle fin a los rumores.

—Miguel, querido —le dijo—, estas cuestiones no son apropiadas para que los niños las digan en la calle ni en el patio del colegio. Es una falta de respeto a don Simón, a mí y a ti también. Son asuntos privados, de adultos. Pero no pelees con ellos. Prométeme que no hablarás de esto con nadie más.

—Te lo prometo —dijo el niño.

Elena echó hacia atrás los cabellos de Miguel y le subió la sábana hasta los hombros. —Puedes hablar conmigo de cualquier cosa, Miguel, tú lo sabes.

—Sí.

—Pero a veces no podré explicarte todo lo que me preguntes —Elena sonrió como si guardase un secreto—. Cuando crezcas verás las cosas de forma diferente.

El niño asintió. Como era usual antes de salir de la habitación, Elena lo besó en la frente y apagó la vela en la mesa de noche. Miguel quedó en plena oscuridad, deseando ser ya un hombre y poder darles respuesta a sus propias preguntas.

Siña Ciriaca le desabotonó el vestido negro a Elena. La ropa interior que la cubría también estaba teñida del mismo color. Siña Ciriaca la ayudó a salir de sus tres enaguas, luego aflojó y la ayudó a quitarse el corsé hasta que Elena se quedó en camisón, medias y pantuflas para estar en casa. Su camisón y bata de dormir eran más frescos que la ropa que usaba durante el día, pero también llevaban cintas negras en el cuello y los puños.

Siña Ciriaca se aseguró de que hubiese agua suficiente en la jarra y un vaso en la mesa de noche, así como de que contase con velas de reserva para los candelabros de pared, porque sabía que Elena se quedaba despierta con frecuencia hasta tarde. —Buenas noches, señorita —le dijo, cerrando la puerta.

Elena se soltó el pelo, recogido y apretado todo el día con ganchos de carey coronados por una pequeña peineta de ébano. Se inclinó y se cepilló sus ondas color avellana de atrás hacia delante, de un lado a otro, luego de adelante hacia atrás, y terminó haciéndose una trenza sobre el hombro izquierdo. El agua de la vasija estaba fría, y la joven inhaló el perfume penetrante de las rodajas de limón que flotaban en la superficie. Se lavó la cara, el cuello, detrás de las orejas, y se secó con una toalla de lino. Luego, sacó la bolsita de terciopelo que guardaba en la primera gaveta. El collar de perlas y los aretes de Ana se deslizaron en la palma de su mano, ligeros pero sustanciales, cálidos, con un brillo interior. Se los puso con veneración, cada movimiento semejante a una plegaria. Sonrió ante el espejo, admirando su suave cuello adornado con perlas, y los diamantes relucientes que adornaban los lóbulos de sus orejas. Aunque había guardado luto riguroso por cinco años, cada noche de aquellos 1,825 días se ponía las perlas y los diamantes de Ana, para contemplar su propio y hermoso reflejo en el cristal.

Un mes antes celebró su vigesimoprimer cumpleaños sin esposo, sin hogar propio ni cuarto de los niños bullente de actividad. Durante años don Eugenio le había presentado jóvenes elegibles, quienes hacían tentativas de acercamiento y trataban de que la joven mostrara alguna señal de interés, pero ésta les respondía con amable formalidad. Varios trataron de convencerla de que los amara; mientras que otros como don Simón, la adoraban desde lejos. Una joven hermosa que no hacía nada para que un hombre se enamorara de ella era considerada una santa, y Elena, La Madona, era admirada por su recato y compostura. Sabía que era una persona romántica. Si bien la muerte de su prometido creó un aura trágica a su alrededor, nada hizo por que se desvaneciera.

Si Inocente no hubiera muerto, se habría casado con él, aunque lo consideraba como un hermano. Elena se encargó de incorporar más prendas al ajuar doblado dentro del baúl nupcial de cedro que doña Leonor le obsequiara cuando cumplió quince años. Las servilletas de lino blanco estaban rematadas de fino crochet con motivos de piñas. Cada funda tenía una *A* bordada que resumía sus apellidos y los de Inocente, Argoso y Alegría. También dos camisones de fino algodón, con cuellos y puños de encaje. Elena llenó el baúl de ropa de cama, lencería, esperanzas y oraciones. Después de la muerte de Inocente, lo cerró.

Probablemente no se iba a casar nunca. Había sido la hija dedicada que los Argoso nunca tuvieron, la única que iba a cuidarlos en sus últimos años. Habían sido generosos, dándole educación y proporcionándole una vida cómoda. ¿Qué podría darle un hombre que no tuviese ya? Un hijo, tal vez. Pero tenía a Miguel, a quien amaba como si hubiese salido de su vientre. En ocasiones, una expresión o un gesto suyo le recordaban a Ramón y a Inocente, pero casi siempre era a Ana a quien veía en él. No podía tener consigo a Ana, pero tenía a Miguel seguro y protegido a su lado.

Volvió a sonreír ante el espejo, y la felicidad ruborizó sus mejillas y le dio brillo a sus ojos. Cada vez que se confesaba, admitía el pecado de la vanidad y el placer derivado de la contemplación de su propia imagen.

Se tiró un chal negro sobre los hombros y caminó por el pasillo en dirección de las estrechas escaleras que conducían a la azotea. Los Argoso estaban participando en una novena por el alma de un vecino, y las rítmicas oraciones de los dolientes se elevaban desde el patio de la casa ubicada a tres puertas de la suya. Una luna incompleta flotaba en un cielo de terciopelo poblado de diamantes. Elena escuchó la ciudad murmurar, cantar, hablar, orar y llorar, mientras las olas se estrellaban contra la rocosa orilla. Desde la azotea, la bahía de San Juan se veía como una oscuridad tan profunda y vasta como el cielo que la cubría. Las luces de los barcos anclados fulguraban en destellos anaranjados y amarillos, única señal para diferenciar la costa de la espesa vegetación que se elevaba hacia las montañas que segaban la isla como una columna vertebral. ¿Qué estaría haciendo Ana en aquella casa humilde rodeada de cañaverales en el fin del mundo? Casi todas las noches Elena se sentaba en la azotea y miraba al suroeste, enviando sus pensamientos hacia la Hacienda Los Gemelos, como si pudieran llegar a su amada.

Elena rezó bajo el cielo estrellado. El sonido de la ciudad rebosante de vida era como una canción de cuna. Cuando escuchaba unos pasos familiares en la calle vecina, salía corriendo a su dormitorio. Las pisadas se detenían bajo su ventana. Dos años atrás, apagó su vela y se asomó por un resquicio de las persianas, y vio cómo la delgada figura de Simón avanzaba lentamente calle abajo, con las manos en los bolsillos y los hombros caídos como si ella lo hubiera rechazado. Pero el joven nunca le declaró su amor, y estaba segura de que jamás lo haría. Él la amaba como los trovadores de tiempos antiguos, para quienes los suspiros, la poesía y la emoción reprimida eran suficientes.

Elena se quitó las joyas de Ana, y apagó la vela. Minutos después escuchó cómo Simón se alejaba. Antes de quedarse dormida, recorrió con sus dedos su cuerpo adorable, recordando otros dedos, otras lenguas deleitándose en su desahogo violento.

EL HURACÁN

Dos años, según Severo Fuentes, era un período de luto apropiado antes de que una viuda pudiera recibir las atenciones de un pretendiente. Aunque no era de noble cuna ni tan instruido como Ana, era el único blanco rico y soltero en varias leguas a la redonda, remotamente adecuado para una señora de buena familia. Aunque eso no quería decir que hubiese competencia por su mano. Nadie visitaba la Hacienda Los Gemelos sin negocio legítimo que tratar.

Ramón e Inocente justificaban la reticencia de Ana diciéndoles a los vecinos que era una dama aristocrática de Sevilla acostumbrada a mayores comodidades, avergonzada de vivir tan humildemente. Aunque las visitas que siguieron a la muerte de los dos hermanos les dieron información suficiente como para sentir curiosidad e interés por Ana, Severo se encargaba de que nadie llegara a la hacienda sin previo aviso. Sólo el padre Xavier y algunos vendedores ambulantes ocasionales se atrevían a entrar en el batey de Los Gemelos sin anunciarse, con la excepción del teniente y sus hombres, cuya llegada siempre presagiaba malas noticias.

A Severo le impresionaba que Ana nunca hiciera mención de su aislamiento. Por el contrario, lo disfrutaba. No tenía interés en la chismografía local ni curiosidad por saber cómo vivían sus vecinos, y no necesitaba el estímulo del pueblo más cercano ni las atenciones de mujeres de su clase social. Aún caminaba con el aire típico de una aristócrata, pero desechaba la mayoría de las convenciones propias de una señorita refinada. Los parasoles que comprara en España estaban enrollados en lienzos encerados y guardados en el cobertizo, donde también conservaba un baúl lleno de vestidos de seda, mantillas de encaje, guantes, zapatos de cabritilla, finos abanicos de seda y chales con flecos. Había renunciado a llevar los rizos negros que en otro tiempo le servían de marco a su rostro pequeño, y usaba un moño sobre la nuca, asegurado con una peineta de carey. Al final del día algunas hebras sueltas de cabello le flotaban sobre el cuello. Severo escuchó en cierta ocasión a Leonor quejándose ante Elena de que era indecente que se viera a una mujer sin corsé, independientemente de lo lejos que viviera de la civilización. Pero a Severo le encantaba la silueta más suave, compacta y juvenil de Ana.

Doña Leonor también recriminaba a Ana por usar sombrero fuera de casa en muy escasas ocasiones, y por subirse las mangas y exponer sus brazos y manos al sol.

—Tengo trabajo que hacer —respondía Ana—. No estoy tan pendiente de mi apariencia, sino de lo que se necesita hacer antes de que termine cada día.

Leonor se ofendió con la respuesta de Ana, y luego le dijo a Elena que Ana trabajaba más que lo usual durante su visita porque no quería estar demasiado tiempo con ellas.

Había algo de cierto en ello, pensaba Severo. Ana no compartía mucho tiempo con su suegra y con Elena. Los años en la plantación la habían endurecido, aunque nadie la confundiría jamás con una campesina. Seguía siendo imperiosa cuando era necesario, y hablaba el castellano refinado adquirido en su educación conventual, pero en comparación con la correcta Leonor y la etérea Elena, había perdido lustre en sus años de vida en Los Gemelos. Hacía seis años, cuando escuchó la voz que le dijo que ella sería su mujer, Severo ni siquiera podía mirar a una mujer como Ana. Pero había ascendido en estatus, y ella parecía resuelta a descender del suyo. Por ello resultaba natural que ambos estuvieran buscándose el uno al otro.

Ana estaba sentada en su nueva mecedora, construida por José, más baja y con un asiento más estrecho y superficial que el de una mujer de tamaño promedio, construido con el propósito de que los pies le llegaran al suelo y su columna vertebral reposara cómodamente contra la rejilla, y cuyos brazos y espaldar tallados envolvían como un abrazo protector. Aquella hora final de la tarde en la que esperaba a Severo Fuentes era inusualmente tranquila.

Ana tenía una idea de lo que pasaba por la mente de aquel hombre y había sentido cómo su mirada la seguía en sus faenas cotidianas. Admiraba su comedimiento, apreciaba su devoción y no rechazaba sus atenciones. Pero, sobre todo, lo que más se permitía sentir por él era respeto y confianza. Por otra parte, él tenía como un sexto sentido para adivinar lo que necesitaba, ya fuese para su plantación o su persona. También le agradaba que sus hábitos fuesen limpios y hasta fastidiosos. No era instruido, pero compensaba esta carencia con su prodigioso afán de lectura. La admiración de aquellas encomiables cualidades no podía considerarse amor.

Ana tenía veinticinco años y había conocido la pasión física desde que tenía dieciséis. Perdió su inhibición sexual con Elena, y sabía lo bien que se sentía haciéndolo, pero también la rapidez con que se disipaban aquellos sentimientos. Temía atenciones sexuales masculinas similares a las de Ramón e Inocente, con su violencia y languidez similar a la muerte que les seguían. A pesar de esto, se había preguntado en más de una ocasión cómo se sentiría si la poseyera Severo Fuentes, cuyo cuerpo potente y compacto era tan diferente a los de sus esposos de largas extremidades.

Más allá de sus anhelos, más allá de las fantasías de copular con Severo, más allá de la atención lisonjera de un hombre enamorado de ella, estaba la pregunta de quiénes eran ambos. En España, Severo ni siquiera sería admitido en los cuartos de criados de la casa en Plaza de Pilatos, y mucho menos en su cama. Su proposición de matrimonio sería un acto de impresionante confianza y valor, pero la pondría a ella en una posición incómoda. Severo era español, e independientemente de su estatus social pasado o presente, se regía por el estricto código masculino del español: orgullo y honor sobre todas las cosas. Si lo rechazaba, podría ofenderse al ser rechazada su propuesta de matrimonio y la humillación le obligaría a marcharse de Los Gemelos.

Hacía algunas semanas Ana le había escrito a Eugenio. Estaba consciente del apego de Severo Fuentes hacia ella, le decía en la carta, y estaba convencida de que era sincero. Aunque nunca nadie más podría ocupar el lugar de Ramón en su corazón, estaba dispuesta a aceptar la propuesta, pero sólo si don Eugenio no tenía objeciones. Aunque no esperaba una rápida respuesta con su asentimiento, su suegro había pronosticado que eso podría ocurrir. Quizá le agradaba la posibilidad de no tener que enviarle el estipendio de quinientos pesos como viuda de su hijo.

La campana del ángelus nocturno había sonado cuando Severo comenzó a subir las escaleras, lentamente, como para no parecer demasiado dispuesto. Se había cortado el pelo, afeitado y bañado en un agua que le daba a su cuerpo un perfume de bayrum y canela. Llevaba pantalones y chaqueta café oscuro, un chaleco cruzado de casimir estampado, una camisa blanca y una corbata cuidadosamente anudada. Un atuendo que Ana jamás le vio usar y probablemente cortado en Europa, porque nadie en el campo podía hacer un traje de hombre que le quedara tan maravillosamente. Severo notó la mirada inquisitiva de Ana y sus mejillas enrojecieron, para luego propagar el rubor a la frente y a las puntas de las orejas, recién expuestas a causa del corte de cabello. Para darle tiempo a recuperarse, Ana miró hacia el batey. Estaba vacío, a excepción de los diligentes pollos y gallinas que picoteaban la tierra roja y de tonos café. Severo había enviado a los trabajadores al otro lado del batey con el propósito de que si Ana lo rechazaba, no fueran testigos de su humillación. Esto la impresionó. Severo no olvidaba ni el más mínimo detalle.

—Siéntese, por favor —dijo dulcemente para comunicarle que no había razón para sentir temor.

—Señora, en los últimos seis años he sido su servidor más abnegado. En España, nuestras vidas y orígenes hubieran impedido que nos conociéramos. Pero estamos en un lugar donde todo es posible. Me atrevo a hablarle hoy como un hombre simple, sincera e irrevocablemente enamorado de usted. En sus preciosos dedos pongo mi corazón, mi ser, mis bienes y mi futuro, y pido humildemente su mano en matrimonio.

Obviamente, había ensayado aquellas palabras, pensando tal vez que a una mujer como ella le gustaban las palabras hermosas y los sentimientos poéticos. Su actitud revelaba confianza, pero también una plácida humildad. Por un momento quiso decirle que se había propasado, que no lo amaba, que la única razón por la cual se casaría con él era porque lo necesitaba en la Hacienda Los Gemelos y no se atrevía a rechazarlo. Sus ojos se encontraron y Ana se ruborizó de la cabeza a los pies. En ese instante supo que nada de eso le importaba a ninguno de los dos.

En España, el pretendiente visitaba a la prometida los domingos por la tarde, y hasta una viuda con hijos era acompañada por una mujer de la familia o una amiga íntima. El hombre debía sentarse sin tocarle a la mujer parte alguna, ni tener contacto con su cuerpo necesariamente en el curso de la conversación. Luego de una visita que no debía ser demasiado breve ni demasiado prolongada, el pretendiente se marchaba a su casa para hacer todo lo que hacen los hombres y seguirían haciendo en cuanto se casasen. Y la mujer regresaría a sus habitaciones para fantasear acerca de la vida de casada y para terminar de trabajar en su ajuar.

Después de que Ana aceptara casarse con él, Severo subía todas las noches las escaleras de la casona, siempre vestido impecablemente con una camisa blanca recién almidonada y planchada, y pantalones oscuros. Había dejado de usar la corbata, el chaleco de casimir y la chaqueta, que Ana no volvería a ver hasta el día de la boda.

Se sentaban en el balcón, con Flora como chaperona, quien desempeñaba su tarea con presteza cuando Severo estaba presente. Muy cerca estaba también Conciencia, quien, a pesar de que apenas estaba en edad de comenzar a caminar, no mostraba ningún rasgo del comportamiento de los niños normales y se sentaba tranquilamente al lado de Ana, en una silla que le había hecho José, y cuyo espaldar era más bajo que lo acostumbrado para acomodar su joroba. Si se ponía inquieta, o si Ana le pedía que se marchara porque quería estar a solas para tratar algún asunto de adultos, Conciencia entraba en la casa, arrastrando su sillita tras de sí.

Este segundo compromiso carecía del romance y el entusiasmo del primero, así como de la expectativa frustrada y recuperada del amor. La mayoría de las noches, Ana y Severo se sentaban en el balcón a hablar de lo que les había unido y les interesaba sobre todas las cosas: la Hacienda Los Gemelos. Pero en ocasiones la conversación tomaba un camino insospechado e intercambiaban versiones de sus vidas, purificadas y ausentes de cualquier alusión a un mal paso. Estas intimidades consistían en cuidadosas expediciones al pasado y cada cual escuchaba los silencios del otro con similar atención prestada a lo que se atrevían a contar. Ana no quería humillar a Severo por su niñez de pobreza, relatándole lo privilegiada que había sido la suya. Él, por su parte, no quería enaltecerla revelándole cuánto había sufrido en Boca de Gato, en Madrid, y en su arduo viaje por mar hasta llegar a las puertas de Marítima Argoso Marín. Ana tampoco le dijo que había sido mujer de dos hombres, ni le reveló su relación íntima con Elena. Él no mencionó a Consuelo Soldevida, quien le lavaba y planchaba la ropa y lo afeitaba todos los días. Ana no le contó que había dado en trueque a su único niño —su hijo— a cambio del privilegio de quedarse en la plantación. Severo tampoco comentó que don Eugenio le pagaba trescientos pesos al año para garantizar que Ana nunca saliera de la Hacienda Los Gemelos.

—¿Recuerda cuando la llevé a usted y a los gemelos a un lugar que hay en mis tierras, más allá de los campos al norte? —le preguntó Severo a Ana una noche, días antes de la boda.

—Lo recuerdo. Usted pensaba construir allí.

—El aire es más sano. Y la ceniza de la chimenea y de las quemas en los campos no la molestarán tanto.

—Me parece bien —respondió Ana, dejando a un lado el chal al cual estaba tejiéndole un encaje de crochet—. Pero, francamente, he aceptado la ceniza, el polvo e incluso los insectos como algo inevitable.

—Usted dibujó los planos de una casa —dijo Severo, persistente—. Ramón los guardó en la finca y hablamos de ello.

—Hace años que no los veo.

—Déjeme volver a enseñarle el lugar.

—Está muy lejos, Severo, y estoy demasiado ocupada.

—Sólo perderá una mañana. Cuando esté allí le va a gustar.

Al día siguiente, Flora sacó la vieja indumentaria de montar de Ana del baúl de cedro que guardaban en el rancho. Ana había olvidado lo pesada que era la falda, con sus pliegues excesivos. Con el paso de los años había aprendido a hacer más con menos y sus sencillas faldas y blusas de algodón habían dejado de tener los excesos de la moda de su juventud. Los guantes y botas de montar de niña y el velo sobre el sombrero le trajeron recuerdos de su primera cabalgata desde la arenosa ensenada donde desembarcara después del azaroso viaje por mar desde la capital. «Han pasado tantas cosas en seis años», pensó Ana mientras Flora le abrochaba las botas.

Salieron con las primeras luces de la mañana, cuando el aire todavía conservaba la humedad, los animales nocturnos se refugiaban en sus madrigueras para el descanso diurno y las aves matutinas comenzaban a cantar. A Marigalante, su nueva yegua de paso fino, regalo de Severo, le encantó aventurarse más allá del molino, al otro lado del río que bordeaba la colina. Severo iba adelante, cada vez más alto en el ascenso por el sendero recién despejado de maleza. Sus perros favoritos, Tres, Cuatro y Cinco, lo precedían, y luego regresaban adonde Severo pudiera verlos cuando les silbaba. Al dar el último giro, el sendero se amplió, y al llegar a la cima, un grupo de hombres y mujeres que empuñaban palas, azadones y rastrillos formó una fila cerrada para que Ana no pudiera ver más allá. El corazón de la mujer latió violentamente. ¿Estaban delante de un grupo de cimarrones? Pero no se trataba de una insurrección, comprobó para su tranquilidad. Cada uno de los esclavos —Teo, Paula, José, Inés— le resultaba familiar y le sonreía. Severo desmontó y ayudó a Ana a bajar de Marigalante, pidiéndole que cerrara los ojos.

—Es una sorpresa —le dijo.

La tomó por el brazo y le recordó que debía mantener los ojos cerrados mientras la guiaba en el ascenso hacia la parte más alta, cruzando por el césped que sintió bajo sus pies, luego por una rampa de madera hasta que sintió losa bajo las botas. Severo se volvió hacia ella para que viera lo que él quería cuando abriera los ojos.

—Ahora.

Lo primero que vio fue una extensión de múltiples tonalidades de verde, desde el olivo oscuro al pálido existente dentro de un limón. Una línea púrpura delimitaba el Mar Caribe de un cielo azul sin nubes.

Ana no pudo articular palabra.

Severo sonrió como un muchacho. —¿Le gusta?

Ana asintió.

—Sabía que le iba a gustar —dijo Severo.

Ana se asomó por la baranda improvisada que supuso sería un balcón. Aquella parte de la casa reposaba sobre altos pilotes sobre la cima de la colina. Mirar hacia abajo le provocaba vértigo. Allá abajo, en el valle, rodeadas de cañaverales, vio estructuras conocidas: la torre de la campana, el molino, la chimenea, graneros y almacenes, cuarteles, bohíos, y la casona en el centro. Varios senderos se extendían desde la casa hacia los pastizales y campos. Más allá, una sinuosa franja de rojo arcilloso aparecía y desaparecía entre el follaje, conduciendo a un amasijo distante de edificios y la aguja de una torre.

—¿Ése es Guares? —preguntó con un ansia súbita de llorar, como si la visión del pueblo abriese una herida ya cerrada hacía mucho tiempo.

—Sí, ése es el campanario de la Iglesia de San Cosme y San Damián. Y allí —señaló a la derecha— está el muelle desde donde embarcamos el azúcar.

—No me imaginaba que el pueblo estuviera tan cerca.

—Desde aquí lo parece —aseguró Severo— pero son dos horas completas a caballo, y más en carreta. A la izquierda, más cerca de nosotros, está su ingenio, con la casa de purgas y su techo nuevo.

El sólido motor de vapor, las prensas remodeladas, la casa de calderas donde se hervía el jugo de caña y la casa de purgas donde se cristalizaba el azúcar habían posibilitado que la Hacienda Los Gemelos tuviese ganancias por primera vez en su historia.

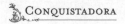

—Es hermoso —dijo Ana.

Severo esperó unos instantes. —¿Ve esos techos, allí, sobre la colina, a la izquierda? —Ana asintió—. Es la finca San Bernabé.

—¿Desde su casa se puede ver mi ingenio?

—Desde cada ventana y cada puerta —respondió Severo, sonriendo.

Ana también sonrió y volvió a mirar los edificios que rodeaban su casona.

—El batey me parece lejano —dijo con melancolía. Se sentía perdida al aire libre, expuesta a peligros invisibles de una manera que no sentía en el valle.

—En las laderas crecen plátanos y bananas. Y panapén y gua-nábana y parchita.

—Pero, ¿y mis gallineros y mis jardines?

—Tendrá mucho que hacer en una casa como Dios manda —dijo Severo—. Tendrá más sirvientes y tendrá que supervisar la fabricación de muebles y la costura de cortinas y de todo lo que necesita una casa... —Severo calló de repente, incapaz de concebir qué más usaba en una casa una mujer como Ana.

Ana se volvió a contemplar el paisaje una vez más, las sorprendentes hectáreas cuadradas de caña, divididas por canales brillantes, sus huertas, los pastizales cercados donde el ganado y los caballos en miniatura inclinaban la cabeza sobre el césped.

—Me gusta trabajar en los jardines.

—Tendrá jardines y huertas. Y hasta gallinas y palomas, si quiere —dijo Severo, pero con voz seca.

—Enséñeme el resto —dijo Ana, caminando hasta el laberinto sin techo.

La casa estaba a medio terminar, y aunque las paredes no eran más altas que los hombros de Ana, las habitaciones estaban estructuradas de acuerdo con los planos rústicos que recordó haber dibujado semanas después de su llegada a Los Gemelos.

—He cambiado algunas cosas —explicó Severo mientras caminaban alrededor de la construcción— para adaptarnos a la inclinación del terreno —las aberturas de las paredes dejaban ver extensos paisajes, donde cada habitación tendría una ventana y una puerta a la galería que se prolongaba por tres lados de la casa.

—No tengo palabras... ¿Cuándo hizo todo esto?

—Sólo puedo asignar trabajadores durante el tiempo muerto. Aprendimos a hacer los ladrillos aquí mismo. No he tenido mucha suerte en encontrar un buen albañil, por lo que todo ha sido al tanteo.

Ana se dio cuenta de que la enorme estructura había tardado años en quedar en su estado actual, a medio terminar. La residencia triplicaba fácilmente el tamaño de la casona. Los muebles construidos por José no se verían tan imponentes en esas habitaciones, y Ana se preguntó si el carpintero lo sabía de antemano cuando llenó la casona de sillas, mesas y armarios.

Hasta ese momento, Ana y Severo apenas se habían tocado. Él le había besado la mano en una ocasión, la tomaba del brazo cuando caminaban por terreno irregular, la ayudaba a desmontar, le rozaba los dedos cuando le entregaba sus cartas o los libros contables. Pero mientras caminaba por la casa, Ana sintió necesidad de tocar al hombre que le había construido aquellos cuartos para ella. Cuando llegaron a la galería que miraba a las montañas, se colocó más cerca que nunca antes de Severo y buscó su mano.

Se casaron el 31 de agosto de 1851, después de que Ana cumpliera veinticinco años. Las mujeres decoraron los aleros y los postes del rancho con festivas guirnaldas de amapolas y trinitarias y jarrones llenos de nardos rosados y blancos. El antiguo crucifijo de Ana volvió a ocupar el centro de un altar donde el padre Xavier oficiaba misa, bautizaba niños, y declaró marido y mujer a Severo Fuentes Arosemeno y Ana Larragoity Cubillas. Los testigos del matrimonio fueron los mayorales, esclavos y jornaleros, quienes luego disfrutaron de un banquete con baile hasta el sonido ensordecedor de la última campana.

Esa noche, mientras Flora la bañaba, Ana pudo escuchar los pasos impacientes de Severo en la habitación contigua, adonde horas antes Teo había trasladado sus pertenencias. Para la noche de bodas, Ana había cosido un nuevo camisón verde pálido rematado con encaje de marfil en el cuello, los puños y el dobladillo. Cuando Flora se lo puso por encima de la cabeza, sintió un vago perfume de rosas y geranios.

Severo le hizo el amor como si fuera una mujer, lentamente y atento a los matices del placer de Ana. Aunque sus manos estaban curtidas por el trabajo y la acción de los elementos, la tocaba con suavidad, y las rugosas puntas de sus dedos sobre su piel le resultaron a Ana particularmente eróticas. Severo echó a un lado el cobertor de la cama y le aflojó las cintas del camisón con una mano, mientras que con la otra apretaba, palpaba y recorría todo el cuerpo, por fuera y por dentro. Nadie, ni siquiera Elena, la había hecho sentir tanto.

Ramón e Inocente siempre apagaban las luces antes del coito, pero Severo dejó las velas encendidas. Ana vio su cuerpo desnudo, sus rizos dorados y la piel, normalmente cubierta por la ropa, que tenía un tono lechoso. La primera vez que vio su pene erecto desvió los ojos. Era agresivo, pero vulnerable e indefenso a la vez.

—No le tenga miedo —le dijo Severo—. No le hará daño.

Le resultó cálido y pesado al tacto, más suave de lo que esperaba. Una vez perdida la timidez, le encantó el poder que ejercía sobre él con sólo tocarlo, con una mirada secreta, un asomo de la lengua en sus labios.

Severo era un amante seguro de sí, e incluso mantenía el control hasta en su éxtasis.

—¿Por qué? —le preguntó Ana la primera noche, cuando Severo derramó su simiente sobre el vientre de ella.

—La quiero para mí antes de tener un hijo.

Aquella acción le hizo sentir que el acto había sido incompleto. En realidad, ni Ramón ni Inocente habían hecho cosa igual, y ella ni siquiera tuvo oportunidad de ver lo que expulsaban sus cuerpos, sólo un líquido cálido rezumando entre sus piernas cuando Ramón o Inocente se separaban de ella, demasiado fatigados por un esfuerzo que en realidad no debía provocarles tanto cansancio.

Noche tras noche, Ana y Severo estudiaban mutuamente sus cuerpos con la concentración de unos exploradores que memorizan un mapa.

—¿Y esto? —le decía Severo, besándole una cicatriz en su rodilla izquierda.

—Me caí de una banqueta cuando ayudaba a mi madre a colgar una cortina. ¿Y esto? —preguntaba ella, tocando un punto bajo su brazo derecho.

—Peleas de muchachos.

Severo le succionaba la suave piel de su vientre, sus hombros, sus nalgas, la parte interior de sus muslos, formando ligeros verdugones que no dolían pero que se tornaban azules en la mañana. Como ella le hacía lo mismo, ambos se marcaban mutuamente con islas de negro azulado sobre la palidez de la piel.

En la intimidad, Severo la llamaba mi reina, mi tesoro, pero ante los trabajadores y los campesinos la trataba como antes del matrimonio: con deferencia formal. Era costumbre que las parejas casadas usaran el informal *tú* en conversaciones privadas, pero en público debían recurrir al gentil *usted*. Pero Severo, a pesar de que Ana le pedía que la tuteara, se negaba.

—*Tú* es para mis subordinados —le decía—. No para usted, mi cielo.

A Ana le costaba trabajo acostumbrarse. Y como él la trataba de *usted,* ella tenía que hacer lo mismo; asimismo le resultaba raro hacerlo también en los momentos más íntimos. Era la única pared que Severo había erigido entre ellos, una sílaba adicional de distancia.

Una mañana, mientras estaba en el jardín con Conciencia recogiendo flores de manzanilla para el té, le invadió un sentimiento de bienestar.

«Esto es felicidad», se escuchó pensar a sí misma, por lo que le sorprendió cuando Conciencia se volvió hacia ella. —¿Disculpe, señora? —le dijo la niña.

Ana sonrió, consciente de que nunca antes se había sorprendido riendo tanto en medio del día.

Durante sus primeros años en Los Gemelos, las lluvias intensas y los fuertes vientos habían puesto en peligro las edificaciones, pero los daños eran reparables. Ana y Severo sabían que sería cuestión de tiempo antes de que un poderoso huracán azotara la isla, destruyendo las estructuras más débiles, inundando los campos, arrasando cultivos y matando a los animales que criaban para alimentarse y para el comercio. Esos temores se hicieron realidad muy temprano en la mañana del 5 de septiembre de 1852, cuando un huracán atravesó Puerto Rico de este a oeste. Por espacio de dos días Ana y Severo se refugiaron junto a sus esclavos domésticos, Siña Damita, las mujeres y los niños en una enorme cueva natural que habían limpiado y equipado previamente para tal emergencia. Los hombres y los mayorales se protegieron dentro de las tormenteras, refugios cavados en una elevación cerca de la casona y los graneros.

Cuando entraron a la cueva, los trabajadores no sabían cómo comportarse con Ana y Severo ante tal proximidad. Severo tenía a mano su machete, su látigo y su rifle, y las primeras horas fueron tensas y plenas de desconfianza y temor. Pero en la medida que la tormenta azotaba el campo, todos se adaptaron a la intimidad obligada. Flora colocó un edredón en el suelo para que descansaran Ana y Severo. Los demás se quedaron sentados o acuclillados hasta que el sueño los vencía, y otros contaban historias en voz baja, en un dialecto de lengua española y africana combinadas, y otros murmuraban y canturreaban. Ana comenzó a rezar, y las mujeres se le acercaron y siguieron el chasquido de las cuentas de su rosario.

Cuando salieron, a los dos días, el mundo estaba cabeza abajo. De no haber sido la patrona, Ana se habría sumado a los lamentos de las mujeres, los niños y los ancianos que caminaban sobre el terreno anegado. Los jardines y las huertas habían desaparecido. También los bohíos y el techo del barracón de los solteros, y una pared del de las mujeres sin pareja. Uno de los graneros había desaparecido con animales y todo, dejando sólo las huellas en el sitio donde estuvo alguna vez. El molino había corrido la misma suerte, y Ana se imaginó sus enormes aspas girando sobre la tierra con mayor velocidad de la que jamás ejerció sobre las prensas. La mitad del techo de metal de la casona se había desprendido, pero las paredes resistieron, así como la planta baja adonde habían trasladado los muebles antes de refugiarse en la cueva.

La recogida de los árboles caídos, la reparación de los edificios dañados y la restauración de los campos inundados tardaría semanas. Luego de hacer recuento, Severo reportó que no había muertos, pero sí heridos.

—La enfermería desapareció —dijo Ana, moviendo la cabeza para serenarse, y tosiendo para que la voz no sonara tan apagada ni aterrada como ella se sentía—. ¿Puede enviar algunos hombres para trasladar muebles a la planta alta? Puedo acondicionar la planta baja como enfermería.

—Por supuesto —respondió Severo, colocando una mano sobre el hombro de Ana, quien extendió la suya para apretársela.

—Voy a estar bien —le dijo a Severo, quien asintió y comenzó a darles órdenes a sus hombres mientras Ana caminaba entre las ruinas con la cabeza erguida, organizando a la gente —las mujeres, los ancianos y tullidos, los niños— para limpiar el patio de ramas y desechos, y enmendar los destrozos ocasionados por la furia de la naturaleza.

El huracán y sus secuelas les provocaron el parto a cuatro mujeres. Como solía hacer, antes de entregarle cada niño o niña a su madre, Siña Damita le daba su bendición y murmuraba *foroyaa* en mandinga al oído de cada uno, para que la primera palabra que escuchara fuera "libertad".

Tres días más tarde, al regresar a su casa, estaba totalmente agotada. Su vieja mula se había muerto hacía un año, y desde entonces Siña Damita andaba a pie. Ahora caminaba por el cañaveral destruido, esperando que, por arte de magia, su cabaña estuviera en pie para poder tomarse un merecido descanso. Se había llevado con ella a la cueva sus pertenencias, atadas dentro de una hamaca: tres cazuelas, seis güiras y cucharas, cuatro latas que usaba para beber agua, una blusa, una falda, dos delantales y dos turbantes. Ahora llevaba el bulto sobre la cabeza. Cada paso le resultaba más pesado, y los pies se agarraban firmemente al terreno lodoso para no resbalar. Cuando llegó al claro en el límite del monte donde debía estar su casa, lo único que quedaba eran las tres piedras del fogón. Damita fue descendiendo su cansado cuerpo hasta acuclillarse, respiró profundamente y presionó con sus manos su agitado corazón.

Deseaba que Lucho o que uno de sus dos hijos sobrevivientes estuvieran allí para lamentarse con ella de la pérdida de su hogar y de los diezmados huertos que le facilitaban la supervivencia. Pero don Severo había prohibido las horas libres hasta que se repararan todos los edificios de trabajo del batey. Con un suspiro, Damita les oró a sus ancestros mandingas, le envió sus alabanzas a Alá, agradeció cada aliento, y rogó para tener fuerza y paciencia. Tenía mucho que hacer.

Damita ocultaba sus ahorros en una lata enterrada en el patio trasero, a tres pasos de su fogón, en dirección al sol de la mañana. Identificó la dirección que debía tomar en aquella nublada mañana de domingo. Aunque nadie la vería, miró a todos lados antes de limpiar los escombros encima de la piedra puntiaguda que marcaba el punto específico, y desenterró su tesoro. Pero no quería dejar su tesoro secreto a campo abierto, precisamente cuando el huracán se había llevado el guayabo y el achiote que le daban sombra al escondite, y se internó en el monte hasta llegar a un majestuoso ausubo, cuyas ramas más bajas se elevaban por encima de su cabeza a una altura que triplicaba su estatura. Su tronco arrugado era tan ancho que Siña Damita juraría que ya estaba allí cuando aquella tierra le pertenecía aún a los taínos. El terreno estaba cubierto de gruesas hojas ovaladas que habían adquirido un color pardo y naranja, y cubrían pequeñas aberturas alrededor del tronco. Damita encontró un agujero bajo una raíz curva al otro lado del árbol, enterró la lata, la cubrió con tierra, corteza y hojas, y murmuró una maldición contra quien se atreviera a llevársela. Pero, independientemente de la efectividad de la oración o la maldición, nadie pudo encontrarla jamás.

Cuando salió del monte, el sol se había abierto paso entre las nubes y estaba directamente encima de ella. Generalmente, después del trabajo, su esposo, sus dos hijos, sus mujeres y sus hijos pasaban con ella la tarde de un domingo como aquel. Siña Damita tendría que reconstruir su bohío sin ayuda, o aceptar la oferta de Ana de quedarse con Flora y Conciencia en la casona hasta que su esposo y sus hijos pudieran ayudarla.

Damita tenía cuarenta y seis años, treinta de los cuales había vivido en esclavitud. Cuando su amo la liberó, diez años atrás, juró que nunca volvería a dormir en un barracón. Tenía su pedacito de tierra, que, aunque no era suyo, se lo había ofrecido don Severo a cambio de sus servicios en la hacienda. Después de la muerte de Artemio, el mayordomo la había interrogado tanto a ella como a su familia hasta convencerse de que su hijo había actuado sin su complicidad. Luego intercedió ante las autoridades para que no la castigaran. Don Severo era implacable con quien violaba las reglas establecidas, pero no era malintencionado como doña Ana, quien sí guardaba rencor. Damita pensaba que no se debía confiar en personas rencorosas.

Damita limpió de ramas caídas el mismo sitio donde ella, Lucho, Poldo y Jorge construyeran su bohío en siete domingos. Con las manos, pues no disponía de herramientas ni de machete, introdujo a golpes de piedra varias ramas gruesas en la tierra aún húmeda, y usó bejucos para atar las paredes y el techo de guano y maleza. Aunque el refugio construido era unas pulgadas más bajo y tuvo que agacharse para entrar, aquel sería su hogar hasta que su esposo e hijos pudieran edificar algo mejor.

Terminó la labor cuando se ponía el sol. Estaba exhausta y tenía las manos llenas de cortaduras a causa del trabajo que le llevó toda la tarde, especialmente una que se hizo con el borde de la lata donde guardaba sus ahorros. No tenía leña, ni agua para beber ni bañarse, ni tampoco comida. Siña Damita colocó sus pertenencias junto a las paredes de su refugio, y, de rodillas, oró por Artemio, a quien se imaginaba libre en un paraíso muy similar a su aldea en África. Y como hacía cada noche, también le pidió a Alá que protegiera a su esposo, a sus hijos sobrevivientes, a sus nueras y a sus nietos, todos esclavos, así como a cada niño que ayudaba a traer a un mundo de esclavitud.

Como las ramas que sostenían su refugio no eran lo suficientemente fuertes para sostener su hamaca, se envolvió en ella y se quedó dormida casi inmediatamente sobre el suelo que todavía conservaba la humedad. En medio de la noche se despertó con falta de aire y pesadez en el hueso entre sus pechos. Estaba sumida en total oscuridad. Poco a poco, la presión que sentía en el pecho se extendió a sus hombros para luego descender por sus brazos.

—¡Me muero! —gritó, pero nadie pudo escucharla.

Invocó a Alá, y cerró los ojos para siempre.

Tres días después, enviaron a Efraín, quien ya tenía nueve años, a buscar a Siña Damita. Otra mujer estaba de parto. Lo primero que notó el niño fue la rústica choza cubierta de guano, y un olor putrefacto que se hacía más intenso a medida que se acercaba al lugar. Luego vio las moscas. Y como era curioso, se asomó al interior de la choza. Aunque ningún ser vivo podría despedir un olor así, Efraín sabía que el patrón querría estar seguro de lo que ocurría, por lo que, cubriéndose la nariz y la boca, contuvo las ganas de vomitar y levantó el borde de la hamaca donde pensaba que estaría el rostro de la mujer, y vomitó, a pesar de que trató de contenerse. Salió a gatas del refugio, respirando agitadamente y limpiándose la boca con el dorso de la mano.

—Por favor, Siña Damita, no me persiga —dijo en voz alta en cuanto pudo controlar las arcadas. Por suerte era de día, porque El Caminante recorría los caminos y atajos de la hacienda, y podría andar cerca, con el espíritu de Siña Damita. Efraín se persignó varias veces tal y como le había enseñado doña Ana, y luego rezó lo que recordaba del padrenuestro y el avemaría. Volvió a persignarse y salió corriendo tan rápido como le permitían las piernas, en caso de que Siña Damita y El Caminante estuvieran persiguiéndolo. Se encontró con doña Ana en la enfermería, y entre jadeos y resuellos le dijo a la patrona que Siña Damita nunca más volvería a la Hacienda Los Gemelos.

La muerte de Siña Damita dejó a Los Gemelos sin comadrona y sin curandera. El Dr. Vieira sólo viajaba desde Guares a la hacienda en casos de una herida o una enfermedad grave. Con la ayuda de los ancianos, Ana y Flora trataron de asumir las tareas de Damita, y Severo trajo libros y folletos que aportaron más conocimientos a lo que ya sabía Ana.

A medida que les llegaban noticias de la devastación en las plantaciones vecinas, Ana se dio cuenta de que habían tenido suerte en comparación con los demás. Luis le informó a Severo que Faustina y sus hijos estaban visitando a unos familiares cuando llegó el huracán, gracias a lo cual se habían salvado de ver el derrumbe de su nueva casa, que había aplastado gran parte de sus pertenencias, mientras que la vieja estructura de madera que usaban como almacén quedó intacta. Otros vecinos habían perdido parientes y trabajadores a consecuencia del huracán, o en sus secuelas debido a enfermedades, estructuras inestables y el dolor de comenzar de nuevo.

—Tenía la esperanza de que la casa grande ya estuviera terminada —le dijo una noche Severo a Ana, luego de un día largo y arduo.

—No hay remedio. De todas maneras, me gusta vivir en pleno centro de las cosas.

—No es apropiado. Usted es una dama.

—He vivido aquí casi siete años. ¿Por qué es inapropiado tan de repente?

—Se suponía que éste no iba a ser su hogar permanente. Usted necesita una casa elegante y sirvientes que la cuiden. Usted es una dama, y debe vivir como tal.

—Es como si me estuviera hablando doña Leonor —ripostó Ana. Los dos quedaron en silencio, y el espacio entre ambos se ensanchó aún más. Pero, en cuestión de segundos, Ana se volvió hacia Severo. —Lo siento, mi amor —le dijo, acariciándole el pecho—. Quise decir que no asumo que debo comportarme de cierta manera porque nací en esta familia, y no en otra. A estas alturas ya debería saberlo.

—Existe una diferencia entre ignorar las costumbres y descender deliberadamente por debajo de su categoría.

—Severo, me sorprenden esas palabras.

—No somos campesinos. Somos hacendados.

«Por ahí viene la cosa… Ahora que es rico, tiene que demostrar que ha dejado de ser un campesino», pensó Ana.

—Pensé que le gustaría la nueva casa —dijo Severo al cabo de un rato de silencio—. Estoy construyéndola tal y como usted la dibujó, en el sitio más bonito.

—Lo sé.

—Pero no me ha pedido que la lleve allí, ni tampoco me ha preguntado cómo van los trabajos, ni cuándo estará lista la casa. No tiene interés en ello.

—¿Debo entonces cabalgar colina abajo cada vez que quiera oler unas cuantas hierbas o flores? Estoy reconstruyendo mis jardines después del desastre. Y los huertos que con tanto trabajo logré, y los animales que criábamos para subsistir. Todos los trabajadores que me ayudan están aquí.

—Usted no tiene que hacer nada de eso. Para eso están ellos.

—Me gusta trabajar en los jardines.

—Todo eso puede hacerlo allí —respondió Severo luego de pensar un poco, con una voz cada vez más tensa con cada palabra.

—No está teniendo en cuenta la realidad de las cosas —le dijo Ana, midiendo sus palabras—. Eso equivaldría a organizar otra plantación. Los trabajadores no podrán ir de un lado a otro fácilmente como ahora. Subir allí arriba toma demasiado tiempo.

—No se olvide, Ana, que lo primero que hizo cuando llegó fue diseñar una casa adecuada.

Ana sintió como si estuviera empujando una montaña. —Entonces era una niña que echaba de menos su casa. Era una fantasía, Severo, no una orden.

Volvieron a quedar en silencio, pero Ana casi podía oírlo pensar, podía sentir cómo se tensaban sus músculos, como si controlara la necesidad de marcharse. La había amado por espacio de siete años, y, en ese tiempo, ella se había despojado de una parte de su ser que Severo valoraba: la señora de buena familia que podía elevar su estatus. Ella se había olvidado de quién era, pero él no.

Ana trató de incitarlo nuevamente, pasando sus dedos por los vellos ásperos de su vientre. —En este momento, es más importante volcar nuestros recursos en Los Gemelos, mi amor. La nueva casona nos aparta de tantas cosas que tenemos que hacer. Me hace muy feliz de todas las maneras posibles. Se anticipa a todas mis necesidades. Y la casa es preciosa, pero, realmente, no es tan importante para mí como...

Severo la hizo suya sin hablar, a la fuerza, y por primera vez en el año que llevaban de matrimonio, volcó su simiente dentro de ella.

A la mañana siguiente, un domingo, Severo despertó más temprano de lo usual. Los tablones del piso crujían con cada paso que daba, haciéndolo sentir pesado y torpe.

Le enorgullecía ser el primero que se levantaba en Los Gemelos. Usualmente estaba cabalgando antes del alba, independientemente de las condiciones del tiempo. Cuando los mayorales conducían a los trabajadores a sus sitios de faena, ya Severo había dado un recorrido por los campos, para poder evaluar cuánto se había logrado al final del día.

Pero los domingos se dejaba ver por sus inquilinos. Les permitía a los campesinos que construyeran bohíos en los límites de sus tierras. Era un incentivo para los jornaleros, y esperaba que éstos trabajaran para él durante la zafra. Era él quien recibía sus salarios para garantizar que pagaran el alquiler. Y en el tiempo muerto era importante visitarlos para que no olvidaran de quién era la tierra que ocupaban, y que debían hacerla rendir lo suficiente para pagar su alquiler en forma de trabajo, viandas y vegetales o efectivo. De lo contrario, tendrían que buscar otro sitio donde vivir y otra parcela para cultivar.

Le impacientaban los campesinos perezosos, los que le dedicaban más tiempo a las peleas de gallos y a la baraja que a la agricultura. Le apenaban sus mujeres, cuyo único alivio del duro trabajo y la preocupación era una muerte prematura, frecuentemente mientras traían otro hijo a un mundo de desesperación y miseria. En ocasiones, si una mujer enviudaba y demostraba alguna determinación, Severo le perdonaba una porción de la deuda de su marido, siempre y cuando no descuidara sus deberes con la tierra. Por esa razón muchos de sus inquilinos eran mujeres con hijos, algunos de los cuales eran suyos. Severo llevaba cuenta de sus uniones y de sus hijos bastardos, pero no los distinguía de los demás, para que no se les metiera en la cabeza que tendrían derecho a nada que no se ganaran con el sudor de su frente.

Sin embargo, había una excepción. Consuelo Soldevida no era técnicamente una inquilina. Vivía en sus tierras, bien lejos de Ana. Severo la mantenía tanto como a su esposa, pero las necesidades de Consuelo eran más simples, y sus expectativas más escasas.

Antes de casarse con Ana, vivía con Consuelo, pero cuando Ana aceptó su propuesta de matrimonio, se mudó a su casa junto al río. Durante los tres meses del compromiso, Severo visitaba a Consuelo los domingos por la tarde, después de sus recorridos, pero había dejado de frecuentarla desde su boda.

En los ocho años transcurridos desde que la conoció, el cuerpo de Consuelo había cambiado, y su silueta era un deleite frecuente. Algunos días era suave y rolliza; en otros, sus brazos y piernas le parecían musculosos, y sus nalgas y su vientre de extrema dureza. Había estado embarazada varias veces pero nunca le había presentado prole, aduciendo abortos y niños nacidos muertos. Antes de casarse con Ana, siempre le dijo a Consuelo que reconocería como legítimos a una hija o hijo que tuviese con ella, pero la mujer no había podido parir un niño sano.

Buena parte de su riqueza la enviaba a España, donde enriquecía la vida de su madre, su padre, sus seis hermanas y hermanos y la familia de cada uno de ellos. Su padre y sus hermanos habían dejado de encorvarse sobre el banco de zapatero. Su madre usaba vestidos hechos a la medida con abundancia de encajes, y tenía una sirvienta que le limpiaba y le cocinaba. Sus hermanos y hermanas, sobrinos y sobrinas comían bien todos los días, gracias a su trabajo. Incluso el padre Antonio, quien lo enseñara a leer y a escribir, así como latín, se benefició de la buena fortuna de Severo en el Nuevo Mundo. Y hasta había capilla Fuentes Arosemeno en la iglesia, con la imagen de Jesús en la cruz rodeado de las tres Marías, pagada por el sudor de la frente de Severo.

A menudo pensaba que era un hombre cuyo sueño se había hecho realidad, con valor suficiente para progresar y ascender por encima de su clase, casarse con una dama, hacer fortuna. Ahora cabalgaba un hermoso caballo andaluz de color gris llamado Penumbra y se vestía como el hacendado pudiente que era. Sus vecinos se consideraban superiores a él porque los separaban una o dos generaciones del trabajo manual que desempeñaran sus padres. También sentían resentimiento por su astucia en los negocios. Muchos contraían deudas y recurrían a él para recibir préstamos que no pagaban por la misma razón que los necesitaban. Y Severo incrementaba sus posesiones gracias a la insolvencia de sus deudores. Porque la arrogancia, la pureza de sangre y el linaje no garantizaban la capacidad de administrar hombres y un negocio.

Tenía treinta y dos años de edad y había cumplido sus responsabilidades de hijo, y un año después de su boda estaba listo para iniciar una nueva fase de su vida. Con Ana era buen marido y amigo, y la colocaría en el lujo que merecía, y esperaba que ella le diera hijos que llevaran sus apellidos. Como su voz interna le había dicho que tendría un hijo, Severo le dio a Ana un año para que lo conociera y aprendiera a amarlo, aunque estaba seguro de que no había logrado esto último… todavía. Pero Severo Fuentes era un hombre paciente.

Esa mañana de domingo decidió ir a ver la nueva casa, que había descuidado desde el paso del huracán. Como era de esperar, el sendero estaba cubierto de maleza y árboles caídos, por lo que tuvo que desmontarse varias veces para mover troncos, cortar ramas con su machete, y guiar a Penumbra en el ascenso por la lodosa ladera. Cuando llegó finalmente a la cima, le complació ver que, a pesar de la cantidad de escombros que había en el terreno, las sólidas paredes seguían en pie.

A un lado del portal yacía una bandada de aves muertas en estado de descomposición. Mientras caminaba por las habitaciones sin terminar, vio más aves aplastadas contra las paredes, tres serpientes, ciempiés y hasta una cabra. Severo construyó una rígida escoba de ramas atadas con un bejuco y barrió los animales muertos, las hojas y las ramas que el viento había lanzado por los rincones y los montones de escombros, y los lanzó por un costado de la colina.

Desde que Ana visitó la casa por última vez, las paredes habían crecido hasta sólo faltarles una fila para llegar a la altura necesaria. Las vigas estaban almacenadas detrás de la casa. Y como las tejas para el techo no se podían hacer allí mismo, las había pedido a Sevilla, y esperaba que le llegaría en cualquier momento el aviso de que el barco que las traía como lastre ya estaba anclado en Guares. Las paredes eran de barro de Puerto Rico, el suelo de azulejos y las losas para el techo se cocían en la ciudad donde nació Ana. Era la clase de detalle que esperaba que apreciara su esposa. Como era una mujer instruida, comprendería la poética de sus preferencias.

Mientras barría y limpiaba, Severo pensaba en la conversación de la noche anterior. Pero cada vez que recordaba las palabras de Ana, siempre llegaba a la misma conclusión. Le dolía que Ana, incluso cuando le buscaba en la cama, rechazara un regalo al que había dedicado siete años de trabajo con el propósito de ofrecérselo.

La casa quedó limpia, y Severo inició su regreso al valle. Pero en vez de dirigirse al batey, guió a Penumbra por el sendero usual que llevaba al palmar junto al océano. La cabaña de Consuelo seguía en pie cerca de la playa, con la hamaca atada a las vigas del portal. Aunque el huracán había dañado partes del jardín, el resto estaba intacto. Llevó a Penumbra hasta la parte trasera de la casa, lo amarró, y se encaminó a la entrada.

—Consuelo, mi Consuelo —la llamó, y la mujer salió de la cabaña, tan normal como si estuviese esperándolo, a pesar de que había transcurrido más de un año desde su última visita.

—Adelante, mi amor —dijo Consuelo con una voz gutural que le pareció de miel. Y en cuanto ascendió los escalones del portal, se sintió en casa.

Cuando Severo se marchó, Consuelo recogió la hamaca y se dedicó a poner orden en la cabaña. Sabía que Severo volvería, tal y como el pirata Cofresí siempre regresaba al lado de su madre. Severo se había casado con "la gran dama de España", como solían llamarla las jíbaras, pero los hombres eran hombres. No importaba lo encumbradas que fueran sus señoras, siempre buscaban consuelo.

En los meses que había dejado de ver a Consuelo, Severo le envió con Efraín latas de sardinas, un azadón, dos rollos de cuerda, seis yardas de algodón blanco, tres bobinas de hilo, un cucharón de sopa y una cafetera de lata esmaltada. El muchacho también le traía frutas de estación, ñames, sacos de arroz, canecas de ron, tabaco y, por supuesto, azúcar. Esos regalos eran como las cartas de amor de Severo, pues la mujer no sabía leer. El mensaje de Severo era claro: «Espérame».

Y Consuelo esperó, pero en actividad, cultivando vegetales y flores, pescando y haciéndole mejoras a su cabaña. Las campesinas de los alrededores iban a visitarla, porque, a pesar de que Consuelo había sido puta, era la amante del dueño de la tierra que habitaban. Cualquier campesina podía ir a pedirle un puñado de arroz, una papaya dulce o un racimo de quenepas. Y los hijos de aquellas mujeres cazaban tortugas o pescaban pulpos y siempre le traían parte de su botín. Consuelo los mandaba a casa con una penca de bacalao salado o un ramo de manzanilla seca. En ocasiones, las campesinas llevaban a los niños a bañarse en su playa.

En los primeros tres años que Consuelo fue mujer de Severo, dio a luz tres niños que convulsionaban tratando de respirar, pero que murieron horas después. Siña Damita le dijo que alguien le había echado una poderosa maldición a su vientre.

—Una mujer celosa, lo peor de lo peor —aseguró Damita, y le sugirió que se diera baños e hiciera invocaciones a la luna, dándole ramas de vara prieta, tártago y cariaquillo para que las sembrara cerca de la entrada de la choza—. Te protegerán contra los malos espíritus. Machaca las hojas, hiérvelas en mucha agua, échale agua fría y báñate con esa agua todos los días por una semana. Así te limpiarás de esa maldición.

Una noche, hacía seis años, Severo llegó desesperado, oloroso a sangre y a muerte, y Consuelo estaba segura de que había concebido nuevamente. Nueve meses más tarde parió una niña de piel ambarina. Era pequeñita, y, como los demás, pataleaba y se sacudía, sin poder respirar.

—Dale pecho —le sugirió Siña Damita, pero la niña se revolcaba y tragaba en seco, incapaz de mamar.

—Llévesela, Siña Damita —dijo Consuelo—. No soporto verla morir como los demás.

La comadrona le llevó la niña a una mujer cuyo hijo había muerto dos días antes. Magda amamantó y arrulló a la niña ictérica, salvando a la moribunda. Cuando Damita regresó para ver cómo seguía, Magda le dio a la partera diez pesos españoles para poder quedarse con la niña, y que Damita le guardara el secreto, que finalmente se llevó a la tumba.

LAS VISIONES DE CONCIENCIA

E l huracán San Lorenzo, llamado así por haber azotado la isla el día de ese santo, se desplazó de este a oeste sobre la Cordillera Central, cambiando el paisaje a ambos lados de las montañas. En la Hacienda Los Gemelos, el río alteró su cauce e inundó varias hectáreas de caña. Las raíces se anegaron, a pesar de los esfuerzos que se hicieron para drenar los campos. Después de la zafra, que comenzó en febrero y terminó a fines de abril, un mes completo antes de lo usual, Ana le informó a don Eugenio que demorarían dos años para recuperarse de las pérdidas, debido al lento crecimiento de las plantas. Pero, a pesar de esa situación, se proponía incrementar la cantidad de campos cultivados, de una caballería a una caballería y media.

Ese verano de 1853, dos años después de su boda con Severo, Ana se dio cuenta de que las campesinas que vivían en la periferia de la hacienda comenzaron a dar a luz niños de ojos verdes, cabellos dorados y cuerpos fornidos. No dudó de que eran hijos de Severo. Se sintió furiosa y herida, pero no estaba dispuesta a repetir aquella penosa escena que protagonizara con Ramón. Recordó sus conversaciones con Elena, y su plan de que cuando sus esposos se fueran con sus amantes, ellas se entregarían la una a la otra. Pero en Los Gemelos no tenía a quien recurrir aparte de Severo.

Al menos éste era amante y apasionado en la cama, y la trataba cortésmente delante de los demás. La cultura y la tradición habían habituado a las mujeres, incluso a una tan perspicaz como Ana, de que era lo más que podía esperar de un esposo, aunque aquello no quería decir que aceptara la situación sin pensar en una forma de vengar la infidelidad: como Severo quería un heredero legítimo, le llegó el turno a Ana de evitar un embarazo. En años de contacto diario con gente que sabía más de hierbas y plantas que los expertos doctores de Europa, conoció varios para mantenerse estéril. Además de lavados vaginales regulares, preparaba fuertes infusiones de artemisa o ruda, endulzadas con miel, que bebía como agua común. Cada menstruación le parecía un desquite, pero Severo ignoraba el incidente, y jamás le hizo reproche alguno. Ana, por su parte, nunca le pidió disculpas al respecto.

Antes de la zafra de 1854, Severo compró cinco hombres más, elevando el inventario a cincuenta y tres esclavos, treinta y siete de la hacienda y dieciséis de Severo. De todos, cuarenta y dos eran capaces y lo suficientemente sanos para trabajar. Además, ya se habían comprometido veinte jornaleros para la cosecha, pero Ana y Severo esperaban conseguir más.

En enero Severo llevó el informe de Ana al Sr. Worthy a la estación de correos de Guares, y regresó con una carta de Sevilla, redactada con la letra redonda de Jesusa, y enviada un mes antes:

Ha llegado la hora de desempeñar la melancólica tarea, hija mía, de elegir entre quiénes voy a distribuir mis pertenencias, y de prepararme para abandonar el que ha sido mi hogar durante treinta y cinco años. Desearía que estuvieses conmigo para poder llorar y orar juntas, y servirnos de mutuo consuelo. Tal vez estés tan abrumada de tristeza que no has podido responderme. O tal vez tus cartas se han extraviado. Emprenderé mi viaje pasado mañana, y llegaré al convento dos días después. Ruega por mí en mi nueva vida de silencio y contemplación. Aunque quizá no volvamos a vernos, te tendré presente en cada oración.

Tu madre amantísima,

Jesusa.

—¿Qué significa esto? —le preguntó Ana a Severo—. ¿No había otra carta?

—No. Sólo ésa. ¿Pasa algo malo?

Ana se sentó pesadamente y leyó nuevamente la carta mientras la inundaba un frío paralizante—. No puedo… me parece que… Mi padre ha muerto y mi madre está…

En los nueve años desde que Severo y Ana se conocieron, habría sido inadecuado que la consolara tras la muerte de Inocente, de su abuelo Cubillas, y finalmente la de Ramón. Ana estaba sentada, atónita, leyendo la carta por segunda vez, y luego una tercera, como si repitiendo su lectura pudiera revelársele más información. Severo la tomó por los brazos, la levantó, la estrechó contra su pecho, esperando que ella lo abrazara, pero sus brazos quedaron inmóviles y sin respuesta como los de una marioneta. Severo le tomó la barbilla y ella lo miró fijamente, como tratando de reconocerlo. Aunque sus ojos negros estaban húmedos, no había lágrimas, a pesar de que su rostro estaba sumido en la tristeza. Era la Ana que conocía, pero una diferente, aniñada, temerosa.

—Ana —le dijo en voz baja, al oído—. Mi Anita —como si la mención de su nombre la despertara, Ana respondió, le puso los brazos al cuello y sollozó.

El sobre con bordes negros llegó una semana más tarde, a pesar de que lo habían enviado un mes antes de la otra carta. Su padre se había caído por las escaleras del segundo piso de su casa en Plaza de Pilatos, y lo encontraron maltrecho pero vivo a los pies de la armadura del caballero cruzado. A pesar de todos los esfuerzos, escribía Jesusa, nunca recuperó el conocimiento.

Don Gustavo tenía sesenta y un años, y la última vez que Ana lo vio, su apariencia era juvenil y vigorosa, a pesar de que siempre tenía el ceño fruncido. Ana tenía veintisiete, y le parecía imposible que la muchacha que salió como novia de Plaza de Pilatos podía ser la mujer sentada sobre un tronco cortado junto al estanque, llorando la muerte de otro hombre más en su vida.

En los últimos diez años no había pensado mucho en sus padres, un recuerdo tan lejano en su memoria como en la distancia física. Apenas recordaba su apariencia, mientras trataba de evocarlos en ese momento, con miradas parpadeantes como chispas sobre la superficie del agua.

Don Gustavo colocaba firmemente sus pies sobre la tierra, con las rodillas rectas, los hombros hacia atrás, y el pecho henchido sobre su cintura. Llevaba su dignidad con tanto peso como si fuera un ancla. ¿Habrían servido sus ancestros, y las hazañas de éstos, de impedimento y honor a la vez? En realidad no había hecho nada significativo con su vida. Su mirada arrogante pero descontenta era la de un hombre incapaz de dejar huella, que nunca se había podido liberar de su deber de engendrar un hijo que llevara su propio nombre.

Su madre, que había dejado de ser esposa, borraba su identidad bajo un velo, dedicando sus días postreros a la oración y a pedir perdón por sus faltas. A Ana le molestaba que ambos murieran sumidos en el remordimiento.

Muy cerca, Conciencia, que ya tenía cuatro años y medio, recogía berros a la orilla del estanque. Ana pensó en su hijo. No había visto a Miguel en casi cinco años, pero le escribía frecuentemente, y el niño le respondía cumplidamente. Elena le ofrecía más detalles acerca de la salud de Miguel y sus progresos en la escuela. «¿Me recordará?», pensaba Ana, y ella misma se respondía: «Por supuesto que no». Era en definitiva una sombra más oscura en la vida de Miguel que la de sus padres en la suya. Sintió un acceso de remordimiento, pero lo alejó como a una mosca que se acerca demasiado. Si se lo permitía, tendría que mirar su vida con demasiado detenimiento, analizando sus opciones y decisiones, e incluso ceder al arrepentimiento. «No», se dijo a sí misma, «no tengo nada que lamentar».

Miró al otro lado del estanque. Severo le hacía señas como si estuviese esperando que advirtiera su presencia. Durante la última semana se esforzaba por estar a la vista, y si ella lo llamaba, acudía presto, con sus ojos oscurecidos como esmeraldas. Desde que se enteraran de la muerte de su padre, había sido mucho más afectuoso. Al principio ella se resistía a sus insinuaciones, pero se sentía tan sola que finalmente sucumbió a las mismas. Cuando la acariciaba y la apretaba, cuando le decía palabras dulces y la besaba donde pensó que jamás volverían a besarla, Ana lloraba, como si sus atenciones no fueran bienvenidas y como si ella no lo quisiera. Pero lo quería. Lo quiso.

Antes de su boda con Severo, Ana había trasladado a Conciencia a las habitaciones de los sirvientes en la planta baja, junto con Flora, quien le pidió permiso a Ana para enseñar a Conciencia a que le sostuviera las vasijas y paños mientras bañaba a su ama cada noche. Conciencia aprendió cómo las manos seguras de Flora bañaban a su patrona, la empolvaban, le cepillaban los largos cabellos y le hacía las trenzas, atando sus extremos con cintas. Muy pronto Conciencia pudo lavar una parte del cuerpo de Ana, mientras Flora se encargaba de la otra.

Aunque dormía con Flora, durante el día Conciencia era una presencia inseparable de Ana. Las dos trabajaban en los jardines: Ana, más pequeña que la mayoría de las mujeres, y Conciencia, más menuda que gran parte de las niñas de su edad, siempre a un paso detrás de su ama. A sus espaldas, los esclavos las apodaban La Pulga y La Pulguita.

—¿Qué planta es ésta, señora?

—Salvia, niña. Sus hojas se usan para el dolor de garganta, y en compresas para curar cortaduras y heridas.

En la medida que crecía, Conciencia escuchaba durante horas a los ancianos que recordaban África, preguntándoles acerca de tal o cual planta o cura, hasta que les extrajo un conocimiento que ni ellos mismos estaban conscientes de poseer. Y recopilando información tan asiduamente como recogía hierbas, Conciencia superó finalmente a Ana en sabiduría y destreza.

Conciencia tenía un don para lograr la combinación perfecta de hojas, flores y ramas haciendo tés que aliviaban todo tipo de síntomas, desde dolores estomacales a melancolía. Para las quemaduras tenía cataplasmas de papa cruda molida que aplicaba directamente a la piel afectada, la cual se curaba sin apenas desprenderse. Las agujas de bordar que Ana usaba en raras ocasiones, se transformaron en lancetas para pinchar furúnculos y heridas infectadas, que Conciencia curaba con pétalos de flores molidas en aceite de coco o manteca de cerdo. Al cabo de un tiempo, las mujeres ya no se molestaban en pedirle a Ana que curara sus hijos o examinara una cortadura infectada. Incluso cuando era aún una niña, llamaban a Conciencia, cuyo cuerpo jorobado, inclinado a un lado, le daba la apariencia de una mujer mayor, y le daban una autoridad que no tendría de otra manera. Sus piernas cortas y arqueadas eran fuertes. Se movía con una rapidez que sorprendía a todo el que la veía correr de la casona a los barracones, al jardín y los campos. Parecía estar en todas partes a la vez y surgía inesperadamente de la nada.

Cuando tuvo más edad, fue Conciencia quien se encargó de los enfermos y los heridos, ayudando en los partos y en la preparación de los muertos. Al entrar en la pubertad ya tenía un mayor conocimiento del sufrimiento humano del que podría tener una niña que nunca se había aventurado más allá de la entrada de Los Gemelos.

El contacto constante con el ciclo de vida, desde sus inicios hasta un final a menudo doloroso y violento, se reflejó en su conducta. La uniformidad de temperamento que la caracterizó desde el día en que nació, se transformó en un carácter silencioso y observador que reconfortaba a unos y atemorizaba a otros. Inevitablemente, se decía que era bruja, un calificativo que no parecía molestarla.

—Eres valiente, mi pequeña —le decía Ana con frecuencia, y Conciencia sonreía.

Una mañana, cuando Conciencia tenía seis años, Ana se la encontró mirando el fuego en la cabaña destinada a la cocina.

—¿Qué pasa, niña? ¿Se te cayó la comida en las cenizas?

—Los trabajadores se van a enfermar y se van a morir —dijo Conciencia en tono monocorde, siguiendo con la vista las espirales de humo sobre el fogón—. Los van a quemar.

Ana miró el fuego como si guardase un secreto, pero no vio otra cosa que humo. —Tuviste una pesadilla, niña, eso es todo —le dijo, acariciándole una mejilla a la niña.

—Lo veo, señora —aseguró Conciencia—. Se van a enfermar y un soldado va a decirle a don Severo que los queme.

—¿Quién te dijo tal cosa, niña?

—El fuego, señora.

Ana sintió un escalofrío. Su huerfanita, quien prefería recoger hierbas a jugar con otros niños, parecía hablar con una sabiduría secreta. Ana se arrodilló y cargó a Conciencia. —No debes decir esas cosas, niña. Es herejía. Arrodíllate, que vamos a rezar el padre-nuestro —dijo Ana.

—Pero yo lo veo, señora. Se van a enfermar y los soldados…

—¡Cállate, Conciencia! El fuego no habla. Ahora arrodíllate que vamos a rezar.

Conciencia obedeció, pero Ana no pudo disipar el temor que la envolvió al ver la intensa mirada y la certidumbre nada infantil de la niña.

Estaba tan preocupada por las palabras de Conciencia que no vio a la lavandera, que regresaba del río con un balde de agua en la cabeza. Cuando Ana se puso de pie para sacudirse el polvo de la falda, Nena la Lavandera le pasó tan cerca que Ana tropezó con ella, haciendo que la joven perdiera el equilibrio. El balde se volcó y cayó, salpicándolas a ambas del agua destinada a los barracones.

—Ay, señora, disculpe, por favor, lo siento —suplicó la Lavande-ra, retrocediendo a una distancia prudencial e inclinando la cabeza.

—Fue un accidente, Nena —respondió Ana, mientras Con-ciencia secaba el vestido de Ana con su falda.

Flora llegó corriendo del otro lado de la casa. —¡Estúpida, mira qué has hecho! —le gritó a Nena, sacando a Ana del charco en el que estaba parada, secándole los brazos con palmadas y la parte delantera de la blusa con un trapo de cocina.

—Fue un accidente —dijo Nena, repitiendo las palabras de Ana.

—Recoge el balde y vete al trabajo —le ordenó Flora, a quien su categoría de sirvienta personal de Ana le daba parte de la auto-ridad de su patrona.

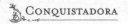

La Lavandera recogió el balde virado al revés, y corrió a llenarlo en el estanque, mientras Flora y Conciencia seguían secando a Ana, quien se persignó y miró con temor la mancha de rojo sangre sobre el barro apisonado del batey.

Nena la Lavandera se había pasado la vida cerca, sobre, dentro y alrededor del agua. Sus primeros recuerdos se remontaban a estar amarrada a la espalda de su madre, mientras ella lavaba ropa en el río. Había nacido cerca del mar, en otra plantación azucarera donde los amos hablaban un idioma diferente.

Una noche, cuando Nena tenía unos diez años, su madre se despertó y le pidió que guardara silencio mientras la hacía atravesar los tablones desprendidos de la pared trasera del barracón. Luego corrieron por los montes hasta la cueva en las rocas adonde los muchachos iban a pescar pulpos.

Mamá y Nena se unieron a otros hombres y mujeres que corrían sobre los arrecifes en dirección a una balsa que cabeceaba en el agua mientras dos hombres trataban de agarrarla para que no se la llevara la marea. Después de que todos treparon a la superficie de troncos y cañabrava, los hombres nadaron junto a la balsa, alejándola de las rocas, hasta que la única vela ubicada en el centro de la embarcación se hinchó al viento. Los que estaban sobre la balsa ayudaron a subir a los demás, y todos miraron pasmados cómo el negro promontorio de la tierra y el lugar donde vivían se perdían en el horizonte. Ya en alta mar, la madre atrajo a Nena hacia ella, y la niña se durmió protegida por ese abrazo.

Nena se despertó por la presión de los brazos de su madre contra su vientre, y los gritos de «¡No, no, no!...», como si tal palabra pudiera ejercer algún poder sobre lo que estaba ocurriendo. Los rayos del sol no se filtraban por las nubes de un cielo tan pálido y brillante que dañaba los ojos, pero pudo ver cómo alrededor de ellos el mar levantaba la balsa sobre olas enormes, y luego la dejaba caer en profundos abismos. La vela había desaparecido. Por encima del hombro de la madre, Nena vio a una mujer tratando de asir el aire para mantenerse a bordo. En su desesperación se agarró de un niño, el cuerpo que le quedaba más cerca. Otras manos se extendieron hacia ellos, pero ambos cayeron al mar y desaparecieron en el oleaje.

Nena se aferró a su madre más fuerte que nunca, pero por encima de los gritos y lamentos escuchó cómo la madera crujía y se partía, y de repente las cuerdas que sostenían los troncos y las cañabravas se zafaron, haciendo que la superficie saliera despedida en direcciones opuestas. Todos cayeron al mar, los troncos golpearon algunas cabezas, y decenas de manos y pies se agitaron y golpearon el agua, tratando de nadar hacia lo que quedaba de la balsa que los había llevado tan lejos de la tierra y de sus hogares.

Nena no supo cuándo se soltó de su madre ni cómo encontró un tronco al que pudo asirse, ni cuántos más sobrevivieron, pues despertó dentro de la apestosa bodega de un barco, rodeada de muchos más hombres, mujeres y niños aterrorizados de los que habían subido a la balsa con ella y con su madre.

Los navegantes que recorrían los mares en busca de sobrevivientes de intentos de fuga los encontraron. Aquellos hombres podían devolver los cimarrones a sus amos para recibir una recompensa, pero ganaban más dinero vendiéndolos bien lejos de donde los habían recogido.

Días más tarde, Nena estaba de nuevo en alta mar, con sus manitas agarradas a la borda de una chalupa en la que remaban dos blancos barbudos y malolientes. No reconoció a los seis hombres y tres mujeres aterrorizados que estaban sentados en el suelo húmedo de la embarcación que se aproximaba a una playa donde don Severo esperaba con otro hombre y dos perros de fauces llenas de espuma. Al desembarcar, don Severo y sus acompañantes los ataron a todos por las manos y el cuello. Como Nena era muy pequeña, la ataron por las muñecas a una mujer que, según se enteró después, se llamaba Marta.

Caminaron mucho tiempo, alejándose del mar, hasta que llegaron a una plantación azucarera abandonada y demasiado grande, advirtió Nena, para el escaso número de esclavos que había en su batey. Los terrenos tras los graneros destartalados, que en otro tiempo habían sido campos cultivados y praderas, estaban cubiertos de maleza. Entonces no la llamaban Los Gemelos. Eso vino después de la llegada de doña Ana, don Ramón y don Inocente.

Nena nunca pudo imaginarse cómo don Severo adivinó que ella trabajaba con su madre a la orilla de un río.

—Tú, nena —dijo—. Toma este balde.

Además de lavar ropa en el río, tenía que abastecer de agua a los barracones y a la casona. Varias veces al día Nena caminaba hasta los manantiales donde el agua era más clara, para llenar su balde. Se acuclillaba, levantaba el balde hasta colocarlo sobre su cabeza y lo equilibraba con un trapo doblado como si fuera un cojín. Luego caminaba casi tres cuartos de legua hasta llegar a los barracones, donde llenaba un enorme barril junto a la puerta, en el que se había recogido previamente agua de lluvia.

Luego regresaba al río y después a la cocina de la casona, donde vertía agua en una tinaja de barro cocido en forma de embudo colocado en un marco de madera. Debajo, una jarra recogía el agua filtrada por el fondo cónico. A Nena le hubiera gustado ver a qué sabía aquella agua, pero se le tenía prohibido beber de la jarra reservada para los patrones.

Otra de sus tareas era vaciar las bacinicas de la casona. Todos los demás hacían sus necesidades dondequiera que se presentara la urgencia si estaban en el cañaveral; si se les presentaba más cerca del batey, se acuclillaban sobre el hueco de una plataforma abierta sobre la colina detrás del granero junto al estanque. Pero los patrones usaban bacinicas de porcelana y se limpiaban los fondillos con tiras de lino perfumado que luego echaban en un cesto para que Nena los recogiera y los lavara diariamente.

También vaciaba los baldes donde hacían sus necesidades los hombres y las mujeres en sus respectivos barracones, que permanecían cerrados durante la noche. En cuanto vaciaba las bacinicas y los baldes detrás del granero, los lavaba en el estanque hasta borrarles toda huella de excrementos. Sin embargo, Nena observó que el excremento de los amos no lucía ni olía mejor que los de los esclavos.

La vida de Nena mejoró en cierta medida luego de que uno de los patrones se fijó en ella y le pidió a don Severo que se la llevara a la finca. Poco después de cumplir los doce años, uno de los patrones —ella nunca pudo saber cuál de los dos— la desvirgó. Después de la muerte de don Inocente, se dio cuenta de que era a éste a quien le gustaba abofetearla y estrangularla. Don Severo la trasladó a un bohío y le pidió que se ocupara de don Ramón, quien le pedía que lo abrazara y le pasara los dedos por los cabellos, pero no siempre. Otra muchacha se encargó de las tareas del vaciado de bacinicas y el suministro de agua a la casona, mientras que Nena se pasaba la mayor parte del día en el río, lavando la ropa personal y la de cama de los patrones; o en su bohío, planchándolas con una pesada plancha de hierro que calentaba sobre carbones ardiendo. Su primer hijo, un varón, nació muerto.

Cuando murió don Ramón, Nena tuvo que volver a sus labores de vaciar las bacinicas y los baldes de los esclavos, y sufrir las burlas de otras mujeres celosas de su trabajo menos arduo cuando vivía don Ramón. Don Severo la devolvió a los barracones, donde volvió a dar a luz, esta vez una niña que también nació muerta, dos semanas después de que la patrona encontrara a Conciencia ante su puerta.

Cada día Nena se repetía esta historia mientras cargaba agua, lavaba las bacinicas, restregaba ropa, almidonaba y planchaba las camisas y pantalones de don Severo y las faldas y blusas de doña Ana. Cada día le incorporaba un elemento nuevo, como las horas que estuvo en la cueva junto a los patrones durante el huracán, o cuando se resbaló sobre las rocas y se arañó un muslo donde quedó una larga cicatriz. Quería recordar su historia, porque algún día se la contaría a una hija que nacería viva de su vientre, y que no se llamaría Nena ni tampoco La Lavandera. Se decía que el nombre de su hija sería Olivia, nombre con sonido suave y hermoso. Se decía que su hija siempre viviría cerca, en, dentro y sobre el agua. Estaba recopilando historias para sus hijos futuros, porque su propia mamá no le contó ninguna. Nena ni siquiera sabía el nombre que se le había dado al nacer ni el de su madre, porque el mar se la había tragado antes de que ella pudiera saber quién era y cómo había sido su vida antes de que ella naciera.

—No seré como mamá —juró Nena mientas se subía el balde lleno de agua a la cabeza, y, con un gruñido, se puso de pie y comenzó el largo camino por el monte a la casona—. No me moriré sin nombre.

NUESTRA GENTE

Ana ya se había olvidado de la extraña premonición de Conciencia cuando la lluvia azotó Los Gemelos en mayo, junio y julio de 1856, cuatro años después de que el huracán provocara tanta destrucción. La tierra del batey se convirtió en un lodazal en el que resbalaban hombres, mujeres, niños y bestias. Los jardines de Ana, que en otro tiempo florecían a plenitud luego de suaves aguaceros, se doblaban vencidos por la humedad, y las corrientes rápidas de los canalones amenazaban con arrasar las hierbas y plantas medicinales.

Empapadas hasta los huesos, Ana, Flora y Conciencia trabajaban en el lodo, levantando y enderezando las plantas con estacas, cavando trincheras para desviar el agua de los jardines que tantos años habían tardado en madurar.

Como Nena no podía ir al río crecido a buscar agua ni a lavar ropa, José colocó un tronco hueco sobre unos caballetes cerca de las barracas para crear un lavadero que se llenaba de agua de lluvia. Pero el sol no podía penetrar las nubes persistentes, y Nena tenía que plancharlo todo para que se secara. Tampoco podía vaciar las bacinillas tras el granero porque la colina se había precipitado hacia el estanque en un aluvión de lodo pestilente. El contenido de las bacinicas de la casona y los baldes de excrementos de los esclavos iba directamente al estanque, donde la lluvia disipaba los desechos hasta que desaparecían y perdían su fetidez.

Los campos estaban anegados. Severo destinó todos los brazos a cavar canales entre los surcos de caña en germinación para que los cultivos no se ahogaran. Usualmente los esclavos pasaban el verano trabajando en mantenimiento y reparaciones, desbrozando terrenos o formando nuevos canales de irrigación. Pero las tormentas inclementes alteraron el orden del trabajo, y durante un mes aproximadamente todo trabajador disponible tuvo que batallar con los daños provocados por las vaguadas.

En cuanto el sol se abrió paso finalmente entre las nubes, un vapor visible se elevó de la tierra inundada en ondas que provocaban espejismos. Los días y las noches se hicieron insoportablemente quietos y calurosos. La humedad flotaba sobre la tierra, y no soplaba ni la más ligera brisa para llevársela hacia el océano.

Cuando Nena reanudó sus viajes al río, se dio cuenta de que había vuelto a cambiar su cauce. Los riachuelos habían formado nuevos senderos y hondonadas. La plataforma rocosa corriente abajo de la cascada sobre la que solía lavar la ropa estaba totalmente sumergida, y las piedras del fogón en el que hervía la ropa de cama habían desaparecido. El río parecía enojado, con el agua turbia y las orillas dislocadas por árboles desenterrados, ramas y los cadáveres hinchados de animales ahogados. Pasarían varios días más antes de que pudiera lavar allí otra vez. Por suerte se había recogido agua de lluvia suficiente para beber en los barriles de los barracones, que se reabastecían con el agua del estanque crecido.

Esa noche Nena se acostó en su camastro del barracón de las mujeres y soñó que flotaba sobre la corriente, en dirección a un plácido océano. Finalmente desembarcó en una isla, donde su madre golpeaba ropa contra las rocas.

«Pero, mamá», protestaba Nena en el sueño, «nunca me dijiste que se podía lavar ropa en agua de mar».

Su madre la ignoró y siguió golpeando la tela con una paleta. «¡Mamá!», gritó Nena porque algo le había golpeado en el vientre, pero el dolor no parecía surgir de éste. Se despertó bañada en sudor, y tuvo que correr a sentarse en el balde de hacer las necesidades.

Tropezó con cuerpos durmientes y bajo las hamacas para llegar a la esquina del balde, donde se acuclilló y vació sus intestinos sin lograr alivio. Sintió mucha sed. Quiso buscar la jofaina con agua de beber que estaba al otro lado de la puerta, pero tenía miedo volver evacuar el vientre en el camino, o algo peor, hacerlo encima de alguien dormido sobre algún camastro o en el suelo. Se sentó sobre el balde presionándose el vientre con los antebrazos, en un vano intento por controlar los cólicos que vaciaban sus intestinos sin esfuerzo alguno de su parte.

—Agua —dijo en medio de la noche—. Agua, por favor.

—Cállate y deja dormir a los demás —gruñó alguien.

—Alguien que me traiga agua, por favor —sollozó Nena, pero su voz sonó como si saliera de otro cuerpo.

Unas manos firmes la sacaron del balde y la llevaron a su camastro. Unas manos callosas le levantaron la cabeza y le llevaron un cuenco de cáscara de coco a los labios. Debió haberse desmayado, porque al despertar era de día y todos se habían ido a trabajar, dejándola con la vieja Fela, quien le quitó el vestido y le limpió el trasero porque se había defecado encima.

Tenía fiebre y le mortificaba no tener control sobre su cuerpo. Pero también tenía sed. Mucha sed. —Agua —suplicaba, y las manos arrugadas le llevaban la cáscara de coco a los labios. El agua se le derramaba por la barbilla hasta el pecho, pero no la refrescaba. Los escasos sorbos que tragaba le daban más cólicos y diarreas, pero no le calmaban la sed.

De repente se abrió la puerta del barracón, y sobre el rectángulo de sol que se formó en el suelo vio la silueta de una mujer.

—Es la lavandera —le dijo Fela a doña Ana—. Ha estado enferma toda la noche.

Supo que se estaba muriendo cuando doña Ana se inclinó hacia ella, y le vio el miedo reflejado en el rostro.

—Mi nombre es Olivia —le susurró a la patrona, y cerró los ojos.

Fela, que tenía setenta años, y Pabla, de sesenta y cuatro, lavaron el sucio cuerpo de Nena y la peinaron y alisaron sus cabellos con los dedos. Como Nena no tenía otro vestido, las mujeres la envolvieron con una sábana andrajosa que no pudieron lavar y secar al sol por falta de tiempo. La muchacha que quería que la llamaran Olivia, que siempre estaba limpia y olorosa a agua fresca, yacía ahora dentro de una sábana sudorosa y ajada de la que alguien ansiaba deshacerse para que la patrona le diera una nueva.

José tenía siempre a mano troncos de palma real cortados en dos tamaños, de adulto y de niño, para construir rápidamente ataúdes para los esclavos. Eran rectángulos simples y estrechos, y mientras Fela y Pabla preparaban a Nena, José cortó las tablas, no tan largas como para un adulto ni tan pequeñas como para un niño. Encontró una rama de laurel en la que talló unas manos sosteniendo una jarra, como la que Nena usaba para recoger el agua de los patrones bajo el filtro. Siempre trataba de decorar los bordes de los ataúdes que hacía de rústica palma. Pero Inés le reñía por ello, diciéndole que debía utilizar ese tiempo para hacer los animalitos que don Severo le vendía en el pueblo.

—¿A quién le importan los adornos de un ataúd? —le decía—. De todas formas esa caja la van a enterrar y nadie más la volverá a ver.

—Me importa a mí —respondía José—. Aunque nadie la vuelva a ver.

Cuando los trabajadores regresaron de sus faenas, ya Fela y Pabla habían colocado a Nena dentro de la caja, colocada sobre unos caballetes en el rancho, y Ana rezaba frente a ella.

Esa noche, Ana y Severo se despertaron en medio de gritos, ladridos y golpes en las paredes de las barracas pidiendo ayuda. Severo corrió abajo látigo y revolver en mano, mientras Ana se quedaba en el balcón en camisón, con un chal sobre los hombros. Pero no le dio tiempo a sentir temor. Unas voces pedían «agua, por favor», y otras insistían en que había tres hombres enfermos adentro.

Severo dio la orden de que llevaran a Luis, de treinta y ocho años, y a Tomás, de veintiséis, al bohío de la enfermería, mientras Ana y Flora se vestían rápidamente y llevaban consigo sus remedios, seguidos por una soñolienta Conciencia. Los hombres se quejaban de cólicos, no podían controlar sus intestinos y tenían fiebre alta. Ana les hizo tragar fuertes infusiones de sacabuche, que no aliviaron las diarreas ni calmaron su sed. Ninguno de los dos logró sobrevivir.

A media mañana, Dina, de veintitrés años, y Azucena, una huerfanita de dos, se contorsionaban de dolor en sus hamacas. Mientras

Flora le sostenía la cabeza a Dina, Ana la hizo tragar la infusión de sacabuche, que la enferma expulsó inmediatamente en un acceso de diarreas. Junto a ella, la pequeña lloraba hasta que quedó sin voz. Conciencia la tomó en sus brazos infantiles, la acunó y la estrechó contra sí, incapaz de hacer nada más que mantenerla limpia. Los gritos de la niña afectaban a todas las mujeres que la escuchaban, quienes sentían hormiguear sus pechos por la necesidad de amamantar y tranquilizar a la pequeña moribunda. La misma Ana no pudo evitar un nudo en la garganta, y sintió rabia por su imposibilidad de aliviar los tormentos de aquella niña y los de toda su gente.

Fela y Pabla, quienes lavaron, peinaron y amortajaron estoicamente a Nena, así como a Luis, Fernando, Tomás y Dina, no paraban de llorar mientras cumplían la misma dolorosa tarea con la pequeña Azucena.

José clavó a toda prisa otros cinco ataúdes, pero aun así tuvo tiempo de tallar un azadón para el féretro de Fernando, porque el hombre era talero, encargado de cavar y formar los surcos donde se sembrarían los retoños de caña. Para Luis, quien era cortador, José labró un machete. Y sobre la tapa del de Dina, José talló un pilón porque ella tostaba y molía los granos de café y de maíz, y aplastaba y convertía los granos de cacao en pasta para chocolate. Y para el de Azucena, talló un lirio porque la niña era tan dulce como la flor cuyo nombre llevaba. Las cinco tallas eran rústicas, no tan elaboradas como le hubiera gustado a José.

Al final del tercer día se reportaron seis muertes en treinta y dos horas. No se sabía la causa de aquellos síntomas. De un momento a otro, los enfermos caían con fiebre alta, cólicos y diarreas explosivas, y morían en cuestión de horas, pidiendo agua, los cuerpos marchitos y los ojos hundidos. Pero para Ana, lo peor era que, a pesar del sufrimiento, todos parecían estar conscientes de que iban a morir, en medio de sus propios excrementos y de un dolor insoportable.

—Ayúdeme, señora —gritaban—. Agua, señora, por favor. No me deje morir, patrona —suplicaban. Pero cuando se les daba agua, los cólicos empeoraban y el líquido escapaba de sus cuerpos en forma de diarreas.

Ana probó otros remedios: guaco, yerbabuena, anamú, pero ninguno surtió el efecto que esperaba, y "nuestra gente" seguía muriendo. Los gritos, el hedor y la rabia la mantuvieron insomne los tres primeros días de enfermedad y muerte. Finalmente, Severo insistió en que debía descansar.

—Deje que Fela y Pabla se hagan cargo de ellos —le dijo.

—¿Cómo podría dormir? Cuando cierre los ojos seguiré viéndolos en medio de sus tormentos.

Nunca había visto a nadie morir de cólera, pero conocía lo suficiente acerca de la enfermedad como para sospechar que era la causante de tantas muertes en la Hacienda Los Gemelos. Había leído que la provocaban la miasma, un efluvio maligno y maloliente, un aire envenenado, y dio la orden de que restregaran exhaustivamente todas las paredes y pisos de barracones y bohíos con lavanda y yerbabuena.

— Y quemen ramas de salvia y enebro en los rincones.

Ana esperaba que con aquellas medidas se limpiaría el aire viciado producido por los cuerpos sudorosos en hacinamiento, y la indignidad adicional de los baldes sin tapa para hacer las necesidades.

Sin embargo, tantas precauciones no surtieron efecto. En la mañana del cuarto día, Lula, de veinte años; Coral, de veinticuatro; Benicio, de cuarenta y seis; y Félix, de setenta y uno, mostraron los mismos síntomas, y dos niños, Sarita y Ruti, murieron suspirando en brazos de su madre.

—Han muerto doce de nuestra gente —dijo Ana—. Sin contar los niños, y ocho de ellos, hombres fuertes y saludables —aunque no lo dijo, Severo comprendió: ocho brazos menos para cortar caña.

Severo envió a Efraín a buscar al Dr. Vieira, pero el médico estaba en Portugal visitando familiares. Con la excepción del boticario de Guares, no había ningún profesional médico a un día de camino de Los Gemelos, por lo que Ana, Flora, Fela, Pabla, e incluso Conciencia, se encargaron de los enfermos o de los que presentaran síntomas.

Ana corría de los barracones a los bohíos y la enfermería, sintiéndose más impotente ante cada señal de enfermedad, ante cada muerte. Óscar, de sesenta y dos años; Poldo, de veintiuno; Carmina, de veintitrés, y Sandro de cinco. Dieciséis de setenta y ocho esclavos muertos en siete días.

Ana vivía a yardas de ellos, ayudaba a sus niños a venir al mundo, los bautizaba, les enseñaba el padrenuestro, y a seguir y responder a las estaciones de su rosario. Zurcía sus ropas, distribuía sus raciones, les curaba las heridas y las lesiones. Estaba más apegada a ellos que a los sirvientes que la criaron, vistieron y alimentaron en España. Incluso más cerca física y emocionalmente de ellos que de sus padres. Y estaban muriendo en medio de gran agonía, y lo único que podía hacer era verter un líquido amargo en sus labios, y decirles a los sobrevivientes que los muertos irían al cielo que les prometía en los servicios religiosos dominicales. Ana rezaba, pero como su gente seguía muriendo, las oraciones vacuas formaban un nudo de rabia en su pecho, que se endurecía hasta sentir una presión insoportable. «Me has abandonado», le decía a Dios, sin temor de que era humildad lo que éste esperaba de su gente.

Como había pronosticado Conciencia, el teniente llegó a la hacienda, escoltado por soldados que miraban desconfiados a todos lados, listos a marcharse en cuanto hubieran cumplido su misión. Severo llegó a caballo de un campo cercano, y, sin desmontarse, los hombres fueron a conversar quedamente bajo el panapén. En cuanto se marcharon, Severo se reunió con Ana en el balcón, donde ella lo esperaba con el rostro marcado por la ansiedad.

—Es cólera, como usted sospechaba —le dijo Severo—. También hay un brote en San Bernabé, en Guares y en las aldeas que nos rodean.

—¿Qué podemos hacer?

—Poner a los enfermos en cuarentena, quemar todo lo que han tocado y evitar el contacto con ellos.

—¿Cómo vamos a cuidar de ellos entonces?

Aparentemente, Severo no había considerado esa situación. Miró a Ana y luego a Conciencia, quien bajó la vista. Le molestó que la muchacha hiciera aquel gesto, que en los esclavos era una señal de respeto.

—Los ancianos se encargarán de los enfermos —dijo—. Envíe-les los remedios, pero no entre en los barracones ni en los bohíos ni en la enfermería mientras haya enfermedad allí.

—Pero...

—No hay pero que valga —le advirtió Severo.

—Ellos me necesitan —dijo Ana al aire, porque ya Severo es-taba dándole órdenes a los hombres para que construyeran ranchos donde dormir lejos de las edificaciones contaminadas. En cuestión de horas, los enfermos fueron trasladados a los barracones de los hombres, y a Fela, a Pabla, y al septuagenario Samuel se les encargó de cuidar a los moribundos, cuyos clamores lastimeros pidiendo agua taladraban las noches.

Todo el que mostrara señales de enfermedad era confinado a los barracones: Juancho, de treinta y siete años; Hugo, de cuarenta y cinco; Juan, de seis; Chuíto de tres; Jorge, de treinta. Jacobo llevó en brazos a su esposa Tita, de treinta y dos años, y en cuanto la dejó en el barracón, regresó al bohío a buscar a Rosita, su pequeña hija, y horas más tarde a su hijo Chano. Jacobo había nacido en África y en su juventud se escapó de su primera hacienda, fue capturado y azotado a latigazos, y luego vendido a Los Gemelos. Semanas des-pués de la llegada de Ana, robó un machete porque pensaba fugarse nuevamente, y Severo lo azotó. Fueron sus gritos los que escuchó Ana en la casona el mismo día que les había dicho a Ramón y a Inocente que sí, que castigaría a un esclavo si tenía que hacerlo. Mientras Jacobo regresaba a su bohío, independientemente de lo que pudiera haber hecho, Ana no podría añadir nada más al cas-tigo que ya le habían impuesto Dios y Severo. Jacobo salió de los barracones con la cabeza caída sobre el pecho, los fornidos brazos caídos junto al torso, las rodillas flojas, los pies descalzos caminan-do sin levantarse apenas de la tierra, como una estampa de dolor y sufrimiento. Las frases que le habían enseñado a Ana para usar en momentos como aquel no le servirían de nada: «Vaya con Dios». «Que Dios le bendiga». «Que la Virgen le cuide». Ni siquiera podía decírselas ella misma, y mucho menos creérselas.

Ana consultó sus libros y folletos, y, siguiendo sus recomen-daciones, pasaba la mayor parte del día elaborando infusiones y caldos mucho más potentes. La octava mañana de aquel brote de cólera, Severo la encontró en la cocina con Flora, Paula y Conciencia. En una mesa improvisada sobre unos caballetes había ramas y hojas, y cortezas secas de frutas y vegetales que las mujeres ataban en bultos. Sobre el fogón humeaba un caldero, y en varias latas y tazones se enfriaban líquidos transparentes y verdosos. La cabaña ardía en el calor de julio. Ana se secó la frente con su delantal, y salió detrás de Severo, quien se dirigía hacia el panapén, pero Ana lo guió hasta la sombra al otro lado de la casa.

—De ese árbol sólo me llegan malas noticias —susurró Ana.

—Siento que mis noticias también lo sean —dijo Severo con sombría seriedad.

Ana miró hacia los barracones, donde Fela sacaba agua del barril junto a la puerta, para volver a entrar.

—He dado la orden de quemar a los muertos —dijo Severo.

—Pero eso es pecado —respondió Ana, tragando en seco. Aunque estuviera perdiendo la fe, aún pensaba como católica.

—José no puede hacer ataúdes con suficiente rapidez.

A Ana le costó trabajo mantener su compostura. —Están muriendo más rápido de lo que podemos enterrarlos.

—Así es —aseguró Severo.

Ana se cubrió el rostro con las manos, pero como si aquel gesto fuera demasiado revelador del horror que sentía, dejó caer las manos y enderezó los hombros. —Haga lo que deba hacerse. Pero bien lejos de aquí.

Severo ordenó que se encendiera la hoguera en el prado más distante de la casona. Un humo denso se desprendió del montículo en llamas, dispersando el olor agridulce de la carne quemada. Cada vez que Ana miraba en aquella dirección, sentía cómo tantos años de trabajo se disolvían entre nubes.

A primera hora de la novena mañana, mientras estaba en su estudio, preparando los salarios de los jornaleros, Severo subió corriendo las escaleras, tirando del pañuelo que usaba para taparse el rostro como protección contra la pestilencia, y que le hacía parecer un bandido.

—Tres mayorales huyeron con sus familias —dijo.

—Pero ¿quién va a supervisar…?

—Coto aceptó quedarse, con el doble del salario, hasta que pueda encontrar más hombres.

—En unos meses tendremos que cultivar dos caballerías.

—Lo sé, pero nuestra mayor preocupación es evitar que la gente sana se nos escape.

El fracaso siempre había sido una posibilidad: cosechas insuficientes y exigencias financieras, trabajo físico, las muertes de los gemelos, tormentas, un huracán. El fracaso siempre había sido una nube en el horizonte, pero ella había encontrado una forma de hacerles frente a aquellas pruebas con esfuerzo, y, por supuesto, con manipulaciones calculadas. Pero en ese momento, tal vez a causa del agotamiento, le resultaba imposible encontrar una salida a aquella situación difícil.

—Nos arruinaremos —dijo, como si su mayor temor se hubiese convertido en realidad.

—Trataremos de que eso no ocurra.

No había escuchado en años aquella voz dura, sin emoción, aquel acopio de tenaz voluntad fija en una misión. Él tenía una seguridad en sí mismo de la que Ana carecía, y eso la atemorizaba. Y como le ocurrió aquella tarde en que le pidió que castigara a los asesinos de Inocente, sintió un hormigueo en la raíz del cabello, y se alegró de tener a Severo Fuentes de su lado.

Aunque ni Flora ni Conciencia podían cuidar a los enfermos, la medida de precaución no salvó a la mbuti, que despertó la décima mañana con cólicos y diarreas.

—Agua, señora —suplicaba Flora cuando, alertada por Conciencia, Ana bajó a su cuarto donde escuchó los gritos, sintió el hedor y vio cómo los ojos de Flora se apagaban.

Severo ordenó que la enviaran al barracón de cuarentena.

—A Flora no. Conciencia y yo la cuidaremos.

—No tiene salvación, Ana. Se está muriendo.

—Déjeme intentarlo.

—No puedo hacer excepciones.

—No puedo dejarla morir, Severo. A mi Flora, no.

Durante el resto del día, Ana vertió sus cocimientos en los labios marchitos de Flora, los agrios y los amargos, pero ninguno pudo salvarla. Ana la abrazó por largo rato después de que el cuerpo quedó inmóvil. Se sentía más allá de la tristeza o el enojo, más allá de las lágrimas, y ocultó sus emociones. Pero no pudo reprimir sus pensamientos. «¿Por qué esta muerte me duele más que las del abuelo Cubillas, mi padre, Ramón o Inocente?», se preguntó, limpiando el rostro de Flora con el dobladillo de su delantal. «¿Por qué tú?». Ana miró a Severo, que la esperaba en el umbral. Soltó el cadáver de Flora y le dijo adiós en silencio.

—Ya pueden llevársela.

Subió las escaleras adonde nadie pudiera verla llorar. Ella era la patrona, y si se quebraba, toda la estructura que con tanto cuidado había construido se derrumbaría. Se quedó en su dormitorio el resto del día.

Esa noche, Flora fue lanzada a la hoguera, pero no tuvo quien le cantara en su viaje al otro mundo.

Al undécimo día, Inés, de treinta y tres años, nodriza de Miguel y de Conciencia, fue enviada a los barracones. Inés, a quien le encantaban los chismes y regañaba a su esposo por dedicarle demasiado tiempo a decorar ataúdes.

—Por favor, patrón, déjeme enterrarla, mi buen señor. Ella fue la madre de leche del hijo de la patrona, la madre de mis hijos, sus hermanos de leche.

—No puedo hacer excepciones.

Esa vez, Ana no intercedió. Aunque José y sus hijos Efraín de doce años, e Indio de once, se salvaron del cólera, los dos más pequeños, Pedrito, de seis; y Tati, de cuatro, fueron enviados a la hoguera horas después de su madre. José, el único esclavo a quien se le permitía tener herramientas sin permiso previo, se refugió en su taller. Mientras sus hijos trabajaban en los campos y los cuerpos de su esposa y sus dos pequeñuelos ardían en la hoguera, José escogió y cepilló una tabla de caoba dos cabezas más grandes que él, y con el grosor de sus dos manos. Estudió el grano, acarició la longitud del tablón, sopló el aserrín de ambos lados, y, desde la extrema izquierda, comenzó a tallar la primera de los muertos: Nena, con sus manos vertiendo agua de una jofaina. Luego un azadón, un machete, una herradura, un pilón, un lirio, una gallina con sus pollitos, una escoba, otro azadón, una pala, un jamón, dos amapolas, una campana, otro azadón, otro machete, un cucharón de cocina, un trompo con su cuerda, un cucharón de agarradera larga como los que se usaban para sacarle las impurezas a la superficie del guarapo hirviente, un fuelle, un papalote, una mariposa, un rastrillo, un tazón, una güira. Finalmente, colocó una hoja de malanga porque en una ocasión Inés le dijo que le recordaba las que su gente usaba en África para construir sus refugios. A Inés le talló labios abundantes y proporcionados. Y para sus dos pequeños, un sol y una luna.

En la pradera al otro lado de los barracones, Conciencia, la niña de siete años, se quedó de pie en la periferia mientras los dedos rojos, anaranjados y azules ardían hacia el cielo. En el calor transparente que emergía de las llamas, y en el grueso humo gris del fuego crepitante, vio cómo ascendían los espíritus de los muertos, algunos cantando, otros en crispada agonía. Pasmada, Conciencia orientó sus pensamientos hacia las nubes en espiral, y les hizo sus preguntas. El fuego siseó y cacareó respuestas en bocanadas y torbellinos que tomaban forma ante sus ojos mientras su crepitar susurraba en una lengua que sólo ella entendía.

En los peores momentos de la epidemia, nadie se veía más saludable que Severo Fuentes. Nadie se movía a pie o a caballo con más autoridad. Ningunos ojos penetraban con mayor profundidad cada rincón de la plantación. Nadie le prestaba más atención a los más mínimos detalles de la operación que Severo Fuentes. Desde la casona, Ana veía su ir y venir, dando órdenes a hombres y bestias con voz que apenas se elevaba por encima de su nivel, pero que era escuchada por todo y por todos. Ana no lo había visto dormir. Estaba fuera toda la noche patrullando los senderos y cañaverales con sus perros. Pasaba a ver cómo estaba, a traerle noticias y a recordarle que no fuera a los barracones, ni tuviera contacto con nadie más que Conciencia, quien le llevaba los alimentos y la bañaba. Las noches eran los momentos más difíciles. Cuando Conciencia la conducía a su habitación, Ana siempre esperaba encontrarse con Flora, sus tazones, su sonrisa, sus canciones. Conciencia era seria y guardaba silencio a menos que le hablara. Ana sabía toda su historia, y no había misterios de otra vida en otra parte. Además, era una niña, y Ana se dio cuenta entonces de lo que significó tener a otra mujer adulta como compañera. Por supuesto, nunca hubo confidencias ni conversaciones íntimas, pero Flora, que por lo menos le llevaba veinte años, era en definitiva una presencia que le infundía tranquilidad.

Como habían muerto los demás esclavos domésticos, y los sobrevivientes permanecían a distancia de la casona, Ana tenía menos contacto humano. Flora había muerto, Inés también, y La Lavandera, y Pilar la cocinera. El viejo Samuel, encargado de cuidar los pastizales, los animales de acarreo y las vacas destinadas a la producción de leche, de la cual se hacía queso, también estaba muerto. Sus dos nietos, Sandro y Chuíto, habían corrido la misma suerte. Tomás el herrero y Benicio, quien limpiaba y reparaba los graneros, los corrales y los edificios del ingenio, muertos. Dina y su marido Juancho, que trabajaba con ella en los jardines, huertas, gallineros y palomares, muertos. Lucho, el marido de Siña Damita, que criaba y cebaba los cerdos, y luego los mataba, ahumaba los jamones y hacía embutidos con su sangre e intestinos, muerto.

Coral, su nuera, también había fallecido, al igual que su hija Sarita. Con excepción de su nieta Carmencita, la enfermedad había acabado con toda la familia de Siña Damita.

El batey, en otro tiempo pleno de vida y actividad, permanecía casi desierto la mayor parte del día. Pero se seguían preparando las comidas, se lavaba ropa y se ordeñaba y se alimentaban las vacas. Los jardines prosperaban, se cosechaban frutas, se mataban cerdos, se hacían embutidos, se recogían huevos y se ahumaban jamones. El trabajo que Ana supervisara prosiguió sin ella, mientras esperaba en la casona a que la epidemia terminara, acompañada solamente por una niña de siete años.

Una noche, Severo le trajo noticias.

—El gobernador cerró las entradas a la capital. Los sanjuaneros tienen que permanecer en sus casas y se ha declarado un toque de queda.

—¿También hay cólera en San Juan?

—En todas las ciudades de la isla. Cuando fui a ver a Luis, Faustina acababa de regresar de Mayagüez, donde vio cómo quemaban un barrio entero. Aparentemente el cólera es peor en los barrios pobres, por lo que, según recomiendan los médicos locales, el concejo les prendió fuego. El cabildo de Guares está haciendo lo mismo.

Las bolsas bajo sus ojos y los tensos bordes de su boca le hacían aparentar más edad que sus treinta y seis años.

—Si han cerrado la ciudad y están quemando los barrios pobres —preguntó Ana—, ¿qué está haciendo el cabildo con la gente que no tiene casa?

—Ni el gobernador ni los concejos le han dado solución a ese problema. Lo único que les importa es controlar la epidemia. La gente duerme al descampado, bajo los árboles, en la iglesia, y familias enteras vagan por los caminos.

—Dios nos salve —dijo Ana persignándose, y dándose cuenta de repente que hacía tiempo que no le hacía un ruego tan directo a Dios.

—Debemos mudarnos a la colina, Ana. La casa no está terminada, pero no es recomendable que vivamos tan cerca del cólera.

—Pero ya aislamos a los enfermos.

—Flora enfermó y murió, Ana. Todos corremos peligro. Ya han pasado tres semanas y siguen muriendo. No voy a poner en peligro su vida ni la mía.

Nunca antes le había hablado con aquella dureza, recurriendo siempre a los tonos más corteses y tratándola de usted hasta en la intimidad de su lecho. Pero su voz, que retumbaba como si estuviera conteniendo su fuerza para beneficiarla, reflejaba la autoridad de una orden y no toleraba cambios. Ana comenzó a protestar, pero la mirada de advertencia de Severo la hizo desistir, como si se lo hubiera impedido físicamente. Severo asintió, aceptando su rendición, y con un movimiento súbito, gatuno, la atrajo hacia sí, la apretó fuertemente y la besó en los ojos.

—La valoro demasiado como para dejar que algo le ocurra —le dijo al oído—. Mientras me quede aliento, la cuidaré —continuó, dejándola sola luego, para que considerara si alguna vez en su vida esperó o deseó que un hombre la cuidara.

A la mañana siguiente, Severo recorrió cada habitación de la nueva casa, abriendo y cerrando puertas y ventanas. Todas estaban vacías, a excepción de la que sería el dormitorio de ambos, donde habían colocado un baúl de madera de alcanfor contra una pared. Severo le ordenó a Lola, la nueva lavandera, que lavara y planchara la ropa de ciudad de Ana. Imaginaba que en la nueva casa que había construido para ella, Ana usaría en ocasiones los vestidos elaborados y las chinelas de niña que se ponía años atrás. Esperaba verla deslizarse sobre los azulejos, y hasta pensaba en que haría demostraciones de los bailes de salón aprendidos en su niñez.

Lola había doblado cada pieza entre capas de almohadas de muselina rellenas con hierbas fragantes. Cuando Severo las tocaba, sentía como si aquellas prendas de vestir se le derritieran entre los dedos.

«Esto es lo que una dama debe ponerse: sedas, encajes y cosas bonitas», pensó. Aparte de la primera vez que vio a Ana en San Juan, y luego cuando usó su traje de montar, no la había visto llevar otra cosa que algodón, negro, gris y azul marino. Ansiaba verla con todas sus galas, y con el cabello resplandeciente. Quería que fuera diferente a Consuelo, a las campesinas, a las esclavas; mejor vestida y más refinada que las hacendadas y dueñas de Guares y sus inmediaciones.

En las últimas tres semanas le habían rodeado la enfermedad y la muerte, pero en ese momento tocaba aquellas prendas suntuosas, las tomaba en sus manos, las acariciaba. Pero temía que sus dedos callosos y llenos de cicatrices dañaran la tela evanescente o las intrincadas costuras. Pero necesitaba tener en sus manos algo hermoso.

Alzó la seda bordada y las ropas de encaje y las dispersó por el suelo. Colocó un corsé bajo un corpiño de mangas cortas, rematado de encaje, una falda bajo el corpiño y guantes en el sitio que debían ocupar las manos de Ana. Luego dispuso una mantilla cubriendo una cabeza invisible, y delicados escarpines dentro de un par de delicados zapatos de niña con lazos de satén, listos para el baile. Hizo una reverencia ante aquel vestido espectral, le sonrió, le ofreció su mano, imaginándose a Ana ante él, perfumada y ruborizada de entusiasmo, dispuesta a dejarse llevar por el salón de suelo encerado.

Severo cerró los ojos para verse a sí mismo con manos suaves, uñas limpias y ropas elegantes: camisa de seda blanca, chaleco de terciopelo negro con botones de plata, pantalones negros, zapatos con hebillas, y una faja bermellón alrededor de la cintura. Relajó los hombros y se balanceó de un lado a otro. Cuando abrió los ojos, miró a su alrededor, como si hubiese peligro de que alguien lo viera comportándose como un tonto.

Colina abajo, Ana estudió las cuatro habitaciones de la casona y vio lo que había ignorado durante años. Era pequeña y basta. Sus paredes verdes reflejaban el color de los campos sin darle descanso a los ojos del tono de la vegetación. De repente sintió un acceso de claustrofobia y salió al portal. Como los lamentos de los enfermos le resultaban intolerables, pasó rápidamente al otro lado de la casa, lejos de los barracones. En el taller José martillaba, y un ave trinaba en el árbol del pan.

Ana se sintió impotente. Odiaba saber que no podía hacer nada con respecto a lo que ocurría a su alrededor. «Dependen de mí para que los cuide, y no sé qué hacer. Quiero ser una buena ama», pensó.

La mañana se hizo más cálida. Conciencia estaba recogiendo más sacabuche, a pesar de que no había sido efectivo contra el cólera. Tampoco la pulpa de higüero, las semillas de papaya maceradas, la corteza de la raíz del guayabo y los limones. Pero tenían que darles algo a los enfermos para infundirles esperanzas. Y la limpieza de las miasmas en los barracones no sirvió de nada. A pesar de todos los esfuerzos, no había podido cumplir con su deber.

Ana sintió una carga más pesada de la que hubiese querido, pero no podía llamarla culpa. Había aceptado su papel de propietaria de esclavos e hizo todo lo posible por cumplir con sus obligaciones. Sabía que era inevitable que algún día se liberara a los esclavos, pero los jornaleros eran costosos, poco fiables y no trabajaban tanto como los esclavos. Al menos, esperaba que el día de la abolición llegase después que desapareciera del mundo de los vivos.

Desde el primer día estuvo consciente de que no debía darse por vencida ante Severo, pues entre las cualidades que más valoraba él era su fuerza de carácter. Pero había momentos como aquel en que deseaba concederse a sí misma la prerrogativa femenina de ser débil, de llorar a lágrima viva. Había tragado tantas lágrimas en su vida que algún día le sería imposible seguir conteniéndolas, y se desbordarían de sus ojos como un torrente.

Nunca se había preguntado por qué concentraba toda su energía y tristeza en el destino y los azares de la Hacienda Los Gemelos. Sólo sabía que desde el momento en que la vio, la tierra y todo lo que había entre sus límites eran esenciales para su existencia. Una realidad que no podía ser objeto de cuestionamiento, desafío ni explicación. Estaba allí, latente. Pero en las tres semanas recientes le había resultado absolutamente imposible recuperar el optimismo que la alentó en los últimos once años. «Años agotadores… Pero no puedo considerarlos de esa manera», pensó, agitando la cabeza para alejar los mórbidos pensamientos que surgían como burbujas sobre aceite hirviente. Había estado sola demasiado tiempo, se dijo a sí misma, y bajó las escaleras para encaminarse al batey.

Tenía que ir a ver a los enfermos, aunque Severo se lo había prohibido. No podía hacer nada más por ellos, pero tenía que verlos, hacerles saber que no los había olvidado, que incluso si no era dueña de un solo ser humano —eran propiedad de don Eugenio y de Severo—, eran suyos, su gente, y, por una cuestión de justicia, no podía abandonarlos.

Fela y Pabla estaban sentadas a la sombra junto a la puerta, cada una con un niño en brazos. Aunque eran ancianas, se veían mucho más viejas, por sus caras cenicientas, los ojos velados por la tristeza y la desesperación. A pesar de que estaba frente a ellas, las dos mujeres no la miraron, como si sólo tuviesen ojos para los moribundos. Ana no podía ir más lejos, y se dio cuenta de que también ellas morirían pronto. Todos correrían la misma suerte.

Se volvió y subió corriendo las escaleras de la casona. Severo tenía razón. Estaban en peligro. Luego de años de lucha, su vida podría apagarse en cuestión de horas, como le había ocurrido hacía mucho a su antepasado, en una muerte innoble. Sumergida en la suciedad y el fracaso.

Irse de la casona mientras su gente moría en barracones ruinosos no era una derrota, sino una rendición temporal. Para cumplir con su responsabilidad ante "nuestra gente", debía vivir.

A la mañana siguiente, muy temprano, Ana se encerró en su oficina mientras los hombres trasladaban los muebles a las carretas. Ya había guardado en una caja sus libros, folletos, catálogos y boletines, así como las cartas de Ramón e Inocente a sus padres y las de éstos, su correspondencia con Jesusa y Gustavo, Elena y Miguel. En otra, las comunicaciones que enviara al Sr. Worthy y las recibidas, en unión de escrituras de propiedad, títulos, informes y transacciones con fecha y sello.

Conciencia le trajo el almuerzo cuando la campana sonó en los cañaverales. Ana se lo devolvió sin tocarlo. Había ordenado que se llevaran sus cajas rotuladas y que la dejaran sola, en el momento más caluroso del día, con sus libros contables.

Ana llevaba el inventario de los seres humanos en un libro de piel café, cuyas páginas estaban divididas en columnas. En la izquierda se anotaba la fecha de adquisición, seguida por el precio de compra y alquiler o una marca distintiva en el caso de los niños nacidos en la hacienda. En la próxima columna se asentaba el nombre, luego una *h* cuando se trataba de un hombre, *m* si era mujer, o *n* si era niño o niña, y anotaba la edad entre paréntesis. La próxima columna indicaba las habilidades particulares, y la última tenía otra fecha y una nota para los cambios: *vendido*, y de ser así, un precio; *escapado* y cuándo se había capturado al cimarrón; y finalmente, *muerto*.

El primero de enero de 1845, Severo hizo anotaciones en los libros, asentando veinticinco nombres seguidos por "de Argoso". Tres de ellos se reflejaban como débitos: los cimarrones. El 9 de enero se asentaron dieciséis nombres seguidos por "Fuentes": los esclavos que había traído a la hacienda. Ese mismo día asentó diez más seguidos por "de Argoso", hombres comprados en ventas clandestinas con la dote de Ana. El 17 de octubre asentó diez más "de Argoso" de la finca que habían comprado Ramón e Inocente durante la cuarentena de Ana. El 13 de enero de 1846 asentó diez hombres "de Argoso". El 8 de agosto de 1847 asentó diez encabezados con la frase "de Argoso"; y el 3 de abril de 1852, otros cinco. Entre aquellos asientos había además registros de nacimientos y fallecimientos, de manera que al final del registro de Ana, el 29 de julio de 1856, en pleno auge de la epidemia de cólera, había setenta y ocho esclavos en la hacienda, treinta de los cuales eran propiedad de Severo.

Ana hundió su pluma de plata en el tintero de cristal, artículos que le había regalado el abuelo Cubillas cuando ella comenzó a escribir en letra cursiva. El primer asiento que marcó estaba próximo al 14 de diciembre de 1844: «50 pesos / Nena de Fuentes / n / ¿(10)? / lavandera / julio 11, 1856 / muerta». Miró la página, volvió a mojar la pluma, y tachó el nombre, encima del cual escribió «Olivia». Luego usó su índice derecho para buscar otros nombres, anotando la fecha de muerte del esclavo o esclava en cuestión. Cuando terminó con las anotaciones, sentía calambres en la mano por agarrar tan fuertemente la pluma. Contó y volvió a revisar la cifra. Con los dedos temblorosos y manchados de tinta de su mano precisa y elegante, dedujo del total de setenta y ocho, y escribió, al final de la página, bajo la columna de débito: «31, muertos».

Ojos que no ven, Corazón que no siente

Mientras el cólera azotaba al batey, Ana se instaló en la nueva casa grande, acompañada por Conciencia, Teo, el sirviente de la casa, y su mujer, Paula. Desde la colina no se escuchaban los lamentos de los barracones, no llegaba el hedor de los enfermos ni el de las hogueras de incineración, ni se veían los cuerpos enflaquecidos ni los ojos suplicantes. Ana se sumergió en su trabajo. Azadón en mano, horadaba la tierra como si de cada semilla y tallo pudiera brotar una hoja, un retoño o una flor para curar a "nuestra gente".

Sin embargo, durante los dos meses de epidemia, cerca de la mitad de los esclavos de la Hacienda Los Gemelos, y dos terceras partes de los de Severo, fallecieron en oleadas sucesivas de contagio, con días de alivio en los que aparentemente la plaga había desaparecido, para regresar en breve de forma más virulenta. En las últimas semanas, en la medida que sobrevivían más esclavos que los que morían, se apagaron las hogueras y se reanudaron los entierros. Cuando finalmente la epidemia cesó, Ana había asentado cuarenta y siete muertos de los setenta y ocho de "nuestra gente" en sus libros contables. Los últimos asientos fueron los de Fela y Pabla, quienes lograron que algunos esclavos recuperaran la salud, pero habían visto morir a la mayoría. A ambas se les enterró en el mismo centro del cementerio, donde José colocó las cruces talladas más grandes y elaboradas que pudo hacer.

En Puerto Rico nadie sufrió más que la "gente de color" los meses de la epidemia de cólera y sus secuelas. La enfermedad azotó con más crueldad los barrios más pobres donde vivían los negros libres, los mulatos y los libertos. En febrero de 1857, cuando el gobierno declaró la erradicación de la epidemia, habían muerto más de veintisiete mil personas, y más de la mitad de esa cifra eran "gente de color". Los funcionarios admitieron que tal cifra era aproximada, y que probablemente la cantidad de muertos fuese mayor.

Los esclavos no corrieron mejor suerte que la "gente de color". Los reportes de casi cinco mil quinientos muertos no reflejaban todas las pérdidas de vidas humanas en cada hacienda, ni los hombres, mujeres y niños comprados en ventas clandestinas que no se informaban para evadir impuestos. El gobierno estimó que había muerto como mínimo un doce por ciento de la población esclava de Puerto Rico.

Con tantos muertos —la mayoría de ellos hombres en plena capacidad de trabajo— y con miles de sobrevivientes débiles o discapacitados, se esfumó un enorme porcentaje de la fuerza laboral puertorriqueña. A fines de 1856, Ana estimaba que veinte esclavos saludables podían ocuparse de la zafra, cantidad similar a la que existía cuando llegaron hacía casi doce años. Sólo que ahora tenían dos caballerías de caña para procesar.

Para que pudiera estar al tanto de lo que ocurría en el valle, Severo le instaló a Ana un telescopio en una esquina del balcón. Dos o tres veces al día, Ana recorría con la vista los cañaverales de verde intenso, en busca de las floraciones de lavanda pálido de la guajana, señalando la hora de la cosecha. Una noche, ella y Severo se mecían en idénticos sillones en el balcón, contemplando el valle y las luces vacilantes que provenían de los bohíos.

—No sé cómo vamos a arreglárnoslas —dijo Ana. —Esperaba que este año fuese bueno. El precio del azúcar ha subido un poco, y la nueva maquinaria de mi ingenio debía haberse pagado con las ganancias de este año.

—Para eso no hay solución —respondió Severo.

—Nunca le había oído decir que algo era imposible.

—¿Acaso quise decir eso?

—Me suena a desaliento.

—Para nada, y usted tampoco debe estar desanimada. Al mal tiempo, buena cara —aseguró Severo.

La punta del cigarro que fumaba Severo enrojeció. Ana inhaló el humo dulce y con olor a tierra que envolvía a su esposo. —¿Cómo puede conservar la calma en medio de todo esto?

—Usted tampoco se ha deshecho.

—He pensado en ello, pero nada de eso. Soy demasiado terca. Me odiaría a mí misma si lo admitiera o me diera por vencida.

Severo rió suavemente. —Y porque sabe que, «a río revuelto, ganancia de pescadores».

—Es difícil creer que ahora hay oportunidades cuando los trabajadores de quienes dependemos se están muriendo.

—Veámoslo de esta manera. Habrá bancarrotas entre los hacendados y agricultores que no puedan lograr su producto. La mayoría compromete sus ganancias con los proveedores y los impuestos incluso antes de haber colocado la semilla en la tierra.

—Todos lo hacen. Nosotros entre ellos.

—Sí, pero estamos en mejor posición. Usted siempre podrá recurrir a don Eugenio. La mayoría de nuestros vecinos tendrá que vender posesiones para salvarse. Y alguien con un poco más de capital podrá adquirir tierras, maquinarias y esclavos por una bicoca.

—Nunca le he pedido nada a don Eugenio.

—No le está pidiendo, le está hablando de una oportunidad de inversión. Es difícil conseguir crédito en Puerto Rico, y si él no lo sabe, el Sr. Worthy sí es consciente de que los hacendados y los agricultores recurren a préstamos privados.

—De personas como usted.

—He sido muy generoso con nuestros vecinos y si bien no quiero aprovecharme de ellos cuando son tan vulnerables…

—…necesitan dinero en efectivo y nosotros necesitamos brazos —le interrumpió Ana.

—Pero, por supuesto, mi billetera no es un barril sin fondo…

—Ya veo. Y ahí es donde don Eugenio puede ser útil.

—Los vecinos más necesitados estarían dispuestos a alquilar o vender sus esclavos.

—Eso los ayudaría a ellos y a nosotros también.

—Estaríamos haciéndoles un favor.

—Por supuesto. Mañana mismo le escribiré al Sr. Worthy.

Ana volvió a inhalar el humo de tabaco. En los días siguientes a su traslado a la casa en la colina, Severo había sido tan apasionado como en los primeros días de matrimonio. Le resultaba difícil creer que habían transcurrido casi seis años. Ana deseaba sus manos rudas, su cuerpo musculoso. Y, sobre todo, su atención, la mirada enfocada del amante, el atento seguimiento de cada palabra que ella pronunciaba, la rara habilidad de adivinar sus pensamientos.

—¿Quiere probar el cigarro? —le dijo Severo. El tabaco se sembraba en sus tierras, para su uso personal. El cigarro era grueso, suave y firme a la vez, cálido, y las hojas torcidas fuertemente le daban una textura agradable, especialmente a lo largo de las delicadas venas. Ana aspiró y sintió como si se le quemaran los pulmones. —Despacio —alertó Severo—. Una calada pequeña, no profunda. Béselo, simplemente.

Ana obedeció, y un mareo ligero y delicioso la hizo sentir como si se estuviera derritiendo.

—Debemos darle un nombre a la casa —dijo Severo luego de un silencio prolongado.

Otra de sus ideas acerca de lo que hacía la gente rica. No le resultaba suficiente construir una nueva casa, llenar cada habitación con muebles hechos por encargo, pedir cristalería, vajilla, cubiertos y rollos de fino algodón, damasco, lino y seda de Estados Unidos y Europa. Había que darle nombre al lugar, como si se tratase de un recién nacido.

—¿Se le ocurre alguno? —preguntó Ana, sabiendo perfectamente bien que, de no hacerlo, Severo volvería a traer el tema a colación.

—El Destino —respondió Severo, saboreando las palabras como si fueran una fruta madura.

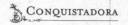

—El Destino — repitió Ana, disfrutando el sibilante sonido antes de la aguda *ti*, y la forma en que sus labios parecían enviar un beso, esta vez con la sílaba suave y final.

Ana no había visto a Miguel en siete años, aunque la correspondencia con San Juan era frecuente. En sus cartas siempre le insistía a Miguel que estaba construyendo la Hacienda Los Gemelos para él, pero no tenía idea de si Los Gemelos tenía algún significado para el niño. Se preguntaba si aún se le parecía, como cuando era más pequeño. ¿O habría crecido adoptando rasgos más semejantes a Ramón e Inocente? Todo lo que sabía de Miguel estaba en su correspondencia, y Ana esperaba que su hijo no fuera tan aburrido y falto de imaginación como las cartas y los dibujos que le enviaba. Ya tenía casi doce años, y jamás le había pedido regresar al lugar donde nació. Ana no había olvidado el desdén de Leonor y la disposición de Eugenio de criarlo bajo su techo. Si Miguel quería visitarla, estaba seguro de que ni doña Leonor ni don Eugenio le alentarían a hacerlo. Aun así, le molestaba que en sus cartas Miguel no se quejara de una separación tan larga.

Transcurrieron seis meses sin recibir noticias de San Juan, pero a fines de 1856 llegó una carta de Miguel a Los Gemelos. Los Argoso habían sobrevivido a la epidemia, y en la capital las cosas estaban volviendo a la normalidad. Ana les escribió a los abuelos, pidiéndoles que enviaran a Miguel a pasar unas semanas con ella después de la zafra.

En cuanto comenzó la zafra en la Hacienda Los Gemelos, Ana y Conciencia cabalgaban diariamente al batey, llevando cestas de vendajes y remedios. Ana había ordenado que repararan los viejos barracones y que abrieran ventanas en las paredes para crear una enfermería. Estaba resuelta a que en cada edificación circulara aire fresco para evitar el desastre de las miasmas del año anterior.

El ritmo frenético de la zafra sólo disminuye al final, cuando se ha procesado cada tallo. Pero a principios de 1857 todo era desesperación desde el comienzo, porque Ana y Severo trataban de recuperarse de las pérdidas logrando una cosecha completa con menos trabajadores, antes de que empezaran los aguaceros de mayo.

Severo se las arregló para comprar doce hombres más, siete mujeres y cuatro niños en una hacienda que quebró, recordándoles a cuatro hacendados que el término del plazo de sus préstamos era inminente, pero que podían pagarlo con esclavos. Además de otros terrenos, cuatro hombres y cuatro mujeres más saldaron las deudas de los hacendados con Severo Fuentes. Los vecinos que no podían hacerles frente al mantenimiento de sus propiedades se vieron obligados a liquidarlas en subasta. Don Eugenio y el Sr. Worthy estuvieron de acuerdo en que no se podía dejar pasar aquella oportunidad. Gracias a la inversión de Eugenio, Severo pudo comprar más tierras y otros cinco hombres para la hacienda.

Una mañana, dos semanas antes de que comenzara la zafra, Ana y Severo estaban en la oficina de ella, organizando el trabajo.

—Les he duplicado las raciones de comida a los sobrevivientes —explicó Ana—. Ésta es la lista de los que aún están recuperándose. Asígneles trabajos más fáciles.

—No puedo prometérselo. En el campo necesitamos todos los brazos, desde los más jóvenes hasta los más viejos.

—Muchos están débiles aún.

—Estarán bien cuando empiece la zafra. No sea tan blanda con ellos o tratarán de aprovecharse de usted.

—No se van a aprovechar de mí. Pero algunos están muy débiles.

—Ana, tenemos dos caballerías que cosechar.

—Lo sé —ripostó Ana de improviso antes de darse cuenta de las raras veces que discutían—. Si esperamos que estén vivos al final, tendremos que cuidarlos bien.

—Probablemente haya notado —le respondió Severo casi entre dientes— que sé cómo manejar a los trabajadores.

—Por supuesto…

—Entonces deje que me haga cargo de eso. ¿Puedo ver las listas de suministros, por favor?

Escarmentada, Ana le entregó los papeles que pedía. De repente la habitación adquirió una atmósfera sofocante, y mientras

Severo leía y marcaba los pliegos, Ana se asomó al balcón en busca de aire. En la planta baja, un gallo y su harén picoteaban la tierra. Inesperadamente levantó el vuelo hasta colocarse en la baranda y caminó majestuosamente de un lado a otro. Cantó tres veces, a todo pulmón y desafiante, y volvió al suelo. «Por supuesto», pensó Ana en voz baja, «si es gallo, tiene que cantar».

—¿Dijo usted algo? —preguntó Severo, quien seguía sentado en la misma silla junto al escritorio de Ana.

—No —respondió ella.

Severo la miró un momento, como si le leyera la mente, y volvió a las páginas de la lista.

A principios de febrero, Severo llevó a los macheteros al cañaveral antes del alba, y allí estuvieron hasta que se puso el sol. Como se disponía de menos brazos, hasta los artesanos como José tuvieron que ir a trabajar en el campo, e incluso los niños de cinco años en adelante. Los muchachos llevaban los bueyes a pastar, los ataban a unas estacas, y los cambiaban de sitio constantemente para evitar el pastoreo excesivo. Las niñas pelaban ñames, plátanos y yautías para la comida de los trabajadores, que luego se hervían en enormes cazuelas.

Después de las hogueras donde se quemaban las víctimas del cólera, Conciencia comenzó a tener visiones con mayor frecuencia, pero era demasiado pequeña para interpretar la mayoría de las cosas que veía, y dependía de Ana para descifrarlas. Severo se mofaba ante la idea de que Conciencia pudiera predecir el futuro.

—Entonces pregúntele dónde puedo encontrar diez jornaleros más.

—Las cosas no funcionan de esa manera. Ella no miente. Tiene un don verdadero, pero es una niña y no comprende lo que ve.

Días después, Conciencia le dijo a Ana que había visto a un toro enloquecido embistiendo una cerca hasta que pudo escapar. Ana se lo dijo a Severo, y, a pesar de su escepticismo, éste alertó a los hombres que se encargaban del ganado para que estuvieran al tanto. Pero las visiones de Conciencia no daban la fecha ni la hora específica del suceso futuro. Pasaron tres semanas y la vigilancia de los toros más agresivos se relajó, por no decir que se olvidó. Y una tarde, Coloso, el toro más fuerte y más bravo de todos, arrancó la estaca donde estaba atado, corrió hacia una cerca, la embistió hasta romperla, y, con los belfos llenos de espuma atravesó el batey, mientras hombres, mujeres y niños se apartaban corriendo del camino para evitar sus cuernos y sus enormes pezuñas. El animal se paró en medio del patio resoplando triunfalmente, para luego sumergirse en el estanque, donde el barro lo arrastró hacia el fondo suave mientras más trataba el toro de salir. Todos los esfuerzos que se hicieron para sacarlo fueron en vano.

Después de aquello, Severo escuchó con mayor atención cada vez que Ana mencionaba algunas de las visiones de Conciencia.

Una mañana, mientras se preparaba para ir a los campos, Ana se encontró a Conciencia muy nerviosa.

—¿Qué pasa, niña?

—Un sueño, señora.

A Ana le dio un salto el corazón. —Cuéntame…

—Un hombre envuelto en llamas.

—¿Como en las hogueras, niña?

—No, señora, no como esos muertos. Es un hombre blanco. Era El Caminante, señora.

—¿Ramón? Pero si ni siquiera lo conociste.

—Lo vi, señora. Estaba envuelto en llamas en el cañaveral —la niña estaba confusa, en parte porque la visión debió haber sido terrorífica, y en parte porque no sabía realmente lo que había visto.

—Tranquilízate, pequeña. Tal vez el sueño tenga que ver con don Severo.

—No, señora.

—Ramón está muerto, Conciencia, y no murió quemado. Tu sueño era aterrador, pero me alegra que lo hayas contado. Era una advertencia, y tal vez hasta has salvado la vida del patrón. Le voy a advertir que tenga cuidado cuando quemen los campos.

Conciencia dejó caer la cabeza como si hubiera hecho algo malo.

Había momentos, como aquél, en que la chica era menos niña y se asemejaba más a una anciana sabia cuyos ojos podían penetrar su alma. Cuando Ana la bautizó, le susurró que sería su conciencia, y en ocasiones cuando miraba a la niña, la invadían recuerdos inesperados y a menudo desagradables.

Ana dejó a Conciencia en la enfermería, y montó en Marigalante para ir a su ingenio. Se persignó cuando pasó junto al cementerio de los esclavos, donde las cruces dedicadas a Fela y a Pabla vigilaban las demás tumbas. José le había preguntado si podía colocar en la entrada una tabla que había tallado. Posteriormente, Severo le dijo a Ana que era el monumento de José al sufrimiento.

Al otro lado de un arroyo y sobre la colina estaba la añosa ceiba cerca de la tumba de Ramón. Se persignó nuevamente, y, mientras lo hacía, recordó las palabras de Conciencia: El Caminante en llamas. Ana sintió un sudor frío recorriéndole el cuerpo, y agitó la cabeza para sacudirse de la mente aquella imagen. Últimamente agitaba la cabeza con más frecuencia, y se preguntaba si Severo se habría dado cuenta. «He visto demasiadas muertes», se dijo a sí misma. Y nuevamente movió la cabeza y se dio la orden de dejar de pensar.

Siguió cabalgando por los campos, donde los mayorales instigaban a los trabajadores con maldiciones y amenazas, golpes y latigazos. Ana desvió la vista. Severo le había dicho muy claramente que era él quien manejaba a los trabajadores, y que no debía interferir. En las semanas que siguieron Ana no se quejó a los mayorales ni a Severo de que a los esclavos, particularmente, se les estaba maltratando más que antes. Era la patrona, y podía haber insistido en que a las embarazadas se les debían asignar trabajos menos arduos. Podría incluso haber pedido que no se les obligara a doblarse constantemente sobre la caña que cortaban los macheteros mientras iban abriéndose paso por los cañaverales, para recoger y llevar los pesados montones a las carretas. Hasta entonces, tres mujeres había abortado. Tampoco protestó porque los niños estaban haciendo trabajos que usualmente hacían los adultos. Y ni siquiera exoneró a los ancianos que habían trabajado toda la vida, que habían sobrevivido milagrosamente al cólera, y a quienes los códigos de esclavos exigían que se sentaran tranquilamente a la sombra en sus últimos años.

Durante la zafra de 1857, Ana cabalgó en Marigalante de un extremo a otro de la Hacienda Los Gemelos, segura sobre la montura tachonada de plata que le regalara el abuelo Cubillas, muy alta por encima de las espaldas encorvadas de los hombres y mujeres a quienes llamaba "nuestra gente", incapaz de decir, ni siquiera de pensar, en palabras como "abuso" o "injusticia". Tenía trabajo que hacer, y cerró los ojos, endureció su corazón, y enmudeció. Pero sentía sobre sí las miradas hostiles y las maldiciones silenciosas.

La cocina de los trabajadores estaba a medio camino colina arriba del ingenio Diana. En dos enormes calderos sobre fogones hervían los plátanos y los tubérculos, mientras la manteca de cerdo crepitaba en una enorme sartén de hierro sobre un tercer fogón sobre la tierra. Como usualmente los hombres pedían agua en cuanto se sentaban a comer, los niños y niñas se arracimaban sobre los barriles, llenando enormes güiras que les colgaban de unas cuerdas que llevaban sobre los hombros.

Severo ayudó a Ana a desmontar, consciente de que estaba disgustada. Pero antes de poder preguntarle la causa, sonó la campana, y en cuanto el primer tañido se dispersó por los campos, los trabajadores dejaron caer sus herramientas frente a los mayorales, y se apresuraron para ir ante las mesas de caballetes donde dos cocineras estaban sirviendo la comida. Se formaron dos filas: los esclavos a la izquierda, los libres a la derecha.

—Si se apuraran tanto en el campo como para comer —dijo Severo, tratando de que se le quitara el mal humor a Ana—, ya habríamos terminado la zafra.

Las voces alteradas de una discusión lo interrumpieron.

—¡No me toques! —Moncho, un jornalero nuevo, le dio un golpe a Jacobo, quien le devolvió la acción, y ambos hombres cayeron abrazados al suelo. Los demás retrocedieron para formar sus propios grupos, empujando a las mujeres hacia atrás de la fila mientras alentaban a los que peleaban con insultos y maldiciones.

—Váyase a casa —le ordenó Severo a Ana mientras desenrollaba el látigo y salía a toda prisa en dirección a los hombres—. Efraín, el caballo de la patrona —le dijo al muchacho.

Ana no había visto jamás el látigo de Severo en toda su extensión. En cuanto lo desenrolló, las dos filas de trabajadores se alejaron más aún de Jacobo y Moncho. El látigo chasqueó en arcos precisos, primero sobre las piernas de Jacobo y luego sobre las de Moncho, y otra vez mientras los contendientes se separaban del látigo y del violento abrazo.

—¡Yo no hice nada, patrón! —gritó Jacobo, mientras otro arco se formaba y caía sobre sus muslos, y enseguida, sobre las pantorrillas de Moncho.

—El látigo es para los esclavos —gritó Moncho— ¡Soy hombre libre y blanco!

Moncho se aproximó a Severo, dando puñetazos y escupiendo amenazas. Ana nunca olvidaría el silencio que se impuso cuando Moncho se atrevió a atacar a Severo, mientras cada hombre, mujer y niño contenían el aliento. Moncho era más pequeño, delgado, nervudo, y antes de que pudiera lanzar más de un par de puñetazos al aire, Severo lo había levantado del suelo para lanzarlo a varios pies de distancia.

Moncho se estrelló contra uno de los fogones, volcando su contenido. Se escuchó un crepitar, y luego un alarido. Sin pensarlo, Ana se precipitó hacia la voz que clamaba tras el fogón donde se había volcado la sartén con manteca de cerdo. En el suelo, lloraba una niña, una huérfana del cólera, con el lado derecho del cuerpo ardiendo con la manteca hirviente.

Se llamaba Meri. Severo la había traído a ella y a Gloria, su hermana mayor, de una hacienda en bancarrota. Ana apenas había reparado en ella, pues su atención se concentraba en los adultos que hacían el trabajo más arduo. Ana le arrancó las ropas y usó su propia falda para absorber la grasa caliente del brazo, hombro y espalda de la niña.

—Traed agua —ordenó Ana.

Las mujeres hicieron un círculo en torno a Ana y a Meri, llevando güiras llenas de agua. Ana vertió el líquido sobre el brazo y el hombro de la niña, para refrescarle la piel. Las delgadas extremidades de Meri temblaban cada vez que los tocaban. Apareció otra mujer con sábila, cuyas hojas espinosas arrancó de la tierra con sus propias manos, arañadas y sangrantes por el esfuerzo, para luego abrirlas con las uñas. Ana vertió la sustancia gelatinosa del interior de las hojas y la untó sobre las quemaduras. Una vez que cubrió cada quemadura con la sábila, llevó a Meri por el espacio que dividía a los esclavos de los jornaleros hasta donde Severo sostenía las riendas de su caballo.

Ana se movió como en trance, distanciada de sus acciones pero totalmente consciente de cada paso, de cada aliento. «Otra muerte», tabletearon y golpetearon los motores. «Otra muerte», resopló y pisoteó el ganado. «Otra muerte», sonaron los cencerros que llevaban al cuello. «Otra muerte», se arrastraron los pies descalzos sobre la tierra sucia mientras los trabajadores se alejaban. Cada sonido se distinguía de los demás, pero en sordina, como si se hubiera tapado los oídos con algodón. No vio cuerpos, sólo grandes ojos que seguían su avance hacia Marigalante. «Otra muerte», la miraron pupilas negras, pardas, azules, agudas como espinas. Caminó sobre hojas y cogollos secos, llevando una carga demasiado pesada y demasiado ligera a la vez. «Otra muerte». Le entregó la niña a Severo para poder montar, y luego volvió a recogerla, atravesándola sobre la montura frente a ella. Sin palabras, poseída aún por aquella mirada extraña, cabalgó hacia la enfermería, hacia sus hojas y ungüentos, sus únicos recursos contra la calamidad.

Después de tantas muertes, no podía dejar que falleciera aquella niña a quien casi no conocía. Cabalgó por los senderos en los que las altas cañas ocultaban el horizonte, y no se persignó al pasar frente a la tumba de Ramón. «Demasiadas muertes. No los salvé, pero ésta... ésta no va a morir», pensó, mientras pasaba junto al cementerio de los esclavos.

❧

Ana curó a Meri con cataplasmas de papa cruda, miel, palma-rrosa y ungüento de flor de papel y la suavizante gelatina de sábila. Las quemaduras en el cuello, el brazo izquierdo, el pecho y el pie de la niña eran graves. Independientemente de la ternura con que Ana la trataba, Meri chillaba al más mínimo toque, incluso en los sitios adonde la manteca caliente no llegó a quemarla. Cuando su garganta se inflamó de tanto llorar, siguió emitiendo sonidos des-garradores que le erizaban el cabello a Ana.

Allí estaba, sentada junto al camastro de Meri, vertiendo tisa-nas endulzadas en sus labios, cuando apareció Severo. —Lleva tres días consecutivos a la vera de esta niña. Deje que Conciencia la atienda un rato.

—Si me voy, morirá.

—¿Qué logrará con eso? Si sobrevive, quedará tullida.

Ana examinó la venda sobre el codo de Meri. —Tal vez —res-pondió.

Severo la miró por unos instantes. —¿Por qué se ha tomado de repente tanto interés en una niña inútil?

—¡No es inútil! —respondió Ana, mirándolo lo suficientemente rápido como para detectar su sorpresa—. Ninguno de ellos es inútil. Seguramente habrá notado que aquí no se puede hacer nada sin ellos.

Severo se le acercó pero no intentó tocarla. —No me hable así, Ana.

Las palabras de aquel hombre eran como témpanos de hielo, y, de momento, Ana sintió temor. Pero sacó fuerzas de flaqueza, y se incorporó, lo cual provocó que Severo retrocediera.

—Siento haber levantado la voz —dijo Ana. Severo aceptó la disculpa con un movimiento de la cabeza—. Cuando se recupere, la pondré a trabajar en el salón de costura.

—No tiene que recompensarla por haber sobrevivido —asegu-ró Severo.

Meri gimió, y Ana regresó al banco junto al camastro, para verter más líquido en los labios de la niña. Cuando se volvió, Severo la miraba como el guaraguao al pitirre.

—Entonces, que tenga buenas noches —dijo, haciendo nuevamente una inclinación de cabeza, con los ojos tan oscuros como el monte. Caminó hacia la puerta, pero se detuvo de repente. —Podrá salvarla —dijo antes de marcharse—, pero no creo que le agradezca todo lo que ha hecho por ella.

Al cabo de diez días de constante atención y cuidado, Ana confiaba en que Meri sobreviviría, aunque su brazo, hombro y pecho quedarían marcados para siempre. Aunque sus lesiones resultaban las más serias, no era la única paciente en la enfermería. Todos los días traían a alguien con cortaduras, magulladuras, torceduras o infecciones. Para evitar que los jornaleros dejaran de trabajar si no se sentían bien, Ana y Conciencia los curaban y ayudaban en el parto de sus hijos. Durante los meses de zafra, los adultos, tanto libres como de la dotación, estaban demasiado ocupados para tener relaciones sexuales. Sin embargo, en los meses de tiempo muerto recomenzaba el ciclo de vida, pues era cuando se concebía a la mayoría de los niños que nacerían en marzo, abril y mayo, en pleno auge de la zafra.

Además de las mujeres de parto y los recién nacidos, la enfermería acogía a otras víctimas de accidentes en los cañaverales. Severo había enseñado a los trabajadores a prender fuego controladamente de tal forma que se quemaran las hojas pero quedaran expuestos los tallos jugosos para poder cortarlos con más facilidad. Y hasta en esas quemas se producían accidentes. A menudo las llamas espectaculares extasiaban a los muchachos que manejaban las yuntas de bueyes hasta que el calor les chamuscaba la piel y el cabello. Además, un trabajador descalzo podía pisar un surco con rescoldos aparentemente extinguidos, y en un día apacible podía soplar el viento de repente, provocando incendios en zonas totalmente diferentes a las que se habían planificado, causando el pánico y aislando a los trabajadores dentro de torbellinos de llamas y humo.

Aunque Severo evitaba realizar quemas por la noche, no era inusual que el trabajo se prolongara después del crepúsculo. Esto acarreaba problemas. Los hombres, mujeres y niños quedaban envueltos en la oscuridad y el humo, manejando machetes, palas, azadones y picas, con mayor propensión a sufrir heridas infligidas por las herramientas usadas para combatir el fuego que por el calor y las llamas.

Mucho antes del accidente de Meri, Ana dedicaba gran parte del día al trabajo en la enfermería, con la ayuda de Conciencia, Teo y Paula. Ese año se dio cuenta de que había más lesiones graves, abortos y nacimientos de niños muertos que antes, debido al ritmo brutal que se les había impuesto a los trabajadores. En su decimotercera zafra en la Hacienda Los Gemelos, también se reportó una cifra alarmante de trabajadores azotados a latigazos. Las cicatrices en sus cuerpos eran la señal más evidente de que, en la medida que se acercaba el fin de la cosecha, Severo se ponía más frenético por lograr una zafra completa, como había prometido. Ana no lo recriminó, pero tampoco lo alentó al respecto. Lo admiraba y despreciaba a la vez por la misma razón: su capacidad para dejar a un lado la compasión al servicio de una idea fija. Pero cuando pensaba en ello, advertía la misma cualidad en ella misma, con la excepción de que ella, a diferencia de Severo, no se habituaba al sufrimiento de "nuestra gente". Lo sentía, aunque no sacrificara sus propias ambiciones para cambiar las circunstancias.

A finales de junio, cuando tuvo que sacar las cuentas de la zafra, Ana pudo informarle al Sr. Worthy que, a pesar de las pérdidas sufridas a causa de la epidemia, la Hacienda Los Gemelos gozaba de excelente salud financiera. Pero estaba bien consciente de la ironía. Al Sr. Worthy y a don Eugenio no les interesaba en lo más mínimo el bienestar de la gente de Los Gemelos, siempre y cuando las columnas al pie de los libros contables mostrasen un resultado positivo con relación a las pérdidas. Sus antepasados conquistadores, ella, el Sr. Worthy, don Eugenio, Severo y miles de personas como ellos habían llegado a esta tierra para prosperar gracias a su abundancia, por la fuerza o por el miedo. Su riqueza y poder se había erigido, y seguiría erigiéndose, sobre los muertos.

MIGUEL ENCUENTRA SU ALIVIO

A Miguel la vida le sonreía en San Juan. Vivía en una casa amplia y elegante, donde era consentido y malcriado por la abuela Leonor, Elena, Siña Ciriaca y su hija Bombón. La ciudad estaba llena de soldados y de gente procedente de todo el mundo. Su abuelo era un hombre importante que lo adoraba, y don Simón era un maestro amable e inspirador. Tenía dos buenos amigos: Andrés Cardenales Romero y Luis José Castañeda Urbina, los dos primeros chicos que conoció en la escuela. Al igual que Miguel, ambos habían nacido en Puerto Rico. Andrés, que le llevaba un año, era alto y musculoso, con una cabeza que parecía demasiado grande para su cuerpo. Las damas suspiraban por sus largas pestañas y su cabello castaño que exigía visitas frecuentes al barbero. A los once años ya mostraba una barba incipiente, aunque sus padres no le permitían afeitarse.

Luis José era bajo y entrado en carnes, rubio y de ojos color avellana y piel de algarrobo. Era simpático, pícaro y locuaz, un buen imitador e incontrolablemente alegre. Su familia lo llamaba Querubín, un sobrenombre que le molestaba porque estaba demasiado crecido para que siguieran llamándolo así.

Miguel era más delgado y bajo que Andrés, y más alto que Luis José. Había heredado el físico agraciado de Ramón e Inocente, pero la estatura de Ana. Sus cabellos eran de color castaño claro, y, como solía decir don Eugenio, los ojos grises de su abuela.

Los tres muchachos se hicieron inseparables en cuanto descubrieron que vivían a pocos pasos entre sí. Andrés vivía a cuatro casas de la de don Eugenio, y Luis José justo al frente. Cuando tuvieron edad suficiente, se les dejaba ir y venir caminando a la escuela, y rara vez se veía a uno sin los otros. Aprendieron esgrima con los mismos maestros, asistieron al catecismo y recibieron juntos la primera comunión. Eran consentidos como príncipes, pero también se esperaba que cumplieran un estricto código de conducta. Ante las damas debían ser caballeros corteses, confiables y encantadores, y los tres jóvenes aprendieron bien la lección. Pero vivían en una ciudad de soldados, aventureros y exiliados, y comenzaban a tener conciencia de que cuando estuvieran entre hombres, debían ser patentemente viriles, valerosos, honorables, y mostrar amor por la vida y, al mismo tiempo, disposición a morir por una causa justa.

Andrés se ganó una reputación de seductor, a pesar de que, a los once años, usaba mayormente sus encantos para salir de atolladeros o ganarse los favores de sus padres o sirvientes. El don de la locuacidad de Luis José se reconocía como confirmación de que cuando creciera sería abogado civil como su padre, cuya locuacidad imitaba. Miguel, por su parte, era serio, reservado, exigente y cumplidor. Tenía algo de dandi, pero resultaba lógico, porque era don Eugenio quien lo criaba. Parte del halo de misterio de los oficiales españoles de caballería era que se cambiaban el uniforme dos o tres veces al día, incluso durante la batalla.

Los amigos de los Argoso conocían la terrible historia de los gemelos idénticos que llegaron a Puerto Rico en busca de fortuna, para luego encontrar la muerte. Algunos de los vecinos conocieron a Ramón, a Inocente y a Ana durante su estancia en San Juan años atrás, y los jóvenes, especialmente, conservaban impresiones favorables y duraderas. Los vecinos asistieron a la misa después del fallecimiento de cada hermano, visitaron y consolaron a los Argoso después de cada tragedia, y se tomaban un interés particular en Miguel.

Los vecinos no creían que sus abuelos y su madrina estaban criando a Miguel sólo porque la Hacienda Los Gemelos estaba tan lejos que no podría dársele una educación allí. En Puerto Rico pululaban los emigrados sin empleo que había escapado de guerras y conflictos en España, Francia, Italia, Venezuela, México y Estados Unidos. Cientos de tutores e institutrices competían por puestos en casa de las familias acaudaladas de San Juan y los pueblos distantes. Y hasta el hacendado más remoto podía encontrar uno o dos maestros que enseñaran a sus hijos hasta que tuvieran doce o trece años, edad en que se les enviaba al extranjero a terminar sus estudios.

Obviamente, los Argoso se negaban a revelar la otra parte de la historia, y los vecinos se hacían mutuamente la misma pregunta: ¿Qué clase de madre era aquella que nunca iba a visitar a su hijo ni lo mandaba a buscar en vacaciones, días feriados o fiestas de guardar?

Miguel se hacía la misma pregunta. Cada vez que hacía mención a la Hacienda Los Gemelos, Elena asumía que echaba de menos a su mamá, y hacía alguna referencia a ella. —No es muy alta —dijo en una ocasión—, ¡pero es muy fuerte! Y una magnífica amazona. Por eso eres tan buen jinete.

Cuando le dijo al abuelo que era buen jinete porque su madre montaba magníficamente a caballo, éste le reprendió.

—Tu padre y tu tío eran jinetes expertos antes de conocer a tu madre. No olvides que soy coronel de caballería y los enseñé, tanto como a ti, a amar los caballos y a montar bien.

A medida que crecía, Miguel aprendió a no mencionar a su madre ni a la Hacienda Los Gemelos, especialmente cerca de la abuela, quien entrecerraba los ojos y apretaba tanto los labios que desaparecían en su boca.

Sin embargo, no se le permitía olvidar ni a su madre ni a la hacienda. Todos los domingos Miguel tenía que escribirle a su madre mientras Elena tejía cerca de él.

—Recuerda decirle que obtuviste buenas calificaciones en Dibujo, y mándale uno de tus bocetos —le sugería Elena.

Apenas recordaba a su madre, pero cada vez que pensaba en ella, le invadía una profunda ansiedad.

—¿Por qué siempre que me escribe me dice que pertenezco a la Hacienda Los Gemelos como ella? —se decidió a preguntar una noche, mientras escribía otra carta, cuando debería estar con Andrés y Luis José en la Puerta de San Juan, por la que entraría un nuevo regimiento español que acababa de desembarcar.

—Porque tu madre te echa de menos, mi amor —le respondió Elena—. Ella te quiere mucho.

—Entonces, ¿por qué no viene a verme?

—Estoy segura de que quiere venir. Por supuesto que sí. Pero tu querida madre tiene muchas responsabilidades en tu hacienda, y no puede estar alejada de allí mucho tiempo. Tal vez quieras ir a hacerle la visita.

—Tal vez —dijo Miguel. La idea no le atraía demasiado, pero los ojos intensamente azules de Elena se iluminaron al hacerle aquella sugerencia.

—Iré contigo. Podemos viajar en barco. ¿Por qué no le pides permiso a tus abuelos, amorcito?

Estaba claro que a Elena le entusiasmaba la idea de visitar la Hacienda Los Gemelos, y a Miguel le encantaba complacerla. Pero temía pedirle permiso al abuelo o a la abuela. ¿Qué tal si al hacerlo sus abuelos pensaban que no quería estar con ellos? Sabía muy bien que Mamá no era santa de la devoción del abuelo ni de la abuela, y si llegaban a pensar que él le tenía algún cariño, tal vez dejaran de quererlo y no desearan que viviera con ellos en la casa grande y hermosa de la Calle Paloma, a sólo pasos de sus mejores amigos en el mundo.

A los pocos días, Miguel quiso enseñarle a Elena unos dibujos que había hecho de la fuente cantarina del patio. Había demorado tres días en terminarlos, y le enorgullecían los detalles que había captado desde diferentes ángulos. Aunque no estaba habituado a escuchar conversaciones de adultos, mientras se acercaba a la sala escuchó su nombre, y se detuvo a poca distancia de la puerta entreabierta.

—Es natural que Miguel quiera ver a su madre —decía Elena.

—Pero ella no ha hecho el más mínimo esfuerzo por venir a verlo a *él.*

—Usted sabe que no puede dejar la hacienda, tía Leonor.

—Eso fue lo que escogió, ¿no es cierto?

—Así pensaba yo, pero he dejado de creerlo. No puede salir de allí, sea cual sea la razón. No pienso que sepa el porqué.

—Porque está loca. Me alegro de que esté allí en compañía de ese… de ese hombre con quien se casó. Ése es otro que tal baila…

—Perdóneme, tía, por hablarle con esta dureza a usted a quien respeto y amo, pero me parece cruel alejar a Miguel de su madre si él quiere verla.

Se produjo un momento de silencio, y Miguel se disponía a regresar de puntillas a su cuarto, pero las siguientes palabras de su abuela lo dejaron congelado en el lugar.

—La admiras mucho, pero no la conoces. No le importa Miguel. Lo cambió por la Hacienda Los Gemelos. Lo negoció, Elena, como hace con los esclavos. Por eso está allí y Miguel aquí. Nunca permitiré que la visite. ¡Nunca!

—No diga eso tía, por favor.

—Aquel lugar está maldito y esa mujer es una bruja. Mis dos hijos murieron por su culpa, y si Miguel pone un pie allí, no saldrá vivo de esa hacienda.

—¡Tía Leonor, por favor!

Miguel no pudo escuchar más. Salió corriendo hacia su dormitorio, cerró la puerta y se colocó la almohada sobre la cabeza, deseando borrar aquellas palabras de su mente.

San Juan no salió indemne de la epidemia de cólera. A los civiles se les ordenó permanecer en su casa, con las persianas que daban a la calle herméticamente cerradas, y evitar contacto con otras personas. La comunicación quedó prácticamente interrumpida y las escasas cartas que llegaban de una forma u otra llevaban cintas negras a un lado del sobre, señal indicadora de la muerte de alguien conocido. Obligada a quedarse en casa, Leonor practicaba en su arpa durante horas y horas, y las melodías del instrumento resonaban en la calle, donde los pocos transeúntes que pasaban se detenían a escuchar la dulce música, y a preguntarse si habría ángeles atrapados detrás de aquellas puertas talladas.

Elena sentía mayormente el cambio en la ciudad por las noches, cuando oraba en la azotea. Las puertas y ventanas cerradas asordinaban las conversaciones y las novenas. En cuanto oscurecía, se incrementaba el paso de patrullas por la ciudad. El sereno —especie de vigilante nocturno instituido hacía dieciocho años, cuando las revueltas de esclavos— seguía haciendo sus rondas. Su canto luctuoso de «Todo bien, gracias a Dios, salve la Reina» resonaba en las calles adoquinadas, junto al campanillear de las espuelas de los soldados que caminaban calle arriba y calle abajo, haciendo cumplir el toque de queda. Elena echaba de menos las caminatas de don Simón por la Calle Paloma para quedarse mirando a su ventana hasta que la joven apagaba la vela.

A fines de julio, no había vecino que no escuchara los gritos procedentes de la casa de los Urbina Castañeda, al otro lado de la calle. Leonor y Elena rezaban continuamente, pero a la cuarta tarde escucharon cómo se detenía un coche ante la puerta de aquella casa. Asomándose entre las persianas, Leonor, Elena y Miguel vieron a un sacerdote entrando en la casa, para luego salir rezando y bendiciendo a doña Patricia, quien llevaba cargado el cuerpecito de Ednita, su hija más pequeña.

—Que Dios los bendiga —dijeron Leonor y Elena mientras se persignaban, pero doña Patricia no respondió, y entró y salió otras tres veces llevando un cuerpecito mientras las invocaciones del sacerdote se elevaban en el calor de la tarde. El último cuerpo que sacó de la casa, aparentemente el más pesado, estaba envuelto en una sábana. Antes de que Leonor o Elena pudieran impedirlo, Miguel abrió la persiana y se apoyó en el alféizar.

—Doña Pati, ¿dónde está Luis José? —gritó.

La mujer puso los ojos en blanco y apretó los labios, como si hubiese decidido no volver a sonreír. —Todos mis hijos han muerto —dijo en tono sombrío—. Mi Querubín está con Papá Dios…

A Miguel no le importó que los jóvenes, al igual que los hombres, no lloran, especialmente ante una mujer. Elena apretó contra su pecho a Miguel, quien sollozaba amargamente.

—¿Podemos hacer algo? —preguntó doña Leonor.

—Recen por mi esposo que sigue enfermo —respondió doña Pati—. El sacerdote la ayudó a subir al coche—. Recen por sus almas, Leonor. Recen por mí.

—Todos los días, Patricia —dijo Leonor, persignándose—. Que Dios te bendiga. Que Dios los bendiga a todos —añadió, y se quedó rezando en la ventana hasta que el coche dobló la esquina.

—Ven, querido. Vamos a tu cuarto —dijo Elena, llevándose a Miguel.

—¿Vamos a morir todos? —preguntó Miguel, mientras su madrina le secaba el rostro.

Elena se arrodilló ante él. Miguel era un muchachito atemorizado: su madre estaba muy lejos, y su padre, muerto. Tras aquella pregunta estaba el miedo de que todos sus seres queridos —ella, doña Leonor, don Eugenio, Siña Ciriaca, Bombón y su esposo Mateo— murieran y lo dejaran solo. No podía imaginar su propia muerte, pero sí la de todos aquellos a quienes quería.

—Todos gozamos de buena salud y estamos haciendo lo posible para protegernos de la enfermedad —le aseguró Elena—. Sólo Dios sabe cuándo nos quiere con él en el cielo. Estos son tiempos tan tristes, mi amor, que tal vez Papá Dios necesitaba a Querubín a su lado para tener alguien que le hiciera reír.

En 1857 Miguel cumplió doce años, edad en que se enviaba a los jovencitos a continuar sus estudios en el extranjero. Su amistad con Andrés era más intensa que nunca, y especialmente después de la muerte de Querubín; eran más hermanos que amigos. El padre de Andrés había perdido a su esposa y a tres niños a consecuencia del cólera, y se negaba a enviar a su hijo a un sitio lejano. Y como Leonor también quería tener cerca a Miguel, los adultos optaron por matricular a los muchachos en la escuela parroquial local. Don Simón supervisaría y complementaría su trabajo académico, y los ayudaría a prepararse para los exámenes y los proyectos escolares. Miguel también estudiaría en una academia de artes fundada por un pintor exiliado recientemente.

Aparentemente los jóvenes estaban desilusionados al no poder ir a Europa, pero Miguel, al menos, se sintió aliviado. No era aventurero por naturaleza, y si no fuera por Andrés, que era más temerario, pasaría felizmente sus días en la casa grande de la Calle Paloma, leyendo y disfrutando del cariño y los halagos de la abuela, Elena, Siña Ciriaca y Bombón. Aunque disfrutaba con el dibujo, no le complacía el aspecto público del mismo, especialmente en una ciudad donde todas y cada una de sus acciones eran objeto de atención y comentario por parte de los vecinos. Miguel evitaba pintar paisajes, y se concentraba en naturalezas muertas y retratos, halagando a amigos y vecinos al pedirles que posaran para él. Y las reproducciones que colgaban de las paredes en sus casas respectivas eran una cronología de la evolución pictórica del joven artista, que siempre firmaba con sus iniciales en el extremo inferior derecho del lienzo con las siglas RMIALMC de su nombre oficial: Ramón Miguel Inocente Argoso Larragoity Mendoza Cubillas. Tres generaciones más tarde se donó una colección de arte puertorriqueño al Smithsonian Institution, en la que figuraban quince lienzos con las enigmáticas iniciales. Los cuadros fueron catalogados y guardados en un almacén cerca de Andover, Massachusetts, donde languidecieron junto a otros miles de obras de artistas fallecidos y olvidados.

La noche anterior a la fiesta para celebrar los quince años de Miguel, don Eugenio lo invitó a dar una caminata. Ambos solían pasear por la plaza después de la cena, en ocasiones con las damas de la casa, pero casi siempre solos. Antes de salir, el abuelo le quitó un cabello suelto del hombro, le abotonó la chaqueta, le estiró la corbata y le haló las mangas de la camisa hasta que quedaron equidistantes por debajo de los puños.

La esmerada atención de su abuelo con respeto a su apariencia alertó a Miguel de que no sería un paseo común y corriente. Meses atrás, Andrés le habló de su visita, acompañado por su padre, a una casa que conocían muy bien casi todos los hombres de San Juan, pero que las mujeres decentes de la ciudad aparentaban ignorar. Todo joven de la raza y posición social de Miguel, cuando estaba a punto de cumplir quince años, trasponía el amplio portón y subía las escaleras que conducían a habitaciones fragantes que daban a un hermoso jardín. Los salones de la planta baja eran espaciosos y tenían muebles cómodos aunque algo gastados por el uso y el rancio olor de humo de cigarro y licor derramado. En la segunda planta varias jóvenes escogidas por su belleza, encanto y discreción, y entrenadas en la profesión por Socorro y Tranquilina Alivio, ocupaban ocho dormitorios. Las chicas, españolas blancas o mulatas de piel clara procedentes de pueblos apartados y desgraciadas por hombres que luego las abandonaron, preferían trabajar en casa de las Alivio que como sirvientas, haciendo un trabajo de esclavos o libertos. Independientemente del apellido que llevaran originalmente, mientras residieran allí tenían que olvidarlo para usar el de las Alivio.

La casa de las Alivio estaba ubicada en una calle estrecha, a medio camino de la colina que conducía a los muelles. La luz de las lámparas de gas instaladas por el municipio sólo llegaba hasta la esquina, dejando en sombras los dos escalones por los que se ascendía hasta el portón. Eugenio golpeó con el pesado llamador y un ojo se asomó por la mirilla, observándolo a él y luego a Miguel, parado nerviosamente tras su abuelo. El pestillo se deslizó sobre un surco en el piso de cemento cuando el hombre más alto de San Juan abrió la puerta. Era muy negro, llevaba una túnica de colores, aros de oro en las orejas y varios brazaletes en muñecas y tobillos. Sus enormes pies estaban desnudos, con la excepción de los anillos que usaba en los dedos. Era nada menos que Apolo, el marido de Socorro, a quien Miguel había visto varias veces en la calle, vestido como un elegante petimetre, pero jamás con aquel vestuario tan colorido ni las prendas que adornaban los lóbulos de sus orejas y extremidades. Apolo los condujo por el corredor. Tras los espesos cortinajes que ocultaban el resto de la casa, se escuchaba música de guitarra y risas femeninas. Un olor a humo de cigarro, cera de velas y perfume inundaba el aire.

Apolo abrió una puerta para darles paso a Eugenio y a Miguel a la oficina privada de Socorro Alivio. Dos mecedoras de mimbre estaban colocadas una frente a otra ante una larga mesa, sobre la cual colgaba un cuadro en el que una Leda musculosa copulaba con un enorme cisne. Miguel hubiera querido observar el cuadro con más detenimiento, pero, dadas las circunstancias, le avergonzó mirar demasiado en aquella dirección.

Socorro era más baja que Tranquilina, pero algo en su redondez y su comportamiento confiado la distinguía como la mayor de las hermanas. Para los jóvenes era motivo de orgullo poder distinguir a una de la otra, y pronunciaban sus nombres con tono jactancioso. En aquella habitación llena de cortinas, Socorro adquiría una apariencia luminosa. Sin embargo, en la calle, tanto ella como su hermana se veían de un pálido enfermizo, como si nunca vieran el sol, en franco contraste con el color artificial de sus mejillas y labios.

La mujer saludó a Eugenio, dejándole marcas de arrebol en ambas mejillas.

—Bienvenido —le dijo a Miguel—. Estaba ansiosa por conocerte.

Miguel hizo una reverencia, como corresponde ante una dama.

Socorro sonrió y le tocó una mejilla. —Qué dulzura —le dijo a don Eugenio—. Lo ha educado muy bien —añadió, sirviéndoles sendas copas de vino. Miguel vació la suya en dos tragos—. No es extraño que un joven se sienta nervioso la primera vez que nos visita.

—No tienes nada que temer, hijo. Tranquilina sabe lo que tiene que hacer —aseguró don Eugenio con una sonrisa. Socorro lo imitó, riendo como si le hiciesen cosquillas, y volvió a servirle más vino a Miguel—. Venga hijo, fortalécete.

Un poco indeciso, Miguel siguió a Socorro a una habitación en la planta alta, dominada por una cama con dosel cubierta por un colorido edredón. En cuanto la mujer cerró la puerta tras de sí, se abrió otra, y Tranquilina apareció en el umbral, con el camisón y las pantaletas claramente visibles a través de los encajes de su túnica de volantes.

—Hola, mi amor. No tengas miedo que no muerdo… A menos que tú me lo pidas.

Además de presentarles a Miguel a las mujeres de la casa Alivio, don Eugenio garantizó que pudiera sentirse cómodo en sociedad, donde dejó impresiones duraderas entre las muchachas risueñas y sus vigilantes dueñas. Miguel maravilló a padres y hermanos con sus destrezas ecuestres durante los festivales de San Juan y San Pedro, y despertó la simpatía de las madres por su obvia devoción a doña Leonor, la primera mujer a la que siempre sacaba al salón en fiestas y bailes organizados por los gobernadores militares y otros funcionarios. Además, era un espadachín competente, aunque no tan agresivo como don Eugenio hubiera deseado, pues le parecía que su nieto ejecutaba más los movimientos de esgrima para complacerlo que para defenderse.

Siguiendo las huellas de su amado maestro, Miguel y Andrés se convirtieron en visitantes usuales de la botica de don Benito, en la que otros petimetres se reunían para estudiar y hablar de política. A finales de 1850 y en los primeros años de 1860, la férrea censura de todas las formas de expresión pública garantizaba que la divulgación de los ideales liberales fuera casi imposible. Los editores y jefes de redacción de los periódicos eran multados por infracciones tales como el uso de las palabras "tiranía", "despotismo" o "independencia". Los liberales recurrían a libros, revistas y periódicos de contrabando provenientes de Europa, Estados Unidos e Hispanoamérica. Las mismas casas y negocios en las que se llevaban a cabo lo que podía considerarse como conversaciones sediciosas servían también como bibliotecas de préstamo para tener acceso a aquella literatura prohibida.

Benito era un puertorriqueño criollo de cuarta generación. «Criollo hasta la médula», decía. Era orador y cantante, destrezas que demostraba en las reuniones de su botica, donde trataba de inculcarle orgullo de criollo a la nueva generación. La mayoría de las noches las conversaciones eran informales y seguían un rumbo vago, determinado por la cantidad de licor que distribuía en el curso de la velada. Otras veces insistía en que los jóvenes se concentraran en temas vitales para la comprensión de la historia y la situación de la isla como colonia de España. En tales ocasiones Benito preparaba un discurso que pronunciaba con voz resonante, gesticulando con pasión y bebiendo frecuentes sorbos del vaso de agua con ron que tenía al lado.

—Desde que Cristóbal Colón desembarcó en nuestras costas en 1493 —comenzaba diciendo Benito—, Puerto Rico ha sido para España poco más que un puesto fronterizo. Los militares tienen poder ilimitado para hacer cumplir leyes creadas por peninsulares, para beneficiarse ellos mismos y sus compatriotas.

Los jóvenes emitían murmullos de aprobación.

—Hasta el cargo más insignificante en el gobierno está ocupado por españoles. Ustedes saben lo que eso significa. Nosotros, los que nacimos en esta isla, no tenemos voz ni voto para decidir cómo van a gobernarnos.

Miguel asistía a aquellas veladas más por camaradería que por convicción política. Hubiera preferido estar en la inauguración de una exposición o en un teatro a estar con aquellos hombres cuyas demandas emocionales nunca habían ido más allá de las paredes de la botica o los cuartos llenos de humo de sus respectivas casas.

—Los altos impuestos que se les cobran a los hacendados y a los comerciantes van directamente al tesoro español, y casi nada se invierte en la satisfacción de las necesidades de nuestros vecinos. Tú nos lo has dicho en otras ocasiones, Félix Fonseca, con tu erudición habitual —Félix Fonseca asintió, y los que le rodeaban le dieron palmadas en la espalda—. Los que hayan viajado al interior saben que, con excepción de los caminos cercanos a la capital y a los pueblos más grandes, el transporte en la isla es un desastre. Las obras públicas, pagadas con los impuestos exorbitantes que nos cobra la Corona, sólo se emprenden si mejoran la vida de los españoles y los colonizadores extranjeros en San Juan y pueblos más grandes como Ponce y Mayagüez —prosiguió Benito.

Nuevamente los asistentes se miraron entre sí para expresar que estaban de acuerdo. El boticario se recostó, disfrutando el efecto que surtían sus palabras en las mentes jóvenes y dispuestas de aquellos criollos, la generación que él esperaba se hiciera cargo de crear el Puerto Rico para los puertorriqueños que había imaginado pero que no había podido hacer realidad.

Benito le cedió la palabra a don Simón, maestro de la mayoría de los jóvenes presentes, a quien se le miraba con respeto y afecto.

—Gracias, don Benito. Como de costumbre, usted nos recuerda los temas que debemos estar tratando en su mesa generosa —Benito asintió—. No podemos olvidar —continuó don Simón con voz pausada— el estado deplorable de la educación en nuestra isla. En San Juan y en los pueblos grandes tenemos la suerte de contar con escuelas privadas y parroquiales, pero en la isla la educación pública es prácticamente inexistente. Después de décadas sin que se haya hecho un censo, el que se realizó en 1860 nos da un panorama más tétrico del que hubiéramos podido imaginar, pues nos revela que el ochenta y cuatro por ciento de nuestros compatriotas son analfabetos. ¿Cómo podremos construir una nación si más de las dos terceras partes de su población ni siquiera puede firmar con su nombre?

Andrés levantó la mano. —Nuestro estimado maestro afirma que el ochenta y cuatro por ciento de nuestra población está esclavizada por su ignorancia. Pero el doce por ciento de sus residentes también está esclavizado física, emocional y legalmente. Para derrocar la tiranía de España debemos trabajar por su liberación, con tanta pasión como buscamos la libertad para nosotros mismos —dijo el joven.

Como a aquellos jóvenes se les prohibía expresar abiertamente sus aspiraciones para el futuro, ventilaban sus puntos de vista en privado, frustrados de que un segmento extenso y poderoso de la élite de la isla se les opusiera. La abolición era un punto central de los debates. La aristocracia de la isla —compuesta en gran parte por refugiados de las guerras en América del Norte, Hispanoamérica y La Española— llegó a Puerto Rico con sus fortunas y sus esclavos precisamente porque los vecinos no se habían rebelado contra el gobierno colonial.

Doce años antes, en Guares, Siña Damita había notado el descontento político, aunque a fines de la década de 1840 no existía un liderazgo organizado. Luego de la indefendible respuesta gubernamental a la epidemia del cólera —cierre de la capital y quema de barrios, abandonando a su suerte a miles de desamparados dispersos por la isla— surgieron hombres politizados, instruidos, valerosos y sinceros como líderes. El más prominente de todos era el Dr. Ramón Emeterio Betances, oftalmólogo, poeta y masón quien ya había desafiado al gobierno colonial, recibiendo amenazas de exilio por parte de las autoridades.

Betances les recordó a sus seguidores que las Cortes en Madrid recibían las solicitudes de reformas de los colonos puertorriqueños con indiferencia y desdén, y exhortó a los puertorriqueños a tomar en sus manos el futuro de su isla. Para horror de los liberales más conciliadores, Betances abogó por la rebelión armada que había logrado la independencia de todas las ex colonias de España, con Cuba y Puerto Rico como únicas y nada honrosas excepciones.

En el hemisferio americano, escribió Betances, la independencia y la reforma política se habían ganado con la lucha armada. El prócer se imaginaba a Puerto Rico no como el puesto fronterizo casi olvidado de un imperio moribundo, sino como una joya brillante adornando una Confederación Antillana compuesta por Cuba, La Española y Puerto Rico. Era una magnífica idea, y Miguel y Andrés querían formar parte de su creación.

Sin embargo, una revolución necesitaba mucho más que el ardor nacionalista y los sueños de gloria de la juventud. Una revolución necesitaba líderes, un mensaje coherente para atraer a las masas dispuestas a luchar hasta la muerte por un ideal y fondos para financiar las actividades rebeldes. Miguel era más seguidor que líder efectivo, y demasiado introvertido para convertirse en un orador capaz de incitar a otros a la batalla. Pero el generoso estipendio que le daba don Eugenio le posibilitaba dar su aporte a los costos de reclutamiento, armamento y entrenamiento de los rebeldes.

Miguel y Andrés fueron influidos por los conceptos revolucionarios que abrazara Betances y por las actividades de sus colaboradores, quienes dependían de una red de sociedades secretas. A diferencia de quienes acudían a la botica y lugares similares, las sociedades realmente secretas no se reunían en tertulias de poetas, boticarios y conocidos liberales, fáciles de infiltrar; sino en pequeños grupos en casas de sus miembros, en las estrechas calles de la capital y los pueblos distantes, en las trastiendas de burdeles como la casa de las Alivio, en las fincas que constelaban el paisaje cerca de ríos y bahías, o en las estancias donde se congregaban los hombres para montar y hacer carreras de caballos, a ver lidias de toros, disfrutar de una sangrienta pelea de gallos y beber, jugar y conspirar.

Los líderes expulsados de la isla se mantenían informados gracias a las visitas de amigos con libertad de viaje, y la correspondencia se entregaba en propia mano por miembros confiables que llevaban los documentos cosidos en sus ropas.

La pregunta predominante en los debates de los líderes era cómo motivar al puertorriqueño pobre y común del campo a rebelarse contra la opresión que era tan obvia para los criollos de clase alta al frente del movimiento nacionalista. Los patriotas en ciernes querían pasar del diálogo acerca de la reforma a la consecución de la misma, algo que sería imposible sin el apoyo popular.

Pero los folletos, boletines, carteles y otros materiales impresos eran inútiles en una población analfabeta. Además, estaban prohibidos el debate público, los discursos en plazas de pueblo, e incluso las canciones y poemas que las autoridades consideraban subversivas.

Mientras los miembros discutían acerca de cómo transmitirles su mensaje a los jíbaros, mientras se intercambiaban ideas, se hacían planes, y se asignaban tareas específicas, Miguel se mantenía al margen, tratando de encontrar sitio en la gloriosa misión. Le atraía intensamente el aspecto romántico de los conceptos de patria, igualdad, libertad, y creía haber encontrado algo digno por lo que valía la pena morir. ¿Qué mejores principios para que un hombre viva y muera por ellos que su nación, la igualdad y libertad para todos? El joven escuchaba la mejor retórica de sus vecinos, estudiaba la historia de la lucha armada y aportaba dinero mientras esperaba la oportunidad de demostrar que era digno de luchar por la causa.

Conjuntamente con Andrés se incorporó a una de las sociedades nacionalistas secretas que intercambiaban documentos, dinero e información en la casa de las Alivio, en conversaciones en voz baja en las plazas, en los cafetines que ofrecían café fuerte y noticias. Miguel donó parte de su estipendio a un fondo que compraba niños esclavos a sus dueños en la pila bautismal y luego se los devolvían como libertos a sus agradecidos padres. Miguel y Andrés no les revelaban a sus padres liberales ni una palabra acerca de su participación en la sociedad secreta, pues, si lo hacían, les prohibirían aquellas actividades por ser demasiado peligrosas. Como a los miembros se les aconsejaba que no cambiaran sus hábitos para no provocar sospechas, los jóvenes siguieron frecuentando la botica de Benito donde escuchaban a sus mayores, sin saber cuáles ya eran miembros de la sociedad, cuáles eran espías y cuáles concurrían allí sólo para beber aguardiente.

A la isla llegaban noticias de una guerra civil en Estados Unidos, tanto por boca de capitanes de barco como por los periódicos que entraban de contrabando. A principios de 1863 llegaron a Puerto Rico ejemplares de la Proclamación de Emancipación, pero para entonces los sanjuaneros sabían que había ocurrido algo trascendental en el norte debido al desembarco de grandes cantidades de tropas españolas, las cuales fueron enviadas directamente al campo para desalentar una posible rebelión de los cerca de 42,000 esclavos cuando se enteraran de la noticia. Las cartas provenientes de colegas de negocios y familiares en Cuba describían un control mucho más estricto sobre los más de 370,000 esclavos que trabajaban en la industria azucarera de aquella isla.

Una noche, al término de otro debate, Andrés parecía particularmente pensativo. Miguel lo invitó a borrar las preocupaciones con una visita a la casa de las Alivio, pero, a pesar de las distracciones con las sonrientes chicas, Andrés siguió ensimismado en el camino de regreso a casa.

—Dime, amigo, ¿qué te abruma tanto que no pudiste ni cantar con La Chillona? Pareces otra persona.

Andrés se detuvo bajo una de las lámparas de gas de la plaza. A diferencia de Miguel, que si bien llevaba una poética melena que le daba por los hombros siempre estaba bien afeitado, Andrés se había cortado su tupida cabellera, pero aparentemente no podía contrarrestar el crecimiento de su exuberante barba. Sus cejas abundantes y sus espesas pestañas también hacían resistencia a los esfuerzos por controlarlos, ocultando su mirada con tanta efectividad que muchos ni siquiera sabían que sus ojos eran color avellana.

—¿Cuánto tiempo hace que nos conocemos? —preguntó Andrés con seriedad, como si no pudiera recordarlo.

—Veamos… Tengo casi diecisiete y nos conocimos cuando tenía casi seis. Por lo menos once años.

—Y en todo ese tiempo siempre nos hemos dicho la verdad el uno al otro, ¿verdad?

—Por supuesto.

—He querido decirte esto antes, pero no lo había hecho por respeto a ti.

Andrés estaba tan deprimido que Miguel hurgó en su mente para averiguar si en algún momento lo había ofendido.

Andrés siguió. —No hablas de ello, aunque todo el mundo sabe que don Eugenio es dueño de una plantación y que se supone que tú eres su único heredero —Miguel asintió—. Pero nunca se ha hablado de la suerte que correrán tus esclavos, Miguel.

El joven pronunció la última oración con cierto tono de resentimiento, y sus palabras contenían una emoción que sorprendió a Miguel.

—¿Qué quieres decir con "mis esclavos"? No son míos —ripostó Miguel, pero se arrepintió inmediatamente al darse cuenta de que, hasta para él mismo, sus palabras parecían como si estuviera a la defensiva—. Lo que quiero decir es…

—No tienes que explicármelo a mí —dijo Andrés—. Pero es una cuestión que debes examinar con tu conciencia. Especialmente si sigues participando en nuestras actividades.

—No soy dueño de ningún esclavo. Mi abuelo es el dueño. Hay varios de los nuestros que tienen esclavos. ¿Por qué la tomas conmigo?

—Nadie está tomándola contigo. Te hablo por mí mismo. Nadie más tiene que ver con esto —dijo, colocando una mano tranquilizadora sobre el hombro de Miguel, y tomándolo luego por el brazo para caminar juntos—. Quiero que veas, mi hermano, cómo dedicamos horas y horas a hablar de los males de la esclavitud, redactando declaraciones y resoluciones que pondrán fin a esa práctica abominable. Y tienes razón, algunos de nuestros amigos tienen esclavos, pero hablan con tanta pasión como si sus trabajadores fueran libres. ¿No te das cuenta de su hipocresía? Me parece que si creemos realmente en lo que decimos, debemos dar ejemplo.

—Pero la compensación para los dueños de esclavos está en el centro de nuestros debates. No podemos esperar que personas cuya

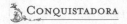

fortuna completa se cifra en tal inversión… —Miguel dejó de hablar de repente y se apretó el rostro con los dedos—. ¡Santa Madre de Dios! ¿Qué estoy diciendo? ¿De quién son estas palabras?

Andrés pasó un brazo encima del hombro de Miguel. —Entonces, entiendes lo que te he dicho. Todas nuestras conversaciones y debates prosiguen sin prestar atención al hecho de que se trata de seres humanos. Incluso nosotros los consideramos una propiedad más. Hermano, como humanistas somos un fracaso.

Miguel no tenía mucha idea de cómo funcionaba el negocio de su abuelo. Aunque decía a menudo que Miguel era su heredero, el anciano no hacía ningún esfuerzo para entrenarlo en otra cosa que no fueran las artes masculinas de la equitación, la esgrima, la bebida, los burdeles y el juego, mientras que su abuela y su madrina le inculcaban las gracias sociales de un señorito de buena familia. Incluso años después de irse a vivir con sus abuelos, Miguel ignoraba en gran medida qué hacía don Eugenio para mantenerlos firmemente anclados en el lado respetable de la sociedad colonial. Sus reuniones con el Sr. Worthy se llevaban a cabo en la oficina del abogado, o a puertas cerradas en el estudio. Miguel no había participado ni una sola vez en las conferencias dentro de la habitación de paredes color ámbar y olorosa a oporto añejo, cigarros y conversaciones de hombres. Sabía que los esclavos eran la fuerza de trabajo de Los Gemelos, pero a diferencia de otros abolicionistas que poseían dotaciones, los Argoso se inclinaban por el lado de la indemnización sobre la emancipación, una posición bastante común incluso para las familias más liberales.

Eugenio y Leonor criaron a Miguel con el concepto de que la esclavitud era un pecado, y le recordaban que, si bien Luis Morales Font les había vendido a Siña Ciriaca y a Bombón, ellos habían liberado a ambas mujeres en cuanto llegaron a San Juan. Con el paso del tiempo los Argoso ayudaron a Siña Ciriaca en la compra de sus otros tres hijos y sus respectivas esposas. Sin embargo, no hicieron extensiva su posición moral a la lejana plantación que les posibilitaba una vida cómoda en la ciudad.

Las palabras de Andrés afectaron a Miguel, pero no le dieron valor suficiente para desafiar al abuelo. El respeto hacia él, la gratitud por la vida que le había facilitado, y el amor por sus abuelos le impedían hacer cualquier cosa que les hiciera cuestionar su lcaltad o su afecto. Miguel se preguntaba si aquello era una señal de debilidad para evitar una discusión que seguramente iba a ser interpretada por sus abuelos como una crítica. El joven Miguel evadía las confrontaciones de cualquier clase, y hacía casi siempre lo que se le ordenaba, aunque eso significara quedarse despierto en la noche, haciéndose preguntas que podrían tener la respuesta correcta durante el día con un franco intercambio de opiniones y la voluntad de defender su punto de vista. Las noches que frecuentaba la botica de don Benito las pasaba casi siempre escuchando a medias cómo debatían los demás, mientras él dejaba vagar su imaginación.

Miguel recordaba una niñez llena de amor y de las exigencias materiales e intelectuales que se suponen en un señorito acaudalado, en quien se han depositado grandes esperanzas. Sin embargo, no estaba claramente definido en lo que iba a convertirse, y a menudo sentía como si estuviese flotando en un mar de expectativas sin destino manifiesto. Cuando pensaba en ello sentía agradecimiento por la niñez feliz y cómoda que le hicieron posible sus abuelos y Elena. La única nube oscura que ensombrecía su vida sin problemas era el borroso recuerdo de un sitio agreste y distante con una insistente voz femenina.

Ana escribía frecuentemente y le aseguraba a Miguel que, independientemente de las preocupaciones que poblaban sus días, sólo tenía un deseo ferviente: tenerlo a su lado. A medida que iba teniendo más edad, las cartas de Ana llegaban con mayor asiduidad. En los pliegos cortados a mano abundaban las descripciones barrocas del campo, ilustradas con dibujos inexpertos de personas, flores, frutas, edificios y animales. Cada vez que el cartero traía una de sus cartas, Miguel buscaba cualquier excusa para no leerla enseguida y la dejaba languidecer entre la correspondencia de menor importancia, hasta que, al cabo de varios días, Elena le preguntaba amablemente si tenía noticias de la Hacienda Los Gemelos, y entonces se acordaba de leerla. Las cartas de Ana lo hacían sentir como si le hubiera fallado de alguna manera que ni comprendía ni podía evitar. Además, le enervaba que en los últimos catorce años cada una de sus cartas, llenas de determinación y con letra inexorablemente cursiva, terminara con las mismas palabras: «Tu madre amorosa que espera por ti».

La sugerencia del Sr. Worthy

Leonor no era una persona dada a la melancolía. Se afligía con las tristezas inevitables de una larga vida, lamentaba la muerte prematura de sus dos hijos, el fallecimiento de padres, hermano, hermanas y amigos, pero siempre buscaba la manera de recuperar su ánimo natural, dedicada a su vida y a la de sus seres queridos. Sin embargo, una mañana, cuando se miró al espejo después de recogerse el pelo, le invadieron unas enormes ganas de llorar. Volvió a mirarse al espejo, como si pudiera encontrar allí la razón de aquella presión en el pecho y las lágrimas que afluían a sus ojos. —Me he hecho vieja —dijo en voz alta, sorprendida por el sonido de su voz y porque nunca antes había hecho tal observación.

Don Eugenio se asomó a la puerta de la alcoba de al lado, donde dormía cuando regresaba tarde después de una noche de parranda.

—¿Dijiste algo, querida?

—No. Hablaba conmigo misma.

Don Eugenio volvió a su habitación. Doña Leonor terminó de arreglarse y salió de allí, temerosa de mirarse al espejo.

Pasaban por un mes bastante agitado.

La ciudad celebraba el 355 aniversario de la llegada del conquistador Juan Ponce de León a Puerto Rico. El conquistador fue exhumado de su tumba en la Iglesia de San José para que un grupo de médicos eminentes de España, en presencia de representantes de la Reina, examinaran sus restos. Posteriormente, el cadáver fue colocado en un nuevo féretro de plomo dentro de una caja de cedro, y sepultado en la Catedral de San Juan Bautista. El acontecimiento se conmemoraría con una misa, conferencias, exposiciones y cenas.

Además de asistir a las actividades programadas, doña Leonor era la anfitriona de un almuerzo y varios cafés para las esposas de los dignatarios peninsulares.

Aunque pudo soportar dignamente dos semanas de actividad incesante, le resultaba muy arduo. Cada palabra que le dirigían era una intromisión en una tristeza innombrable. Le dolía la garganta y sólo podía aliviar la presión en el pecho encerrándose en su dormitorio para llorar durante varios minutos. Aunque todos se dieron cuenta de sus ojos enrojecidos y su retraimiento, sólo Elena se atrevió a decirle algo.

—¿No se siente bien? —le preguntó Elena al notar que su tía había contado cuatro veces las mismas servilletas para el almuerzo antes de determinar a la cantidad correcta.

—Un poco cansada.

—Estos días han sido muy agitados. ¿Por qué no se recuesta un rato? Bombón y yo terminaremos de arreglar la mesa.

—Sí. Es mejor.

Los ojos de Elena y Bombón no la perdieron de vista. Sabía que estaban preocupadas porque raramente dormía la siesta, y nunca antes del mediodía. Estaba corriendo las cortinas cuando apareció Siña Ciriaca, alertada indudablemente por Elena. La sirvienta la ayudó a desabrocharse el corsé, a quitarse los zapatos, y la cubrió con una sábana ligera. En cuanto quedó sola, le brotaron las lágrimas, y doña Leonor las dejó correr por sus sienes. Dormitó brevemente, pero se despertó al morderse la lengua en sueños.

Ignoraba la causa de su tristeza. Era de esperar que a los sesenta y siete tuviera la apariencia de una anciana. Estaba consciente de que sus rasgos habían cambiado hacía años, cuando sus ropas ya no le ajustaban como antes, sus cabellos cambiaron de color y comenzaron a escasear y a hacerse difíciles de arreglar. Se ajustó el vestuario según lo que su cuerpo aceptaba, y a lo que parecía apropiado para su edad. Pero en las últimas semanas comenzó a sentir el peso de los años como nunca antes.

—La culpa la tiene tanta actividad en torno a Ponce de León —dijo Eugenio—. La exhumación fue macabra.

Leonor se las arregló para asistir a las conferencias, a las misas y a las cenas con personalidades y los cafés con sus esposas, pero se sentía como si estuviera haciendo teatro, y todo lo que deseaba era refugiarse bajo las sábanas.

A la mañana siguiente de concluir las festividades y de la partida de los dignatarios, doña Leonor dijo que estaba demasiado cansada y prefería quedarse en cama. Se encerró en su dormitorio, con las cortinas corridas, y se negó a probar bocado, con la excepción de los cocimientos de hierbabuena y manzanilla que le llevaba Siña Ciriaca.

—¿Llamo al médico? —le preguntó Eugenio al segundo día de tal comportamiento.

—No, mi amor. Estoy agotada, eso es todo. Me recuperaré.

—Prométeme entonces que vas a comer algo. No podrás recuperar la fuerza si te niegas a hacerlo.

—Lo haré —dijo, y cerró los ojos.

Eugenio encontró a Elena en su habitación. —¿Qué hacemos con Leonor? Nunca antes la había visto así.

—Sólo ha pasado un día. Tal vez esté realmente cansada. Dejémosla descansar y estará bien en unos días.

—Me preocupa…

—Vamos a dejarla estar y a vigilar cualquier otra señal de enfermedad. Probablemente se levante y se recupere en uno o dos días.

A los tres días, llamaron al médico. Doña Leonor lo recibió y lo dejó tomarle el pulso y escuchar su corazón, pero cuando el galeno salió de la habitación, sólo pudo decirles a Eugenio, Elena, Miguel y Siña Ciriaca lo que ya sabían.

—El pulso es lento, pero no alarmante. Déjenla descansar todo lo que necesite, siempre y cuando beba líquidos.

Siña Ciriaca preparó caldos de paloma que alternaba con los cocimientos con miel. Eugenio, Elena y Miguel iban a verla, pero por sólo unos minutos, debido a que al principio Leonor parecía sentirse feliz de tenerlos junto a ella, pero en breve cerraba los ojos y se dormía.

Al cabo de diez días en cama, doña Leonor se levantó, se vistió y se incorporó al almuerzo como siempre, con la excepción de que casi no comió.

—Es maravilloso verte recuperada, querida —dijo don Eugenio, besándole la mano.

—Estaba cansada, eso era todo.

Doña Leonor había adelgazado. Las mejillas redondas habían enflaquecido, el rostro se le alargó y se le llenó de profundas arrugas, y la piel floja bajo su cuello se agitaba con cada movimiento. Eugenio, Elena y Miguel trataban de no mirar a doña Leonor mientras masticaba un pedazo de pan y sorbía su jerez lánguidamente. Contrariamente a la costumbre, apenas se conversó durante el almuerzo, porque todos temían decir algo que pudiera molestar o entristecer a doña Leonor. Pero ella no se daba cuenta. Mordisqueó el pan y le pidió a Miguel que le sirviera otro vaso de jerez, que al menos le devolvió algo de color a sus mejillas.

Cuando concluyó el almuerzo, Bombón anunció la llegada de don Simón, tan efusivo que parecía a punto de salir volando hacia el techo.

—Buen provecho —dijo en cuanto entró al comedor.

—Siña Ciriaca, traiga platos y cubiertos para otro comensal, por favor —ordenó Elena al ver que doña Leonor no tomaba la iniciativa.

Simón se ruborizó e hizo una reverencia. —Muy amable de su parte, señorita Elena, pero, gracias. Ya he almorzado —dijo, volviéndose a su alumno eminente—. Querido Miguel, traigo buenas noticias. El maestro Pedro Campos de Laura, el pintor viviente más ilustre de España, te ha aceptado como alumno en Madrid —don Simón apenas podía contener su alegría mientras Miguel, Leonor, Elena, e incluso Siña Ciriaca, que acababa de retirar la bandeja de la carne, tragaron en seco.

—Dios mío. Usted está lleno de sorpresas, don Simón —dijo doña Leonor.

—Para nada, querida. Don Simón y yo hemos trabajado en esto durante varias semanas —aclaró don Eugenio, sin atreverse a mirar a su esposa.

—Nnnno sabía nada de esto… —tartamudeó Miguel.

—Don Eugenio y yo decidimos no hablar del asunto, en caso de que el maestro Campos de Laura no aceptara —explicó don Simón con una sonrisa de satisfacción. Se sentía tan feliz que ignoró la rara postura demasiado erguida que había adoptado doña Leonor—. Él no suele enseñar, Miguel. Es un gran honor y un tributo a tu talento —aseguró don Simón.

—Lograr una pasantía con un artista de la reputación del maestro Campos de Laura no fue fácil —dijo don Eugenio con solemnidad—. Don Simón lo conoció en Madrid, y como se me debían algunos favorcillos, cuando nuestro gobernador Izquierdo fue llamado a la península, se reunió con el maestro para persuadirlo de que te considerara.

Miguel miró a don Eugenio, a don Simón, a Elena y a Leonor. —No sé qué decir. Es una gran sorpresa —dijo.

—Siempre queremos lo mejor para ti —le respondió don Eugenio.

—Sí, señor. Lo entiendo, pero aún así…

—Agradezco que te hayas tomado tanto empeño, querido —interrumpió Leonor, con un tono tan ácido que advirtieron todos los presentes, excepto don Simón.

—Pero hay más noticias, Miguel —prosiguió el maestro—. Tu buen amigo Andrés también estará en Madrid. Lo aceptaron en la Facultad de Derecho.

Doña Leonor sacó un abanico de entre los pliegues de su falda y lo agitó ante su rostro. —Hace calor aquí, ¿verdad? ¿Por qué no salimos al patio?

Don Eugenio y Miguel saltaron para ayudar a levantarse a doña Leonor, quien le volvió la espalda a su esposo y le sonrió a su nieto. Don Eugenio retrocedió.

Finalmente, Simón se dio cuenta de que algo no andaba muy bien. —¿Dije algo que la ofendió? —le preguntó en voz baja a Elena mientras la acompañaba hacia el patio.

—Por favor, no se preocupe. No ha estado bien en los últimos días y todos seguimos con mucha atención sus cambios de temperamento.

—Los dejo para que disfruten de la feliz noticia en familia. Te felicito —dijo don Simón, apretándole un hombro a Miguel.

Después que se marchó el maestro, Eugenio, Leonor, Elena y Miguel se sentaron alrededor de una mesa de hierro fundido, ensimismado cada cual en sus pensamientos, mientras Siña Ciriaca servía el café. En cuanto salió la sirvienta, doña Leonor se levantó sin siquiera levantar la taza. —Eugenio —dijo, extendiéndole una mano a su esposo—. ¿Podemos hablar en privado? —don Eugenio la condujo obedientemente escaleras arriba, mientras Elena y Miguel los seguían con la mirada hasta que cerraron la puerta de su dormitorio.

—¿Tenías conocimiento de esto? —le preguntó Elena a Miguel cuando volvieron a sentarse.

—Ni el abuelo ni don Simón me dijeron una palabra al respecto.

—Piensan que es un gran honor.

—Apenas lo merezco, Elena. Hay muchos mejores…

—No digas eso, querido. Tienes mucho talento.

Miguel estaba consciente de que, cuando más, era un artista mediocre. Pero no tuvo tiempo de refutar el elogio de su madrina porque escucharon voces alteradas provenientes de las habitaciones en la planta alta.

—¿Lo mandas al extranjero sin consultar conmigo? —le preguntó Leonor a su esposo en cuanto él cerró la puerta, sentándose luego en el diván junto a la ventana, sin dejar de abanicarse.

—¡Por supuesto que no! Quise decírtelo hace algunas semanas, pero primeramente tuvimos demasiadas actividades en honor a Ponce de León, y después no te sentías bien —la mirada escéptica de su esposa lo obligó a cambiar de táctica—. Además —añadió, sentándose al pie del diván para deslizar sus dedos bajo las enaguas de doña Leonor, y a acariciarle una pierna—, no era cosa segura. No quería entusiasmarlo y que luego el maestro Campos de Laura dijera que no.

—¿Por qué no puede continuar sus estudios aquí? —preguntó Leonor, apartando amable pero firmemente con su pierna la mano acariciante.

Eugenio vio que tenía el chaleco abierto. —Ha aprendido todo lo que tenía que aprender. Necesita una instrucción más avanzada —dijo, enfocándose en lo que de otra forma podría ser la tarea secundaria de abrocharse un botón.

—Dime la verdad, Eugenio. ¿Por qué lo mandas al extranjero?

Eugenio se atrevió a mirarla finalmente. —Leonor, no quería preocuparte.

—Estás ocultándome algo.

—Sí, querida. Lo siento, pero pensé que sería mejor ocuparme yo mismo del asunto. Bartolo Cardenales y yo le hemos hecho frente a la situación.

—¿Qué tiene que ver Bartolo en esto?

Eugenio respiró profundamente. —Miguel y Andrés están involucrados en actividades que podrían comprometerlos.

—No entiendo. ¿Comprometerlos con una muchacha?

—No, querida —respondió Eugenio, con una mueca por sonrisa—. Eso sería fácil de solucionar. Lamentablemente, nuestros chicos admiran a ese instigador de Betances y están involucrados en una de sus sociedades secretas.

—Pero esas supuestas reuniones secretas en la botica no son una razón convincente para expulsarlo a España —dijo Leonor con desconfianza, entrecerrando los ojos—. Todos saben que se trata de pura palabrería entre hombres.

Eugenio no había revelado sus planes de enviar a Miguel al extranjero porque deseaba evitar esa conversación. —No, mi amor, la cosa es mucho más seria —aseguró.

Sus finas cejas se entrejuntaron con el gesto familiar que adoptaba cuando no toleraba verdades a medias.

—El gobernador me invitó a pasear por los jardines de La Fortaleza semanas antes de la exhumación de Ponce de León —dijo, haciendo una pausa necesaria para poder pensar con claridad—. Aparentemente, nuestros chicos se han estado reuniendo con gente que organiza una rebelión armada.

—¿De blancos?

—No son tan tontos como para darles armas a los negros. Están reclutando campesinos, y el plan está aún en sus primeras etapas. Se han interceptado mensajes cifrados y se han identificado a los líderes, pero Andrés y Miguel fueron vistos con gente incluida en esas listas. Hasta ahora no se han comprometido de lleno, pero podrían involucrarse fácilmente en algo muy serio sin vuelta atrás.

—Entonces, ¿tu solución es que se marche?

—Es lo que recomienda el gobernador, Leonor.

—¿No se te ocurrió hablar de esto con Miguel antes de hacerlo desaparecer de la isla?

—No se le hace desaparecer. Se le está dando una rara oportunidad de hacer lo que le gusta. Al mismo tiempo, lo distanciamos de compañías que pudieran manchar su buen nombre. Tiene diecisiete años, Leonor, y nunca se ha aventurado más allá de las murallas de esta ciudad, excepto los fines de semana que ha pasado en las fincas de sus amigos y para las fiestas patronales en los pueblos cercanos. Nunca ha tenido que arreglárselas solo.

—Pero ¿qué hay de malo en eso? ¿Qué más podemos hacer con nuestra riqueza que hacerle la vida fácil?

—No me refiero a cosas materiales. Por supuesto que le hemos dado todos los privilegios. Lo que quiero decir es que Miguel se deja influir con facilidad. Le falta… el gusto por la aventura, supongo.

—Pero mira lo que le costó el gusto por la aventura a nuestros hijos.

Eugenio hizo una mueca. Luego sacó un pañuelo del bolsillo y se secó la frente. —No podemos protegerlo tanto como para que no pueda distinguir cuándo hace las cosas por su cuenta o cuándo lo impulsan los demás.

—¡Es un muchacho!

—Es un hombre, Leonor. Joven, pero hombre sin duda alguna. El problema es que está incompleto. Le falta la confianza de un hombre conocedor de su propio poder. Es demasiado pasivo. Jamás nos ha desafiado…

—O sea, ¿que lo alejas de nosotros porque es demasiado respetuoso?

—Lo envío al extranjero para que aprenda a defender sus convicciones, y a no dejarse persuadir por cualquiera, incluyéndome a mí mismo, y especialmente por un hombre carismático cuyas actividades pueden meterle en problemas. No podemos darle una idea de su propia capacidad si no lo lanzamos al mundo para que lo vapuleen un poco.

—Te provoca resentimiento que su vida haya sido fácil.

Eugenio perdió la paciencia. —Has refutado cada sugerencia que te he hecho con respecto a lo que creo que sería lo mejor para él —dijo. Leonor comenzó a protestar, pero Eugenio no le dio oportunidad de hacerlo—. No me opuse cuando Elena y tú os encargasteis de su educación —dijo, sin importarle haber levantado la voz. Estaba en lo cierto, e incluso la delicada salud de Leonor en esos momentos no le impidió que tratara de hacérselo saber—. Tampoco insistí cuando te negaste a enviarlo al entrenamiento militar. Ni lo he obligado a aprender la complejidad de los negocios. Ni he interferido en su crianza, excepto para enseñarle lo que conozco acerca de cómo ser un hombre y darle un ejemplo positivo.

—Baja la voz, por favor. Pueden oírte.

Eugenio volvió a secarse la frente, tras las orejas, alrededor de sus amplios mostachos. El pañuelo quedó empapado. —A veces lo miro, y me perturba su pasividad —aseguró, recorriendo de un lado a otro la habitación, con los brazos tras la espalda—. Leonor, hemos criado a un hombre que no sabe quién es, que no tiene objetivos ni ambiciones. Siento como si le hubiera fallado.

—¿Entonces quieres mandarlo adonde no te recuerden tu fracaso?

Eugenio dejó de caminar y miró el rostro macilento de su esposa. Llevaban casi cincuenta años de matrimonio, y ella seguía conservando su belleza a medida que iba envejeciendo, digna de su amor y su admiración. Discutían con frecuencia, incluso antes de casarse, a veces en voz alta, pero siempre le daba la razón. Ninguna opinión en el mundo tenía más importancia que la de ella. Sin embargo, jamás en la vida, en ninguna de sus discusiones, Leonor le había dicho algo tan cruel. —Entonces no me conoces si, por primera vez en nuestra vida, consideras que soy un fracaso.

—Perdóname —dijo Leonor, poniéndose de pie para lanzarse en brazos de Eugenio. Pero en vez de ir hacia su esposo, se precipitó contra el diván, como fulminada. —¡Oh! —dijo, y una mirada de pánico se reflejó en su rostro mientras se llevaba las manos al pecho. Cuando Eugenio llegó junto a ella, su cuerpo quedó rígido mientras caía al suelo.

—¡Miguel! ¡Elena! ¡Venid, de prisa! —gritó Eugenio, acuclillándose sobre Leonor, tratando de sentarla, y dándole palmadas en las mejillas para que recuperaran su color. Pero sabía que nada más podía hacer.

Eugenio había asistido a tantos funerales, que, con la excepción del de Ramón, no podía recordarlos en su totalidad. Había llevado féretros de soldados caídos en el campo de batalla, había concurrido a velorios de cortesanos víctimas del libertinaje y la glotonería, y cavado tumbas para enterrar a lugareños diezmados por la guerra, el hambre y el agotamiento. Le preocupaba su muerte con tal frecuencia que sus documentos estaban siempre actualizados, para que su familia no careciera de nada después de su inevitable fallecimiento. Pero nunca se imaginó que iba a enviudar. Nunca había contemplado la vida sin Leonor Mendoza Sánchez de Argoso al comienzo y al final de cada día.

Leonor era la amiga de su infancia, la señorita coqueta de su adolescencia, la esposa amorosa y valiente que lo siguió siempre adonde lo llevara el destino cuando iba en pos de la gloria en el campo de batalla. Había llegado a formar una parte tan indeleble de su persona que no podía ver la vida sin ella.

Durante el funeral no dejó de mirar su rostro, carente de expresión. La veía dormir con tanta frecuencia que esperaba que sus orificios nasales se ensancharan de un momento a otro, que sus labios se arrugaran como si besara el aire, que sus pestañas se agitaran. Quería que volviera a la vida. Quería que se sentara en el féretro recubierto de satén, para organizar cada aspecto de su vida como civil. Quería sentirla colocando con amor las cintas y las medallas en su uniforme. Quería sentir las palmas de sus manos presionando las solapas de su chaqueta hasta dejarlas bien lisas. Quería sentir sus dedos sacando suavemente una partícula de polvo de su hombro, que habría pasado inadvertida para los demás. Quería escucharla reír cuando le decía algo divertido, escucharla cantar cuando regaba las plantas del patio, o tocando el arpa. Quería que bailara otra vez, con sus faldas ondulando como una campana. Quería que se empolvara sus hombros redondos y se echara crema perfumada en los brazos. Quería tocar sus cabellos, suaves como tela de araña, tocar sus labios y sentirla besando su dedo índice. Quería arreglarle los encajes del gorro de dormir, y desabrochar las cintas de su camisón. Quería tocar las partes que ningún otro hombre había visto ni tocado jamás. La amaba desde que tenía cinco años y ella le llevaba unos meses, y no quería vivir sin ella.

Vagó sin rumbo por la casa, la primera casa verdadera que le había ofrecido, esperando verla arreglar una cortina o colocar flores en un jarrón. Trató de dormir en su cama, pero despertó buscándola en medio de la noche. Se sentó a la cabeza de la mesa, con Miguel y Elena a cada lado, como siempre, pero cuando miró al frente, vio un espacio vacío que le pareció más desolado que un cielo sin nubes.

Después del velorio, después del entierro, después de las misas y las novenas, después de leer las cartas de condolencia y escoger las palabras que se tallarían en la lápida, después de elegir las que serían talladas en la suya, y después de garantizar que el Sr. Worthy lo pusiera todo en orden, Eugenio se fue a la cama una noche, dos meses después de haber sepultado a Leonor, y repitió sus últimas palabras una y otra vez, en una letanía de tristeza y desesperación.

—Perdóname.

Tomó el rosario que Leonor le había dado hacía tantos años que había olvidado cuándo fue, y le rezó pidiéndole perdón, rogándole a Dios que lo perdonase por rezarle a su esposa como si fuera una diosa. No podía perdonarse el hecho de organizar a sus espaldas la salida de Miguel a España, a pesar de que era por su propio bien. Miguel necesitaba independencia y experiencia, la compañía de otros hombres, las incertidumbres de vivir por su cuenta y riesgo.

En las semanas de secreta conspiración con don Simón, don Eugenio había evitado que Leonor se enterara, esperando que el gran honor concedido a Miguel la convenciera de que era lo más adecuado para su chico. Pero ella había perdido dos hijos, y él debía haber sabido de antemano que si hasta la mismísima Reina hubiese llamado a Miguel a España, Leonor se habría opuesto a enviarlo lejos de su mirada vigilante, de sus temores y presentimientos.

—Perdóname —dijo una y otra vez, esperando que la voz de su esposa lo absolviera desde el más allá, pero sabiendo también que nunca volvería a escuchar su voz. Leonor nunca quiso establecerse en Puerto Rico, y había sufrido en carne propia lo que ninguna madre debería experimentar en los días de su vida. Su corazón, quebrado dos veces, no podría seguir latiendo si perdía a su único nieto. — Nunca debí haber permitido que nuestros hijos me convencieran para venir aquí cuando tanto te opusiste a ello —se dijo Eugenio.

Durante toda la noche la angustia le hizo dar vueltas y vueltas en la cama, pidiéndole a Dios que se lo llevara a él también. —No puedo vivir sin ella. No existo sin ella —rezaba.

Cuando el sol se elevó sobre las montañas distantes, don Eugenio se rindió finalmente, con el rosario entre los dedos. Su pecho se elevó y descendió suavemente, hasta que fue dejando poco a poco de respirar, y, con un suspiro agradecido, expiró.

Durante el velorio y el entierro de su abuela, y los de su abuelo, dos meses más tarde, Miguel se sintió abrumado por recuerdos cuya existencia desconocía. Volvió a evocar la muerte de su padre catorce años atrás, recordando claramente las manchas de color carmesí en la hamaca donde lo llevaron después del accidente. Y escuchó nuevamente los gritos de Ramón cuando lo colocaron en la carreta, y recordó la sorprendente agilidad con la que Nana Damita subió tras él, y el rostro de su madre marcado por una mueca de disgusto, pues desaprobaba tantos aspavientos por el accidente de su padre. Recordó también el polvo que levantaba el ir y venir de la gente, y el caballo grande y los perros de Severo. Y cómo el sol del mediodía redondeaba las sombras.

¡Tantos y tantos recuerdos! Nana Inés llevándoselo del batey hasta las piedras del río donde Nena lavaba la ropa, con Indio y Efraín detrás, y todos lloraban desconsoladamente, hasta la misma Nena, y nadie les decía que dejaran de llorar. Y cómo, cuando regresaron al batey, todo estaba en silencio. Y Nana Inés llevándolo a su bohío, donde cocinó mientras él, Indio y Efraín construyeron casitas con pedazos de madera del taller. Y también, a la mañana siguiente, cómo José hacía una caja larga, y cuando Miguel le preguntó para quién era, al carpintero se le aguaron los ojos, y Miguel supo que su padre había muerto, y empezó a llorar, y Nana Inés dejó el fogón y lo tomó en sus brazos, e Indio y Efraín se quedaron junto a ella. Y cómo José le acarició los cabellos, y todos lo besaron y lo abrazaron, pero, aunque se sintió mejor, no era igual que cuando su padre lo besaba y lo acariciaba.

«Tienes que ser un niño bueno», le dijo Nana Inés. «Tienes que ser valiente, mi hombrecito, porque ahora eres el hombre de la casa».

Aunque en aquella ocasión no supo qué quería decir Nana Inés con aquellas palabras, lo comprendió todo ante el féretro de su abuelo. Era el último Argoso de su clan. Aunque se sintió hombre la noche en que perdió la virginidad con Tranquilina Alivio, supo realmente que su vida como tal acababa de comenzar. Y todo lo que le vino a la mente fue con cuánta ternura Nana Inés lo abrazaba cuando era pequeño, y con cuánta dulzura lo besó en la frente y murmuró: «Todo saldrá bien, mi hombrecito. Todo saldrá bien».

✻

Elena y Siña Ciriaca siempre habían sabido lo que debían hacer por Miguel. Cuando murieron sus abuelos, las dos mujeres recorrieron sin rumbo las habitaciones de la casa, buscando cosas que nunca más se iban a usar, como el arpa de la abuela y el sable y el sombrero emplumado del abuelo. Miguel intuyó que Elena y Siña Ciriaca necesitaban algo de él, pero desconocía de qué se trataba. Le resultaba imposible presentarse y decirles lo que debían hacer, algo que, aparentemente, las decepcionaba, pero no tenía la menor idea de qué cosa podría hacer por ellas que no fuera lo usual. Estaba tan desorientado como ellas. Si salía a tomar un cafecito, a visitar a don Simón, o simplemente para pasear por la plaza a respirar aire puro, las dos mujeres se paraban en lo alto de las escaleras a verlo irse hasta que Miguel cerraba tras él la puerta de la calle. Con sus trajes enlutados y sus rostros sombríos, parecían dos urracas gemelas incapaces de levantar el vuelo.

Como estaba de luto, Miguel no podía dedicarse a las diversiones usuales que ocupaban sus horas. Renunció a las noches en la casa de las Alivio, a jugar barajas con los amigos y a acompañar a Andrés en la guitarra mientras cantaban canciones de amor bajo los balcones de las señoritas casaderas. Tampoco visitó más la botica de Benito para hablar hasta altas horas de la noche, y los pocos hombres que sabía formaban parte de la sociedad secreta habían desaparecido súbitamente de la ciudad. Días después del funeral del abuelo, Andrés se marchó a España, por lo que hasta su mejor amigo lo abandonó cuando más lo necesitaba.

Durante las primeras semanas de luto después de las novenas, el único visitante asiduo de la casa Argoso era el Sr. Worthy. Eugenio había dejado en su testamento una suma generosa para Elena, así como dinero e instrucciones para la compra de la libertad de los dos sobrinos de Siña Ciriaca y de sus esposas respectivas. Para conmoción de Miguel y Elena, Eugenio había ignorado a Ana en sus últimas voluntades. Miguel se convirtió en el único propietario de la Hacienda Los Gemelos, lo cual hizo que su madre pasara a ser, técnicamente, su empleada.

Casi desde la noche de su discusión con Andrés acerca del destino de los esclavos en Los Gemelos, Miguel había reflexionado acerca de ello pero no había hecho nada al respecto. Andrés ni siquiera volvió a mencionar el asunto. Su padre había vendido su hacienda con los trabajadores que vivían allí, lo cual no era exactamente liberarlos, sino liberarse de aquella carga. Miguel esperaba que el testamento de Eugenio les otorgara la libertad a los trabajadores de la Hacienda Los Gemelos, un último deseo bastante usual de los dueños de esclavos con conciencia de culpa. Pero no hubo mención alguna al respecto.

Miguel estuvo toda una noche sin dormir, ensayando mentalmente la primera decisión real que iba a tomar en la vida, mientras los truenos, los relámpagos y la lluvia azotaban la ciudad. Le resultaba doloroso pensarlo, pero no, su abuelo no había obrado debidamente, y Miguel trataba de enderezar tal desviación. Se tenía como un hombre noble, con principios y generoso. En la clara mañana del día siguiente, se encaminó a las oficinas del Sr. Worthy, ubicadas en el segundo piso de un nuevo edificio frente a los muelles y almacenes portuarios. El Sr. Worthy y sus dos socios ocupaban oficinas privadas con vistas a la bahía, mientras que los auxiliares y secretarios trabajaban en escritorios colocados unos frente a otros a lo largo de un corredor con ventanas que miraban a una calle lateral.

Luego de los saludos de rigor, Miguel se aclaró la garganta para que su voz sonara más profunda. —Le agradecería, Sr. Worthy, que comenzara las gestiones necesarias para liberar a los esclavos de la Hacienda Los Gemelos.

El Sr. Worthy asintió discretamente. —Ya veo —dijo, haciendo girar su silla hacia la vista de la bahía. Miguel siguió su mirada. La bahía estaba llena de barcos mercantes, con sus banderas rojo y gualda flotando en marcado contraste con el cielo azul. El Sr. Worthy se volvió hacia Miguel. —Siento, joven, que su solicitud, aunque loable, no se puede cumplimentar —dijo.

—¿Por qué no? —preguntó Miguel, con voz que hasta a él mismo le pareció similar a la de un niño a quien se le niega un capricho.

—Porque el testamento de don Eugenio estipula que las decisiones importantes que afecten las operaciones comerciales están bajo la jurisdicción del fideicomiso establecido hasta que usted cumpla veinticinco años. ¿No recuerda que se lo expliqué el día que leímos el testamento?

—Un día muy confuso —balbuceó Miguel—. ¿Puede recordarme las cláusulas?

—Con mucho gusto —respondió el Sr. Worthy, quien se puso de pie y caminó hasta un armario en la pared donde rebuscó hasta encontrar un grueso expediente café atado con una cinta roja—. Aquí está —dijo, desplegando ante Miguel varios pergaminos con sellos y firmas y cintas colgantes que les daban una apariencia ominosamente oficial—. Mis dos socios y yo administramos su fideicomiso hasta su mayoría de edad. Estos son los documentos que establecen las cláusulas. Estoy seguro de que reconoce la firma de don Eugenio aquí y allá; y en estos documentos, con la rúbrica de los testigos y debidamente notariada. Estos son los certificados de propiedad de los negocios que administramos en representación suya. Estos son para las acciones, y aquí los títulos de los muelles y almacenes que posee; estos son los contratos de arrendamiento de sus inquilinos, estos son los títulos de su casa en San Juan y de la Hacienda Los Gemelos. Puede examinar estos documentos cuando lo desee, para que pueda familiarizarse con sus posesiones. Éste es un inventario del mobiliario y las joyas que sus abuelos identificaron como patrimonio, que no puede venderse ni regalarse hasta que usted llegue a la mayoría de edad, en caso de que sea necesario. Obviamente, sus abuelos esperaban que no hiciera tal cosa, y que esos artículos permanecieran en la familia a perpetuidad. Éste es el recibo de la caja de seguridad donde están guardadas las alhajas de su abuela. La llave se le entregará en su vigésimo quinto cumpleaños.

Miguel se sintió aliviado cuando el Sr. Worthy concluyó su explicación acerca de lo que representaban todos aquellos papeles. Estaba seguro de que transcurriría algún tiempo antes de poder distinguir unos de otros. Pero el abogado no había terminado, pues comenzó a sacar otros pergaminos de debajo del expediente.

—Estos son los historiales de sus caballos, y, finalmente… —prosiguió, sacando varios papeles de un sobre, para luego distribuirlos sobre el escritorio— el estado de cuentas más reciente de Los Gemelos, indicando que, contrariamente a lo que se espera en estos tiempos difíciles, la plantación marcha bastante bien.

Miguel miró los documentos, incapaz de descifrarlos, pero sintiendo que debía decir algo al respecto. —Me parecen muy… completos.

El Sr. Worthy recogió los papeles, colocándolos en un organizado montón. —Liberar a los esclavos sería devastador en el aspecto financiero para su madre y para la hacienda. Tal vez le decepcione no poder ocuparse de sus propios asuntos comerciales, pero, como ve, don Eugenio pensaba que usted debería adquirir más experiencia antes de tomar decisiones que afecten su bienestar financiero futuro —sentenció.

Miguel miró el montón de papeles que representaban quién era en el mundo para los hombres como el Sr. Worthy. Estaba claro que, si sólo se consultaba uno de esos papeles, él era un hombre de importancia, e incluso de poder, aunque no se sentía ni importante ni imponente. Había entrado en aquella oficina con una idea fija: liberar a los esclavos. Entonces se dio cuenta de que don Eugenio no confiaba en él. ¿Quién sino aquel norteamericano sombrío, cuya palabra más simple estaba orientada en dirección de la adquisición, la expansión y la protección de la riqueza, podía controlar sus impulsos?

—Con su venia —dijo el Sr. Worthy, interrumpiendo su ensimismamiento—, quisiera pedirle algo, si así me lo permite.

—Sí, por supuesto.

—¿Recuerda que don Eugenio no incluyó a su madre en ninguna cláusula de su testamento?

—Soy consciente de ello.

—Por supuesto, no me corresponde cuestionar las razones ni los motivos del coronel —prosiguió el Sr. Worthy, a pesar de que era eso lo que estaba haciendo precisamente—. Pero, con la excepción de lo que recibiría en caso de que falleciese su esposo (y no tengo conocimiento de su salud financiera, pues, aparentemente, él se encarga de esos asuntos), doña Ana se ha quedado sin protección… en el aspecto financiero.

Miguel no respondió.

—Recibe un salario, por supuesto, y, como mayordomo, a don Severo se le paga bien —continuó el Sr. Worthy—. El coronel pudo haber pensado que con el dinero que le enviaba, y con su matrimonio con el señor Fuentes, doña Ana no necesitaba legado independiente. Pero ella hizo una inversión considerable en la hacienda cuando llegó a Puerto Rico que nunca se ha reconocido, e insisto, hablo estrictamente de las realidades financieras. Podría ser una omisión —concluyó el Sr. Worthy—, que tal vez considere remediar.

—Hace unos instantes, señor, me dijo que no podía tomar decisiones hasta que no cumpliera veinticinco años…

—Sólo tiene dieciocho, y ahora le podría parecer una preocupación ridícula prepararse para su posible fallecimiento. Sin embargo, es de sabios, ahora que ha entrado en posesión de propiedades, que haga su testamento. Posiblemente se case y tenga herederos, y cuando llegue ese momento hablaremos sobre tales cláusulas. Pero por ahora, no obstante, debería garantizar que, en el caso improbable de que usted antecediera en la muerte a doña Ana, ésta no necesitaría de la tutela de su esposo ni de los futuros sobrevivientes de usted. Aunque sólo la vi una vez, sé que es una mujer orgullosa y tenaz. Lo que ha logrado en Los Gemelos es impresionante, y merece la recompensa que le corresponde.

—Gracias, Sr. Worthy —dijo Miguel—. Tiene razón. ¿Qué debo hacer?

—Podemos hacer un borrador con la terminología necesaria, de acuerdo a su posición actual, para que usted lo revise. Una vez que se sienta satisfecho con la distribución, sólo tendrá que firmar y fechar el documento en presencia de testigos.

—Le agradecería que lo prepare entonces…

El Sr. Worthy garabateó una nota en un cuaderno que tenía ante sí.

Esta vez fue Miguel quien miró la bahía, y, más allá, la línea sinuosa de la Cordillera Central. —Hace años que no veo a mi madre —dijo—. Me gustaría proteger sus intereses, por supuesto, tanto como sea posible. Ella protegió los míos.

—Así es —respondió el Sr. Worthy —me parece lamentable que no tenga tiempo para visitar Los Gemelos antes de su viaje a Europa.

Miguel palideció. La conversación acerca de Madrid había concluido el mismo día que comenzó.

—Sé que su abuelo y don Simón se esforzaron enormemente para que usted lograra un puesto de aprendiz con el maestro Campos de Laura.

—Algo de eso se habló —contestó Miguel—. Pero la abuela murió, y él…

—Comprendo —dijo el Sr. Worthy, dejando transcurrir un instante en silencio antes de proseguir—. Días antes de su prematura muerte, don Eugenio me visitó para garantizar que estuvieran preparados los papeles para su viaje. Ya para entonces yo había arreglado su viaje y su alojamiento de acuerdo con sus instrucciones —añadió, sacando un sobre de una gaveta de su escritorio—. Aquí están los detalles. Partirá dentro de diez días.

—Sr. Worthy, yo…

—Don Eugenio fue muy insistente en que usted debía viajar a España y quedarse allá por un tiempo prolongado —aseguró—. Muy insistente.

—¿Eso le dijo a usted?

El Sr. Worthy caminó hasta la puerta, comprobó que nadie los escuchaba, volvió a cerrar la puerta y regresó hasta colocarse en el centro de la oficina. —Creo que si a las personas se les da la información que necesitan, pueden tomar las mejores decisiones—dijo—. De acuerdo con nuestras conversaciones y por propia observación, me parece que sus abuelos, que en paz descansen, lo protegieron demasiado…

—Tuve una infancia muy feliz, pero soy el primero en admitir que se me ocultaron muchas cosas.

—Y usted también les ocultó secretos, ¿no es así?

Miguel se quedó sorprendido. — ¿Qué quiere decir con eso?

—Don Eugenio estaba muy preocupado por su… afinidad con ciertas personas.

¿Estaba enterado el Sr. Worthy de la existencia de la sociedad secreta? Miguel no articuló palabra alguna.

—Su abuelo consideró, de buen juicio, que lo mejor para usted y para Andrés Cardenales era salir de la isla por un tiempo. Por supuesto, esto no fue posible debido al lamentable fallecimiento de su abuela y su abuelo. Sin embargo, como fideicomisario suyo, es mi deber aconsejarle firmemente que cumpla con el deseo de don Eugenio.

—¿Estoy en peligro, señor? —balbuceó Miguel, sintiendo cómo el corazón le latía tan fuerte que estaba seguro de que el Sr. Worthy podía verlo palpitar por encima de su camisa, del chaleco y la chaqueta.

—Usted está comprometido con actividades que podrían ponerle en aprietos. El gobernador apreciaba el trabajo de don Eugenio con las milicias y sus notables servicios a la nación. Cuando se mencionó su nombre entre los demás participantes en asuntos ilegales, su abuelo le aseguró que, de estar implicado, se debería a su juventud y a su naturaleza impresionable. Y le prometió que si usted salía de la isla por un tiempo, se pasarían por alto las preocupaciones concernientes a su asociación con hombres que las autoridades consideran peligrosos.

—Mi abuelo nunca me dijo nada —aseguró Miguel.

—Son asuntos delicados, joven. Estoy seguro de que no quiso preocuparlo a usted ni a su abuela, que en paz descanse.

Miguel recordó las voces alteradas provenientes del dormitorio la tarde en que don Simón vino con la noticia acerca del maestro Campos de Laura, y le invadió súbitamente un sentimiento de culpa.

El Sr. Worthy quedó en silencio unos instantes, y luego continuó. —Parece que el Dr. Betances, varios de sus cómplices y otras personas van a seguir nuevamente el camino del exilio. Sería mejor que usted se fuera voluntariamente y no desterrado. Déjeme hablarle claro: si las autoridades actúan en su contra, el gobierno puede incautarle su propiedad y sus activos, todos sin excepción, e incluso impedir que vuelva a vivir en la isla con la misma libertad que ahora disfruta.

La cabeza de Miguel comenzó a vibrar de miedo, enojo y culpabilidad. —O sea, que los esclavos o yo podemos ser libres, pero no ambos.

El Sr. Worthy se sentó en su silla giratoria, colocó las manos sobre el escritorio, como si rezara, y miró a Miguel. —Aunque mi trabajo me impide revelar en público mis puntos de vista privados, eso no quiere decir que comparto la opinión predominante de cómo debe ser gobernada la isla.

Miguel no supo qué decir. El Sr. Worthy era estadounidense, y criticar al gobierno español podría traerle la deportación. No comprendió por qué el Sr. Worthy se expresaba así ante él. Supuestamente, los miembros de la sociedad secreta no debían ni admitir su participación en la misma ni preguntarle a nadie si pertenecía al grupo. Pero de repente se preguntó si el Sr. Worthy no sería uno de ellos.

El joven volvió a mirar por la ventana, con la sensación de que los hombres que hablaban de cosas importantes debían concederse pausas de peso. Sus ojos se concentraron en lo que tenía ante él, pero estaba más atento al sonar de las pezuñas sobre los guijarros, el chirriar de las ruedas de los carruajes, el ondear de banderas y velas en la brisa y los gruñidos de los estibadores que se desplazaban por los muelles con pesadas cargas al hombro.

—Vine aquí con el propósito de liberar a los esclavos de la Hacienda Los Gemelos —dijo quedamente Miguel—, pero usted me ha hecho pensar más de lo que esperaba.

El Sr. Worthy también miró por la ventana en dirección a la concurrida bahía. Volvió a hablar al cabo de un rato. —Aunque no tengo la libertad de transgredir la voluntad de su abuelo, sí puedo ayudarle a buscar maneras de satisfacer sus propósitos humanitarios —continuó—. Por ejemplo, puede especificar que liberen a los esclavos en caso de que usted muera. Es una práctica común entre los dueños de esclavos.

Miguel se estremeció: detestaba el sonido de aquellas palabras que lo tenían a él como protagonista. —Entiendo. Le ruego que incluya esa cláusula en el borrador que está redactando.

—Por supuesto —respondió el Sr. Worthy, y volvió a hacer anotaciones en el cuaderno que tenía delante—. Y en cuanto cumpla veinticinco años de edad podrá disponer de sus propiedades como le plazca. El fideicomiso no puede interferir, aunque espero que usted me permita asesorarlo.

—Claro que sí. Muchas gracias, Sr. Worthy —Miguel se puso de pie y extendió su mano—. Le agradezco su ayuda.

—Si puedo serle de más utilidad en el arreglo de su viaje…

—Se lo haré saber.

Miguel se abrió paso por el corredor acompañado, mientras se dirigía a la calle adoquinada, por el sonido que producen las plumas al rozar pergaminos, por el movimiento rápido de papeles, por secretarios y auxiliares con ropas de colores opacos, por voces en sordina, por el olor a tinta, por partículas de polvo que flotaban sin rumbo en un triángulo de sol que sobresalía en la pared de cemento, por la inmovilidad y el calor del equinoccio que se aproximaba.

Los portazos que daban los comerciantes al cerrar sus negocios para el almuerzo y la siesta atentaban contra la sensación de que estaba soñando. Los peatones se apresuraban al interior de las casas, la calle se fue quedando vacía, y Miguel vio ante sí la cruda realidad de que estaba a punto de salir de Puerto Rico por primera vez en su vida. No había tiempo de visitar la Hacienda Los Gemelos, una idea que no se le había ocurrido hasta que el Sr. Worthy le dijera que debía hacerlo. Le invadió una rara sensación de alivio, como si tener una excusa para no visitar a su madre le pesara. «Iré en cuanto regrese de Europa», pensó.

Sabía que el Miguel que entró en la oficina del Sr. Worthy se había quedado allí. Aquel Miguel se había disuelto entre manifiestos de carga, documentos notariados, arrendamientos, contratos y expedientes color café atados con cintas. Aunque había tenido el instinto correcto, le había faltado la fuerza para defender sus principios. Betances había estado exiliado, había regresado a Puerto Rico, y aparentemente iba a ser desterrado de nuevo. ¿Cuánto había perdido el patriota en su lucha por liberar a hombres y mujeres que ni siquiera conocía? Miguel era un hombre diferente. En cuando su vida fácil corrió peligro, se desplomó su integridad. De repente, le vino a la memoria otro recuerdo olvidado por mucho tiempo: su madre bajo un árbol, inmóvil como un poste, mientras todo y todos en el batey giraban y circulaban en torno a ella. No podía ser un recuerdo real. No podía haber ocurrido de esa manera, pero era todo lo que recordaba: su inmovilidad y sus ojos negros, mirándolo fijamente.

Tal vez sería más conveniente, para su propio sentido de identidad, no enfrentarse a la mirada perspicaz y penetrante de su madre en la Hacienda Los Gemelos.

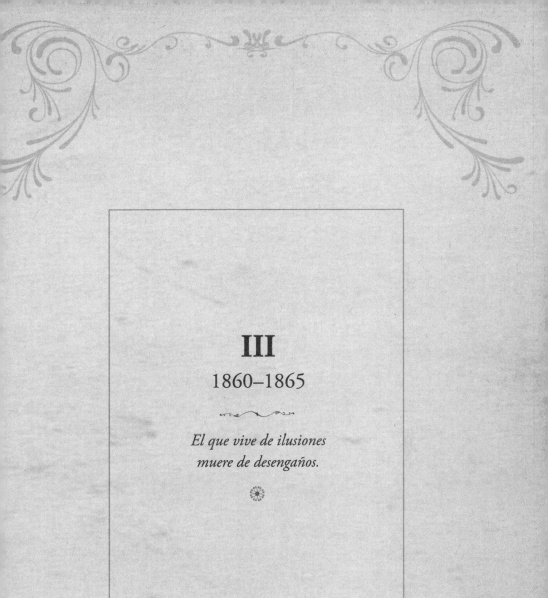

III
1860–1865

*El que vive de ilusiones
muere de desengaños.*

VISIONES E ILUSIONES

Durante la zafra, Severo Fuentes no tenía tiempo para hacer vida social. Aunque tenía contacto diario con los hombres, en muy raras ocasiones departía con ellos como personas de su rango. Su poder sobre la vida de ellos le impedía hacer amistad con los jornaleros y los pequeños agricultores. Se sentía cómodo entre los militares y capitanes de barcos, pero como hacendado pertenecía a una clase establecida en un sitio fijo, no a la sociedad jerárquica trashumante de soldados y marinos. Los comerciantes y profesionales del pueblo no estaban dispuestos a tener una mayor intimidad con él que la exigida por la urbanidad, porque muchos estaban endeudados con él.

En ocasiones, Severo confraternizaba con Luis Morales Font, el único colono que parecía sentirse feliz al verlo. Severo regresaba de aquellas visitas con una repugnancia particular por el anciano. Don Luis estaba obsesionado con su juventud vigorosa, y Severo soportaba horas y horas en las que el anciano hacía un jubiloso recuento de sus banquetes fálicos con las esclavas. Manolo, su único hijo sobreviviente, no estaba interesado en la agricultura. En 1860 se casó con una española que se negó a vivir en el campo, y estaban construyendo una casa en lo que se convertía poco a poco en la zona elegante de Guares. De vez en cuando Severo Fuentes veía a Manolo y a Angustias, su arrogante esposa, paseando por la plaza de Guares, y se preguntaba si el pomposo joven habría escuchado alguna vez a su padre rememorando sus andanzas sexuales.

Don Luis había dejado de ser la amenaza para la Hacienda Los Gemelos que tanto preocupara a Ana en sus primeros años. En aquel tiempo era más joven y estaba sobrio la mayor parte del tiempo, prodigando sonrisas y un encanto adulador. Después de la muerte de Faustina y de su hijo mayor en los últimos días de la epidemia de cólera, Luis se dio a la bebida, convirtiéndose con los años en un borracho violento que maltrataba a los esclavos que le quedaban, y mucho más al faltarle la esposa, quien mitigaba su ira. Severo sólo lo visitaba para que San Bernabé no se disolviera en la ruina como su dueño. Luis estaba enormemente endeudado con él, y Severo esperaba que de un momento a otro la hacienda y sus esclavos cayeran en sus manos. Una certeza que se hizo más patente cuando, en diciembre de 1860, don Luis sufrió una apoplejía que lo paralizó de la cintura hacia abajo. El anciano recuperó sus facultades, pero, a pesar de la insistencia de Manolo, se negó a salir de San Bernabé, y contrató a un mayoral, y a su hermana para que lo cuidara. Pero ambos resultaron tan abusivos y vulgares como su empleador.

Después de visitar a don Luis, pero antes de disfrutar sus noches de domingo con Consuelo, Severo cabalgaba a La Palanca, una aldea con veinte chozas y bohíos cuya construcción había permitido en sus tierras menos productivas, ubicadas entre la Hacienda Los Gemelos y Guares. Durante la zafra, los residentes trabajaban en los campos, y en el tiempo muerto se dedicaban a cultivos menores, parte de los cuales le entregaban a Severo. El arreglo funcionaba y el hacendado había creado una comunidad más o menos permanente de jornaleros endeudados que vivían en terrenos que de otra forma hubieran sido baldíos. El dinero que ganaban en la zafra lo gastaban en un colmado que Severo abastecía, operado por una campesina y el hijo ilegítimo de dieciocho años que había tenido con ella.

La voz interna le había prometido a Severo que cabalgaría los campos de la Hacienda Los Gemelos con su hijo, pero desde la epidemia del cólera Ana había perdido interés en el contacto sexual, y él tampoco la obligaba. Aparentemente, y al igual que Consuelo, Ana había quedado estéril. Él amaba a las dos mujeres: a Ana porque era ambiciosa y de abolengo, y a Consuelo porque no era ni lo uno ni lo otro. Y no abandonaría a ninguna por el simple hecho de ser incapaces de darle un hijo vivo. En lugar de eso, al cabo de diez años de matrimonio con Ana sin tener descendencia, comenzó a seleccionar a algunos de sus hijos ilegítimos para que desempeñaran los mejores trabajos en la hacienda. Como la voz interna no le había especificado con cuál de los treinta (según su cuenta más reciente del resultado de los enlaces ilícitos con las campesinas) cabalgaría, los supervisaba a todos, y les daba esperanzas mientras entrenaba jornaleros aptos a los que podría recurrir. Los muchachos vivían con la expectativa de que si hacían un buen trabajo, Severo les daría más oportunidades, y algunos se atrevieron hasta a imaginar que serían sus herederos, y ya se imaginaban montados en su magnífico semental andaluz, contemplando el valle desde El Destino. Severo había sido un joven ambicioso, y los dejó soñar y competir entre sí para lograr su estima. Pero hasta que no estuviera seguro de cuál podría ser su sucesor, no le permitiría a ninguno que lo llamara padre.

Conciencia, al igual que Severo, tenía visiones de futuro. A medida que tenía más edad esas visiones se incrementaron, aunque no volvió a reportar nada tan dramático o perturbador como la epidemia de cólera. Pronosticó la llegada a Guares de dos médicos nuevos, quienes se aparecieron un mes después para conocer a Ana. Un año después de aquella predicción, Conciencia vio a varios hombres salir del trapiche en medio de una nube de vapor. Cuando Severo y el ingeniero inspeccionaron la maquinaria, detectaron que una de las llaves no se había adaptado correctamente, y podría haber provocado lesiones a los trabajadores y afectar el motor en plena operación.

Conciencia le contó a Ana que sus visiones eran como destellos o sombras en el humo, y que no entendía todo lo que veía.

—Si usted también pudiera verlas, señora —le dijo una noche, mientras secaba a Ana, para luego empolvar sus axilas, espalda y la parte interior de los muslos antes de ponerle un camisón limpio.

—¿Te dan miedo? —le preguntó Ana, sentada en un banco mientras Conciencia le hacía la trenza.

La muchacha se detuvo un momento, y Ana vio cómo sus ojos se enfocaban en un punto al otro lado de la habitación, mientras sostenía el cepillo en el aire. Inmóvil, con aquella mirada distante, Conciencia asintió como si conversara con un fantasma. Ana se estremeció.

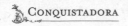

—¿Tiene frío, señora? —dijo Conciencia, regresando del sitio adonde escapara su mente.

—Parecías estar en otra parte.

—Disculpe, señora, pero usted me preguntó si me daban miedo —respondió Conciencia, cayendo de rodillas y cubriéndose el rostro—. A veces el fuego me enseña cosas que no quiero ver.

—¿Qué cosas?

—Si alguien aparece muerto en el humo, va a morir a pesar de cuantas hierbas le dé —aseguró, con los ojos llenos de lágrimas—. Hago todo lo que puedo para salvarlos, por si acaso el fuego se equivoca, pero si están muertos en el humo, se van a morir, a pesar de lo que yo haga.

—Pobre niña —dijo Ana, abrazándola.

—Quisiera que el fuego no me enseñara nada.

—Quizás en vez de perder el tiempo tratando de salvar a los que supuestamente van a dejar este mundo, también podrías ayudarlos a tener una buena muerte.

—Sí, señora.

—Puedes ayudarlos a que se vayan tranquilos —dijo Ana, abrazando a Conciencia unos minutos, para soltarla luego. La muchacha siguió cepillándole el cabello, como si nunca hubiera tenido lugar tal conversación.

Ana se quedó pensando unos instantes. —Conciencia, ¿recuerdas cuando Meri se quemó? ¿Estaba destinada a morir?

—El fuego no me dice todos los que van a morir —respondió Conciencia mientras cepillaba el lado derecho de la cabeza de Ana.

—¿Has visto cómo voy a morir yo?

—¡Ay, señora, no quiero ni pensar en eso!

—Pero ¿lo has visto? ¿Va a ser pronto?

—No, señora mía, no. ¡Usted va a ser una mujer muy vieja!

Conciencia tenía once años, y, para ella, "vieja" podría ser de cuarenta años, la edad de Ana. —¿Cómo de vieja, Conciencia?

—No sé contar tantos años —dijo. A pesar de la dedicación de Ana para que aprendiera a leer, a escribir y a contar, Conciencia era tan analfabeta como el día en que nació. Nuevamente se quedó pensando antes de responder—. El fuego dice muchas cosas que no entiendo. Casi siempre sé lo que me dijo después que pasan las cosas.

—¿De qué sirve tener visión de futuro si no puedes hacer nada al respecto?

—A lo mejor podemos prepararnos y no cambiar lo que puede pasar.

—¿Me estás ocultando algo?

—Vi un fuego grande, señora, en San Bernabé.

—¿Cuándo, Conciencia? ¿Cuándo se va a quemar?

—No le sé decir, señora.

Ana detestaba aquella frase indignante. —¿La semana que viene, el mes que viene?

—No sé, pero…

— ¿Qué más?

—Volví a verlo otra vez, señora. A El Caminante. Quemándose en los campos.

Las visiones de Ana no procedían de voces internas ni se presentaban como torbellinos de humo. Eran planes en sus diarios, listas en los libros contables, propósitos prácticos para comparar con objetivos previos, pesados y medidos. Estaba una mañana en su oficina cuando se miró los dedos, manchados de tinta hasta los nudillos de hacer tantas anotaciones. «¿Cuándo mi vida se convirtió en una línea infinita de cifras y números?», pensó, mirando los montones de papeles en el estante, los catálogos de maquinarias y piezas de repuesto, los folletos de proveedores de mercancías en general e implementos agrícolas. ¿Adónde habría ido la muchacha que leía ávidamente los diarios de don Hernán, imaginándose la tierra romántica de sus escritos y dibujos? Recordó que, en aquel entonces, Puerto Rico era sinónimo de libertad. Sin embargo, aquello le pareció el sueño remoto de una joven ingenua.

Tenía que escapar de aquel escritorio. Estar al aire libre siempre calmaba y mitigaba la ansiedad que abrumaba su conciencia.

Paula, que cortaba hierbas cerca de la cocina, miró hacia Ana cuando la escuchó hablar consigo misma.

—¿Señora?

—Nada, Paula.

Ana se introdujo por el sendero bordeado de flores, en dirección a la capilla al aire libre recién terminada, en cuyo nicho encalado habían puesto su antiguo crucifijo. Era un lugar tranquilo, sombreado por matas de mango y aguacate. Con la pequeña navaja que le regalara Beba dos décadas atrás en la hacienda del abuelo, Ana cortó unas ramas díscolas que sobresalían del seto de amapola. En cuestión de minutos se le desvaneció el mal humor.

Los perros de Severo anunciaron su llegada desde el valle.

—Traigo una carta para usted —le dijo Severo en cuanto la vio.

En cuanto terminó la zafra de 1858, Ana le escribió una carta a don Eugenio pidiéndole que le enviara a Miguel a visitarla a Los Gemelos. Pero no recibió respuesta. Ana volvió a escribirle, sin éxito. Después de la tercera, casi un año después, recibió respuesta de doña Leonor. «Miguel no irá a la Hacienda Los Gemelos. Éste es su hogar. Si quieres verlo, te invitamos cordialmente a que vengas a visitarlo aquí».

—¡Vieja arpía!

—¿Malas noticias?

—Se niega a enviarme a Miguel. Debería pasmarlos a todos apareciéndome ante su puerta.

—Eso se puede arreglar —respondió Severo con una sonrisa de desconcierto.

Ana no sonrió, pero regresó a la casa, elaborando mentalmente una respuesta para doña Leonor. Pensaba que la capital podría estar tan lejos como Sevilla o el Convento de las Buenas Madres en Huelva, y un regreso a cualquiera de esos lugares evocaría recuerdos de una vida que posiblemente habría vivido otra persona. Después de desechar varios intentos, decidió no responder la carta de doña Leonor. Le escribió a Miguel, y en los próximos meses volvió a hacerlo con mayor frecuencia, esperando que éste le pidiera visitar la hacienda. Pero jamás lo hizo.

Aunque el muchacho no mostraba interés, Ana se recordó a sí misma que su trabajo en la Hacienda Los Gemelos era por él. Miguel estaba lejos, bajo el control de gente que la odiaba, pero a fin de cuentas su hijo heredaría las posesiones de su abuelo, entre ellas la hacienda y el ingenio Diana. Se imaginaba que, por ser la esposa de Severo, también iba a heredar su fortuna si éste moría antes que ella. Sin heredero legítimo, la riqueza de Severo también se transferiría a Miguel por su intercesión. Su animosidad hacia los Argoso no alcanzaba a Miguel, joven aún y bajo la influencia de sus abuelos. Pero algún día regresaría a casa para reclamar su legado, el mundo que ella había creado para él.

Durante la zafra escasa de mano de obra que siguió a la epidemia del cólera, Severo se convirtió en un hombre diferente ante los ojos de Ana. Como lo había visto en sus peores facetas, como un hombre cruel, violento y sin sentimientos, le resultaba difícil imaginárselo de otra forma. Seguía hablando con él, comían juntos e incluso dejaba que le hiciera el amor, aunque cuando Severo notaba su rechazo, dejaba transcurrir varias semanas sin obligarla. En realidad pasaba más noches fuera que lo normal. Ana no le reprochaba por ello, no discutía ni lo desafiaba, porque nada de lo que dijera o hiciera cambiaría nada en él ni en la situación de ambos. No tenía a nadie más a quien recurrir, como se había dado cuenta hacía varios años. Tuvo que aprender a estar con él cada día sin dejar que aflorara su creciente antipatía.

Ya fuera que no notara o no le importara su frialdad, cada mes las campesinas daban a luz más niños, que Ana sabía eran fruto de uniones ilícitas con su esposo. Para entonces se dio cuenta de que Severo no se acostaba con negras. Los mulatitos que siempre creyó eran hijos de Severo, posiblemente —no, probablemente— habían sido engendrados por Ramón o por Inocente. ¿Con qué brevedad después de su llegada a la Hacienda Los Gemelos comenzaron a engañarla? Ana pensaba que Pepita, la mayor, casada con Efraín, era el primer producto de sus traiciones. A pesar de que habían transcurrido dieciséis años, Ana seguía guardándoles rencor a los gemelos. Al mismo tiempo, fingió ignorar las infidelidades de Severo durante casi una década.

Una mañana se despertó sola en su cama matrimonial. Trataba de no imaginarse a Severo con otras mujeres, incluso cuando éstas llegaban a la enfermería, casi en tono de disculpa, para dar a luz a otro de sus bastardos. Se enojó consigo misma por haberle permitido que le pasara por delante a sus amantes y a sus hijos ilegítimos, como para demostrarle algo. Pero ¿qué? Mientras se vestía, estuvo consciente de una sola cosa: estaba harta de todo aquello.

Cabalgó hacia el valle con la neblina matutina arremolinándose bajo El Destino. A medio camino colina abajo la niebla se transformó en fina lluvia, y cuando llegó al batey estaba empapada. La casona se usaba como oficina y cuarto de provisiones. Como guardaba allí ropa limpia, se puso una blusa y una falda. Cuando terminó había salido el sol, prometiendo una mañana calurosa y seca.

Una hora después, cuando Severo subió las escaleras de la casona, vio el caballo de Ana atado a un poste. Colgó su sombrero en el gancho, y enrolló el látigo en el suelo. Ana pidió café, pan, jalea de guayaba, queso y jamón ahumado, que le sirvieron en la vajilla rústica hecha en la hacienda. Mientras desayunaban, Severo le informó acerca del trabajo que se había hecho en los últimos dos días. Ana sabía que Severo estaba consciente de que algo le ocurría, pero no le preguntó, y su falta de preocupación la llenó de irritación. Al cabo de un rato ya Ana no pudo contenerse.

—Anoche parió otra de sus cueros.

—Ana, no sea vulgar. No se rebaje así.

—No tanto como me rebaja el espectáculo de sus amantes y de su prole maldita.

—Nunca antes se había quejado de eso —respondió Severo sorbiendo su café y mirándola por encima del borde de la taza.

El reconocimiento de su culpa la llenó de ira. —Primero me traicionó Ramón. Y ahora usted...

—Pensaba que no le importaba.

—¿Cómo no me va a importar, Severo? Soy su esposa.

Aunque sólo en raras ocasiones lo había visto perder el control, pudo percibir que bajo aquella calma exterior se ocultaba un torbellino de furia. —Ramón era su esposo, pero eso no le impidió acostarse con su hermano.

Ambos sabían que Severo había traspasado un límite al que nunca debió llegar. Ana palideció. Severo arqueó una ceja, y sonrió.

—Vamos a dejarnos de jueguitos, Ana. Lo supe desde el principio, pero no me importó en lo más mínimo.

—Sí que le importó. Y me ha estado castigando por ello todos estos años. No sabía por qué, pero acabo de enterarme.

—No se haga la víctima. La conozco demasiado bien...

—Usted no me conoce...

—Más de lo que se imagina. Se casó conmigo para mantenerme aquí, ayudándola. Y yo fui sincero cuando le propuse matrimonio. La amaba, y he tratado de hacer que me ame —dijo, incorporándose y apartándose de ella, para luego acercarse hasta casi encimársele—. Pero admítalo, Ana. Nunca me ha visto como otra cosa que su mayordomo.

—No, no, Severo. Eso no es cierto, y...

Severo se separó de ella. —Es la clase de conversación que a ninguno de nosotros nos gusta ni queremos entablar. He dicho cosas que lamento —aseguró, tomando su sombrero del gancho en la pared—. Pero no se preocupe. Nada va a cambiar. De todas maneras, en los dos últimos años hemos sido más socios de negocios que marido y mujer —dijo, recogiendo el látigo del suelo y colocándoselo en el hombro—. Me alegro de que todo se haya aclarado entre nosotros. No tiene que seguir fingiendo que me ama. Ni yo seguiré fingiendo que no me importa.

Severo cumplió su promesa. Nada cambió en el ámbito del trabajo, pero se abrió un abismo entre ellos. Siguió viviendo en El Destino, pero durmiendo en otra habitación, y exageró su comportamiento siempre respetuoso, revirtiéndolo a su conducta prematrimonial más formal. Ana lo imitó hasta que se evitaron mutuamente, y el trabajo se transformó en el centro de su vida cotidiana. Severo cenaba con ella varias veces por semana, pero aquellas horas afables en el balcón, fumando y bebiendo ron, cesaron por completo. Al terminar la cena, él se iba a su dormitorio o salía a caballo sin que ella supiera adónde.

Ana echaba de menos su compañía. No tenía otros amigos, pero su tenaz orgullo le decía que siempre había sido así, con excepción de los años en el convento con Elena. En ocasiones le invadía el temor en El Destino. Teo y Paula, Conciencia, Gloria, Meri y los demás vivían en los bohíos cercanos, pero cuando Severo no estaba, la casa le parecía enorme e inhóspita. Les temía a los hombres de la dotación, muchos de los cuales llegaron a la hacienda después de la epidemia, la mayoría de los cuales ya tenía historial de cimarronaje. ¿Y qué tal si se enteraban que estaba sola y…? No, ni siquiera podía pensar en eso. Tenía que evitar situaciones aterradoras. También se negaba a la autoconmiseración, o a hacerle saber a Severo que, a pesar de sí misma, el sonido de los cascos de Penumbra por el sendero colina arriba le hacían latir el corazón de ansiedad.

Ana seguía consultando con Severo todo lo concerniente a la hacienda, y una noche le dijo lo que había estado pensando.

—El año pasado los norteamericanos elevaron los aranceles del azúcar, y ahora nuestros precios bajaron a cuatro centavos por libra.

—Entonces tendremos una gran pérdida en esta zafra.

—Si la vendemos. Creo que debemos almacenar nuestros productos hasta que suban los precios.

—Pero no sabemos cuánto va a durar la guerra. Los precios podrían bajar mucho más.

—Es cierto, pero sus plantaciones no están en buenas condiciones. El azúcar y la melaza de los estados sureños no llegan a las destilerías ni a los mercados del norte. Incluso si la guerra terminase mañana mismo, pasaría algún tiempo antes de que pudieran llegar. En cuanto termine la guerra habrá una demanda mucho mayor.

Severo sonrió. —Ana, nunca me la imaginé como especuladora —dijo.

Ana se sintió atrapada entre el orgullo y la sensación incómoda de haber descendido a otro nivel. —Sólo estoy tratando de mantener saludable nuestro negocio.

En cuestión de días Severo hizo que los trabajadores construyeran otro almacén detrás del molino en el ingenio Diana. Ana quería sembrar más hectáreas, pero los brazos insuficientes seguían siendo un gran obstáculo. Los campesinos se estaban mudando a las montañas donde se cultivaba café, y encontrar trabajadores esclavos era casi imposible. Y si Severo hallaba alguno, costaba una fortuna. La última vez que llegó un contrabando humano a la ensenada escondida fue en 1860, cuando un capitán trajo cinco hombres fuertes, dos mujeres y cuatro niños.

—Mañana voy a traer dos hombres más de San Bernabé —le dijo Severo en pleno auge de la zafra de 1862.

—¿Se los vamos a alquilar a don Luis?

—No. Ya son míos.

Severo estaba apropiándose de San Bernabé hectárea por hectárea, esclavo por esclavo, especialmente después de la apoplejía de don Luis. Ana nunca dejó de sentir rencor hacia don Luis, y le invadía una satisfacción particular al ver que iba perdiendo su propiedad que pasaba a manos de Severo, y a las suyas, por extensión.

Seguía cabalgando al valle todas las mañanas, pasaba por la enfermería y luego se dirigía al ingenio Diana, cuyo molino se había agrandado desde que era suyo. Dos nuevas prensas traídas de Estados Unidos producían veinte veces más guarapo que lo que había molido el trapiche con tracción animal, y probablemente cincuenta veces más que el molino original. La parte de la refinería donde se formaban los bloques de azúcar y la melaza que goteaba en los barriles también se había ampliado, al igual que los almacenes. Su molino era tan eficiente que el tiempo de cosecha se había reducido a la mitad, a pesar de que la tierra sembrada había aumentado su extensión. Con las ganancias del ingenio Diana, Ana había adquirido una caballería de bosques, que se convirtieron en cañaverales.

Ana tenía en mente una idea nueva, y posiblemente más lucrativa. Las haciendas cercanas no podían producir tanto como la Hacienda Los Gemelos y el ingenio Diana. Podía seguir adquiriendo campos, pero la tierra cultivada era costosa, y se le gravaban impuestos a una tasa más alta. ¿No sería mejor comprarles caña a sus vecinos? Si la conseguía a un precio razonable no tendría que preocuparse por la escasez crónica de trabajadores, ya que le entregarían los tallos cortados y listos para moler. Los hacendados con menos tierras podrían concentrarse en el cultivo del producto sin los gastos de construcción, mantenimiento y operación de un molino.

Cuando cabalgaba ida y vuelta a El Destino o cuando galopaba por los senderos conocidos rodeados de caña, Ana se sentía orgullosa de haber rescatado la Hacienda Los Gemelos y el Ingenio Diana de décadas de abandono. Y aquellos momentos de alegría de los que le hablara a Elena, los destellos de felicidad que no esperaba pero que agradecía, se hicieron más frecuentes en la medida que florecía todo aquello que podía considerar como su creación.

Ana sintió que, después de la epidemia del cólera, el mundo exterior que existía más allá de las puertas de la Hacienda Los Gemelos se había encogido, mientras que todo lo que existía puertas adentro se había ensanchado. En los llanos del valle, otrora cubiertos por bosques, montes, árboles frutales y cocoteros, ahora ondulaban cañaverales por doquier. Incluso las colinas boscosas que había visto desde la casona en 1845 habían desaparecido, dando paso a las cañas majestuosas. Aquel mundo, estrecho fuera de sus límites y amplio y hermoso en su interior, era suyo al menos por el efecto de sus acciones, aunque no le perteneciera en realidad. Y a medida que la hacienda prosperaba, sus sentimientos hacia Severo comenzaron a cambiar nuevamente.

A finales de octubre de 1862, mientras cabalgaba de la casona al ingenio, Ana divisó un montículo entre dos campos recién sembrados. El sol de media tarde creaba sombras largas, y había destellos en el agua de los charcos del canal de irrigación. Un grupo de trabajadores limpiaba la guardarraya entre los campos, algunos sumergidos hasta las rodillas en el agua y otros en las orillas. Severo estaba al otro lado, de espaldas a ella, inspeccionando el trabajo desde su cabalgadura. Desde el suelo, el mayoral escuchaba atentamente lo que le decía Severo, y los trabajadores habían dejado la faena, como esperando instrucciones. Todos los ojos estaban fijos en Severo Fuentes, cuyos gestos eran escasos pero claros.

Durante los casi dos años de alejamiento, Severo la había seguido tratando tan gentilmente como siempre, considerando sus ideas y sugerencias y cumpliendo asiduamente con su deber. Nunca vaciló en su dedicación. La Hacienda Los Gemelos no hubiera prosperado sin Severo Fuentes. No era un hombre perfecto, pero siempre puso por delante los intereses de Ana, sin pedir nada a cambio. Ella había dado por sentado que la gratificación financiera era suficiente, pero recordó de repente que Severo esperaba algo más que la retribución monetaria.

Alguien debió de haberle dicho que Ana estaba sobre el montículo porque cuando se volvió, diciéndole algo al mayoral, cabalgó en su dirección. En la medida que se aproximaba, Ana vislumbró a un caballero poderoso y pudiente en un buen caballo, el amo indiscutible de la tierra y sus alrededores. «Es mío», dijo en voz alta antes de formular el pensamiento, para luego sentirse confusa. Era el hombre que veían todos los demás, aquel en el que Severo se había esmerado en convertirse. De repente sintió que debía recompensar a Severo. Era suyo, y lo recuperaría. Ninguna campesina le daría lo que más ansiaba, y ella se encargaría de lograrlo.

Esa noche, a pedido de Ana, Severo llegó a El Destino. Lo escuchó pasar por el comedor, donde la exquisita cristalería, la porcelana y los cubiertos de plata que nunca usaba estaban dispuestos sobre la mesa, engalanada con un mantel de fino bordado. Un candelabro de plata iluminaba la escena con sus seis velas. Desde el balcón lo oyó entrar a su cuarto y salir media hora más tarde, bañado y afeitado. Ana le agradecía que no se presentara ante ella sudoroso y con la suciedad de los campos, pero esta noche estaba impaciente por verlo, y porque la viera. Cuando Severo llegó al balcón, Ana se sintió gratificada por la expresión de su rostro, por el oscurecimiento de sus verdes ojos, por sus ágiles movimientos.

—Ana.

Severo le acarició el rostro, le tocó los cabellos liberados del moño apretado en el nacimiento del cuello y que caían en negras ondas por la espalda. La túnica de color verde pálido que había estado guardada y tenía años de haber pasado de moda, le quedaba, a los treinta y seis años, como si aún fuese una niña, bien entallada alrededor de la estrecha cintura. Severo la abrazó largo rato sin moverse, mientras un contagioso perfume de rosas y geranios invadía el aire en torno a ellos. —Ana.

La forma en que pronunciaba su nombre la hizo sentir como si regresara a casa después de un largo viaje.

—Mi amor —le dijo Ana. Severo la besó y ella le devolvió el beso, sabiendo que, por primera vez en su vida, lo hacía de veras.

Las noticias de la Proclamación de Emancipación de los Esclavos de Estados Unidos de 1863 envió una oleada de esperanza a los barracones y campos, y hubo reportes de disturbios en las haciendas más cercanas a la capital. Severo aumentó el patrullaje, y los perros que lo acompañaban en sus rondas se tornaron más sospechosos y nerviosos que nunca.

Una tarde se encontró con Ana en la vieja casona. Cuando había tranquilidad en el ambiente, ella se sentaba a menudo en el balcón, absorta en la lectura de periódicos.

—Han capturado a dos hombres de San Bernabé escondidos en la bodega de un barco de carga en Guares —dijo Severo—. Voy a reunir a los trabajadores para recordarles que España y Estados Unidos son dos países diferentes, y cualquier cosa que ocurra en uno no implica que suceda necesariamente aquí.

—¿Corremos peligro?

—Estate alerta. Cuando andes sola a caballo, lleva un arma de fuego.

Ana palideció. —No he tocado una en casi veinte años.

—Voy a colocar varias dianas detrás del granero. Será bueno que te vean practicando tiro.

—No puedo imaginarme que alguno podría…

—Es por precaución.

—¿Qué ocurrió con los cimarrones?

—Luis encargó al mayoral que se ocupara del asunto. No volverán a escaparse.

Ana le pidió detalles pero Severo no habló más del tema. Ana le sirvió agua fresca de la jarra.

—La abolición en el norte les ha dado impulso a los liberales de aquí —dijo Ana echando los periódicos a un lado—. Betances está convocando la rebelión.

—A diferencia de lo que ha ocurrido en Estados Unidos, los provocadores de aquí no tienen apoyo suficiente en el gobierno y no pueden organizar a los esclavos. Están aislados en las haciendas.

—No necesitan estar organizados para buscar problemas —respondió Ana.

—Eso es cierto. Cualquier cosa puede ocurrir —dijo Severo, terminando de beber y secándose la boca con el reverso de la mano—. Por eso tenemos que recordarles que no toleraremos desórdenes aquí.

En los barracones, en los campos, en los bohíos y chozas de La Palanca, en las elegantes residencias de las calles recién construidas de Guares, en las oficinas de notarios y banqueros, en la cantina de don Tibó, en los colmados y en los cafetines, en la escalinata de la nueva iglesia, alrededor de la plaza sombreada, en los barcos anclados en el muelle de Guares y en los que navegaban alrededor de la isla, en los rincones más recónditos de Puerto Rico, esclavos, jornaleros, hacendados, comerciantes, soldados, agricultores, marinos y capitanes prestaban mucha atención a la guerra en el norte. Todos sabían que la emancipación en Estados Unidos, los siglos de explotación de los africanos y sus descendientes con el beneplácito del gobierno, habían terminado en las Américas, con excepción de Puerto Rico, Cuba y Brasil. Nadie estaba más consciente de esto que los hombres y mujeres que trabajaban de sol a sol en los infinitos cañaverales de esos tres países.

El hombre es hombre, incluso cuando se le obliga a trabajar como bestia, a vivir como bestia, con la intención de que se convierta en tal. Jacobo de Argoso, cuyo nombre original era Idowe, y yoruba de nacimiento, fue secuestrado cuando era niño, lanzado en la oscura y sucia bodega de un barco, sometido al hambre, encadenado, azotado, vendido, empujado, golpeado e insultado para que trabajara en los cañaverales, encerrado en barracones sin ventilación, perseguido por los perros cuando huía en el monte, vuelto a azotar, vendido nuevamente, enviado a otros campos, y encerrado otra vez. Se había robado un machete para atacar a Severo Fuentes, quien le impedía escapar, pero lo sorprendieron; recibió veinticinco latigazos, y cuando las heridas aún no se habían curado del todo, arrastrado a los cañaverales. Jacobo cesó en sus intentos de fuga y trabajó resignado en los cortes de caña porque tenía una mujer y un hijo que lo necesitaban. Trabajó como una bestia, porque un hombre debía hacer todo lo posible por sobrevivir y mantener a su mujer, a sus hijos. Pero cuando la epidemia acabó con la vida de su mujer y de sus hijos, volvió a pensar en escaparse.

Jacobo todavía recordaba su aldea junto a un río ancho y caudaloso, y sabía que jamás iba a volver a verlo, ni a las mujeres de largas piernas caminando a sus plantíos, ni a los niños de rodillas nudosas pastoreando cabras a las colinas, ni a los hombres musculosos rondando por los bosques en plan de caza. En su imaginación seguían caminando, liderando y merodeando, porque si no lo hacían, él jamás hubiera existido, y nunca hubiera sido más que un esclavo con un machete en tierra extraña. No había olvidado que su nombre era Idowe, ni tampoco a los otros cuatro muchachos capturados junto con él, ninguno de los cuales sobrevivió el cruce del agua grande de la libertad a la esclavitud. En el año 1863 había vivido y trabajado treinta y seis zafras, con la espalda doblada sobre la tierra húmeda, y los altos tallos moviéndose y susurrando por encima de su cabeza y a su alrededor, y su brazo derecho elevándose, cayendo, cortando, y el izquierdo lanzando los tallos atrás para que alguien los recogiera y los llevara a la carreta. Treinta y seis zafras desde el alba al anochecer, y entre una y otro, un sol implacable, la sed, las hojas largas y cortantes de caña abriéndole la piel, y los insectos, siempre los insectos, picando y mordiendo su carne castigada. También el látigo grabó más cicatrices en sus piernas cuando un blanco lo acusó de haberlo tocado, algo que jamás haría, incluso si hubiera podido. La piel blanca, como el vientre de un lagarto, le provocaba gran repulsión a Jacobo.

Tanto había perdido Jacobo de Argoso, nacido con el nombre de Idowe, en su trigésima zafra, durante la epidemia de cólera, que durante seis años más se encorvó más y más cerca del suelo, como si tratara de encontrar parte de su vida entre los surcos infinitos del cañaveral.

Un día, mientras Jacobo ayudaba a Efraín de Fuentes a llevar una carga de madera al taller, se enteró de la noticia.

—Los esclavos ya son libres en el norte —le dijo Efraín—. A lo mejor el libertador Abrámlincon va a venir a liberarnos a nosotros.

Efraín tenía veinte años, y al igual que José, su padre, su hermano Indio, Lola, su madrastra y Pepita, su mujer, preferirían caminar a gatas sobre un estanque de mierda antes de darle motivo a don Severo para desenrollar el látigo terrible. Por eso, a Jacobo le sorprendió que Efraín le hablara sin miedo alguno.

—En esta isla tenemos un libertador —continuó Jacobo—. El Dr. Betances, y no está al otro lado del mar.

—Te oí decir un nombre que no debías mencionar —dijo Meri, quien iba caminando con su hermana Gloria, llevando sendas cestas llenas de mangos. El brazo izquierdo de Meri, marcado por las quemaduras, quedó doblado para siempre por el codo.

—Y tú no debes estar oyendo lo que hablan las personas mayores —le respondió Efraín.

Jacobo y Efraín se detuvieron bajo un árbol para cambiar la carga del hombro derecho al izquierdo.

—Cuando me trajeron a estas islas —dijo Jacobo—, oí hablar del primer libertador, Simón Bolívar, que luchó contra los españoles y ganó la independencia para su pueblo en los países al sur. Y vino aquí para invadir Puerto Rico y liberar a los esclavos.

—Yo también he oído hablar de él —respondió Efraín.

—Los españoles se enteraron antes de que pudiera empezar la rebelión —contó Jacobo.

—Tampoco puedes hablar de esas cosas —volvió a entrometerse Meri.

—Si tenemos problemas —le advirtió Efraín— ya sabemos que fuiste tú la que nos denunció.

—Ella no va a decir nada —ripostó Gloria—, pero tú no debes estar hablando así. Nunca se sabe quién anda escuchando por ahí.

Jacobo volvió a cambiar de sitio la carga y guardó silencio. No era necesario que narrara la historia. Todos la conocían. Después que llegaron noticias de que Bolívar trataba de desembarcar en Vieques, al este de Puerto Rico, en 1816, muchos se lanzaron al mar. Los esclavos navegaron frágiles balsas que se estrellaban contra las olas embravecidas, o fueron devorados por los tiburones, o se ahogaron, o fueron capturados por los piratas y vendidos en otras tierras.

Ahora, cuarenta y siete años después, Abraham Lincoln, otro libertador, esta vez del norte, había liberado a los esclavos en su país, y los hombres y mujeres encerrados en los barracones o los bohíos de cada hacienda y finca en Puerto Rico fantaseaban con una libertad inminente. Jacobo no se lanzaría al mar en una balsa rústica para que se lo comieran los tiburones. Era demasiado viejo para creer que podría enfrentarse al océano. Pero correría a las montañas, aunque lo persiguieran los perros, y se escondería y viviría en cuevas llenas de murciélagos si fuese preciso. Lucharía en esta tierra que se había tragado su nombre, que había empapado con su sudor y su sangre, que había consumido a su amada esposa y a sus hijos adorados. Lucharía hasta la muerte si fuera necesario, porque sólo le quedaba lo que tenía cuando comenzó muchas zafras atrás. La libertad.

Segundo

Desde su balcón en El Destino Ana se había dado cuenta de que el paisaje que tenía ante sí era tan íntimo como las curvas y sinuosidades de su propio cuerpo. En los siete años que habían transcurrido desde que se mudó a la colina se había familiarizado tanto con los cañaverales, praderas, caminos, senderos, las copas de los árboles en los montes y las laderas boscosas que podía definir el crecimiento de la plantación, la actividad del ingenio, las chozas que proliferaban en los límites de la propiedad, la expansión del pueblo y la bahía por los cambios de colores y formas del campo.

Severo había trasladado el taller, la alfarería, los palomares, y ordenó construir nuevos barracones y bohíos para los ancianos, los tullidos y los mutilados que componían el ejército de trabajo de los jardines y huertas de Ana en El Destino, y amplió el sendero para facilitar el tránsito colina arriba y colina abajo a los campos de la Hacienda Los Gemelos y el ingenio Diana.

Ana enfocó el lente de su telescopio y vio a Efraín y a Jacobo subiendo en dirección al taller, con la espalda encorvada por las cargas de madera, desapareciendo luego bajo los árboles para resurgir más arriba, con la carga en el hombro opuesto. Detrás de ellos venían Gloria y Meri con dos cestas. Incluso desde la distancia, Ana pudo ver que Meri no dejaba de hablar. La muchacha era tan locuaz, que los demás la apodaban La Lorita. Sufría de dolor constante a causa de sus cicatrices y le tenía una animosidad particular a Jacobo, a quien culpaba por su accidente. Meri, quien había cumplido doce años, trabajaba como sirvienta, pero se estaba convirtiendo en una diestra costurera, mientras que a Gloria la adiestraba Paula para que fuera cocinera.

Ana echó a un lado el telescopio y se dirigió a su oficina. Allí tenía carta de Miguel, quien estaba en París con el maestro Campos de Laura. Esperaba que, a la muerte de sus abuelos, Miguel fuera a vivir con ella en la Hacienda Los Gemelos. No tenía aún dieciocho años, era técnicamente un menor, y debía estar con su madre. Pero el Sr. Worthy le explicó lo siguiente:

<<*Usted puede, por supuesto, insistir en que Miguel viva con usted, pero le recomiendo encarecidamente que le permita estar fuera por un tiempo. Su naturaleza joven e idealista ha propiciado la cercanía a personas que están bajo demasiado escrutinio de las autoridades. Antes de su prematura muerte, don Eugenio, que en paz descanse, fue advertido por los más altos niveles que debía sacar a Miguel de la isla. El maestro Campos de Laura y su esposa lo tratarán como a un hijo, y la familiaridad de Miguel con alguien de su estatura le beneficiará sin duda alguna en el futuro.*>>

Ana sabía que don Eugenio y doña Leonor eran liberales, por lo que se esperaba que cayera bajo la influencia de abolicionistas como Betances, la persona bajo escrutinio a la que se refería el Sr. Worthy. Pero en vez de vivir en Europa con artistas, bohemios y anarquistas, debía haber ido a la Hacienda Los Gemelos, donde podría ser testigo de la otra cara de la esclavitud. Allí le enseñaría cómo cuidaba a su gente, dónde vivían, cómo se vestían, se les alimentaba, se les daba trabajo importante y se les proveía en todos los aspectos. Las condiciones de vida de los libertos y los esclavos liberados, como los que viera en San Juan, no habían mejorado en los dieciocho años que llevaba en el campo. Y por todo lo que había leído, estaban mucho peor, pues los libertos y los esclavos liberados eran confinados a barriadas pobres más grandes alrededor de las ciudades donde podían encontrar trabajo. Su gente comía bien, vestía bien, tenían mejores viviendas que los libertos o la gente libre. Ana pensaba que a sus trabajadores les iba mejor bajo la protección y guía de buenos amos como ella y Severo. Pero hacía caso omiso de que por la noche los encerraban en barracones, que trabajaban hasta la fatiga, que podían azotarlos a latigazos, que los miembros de sus familias podían venderse a otros amos.

Archivó la carta de Miguel en la carpeta donde guardaba la correspondencia para darle respuesta más tarde. En el centro de su escritorio había montones de cartas comerciales que debía escribir, cuentas que pagar, reportes que redactar para el cabildo y la aduana. El trabajo burocrático del negocio era más arduo cada día, especialmente la correspondencia hacia Estados Unidos y desde este país, que debía ser en inglés. Ana respondía preguntas y preocupaciones en español, luego le enviaba los borradores al Sr. Worthy, en cuya oficina se traducía y se enviaba la correspondencia. Cada vez tomaba más tiempo hacer algo, pues la guerra civil en el norte no terminaba y las comunicaciones eran más difíciles.

Ana dejó descansar su cabeza en las manos. Últimamente se sentía cansada. Conciencia le había hecho varios tés para fortalecerla, y Paula y Gloria le daban caldos de vísceras para incrementar su fuerza. Pero de nada le sirvieron.

—Un té frío para usted, señora —dijo Conciencia, interrumpiendo las reflexiones de Ana—. Menta y lavanda para calmarle los nervios.

—¿Te parece que estoy nerviosa?

—Sí, señora —respondió Conciencia sin miedo alguno—. Usted tiene una noticia que darle al patrón.

—¿Qué noticia?

—Usted ha estado muy débil e irritable, señora.

—Déjate de insolencias —dijo Ana, frunciendo el ceño.

—Disculpe, señora. No quise ofenderla.

—¿Qué tengo que decirle al patrón?

—Debí haberme dado cuenta antes —dijo Conciencia—. Su mal humor, su fatiga, su cintura más gruesa.

—No. No lo digas.

—Sí, señora, está preñada. Un varón.

Tantos años de tratamientos con hierbas y duchas vaginales habían dado como resultado esto: un niño que nacería a sus treinta y ocho años. Una indecencia.

Al ver la expresión horrorizada de Ana, Conciencia se culpó a sí misma.

—El cuerpo de la mujer quiere concebir —explicó Conciencia—. Debí haber cambiado el equilibrio de las hierbas en cuanto usted entró en la edad crítica.

El hecho de estar en "la edad crítica" le resultó tan inesperado como su embarazo. Aunque conocía al dedillo la cría de animales, jamás se le ocurrió transferir aquellos conocimientos al proceso de su propio cuerpo. Como no tenía una mujer de su clase social a quien consultarle asuntos íntimos, los ignoró, como si las leyes naturales que afectaban a otras mujeres no se cumplieran en ella.

Ana hizo que Conciencia saliera y se sentó en su oficina, tratando de darle sentido a aquella crisis. Independientemente de que se tratase de un descuido, o de la edad crítica, o de la necesidad femenina de concebir, todo cambiaría de nuevo.

En los últimos dieciocho años ella y Severo habían construido la Hacienda Los Gemelos, pero la mitad de los cañaverales, pastizales y bosques era propiedad de Severo Fuentes. Sabía que, como sus antepasados conquistadores, gran parte de sus riquezas se iba a España. Por otra parte, Severo también le aseguró que no tenía intenciones de volver allá. Ana se imaginaba que era un hombre más importante en Boca de Gato por su ausencia y su generosidad que si estuviera allí, según él, para seguir siendo el hijo del zapatero con ropas más elegantes.

Aparentemente a Severo le complacía ser aquello en lo que se había transformado hacía tantos años: un hombre de fama y fortuna. Como estaba casado con ella, una ilustre española, también era el padrastro del nieto de un héroe militar español. Indudablemente había ascendido allí de una manera que habría sido imposible en la Península. Lo único que no había logrado era tener un hijo legítimo que transmitiese su apellido al futuro. Fuentes sólo estaba vinculado oficialmente a los esclavos que poseía.

Pero iba a tener ahora un hijo de sangre pura. Si el niño también heredaba la capacidad e inteligencia de su padre, podría ser él, y no Miguel, quien continuaría su trabajo e incorporaría sus nombres en las generaciones por venir.

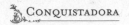

Hacía años que Ana no pensaba en su padre. ¿Qué pensaría el arrogante don Gustavo al ver cómo su ilustre linaje cayera tan bajo: el hijo de una hija no deseada y del hijo de un zapatero de aldea?

Ana iba a ver la puesta de sol, como siempre, desde su mecedora. Allí la abanicaba Conciencia, quien, en cuanto escuchó los pasos del patrón, desapareció en el interior de la casa.

—Buenas tardes, mi reina.

Ana reflejaba una tristeza nunca antes sentida. Teo trajo el jerez, y ambos esperaron hasta quedar solos.

—Estoy embarazada, Severo —dijo Ana, sin mediar preámbulos.

Severo no estaba seguro de haber escuchado bien. —¿Perdón?

—Embarazada.

Severo se arrodilló a sus pies y la miró. Ana hizo todo lo posible por evitar su mirada.

—Ana —dijo, obligándola a mirarlo—. ¿Es cierto eso que dices? ¿Llevas un hijo mío en tu vientre? —preguntó, colocando una mano en su vientre, el cual, bajo las capas de tela no era diferente a dos días, dos semanas, dos años atrás.

—Sé que esta noticia te hace feliz.

—Por supuesto.

—¡Pero esto lo complica todo!

Severo buscó su mirada, pero Ana lo esquivó.

—Te preocupa que dos herederos se peleen por tu patrimonio.

—Es inevitable.

«Ana, dura, dura, dura como siempre», pensó Severo. Hasta la campesina más pobre y miserable se permitía un momento de alegría al enterarse de que estaba embarazada. Pero no Ana.

—Hemos afrontado complicaciones mayores —respondió Severo.

—¡Soy demasiado vieja!

Severo la sacó de la mecedora y la abrazó. —No, mi cielo. Para nada. Tienes la edad adecuada. Nuestros primeros años aquí fueron muy difíciles. Fuiste inteligente en sacar a Miguel de aquí para garantizar su supervivencia. Pero nuestro hijo crecerá en nuestra hermosa casa, y tendrá lo mejor de lo mejor. Podremos disfrutar la alegría de ser padres. ¿No lo ves así, mi amor?

Ana se aferró a Severo como si al soltarlo fuera a caerse. El le besó los cabellos, y esperó que ella estuviera de acuerdo en que sí, que un niño en esta etapa de sus vidas sería una bendición. Pero Ana se limitó a enterrar el rostro en su pecho. Aunque Ana nunca llegara a ser la madre que merecía su hijo, él sería el padre que jamás había sido.

—Déjame ver —dijo Severo, llevándola al interior de la casa.

—¿Ver qué?

—Donde está creciendo el niño. Muéstrame.

—No hay nada que ver —dijo Ana, horrorizada y excitada al mismo tiempo—. Todo ocurre dentro.

Severo la cargó y la llevó por la sala, por la oficina hasta el comedor donde Teo y Gloria estaban poniendo la mesa para la cena, y luego por los cuartos de huéspedes, y finalmente a su dormitorio al final del pasillo.

—Bájame —dijo Ana, riendo lo suficientemente alto como para que él la escuchara, pero no tanto como para que la oyeran los sirvientes. Pero no se opuso cuando él la llevó por el cuarto y la colocó sobre la cama. Tampoco se quejó cuando le desabotonó el vestido, le soltó las cintas del camisón y las naguas, desató los calzones de muselina, la descalzó, y enrolló las medias hasta que la tuvo completamente desnuda.

El cuerpo de Ana era anguloso, con senos pequeños y redondos y pezones puntiagudos. El hombre se emocionó tanto al verla desnuda y vulnerable entre las sábanas blancas que quedó sin habla. Severo Fuentes besó el espacio entre sus senos, luego puso el oído sobre el vientre y escuchó los latidos del corazón que latía allí dentro, el duro corazón que su hijo tendría que conquistar.

Ana no quería que su estado cambiara sus rutinas, pero su cuerpo no ignoraría que habían transcurrido diecinueve años desde su primer embarazo. En el de Miguel había estado fuerte y vigorosa, resuelta a trabajar tanto como los hombres a quienes había atraído a Puerto Rico. Apenas recordaba haber estado encinta. Pero esta vez los dolores que jamás había sufrido le perturbaban el sueño y la obligaban a moverse más despacio de lo que hubiese deseado. Le resultaba difícil concentrarse en el papeleo que consumía la mayoría de sus mañanas, y le faltaba la energía para realizar las actividades cotidianas.

—Conciencia —dijo Ana una noche, mientras la muchacha la ayudaba a prepararse para ir a la cama—. ¿Por qué el fuego no te dijo que iba a tener otro hijo?

—No le sé decir, señora.

—¿Porque no lo sabías o porque no quisiste decírmelo?

Conciencia terminó de hacerle las trenzas a Ana, haciéndole los lazos a las cintas en ambos extremos. —Siempre que veo algo se lo digo, señora. Pero el fuego nunca me enseña lo que la gente quiere saber. Me enseña lo que ellos necesitan saber.

—Y yo necesito saber todo lo referente a la Hacienda Los Gemelos, al patrón, al futuro de este niño.

—A lo mejor ellos no necesitan tanto su atención en este momento, señora.

—¿Eso es lo que crees?

—Señora, yo no soy quién para darle consejos sobre estas cosas. Yo sólo puedo decirle lo que veo, y usted decide.

—Te estoy pidiendo tu opinión.

—Ay, señora —dijo Conciencia, quedándose pensativa por un instante. Luego pareció que iba a decir algo, cambió de idea y habló finalmente—. Usted necesita rezar por su otro hijo, el que está al otro lado del océano.

—Estás siguiéndome la corriente, Conciencia.

—¡No! Usted me pidió mi opinión, como los demás que me la piden. Pero mi respuesta no le satisface.

—Porque me molesta —dijo Ana, subiendo a la cama— que los esclavos y los campesinos se beneficien más con sus consultas que yo.

—Siento mucho que así sea, señora.

—¿A qué crees que se deba tal cosa?

Conciencia asumió un poder inesperado cuando la vio a la luz de la lámpara y a través de la niebla del mosquitero. Ana tuvo la impresión de que no las separaba una simple tela, sino cambiantes estelas de humo. Conciencia, inclinada hacia un lado, con los ojos demasiado próximos contemplando a Ana, parecía leer el interior de su ama. Aunque ambas se habían estado mirando, Ana se sorprendió ante las palabras de Conciencia.

—Los esclavos y los campesinos me necesitan más, señora. Pero piden menos.

Aquella aseveración era una insolencia y merecía una reprimenda. Pero en vez de enfrentarla, Ana se sintió avergonzada. La figura encorvada de Conciencia, la joroba que se hacía más pronunciada a medida que la joven iba teniendo más edad, era como una especie de reproche. —Puedes marcharte —dijo, y la muchacha retrocedió sin dar la espalda, como si Ana fuera una reina sobre un trono lleno de joyas.

Conciencia era la única esclava que Ana poseía. Ana la adoptó, la crió como si fuese una hija, no una sirviente, pero Conciencia no era ni lo uno ni lo otro. Ana daba por hecho que la niña que apareció ante su puerta el día que se llevaron a Miguel a San Juan le pertenecía, no como un niño le pertenece a su madre, sino como un objeto que debe ser usado. Pensaba que Conciencia no había sido un ser diferente con voluntad e inteligencia propias. Había sido una sombra, su sirvienta, su asistente, su compañía profética, aunque poco fiable. Ahora Ana veía a una joven, dotada más allá de su edad y experiencia que dependía de ella, sí, pero lo suficientemente crecida e inteligente como para juzgar su conducta y sus acciones.

Ana recordó cómo era a esa edad, cómo veía a sus padres a través de su propio resentimiento y sus prejuicios, implacable, reacia, incapaz de perdonar sus transgresiones reales o imaginarias. Conciencia, que llevaba ese nombre para recordarle a Ana los compromisos en su vida, se estaba convirtiendo en la conciencia que Ana imaginó. Pero ahora no quería examinar sus escrúpulos. Era demasiado tarde. Una conciencia en esta etapa de su vida era una carga insoportable.

En las primeras horas de la mañana del 7 de abril de 1864, luego de doce horas de parto, Ana despertó con el cuchicheo de las mujeres. Mantuvo los ojos cerrados, recorriendo mentalmente su cuerpo dolorido. Tenía un vago recuerdo de cómo Conciencia había colocado al bebito inquieto y escurridizo sobre su vientre palpitante, y cómo Paula limpió al niño en cuanto Conciencia cortó y ató el cordón umbilical.

—Varón, señora.

Gloria ayudó a Paula a limpiar y a abrigar al bebé, y luego la anciana se lo llevó a Ana y presionó su carita contra su pecho. Paula le pellizcó un pezón a Ana y guió la boca del niño en esa dirección. Ana se recostó y cerró los ojos, disfrutando la calidez de aquella boquita ávida y el alivio de la leche recién salida de su seno.

Debió haberse quedado dormida, porque la siguiente sensación fue cuando Severo la besó en la frente, y vio que tenía al bebito en sus brazos.

—Debe tener el nombre de tu gran antepasado —le dijo—, en tu honor.

Severo le entregó el niño envuelto en pañales, como si fuera otro de los paquetes con raras mercancías que le traía de vez en cuando. Y de nuevo tuvo a Paula al lado, apretándole un pezón para llevárselo a la boca del niño. Ana tuvo la sensación de que todo lo que era o lo que fue alguna vez estaba fluyendo por su seno al cuerpo del niño. Y nuevamente se quedó dormida amamantando a su hijo.

—¿Está despierta, mi señora…?

—Sí, Conciencia. —dijo Ana abriendo los ojos a la luz del día. Las persianas estaban semicerradas para mantener la habitación fresca y en sombras.

—El niño tiene que mamar otra vez —dijo Conciencia, ayudando a Ana a sentarse. Detrás de ella, Paula cargaba al bebé, y su rostro arrugado se iluminó con el milagro de tener un niño en brazos.

—Acabo de amamantarlo —dijo Ana.

—No, mi señora. Eso fue hace horas. Se quedó dormida.

Nuevamente la boquita cálida succionó la leche, pero esta vez Ana no se durmió. Se quedó mirando a su hijo.

Alrededor de la cama, las mujeres de su casa—Conciencia, Paula y Gloria—sonreían con orgullo, como si Ana fuese la primera madre, y el niño el primer bebito nacido y amamantado en el mundo.

—¿Me puede ver? —le preguntó Ana a Conciencia.

—Sabe que usted es su madre —respondió Conciencia.

—Tiene los ojos como los míos, pero en todo lo demás se parece a su padre —observó Ana, y las demás mujeres asintieron.

—El patrón fue a Guares a inscribirlo en el registro parroquial —dijo Paula antes de que Ana preguntara.

Ana volvió a mirar a su hijo. Tenía los cabellos dorados como los de Severo, y su cuerpecito era compacto pero pesado. —Severo Hernán Fuentes Larragoity Arosemeno y Cubillas. Un nombre tan largo para un niño tan chiquito —le susurró Ana al niño. — ¿Podrás llevarlo con dignidad?

✎

Mientras el padre Xavier escribía las letras de los dos nombres y los cuatro apellidos en la primera línea de una página nueva del registro parroquial, se maravilló ante el hábito de los ricos de darle tantos nombres y apellidos a sus hijos, ascendiendo en el árbol genealógico lo más alto posible, hasta llegar al antepasado más ilustre que podían reconocer.

—Aquí está —dijo el padre Xavier, haciendo girar el libro para que Severo pudiera ver que había escrito con su mejor letra. Todos sabían que Severo Fuentes tenía suficiente descendencia en los alrededores como para llenar varias páginas del registro si se decidiera a reconocerlos. Pero, con la excepción de Severo Hernán, los demás niños llevaban el apellido de otros hombres o el de su madre.

—¿Y cuál de estos nombres ilustres usará para llamar a su hijo en la vida cotidiana?

—Segundo —respondió Severo.

—¡Ah! ¿Como el de su padre y…?

—El antepasado de mi esposa.

—Ya veo. Dios lo bendiga —dijo el padre Xavier, haciendo en el aire la señal de la cruz. Ninguno de los nombres del niño era de santos.

—Celebraremos una misa de bautismo cuando mi hijastro Miguel regrese de Europa. Él quiere ser su padrino —dijo Severo, sacando una bolsa de su bolsillo para dársela al sacerdote—. Y como celebración del nacimiento de nuestro hijo, mi esposa y yo deseamos hacerle una donación a su iglesia.

El padre Xavier contuvo las ganas de mirar dentro de la bolsa, pero sintió la solidez de la abundancia de monedas. —Dios lo bendiga a usted y a su familia, señor Fuentes —dijo humildemente—. Su generosidad será recompensada.

Con frecuencia el padre Xavier oraba para tener la necesaria ecuanimidad de no juzgar a sus feligreses, pero cada día constituía un nuevo reto. Los hombres y mujeres que habían decidido abandonar sus pueblos y villas en Europa para establecerse en América no eran fáciles de guiar. Incluso los más fieles evadían la doctrina de la Iglesia cuando las circunstancias los ponían a prueba. Pero gente como Severo Fuentes y Ana Larragoity de Fuentes lo dejaban anonadado.

Aunque Ana bautizaba a los recién nacidos y lo invitaba con bastante frecuencia a oficiar misa para los trabajadores de Los Gemelos, nunca se había confesado ni pedido el sacramento de la comunión. Hasta ese día, Severo Fuentes no había puesto un pie en su iglesia, ni tampoco asistía a los servicios religiosos en la hacienda.

En sus veinticinco años de estancia en la colonia, el padre Xavier se había acostumbrado a una iglesia para mujeres. Sus hombres cumplían sus obligaciones financieras con la parroquia, pero cuando les era posible evitaban la Iglesia, y violaban consistentemente al menos cinco de los diez mandamientos. Su fe, si se podía decir que tenían alguna, era en la salvación por poder.

Severo Fuentes Arosemeno y Ana Larragoity de Fuentes lo trataban como a alguien que prestaba un servicio necesario, pero que podía y era ignorado cuando no se necesitaba. Sin embargo, lo que más atribulaba al padre Xavier, y lo que le obligó en ese momento a caer de rodillas en ferviente oración, era que Ana y Severo parecían no tener idea ni preocupación alguna acerca del precario estado de sus almas eternas.

Ana no quiso respetar la cuarentena descansando y familiarizándose con el niño. Durante tres días Paula y Gloria la alimentaron con sus caldos insípidos, y Conciencia le ofreció sus tés endulzados, pero Ana se negó a estar encerrada en medio de la zafra.

Al cuarto día del nacimiento de Segundo caminó hasta su oficina, y se horrorizó con todo lo que había abandonado en las últimas semanas de su embarazo, cuando apenas tenía energía suficiente para caminar de un extremo a otro de la casa. El simple hecho de ver aquellos montones de papeles la llenó de desaliento.

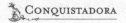

En uno de aquellos montones advirtió una letra conocida en una carta de fino papel.

Mi amada Ana:

Tu espíritu intrépido te llevó a los bosques de Puerto Rico, yo en cambio me sometí humildemente, durante esos mismos años, a una vida convencional. Ahora mis amados protectores están en el cielo, y tú, querida, continúas en pos de las huellas de tu distinguido antepasado. He tratado de ser una amiga, paciente y dedicada para tu hijo, como me pediste. Ahora que es un hombre y está explorando su propio mundo, ya no me necesita.

Hace unas semanas me desperté una mañana y conté cuántos años habían pasado, y vislumbré lo que podía tener por delante. Tú estás bien establecida con tu esposo y, cuando recibas esta carta, con un nuevo hijo. Miguel está disfrutando Europa sin intenciones de regresar en varios meses. Después de mucho silencio y oración, examinando cómo ha sido mi vida, cómo es y cómo podría ser, he llegado a la conclusión de que no quiero seguir sola por el resto de mi vida. He aceptado casarme con don Simón, el estimado maestro de Miguel. Nos conocemos hace quince años, pero sólo ahora hemos recurrido el uno al otro, en ausencia de nuestro querido Miguel, que nos unió.

Mi mayor deseo sería que Miguel me llevara hasta el altar, pero no interrumpiré sus viajes con tal solicitud. Nuestro buen amigo el Sr. Worthy me hará el honor. Como Miguel se desplaza frecuentemente entre Madrid, París, Roma y Londres, es posible que ni siquiera haya recibido mis cartas. ¡Qué sorpresa se llevará cuando reciba una de la señora Elena Alegría de Fernández! Cuando era niño, me preguntaba por qué Simón y yo no nos casábamos. Le hará feliz saber que finalmente lo hemos hecho. Espero que tú también te sientas feliz por mí, mi amada Ana.

Tu devota y amorosa amiga,

Elena

¡Elena, casada! Sintió un dolor punzante. Hasta ese momento, Elena sólo había conocido una única amante: ella. Ana se preguntó si Elena había pensado alguna vez en el movimiento y oscilación intemporal de sus cuerpos ruborizados. ¿Compararía la forma en que hacían el amor entre ellas con la forma que lo hacía con su esposo? ¿Se habría acostado ya con él? Muchas veces, en su propia vida, Ana había despertado en medio de un sueño junto a Ramón, Inocente, o incluso Severo, para tocarlo con manos deseosas, decepcionándose al ver que el cuerpo que tenía al lado era más corpulento y velludo que el de la grácil Elena. Y ahora otras manos, otros labios… Detuvo el fluir de aquellos pensamientos. Sabía que los recuerdos eran las semillas del arrepentimiento.

—¿Cómo están mis tesoros?

Ana miró a Severo. —Tu tesoro pequeño está siempre hambriento —dijo Ana, sintiéndose e incluso sonando petulante—. Y tu tesoro grande parece incapaz de satisfacerlo.

Severo la besó y luego al niño, pegado al seno pero haciendo muecas de decepción.

—Lo he intentado, pero necesita una nodriza —dijo, pasando a Segundo al otro seno, y acomodándose en las almohadas con un suspiro de cansancio—. Pepita está amamantando aún, y tiene un temperamento apacible…—. No se dio cuenta de que se había quedado dormida hasta que abrió los ojos y vio a Severo mirándola con un deseo tan intenso que se ruborizó hasta la raíz de los cabellos—. Severo, sabes que no podemos…

—Nunca te había visto así… —dijo Severo, oliendo su cuello, su hombro, la cabeza de Segundo, besándolo, apretando la carita de su hijo, para luego besarla en los labios. Pero Ana se apartó.

—Tus atenciones me halagan sobremanera —le dijo con timidez—, y serán bien recibidas más tarde.

—Está bien —respondió Severo, dando unos pasos por la habitación, tratando de contenerse antes de salir.

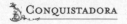

Los celos le hicieron palpitar las sienes a Ana, y se dio cuenta de que incluso en esa etapa, durante los primeros días de vida de su hijo recién nacido, era posible que Severo consumiera su pasión con otra mujer. Pero no dijo una palabra. No le parecía correcto, pero había aceptado muchas cosas que debía haber enfrentado en otras circunstancias. «Siempre y cuando vuelva a mí...», se dijo a sí misma: la misma frase a la que las mujeres habían recurrido por espacio de siglos para justificar la misma traición.

—Consuelo, mi Consuelo —llamó Severo Fuentes, y ella salió, olorosa a humo, a ceniza, a cigarro. La poseyó con tal ferocidad que ambos quedaron sorprendidos. Luego se durmió, apoyando la cabeza sobre el pecho suave y carnoso de Consuelo, quien se quedó haciendo crespos con los cabellos del hombre.

Jacobo, Yayo y Quique

Los dos hombres que Severo había traído de San Bernabé dormían en hamacas a cada lado de Jacobo en el barracón de los hombres. Como sus mujeres aún vivían en la hacienda de la que provenían, Yayo y Quique estaban ansiosos por la situación de las mismas y de sus hijas, ahora a merced de don Luis y de Santos, el mayoral. Tanto Yayo como Quique tenían hijos y nietos concebidos en las violaciones que don Luis había infligido a sus mujeres. Con el paso de los años, la ira de ambos hombres, aunque mitigada, no había dejado de existir. Encerrados en los barracones después que se apagaran las luces en la Hacienda Los Gemelos, sólo podían expresar su ansiedad sobre sus familias en una rabia sorda que se transformó en frustración y finalmente en ansias de rebelión. Al principio Jacobo fingía que no los escuchaba, pero muy pronto estuvo atento a sus planes, y ambos estuvieron de acuerdo en que el mejor momento para escapar sería durante la zafra, cuando estuvieran en los campos en posesión de machetes y otras herramientas que podrían usar como armas.

La locura es hija de la desesperación. Yayo y Quique conspiraban, y su pasión convenció a Jacobo para unírseles. A finales de 1864, los tres hombres no estaban en su primera juventud pero tenían experiencia en el ritmo de la zafra. La siguiente cosecha comenzaría en los campos del este, nordeste y sureste, cercanos a los límites con San Bernabé y al camino principal hacia Guares. Entre éstos y el pueblo estaba La Palanca, la aldea de los campesinos. Como los hombres estarían trabajando en el ingenio, allí habría solamente mujeres y niños. Los esclavos esperaban no encontrar obstáculos cuando pasaran por la aldea, e incluso podrían robarse un par de caballos o mulos para escapar a las montañas. No pensaron qué ocurriría si descubrían su plan. Tampoco en las consecuencias que enfrentarían si fracasaban, ni en que los dos jóvenes que trataron de escapar de San Bernabé en cuanto se enteraron de la noticia de la Proclamación de Emancipación fueron azotados hasta la muerte después de ser capturados. Y ni siquiera les pasó por la mente que si lograban escapar, tendrían que ocultarse por el resto de su vida, huyendo de cueva en cueva por el terreno inhóspito de la cordillera central de la isla, perseguidos por los perros, los soldados y una sentencia de muerte. Jacobo sabía que si delataba a los otros dos esclavos y se comprobaba que eran conspiradores, obtendría la libertad. Pero no dijo ni una palabra, y, junto a Yayo y a Quique, comenzó a contar las lunas que les faltaban para fugarse en una noche oscura. Lo harían en la tercera luna nueva después del comienzo de la zafra, en primavera.

Una noche en Guares

E l 25 de abril de 1865, un barco mercante pasó junto a una cala arbolada y con una franja de brillantes arenas en la curva más lejana. Miguel Argoso Larragoity se meció y saltó sobre la punta de sus pies, tratando de ver más allá de la playa azotada por los vientos que el capitán identificó como el extremo sur de la Hacienda Los Gemelos. El barco llegaría a Guares antes de anochecer, pero se había tardado una semana más de lo que se suponía. La llegada del primer barco que tomaría Miguel en Liverpool se retrasó, y tuvo que esperar mientras lo preparaban para el cruce del Atlántico. El capitán le sugirió que, si no tenía a nadie que lo recibiera, se hospedara en la Posada del Francés.

—No es el sitio más elegante, pero don Tibó le proporcionará un caballo y orientaciones para llegar a la Hacienda Los Gemelos. Le recomiendo que salga temprano en la mañana.

Miguel estaba entusiasmado y nervioso. Había estado dieciocho meses en Europa viajando con el maestro Campos de Laura, quien insistía en pintar *en plein air* para romper el hábito que Miguel había adquirido de pintar tristes retratos formales y naturalezas muertas más opacas aún. Después de pintar horas y horas al aire libre, regresaban a su hotel con tiempo suficiente para cambiarse y vestirse con trajes de noche para recorrer teatros, salones de variedades y burdeles, en los que Miguel se solazó de tal manera que debió someterse a una serie de dolorosos tratamientos contra una aflicción desagradable e incómoda. En cuanto se curó, fue mucho más precavido. Había vivido demasiado en un año y medio, y decidió regresar a Puerto Rico lo antes posible. Antes de ni siquiera volver a pisar la isla, ya le parecía demasiado pequeña.

No había visto a su madre en casi dieciséis años. Los confusos recuerdos que tenía eran de una mujer enorme con ojos negros e implacables. Sus cartas le habían seguido a cada ciudad a la que viajaba. Sus recordatorios de que ella tenía la esperanza de que él fuese el padrino de su hermano pequeño echaron a perder los últimos meses del viaje de Miguel. Sólo el deber filial pudo resquebrajar su resistencia, impulsado además por la insistencia del Sr. Worthy de que debía regresar a Puerto Rico. Tal vez se había enterado de las andanzas de Miguel en Europa, o, quizá con mayor probabilidad, le preocupaban las frecuentes solicitudes de dinero desde cada ciudad que el joven visitaba con el maestro Campos de Laura. Le estaba costando demasiado caro hacer feliz a su tutor-mentor.

Por detrás y por encima de Miguel las velas soplaban y se hinchaban en los mástiles coronados por estandartes ondeantes. Las ropas del joven tremolaban contra sus extremidades, y se caló el jipijapa sobre las orejas, con el ala molestándole en las mejillas y en la parte trasera del cuello, para que no saliera volando. Al este, una nube gris flotaba sobre la vegetación. A medida que se acercaban a tierra, le sorprendieron las ondulaciones color lila y púrpura como bufandas de seda indicando sinuosas montañas. Varias chimeneas expulsaban un humo terso sobre los cañaverales.

Otra playa brilló más allá del extremo este de la cala, protegida por un muro de palmas en la parte de la tierra, y por un estrecho arrecife coralino en el mar. Por encima de la línea de la marea, el humo vagaba sobre la cabaña tras una casa con balcón rodeada por un jardín. Al final se divisaba otro edificio, probablemente un granero. Encantado con el paisaje, Miguel hizo unos trazos rápidos en su cuaderno de dibujo. Mientras el barco pasaba junto a la playa, una mujer salió de la casa y saludó. Como llevaba un vestido ondulante sin miriñaque, la tela acentuaba su atractiva figura. Llevaba el pelo oscuro suelto hasta la cintura. Miguel no pudo verle el rostro, pero adivinó su sonrisa y devolvió el saludo. Siguió mirándola hasta que el barco se alejó de la cala, hechizado por la mujer que caminaba con un balanceo sensual por la playa. No había visto cosa igual en Europa.

La bahía de Guares estaba completamente llena de barcos y no podrían entrar hasta la mañana. Miguel subió a un bote de remos para llegar a la costa, navegando entre los cascos elevados y vibrantes de las embarcaciones ancladas. Los agobiados capataces maldecían a varios grupos de estibadores que hacían rodar, cargaban y levantaban una línea interminable de barriles llenos de melaza y cajas con bloques de azúcar hacia las bodegas de los barcos. Con su ropa de lino blanco, su fino jipijapa y su valija de piel, Miguel era como una figura incongruente en aquel muelle. Los capataces y trabajadores asentían con la cabeza o levantaban sus sombreros a su paso.

Al tocar tierra en su país natal, se le hizo un nudo en la garganta por la emoción. Durante sus meses en el extranjero, sintió a menudo el azote de la nostalgia. «Puerto Rico, amado mío, tierra donde nací», pensó, sintiendo la pasión de un amante que anhela a su amada en la distancia. En los salones, sentado a mesas bulliciosas, habló de las maravillas de su lugar natal: la belleza de sus campos, sus plácidos océanos, sus brisas límpidas, sus mujeres hermosas e inteligentes y sus caballeros valerosos y elegantes. Pero no mencionó que los esclavos eran el sostén de la economía de Puerto Rico, y que su propia riqueza dependía de su trabajo. Mientras miraba a su alrededor, recordó que en los meses de ausencia, cuando disfrutaba sus aventuras desmedidas, se esclavizaba a hombres, mujeres y niños para que pudiera viajar, pintar paisajes sin inspiración, comer, beber e irse de putas. Lo embargó una oleada de vergüenza. Su primer instinto fue averiguar cuándo salía otro barco de regreso al mundo en el que Puerto Rico era un simple punto en el mapa, desconocido y olvidado. Quería estar donde Puerto Rico fuera lo que él deseaba: una fuente de orgullo para sus hijos en otras costas. En los meses que estuvo fuera le había resultado menos doloroso sentir nostalgia que ver aquella realidad y aceptar el papel que desempeñaba en ella.

En las ciudades y pueblos de Europa que visitó, Puerto Rico era un concepto, un ideal, un sitio que vivía en su imaginación, no la degradada humanidad que lo rodeaba y su papel como contribuyente a esa degradación. «Traté de liberarlos», se dijo, pero sabía muy bien cuan débiles fueron sus intentos. Esperaba haber aprendido algo más que la disipación en dieciocho meses. Recordó a los hombres que se reunían en la botica de don Benito, y al Dr. Betances como ejemplo de un hombre medido por sus acciones. En cuanto Miguel puso los pies en aquella tierra preciosa, «amada tierra donde nací», juró continuar la lucha que había abandonado tan fácilmente, y con tanta cobardía.

Había más soldados de lo esperado en el Puerto de Guares, con sus miradas desconfiadas dirigidas a hombres, mujeres y niños, los rifles en ristre, el dedo índice en el gatillo, e incongruentes sables y espadas en la cadera. Recordó que los soldados salían en masa cada vez que el gobierno local se veía amenazado por acontecimientos ocurridos fuera de la isla. En Inglaterra se enteró de que la Confederación había colapsado en el norte y que la rendición era inminente. La esclavitud había dejado de existir en el amplio país del norte, y Miguel tuvo un destello de esperanza por la Confederación Antillana propuesta por el Dr. Betances. En España y Francia había conocido puertorriqueños que seguían debatiendo, planificando y escribiendo acerca de las mismas preocupaciones que compartiera en la botica de Benito y en la sociedad secreta. Pero, al igual que hizo en la isla, Miguel se mantuvo al margen, sin oponerse a la independencia y la abolición ni comprometerse de lleno.

Más allá del muelle, las calles estaban congestionadas por seres humanos y bestias de cuerpos brillantes que emitían el hedor y los sonidos del cansancio bajo el sol. Antes de poder evitarlo, Miguel pisó una bosta de estiércol. En instantes apareció un chico de la nada para limpiarle los zapatos de cordobán.

El muchacho agarró con su mano sucia la moneda que le dio Miguel. —Que Dios lo bendiga —graznó, dándole un último pase a los zapatos para luego desaparecer en la multitud antes de que Miguel pudiera preguntarle dónde estaba la posada de don Tibó.

Caminó con más cautela, alrededor de montones de estiércol, sobre los charcos que había formado un aguacero reciente, junto a las pilas de losas sevillanas que yacían en un carro sin caballo. Pasó con cuidado junto a un perro que dormía y cuyas costillas sobresalían por la piel llagada, donde el escaso pelo que le quedaba colgaba sucio y lleno de nudos.

Guares era una ciudad pequeña. El esqueleto de un segundo muelle se prolongaba, como el primero, más allá de los bajíos rocosos. Casi toda edificación de la costa parecía estar en construcción. Las obras, pospuestas hasta que terminara la zafra, daban la impresión de conformar un pueblo irregular, sin terminar. Los edificios de madera tenían la estructura pero carecían de techo, y sus vigas se entrecruzaban en ángulos agudos contra el cielo oscuro. Las escaleras de piedra se elevaban hasta portales desembaldosados, y las varillas metálicas sobresalían por encima de paredes de concreto a medio terminar cual vegetación de hierro. Sobre las aceras colgaban brillantes letreros anunciando los oficios de un sastre, un sombrerero, dos bares, un barbero, la oficina del telégrafo, una ferretería, dos colmados. El banco y la botica estaban abiertos a pocas puertas de una casa con una placa discreta donde se leía: JOHAN VAN ACKART, MÉDICO, MAXIMUS DIEFENDORF, MÉDICO. Que Guares tuviese dos médicos era algo impresionante. Y que ambos hombres no hubiesen hispanizado sus nombres significaba que eran recién llegados.

Miguel se dirigió a un pilluelo que estaba sentado en la acera.

—¿Puedes decirme dónde está la posada de don Tibó?

—Allí está la cantina —dijo el chico, señalando con desgano en una dirección que bien podría haber sido hacia adelante o a la izquierda.

—¿Se le ofrece algo, señor? —dijo una voz tras de él.

El joven corpulento se quitó el sombrero como alguien que ha reconocido a un ejemplar de su misma raza. Estaba tan bien vestido y era tan elegante como Miguel, con la excepción de que era más alto, más fornido y con el aire complaciente de un lugareño ante un turista extraviado.

—Es usted muy amable —respondió Miguel, y le preguntó dónde estaba la posada de don Tibó.

—Puedo acompañarle parte del camino —respondió el joven extendiendo la mano—. Manuel Morales Moreau, para servirle, pero todos me llaman Manolo.

—Es un placer. Miguel Argoso Larragoity.

Manolo enarcó las cejas. — ¿De la Hacienda Los Gemelos?

—Sí —dijo Miguel, y le explicó la razón por la cual nadie había ido a buscarlo y la sugerencia que le había dado el capitán.

—No, amigo mío. Usted no puede alojarse en la posada de don Tibó. De ninguna manera —dijo—. Su tío y su padre, que en paz descansen, fueron grandes amigos de mi familia. Soy hijo de Luis Morales Font, dueño de San Bernabé, el vecino más cercano de Los Gemelos. Su padrastro ha sido muy atento desde que Papá tuvo la apoplejía. No. Le prohíbo terminantemente pasar la noche en ningún otro sitio que no sea mi casa, donde la comida y el alojamiento serán superiores a lo que nuestro vecino francés podrá proveerle.

—No quisiera causarles ninguna molestia…

—Es un placer, y hará muy feliz a Angustias contándole los últimos acontecimientos del continente. A las damas les encanta recibir noticias de Europa, mucho más que a nosotros los hombres, que nos concentramos más en los asuntos locales.

Miguel se sintió algo cortado por el entusiasmo de Manolo, por su familiaridad, por la manera en que le tomaba del brazo para evitar que pisara charcos de origen cuestionable.

—No me sorprende que se haya extraviado. Guares crece con rapidez en todas direcciones, gracias al Rey Azúcar —explicó Manolo—. Hasta que se amplió el puerto hace tres años, no podíamos recibir grandes barcos mercantes y de pasajeros como el que le trajo de regreso a casa.

Entraron a una plaza donde la iglesia estaba frente a majestuosos edificios oficiales decorados con impresionantes escudos de armas y una enorme bandera española. Las edificaciones comerciales ocupaban los dos lados restantes de la plaza, y Manolo explicó que los terratenientes y comerciantes locales construían casas junto a las carreteras que irradiaban desde el pueblo hacia el campo.

La calle donde residían los Morales se extendía a lo largo de tres cuadras detrás de los edificios de gobierno. Más allá de las casas recién construidas, varios callejones lodosos se conectaban con una colonia de chozas de estructura caótica y ruinosos graneros. Los invasores, campesinos y libertos que se instalaron allí antes de que el pueblo comenzara a crecer estaban siendo desplazados a las afueras, junto a la carretera militar, en los pantanos o en las laderas de las colinas escabrosas.

—Estos barrios son muy desagradables —aseguró Manolo cuando notó el interés de Miguel—. El gobierno municipal está haciendo todo lo posible para sacarlos de ahí, y darle sitio a la gente decente.

—A los ricos, querrá decir —le corrigió Miguel.

—¿Perdón?

—La gente que vive en esos barrios es pobre. Su pobreza es lo indecente —prosiguió Miguel.

—Sí, por supuesto —ripostó Manolo, confuso—. Es terrible que hayan escogido vivir en esas condiciones... Ah, mire... ya llegamos.

—Permítame presentarle a mi esposa y a su madre —dijo Manolo, guiando a Miguel hasta un salón que bien podía haber sido transportado de una casa de buen ver en Madrid. Dos damas sumamente elegantes se pusieron de pie para saludarlo. A Miguel le resultó difícil distinguir quién era la madre y quién la hija, porque aparentaban casi la misma edad. Sus faldas de pliegues extravagantes ocupaban casi todo el espacio en el suelo.

Doña Almudena y Angustias comenzaron a darles órdenes a los sirvientes mientras Miguel y Manolo bebían sendos vasos de agua de mamey con una pizca de ron.

—Me complace que no haya tratado de irse a la Hacienda Los Gemelos esta misma noche. No quise decirle nada al principio, pero hay noticias perturbadoras. El presidente Lincoln fue asesinado hace diez días. Nos acabamos de enterar hoy, y el cabildo nos ha alertado a todos para que estemos especialmente vigilantes.

—Ahora comprendo por qué había tantos soldados —dijo Miguel.

—No hay precaución suficiente. Betances y su gente quieren hacer de Lincoln un mártir. Ya los esclavos los veneran a ambos.

Miguel asintió pero no respondió. Otro acceso de culpabilidad le obligó a ajustarse el pañuelo que apretaba su cuello.

—Por favor, Manolo —dijo Angustias, con sonrisa indulgente—, las autoridades tienen la situación bajo control. Disfrutemos nuestra velada sin tales ansiedades —y volviéndose hacia Miguel, le dijo—: A Mamá y a mí nos consume la curiosidad. ¿Por qué no nos cuenta algunas historias de sus viajes?

Alarmas de incendio

ás temprano esa noche, y aproximadamente a la misma hora que Miguel dibujaba a la mujer que lo saludaba desde la playa, Ana se dirigió a su sitio usual en el balcón para ver la puesta de sol. Un fuerte viento agitaba las hojas y hacía crujir las ramas, pero la lluvia vespertina había vaciado el cielo de nubes. Mientras el sol se precipitaba en el mar, las ranas y los sapos croaban, los insectos zumbaban y las lechuzas ululaban. Las vibraciones de la vida ejecutaban su cacofonía nocturna a su alrededor. Desde la chimenea de la casa de calderas se elevaban chispas hacia una luna velada. Aparte de las luces del molino, el valle era una extensión de oscuridad impenetrable. El paisaje era negro y plano como un tablero, pero desde el mirador de Ana en El Destino, con las montañas pobladas de bosques al norte y al este, el valle se asemejaba al fondo de un cuenco oscuro a punto de derramar su contenido en el Mar Caribe.

—Disculpe, doña Ana —dijo Meri, entrando al balcón—. ¿Le servimos la cena?

—No, esperaré a que vuelva mi marido.

—Es por eso que le pregunto, señora. Vino un muchacho para decir que el patrón no viene, y le envió este mensaje —añadió Meri, entregándole a Ana una hoja arrancada de los libros contables donde los mayorales llevaban el control de las horas de trabajo de los jornaleros. Lo habían doblado varias veces, y las letras que contenía parecían escritas con premura.

«Mataron al presidente americano. Estaremos de guardia toda la noche», se leía en el mensaje.

Ana tuvo que sentarse.

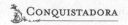

—¿Pasa algo, señora?

Ana movió la cabeza, pero sintió que su mente se atribulaba. La noticia recorrió rápidamente los barracones. Con toda seguridad la novedad del asesinato de Lincoln llegó probablemente a los trabajadores de El Destino antes de que ella recibiera el mensaje de Severo. De repente, Ana se dio cuenta de que la amplia casa estaba extrañamente vacía.

—¿Dónde están los demás?

—Allá atrás comiendo, señora.

En ese mismo instante, una enorme lengua de fuego se elevó hacia el cielo desde la Finca San Bernabé. Ana saltó de su sillón y se apoyó sobre la baranda, como si fuera a volar por encima de ésta.

—¿Qué es eso? —dijo. Meri se adelantó instintivamente para evitar que Ana cayera al vacío—. Fuego en San Bernabé.

—Siempre le prenden candela a la caña, señora.

—Conozco bien la diferencia entre el fuego controlado y eso —dijo Ana, señalando las llamas que crecían y se propagaban con rapidez—. San Bernabé es una hacienda, no un cañaveral.

Conciencia llegó corriendo. —¡Señora! —dijo asustada.

—Ya lo veo, Conciencia.

Las tres mujeres se quedaron en el balcón mirando las llamas que ondulaban y danzaban en brillantes destellos amarillos, rojos, anaranjados, azules.

—No se quemará por mucho tiempo —aseguró Meri— porque llovió por la tarde.

—Pero aquí no —rectificó Conciencia.

Siguieron contemplando el desastre un rato más mientras el incendio se esparcía. Ana dirigió el telescopio en dirección a la hacienda en llamas. —Está totalmente fuera de control.

—No sonó la campana —notó Conciencia. Era cierto. Incluso desde allí podían haber escuchado la advertencia a los vecinos acerca del incendio y las llamadas pidiendo auxilio.

Ana escrutó la noche. En los límites de Los Gemelos y San Bernabé, se movían luces erráticas como luciérnagas en la oscuridad. Eran antorchas. —Alguien le está prendiendo fuego a nuestros cañaverales —y como si sus palabras dieran paso a la acción, se elevaron llamas sobre el valle, en altos destellos rojos y amarillos. Las antorchas salieron en varias direcciones al unísono, se reagruparon, y otro incendio comenzó más hacia el este.

No podía hacer nada, excepto girar el telescopio en dirección al molino, como si encontrar a Severo entre el movimiento de bestias, hombres y equipos le advirtiera que le habían dado fuego a los cañaverales a varios campos de distancia. Cuando miró por primera vez, no vio nada fuera de lo normal cerca del trapiche chico tirado por animales ni en el trapiche grande y su maquinaria de vapor. De repente, la campana inició su tañido insistente e inconfundible. Alguien había visto el incendio. Aquel sonido lo cambió todo.

—Que me ensillen el caballo —ordenó Ana, y Conciencia voló hacia el interior de la casa, llamando a Teo.

—¿Pero usted va para allá abajo, señora? —le preguntó Meri, temblando como una hoja.

—Por supuesto que debo ir —respondió Ana—. Seguramente habrá heridos, quemados… Tengo que hacerme cargo de ellos.

—Ay, señora. ¡Debí habérselo dicho!

Ana se detuvo como convertida en piedra. —¿Decirme qué?

—Jacobo estaba hablando de… ¿lo puedo decir? De rebelión. Yo lo oí, señora. También dijo las palabras "independencia", "guerra contra los españoles". Yo le dije que no…

—¿Nuestro Jacobo?

—Sí, ese Jacobo, el hombre que se peleó con el blanco el día que me quemé…

Ana miró hacia San Bernabé y luego a los cañaverales en llamas. No había considerado que alguien de su gente pudiera ser el responsable de incendiar los cañaverales. Se le aflojaron las rodillas, pero no iba a demostrarlo, especialmente delante de aquella muchacha a quien ella arrebatara de las garras de la muerte, quien le debía, sí, le debía la vida. —¿Estás diciendo la verdad, Meri? Sabías si había alguien más…

—Sólo oí a Jacobo decir esas palabras.

—¿Cuándo?

—Hace mucho tiempo. Antes de que naciera Segundo. Debí habérselo dicho, pero…

—Sí. Debiste habérmelo dicho…

—¿Me va a dar la libertad, señora? La ley dice que si lo digo, me dan mis papeles…

—Pero tú eres una de Fuentes, Meri —ripostó Ana—. Tendrás que pedírselo al patrón.

Conciencia regresó para abrocharle a Ana las botas de montar, seguida por Gloria, quien traía el botiquín de las medicinas. Teo y Paula aparecieron con una cesta llena de trapos limpios para hacer vendajes.

—Teo, tú y Paula quedaos con Meri y con Pepita —dijo Ana. —Todos los demás, al batey.

Los perros guardianes ladraban en sus jaulas como si comprendieran que había una crisis. Ana corrió al dormitorio y abrió el escaparate donde Severo guardaba las armas. Escogió el rifle, y se aseguró que funcionaba a la perfección. Había practicado en las dianas que le había dicho Severo, y ahora apreciaba cómo la destreza era una ventaja en caso de emergencia. Pepita se sorprendió al ver a Ana empuñando un arma.

—¡Señora!

—No salgas de la casa y no dejes solo a Segundo ni un instante.

—A sus órdenes, señora —respondió Pepita casi sin voz.

Ana salió al patio y soltó los perros, que salieron caminando tras ella, como Severo les había enseñado. Los ancianos y ancianas de El Destino se habían agrupado cerca del sendero, temblando en el aire nocturno. Ana no pensó que la atacarían. Los jóvenes eran los más propensos a rebelarse, y estarían en los campos. Los viejos esperarían instrucciones. Si alguno de ellos formaba parte de la rebelión, ya hubiera hecho algo.

—Los necesito a todos —dijo Ana, con la mayor autoridad posible. No iba a dejarse llevar por el pánico—. Los que no puedan apagar el fuego llevarán a las víctimas y ayudarán en la enfermería —debían creer que se trataba de un incendio accidental. Nadie, exceptuando a Ana, Conciencia y Meri, había visto las antorchas correr en diferentes direcciones. Los demás no debían sospechar que uno o más de ellos se habían rebelado. Pero estaba más consciente de las miradas hacia el rifle que llevaba, e hizo como si no estuviera.

Conciencia abrió la marcha en su mulo. Ana le dio una última mirada al incendio en el valle, que seguía propagándose, pero, por fortuna, lejos del molino y los almacenes. Enfiló a Marigalante hacia el sendero. Algunos hombres llevaban lámparas en varas con un agujero, y las tenues llamas danzaban alegremente, iluminando sólo unas yardas adelante.

De repente, Ana sintió temor de cabalgar por aquel sendero. Su yegua sintió su ansiedad y se encabritó. De no haber sido una experta amazona, Ana hubiera caído al suelo. Pero pudo controlarla y tragarse el nudo que se le hizo en la garganta.

Nunca había cabalgado de noche sin Severo. En esta ocasión la guiaba colina abajo una mísera procesión de viejos, tullidos y mutilados. Tenía un arma en caso de que necesitara defenderse, pero no podía imaginarse disparándole a ninguno de ellos. Le abrumaba un temor familiar cada vez que recordaba que ella era el ama y ellos sus esclavos. La vida de ellos estaban en sus manos, pero también ellos tenían la de ella. Podría haberse encerrado tras la seguridad de su puerta, pero ya era demasiado tarde. Había tomado la decisión sin acordarse de los peligros que la mantenían bajo techo en cuanto el sol se precipitaba en el mar.

El campo que calmaba la música de sus noches desde el balcón adoptaba un sonido diferente a medida que se abría paso por el terreno boscoso y oscuro. Sus acompañantes pisaban fuerte por el sendero rocoso para ahuyentar a los sigilosos insectos nocturnos. Las ramas crujían y la golpeaban a su paso. Marigalante caminaba con cautela, como si no hubiera transitado este sendero mil veces. Ana vigilaba los perros que se adelantaban, regresaban, ladraban y aullaban. Ana no era tan diestra como Severo en el manejo de los perros, pero si alguien intentaba atacarla, sabía que la protegerían.

Una ráfaga de viento le golpeó el rostro, y Ana lo abofeteó como si pudiera castigarlo. Sintió ganas de llorar pero se negó a darse por vencida ante el temor y la rabia que la invadía cada vez que se sentía débil o impotente. Apretó los dientes y le ordenó a la procesión que acelerara el paso, a pesar de que le lloraban los ojos a consecuencia del humo que subía por la colina hacia el cielo nocturno y del aire pegajoso y oloroso a azúcar quemada.

Cuando Ana y los demás residentes de El Destino llegaron a la enfermería, Zena y Toño habían abierto varios catres y ataban hamacas. Como había cuatro trabajadores que se recuperaban de sus enfermedades, Ana fue a atenderlos. Luego, ella y Conciencia alistaron sus tazones, ungüentos y vendajes, y, al no tener nada más que hacer, esperaron por la llegada de más pacientes.

Ana subió al balcón de la casona para tener un mejor panorama de los campos. A su izquierda, el incendio en San Bernabé parecía mitigarse, pero en el camino a Guares las llamas brillaban y danzaban como una diana.

Efraín e Indio aparecieron por el sendero, y, de momento, los dos jóvenes a quienes conoció desde que nacieron, al salir de la nada, la asustaron.

—¿Por qué no están trabajando donde deben?

—El patrón nos mandó a cuidarla, señora.

—Aquí todos estamos bien —dijo Ana, bajando las escaleras—. Traed algunas hamacas para los heridos y vámonos al ingenio Diana.

—¡No, señora! — gritó Conciencia.

—¿Hay alguna razón para que me quede aquí?

—No, pero, es peligroso. No sabemos qué…

—Ocúpate de todo hasta que vuelva.

Como Efraín e Indio cabalgaban sus mulos sin montura, por lo que no podían cabalgar a la misma velocidad que Marigalante,

Ana dejó que fueran adelante. El sendero entre la parte baja del batey y el ingenio Diana era un laberinto definido por cañaverales a ambos lados, al frente y detrás de ella. Sintió miedo. Cada crujido y murmullo podría ser emitido por alguien esperando a saltar ante ella con un machete. No, alguien no. Jacobo, un hombre al que conocía, y a quien incluso había curado sus heridas. Las heridas infligidas por Severo.

—Adelante, a la izquierda —gritó Efraín. La noche era tan oscura que sólo el hábito de transitar por allí los guiaba por la dirección correcta.

Por supuesto, Jacobo no iba a esconderse en el cañaveral para atacarla. Seguramente estaba corriendo en dirección opuesta, tratando de alejarse lo más posible de la Hacienda Los Gemelos. ¿Y por qué no hacerlo? ¿A qué otra cosa podría aspirar que no fuera trabajo y sufrimiento? Ana agitó la cabeza en el gesto usual para ahuyentar pensamientos que no conducirían a respuestas, sino a más preguntas.

—Vamos a cruzar el puente —dijo Indio, y en instantes Ana vio el canal de irrigación a cada lado y los tablones para cruzarlo de un campo al otro. A medida que se acercaban al ingenio Diana se vislumbraron algunas luces. Allí había actividad, movimiento y finalidad. No había tiempo para pensar, ni para reflexionar o cuestionar. Tampoco para mirarse por dentro. Tenía trabajo pendiente.

Severo vio las llamas en San Bernabé casi en cuanto sobresalieron por la arboleda. Enseguida le comunicó al mayoral del ingenio que iba a ayudar en la extinción del incendio, se llevó con él a Efraín y a Indio y salió en dirección a la hacienda. Pero cuando entraron en el sendero, Efraín señaló al sudeste.

—¡Mire, patrón! —gritó

Uno de los campos estaba en llamas. Severo envió a Indio para alertar al mayoral, mientras que él y Efraín inspeccionaban los cañaverales ardiendo junto al camino a Guares desde el ingenio. Las hojas secas de las cañas producían llamas espectaculares porque eran las que primero se quemaban, pero los tallos, como eran casi totalmente líquidos, se consumían con mayor lentitud. Ésa precisamente era la teoría del fuego controlado, que limpiaba las hojas afiladas y espinosas para una cosecha más eficiente de los tallos ricos en sacarosa. Pero Severo sabía que aquel fuego se había provocado intencionalmente para dañar los cultivos. Él no había dado orden de quema, pues el campo no estaba listo aún.

Severo organizó a los mayorales y a la mayor cantidad de trabajadores que pudo sacar del trapiche, donde no se había detenido la extracción del guarapo. Los jefes formaron cuadrillas, y uno de ellos salió corriendo en dirección a Severo.

—Faltan tres esclavos del mismo grupo —dijo—. Yayo, Quique y Jacobo.

Severo miró hacia San Bernabé. Yayo, Quique y posiblemente Jacobo habrían sido los primeros en reunir a otros esclavos y alertar a las mujeres. El hecho de incendiar la hacienda no era un buen presagio para don Luis.

—Poned a trabajar a las cuadrillas.

Todos sabían lo que debían hacer en caso de incendio. Picos, palas y azadones, siempre había disponible mucha agua y arena, especialmente cerca de la máquina de vapor, la casa de calderas y los almacenes. Los hombres, las mujeres y los niños corrieron en la dirección que les indicaban los mayorales.

Severo corría de un extremo a otro del batey, dándoles instrucciones a los mayorales, quienes, a su vez, movilizaban a los trabajadores, distribuían herramientas y formaban brigadas para lanzar baldes de agua. La suave brisa nocturna se convirtió de repente en un viento intenso que zumbaba como los fuelles gigantescos que soplaban los primeros carbones tentativos, para hacer hervir el agua que generaba el vapor que impulsaba el motor que movía las prensas que aplastaban la caña.

Mientras los trabajadores corrían hacia el camino a Guares, otro incendio se desató en un campo por detrás del trapiche chico, propagándose rápidamente, saltando sobre guardarrayas y senderos. Severo llamó a las cuadrillas para que volvieran a contener las llamas que amenazaban el trapiche y la casa de purgas por un lado y los almacenes por el otro. Como el generador de vapor de las prensas del trapiche grande se alimentaba con leña y con bagazo, altamente inflamable, había que detener el fuego para que no llegase al sitio donde se secaba y almacenaba. De lo contrario, el edificio y las estructuras circundantes serían consumidas por las llamas en cuestión de minutos.

Los animales del patio de trabajo se espantaron. Los que pudieron escaparon a terreno seguro. Dos bueyes de largas astas, atados aún a su carreta, resoplaban, daban patadas y arrastraban el vehículo a medio llenar en una loca carrera por el batey. Un trabajador que no pudo hacerse a un lado con la rapidez necesaria fue impactado por las bestias, voló sobre las ruedas, cayó al suelo y no pudo impedir que lo pisotearan. Una chispa incendió la caña que había en la carreta, aterrorizando aún más a los bueyes, ya enloquecidos de temor. Los animales corrieron en dirección a los almacenes. Viendo lo que iba a ocurrir, Severo le disparó a una de las bestias que se desplomó mientras la otra seguía corriendo. Volvió a disparar pero erró el tiro. Para su sorpresa, vio cómo Ana, aún sobre Marigalante, le disparó con mejor puntería al segundo buey, y les ordenó a los trabajadores que apagaran el fuego con arena y agua, a sólo yardas de la edificación.

Ruborizada, Ana desmontó y corrió hacia él. —Fue Jacobo —dijo—, Meri escuchó lo que dijo.

—Sí. Nosotros también nos dimos cuenta. No pueden andar muy lejos.

—¿No pueden?

Severo le explicó mientras inspeccionaban los daños detrás de la casa de purgas. —Escogieron una mala noche para fugarse. La milicia civil y los soldados regulares están en alerta por la noticia de la que nos enteramos durante el día.

—¿Estás seguro de que sólo fueron esos tres?

—Tal vez haya algunos más en San Bernabé. Si hubiera más esclavos de los nuestros, ya nos habríamos dado cuenta.

Ana examinó al hombre aplastado por la estampida de los bueyes. —Muerto —suspiró, contando mentalmente: «uno, más tres cimarrones que serán ejecutados probablemente»—. Cuatro trabajadores perdidos en un solo día. Y no sabemos cuántas hectáreas se quemaron.

—Estamos haciendo todo lo posible para resolver el problema —dijo Severo—. Mantén aquí una escuadrilla para terminar —le ordenó a un mayoral—. Y manda el resto a los campos del este.

—¿Podrás salvar parte de los cultivos?

—Lo intentaremos. Esos fuegos son más pequeños y aparentemente los iniciaron para desviar nuestra atención. Aún así, podría haber heridos. Me sentiría mejor si te fueras a la parte baja del batey. Allí está todo bajo control —dijo Severo, caminando con ella hacia Marigalante—. Por cierto, muy buena puntería...

—No puedo creer que lo hice —respondió Ana, mirando hacia el sitio donde cayó el buey.

—Muy impresionante —aseguró Severo con una sonrisa—. Ahora debo irme para ver qué ocurrió en San Bernabé—. Revisó el revólver en su cartuchera y se colocó el rifle a la espalda. —Efraín, ven conmigo. Indio, lleva a la patrona de regreso al batey y quédate con ella —ordenó Severo.

—No hace falta que se quede. Es más necesario con las escuadrillas que apagan los incendios.

Severo asintió y le ordenó a un muchacho que le trajera un machete a Efraín.

—Severo —dijo Ana en voz muy baja para que sólo él la pudiera oír—. Ten cuidado. Recuerda que Conciencia vio a un hombre quemándose. Dos veces.

Severo le acarició una mejilla. —Tendré cuidado. No te olvides de que la mala hierba nunca muere.

—Si la mala hierba no muere, entonces viviremos por siempre —respondió Ana con tono sombrío.

Severo ayudó a Ana a subir a Marigalante, y la vio partir hasta que desapareció.

De repente cayó en cuenta de que era pasada la medianoche, y el incendio en San Bernabé había estado ardiendo al menos durante cinco horas. Hizo girar a Penumbra hacia el atajo que seguía por el borde del monte y subía la colina por la que se llegaba a la parte trasera de la hacienda. Seis, Siete y Ocho iban adelante. Los perros conocían el camino porque era el que usaba Severo para visitar a Luis desde Los Gemelos. El estrecho camino colina arriba en la oscuridad era escabroso y traicionero, y tuvo que depender por un largo trecho de la aguda visión nocturna de los perros. Hubo momentos en que debió detenerse para que sus ojos se acostumbraran a la oscuridad, con una mano en las riendas y otra en el revólver. Efraín cabalgaba detrás, y a pesar de que nunca le había causado problemas, Severo sabía que no era aconsejable tener a la espalda un esclavo con un machete en la mano, independientemente de lo obediente que hubiera sido siempre. De repente, se preguntó cuánto tiempo había transcurrido desde la última vez en que le permitió a un hombre que caminara tras él.

Cruzaron un huerto, y en cuanto estaban a punto de entrar en el patio, los perros salieron corriendo hacia unos arbustos, ladrando salvajemente. Severo le apuntó con su rifle a una mujer que salió de la oscuridad cargando a un niño y arrastrando a otro de la mano, gritando porque Seis estaba mordiéndole los talones.

A una señal suya, los perros retrocedieron, pero Siete y Ocho siguieron ladrándoles a más personas que emergían de las sombras.

—¿Dónde están los demás? —preguntó Severo, tratando de penetrar la oscuridad.

—Se fueron —respondió una mujer.

Severo siguió mirando la espesura mientras los perros espantaban a más personas hacia él. Fue contándolas con el cañón de su rifle mientras iban saliendo: cinco mujeres, siete niños, tres infantes, dos ancianos encorvados que se movían lentamente, uno de ellos manco; un hombre con una pierna de palo, casi tan delgada como la que le quedaba, guiando a una ciega. Todos los hombres con capacidad de trabajo se habían fugado. Seis hombres, recordó Severo, sin contar a Yayo ni a Quique.

Severo le ordenó a Efraín que desmontara y condujera al grupo al batey. Los perros iban rodeándolo, mordiendo a todo el que se retrasara o pareciera que iba a escaparse. Severo cabalgó al frente.

La hacienda estaba en ruinas. Los barracones, reducidos a cenizas, y los graneros, convertidos en humeantes montones de madera. El aire era casi irrespirable a causa del olor de cabello y carne humana ardiendo, y de los animales que no pudieron salir de sus establos. Santos, el supervisor, en compañía de su hermana, degollados ambos, quedaron en perpetua vigilia en los escalones de cemento de la casa. Todo ardía adentro aún, y era obvio que no quedaba un solo sobreviviente. Don Luis, obeso y lento al andar, no había podido salir por su cuenta debido a la apoplejía que había sufrido años antes. Su silla de ruedas quedó volteada a un lado en el patio.

—¡Severo!

Don Luis se había refugiado detrás de la cisterna de cemento al frente de la casa. Lo que quedaba de su desgarrado camisón enrollado para ocultar sus partes pudendas, dejaba al descubierto sus muslos y piernas sangrantes y llenas de arañazos. Estaba descalzo, pero aún llevaba su gorro de dormir. Desde que le diera la apoplejía, una sonrisa desproporcionada y caprichosa se había quedado congelada en su rostro y le hacía parecer, incluso en los peores momentos, un sátiro de vientre descomunal. Quejándose, se agarró a Severo, sollozándole en el hombro y diciéndole que lo habían golpeado con garrotes hasta darlo por muerto dentro de la casa incendiada. Pero pudo arrastrarse con los codos, pasando junto a los cadáveres de sus guardianes, y arrastrando la parte inferior de su cuerpo baldado por el batey hasta encontrar refugio.

Efraín llevó a los esclavos hasta el batey. Cuando éstos vieron las ruinas, las mujeres comenzaron a lamentarse, se arrancaron los turbantes y comenzaron a azotarse los hombros y el torso, como si estuvieran espantando a una nube de insectos. Los niños también gimoteaban, tratando de agarrar los turbantes, como si temieran que, con tantos azotes, sus madres se irían flotando hacia el cielo. Sus gritos casi apagaron el sonido de los caballos que se acercaban, el tintineo de espuelas y las maldiciones de los hombres con sables desenfundados. El teniente venía al frente de cuatro soldados, y tres miembros de la milicia local flanqueaban al alguacil. Tras ellos iba un desgreñado Manolo Morales Moreau, más acostumbrado a cabalgar en su hermosa calesa que sobre un caballo tan vapuleado y sacudido que Severo Fuentes sintió pena por el animal. Cuando Manolo vio a Severo con su padre, desmontó torpemente y salió corriendo hacia Luis, que no soltó a Severo hasta reconocer que el hombre inmenso y balbuceante que lo agarraba era su hijo.

—Trataron de matarme —lloraba don Luis, mientras Manolo lloraba y lo besaba, tratando de mantenerlo en pie, olvidando que las piernas de su padre estaban paralizadas.

Un soldado rodeó a los esclavos y los hizo sentarse en la tierra con las manos sobre la cabeza.

—Agarramos a dos hombres —le dijo el alguacil a Severo y al teniente—. A uno lo llaman Yayo, al otro, Alfonso.

—Yayo pertenece a Los Gemelos. Todavía me faltan otros dos, Jacobo y Quique. Alfonso y unos cinco más se escaparon de esta hacienda.

—Los encontraremos —aseguró el alguacil.

Otro soldado llegó cabalgando y le dijo al teniente: —Don Miguel está esperando que alguien le escolte.

—¿Miguel? —dijo Severo, volviéndose hacia Efraín, quien sostenía los caballos —. ¿No fuiste esta mañana a ver si llegaba?

—No había barco allí, patrón —respondió Efraín—. Pregunté, y el oficial del puerto me dijo que no iba a llegar ningún barco, que volviera mañana.

—Hubo un error. Don Miguel estaba con don Manolo —dijo el teniente.

Manolo y los miembros de la milicia trataban de levantar a don Luis para colocarlo en su silla de ruedas. Severo ayudó a colocar al anciano, que aún no se había recuperado totalmente, antes de preguntarle a su hijo.

Manolo estaba sin aliento a causa del esfuerzo, pero entre boqueadas pudo contarle a Severo que el barco había llegado, y que se había encontrado a Miguel en la calle, y cómo lo llevó luego a su casa. —Cuando nos llegó el aviso de lo que estaba ocurriendo aquí, no vaciló —dijo Manolo—. Venía con nosotros, pero desapareció de repente.

—Se detuvo cuando vio cómo ardían sus campos —aseguró el soldado —. Dijo que iba a llegar hasta allí. Estaba preocupado por doña Ana.

No había terminado de hablar el soldado cuando Severo ya estaba montado en su caballo, ordenándole a Efraín que lo siguiera colina abajo hasta Los Gemelos.

Teo, Paula y Pepita, llevando a Segundo en una cunita, se sentaron en la cocina con Meri en cuanto salieron Ana y los demás.

—Le dije lo que le oí decir a Jacobo —dijo Meri.

—Calla niña —la regañó Paula—. No hables boberías.

—Pero lo oí…

—No oíste nada, y tu lengua suelta puede meter en problemas a mucha gente —dijo Teo—. Nadie ha dicho nada de nada. ¿Entendido?

—Pero ya yo…

—Ni una palabra más —sentenció Paula—. Póngase a trabajar y yo la ayudaré con el dobladillo. ¿Puedes encender otra lámpara, Teo?

Meri se enojó. ¿Quién creía que era la vieja Paula, diciéndole lo que debía hacer? En cuanto el patrón le diera sus papeles de libertad, le iba a decir unas cuantas cosas. ¡Siempre mandándola a callar! Era ella la que iba a callarse, vieja loca.

¡Libertad! Sería libre, y en cuanto pudiera, se iría del El Destino y de la Hacienda Los Gemelos, muy lejos, tal vez hasta San Juan. Allí abriría una tienda de ropa para damas, y sacaría los patrones de las revistas que doña Ana apenas leía pero que Meri devoraba. Haría vestidos con muchos pliegues en las faldas y volantes en las mangas y el cuello, como en las fotografías. Ojalá pudiera llevarse consigo la Singer. Don Severo la había traído hacía un mes, y después que doña Ana aprendió a usarla, le enseñó a Meri, quien ahora podía hacer una falda, una blusa y un delantal en un día, sin contar el remate a mano.

Antes de regresar a la cocina decidió ver qué estaba ocurriendo en el valle, para informarles a los demás. El fuego en San Bernabé se había extinguido. Sin embargo, el incendio en los cañaverales del sureste parecía aproximarse a la parte baja del batey.

Nunca había visto a nadie más usando el telescopio de doña Ana, pero se atrevió a agacharse y mirar por el lente, sin atreverse a cambiar la altura para que la patrona no se diera cuenta. Escudriñó la oscuridad hasta que pudo ver la parte baja del batey. Las antorchas y las lámparas iluminaban algunos edificios lo suficiente como para distinguir la enfermería y la casona. Meri dirigió el telescopio hacia los campos en llamas, pero no los vio de momento. Cuando volvió a mirar en dirección al incendio, algo le llamó la atención. Enfocó el lente hacia lo que se movía y vio a un hombre vestido de blanco sobre un caballo pálido. De repente, un erizamiento le recorrió la columna vertebral.

—¡El Caminante!

Desvió la mirada, porque ver la aparición podía acarrearle una maldición. Pero tenía que volver a mirar para asegurarse de que no se trataba de una visión, al recordar que jamás había escuchado a nadie decir que El Caminante iba a caballo. Volvió a recorrer el valle otra vez y volvió a ver al hombre vestido de blanco. —¿Cómo puede ser esto? —dijo en voz alta, como si el hombre pudiera escucharla. Pero en cuanto habló, El Caminante desapareció dentro del cañaveral incendiado.

Ana volvió a revisar la enfermería, pero no habían traído a ningún trabajador herido mientras estuvo en el ingenio. Regresó al balcón de la casona, desde donde tenía una buena vista panorámica de los campos. A su izquierda, el fuego en San Bernabé parecía haberse extinguido, pero en el camino a Guares, un pequeño incendio surgió como una diana en la noche. Asintió recordando que Severo les había ordenado a los trabajadores que cavaran trincheras y rociaran con agua los límites del campo más lejano para evitar que el fuego saltara por los surcos, dejando que se quemara la parte interior del campo.

Mientras contemplaba aquel paisaje nocturno, una ráfaga de viento frío casi la lanza al suelo, soplando como manos humanas, sacándola de su sitio, para luego seguir por el patio polvoriento hacia el cañaveral, resonando y susurrando mientras se dirigía al campo en llamas. Los oídos le resonaron con el eco de voces ininteligibles. De repente se le erizó el vello de los brazos, detrás del cuello y hasta la raíz del cabello. Escuchó un relincho, un galope y un grito mientras una llamarada surgía del cañaveral y emitía una especie de silbido para luego desaparecer.

Súbitamente, la inundó una oscuridad total. Tanteó la baranda del balcón hasta llegar a las escaleras que conducían al patio. En la enfermería y sus alrededores se habían apagado todas las velas, lámparas y antorchas. Abajo alguien corría hacia el cañaveral, seguido de un perro, pero no pudo distinguir quién era. Ana se quedó petrificada en el primer escalón, temerosa de bajar al patio. Luego escuchó gritos y un movimiento incesante en su dirección. Había dejado el rifle dentro de la casa, apoyado en la pared, y retrocedió a buscarlo.

Los perros se acercaron más a la casa. Dos de ellos subieron hasta donde estaba ella. Alguien pudo encender una antorcha, y en breve volvieron a brillar velas y lámparas al extremo de los postes. De improviso pensó que estaba atrapada en la planta alta de la vieja y desvencijada casona. ¿Le prenderían fuego a la casa, como hicieron aparentemente los cimarrones en los cañaverales?

En los primeros escalones de la casona comenzó a formarse una aglomeración de personas, pero nadie osó acercarse, por temor a los perros.

—¡Conciencia! —gritó Ana desde el balcón.

—El fuego la llamó —respondió Toño, seguido por los gritos de los demás.

—Se le montó un espíritu —dijo Zena, y comenzó a rezar un padrenuestro entre los sollozos de varias mujeres.

Ana se dio cuenta de que no se habían reunido en el patio para rebelarse, sino porque querían estar cerca de ella y buscaban su protección. Pensó que su terror tenía algo que ver con la persona que corrió a los cañaverales perseguida por un perro. Seguramente se trataba de Conciencia.

Salió corriendo hasta el balcón del frente. Miró hacia el camino a Guares y se horrorizó al ver una columna de llamas en el campo más lejano. Se quedó sin aliento, aferrándose a la baranda, contemplando las llamas lamiendo el cielo oscuro. Sobre el estallido de las cañas escuchó gritos, voces, ladridos, carreras, y luego, finalmente, se sintió invadida por la fatídica certeza de que la desgracia había vuelto a tocar a su puerta.

Los diez mil ojos del cielo

Horas antes, cuando se sentaron a cenar, llegó la noticia de que los esclavos habían incendiado San Bernabé. Manolo y Miguel corrieron a los establos, ensillaron dos caballos y salieron a toda prisa, sin pensarlo, y sin armas. En la ciudad o en el campo, cuando sonaba la campana de alarma de incendio, todo hombre debía responder, y al desembocar en la carretera principal, encontraron a otros hombres como ellos, vestidos como para pasar una plácida noche en casa, pero listos para cumplir con su deber. Siguieron a los soldados, cuya misión era sofocar una posible rebelión, mientras que los vecinos y los voluntarios tenían la responsabilidad de combatir el incendio.

Al dejar atrás los alrededores de Guares, la luna era un tenue rescoldo luminoso en un cielo turbio. Miguel siguió a los jinetes. Cuando tomaron el desvío hacia San Bernabé, una espesa cortina de ramas oscureció el camino, haciendo casi imposible ver por dónde iban. Los soldados abrían la marcha colina arriba, pero Miguel se detuvo en un promontorio cuando vio llamas en el valle. Un soldado hizo lo mismo. Estaba demasiado oscuro para definir claramente su rostro, pero su voz era la de un joven que aún se entusiasmaba con su trabajo.

Las estrellas proyectaron una luz gris sobre un paisaje poblado por los destellos anaranjados y amarillos de las antorchas y las velas. Pero abajo, frente a Miguel, eran llamas azules y enfurecidas.

—Han incendiado los campos de Los Gemelos —dijo el soldado—. Es raro que eso ocurra de noche. No se ven hombres allá abajo, pero quién sabe. Está oscuro como boca de lobo.

La atención de Miguel se desvió hacia las luces y las edificaciones apenas discernible tras los cañaverales en llamas. —¿Aquella es la casa? —preguntó.

—No. La casa está allá arriba, en El Destino —respondió el soldado, señalando hacia un destello amarillo en las alturas—. Lo que está viendo, ¿ve aquellas luces? Es lo que llaman la parte baja del batey, con la vieja casona y la enfermería de doña Ana.

—¿Cree usted que la señora sabe que el cañaveral está ardiendo?

—Seguramente vio las llamas desde El Destino pero... me parece... que en caso de emergencia estaría en la enfermería —dijo el soldado, pero luego enmudeció, dándose cuenta de que tal vez estaba diciendo lo que no debía—. Pero no se preocupe, señor. Probablemente don Severo ya mandó hombres a combatir el incendio. Siempre está atento a todo.

Miguel lo mandó a callar, alzando una mano. —Oigo voces.

El soldado prestó atención. —Tiene razón. Como le dije, don Severo está al tanto de todo —dijo, matando de una palmada un mosquito que se había posado en su cuello, para luego ajustarse el sombrero. Finalmente, miró hacia la oscuridad y decidió que necesitaba más órdenes—. Creo que mejor se lo hago saber al teniente.

—Yo voy para allá abajo —dijo Miguel—. ¿A la derecha, cuando llegue a la base de la colina?

—Sí. Pero si espera un poco, alguien le acompañará.

—Está bien —contestó Miguel.

—Sólo demorará unos minutos.

Miguel se quedó solo en el promontorio, hechizado por los colores, por las tonalidades en constante cambio de las llamas azules, rojas, amarillas y anaranjadas que se recortaban contra el campo oscuro. Las voces de los hombres sobresalían por encima de los estallidos y martilleos de las cañas y el fuego. De cuando en cuando se veía envuelto en un humo oloroso a dulzor quemado. Siguió mirando, deslumbrado por las formas y los bordes fluctuantes mientras el fuego crepitaba en diferentes direcciones. «Gracias, Madre Bosque, por el anaranjado y el rojo...». Una tristeza inmensa le oprimió el pecho. No podía entender por qué, pero cuando miró a las luces centelleantes, tuvo la sensación de que Nana Flora estaba allí, que Nana Inés también, y Siña Damita, y Nena, y su padre, vestido de blanco, tal y como estaba él ahora, esperando por él en el batey. Allí abajo también estaba su madre, pero Miguel no pudo materializar su imagen, a diferencia de los demás. Era un fantasma huidizo. Todo lo que sabía de ella se reducía a miles de palabras escritas en fino papel, firmes letras mayúsculas de curvos extremos, las *t* con remarcada barra horizontal, tildes resueltas sobre las *ñ*, inconfundibles puntos sobre las *íes*. «No tiene la menor idea de quién soy». Volvió a sentir presión en el pecho, y supo que se trataba de la tristeza que había llevado dentro todos esos años. ¿Sería cierto que lo cambió por aquella vasta oscuridad que tenía delante? Una línea de fuego en pleno avance danzaba y chisporroteaba como si celebrara su regreso. Tenía que verla. Tenía que hacerle la pregunta que nunca antes se había atrevido a hacerle en los cientos de cartas que le había escrito a regañadientes en los últimos dieciséis años.

No podía esperar por los demás. Guió su caballo colina abajo hacia el valle. No pensaba en el fuego. Sólo quería llegar al batey, ver la expresión de Ana cuando lo viera. ¿Lo reconocería? Sabía que cuando viese sus ojos, se enteraría de la verdad.

Al final del sendero estaba la llanura. Giró a la derecha, como el soldado le había indicado. Jamás había estado en el cañaveral, ni siquiera cuando niño. El caballo sintió su incertidumbre, pero Miguel lo espoleó por el terraplén, para asegurarse a sí mismo y a su cabalgadura que iban por camino trillado. No podía ver más allá de unas pocas yardas, pero en un campo a su extrema izquierda las llamas se elevaban hacia el cielo, y olió y sintió el dulce y picante humo de la caña incendiada. Siempre y cuando se mantuviera en el sendero, evitaría penetrar en los cañaverales.

De repente escuchó gruñidos, agitación, golpes, cortes, llamadas y preguntas, y hombres maldiciendo. El soldado estaba en lo cierto: eran los que trataban de impedir la propagación de las llamas. Apretando las riendas, detuvo el caballo en medio del camino para oír mejor. Los trabajadores estaban más cerca de lo que pensó en principio. El caballo, asustado, relinchó, resistiéndose al freno, y Miguel le aflojó las riendas. Trató de vislumbrar algo en la oscuridad. Un rayo de luna emergió entre las nubes, y Miguel vio tres fuentes de luz diferentes. A su derecha, sobre una colina pequeña, había luces alrededor del molino con su chimenea. Muy alto, sobre el horizonte que tenía ante sí, vio destellos en lo que pensaba que era El Destino. A su izquierda el camino se estrechaba entre surcos de caña, y si se sentaba sobre el caballo, podría ver las luces de la casona donde nació. Espoleó el caballo hacia la parte baja del batey, galopando sobre la dura tierra hacia su madre.

Cuando era niño evitaba leer sus cartas. De joven, apenas las respondía. Había cruzado el océano, a regañadientes, con resentimiento, para verla, e incluso antes de tenerla delante, ya tenía planes de marcharse con la mayor rapidez y gentileza posible. El recuerdo que le quedaba de ella era el de una mujer adusta vestida de negro, quien, por razones que no comprendía, le infundía miedo. De momento le abrumó el remordimiento. Era su madre, el último lazo de sangre que le quedaba, y tenía que verla.

Giró a la derecha en la siguiente curva del camino, y se encontró a dos hombres que portaban antorchas. Uno de ellos pareció reconocerlo, pero cuando Miguel abrió la boca para hablar, los dos lanzaron al suelo las antorchas y se ocultaron en el cañaveral.

—¡Espera! —gritó Miguel.

Justo entonces lo envolvió una enorme nube de humo gris. El caballo relinchó, se volvió, salió corriendo hacia el cañaveral, volvió atrás, se encabritó y lanzó a Miguel de cabeza al suelo, volviendo a internarse en el cañaveral.

Cuando volvió en sí, no sabía dónde estaba. Le sonaban los oídos y la cabeza le pesaba. No tenía memoria. Ni futuro. Flotaba en la oscuridad y el espacio. No quería despertar, pero mientras yacía en el suelo recuperó los sentidos, y descubrió que podía percibir lo que le rodeaba. La tierra bajo su cuerpo estaba húmeda, y agarró algunos terrones arenosos. Estaba entre las cañas susurrantes.

De repente, Miguel recordó su caída, la súbita cortina de humo y ceniza que le impedían respirar. Le dolían los ojos, como si los tuviera llenos de alfileres, y los cerró. ¿Quiénes eran aquellos hombres, y por qué uno de ellos lo conocía? Tenía que enterarse. Cuando volvió a abrir los ojos, la noche cerrada brillaba con diez mil ojos parpadeantes y afligidos. Si moría, los esclavos serían libres. Se sintió apacible, noble. Los diez mil ojos parpadearon nuevamente. Mientras veía cómo lo observaban, se corrió una especie de velo sobre el cielo. Sintió cómo pasaban unos insectos junto a él, y se sacudió asustado y gimiendo. Estaba totalmente despierto y consciente, con los cañaverales cerniéndose sobre él. Le dolía todo el cuerpo, pero pudo mover cada extremidad y cada dedo. Escuchó voces que lo llamaban y el ladrido de unos perros. Se incorporó, pero las cañas le impedían ver.

—¡Auxilio!

Súbitamente un torbellino de calor y chispas lo envolvió y lo derribó. Intentó arrastrarse pero tropezó, sin poder respirar, tratando de ver a través del humo que lo oprimía. Volvió a incorporarse a duras penas, y volvió a gritar. Las llamas lo rodeaban. El calor era intolerable. Sintió olor a melaza y a cabello chamuscado. «¿Se me queman los cabellos?», pensó. La boca se le llenó de ceniza azucarada que le quemaba la garganta y le apretaba los pulmones. Una cálida presión le azotó el rostro. Cerró los ojos para protegerse del humo y el fuego, gimió, lloró, y supo que estaba muriendo en pleno cañaveral.

«No. Debo salir. No quiero morir», se dijo.

Tosiendo, intentando apagar sus ropas y su cabello en llamas, se arrastró y giró en varias direcciones tratando de buscar una vía de escape.

—¡Auxilio!

«Quiero vivir. No puedo morir ahora, no aquí. Ni aunque mi muerte signifique libertad…», pensó.

—¡Mamá! ¡Mamá, ayúdame!

Por encima del siseo y el chisporrotear de las llamas escuchó su nombre. Se arrodilló. «Ayúdame». Trató de abrir los ojos que le ardían en las órbitas. Sintió unos perros aullando, y estuvo seguro de que estaba a las puertas del Hades. «No merezco morir. Quiero liberarlos pero no me dejarán». Volvió a escuchar su nombre, se volvió hacia donde venía la voz, y trató de abrir los ojos ardidos por el fuego. Lo último que vio fue a un hombre de dorados cabellos corriendo hacia él, como si las llamas del infierno no pudieran tocarlo.

Ana esperó en el balcón de la casona, agarrada a la baranda. Abajo los esclavos rezaban el padrenuestro y el avemaría que ella les había enseñado. Repitió mecánicamente las conocidas invocaciones mientras trataba de penetrar la noche y resistirse a su mayor temor. En los intervalos que hacía entre respiro y respiro, le rogaba a un Dios al que apenas recurría.

—Por favor, Señor. Por favor, salva a Severo Fuentes.

Como si se cumpliera su pedido, el hombre emergió del cañaveral llevando un montón de trapos, seguido por Conciencia, Efraín, Indio, caballos, perros. Severo pasó corriendo por entre los esclavos al pie de la escalera, en dirección a la enfermería. Aunque el bulto que llevaba en brazos no parecía real, Ana pudo reconocer los contornos de un cuerpo. «Un mayoral o un jornalero», pensó, y se dispuso a seguirlos. Severo colocó al hombre sobre un camastro, y Conciencia, a toda prisa, cortó con una tijera sus ropas. Estaba tan yerto y rígido que Ana estuvo segura de que había muerto.

—Lo siento mucho —dijo Severo, pasándole el brazo por encima. El rostro de aquella persona estaba totalmente manchado y olía a rescoldos y a cabello quemado—. Se extravió en el cañaveral.

—¿Quién?

Efraín enganchó una lámpara de aceite en una viga sobre el camastro para que Conciencia pudiera ver mejor. Y aunque no había visto a su hijo en dieciséis años, Ana reconoció a Miguel.

—¡No! ¡No! ¡No! ¡No!

Severo la agarró mientras ella miraba por encima de su hombro a su hijo con el rostro chamuscado y las manos sangrantes. En aquellas ropas blancas y sucias, con el cabello largo y el rostro escuálido, Miguel se asemejaba a Ramón en sus últimos días de vida.

—Está vivo, Ana —dijo Severo, apretándola contra su pecho, como si quisiera transmitirle su fuerza. Luego la soltó, y Ana corrió hacia su hijo.

—Hijo —le dijo, con una ternura que le sorprendió.

Miguel trató de abrir los ojos. Y de sus labios hinchados brotó un gemido irreconocible.

—No, hijo. No hables. Déjame ayudarte.

Ana le salpicó con agua el rostro, los hombros, brazos y piernas. Vio que era un hombre de pequeña estatura, unas pulgadas más alto que ella, por lo que parecía tener menos edad que sus diecinueve años. Yacía en un camastro donde habían estado antes muchos esclavos, donde habían muerto tantos. Debía sacarlo de allí. Pero ¿adónde?

—¿Qué estaba haciendo en el cañaveral?

Severo movió la cabeza. —Aparentemente pensó que corrías peligro.

Ana miró el rostro exhausto de Severo, manchado de ceniza, humo y suciedad. Jamás había dependido tanto de alguien como de Severo Fuentes. La amaba, y ella lo amó desde lo más profundo de su ser. Como si la hubiese oído, Severo le puso una mano en el hombro.

—Gracias por encontrarlo y por traérmelo... vivo —dijo, con voz temblorosa.

—He enviado a Efraín a Guares para que busque al médico.

Ana asintió y siguió vertiendo agua en los brazos y piernas de Miguel.

—Si no me necesitas más aquí, vuelvo a los campos.

Ana no quería que se marchara. —¿Y los cimarrones? ¿Estamos...?

—Ya los han atrapado. Miguel se encontró con Jacobo y con Yayo en el camino y los asustó sin querer. El teniente los encontró escondidos en una zanja, y dejó un par de soldados para que pasen la noche aquí.

Ana miró a Miguel. Con aquellas aguas calmantes había vertido todo lo que había aprendido de medicina y curación durante dos décadas sobre la piel quemada y rota de su hijo, y por sus labios agrietados. Recordó cómo Meri se había resistido cuando la curaba, como si no quisiera que Ana la tocara. Sin embargo, Miguel yacía terriblemente rígido mientras ella y Conciencia le aplicaban líquidos y ungüentos. Ana cubrió las quemaduras más graves en su rostro, orejas, cuello, brazos y en la pierna derecha con cáscaras de papa. Con su navaja sacó las espinas de los extremos de las hojas más largas de sábila, abrió las hojas y las colocó boca abajo sobre sus extremidades hasta que Miguel se transformó en una rara criatura, mitad hombre y mitad vegetal.

—Ahora estoy lavándote las manos —le dijo. Miguel seguía inmóvil, apenas se quejaba, aunque Ana estaba segura de que padecía terribles dolores. Pero al menos respondía cuando le hablaba. Siguió haciéndolo mientras lo curaba, como si lo necesitara. —La sábila te refrescará —le aseguró mientras le colocaba las hojas sobre la pierna y en los pies.

Miguel gimió, como si estuviera en medio de una pesadilla. Las cejas y las pestañas se le habían quemado totalmente. —No trates de abrir los ojos, mi niño. Te los estoy cubriendo con esta tela para mantenerlos húmedos —dijo Ana.

Conciencia trajo una tisana con lavanda y guarapo que había funcionado cuando a Meri se le inflamó la garganta de tanto llorar. Ana tuvo que introducir un dedo en la boca de Miguel para que éste la abriera lo suficiente para ir derramando gota a gota la infusión.

Conciencia colgó una cortina para aislar a Miguel de los demás pacientes. La luz de la lámpara se reflejó tenue en los rincones más lejanos de la pared. Ana vertió más tisana en la boca de Miguel y siguió hablándole. Si no lo hacía, su hijo dejaría de vivir. Sólo su voz le permitía seguir alentándolo.

—Bebe, hijo —instó a Miguel, quien tragó la tisana—. Estás en casa, hijo mío. Bebe el guarapo, te lo ruego, por amor a Dios.

Ana quería que su voz se mantuviera lo suficientemente firme y confiada, pero no pudo evitar la desesperación, el temor de que sus habilidades con los brebajes e infusiones fueran inútiles. «Ayúdame, Señor. Ayúdalo, Virgen Santa. Ayúdanos, Jesús amado».

Aparte de ese momento y en su invocación anterior por la vida de Severo, no le había hablado a Dios con tal convicción en mucho tiempo. No podía contar cuántos pecados había cometido en su vida. Aunque sí estaba segura de algo: aquellos veinte años en la Hacienda Los Gemelos habían menoscabado tanto su fe que hasta dejó de confiar en Dios.

—Ahora estoy lavándote los pies —volvió a hablarle a Miguel.

De igual manera que en aquellas dos décadas en Puerto Rico había despojado su cuerpo de banalidades y fruslerías, había desterrado las creencias religiosas por conveniencia, de forma muy similar a como lo hicieran los conquistadores, quienes llegaron al Nuevo Mundo con sacerdotes y ensalmos. Pero la historia de la Conquista estaba llena de atrocidades, de falsas promesas, violaciones, hijos bastardos, pillaje y muerte. En el Nuevo Mundo, los conquistadores perdieron su ruta moral, poniendo en peligro su fe, para luego erigir en el Viejo Mundo sus catedrales recubiertas de oro para que los ojos de la humanidad se fijaran en la belleza y no en sus pecados.

Ana vertió más líquido en la boca de Miguel. El joven lo tragó a borbotones. Ana recordó sus últimos momentos con Ramón, mientras ella y Siña Damita lo acomodaban sobre la carreta que lo llevó a su muerte. Ana nunca olvidó su expresión cada vez que la miraba: odio, incluso a través de su dolor, la misma mirada de Inocente cuando se marchó de la hacienda. Los gritos de Ramón la atravesaban como imprecaciones acusatorias. Sabía que no iba a sobrevivir. Había estado muerto mucho antes, se había convertido en un espectro, en El Caminante, atrapado en la trampa de su ambición, incapaz de liberarse.

Miguel resolló y se quejó. Ana le secó los labios, ajustó las vendas y las hojas de sábila. —No he sido una buena madre contigo —le dijo. Como tampoco había sido buena esposa con Ramón. Le complacía haberse quedado sola para que nadie pudiera verla con su hijo destrozado. Aunque no había nadie que la culpara de su calamidad, sabía desde lo más profundo de su ser que ella era la responsable de todo aquello. Miguel había penetrado en el cañaveral por su causa. Al igual que su padre, también estaba atrapado en las redes de la vida de Ana.

Si el último sobreviviente moría, Ana heredaría Los Gemelos. Aquel pensamiento la conmocionó. El solo hecho de pensar aquello en ese momento la espantó, y borró inmediatamente aquella idea. Miguel no moriría. Ella haría todo lo posible por salvarlo, incluso hasta oraría por él. Aunque no lo había amado como debía, no lo dejaría morir. Aquel muchacho cuyo cuerpo temblaba al contacto de sus dedos competentes, aquel muchacho a quien había ignorado, negociado y manipulado, era su hijo, su legado. Miguel, sus hijos y los hijos de sus hijos serían su catedral.

El viaje del Sr. Worthy

Vicente Worthy recopiló los papeles necesarios para su viaje y, uno a uno, los colocó en su maletín: varios contratos con proveedores, dos cartas de crédito, tres órdenes de compra por doscientos barriles de melaza cada una, otra por cinco y una más por siete toneladas de bloques de azúcar. También llevaba copias de títulos de propiedad inmobiliaria, lista de activos e historial de caballos. El folio final era la última voluntad y testamento de Miguel Argoso Larragoity. El Sr. Worthy no estaba acostumbrado a usar un papel tan flexible para los testamentos. Con frecuencia las páginas se arrugaban o doblaban a causa del manoseo de los propietarios, así como por las adiciones, enmiendas y apéndices. La mayoría de los folios perdían consistencia por tantos años de estar engavetados, las páginas se tornaban amarillas, la tinta palidecía y los dobleces se quedaban permanentemente arrugados, lo cual dificultaba mantener abiertas las páginas. El testamento de un joven era desolador, pero, por otro lado, le facilitaba el trabajo.

El Sr. Worthy juntó ambas tapas del maletín y verificó que el cierre estuviese bien abrochado. Caminó en dirección al muelle, donde luego subió al barco, en otro tiempo propiedad de Marítima Argoso Marín, que lo llevaría a Guares. Cuando llegara a la Hacienda Los Gemelos ya la zafra habría concluido, abreviada por los infortunados acontecimientos de la semana anterior. El Sr. Worthy hizo los arreglos de su viaje la misma mañana que recibió la noticia por vía telegráfica. Esa misma tarde le llegó otro telegrama, esta vez de doña Elena, y en cuestión de horas toda la ciudad se enteró de que el joven Miguel Argoso Larragoity había fallecido en brazos de su madre. Los que recordaban las muertes de Ramón e Inocente aseguraron que la familia Argoso sólo había conocido el infortunio en Puerto Rico, y se solidarizaron con el dolor de doña Elena. Justo cuando el Sr. Worthy iniciaba su viaje a la Hacienda Los Gemelos, estaban sepultando a Miguel Argoso Larragoity.

Cuando estaba a punto de salir de su oficina, su secretaria le anunció que don Simón estaba esperándolo. El Sr. Worthy miró su reloj de bolsillo: eran las once y cuarto. Era un hombre puntual a punto de subir a un barco que dependía de los vientos y la marea que estaba comenzando a bajar.

—Don Simón, discúlpeme que no pueda atenderlo como quisiera...

—Por supuesto, Sr. Worthy. Sé que está a punto de embarcarse en el *Dafne,* pero mi esposa es insistente. Esperamos visitar la Hacienda Los Gemelos próximamente, para rendirle honor a nuestro querido Miguel, que en gloria esté. Pero Elena está demasiado afectada para viajar en estos momentos.

—Comprendo. ¿En qué puedo servirles?

Don Simón le entregó una bolsa de terciopelo negro. —Mi esposa no puede confiárselo a nadie más, Sr. Worthy. Estas joyas son de doña Ana, quien se las dejó a Elena en custodia. Elena se imaginó que Ana querría que Miguel se las diera a su futura esposa, pero, por supuesto... —hizo una pausa—. Por favor, perdóneme, Sr. Worthy. Aún estamos muy abrumados.

—Gracias por confiar en mí para cumplir esta misión. Le entregaré el contenido a doña Ana en propia mano.

—Se lo agradecemos infinitamente, Sr. Worthy. Por esto, y por sus repetidas cortesías con esta familia. Que Dios le acompañe en su viaje, señor. Vaya con Dios.

El Sr. Worthy colocó el bolso dentro de su maletín. No le agradaba el papel de mensajero. ¿Cuándo debía entregar aquel bolso, antes o después de leer el testamento? El deleite que sentía su amada Provi con las joyas le había convencido que a las damas les encantaban las alhajas. Pero ¿cómo sería en aquellas circunstancias?

Había enviado su equipaje con anterioridad, y su camarote estaba preparado con tanta comodidad como la que podía proporcionar un barco mercante. Al final del viaje alguien estaría esperándolo con un caballo para llevarlo a El Destino. A pesar de su triste misión, el Sr. Worthy estaba ansioso de ver a Ana en persona después de dos décadas de correspondencia, informes, cuentas y registros. ¡Qué mujer tan extraordinaria! La había visto una vez, en la residencia de los Argoso, en la Calle Paloma. Era sólo una muchacha, pero aun entonces emanaba firmeza y energía. Había resistido con gracia y visión a toda prueba las tragedias que la vida le había puesto por delante. Deseaba que todos sus clientes fueran como Ana Larragoity de Fuentes.

El Sr. Worthy se sentó ante el pequeño escritorio del camarote. Tenía mucho trabajo que hacer mientras navegaba. Sus clientes no le pagaban para que se quedara cruzado de brazos. Cuando comenzó a sacar papeles del maletín, sus dedos rozaron el sobre crujiente, notariado y sellado. Se concedió un momento para sentir la tristeza de su melancólica tarea. Conoció a Miguel desde que era un niño cuyos dibujos y cuadros apreciaba no porque lo deseaba, sino porque tenía que hacerlo, y se preguntaba si alguien más que admirara aquellas obras no sentía lo mismo que él. Garabateó una nota para asegurarse de que se preparara un inventario de lo que podía quedar en la casa de la Calle Paloma y en las cajas que Miguel enviara desde Europa antes de emprender el viaje de regreso.

Si los vientos eran favorables y el mar seguía en calma, el Sr. Worthy llegaría a El Destino en menos de una semana para leer un testamento que cambiaría para siempre la Hacienda Los Gemelos. Todos los esclavos de Argoso que ahora totalizaban 127, incluyendo ancianos y niños, obtendrían la libertad. De esa cantidad, y según los meticulosos informes de doña Ana, los que tenían edad suficiente para trabajar conformaban dos tercios de la fuerza laboral. El resto se le alquilaba a Severo Fuentes.

El Sr. Worthy se sintió complacido de que la lectura del testamento se iba a realizar al final de la cosecha. Aunque no iban a poder sembrar el cuarto de caballería adicional que doña Ana había planificado, el tiempo muerto que vendría después les daría tiempo de organizar el trabajo para la zafra de 1866 cuyos cultivos ya estaban sembrados. Éste sería sin dudas el mayor reto que iban a enfrentar doña Ana y don Severo: dos caballerías y media de caña para cortar y procesar con una fuerza laboral casi inexistente. ¿Cómo iban a hacerlo? El Sr. Worthy no se lo podía imaginar. Pero sabía que, si tal cosa era posible, aquellos dos lo lograrían.

AMÉN

La añosa ceiba junto a la tumba de Ramón había cobrado enormes proporciones. Sus raíces habían formado espacios similares a cavernas alrededor del tronco, y daba la idea de que, como creían los taínos, existía un inframundo en aquellas oquedades en el cual se ocultaban durante el día las almas de los muertos que salían en la oscuridad de la noche a vagar por el mundo viviente. Aunque cabalgaba por allí casi todos los días, Ana nunca había visitado la tumba desde el día en que Eugenio, Severo y Luis habían sepultado con paletadas de tierra la tapa tallada del féretro de Ramón. Era un sitio adorable, y se imaginó que algún día también reposaría allí. Para entonces, si Conciencia estaba en lo cierto, sería una anciana, y todo el que la rodeaba en aquel momento la precedería en la muerte. ¿Quién tallaría flores y hojas, zumbadores, mariposas y un crucifijo con extremos de perfecta rectitud y un halo encima como el que José había creado para el ataúd de Miguel? ¿Quién estaría ante su tumba, ante la tierra húmeda fragante de humus y vida promisoria? Sería Segundo, que con un año era demasiado pequeño para saber de muertes y tristezas. ¿Rezaría por ella?

Era una mañana demasiado calurosa para finales de abril. Su vestido negro absorbía el sol y el calor. La mantilla que había sacado de su baúl de matrimonio olía a cedro y a recuerdos. Se ajustó el velo sobre el rostro, como las sevillanas de su infancia, estableciendo una barrera entre ella y los hombres y mujeres, desconocidos en su mayoría, que habían venido a darle el último adiós a Miguel. Aunque podía observarlos a través del fino encaje, ellos no podían ver sus ojos sin una lágrima.

Horas antes, mientras se vestía, se miró en un espejo por primera vez en varios meses. Le sorprendió cómo el tiempo había moldeado su rostro con ángulos tan marcados. Tenía treinta y nueve años, la misma edad a la que su antepasado, el conquistador don Hernán, había fallecido en Puerto Rico. ¿Dónde estaría enterrado?

Los conjuros del padre Xavier se elevaban y descendían en ondas que asordinaban el rumor de los cañaverales.

—*Requiem aeternam dona eis, Domine.*

Las oraciones en latín le salían automáticamente. ¿Cuántas miles de veces había repetido las mismas frases, comenzando con su creencia inocente de que había un Dios que todo lo escuchaba y todo lo veía?

Manolo Morales Moreau, su esposa Angustias y su suegra Almudena permanecían de pie a la sombra de la carpa que Severo había instalado para comodidad de los dolientes. Ana los había conocido ese día y le sorprendió su dolor, considerando que Miguel sólo había estado unas horas con ellos. El médico, que llegó al amanecer, demasiado tarde, también estaba allí, así como el teniente y dos soldados y uno de los hombres de las milicias. Luis Morales Font estaba sentado en un asiento adosado especialmente sobre una carreta, con su rostro congelado y corrupto protegido por una sombrilla que sostenía un muchacho sacado de los campos para desempeñar tal función.

«Viejo apestoso», dijo Ana para sí, sin poder contener un insulto mental, a pesar de que sus labios seguían pronunciando plegarias para poner a su hijo en las manos de Dios.

Detrás de ella estaba Conciencia, quien sostenía un quitasol sobre su cabeza, y unos pasos más alejados, José y sus dos hijos, Efraín e Indio, hermanos de leche de Miguel, alimentados por los mismos senos; y Teo y Paula, los más antiguos sirvientes vivos de la casa, quienes recordaban a Miguel cuando era un niño. Había dejado en casa a Segundo, al cuidado de Pepita. El resto estaba trabajando. Había que cortar y moler caña, el guarapo tenía que hervirse, purificarse y revolverse; había que esparcir los gránulos de azúcar sobre las mesas de purga; y verter las melazas en los barriles. La zafra no podía posponerse, ni siquiera por el entierro del joven dueño de la Hacienda Los Gemelos.

Bajo el promontorio, el valle se expandía en toda su extensión. Entre los cañaverales tupidos de la púrpura guajana y los verdes, menos maduros, se vislumbraban enormes áreas devastadas. Aún salía humo del centro de uno de los campos. Veinte hectáreas perdidas a un costo de decenas de miles de pesos en producto y cientos de horas para recuperar la tierra.

—*Et lux perpetua luceat eis. Requiescat in pace.*

—Amén —repitieron los dolientes.

Ana se agarró al brazo de Severo como si éste fuese su ancla. No había nada más, nadie más en el mundo que sólo ellos dos, agarrándose el uno al otro en esta tierra que los llamaba y los atrapaba. «No lo sueltes», se dijo a sí misma, y la verde mirada de Severo trató de penetrar el negro velo que le ocultaba el rostro. Severo le apretó la mano para hacerle saber que había llegado el momento de bajar el féretro de Miguel a la sepultura. Severo la acercó al ataúd, y Ana acarició la suave caoba, como si nunca hubiera acariciado al niño en vida. «Te amé lo mejor que pude, pero llegué demasiado, demasiado tarde. No lo suficiente, no lo suficiente...», pensó Ana. Severo retrocedió y sólo Conciencia quedó detrás de ella.

—*Anima eius, et animae omnium fidelium defunctorum...*

Las cuerdas se tensaron mientras Severo, Manolo, el teniente y el miliciano bajaban el féretro hasta colocar a Miguel sobre la tierra.

—*... per misericordiam Dei requiescant in pace.*

La primera paletada de la tierra sobre la tapa la estremeció. «Mi hijo. Mi pobre hijo muerto. Viniste, pero no tuviste la oportunidad de ver lo que había creado. Lo que había creado en tu nombre». Una brisa súbita le echó la mantilla sobre las mejillas, haciéndole volver el rostro hacia el cañaveral. Las voces de los hombres, las mujeres, los niños, las criaturas, los árboles y todo lo viviente susurraron en protesta. «No lo hiciste por él. Él fue quien te lo hizo posible». Pero Ana no escuchó aquel rumor.

—Amén.

Sintió que la llamaban los inmensos tallos ondulantes, remontándola bien lejos de las tumbas de su esposo y de su hijo, de las oquedades donde los espíritus que persiguen a los vivos dormitan bajo la ceiba. Había vida más allá de aquel sitio donde descansaban Ramón y Miguel. Había vida fuera del cementerio cercado, donde Pabla y Fela vigilaban eternamente a los esclavos que habían trabajado para ella, más allá del monumento al sufrimiento erigido por José. Había vida en la rica tierra que ella misma había alimentado, en los cañaverales, sí, pero también en los huertos y en los jardines, en los sembrados de vegetales y en los canteros florecidos. Había vida en El Destino, donde Segundo, su pequeño hijo, ya comenzaba a ponerse de pie sin ayuda sobre la tierra que heredaría. «Caminamos sobre los muertos», pensó Ana, «pero eso también es vida». Y siguió caminando bajo el sol de la mañana, en pos de la nueva temporada de siembra que tenían por delante.

RECONOCIMIENTOS

Gracias a todos.

Frank Cantor, mi esposo, ha preservado mi seguridad y me ha amado durante más de tres décadas de matrimonio, y ha creado y construido espacios para mí y para mi trabajo.

Lucas e Ila, nuestros hijos, han llenado mi vida con amor, música, conversaciones, amigos interesantes y esperanza en el futuro.

Pablo y Ramona Santiago, mis padres, quienes crecieron en haciendas azucareras y rodeados por éstas y aportaron sus recuerdos que me permitieron visualizar la Hacienda Los Gemelos y El Destino.

Molly Friedrich, mi agente y amiga, me ha estimulado, apoyado, protegido y respaldado durante dos décadas, y me ha infundido confianza, diciéndome al mismo tiempo duras verdades que muy pocos se atreven a expresar.

Robin Desser, mi editora, me ha hecho preguntas precisas, me ha enviado comentarios incisivos y mensajes entusiastas, le ha dedicado su tiempo a extensas reuniones, me ha hecho estimulantes llamadas telefónicas y ha sostenido conmigo muchas conversaciones, que siempre me dejaron entusiasmada y lista para el trabajo que tenía por delante.

Su asistente, Sarah Rothbard ha sido apacible, servicial y profesional.

Los dedicados bibliotecarios y bibliotecarias de Katonah Public Library garantizaron cada libro, ensayo, catálogo, artículo científico, revista y diario que solicité y necesité en cada fase de la investigación.

Joie Davidow, mi buen amigo, tuvo palabras de aliento ante cada obstáculo en el camino, además de leer y formular opiniones críticas de varios borradores y concederme lugar y tiempo en las etapas finales.

Silvia Matute, mi editora de la versión en español, quien me ha brindado su apoyo y amistad.

Los miembros de mi equipo de redacción —Ben Cheever, Kate Buford, Marilyn Johnson, Larkin Warren y Terry Bazes— escucharon fragmentos de varios borradores durante nuestras reuniones inspiradoras. Marilyn pospuso generosamente su propio trabajo para leer borradores y dar inteligentes sugerencias.

John y Susan Scofield me consolaron en momentos difíciles, cocinaron para mí y han comprendido, valorado y respetado los ritmos de mi vida y mi trabajo.

Alan y Janis Menken me llevaron en su hermoso yate *Serena* cada vez que necesité un receso, un espacio y tiempo para pulir el borrador definitivo.

Jaime Manrique, Nina Torres Vidal y Carmen Dolores Hernández buscaron maneras de mejorar, aclarar, corregir y ampliar la novela. Sus atentas lecturas fueron invaluables.

Mi hermana Norma y su esposo Mario Zapata me cedieron gentilmente su apartamento frente al mar en las etapas finales de la redacción de la novela. Norma falleció antes de que pudiera leer las páginas creadas en su balcón, pero su amor, su risa, sus opiniones y sus atenciones de hermana siguen enriqueciendo mi vida.

ÍNDICE